序　言

日本において「文」はいかなる意味をもち、いかなる役割を果たしてきたのか。

中国の「文」の世界はどのように日本の「文」を規定し、日本の「文」はそこからどのような展開を遂げたのか。

西洋の「literature」と出会い、それによって「上書き」され、今へと続く「文学（ブンガク）」より以前、日本には果たしていかなる「文／学」世界があったのか。

本シリーズは、日本における「文」の世界を、古代から現代に至るさまざまな「変革」とともに改めて捉え直し、日本における「「文」の概念史」、すなわち「文」をめぐる知の歴史を、新たな「日本「文」学史」として構築し、発信すべく、以下の三冊によって構成した。

第一冊「文」の環境――「文学」以前
第二冊「文」と人びと――継承と断絶
第三冊「文」から「文学」へ――東アジアの文学を見直す

第一冊『「文」の環境――「文学」以前』では、「「文学」以前」、すなわち前近代における日本の「文」がいかなる環境のもとで、いかなる世界を形成していたかを、とくに「和漢／漢和」という点に重心を置いて捉えた。

続く第二冊『「文」と人びと――継承と断絶』は、「「文」と人びと」に関わるさまざまな問題を、さまざまな角度からピックアップし、日本の「文」の特質および本質が現れ出る視点や実例とともに、古代から近代の入り口までを通史的にながめた。

そしてこの第三冊『「文」から「文学」へ――東アジアの文学を見直す』は、西洋の概念や学問と出会い、「近代化」に向かった日本の「文」から「文学」への移行を、東アジア全体の問題として位置付け、現在に至る「文学」の意味を改めて問うことを課題に掲げるものである。

◇「東アジア文学史」の不在◇

古来中国文明の影響のもと東アジアに形成されてきた漢字漢文文化圏において、西洋との出会いは、その世界観を大きく転換し押し広げる衝撃となった。そして十九世紀末から急激な勢いで漢字漢文文化圏の解体が進行していく中、ヨーロッパ帝国、およびいち早く帝国への変身を遂げた日本が、アジア各地にプレッシャーを与え、アジアにおいて日本は自らを中心とする新たな世界観を標榜し、強力な支配的立場をとるようになる。かつて東アジアに展開した文化史上の重要概念である「文」の解体や、「文学（literature）」への移行は、東アジア全体に及んだパラダイムの転換であったのであり、日本のみをみても問題の一面を捉えることにしかならない。「「文」から「文学」へ」とパラダイムチェンジが進行するとき、いったいどこで、何が起こっていたのか。本書が「東アジアの文学を見直す」ことを標題に掲げるのは、こうした問題意識による。

さて、従来漢字漢文文化圏において継承されてきた「文」の概念や「文」を基軸とする知的体系が崩壊し、「哲・史・文」という枠組みへと置き換えられていく過程において、それと同時に、それまで当該文化圏の基盤であった「漢」（「漢」学、「漢」文化）は、「東洋」という新たな概念に覆われていく。

ここで注意したいのは、近代以降、例えば「東洋」を冠する東洋史や東洋哲学、東洋思想といった名のもとに研究組織や教育単位が出現したこと、しかしながらこれに対して、「東洋文学」は果たしてどれほど行われてきたか、ということである。戦後、「和漢比較文学」や「日中比較文学」を称する研究はなされてきたのではあるが、「東洋文学史」なるものは果たしてかつてあっただろうか。

ここでヨーロッパに目を転じるならば、「*History of European Literature*」というキーワードでみると、John Reynell Morell. *A History of European Literature in the Middle Ages and Modern*

Times (London: T. J. Allman, 1874)や、Laurie Magnus. *A History of European Literature* (New York: Norton, 1934)、新しいものでは、Walter Cohen. *A History of European Literature: the West and the World from Antiquity to the Present* (Oxford: Oxford University Press, 2017) などがある。なお、例えばドイツ語で最初に出版されたヨーロッパ文学史は早く、Johann Gottfried Eichhorn (1752-1827) の *Allgemeine Geschichte der Cultur und Litteratur des neueren Europa* (近世以降のヨーロッパにおける概括的文化・文学史) (1796–1799) というものもある。

それに対して「東アジア文学史」という書名を持つものを探してみれば、趙東一《チョ・ドンイル》著、豊福健二訳『東アジア文学史比較論』(《동아시아문학사비교론》(ソウル大学出版部、一九九三年刊、一九九八年第三版) の日本語訳、白帝社、二〇一〇年) がほぼ唯一存在するが、これは韓国・中国・日本・ベトナム各国の文学史の叙述を比較するものであり、「文」から「文学」への移行や「文」の概念史を東アジア全体の動きとして捉えようとする本書とはスタンスや方法を異にする。また近年は、「トランス・アジアの文学」といった視座も提唱されている (《座談会》「トランス・アジアの文学」染谷智幸・ハルオ シラネ・小峯和明、『文学』二〇一四年五・六月号) が、これまでの間、東アジアの文学を総体として捉える叙述が生み出されてこなかったのはなぜか。

その主たる原因として考えられるのは、十九世紀のヨーロッパの「文学史」ジャンルの基礎となった概念、すなわち、ある民族の文学は「民族の精神」の表現であるというロマン主義的概念が支配的であったことである。近代は、文字、言語、文学、民族、そして国家が、きわめて強く相互に関与し合っている。それは例えば、ハングルと二十世紀の韓国文学史における民族アイデンティティの問題にもつながっている。

また、日本帝国による植民地問題が戦後もきちんと解決されないままに、日本においてはアジアとの関係を積極的に修復・構築しようという態度が醸成されず、一方、かつて日本帝国による植民地とされた地域では、責任を果たそうとしない日本政府に対する「victimhood nationalism」（被害者の民族主義）が展開し、互いにその修復を難しくしてきたことも重要な一因であろう。その結果、日本では近年に至るまで、とりわけ研究分野としての「韓国文学」は研究組織の数も、研究者もきわめて少数であった。

しかしながら、この数年は、政治的な緊張は続いているものの、研究交流や留学、共同出版は盛んに推進されている。例えば早稲田大学総合人文科学研究センターは、清華大学、南開大学、台湾大学、漢陽大学校との間で協定を結び、毎年各校持ち回りで開催される「東アジア人文学フォーラム」に参加している。いまこそ、こうした学術交流の気運にも乗じて、東アジアの「文」と「文学」を総体として見極め、述べていくことが可能になったのではないだろうか。

◇初の「東アジア比較文学史」の試み◇

本書は、狭義の「文学」のみにとどまらず、かつて東アジアに共有された「文」や、その後の「各国文学」の誕生、形成の推移に至るまで、知や学のありようを総合的に捉える「東アジア比較文学史」を試みるものである。これはかつて、いかなる言語によってもなされなかったものである。

しかしながら本書は、「東アジアの文学」を対象に掲げながらも、その理想の姿にはまだ及んでいないところがある。空間の面では、ベトナムや琉球など、漢字漢文文化圏に属する地域を全ては網羅できていない。これらは、研究者が少なく、編者が収集しうる情報量にも制限があることによる。また時間の面でも、古代から現代までを全て対象とするのではなく、近世から近代、現代までに限っている。現代において、ある国が自ら「文明国」であるということを主張するためには、必ず自らが「modernity」の歴史を有していることが必要不可欠な前提となる。そこで、本書が対象とするのは「modernity」(「early modernity (近世)」と「modernity (近代)」を含む)、そして近代化 (modernization) を経た現代までとした。なお「modernity」は、文明の歴史において最も重要な転換期と思われるものであり、本シリーズにおいて中心となっている「文」の概念史、すなわち「文」と「文学」、「文」から「文学」へといったテーマを検討し、また現在の我々の文化意識や民族意識を考えるうえでも最も決定的な事象や事例を含む時期と捉えられるものである。

さて、本書の構成にあたっては、大きく二つの方針を取ることとした。一つは、全体を次のように大きく三部構成としたことである。

（1）古代以来の「文」の世界がどのように「近世化」したかをみる

（2）その次の段階である「近代化（「文学（literature）化」）」をみる

（3）現代の「文学」の状況をみる

近世とは江戸時代、明清時代、朝鮮時代。近代とはこれらの次の時代。現代とは二十世紀半ば以降（第二次大戦後）という時期がおおよそ想定されるであろう。もちろん、時代区分ということについては従来さまざまな議論があり、現在もなお繰り返し検討されている。しかしながら、本書の三部構成の柱となる「近世化」「近代化」「現代」というのは、時間的な推移よりも、日本の「文」の変化や転換（あるいは連続性も）を捉えようとする本書のスタンスから新たに立ち上げ、打ち出していくために提出した概念である。それは以下のような考えに基づく。

（1）の「近世化」とは、国文・国学（native studies）あるいは中国の考証学や韓国では実学といった新たな学問知識や学術方法の出現、また native identity に対する意識、あるいは、西洋知識の伝播、印刷文化（print culture）、そして大衆をキーワードとして、それらの登場に伴う東アジアの「文」の変化や転換を「近世化」として捉える。
（2）の「近代化」とは、「文」の概念の解体と「文学（literature）」の概念の台頭という、前近代以来の「文」のパラダイムの転換と変化を軸に、東アジアの「文」の世界の「近代化」を捉える。
（3）の「現代」では、文学の現在と人文学（従来の哲・史・文の世界）の将来について問い直すことを試みる。
なお、日本、中国、韓国における「近世化」「近代化」「現代」の時差や中身の差異の有無自体、重要な問題であることはいうまでもなかろう。特に「近代化」においては大きな分岐が生じる。本書の各章やコラムは、そうした「分岐」や「共有」の関係性をも浮かび上がらせつつ、東アジアの「文」から「文学」への画期を描き出すものとなっている。

またもう一つの方針は、「東アジアの文学を見直す」ために、主題別に目次を構成し、それぞれの章やコラムにおいて、日本・中国・韓国の立場や視点からの発言を並列する方法をとったことである。従来の日本文学史においても、中国や韓国など東アジアへの目配りはなされてはきたが、「日本から」の視点で東アジアをもみる、というレベルを超えて、包括的に「中国、韓国から」の視点を並べることによって、かつてない新たな「日本「文」学史」を提示することを試みたものである。

もちろん、先ほども触れたように、東アジアの問題を日本・中国・韓国のみに集約してしまうのは決して十全ではない。しかし、現時点でなしうる一つの回答を示すことにも少なからぬ意味はあるものと考える。今後将来の東アジア比較文学史構想への新たな一歩への提言としても、本書では、日中韓からの発言を合わせみる方法を取ることとした。ここで立ち現れてくるのは、日本・中国・韓国の「国文学」がそれぞれ多くの研究成果の蓄積を重ねてきたこと、しかしながらその多くはそれぞれの「国文学」の範疇で行われ、東アジアの相互関係において論じられることは少なかったこと、また、日本・中国・韓国それぞれへの目配りはあっても、それは主として「交渉研究」であり、「比較研究」は少なく、今後の展開の余地が多く残されていること、などである。また特に本書は、韓国に関わる章やコラムはすべて韓国の研究者の執筆によってなされている。こうした執筆体制をとったのも、今後のさらなる対話や理解、研究の進展を期するものである。

◇本書の目標◇

東アジアの文化史において、「文」が最も重要な概念の一つであったことは異論のないところであろう。そしてまた、「文」とは果たして何であったのか、ということについては、いまなお追究されるべき課題が多く残されているのではないか。さらには、東アジアの伝統的な

「文」の概念は、現在、そして未来の「文」の世界といかに関わり、いかなる役割を担いうるのか。グローバル化、国際化ということが盛んに唱えられている現在であるからこそ、東アジアの文化史を改めて見直し、その特徴や問題を捉えていくことによって、そこからまた世界に向けて、新たなインスピレーションを発信していくことが可能なのではないか。日本あるいは東アジアの立場からは、これまで世界が知ることのなかった知や文化のあり方を提示していくことができるのではないだろうか。本書は、今後将来の「人文学」の新しいムーブメントにつながることを望むものである。

なお、本書の編者はみなこれまで古代から中世にかけての文学・歴史などを専門としてきた者である。近世、近代、現代を対象とする本書の編集は、編者にとっては大きなチャレンジであった。しかしながら、古代研究者、古典研究者にとってこそ、学術文化史上の大きな画期となった近世、近代、そして現代について理解を深め、そこでいかなる変革があったのかを見極めておくことは不可欠の課題である。本書は、前近代と近代、国文学と各国文学、文学と史学・哲学など、これまでの学問分野が別々に切り分けてきた問題や視点を、あえて積極的につないでみることを試みるものである。そしてその中心にあり軸となるのが、ほかならぬ「文」なのであった。

「文」の概念史を、日本、中国、韓国における「近世化」「近代化」そして「現代」にいたる「文」と「文学」のありようとともに捉えてみること。本書の各章、コラムは、国内外の合計四十八名もの執筆者の協力を得て、その新たな試みを実現するものである。この、かつてない目次構成による本書が、今後の「人文学」を切り拓くことに貢献できるのであれば、それ以上の喜びはない。

二〇一九年三月

Wiebke DENECKE
河野貴美子

―もくじ―

第一部

【近世化】——社会の変化と「文」の変革

序章

Wiebke DENECKE　河野貴美子

一　東アジアの「近世」

日本の江戸時代は鎖国の時代、明・清の中国は貿易を制限する海禁の時代ということで、ともに閉ざされた時代であったとのイメージが強い。また李氏朝鮮時代の朝鮮は、「隠者の王国（Hermit Kingdom）」と称され（アメリカ人牧師ウィリアム・グリフィスの著書『隠者の国・朝鮮（*Corea the Hermit Nation*）』に由来する）、欧米においては後進的あるいは停滞期という印象をもって捉えられてきた。

一方当時は、宣教師や貿易商人らの活動によって、世界はますます東アジアとの接触を活発にしていた。それでは、東アジアの「文」にとって、「近世」とはどのような時代であったのか。第一部では、古代以来の「文」がどのように「近世化」したのかを、日本・中国・

韓国それぞれの視点から捉え、その重なりや異なりをみていくこととする。

まず、東アジアの「近世」を考えるうえで、その特色を相対化する象徴的な例を一つあげたい。

バロック期のフランドル画家で著名なルーベンス（Peter Paul Rubens, 1577〜1640）は、神聖ローマ帝国のウェストファーレン地方のジーゲン（現ドイツ）に生まれ、スペイン領ネーデルラントのアントウェルペン（現ベルギー）で没した。今は専ら画家として名を馳せているルーベンスであるが、実は七か国語を操る有能な外交官として、ヨーロッパのさまざまな朝廷で活躍した人物であった。例えば一六〇〇〜一六〇八年はイタリアのマントヴァの朝廷でヴィンチェンツォ一世・ゴンザーガ（Vincenzo I Gonzaga）に仕え、一六二一〜一六三〇年にはフランス王妃マリー・ド・メディシス（Marie de Médicis）のもとで外交官としての力を発揮して、いわゆる三十年戦争におけるイギリスとスペインの和睦（一六三〇年）に貢献した。こうした功績が評価され、ルーベンスにはスペイン王フェリペ四世とイギリス王チャールズ一世からナイトの爵位が与えられ、また一六二九年にはケンブリッジ大学から名誉文学修士号が授与されている。

古典文学の教養を有すると同時に、当時のヨーロッパにおける複数の口頭言語に熟達したルーベンスが、国境を越えて自由に移動し、各国でその活躍が表彰されていたのとは対照的に、日本ではまさにその時、江戸幕府が鎖国政策を進めていた。ヨーロッパをまたぐルーベンスの活躍の例のみならず、近世のヨーロッパからトルコ、そしてインドネシアに至る広領域において――それはキリスト教圏からイスラム教圏にわたる、そしてアラブ語・ペルシア語圏にわたる――知識人の移動や交流は盛んに行われていたわけであるが、同時期の東アジアにおいては、漢字漢文文化圏外へと飛び出していった知識人の活躍は果たしてどれほどあっただろうか。

そのようにしてみると、東アジアの近世は従来の定評通り、モビリティのない、停滞の時期であったように感じられてしまう。しかし、実のところはどうであったのか。

ルーベンスは複数の言語を習得することによって欧州各国で活躍を果たしたわけであるが、それとは異なり、東アジアには漢字という共通言語があった。人びとは口頭よりもむしろ筆談という方法によって交流した。また交易ルートによってもたらされる書籍を通じて新しい概念や知識は運ばれ、拡散し、それとともに従来の古典やそれら古典に対する注釈なども共有されていた。しかしその一方、各国は「閉じられた近世」において文化の多様性を保持し、国ごとの独特な「文」の世界を並行して継承し、展開していくこととなった。「近世」は、そうした東アジア独自の「文」の状況を推し進めた画期としてむしろポジティブに解釈することが可能である。

本書では、東アジアの「文」の世界が――上述した他地域とは異なる過程を経て――ラジカルな変化を遂げたことを「近世化」として捉えてみたい。そして本書では、それを見据える鍵語として、社会の変化に伴う大衆の登場、国語・国文（vernacularization, native studies）の形成、ネイティブ・アイデンティティー（native identity）の発見、印刷文化（print culture）の作用、新知識の伝播、を掲げ、各章とコラムを構成した。以下、本書が注目し述べようとする東アジアの「近世性」について、要点を述べる。

二　社会の変化と「文」

国家や政治が「文」を強固に統制し、コントロールする例としてまず思い至るのは、中国および韓国やベトナムで行われた科挙である。明代の科挙で課されたのは「八股文」という厳格な規定を持つ文体であったが、民間の大衆社会では小説や戯曲が歓迎されていた。興味深いのは、明清の統治者がそれら俗文学の流通を立て前としては禁じながら、自らもそれを娯楽として享受していたということである。同じく科挙が行われた高麗、李朝においても、朝廷内の公的の文と民間の文、中央の文と地方の文、儒教の文と仏教の文など、さまざまな社会階層による位相が現れた。また十五世紀半ばの訓民正音の創製は、国家による文字政策として、日本における文字表記史を考察するうえでも、貴重な比較対象となる。

一方、科挙を行わなかった日本においては、国家が「文」を明確に規定することはなく、多様な「文」が展開したが、社会における経済活動の重要性が増し、個々人の生き方をも左右するようになると、経済社会を生きる大衆の指針、教訓としての言説を「文」が担うようになる。

　社会の変化と社会階層の複雑化により、作者も読者も多様化していくのが近世東アジアに共通する「文」の大きな特徴である。しかしながら、国家や統治者による「文」への関与は日本、中国、韓国それぞれにおいて当然ながら異なる面も多い。古来同じく漢文と、漢文による学術思想を共有してきた漢字漢文文化圏ではあるが、社会の構成、構造とその中における「文」のありかたはもちろん一様ではない。

　例えば朝鮮時代の韓国では、学問とともに徳目を備えるソンビと呼ばれた人びとが尊崇を受けた。また、儒教に基づく国家イデオロギーのもとで科挙が実施され、詩と賦の製作能力を試験する進士科が重視された。なお、知識人らには対策・上書・箚子等という公用文の作成が要求されたが、私的領域では文学行為によって情感と思惟を表現し、同流意識や政治志向を共有した。朝廷は地方官の報告文書と司法文書に吏読式漢文を用いるよう定めた。吏読式漢文とは正格とは異なる構造の韓国式漢文である。また、文人と武人の社会層を含む「両《ヤン》班《バン》」や、その下の中人《チュンイン》と称される社会構造、身分階層の分化はそれぞれ異なる文学成果を生み出すなど、国家社会の権力は「文」の世界に大きな影響を与えた。

　このように、朝鮮王朝時代には、独自の社会構造の中で、独特の「文」の世界が展開したのであるが、しかしまた、近世の日本・中国・韓国は、いわゆる文禄・慶長の役という戦争を共通して経験している。この「国家の大事」が、それぞれの「文」にどのような足跡を残したのかについても、本書は一章を設けた。

三　国語・国文（vernacularization, native studies）の形成とネイティブ・アイデンティティー（native identity）の発見

東アジア漢字漢文文化圏の学問をリードしてきた中国において、「道学」という新しい学問が出現したことは大きな画期であった。それを支え推進した中国近世の士大夫は、儒者であり、官僚でありながらも、同時に文人としての性格を有する、「文」の担い手であった。李朝の知識人は、中国でわき起こったこの思想の新たな波を受けとめ、吸収していったが、ここで注意すべきは、李朝では程朱の学（程顥・程頤と朱熹の学問）を批判的に継承して新しい学派をも生み出したこと、また、経書のハングル翻訳である諺解本が生み出されたことである。これは、漢文を離れた自国のことばによる学問の形成ということになるわけであるが、それでは日本ではことばと学問においていかなる事態が起こっていたのか。

朱子学や陽明学に接し、それらを儒学の正統として受け入れ、漢文を公的なリテラシーとした近世日本では、国学者が儒学や漢文のありようを参照応用しつつ、和文を学問対象として研究し、執筆し、流布していくという新しい動きが始まった。近世後期に江戸と京都で行われた和文の会は、和文を綴る場として組織されたものであり、和文集の出版メディアによ

る刊行は、新しい「国文」を広く大衆に伝える機能を果たすものであった。また、近世日本における国文への自覚とネイティブ・アイデンティティー（native identity）は、国語への問題意識を高め、国語の学問的体系化が推し進められることとなった。それと連動して立ち現れるのが、古典（漢文と古文）のことばを江戸時代当時のことばに翻訳する「俗語訳」という現象である。こうした動きと相俟って、古典や古語への意識、学術文化の歴史区分への意識など、「文」をめぐるさまざまな「目覚め」と「発見」が続いたことも、近世日本を特徴づける画期といえる。

しかしながら、これは日本のみの現象というわけではない。というのは先ほども触れたように、韓国においても諺解《オンヘ》による漢文の自国語化（vernacularization）は当時盛んに行われている。しかもその際、好んで翻訳、翻案の対象とされたのが白話文で記された中国小説類であったことも、日本と韓国とで共通する動向である。

そしてその白話文の盛行ということこそ、近世を象徴する中国におけることばの変化、俗語の出現に他ならない。高い規範性を備え、時代や地域を超えて共有されうるものであった文言文とは異なり、地方の方言を含む実際の口語や語りと親近性を有する白話文は、小説や戯曲、あるいは語録など、中国における新たな「文」の形式を生み出すものとなった。また、興味深いのは、白話文という新たな文体の出現により、経書の口語訳というものが中国において初めて行われるようになったことである。

なお、中国においては古来多種多様な文体が生み出され、蓄積されてきた。また、近世に至ると、詩歌においても詞や元曲など新たな形式が生まれ流行した。そして例えば、白話小説においては、一作品の中にさまざまな文体が随処に取り入れられあやをなすものも存在した一方、白話という文体への絶大な人気は、やがて小説の中に詩賦や駢文が入ることを好まず批判する傾向を生むようにもなる。文体の変化もまた、「文」を取り巻く社会や読者層の変化と連動するものなのであった。

それでは、韓国そして日本においてはどうか。十八世紀の朝鮮の文学においては、従来の形式や主題のうちにとどまらず、意識的に「朝鮮風」の創出が目指されたとされる。また日本においては、先ほども触れたように自覚的に和文を創作することが始まり、雅びや論理性、あるいは機能性が追究され、近世後期に至ると日本語の調子を体現する漢文体もが確立されていく。さらには和歌においても、作者層が広がり、俗語を許容し、個人の感情をうたう、新しい傾向が生まれてくる。

日本、中国、韓国のことばと文は、それぞれの社会の変化につれて新たな価値観を発見し、自言語への反省をもとに、かつてない変革を遂げていったのである。

四　新しいメディアと「文」

以上、おおよそ各章の順に沿って第一部の要点をたどってみたが、各章の内容は相互に有機的なつながりを持ちつつ、東アジアの「文」の「近世化」の様相を総体的に浮かび上がらせるものとなっている。そして、第一部を通じて繰り返し現れる重要なキーワードが「メディア」である。

近世社会の「文」は、新たに普及を遂げた印刷メディアによって大衆へともたらされ、遠く地方へも運ばれた。印刷というメディアは、「文」を運ぶことで社会を変容させる原動力となったといえるが、しかしまた同時に、時代に応じた「文」を生み出させる起因となったとも考えられる。第一部には「印刷文化・写本文化」というコラムを置いた。印刷が盛行するようになってなお、写本を含めたテキストのメディアとしての意義にも注目したいという意図である。

また、コラム「劇場、芸能と「文」「声」」も、メディアの問題と交錯する。芸能における「文」と「声」はいかなる関係を持つのか、また、劇場や芸能そのものがメディアとして機能すると考えることもできる。

なお、東アジアにおける演劇の役割は、ヨーロッパの文化史上における演劇の役割と比較した場合、興味深い違いをみせる。古代ギリシャの三大悲劇詩人アイスキュロス（Aeschylus）、ソポクレス（Sophocles）、エウリピデス（Euripides）の作品は、ヘレニズム時代（紀元前三二三―紀元前三一）にカノン化され、ヨーロッパの文化史および教育制度の中では夙に「古典」としての権威を有し、学ばれる対象であった。しかしながら東アジアにおいて時を接して現れた演劇（元曲、能・狂言、歌舞伎・浄瑠璃、パンソリなど）は、いずれも学問対象としての古典「文」として存在したわけではない。東アジアの演劇が、地方、大衆、口語といった「近世性」とともに現れてくることは注目されてよかろう。そして近代に入るとそれらは、「（国）文学」の一部をなすものと認められていくのである。

五　新知識の伝播と「文」

近世の東アジアは、中国に起こった道学を共有し、その強い影響のもと学問的思考を展開していった。本章冒頭で近世東アジアのモビリティの欠如について言及したが、東アジア内部においては人びとやテキストや思想の往来は盛んに行われていたといえる。

そうした中、人びとの行動を規定する規範を示す道学の盛行の裏側で、いずれの地域においても教訓的な内容、あるいは情をテーマとする「小説」（例えば日本においては浮世草子、黄表紙、洒落本など）が人びとの人気を集め、文化の潮流の中心を占めていたことに意を留めておきたい。

また、国内あるいは東アジア圏内の移動ではあるが、人びとの旅を記録する「紀行文」についてもコラムを設けた。近世には、「名所」をめぐる旅、「歌枕観光」を目的とする人びとの移動も少なからずあった。中央から地方へ、あるいは国を越えて移動する人びとが記す文には、新しい時代の新しい知見をいかにして綴るべきか、その試行のあとをみることができる。

以下、各章、各コラムともに、日本、中国、韓国の立場からの発言を並列する構成をとる。近世の東アジアの「文」をめぐるダイナミックな動きを、複数の視点から、偏りなく立体的に浮かび上がらせることを企図するものである。

◆第一章…国家、社会と「文」：①日本

日本「文」学に近世化をもたらしたもの——経済の与えた影響を中心に

染谷智幸

はじめに

アーリーモダン（或いはプレモダン）としての近世、その皮切りの第一部、第一章「国家、社会と「文」：日本」を考えるに当たって、第一巻、第二巻からの流れをどう受けとめ、それをどう国家や社会のレベルで展開するのかが、本章を執筆する上で、最も重要だと考える。以下四本の柱を立ててみた。

① 日本の古代・中世が保育した「文」の多様性を近世（江戸時代）はどう受け継いだのか。

② 日本の「文」学→西欧感化の「文学」という図式は、アーリーモダン（プレモダン）としての近世、西欧の近代文学史との比較、という視点を組み込むことで、どのように変化するのか。

③ 東アジアを「中心と周辺」でなく、「中心・周辺・亜周辺」という図式で見直した場合、日本の「文」学→西欧感化の「文学」という図式にどのような新しい視点が組み込まれるのか。

④ 近世の国家・社会と「文」学を考える上で、この時期に勃興した経済を抜きに考えることは出

来ない。それを組み込むことで、「文」学史はどう綴られるのか。

以下、これに沿って考えをめぐらしてみたい。

一　日本の「文」の多様性と朝鮮の「文体反正」——①について

日本語の表記、特にその多様な表現方法がいつ、どの時点で成立したかについては喧しい議論がある。漢字・仮名・カタカナ・ローマ字の混用、またそれぞれにも様々な表記の歴史があって一様ではない。さらには「(漢字)仮名交じり文」「和漢混淆文」など、その多様性を表記するにも様々な言い方がある。一応、十二世紀前半、院政期の『今昔物語集』辺りに「(漢字)仮名交じり文」の成立を見るのが大方の意見であろうが、それも一様ではない。この議論をここで展開しないが、いずれにしても、日本語の「文」とその表記が、五世紀ごろに始まるとされる万葉仮名の昔から、多様性(ダイバーシティ)を保持し続けてきたことに異論はあるまい。

そして、この日本語の「文」を他の中国や朝鮮等の東アジアの「文」と比較する時、その表記の多様性はやはり日本語の特色の一つとして浮かび上がる。特に際立つのは隣国の朝鮮との違いである。言うまでもなく、東アジアの中心国家たる中国、その「文」である漢字・漢文を周辺諸国は受け入れた。その中で最も直截かつ深大に中国の漢字漢文を取り入れたのは朝鮮半島であった。それは日本よりも早く漢字漢文を取り入れたにも関わらず、漢字とは別表記たる「ハングル」を生み出したのが、日本の「仮名」より六、七〇〇年も後であったということに端的に表れている。朝鮮半島は地政学的に中国に最も近く、常に中国以上に中国足らんとした歴史がある（十七世紀中盤に起きた明清交替によって異民族が支配する清が東アジアの中心に立つと、清に対抗する形で小中華思想が朝鮮の中に生まれたことなどが典型である）。よって、そこで第一義的に必要とされた「文」は漢字漢文であり、その軌範となったのは、儒教の五経（六経とも。宋代以後は四書五経）を中心にした伝統的文言であった。

この朝鮮の、中国伝来の伝統的な「文」に対する規範意識がいかに強いものであったのか。それは朝鮮の時代ごとに色濃く表れているが、本章で日本の近世期を取り上げる関係上、それとほぼ同じ時代の朝鮮時代後期の事例を一つ上げてみよう。それは、朝鮮時代後期の名君と言われる正祖《チョンジョ》（一七五二〜一八〇〇）の「文体反正《ムンジェパンジョン》」である。

正祖は諸書に称揚されるように[1]希代の改革者であった。政治闘争に明け暮れ、現実的な政策感覚を失っていた当時の両班たちに対抗する形で、それまで夷狄《いてき》として蔑みの対象でしかなかった清国への対峙の仕方を一部見直し、その先進の文化を受け入れながら、現実的、改革的な政策を進めて行ったのが正祖であった。またそうした先進的な知識や文化観を持つ朴趾源《パク・チオン》、朴斉家《パク・チェガ》、洪大容《ホン・デヨン》といった気鋭の若手を重用したのも正祖であった。

しかし、その正祖であっても、文章の骨格（文体）に関しては伝統的な宋学（性理学）が打ち立てた醇正古文《じゅんせいこぶん》（純粋な古文）という軌範から自由になれなかった。正祖は、天下国家の風紀の乱れ（とくに天主教［キリスト教］の広がり）の原因を、古文（性理学）を無視し、明末清初の卑俗な文体（稗官小説類の文体）を使用していた状況に見出し、それ等の国内流入を禁止するなどしたのである。その結果、当時、清の影響を受けながら斬新な文体を模索していた朴趾源などの俊才達と深刻な対立を生み、それは自身が進めていた現実的改革の足枷《あしかせ》にもなったのである。

中国や朝鮮においては、この正統的な「文」軌範からの、稗官《はいかん》小説類や雑書の文体への批判や規制（禁書・焚書）はたびたび行われた。むろん、日本においても小説類への批判や規制はあったが、それは風俗紊乱《びんらん》やそれによる事件の多発を防ぐためのもので、正統的な「文」軌範からのものではなかった。日本は、古代から中国の文物が直接的に或いは間接的（朝鮮半島経由）に渡日することで、様々な影響を受けたが、その文物は取捨選択されながらも、多くはそのまま受け入れられることになった。それは、それ等を厳選する統括的な軌範が無かったからに他ならない。

近世に入り、儒学（宋学）が徳川幕府の中心的な学問となったが、その事情はあまり変わるものではなかった。諸書に指摘されるように、（2）幕府の武威による統治と、儒学の知による官僚の統治とは根本的に異なるものであった。しかも幕藩体制は中国や朝鮮のような中央から地方への任官システムでなく、各大名の個別支配であり、幕府と藩は連合国家のような体を成していた（レーン制的封建制）。（3）こうした体制の中に統一的な「文」軌範など生まれるはずもなく、各藩によって事情は異なっていた。

江戸時代の幕藩体制は各藩の独立採算であった為、藩は独自に富国強兵・殖産興業を行わなくてはならなかった。その為、教条的な側面の強い朱子学よりも、現実的な徂徠学派（荻生徂徠の、政治と宗教道徳の分離を図る思想を信奉する学派）が主流であったと言われる。そうした徂徠学派が主流になったことが示すように、日本近世において最も重要なのは現実的な経済であった[4]（この点については本章の後半で集中的に述べる）。中世から戦国時代にかけて力を発揮した武士も、十七世紀前半に起きた元和偃武以後の平和な日本において、その武力を発揮する機会や場所はほとんどなくなったのである。幕府も藩も、それぞれに経済力の向上に力を入れることが第一義となったのである。

いずれにしても、日本の「文」は東アジアの中において極めて独特な多様性を保持していた。それは地政学的に中国から遠い島国であったことに第一の理由が求められるが、その独自の多様性とは、その地理的な位置のみならず、早くから中国以外の文明・文化との交流・交易に求められる。よって、明治期の、西欧の文化、特に「literature」と出会いに、日本の「文」に何が起きたのかを正確に把握するためには、明治期以前における、日本の西欧を始めとする異文化や世界との接触について考えなくてはならない。

二　人生のための芸術（文学）、芸術（文学）のための芸術（文学）——②について

本書『日本「文」学史』第一冊、第二冊の「序言」にある「西欧の「literature」と出会い、それによって「上書き」され、今へと続く「文学（ブンガク）」」という歴史認識については大方認められるだろう。しかし、一般的にはアーリーモダンともプレモダンとも称される日本の近世においては、こ

の図式をもうすこし細かく設定し直すことが必要だ。まずこの問題から入ってみたい。

日本のいわゆる近代の始まりである明治初期に「literature」が如何に捉えられたかは、やはり坪内逍遥の『小説神髄』を押さえるのが妥当だろう。

『小説神髄』の冒頭「小説総論」には「美術とはいかなるものなりやといふ事につきての論」「小説は美術なりといふ理由」という項目のもと、逍遥は自らの芸術論を展開する。まず逍遥は博識の男二人を登場させ美術論を語らせる。一人は美術の目的は装飾で、これは「人ノ心目《しんもく》ヲ娯楽シ気格ヲ高尚ニスル」という実用性にあると言う。もう一人は、前の男の説を享けて、美術の目的は人文発育の効用にあって、現代社会の喫緊たる必要事であると説く。これに対して逍遥は、

げに両某氏の言のごとく美術に人文発育の機用あるは敢て疑ふにおよばざれども（中略）美術といへる者はもとより實用の技にあらねば只管《ひたすら》人の心目を娯《たの》しましめて其妙神に入らんことを其「目的」とはなすべき筈なり。

としてその美術の実用性と教訓（教育）性を否定する。(5) そして「小説の主眼は専らに人情にある事」を説くのである。小説の主眼を専ら人情・世帯の描写にとどめたところ、後世から批判があったことは周知のことだが（二葉亭四迷『小説総論』）、ここで明らかなのは、文学から実用と教訓を排除したことである。

この実用と教訓が、日本近世文学にふんだんにあったことは言うまでもないことで、ここに「文」学から「文学」への転換を見ることは容易であろう。しかし、近世文学、特に曲亭馬琴や戯作から坪内逍遥・二葉亭四迷のラインを見るだけなら、それで事は済んだように思われるのだが、もう少し視野を広くとって見れば、この問題はそう簡単に結論が出る代物でないことはすぐに分かる。

たとえば、この明治初期の実用・教訓性とその否定は、その後、人生のための芸術（文学）、芸術（文学）のための芸術（文学）という論争まで広がり、芥川龍之介の「芸術のための芸術は、一歩を転ずれば芸術遊戯説に墜ちる。人生のための芸術は、一歩転ずれば芸術功利説に堕ちる」（『新潮』のエッセイ「芸術その他」一九一九年十一月号）といった格言もどきを生むに至るわけだが、この芥川のジレンマそのものが示しているように、文学の実用・教訓性が、逍遥によって簡単に否定され、けりがついたものでないことをよく示している。

この近代文学、つまり「文学」における実用・教訓性の問題を、日本のみならず、西欧の近代文学を含め、全体的な問題として捉え直そうとした論考に桑原武夫の「文学とはなにか」（岩波講座『文学・第一巻』）がある。

桑原は言う。(6)

近代文学は（中略）宗教的、政治的、美的の既存の権威に抵抗するという意味において、態度としてはつねに、ロマンチックだったといえる。教会の統一的思想が権威を失って、その指導する

> 生き方に人々がしたがわなくなったとき、共同体から切りはなされた個々人に「いかに生くべきか」を示そうとしたのが、近代文学とくに小説であった。十八世紀の小説がいかに新しい意味での「説教」にみちているかは、今日の読者を驚かせ、反撥するが、当時はそれが成功の一因だったのであり、その典型を同世紀のベストセラーのトップであったルソーの『新エロイーズ』に見ることができる。かくして、二十世紀にいたるまで近代小説は「人生の教師」という意味において人氣をあつめ、また印刷技術の進歩と読者層の拡大という状況のうちに、享受の容易さということも大きく作用して、諸芸術中の王座を占める観を呈した。

文中の「今日の読者を驚かせ」云々は、いまだしその状況は変わらないかも知れない。近代文学と言えば実用・教訓性を排除し、芸術（文学）のための芸術（文学）がア・プリオリに成り立っているものだと誤解されている節があるからである。

むろん、ここでそうした「現状」については踏み込まない。ただ、十八・十九世紀の西欧でそうした新しい「説教」が小説を支える柱の一つであったという歴史性については十分に考慮する必要がある[7]。何故ならば、それは桑原が言及したように「教会の統一的思想が権威を失っ」た状況を支える意味があり、その役割を果したのが近代小説であったという点である。つまり、十八・十九世紀の西欧近代小説の実用・教訓性には、その内容云々よりも、歴史的な必然性があったということである。そしてさらに言えば、先述したように、同じく日本の十八・十九世紀に登場していた小説類に実用・

教訓的志向が強かったとすれば、それは西欧の近代小説と同じような意味・歴史性があったのではないかと思われて来るからである。

従来の近世文学研究において、近世文学の実用性や教訓性について指摘する論考は夥しくある。しかし、その中で、その教訓性の意味が、同時期の西欧近代小説の教訓性と比較・検討されたことはほとんどない。しかし、西欧の近代小説が、教会すなわちキリスト教という巨大な宗教的権威が、歴史の表舞台から退場し、それと入れ違いで出て来たことを考えれば、日本近世文学の実用・教訓性も、中世の仏教や神道を始めとする巨大な宗教的権威が崩壊・変容してゆく中で、それと入れ違いに出て来て、人々の「いかに生くべきか」を支えたと考えてみる蓋然性は十分にあるのである。

なぜこうした発想による検討が行われて来なかったのか。それは日本近世文学の研究史を振り返ればよく分かる。そうした他国との平行性の検討は、東アジアの中ですらほとんど行われて来なかったからである。後世、「鎖国」の時代とされた江戸文学という特性からすれば、致し方ない点もあろうが、もうそろそろそうした発想を打破して広い視点から日本近世小説の実用・教訓性を見直してみることが大切だ。

そこでこの問題についてさらに検討したいのだが、その前に、近世「文」学についての全体像を見極めるために、今度は日本そして東アジアを軸に少し考えてみたい。

三 東アジアにおける日本、中心―周辺―亜周辺――③について

まず、次頁の図を見ていただきたい（図1）。

この図は、日本を代表する恋愛物語の『源氏物語』（紫式部）と、朝鮮を代表する恋愛物語『九雲夢《クウンモン》』（金萬重《キム・マンジュン》）がどのような東アジアの地勢的背景を基に登場したのかを考えるために作ったものである。こうした発想をする切掛けとなったのは、『源氏物語』と『九雲夢』の成立には約七〇〇年の差があるものの（この差があった故に今まで注目されてこなかったのだが）、『源氏物語』は日本で「かな」が生まれてから二百数十年後、『九雲夢』はハングルが生まれてから同じく二百数十年後に誕生しており、また両者共に女性たちが物語を書き、読むという環境が培養されている中に成立してきたからであった(8)。この二作品の登場には明らかにパラレルな要素がある。

しかし、それにしても地勢的に隣国の日本と朝鮮で、なぜ七〇〇年という時間差が生まれたのか。それは、この図が示すように中華文明・文化からの離脱の遅速の差であった。日本が地勢的に中国から遠く、島国であることもあって、中華文明から早く離脱した、またそれを目指そうとしたことは諸書に説かれる通りである。それに対して、中国と地続きで地勢的にも近い朝鮮は長く中国からの影響を受けた。その朝鮮が中国から離脱したのは、明清交代が起き、中国が異民族に支配された時である。また、「かな」や「ハングル」が生まれたのも、自国の文化を自国の言語で表現する姿勢の表れであるから、これも中華文明・文化からの離脱の一端と言って良いだろう。

図1　源氏物語･九雲夢と中華世界からの離脱

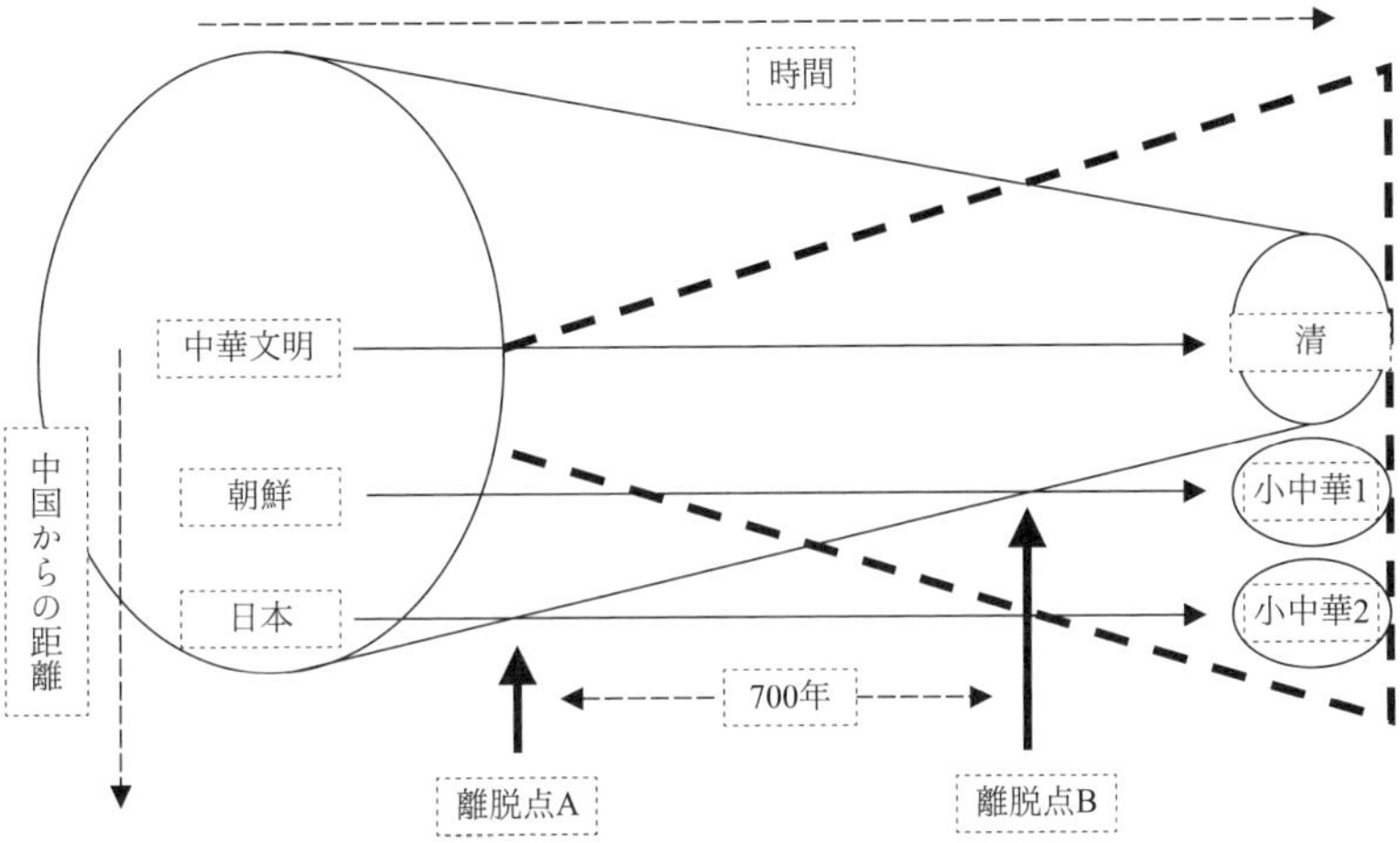

離脱点A→日本の中華文明からの離脱＝「かな」＋源氏物語
離脱点B→朝鮮の中華文明からの離脱＝「ハングル」＋九雲夢
小中華1＝小中華思想
小中華2＝国学思想、日本型華夷思想
太点線　＝メディア（出版）の広がりと中国化

それにしても隣国でありながら、七〇〇年の差というのは時間的に余りに大きな差である。この差を考える時、私は中華文明・文化とその周辺を、中心と周辺という図式で考えるのではなく、中心・周辺・亜周辺という三つに区切って考えることが極めて大切だと考える。

この中心—周辺—亜周辺という区別は、カール・ウィットフォーゲル『オリエンタル・ディスポティズム』(9)を基に、湯浅赳夫『「東洋的先制主義」論の今日性』(10)や柄谷行人『帝国の構造——中心・周辺・亜周辺』(11)が提唱している問題である。この中心—周辺—亜周辺の考え方で最も重要なのは、従来の中心—周辺の周辺を、周辺と亜周辺に分けて考える。すなわち、周辺を複雑なものとして捉えようとしている点である。周辺には中心から強く影響を受け、中心以上に中心的に成ろうとする、或いは成らざるを得ない「周辺」と、中心からの影響が弱く、早く中心から離脱するとともに、中心以外の文明・文化からの摂取に積極的な動きを見せる「亜周辺」とを分けて考えようとする点である。

この考え方は中国―朝鮮―日本を考える時に、極めて有益であると考えられる。前の図に示された問題の多くは、この考え方に立てばすんなりと理解できるからである。ちなみに、この考え方からすれば、ベトナム（越南）は亜周辺でなく、周辺であったと考えることができよう。

四　西欧文明の第一波、第二波――④について

今述べたように、亜周辺が中心の外縁にあって、中心文化（日本に即せば中華文明・文化）以外の文化との接触やそこから摂取に積極的であったと考えた時に、にわかにクローズアップされてくるのは、日本が十六・十七世紀に積極的に西欧文化と交流を持ったことである。

この十六・十七世紀、世界は五つの帝国（中心文化）に分かれていたと考えて良い（次頁、図2参照）。環大西洋は言うまでもなくヨーロッパ文化圏、北ユーラシアはモスクワ公国を中心にした文化圏、西アジアはオスマン・トルコを中心にした文化圏、南アジアはインドのムガール帝国を中心にした文化圏である。

ここで大事なのは、この折のスペイン・ポルトガルを先頭にした西欧諸国の全世界進出が、他の四

図2　16・17世紀の西欧(環大西洋文化)の影響(傍線は経済の動向)

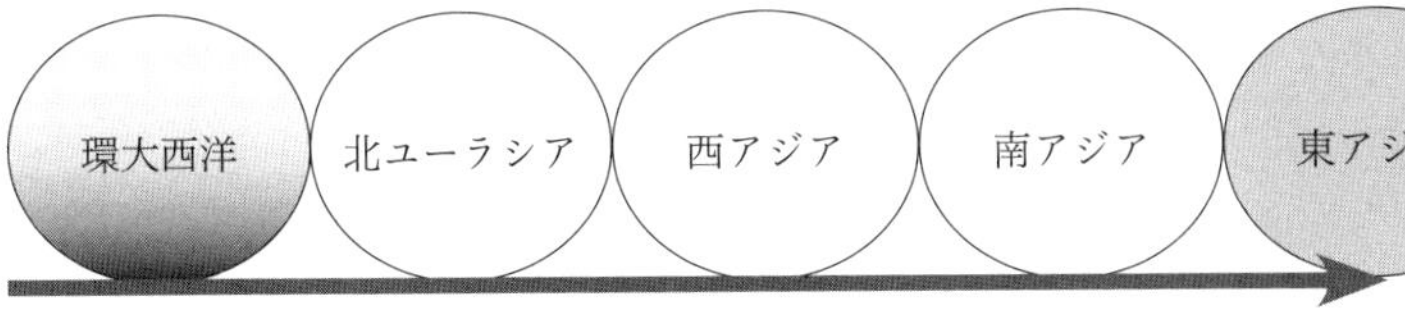

つの文化圏を抑え込んだ上での進出ではなく、むしろ西アジアのオスマン・トルコを中心にしたイスラム圏諸国の強勢に押される形で東アジアに活路を見出そうとした動きであったことである。すなわちこの時、この五つの文化圏、或いは帝国は、何処かが突出した力を持っていたわけではなく、まさに群雄割拠としていたことである。その後西欧に蒸気機関の発明、様々な科学的知見の発見などがあり、西欧が全世界を席巻することになる。しかし、それはまだまだ先、十八世紀後半から、十九世紀になってからのことであった。

この十六・十七世紀の世界の動きで重要なのは、西欧の世界への進出、特に東アジアへの進出が、キリスト教の布教とともに重商主義的な商人たちの進出であったことである。東アジアでその影響が真っ先に表れたのは、海域・海岸部の都市、東アジアの亜周辺であった。

すでに東アジアの海岸・島嶼部では重商主義的な貿易・交易が盛んに行われていた。その一つが倭寇と呼ばれた活動であった。倭寇は中国・朝鮮からの呼称で日本の海賊を意味するが、実体はそうした日本の海賊よりも、中国・朝鮮を巻き込んでの海商活動の側面が強かったこと、これも諸書[12]に指摘されて久しい。いずれにしても、そうした活発な海商的活動の中に西欧からの交易・貿易が入り、さらに活況を呈したのが、この十六・十七世紀の東アジアであった。

　そうした中、日本からも積極的な海外交易の姿勢が生まれていた。その象徴は三〇〇〇人程度の日本人が住居を構えたと言われるフィリピンのマニラをはじめとする海外都市への進出、日本の堺・博多などの国際自由都市の出現であろう。そこでは、世界の万物が取引され。活況を呈していた。さらに日本では、戦国時代が終わり徳川幕府によって統一された十七世紀前半、朱印船貿易などが引き金となって、東南アジアを中心に進出し、アユタヤ（アユタヤ王朝の王都）やホイアン（ベトナム）を始めとする日本人町が此処かしこに出来あがった。

　十七世紀中盤、日本は海禁政策によって、海外との人的交流は途絶えてしまうが、その経済への志向は、大阪や江戸、そして海運に依拠して発展した全国海岸部の諸都市に引き継がれ、国内経済の発展の起爆剤となる。そして江戸時代末期の開国によって、明治以降、国策となった殖産興業の旗印の下、一挙に世界に向けて、その経済的基盤は花開くことになるのである(13)。

　すなわち、十九世紀末の明治の殖産興業を引き起こした欧米諸国からの影響を第二波とすると、第一波は、十六・十七世紀にキリスト教と共に東アジアに到来した西洋の商人たちの活動ということになるのである。

五　アーリーモダンの日本近世と経済

従来から活況を呈していた十六・十七世紀の東アジア亜周辺の海域・島嶼に大きな影響を与えた西

欧の経済活動、それは十七世紀中盤以降、東アジア各国の海禁政策によって相互の人的交流は途絶えてしまうが、経済活動としてはその後も琉球などを中継地点にして盛んに行われてゆく。その中でも特に注目すべきなのは、十八世紀以降の日本における国内の経済改革とその成果である。

では、その過程で何が起きたのか。とくにそれまでの中世の時代に、日本で支配的な宗教であった仏教とどのような関係を築いていたのか、これがにわかに注目されてくる。そこで取り上げたいのは、近世の初期に登場した井原西鶴作『日本永代蔵』(元禄元年、一六八八)である。この作品は、その経済勃興に乗る形で登場した日本初の経済小説と言われる。ここではその冒頭の一章「初午は乗てくる仕合」を取り上げてみよう。その梗概を記す。

泉州水間寺では、毎年の初午の日に、信者が寺から十文程度の少額の銭を借り、それを次の年に二倍にして返すという風習があった。ところが、ある年に「年のころ廿三四の男、産付ふとくたくまし」い男が銭一貫文の大金を借りて行ってしまった。寺僧たちは貸したことを後悔したが、この男はこの金を他人に同じく倍返しで又貸ししたところ、借り手に幸運があると評判になって、十三年後には、八一九二貫の大金にまで膨れ上がった。男はその金を水間寺に奉納すると、寺では大喜びして宝塔を立て、この男(網屋)も武蔵に名だたる分限者となった。

この水間寺の貸金は、中世の寺院の多くが行っていた祠堂銭と呼ばれるものの一つである。その祠堂銭について小葉田淳は、以下のように述べている。

祠堂とは、儒家にて家廟や鬼神を祀る所をいったが、仏教においても、亡者のため冥福を誦する所、また位牌の安置所を指している。祠堂銭は、この目的に随い、信者が銭財を仏寺に納め、仏寺にそれを常住として保存したものである。近世においては、通常祠堂銀（金）と称し、これを金融資金として運用し、諸宗寺院・神社の重要な財源を成していた。即ち祠堂銭本来の意義を没却して、信者のあらゆる喜捨に拠る銭財の外、或は幕府・諸侯・富家等から金銭を借り入れ、これを諸方に貸し付けて貨殖の利を営んだのである。この場合、祠堂銭は社寺一般財政の基礎的な一仕法として、或は窮迫した社寺経済の一救済法として解し得られるものである。

（小葉田淳『日本経済史の研究』「中世における祠堂銭について」一九七八年、思文閣）

すなわち中世までは、信者が信仰の一端として金銭を寺に納め、寺もそれを保存するに過ぎなかったが、近世になると、寺は信者の金に加えて、それ以外の金も方々から借り入れて利殖に励んだということである。この話と先の「初午は乗てくる仕合」を比べると、その中世から近世への劇的な転換点に、何が起きたのかが良く分かる。

まず少額の金銭を寺から借りて、それを二倍にして次の年に寺へ返納するという行為においては、この少額の金銭は観音のご利益があるというお守り程度の意味しかなかっただろう。寺の側からしても、二倍になって戻ってくると言っても少額であり、また毎年の信者数や初午の参拝者数が大きく増えるわけではないので、金銭が劇的に増えるということはない。ところが、網屋の行為は、貸した金が倍、それがさらに倍という倍々ゲームになって一挙にふくらんだ。つまり利子の圧倒的な力である。

そしてここが重要なのだが、結局、その膨らんだ金が寺に戻されると、一貫文の銭を貸して失敗したと言っていた寺僧たちはどこ吹く風、諸手を挙げての大喜びで、自寺の宝塔を建てたのである。つまり、網屋の利殖の行為によって一番儲かったのは他でもない寺そのものだったのである。西鶴は書いていないが、このことによって寺も利殖の力に気付いたはずである。その後の水間寺も、この方法で利殖に励んだということもあったのだろう。それが小葉田の指摘された「即ち祠堂銭本来の意義を没却して、信者のあらゆる喜捨に拠る銭財の外、或は幕府・諸侯・富家等から金銭を借り入れ、これを諸方に貸し付けて貨殖の利を営んだ」に繋がって行くのである。

この「初午は乗てくる仕合」が中世から近世へと、劇的に変化してゆく社会、その原動力となった経済の力を象徴的に示していると初めて指摘したのは、経済学者・岩井克人の「西鶴の大晦日」（『現代思想』一九八六年九月臨時増刊号）に載る『永代蔵』論であった。岩井は巻一の一「初午は乗てくる仕合」の主人公網屋が祠堂銭（寺院の経済活動）という中世の「拝金思想」ではなく、近代資本制の「貨幣の論理」を身につけた男だとして、本物語を「拝金思想」が解体された物語であると指摘したのであった。

ここで重要なのは、この短編や、小葉田淳の先に引用した言葉が象徴的なのだが、東アジア、特に日本の近世では、それまで支配的であった中世の仏教は、宗教として崩壊したのはなく、経済活動に飲み込まれる形で、近世の経済体制に組み込まれて行った、馴致されて行ったことである。よって仏教の宗教的意義や権威は無くなったのではなく、強烈な個性は失ったものの、平準化・一般化する形で広く人々に浸透して行ったと考えられることである。

もし、そのように考えることができるのなら、日本での宗教的権威に取って代わり、多くの人々の意識を支えたのは経済であったと言って良い。そしてそれをまさに証明するように、十七世紀後半から経済に関する小説や物語、そして教訓書・指南書が巷に溢れだしてくるのである。

六　経済・経営書と教訓

そうした小説・物語類の先頭を切って歴史の舞台に登場したのが、先にも紹介した西鶴の『永代蔵』であったことは言うまでもないが、この作品は一読すれば分かるように、実用・教訓的言辞に満ちている。そしてそれらの教訓が向かうのはむろん宗教や倫理ではなく、商売の成否にあった。

天道言ずして、国土に恵みふかし。人は実あつて、偽りおほし。其心は本虚にして、物に応じて跡なし。是、善悪の中に立て、すぐなる今の御代を、ゆたかにわたるは、人の人たるがゆへに、常の人にはあらず。一生一大事、身を過るの業、士農工商の外、出家・神職にかぎらず、始末大明神の御託宣にまかせ、金銀を溜べし。
（巻一の一「初午は乗てくる仕合」）

人は十三才迄はわきまへなく、それより廿四五までは親のさしづをうけ、其後は我と世をかせぎ、四十五迄に一生の家をかため、遊楽する事に極まれり。
（巻四の一「祈るしるしの神の折敷」）

そして、こうした教訓的言辞を受け継いで、近世では膨大な経済・経営書・指南書が刊行される。それらの展望については、別稿にて若干触れておいたが、(14) 版本や写本の点数や数量と合わせて悉皆的な調査が要求される。むろんそうした調査の後にしか、結論的に言うことは許されないが、しかし、ざっと見渡しただけでも、こうした実用・教訓書の数が抜きん出て多いことは了解されるのである。

そこで、これも仮定的と断っての話ではあるが、もしそうした経済に関する小説・物語類、そして実用・教訓書の数が膨大であるとすれば、桑原が言われたように西欧では「教会の統一的思想が権威を失って、その指導する生き方に人々がしたがわなくなったとき、共同体から切りはなされた個々人に『いかに生くべきか』を示そうとしたのが、近代文学とくに小説であった」とすれば、日本では、仏教や神道の思想が権威を失って、その指導する生き方に人々がしたがわなくなったとき、共同体から切りはなされた個々人に『いかに生くべきか』を示そうとしたのが経済や商売、そしてそれを基にした倫理観であり、そこへ導くための教訓的言辞であった、と考えられるのである。

そして更なる問題は、そうした教訓的言辞の内容・内実であるが、これも私なりに広く近世の経済に関する実用書・教訓書を見渡してみた限りでは、中世まで支配的であった仏教・神道の思想や、近世になって武士を中心にした支配階級の中に浸透した儒学等の中国思想が取り込まれていることに気付く。

・『日本永代蔵』巻四の一「祈るしるしの神の折敷」、西鶴、元禄元年（一六八八）、19頁の引用文。
・『身体柱立』手島堵庵、明和七年（一七七〇）
先少年の内二十歳までを捨にして、凡本卦六十歳までと積り、中年四十歳の間始末をしてみる時は、其人二十一歳の年より毎年銀十匁ずつ、三十歳までの十カ年の間延し
・『渡世肝要記』有喜堂、天明八年（一七七八）、増補本、文化四年（一八〇七）
たのしみは家職の内にありそ海、濱のまさごの金銀の蔵、人は四十より内に随分精をいだし銀をもふくべし、四十過根気おとり、五十になり猶以て気力おとり、万事若き時とは違也。
・『家業相続力草』土屋巨禎、寛政六年（一七九四）
貝原益軒先生ののたまはく、夫人生れて五計といふ事あり、一生の間十歳より六十歳までに、時につけてなすことあり、先十歳の頃はひとへに父母の養によりて生長し、父母のをしへに背くべからず、是を生計といふ、二十歳は家業をならひ学問して身を立る計をなす身計といふ、三十歳より四十歳にいたり、家事をいとなみて家を保はかりごとをなす、是を家計といふ、五十にして子孫の為にはかる、是を老計といふ、六十より已上は我死後のいとなみをはかる、是を死計といふ。

これらは、人の一生にそれぞれの時期に相応しい努力目標があることを示した、まさに教訓的言辞であるが、この背景に『論語』（子曰、吾十有五而志乎学、三十而立、四十而不惑、五十而知天命、六十而耳順、七十而従心所欲不踰矩）や、「五計」（中国宋末時代、朱新仲が教訓としてまとめたと伝えられる）があることはすぐに見て取れる。

しかし、重要なのは、それらの仏教や儒教等の思想は、思想そのものに純粋な影響を及ぼしたというよりは、現実の経済活動にどう資するかという視点から引き出され、区分けされたものであることだ。たとえば、『永代蔵』巻三の一「煎じやう常とはかはる問薬」に、呑めば長者（金持ち）になること疑いのない薬として「長者丸」なるものが登場する。この薬の効用は「朝起五両、家職二十両、世詰八両、始末十両、達者七両」ということだと説かれている。こうした言辞は後年も引き継がれている。

・『商人夜話艸』手島宗義、享保十二年（一七二七）
富宅丸……正直五両、堪忍四両、思案三両、養生三両、用捨一両
・『渡世肝要記』有喜堂、天明八年（一七八八）、増補本、文化四年（一八〇七）
陰徳丸……陰徳十両、慈悲十両、堪忍十両、正直十両、義理十両、勤行十両

すなわち、基本には経済・経営があり、それを基盤にして選択が行われていることが重要である。

なお、日本の近世において儒学の影響が表面的なものに留まった点に関して、従来から、儒学の君臣

秩序や官僚中心主義が日本の政治体制や社会的風潮に合わなかったから、と言われるのも同じことで、要するに日本の現実に合う部分のみが利用されたに過ぎないのである。それとは反対に、朝鮮半島では現実にそぐわない部分があったとしても、中国の思想や文化一般を強引に取り入れたものと思われる。それは中国の最近辺にあった国家としては当然のことであるが、亜周辺の日本においては、現実に即した取捨選択が十分に可能だったのである。(15)

むすびに

第二次大戦直後の日本で「お客様は神様です」と言って一世を風靡した歌手が居た。この言葉は芸能人が発した言葉でもあったからであろう、俗臭に塗れて学問の世界ではまともに取り上げられたこともないようだ。しかし本章で検討したように、近世の日本において、それまでの仏教や神道に変わって、経済が多くの人々の心を支配し、まさに神仏の位置にまで登りつめて行った過程を見る時に、案外に重要な言葉であるように思われて来る。

また、昨今では、二〇二〇年の東京オリンピックの開催や日本の観光立国化の中で「おもてなし」という言葉が流行っているようだが、この「もてなす」はホスピタリティ（歓待・厚遇）と言ってしまうより、やはり「お客様は神様です」の方がピタリと来る。すなわち、この「もてなす」には何がしかの信仰心が隠れていると思われるのである。

これが日本の独特のものとは言えないが、少なくとも早い時期に中華文明・文化から離脱し、同じ東アジアでも早い時期に経済や資本制に結び付いた亜周辺の日本が、その地勢を利用して永く培ってきた精神の一つであるとは言えるだろう。もしそう言って良いなら、「お客様は神様です」「おもてなし」に残る微かな宗教性は、宗教を取り込んだ日本「経済」の痕跡であるとも言えよう。

このような、経済や経営に関する実用的・教訓的言辞や倫理を説き、物語化した近世の小説・教訓書・説話類、特に膨大な数になると予想される教訓書・説話類は、従来の文学研究、経済・経営史研究の狭間に放置され、見落とされて来たものである。「文学」から「文」学への視点の転換は、こうした手つかずの沃野に積極的に目を向けることになるはずである。

注

（1） イ・ドギル『イ・サンの夢みた世界（上・下）』（キネマ旬報社、二〇一一年）等。

（2） 渡辺浩『近世日本社会と宋学』（東京大学出版会、一九八五年）等。

（3） 正田健一郎『日本における近代社会の成立』（三嶺書房、一九九〇年）。

（4） 中国においても宋代の経済復興が有名なように、様々な場所、様々な時代において経済的な隆盛が見られたことは言うまでもない。それは規模的に言っても日本を凌ぐものがあったであろう。しかし、そうした経済隆盛の最中にあっても、中国には士大夫を中心にした「文」の軌範があった。日本にはそうした軌範が弱かった。

（5） 坪内逍遥『小説神髄』（岩波文庫、二〇〇六年）。

（6）桑原武夫「文学とはなにか」（『岩波講座　文学』第一巻、一九五三年）。

（7）西欧の近代小説、特に十七・十八世紀のものから、教訓的言辞や人生の教師的話材を導き出すことは容易である。そもそも西欧の近代小説の嚆矢と言われたセルバンテス（一五四七〜一六一六、『ドン・キホーテ』の著者）やデフォー（一六六〇〜一七三一、『ロビンソン・クルーソー』の著者）にそれは明らかで、セルバンテスは『模範小説集』を出版し「私はこれらの小説に「模範」という名を冠しました。それというのも、あなたがじっくりご覧になれば、いずれの作品からも何やら有用な模範を引き出すことができるはずだからです」（序、『模範小説集』牛島信明訳［国書刊行会、一九九三年］より）とわざわざ断っている。また、デフォーの書いた『ロビンソン・クルーソー』は絶海の孤島に流れ着いたロビンソンの姿を描くが、彼の穀物栽培や家畜、生活一般からは合理的で様々な教訓に満ちている。

（8）『源氏物語』の作者も読者も女性が主であることに対して、朝鮮の源氏とも言われる『九雲夢』の読者は女性達が中心ではあったが、作者は金萬重で男性である。しかし、金萬重は父親が早世してから、母親によって育てられ、その母親とは一心同体であったとも言われる。『九雲夢』も母親のために書かれたと伝わっており、そうした環境を反映するように、物語内容も楊少游と八人の女性達が中心になる。また、この楊少游の父親の影が薄く、物語全体に女性的な雰囲気が充満している物語と言ってよい。

（9）カール・ウィットフォーゲル『オリエンタル・ディスポティズム』（湯浅赳夫訳、新評論社、一九九五年）。

（10）湯浅赳夫『「東洋的先制主義」論の今日性』（新評論社、二〇〇七年）。

（11）柄谷行人『帝国の構造――中心・周辺・亜周辺』（青土社、二〇一四年）。

（12）網野善彦「海と海民の支配」（秋山智也編『海人の世界』所収、同文舘出版、一九九八年）等。

（13）川勝平太「日本の工業化をめぐる外圧とアジア間競争」（浜下武志、川勝平太編『アジア交易圏と日本工業化一五〇〇—一九〇〇』所収、リブロポート、一九九一年)。小林多加士『海のアジア史——諸文明の「世界=経済」』(藤原書店、一九九四年)。

(14) 拙稿「日本経済小説史は可能か」(『文学・語学』二一八号(創立六十周年記念号)、全国大学国語国文学会編、二〇一七年三月)。なお明治以降の一九一六〜一七年に刊行された『通俗経済文庫』(全十二巻、滝本誠一編纂)にはそうした経済書の一部が収録されている。

(15) 前掲注2など。

◆第一章…国家、社会と「文」…②中国

中国「文」学の近世化——科挙制度と文学観変容の視角から

張 伯偉
（姜 若冰訳）

一 早期の国家、社会と「文」

国家、社会と文学観の変容は、重要な問題である。

中国文学の歴史においては、秦王朝が初の専制的統一帝国を樹立した時から、国家の文化政策は社会に大きな影響を及ぼしてきた。社会の主流となる思想を支配者が統制するという構図は、文学観が形成される早期段階において最も顕著であった。

秦王朝が立国の根本として据えたのは、法家思想である。法家思想の一つの特徴は、「反知識、反文化」である。『韓非子』和氏の記載によれば、商君は「詩、書を燔きて法令を明らかにし（燔詩書而明法令）」、文化と学術の担い手である儒生に対しても、法家は同じく敵視していた。商鞅は儒家の典籍や思想を「六虱《りくしつ》」（『商君書』靳令）にたとえ、韓非もまた儒生を「文を以て法を乱す（以文乱法）」「五《ご》蠹《と》」の一つ（『韓非子』五蠹）とみなしていた。始皇帝の「吏を以て師と為し（以吏為師）」、「書を焚き儒を坑する（焚書坑儒）」に至って、すべての異端や「私説」が一掃され、文学は政治に奉仕する道具とされたのである。中国の歴史上、思想・文化統制が立国政策に現れたのは、これが初めてである。よって後世の人は「秦の世、不文なり」(『文心雕龍』詮賦)の評を下したのである。秦を最も代表する文学——秦刻石は、文字が端正でありながら素朴さも備え、後世碑刻文の祖となったものである。姚《よう》鼐《だい》の『古文辞類纂』碑志類にも、李兆洛《りちょうらく》の『駢体文鈔』銘刻類にも、それが首位を飾り、文学史上で一定の地位を占めているが、その内容はというと、大抵は歌功頌徳の類いで、媚び諂《へつら》う風潮の口火を切ったものである。

漢代は開国当初、秦の失敗から学び、書物献上の道を開いて書籍の収集に努めた(改秦之敗、大収篇籍、広開献書之路——『漢書』芸文志)。また「誹謗妖言の罪」を廃し、文化・学術の発展を促進した。しかし、漢の武帝になると儒家のみを尊び、それ以外の思想を排斥するようになり(罷黜百家、独尊儒術)、「五経」博士の官職を置いた。これは一方では、経書の熟通により仕官への道が開かれ、儒家思想本来の果たすべき役割がある程度発揮できたが、しかしもう一方では、政権の力で一つの学説を推し進めれば、文化・学術の自由な発展を束縛する弊害も必然的に伴ったのである。また、経書の熟知を利禄と結び付けると、経書の意義も埋もれてしまうのである。このように独裁的な「大一統」社会における文人の役割は、歌功頌徳や太平を謳歌して娯楽に奉仕するものに過ぎないと、統治者は見ていた。司馬遷は自ら「占いや巫に近く、固より君主の慰み者で、楽人や俳優として養われ、世間や俗人に軽蔑されるものである(近乎卜祝之間、固主上所戯弄、娼優所畜、流俗之所軽也——「報任少卿書」『文選』巻四一)」と述べており、枚皋も「経術に通ぜず、詼笑して俳倡に類し(不通経術、詼笑類俳倡——『漢書』枚乗伝)」、東方朔なども皇帝により「俳優に之を畜ふ（俳優畜之――『漢書』厳助伝）」という運命から免れなかったのである。

文人たちは、この「視らるるは倡の如き（見視如倡）」の地位を甘受せず、往々にして文学を経術と結び付けて、その社会風刺の作用を強調する。『詩経』は五経の一つとされ、『楚辞』も「五経に依託して以て立意する（依託五経以立意――王逸『離騒経後叙』）」ものとされていた。司馬相如は大賦をしため、「其の要は、節倹を引くことに帰し（其要帰引之節倹）、詩の風諫と何ぞ異ならんや（與詩之風諫何異――『史記』司馬相如列伝）」としていた。しかし、「大一統」社会においては、文学のこのような理想も実現不可能な空想に過ぎない。実際の作用もまさに彼ら自身が言うように「百を勧めて以て一を諷す（勧百以諷一）」に過ぎないのである。揚雄が強い怨讟《とく》の気持ちにより賦を「壮夫は為すことのない」「童子の雕虫篆刻」（『法言』吾子）に譬えたことは、まさに専制政治の圧力と士人たちの無力を示唆したものである。

魏晋以降、乱世が続き政権交代も頻繁になり、皇室の統治力は弱まって門閥貴族が朝廷の実権を握るようになった。「上品に寒門無く、下品に士族無し」の現象は常態と化し、文学は「経天緯地」、「経世済民」、つまり天下を治め、民を救うことができなくなった以上、ますます娯楽に歩み寄り、形式そのものを追求するようになったのである。

隋が南北を統一してから、文帝は試験制度を用いて官吏を選抜するようにし、南北士族の対立関係を緩和させた。初唐の科挙試験は、隋の既存制度の因襲を経てさらに「詩賦」で士人を選ぶ形まで発展し、従来の門閥貴族の勢力を抑え、寒門出身の読書人に立身出世の希望を与えた。陳子昂は詩の「興寄」を強調し、六朝期の艶麗な詩風を一掃して「文道合一」の伝統を回復した。彼は当時において「海内の文宗」、「当世、以て法と為す（当世以為法――『新唐書』陳子昂伝）」と広く認められただけでなく、後世においても高い評価を得た。唐代における文風の創新は、陳子昂の復古に始まったものである。彼は韓愈に影響を及ぼし、古文運動の興起を導いた。

宋代は文を重視する時代である。唐が武人割拠によって国を滅ぼした教訓に鑑み、宋は太祖の時代から文を尊び、士を崇《あが》めた。進士科の人材採用は、最も多い時に年に「万七千三百人」（曾巩『本朝政要策』貢挙、『曾巩集』巻四九）にのぼった。したがって士人階層も厖大化した。「文は以て道を載す（文以載道）」という観点の提起は、宋代文学に多大な影響を与えていた。いっぽう、儒、釈、道三者を融合した新たな文化のあり方は、思想をもより豊かにした。さらに印刷技術の発展も加わり、官刻のほかに、民間の坊刻、私刻も大きく発展し、思想伝播の迅速化も実現できたのである。これらの変化により、国家と社会の間で、文学観においては一定の乖離が生じた。広大な国土範囲を持つ中国にとって、ある特定の思想で全体の歩調を統一することは、実は非常に困難である。ゆえに明清時代になると、大伝統と小伝統、政権側と民間、国家と社会においては、さらに複雑で多様な形態が表れたのである。

二　近世国家と「文」

ここでは、明から清末までを東アジアの近世とする。韓国史上の朝鮮時代と日本史上の戦国、江戸、明治時代とほぼ重なる。

明は元を滅ぼし再び漢民族の政権を樹立した。朱元璋《しゆげんしよう》は元の科挙制度をそのまま因襲することに不満を感じ、十年間の休止を経て、洪武十五年（一三八二）に遂に科挙試験を再開した。以前との最大の違いは、「八股文《はつこぶん》（「制義」とも言う）」を用いる点である。問題はすべて『四書』、『五経』から出題され、永楽年間にさらに勅修『五経四書大全』が編纂され、釈義はすべて程頤、朱熹の注釈に基づき、内容も聖人や賢人の口調で語らなければならないのであった。また「内外の文臣はすべて科挙試験から選抜し、科挙を受けない者に官職を与えない（中外文臣皆由科挙而進、非科挙者毋得与官――『明史』選挙志）」と規定されたゆえ、文才のある士人たちも科挙出身を誇りに思うようになったのである。

八股文は、形式化したロジック性の強い文体で、形式上「破題、承題、原題、起講、入題、提二比、出題、中二比、過接、後二比、東二小比、大結」などで構成され、なかに「八比（提比二股、中比二股、後比二股、東比二股）」が含まれるため、「八股文」と呼ばれている。試験は三次選考まで行われるが、一番重視されるのは一次選考時の「八股文」であるから、その作成力が科挙成敗のカギとなってくる。実はその思考様式とされる起承転結は、唐代科挙の律詩及び宋代科挙の経義との間に継承関係を持つ。起承転結と言えば、「八股文」の陳腐な決まり文句と思われがちだが、事実上、早くも唐人の詩格、賦論の中でこのような思考様式が見られていたのである。神彧《しんいく》『詩格』に「破題論」、「頷聯論」、「詩腹論」、「詩尾論」があり、佚名『賦譜』で唐代律賦の八段構造に言及した際にも「頭、項、腹、尾」の例え方を用いた。中では「腹部」がさらに「胸、上腹、中腹、下腹、腰」に分けられ、「全部で八段、段ごとに韻を変えて発語するのが常体であった（都八段、段段転韻発語為常体）」。しかし、明は八股文を定式として定め、文章の枠組み、内容、主旨など各方面において厳格な制限を設けたところが、従来の科挙の「文」とはやはり大きく変わっていたのである。

後になって八股文への評価は日々低下していくが、当時では人々はこぞってそれをお手本にしていた。明の科挙受験者数は最多時で数十万もあった。顧炎武《こえんぶ》は、一つの県で受験者を三〇〇名として計算すれば、全国合わせて五十万を下らない規模となるが、彼らに教授するものはというと、試験場の八股文のみだ（合天下之生員、県以三百計、不下五十万人、而所以教之者、僅場屋之文――「生員論上」『顧亭林詩文集』巻一）と述べていた。当然ながら、八股文が当時の文学に与えた影響は極めて大きかったのである。

良き影響としては、厳格な規定を持つ文体に長けていれば、明晰な思考力と厳密な論理能力が培われることが挙げられる。清の王士禛《おうししん》は「時文は詩や古文には与しないが、八股文が分からなければ理路もはっきりしないのだ（時文雖無与詩古文、然不解八股、即理路終不分明――『池北偶談』巻一三「時文詩古文」条）と言っていたし、現代の学者銭基博も「見聞きしたところ、言葉と文章の精巧さや論理的な点においては、八股文を超えるものがない（就耳目所睹記、語言文章之工、合於邏辑者、無有逾於八股文者也）[1]」と述べていた。従って明清以来、文学作品は実に八股文から影響を受けていたのである。

詩については、潘徳輿《はんとくよ》「明の詩、八股時文に似たり（明詩似八股時文――『養一斎詩話』巻二）」という指摘があった。文については、「制挙業の道、古文と常に相い表裏す（制挙業之道、与古文常相表裏――艾南英「金正希稿序」『明文海』巻三一二）」という言及があり、或いは古文を以て時文と為し、或いは時文を以て古文と為していたのである。呉訥はこれを批判して、文章の趣旨を顧みず、一概に八股文の経義や性理を詩賦及び応酬などの作品に盛り込むことは、果たして良いだろうか（若不顧文辞題意、概以場屋経訓性理之説、施諸詩賦及贈送雑作之中、是豈謂之善学也哉――『文章辨体凡例』）と指摘したことがある。

戯曲の場合となると、八股文はもともと聖人や賢人に代わって立言するためのものだから、八股文の名手が戯曲を手掛けることがすでにあった。例えば丘濬《きゅうしゅん》の『五倫全備記』に「これは虚構であるけれども、実はいつの時代でも綱常として守るべき倫理である（雖是一場仮託之言、実万世綱常之理）」とあったのである。また、徐渭《じょい》は『南詞叙録』で「時文を用いて南曲を作る、……其の弊害は「香嚢記」から始まった（以時文為南曲、……其弊起於『香嚢記』）」と批判したのは、邵燦《しょうさん》が書いた伝奇である。いっぽう、戯曲の名手で八股文にも長けている点において、湯顕祖《とうけんそ》の右に出る者はいなかった。銭《せん》鍾書《しょうしょ》もこの点に多く触れていた。例えば王昶「科挙受験は『牡丹亭』から力を得ることが多かった、これを読めば合格できる（謂生平挙業得力於『牡丹亭』、読之可命中）」の話や、張詩舲《ちょうしれい》「自ら『西廂記』に於いて力を得る（自言得力於『西廂記』）(2)」の話など。戯曲もまた八股文と相い表裏をなすと言える。『五倫全備記』は朝鮮半島においても人気が高く、『五倫全備諺解』まで生み出されて、文学史、思想史および言語史においても価値がある作品である。

明の中後期から、思想の多様化が進み、国家イデオロギーの表れである八股文は、批判され始めた。これら批判の声は、民間から出るものもあれば、政権側から出るものもあった。言葉遣いや口調に度合の差があるものの、不協和音がつねに聞こえていことは事実である。これは、支配階層内部においても意見の不一致があることを物語っている。八股文試験は、光緒三十一年（一九〇五）の科挙廃止まで続いたが、乾隆年間編纂の『四庫全書』は、明の永楽年間に勅修の『四書大全』に対して、「明の永楽中、『大全』が世に出てから近道が開かれ、八股文が盛んになって俗学が流行り出した……『大全』は前代の制度であり、経書意義の明暗、学術発展のカギでもあるため、特にこれを保存して、二百年以上の間、士人文風の弊習のゆえんを明らかにする。これは戒めを示すものであり、法を示すものではない（明永楽中、『大全』出而捷径開、八比盛而俗学熾……『大全』既為前代之功令、又為経義明晦、学術昇降之大関、亦特存之、以著二百余年士習文風之所以弊、蓋示戒、非示法也――『四庫全書総目』巻三六）」という評語を与えた。その矛先は明に向けているが、同じ現象は清にも存在していたので、批判の射程には本朝も含まれていたのであろう。顧炎武は「八股の害、焚書より甚だしい。而して人材を敗壊するは、咸陽の郊に坑する所の者より甚だしき有り（八股之害、甚於焚書。而敗壊人才、有甚於咸陽之郊所坑者――『日知録』巻一六「科挙」）と指摘し、八股文の危害が始皇帝の焚書坑儒よりも酷いものであると明言した。民間の文人に至っては、八股文を使って戯謔や娯楽に供するものまでいたのである。例えば唐寅の名に託した『西廂』八股、『我是個多愁多病身、怎当他傾国傾城貌』が、その代表的な傑作である。(3)

三　近世社会と「文」

前人が中国「文学」観の変容を検討する際に、主に「文」という概念が芽生えの段階から、曖昧だったものが明確化し、独立へ発展して行く過程に着眼し、「文」と「学」、「文」と「筆」、「文」と「詩」などの関連に言及してきた。唐以降の文学観については、ひたすら文体の変化に視線が集中したのである。最も代表的な観点は、焦循《しょうじゅん》が『易余籥録《えきよやくろく》』巻十五に提起した「一代に一代の勝る所あり」である。つまり「漢則ち専ら其の賦を取り、魏晋六朝、隋に至りて則ち専ら五言詩を録し、唐則ち専ら其の律詩を録し、宋専ら其の詞を録し、元専ら其の曲を録し、明専ら其の八股を録す（漢則専取其賦、魏晋六朝至隋則専録五言詩、唐則専録其律詩、宋専録其詞、元専録其曲、明専録其八股）」という見解である。彼自身はプライベートの場で小説や戯曲も好んでいたにもかかわらず、建前の議論としては、これらの書籍を人の前には持ち出せないものとしていた。これは個別の士大夫に限った現象ではない。『四庫全書』は天下の書籍を網羅し歴代の学問を包括したのだが、なかには決して戯曲と小説（白話小説を指す）の入る余地がなかったのである。清末民初の文学革命に至って、ようやくこの二種の文体が西洋文学観の刺激下で突然重視されるようになった。ただ、実際は、それも一蹴してできたものではなく、文学観の突然変化には広範かつ深遠な社会的基礎があったからである。

政権側のイデオロギー表現においては存在空間を得られなかったが、小説は民間においては広く受け入れられていた。銭大昕は小説を儒、釈、道以外のもう一つの宗教であると揶揄し、士農工商から文字の読めない婦人や子供まで浸透したことに憤慨していた（古有儒、釈、道三教、自明以来又多一教、曰小説。小説演義之書未嘗自以為教也、而士大夫、農、工、商賈無不習聞之、以至児童、婦女、不識字者亦皆聞而如見之、是其教較之儒、釈、道而更広――「正俗」『潜研堂文集』巻一七）。この記述から、十八世紀において、憚らず白話小説を好む読者層は四民（士農工商）に広がり、とくにその首位に立つのは「士大夫」であったことが分かる。彼らの中では、例えば馮夢龍《ふうぼうりゅう》、凌濛初《りょうもうしょ》、李漁《りぎょ》など、自ら小説や戯曲の創作、編纂、出版、上演に携わる人も多い。銭大昕はそれを洪水猛獣と見做し、それらの書籍を「焚いて之を棄す」と呼び掛け、更に法を作って小説を印刷、販売する者に「以て違制の罪を科す」（同上）と提起したのは、まさに大衆社会における小説や戯曲に対する熱中ぶりを目の当たりにしたからであろう。

王利器《おうりき》が輯録した『元明清三代禁毀小説戯曲史料』をめくれば、小説と戯曲を禁じるために出された政府とその意向を伝達する地方の公文書（例えば諭旨法令、奏議官箴、郷約家訓）が大量に見られる。これらの公文書は、大衆の小説や戯曲に対する熱意と鮮やかな対比をなしている。禁令の中では社会の風紀を正し、世道の衰退や人心を救う云々を建前の理由としているが、心底では群衆の集団化を防ぎ社会の趣味を統一するのが狙いであったろう。ただ実質的にはこれらの禁令もたいてい空文化してしまったのである。胡応麟《こおうりん》は小説が盛んに流通している地として北京、南京、蘇州、杭州（今海内書凡聚之地有四：曰燕市也、金陵也、閶闔也、臨安也――『少室山房筆叢』巻四「書籍會通」）を挙げたが、明のみならず、これは清の状況にも当てはまる。白話小説の出版は盛況を呈し、翻刻者、海賊版、表紙やタイトルのすり替えなどはしばしば見られた。社会の需要に応じるため、商家は利益に動かされ粗悪品が後を絶たない。なかでは確かに内容の重複や芸術性に欠くものも大量に含まれていた。清末に西洋の印刷技術と設備が中国にもたらされ、開港した上海は時代の先頭に立ち、書局ないし新聞社を中心に小説が一世を風靡した。これもやはり社会との関係が緊密だったからである。(4)

人の本性から言えば、小説を読むこと、演劇を鑑賞することの基本的な動機は娯楽の追求である。上は帝王高官から、下は無知の百姓まで、一つも例外となるものがない。統治者は大衆社会において小説と戯曲を禁じていながら、宮廷の中では自らそれを享受していたのである。東アジア地域においては、俗文学を手放しに歓迎したのは日本だけで、ゆえに中国の明清小説は日本に所蔵されているものが非常に多く、(5)日本の国文学とも融合し、(6)政府と民間の間には大きな衝突がなかったのである。いっぽう、中国にしても朝鮮にしても、政権のイデオロギーと大衆社会のそれとはもとより違いがあるが、政権内部においても言行の不一致が常に存在していたのである。朝鮮時代の例を挙げれば、成《ソン》宗《ジョン》（一四七〇～一四九四在位）は稗官小説を好んで読み、大臣もその好む所を案じて新刊があれば進呈していた。弘文館副提学の金諶《キム・シム》らは上書して、小説などの書物が「淫声美色」に等しく、帝王の読むべきものではないと苦言した（伏聞頃者李克墩為慶尚監司、李宗准為都事時、将所刊『酉陽雑俎』、『唐宋詩話』、『遺山楽府』及『破閑』、『補閑集』、『太平通載』等書以献。……臣等窃惟帝王之学、潜心経史、以講究修斉治平之要、治乱得失之跡耳、外此皆無益於治道、而有妨於聖学。……若此怪誕戯劇之書、殿下當如淫声美色而遠之、不宜為内府秘蔵、以資乙夜之覧――『成宗実録』二十四年十二月戊子）事例があった。また、正祖《チョンジョ》（一七七七～一八〇〇在位）は文体の雅正を強調し、稗官小説を根絶しようと称したが、当時編纂された『大畜観書目』からみれば、王室は『説鈴』、『紅白花伝』、『包龍図公案』、『今古奇観』、『拍案驚奇』、『女仙外史』などの小説を大量に所蔵していたし、なかでは同じものが複数収められ、例えば『金瓶梅』、『情史』、『醒世恒言』は二部ずつ、『紅楼夢』、『補紅楼夢』は三部ずつ所蔵していたのである。また諺文に訳された小説もある。例えば『型世言』、『東漢演義』、『後水滸伝』、『続水滸伝』、『三国志［演義］』、『西漢演義』、『玉嬌梨』、『拍案驚奇』など。官僚貴族たちの行動も類似している。例えば正祖の時に奎章閣提学の任にある李晩秀《イ・マンス》は、科挙の試験官を務めることも多く、自らの詩作で稗官小説を猛獣に譬えてその弊害を述べていた（稗官為説害人多、猛獣於人不是過）[7]にもかかわらず、李裕元の記載によれば、李晩秀は普段、稗官小説を手放さないほどであった（平日手不釈者即稗説也——『林下筆記』巻二七「春明逸史」〝喜看稗説〟条）。大衆社会において禁令が遂行できないのは、統治者階層の言行不一致によるものであろう。

結語

国家と社会という二つの角度から「文」を考察し、さらに両者を合わせてみる必要性がある。「文学観」を社会という枠組みの中に置いて観察し、実際に生活の中で人々は如何に文学を捉え、どのように文学を使用しているかに重心を据えて考察すれば分かることだが、政権側から発する論調はいくら立派なものでも、小説と戯曲を文学として認めず、いかに文学の殿堂からそれを排除しようとしても、大衆社会で形成される「実際の」文学観においては、小説は人々が日常でもっとも親しんでいる文学であるゆえ、その社会における役割と影響は、儒釈道の三教を越え、もう「一つの宗教」となり得たのである。

清末に梁啓超などは外国の文学観を吸収して「小説界革命」(戯曲を含む)を提唱して以下のように言った。小説は人を深く感じさせるものであり、西洋の文学論において小説が必ず一番重要な地位を占めている(小説之道感人深矣、泰西論文学者必以小説首屈一指──『新民叢報』一九〇二年第十四号)。これら外来の思想は、明清以来の大衆社会において実際に存在していた本土の文学観にスポットを当て、それを合法化したものである。表に出られなかった小説は正々堂々と文学の殿堂に仲間入りをし、最も重要な文体となったのである。文学観も伝統から現代への変容を遂げた。王国維《おうこくい》が美術(すなわち芸術)を論じた際に「詩歌戯曲小説を以て其の頂点と為す」(『紅楼夢評論』第一章)と言い、本当に中国人の精神世界を代表するものは「戯曲小説」であるとした(同上第三章)。彼の『紅楼夢評論』、『宋元戯曲史』は、魯迅の『中国小説史略』と並んで、現代学術史上の双璧を成している。戯曲、小説に関する研究も、この二人の巨匠によって、初めて学術的な地位を獲得したのである。

注

(1) 銭基博『中国現代文学史』下編(二)「邏輯文」(岳麓書社、一九八六年)。
(2) 銭鍾書『談芸録』四「附説四」(中華書局、一九八四年)参照。
(3) 大木康『原文で楽しむ 明清文人の小品世界』(中国書店、二〇〇六年)参照。

（4）潘建国『物質技術視域中的文学景観：近代出版與小説研究』（北京大学出版社、二〇一六年）参照。
（5）孫楷第『日本東京所見小説書目』参照。『中国通俗小説書目』（外二種）（中華書局、二〇一二年）所収。
（6）石崎又造『近世日本に於ける支那俗語文学史』（清水弘文堂書房、一九六七年）参照。
（7）『桐漁遺集』。韓国閔寛東、金明信『中国古典小説批評資料叢考・国内資料』（学古房、二〇〇三年）より引用。

◆第一章…国家、社会と「文」：③韓国

近代以前の韓国における国家、社会と「文」

沈　慶昊
（金子祐樹訳）

一　近代以前の韓国における「文」と漢文

近世以前の「文」は、学問と文学はもちろん、言語文字生活において成し遂げられた思惟の表現と反映による全ての産物を指す。ところが、国家や社会と「文」との関連を論じるとき、国家と社会を等質的なものと理解すべきか、平行あるいは乖離として把握すべきか、戸惑う。筆者は社会という言葉を、国家権力の及ぶ範囲内で個人の日常生活が営まれ、且つ、時には国家権力にまつろわぬ議論も行われる領域であると、理解したい。個人の日常や議論は、国家権力の支配を受ける側面があると同時に、国家権力と乖離する局面がある。従って、近世以前の「文」は国家が統制し指導する側面が重大である反面、それと平行あるいは乖離する局面も一定の意義をもつ。

韓国は、古代国家の段階で漢字漢文の文字叙述体系を取り入れ、中国古代の表現法・叙述法・文学様式を取捨選択して受容した。また、上古より十五世紀前半まで、韓国の国家権力は詞命文の作成、中国使臣（時には日本からの使節や文人）との唱和、各種の応製（王命により詠まれた詩）において「華国文章」（国家を美化・礼賛する内容の文章）と「経国文章」（国家運営に関する文章）の理想を貫徹しようとした。知識人らは、公的事実を記録して公文を製作する一方、思惟を述べ感情を表すために、散文や駢文の漢文文章構造とともに押韻平仄の規則を守る韻文も用いなければならなかった。

しかし、公文書の領域と口語中心の生活世界では、文言語法の漢文が生活の記録や言語主体の内面を書き記すのに不十分であることがいち早く判明した。そして、国家記録と民間生活では音借や訓借の語彙を用いつつ口語の語順を考慮に入れて文章成分配置法が援用され、吏読（漢字の音と訓を借りて韓国語を表記する借字表記法の一種）式漢文が併用された。十五世紀半ばに訓民正音が創られて以降、その表音文字を活用した各種の文体が「文」の領域でその勢力を拡大していく。そのため、中央の国家権力が文字生活を主導しながらも、文字活用の「文」の様々な局面で亀裂が生じた。思想界では仏教文献と儒家文献とが、階級的には士大夫叙述体と民間叙述体とが、文書としては中央套式と地方套式、政治行政文書と法案文書とが、それぞれ併存し、位相差を生ぜしめた。

二　韓国における「文」の受容

上古韓国の高句麗は西暦一二二年に中国の詔を受領、一二三年に中国に表を呈納し、三七二年に太学を設置した。四一四年には文言漢文による散文の文章を刻んだ「国岡上廣開土境平安好太王碑」〔いわゆる広開土王碑〕を建立する。新羅では、七～八世紀になると漢字の音と釈を借用して文章成分の文法形態を標示する書記様式、郷札が発達した。十一世紀の高麗の僧侶らは、仏典に角筆を用いて釈読口訣（口訣とは、日本の送り仮名と同じく漢文理解のために句と句を区切る、韓国語の文法要素）をつけた。

ところで、韓国の「文」の世界では、七世紀初から駢儷文が用いられ、詩において押韻が重視されるようになる。高句麗嬰陽王二十三年（六一二）に成立した乙支文徳《ウルチムンドク》の「贈隋右翊衛大将軍于仲文」は五言四句で、押韻が施された。当時は『切韻』系韻書が輸入されていたらしい。六五〇年に新羅で製作された「真徳《チンドク》女王織錦頌」は、押韻方式が整えられている。九世紀末、新羅末期に至ると、碑誌に押韻の銘を用いることが文化的慣習となった。崔致遠《チェ・チウォン》（八五七〜？）の四山碑銘には四句一転韻の詞が付けられている。十世紀初、高麗初期の「朗空《ナンゴン》大師白月栖雲塔碑銘」にも四句一転韻（四句ごとに換韻するように踏ませる押韻）の詞がある。高麗初期からは駢儷文と共に古文が重視され、古文が次第に優勢となった。

韓国古代の知識人層は中国の字書と識字の教本とを初学者の識字教育に活用したと思われる。そのうち、『千字文』は十五世紀初頭に当たる李朝初期に、国家機構で注解し活字で刊行されている。一五八三年（宣祖十六）には、中央で『石峰千字文』を刊行する際にハングル釈音が付された。また、韓濩奉《ハン・ファクボン》教書校書館印刊本の『千字文』には上声字の左上、去声字の右上に圜点（漢字の声調を示す、円状の記号）がつけられている。いっぽう、十六世紀末、柳希春《ユ・ヒチェン》（一五一三〜一五七七）は『続蒙求分註』を編纂しており、これが一五六八年の初刊以降、多数の板本が現れた。『続蒙求分註』は『蒙求』に則って四言八句換韻の七十四組、合計五九二句二三八〇字であり、教訓性は高められたものの、押韻の循環的連係構造は切り捨てられる。国家と地方官衙、そして書院は『小学』を初学者の教化教育に利用した。また正祖《チョンジョ》（在位一七七七～一八〇〇）は、『奎章全韻』の草稿がまとめられた一七九二年八月に、閣臣・承旨・校書校理・検書官らに「文字策」を与え、修身科目の小学と字学の小学を総合する意義を述べさせており、十九世紀の知識人らは段玉裁の『説文』を高く評価している。朴瑄寿《パク・ソンス》（一八二一～一八九九）の『説文解字翼徴』は、『説文解字』の順に従いつつ、金文によって文字を解説した。この方法は清の呉大澂の『説文古籀補』に先立つものである。

高麗の朝廷は科挙で『礼部韻略』の韻目体系を導入した。朝鮮朝の世宗《セジョン》（在位一四一八～一四五〇）は明の『洪武正韻』に注目し、漢字音の注をハングルで示した『洪武正韻訳訓』を刊行した。また、『洪武正韻』を基にした『東国正韻』を編纂させている。一五一七年、崔世珍《チェ・セジン》（一四七三～一五四二）は『四声通解』を編纂する際に正音・俗音・今俗音を区別した。このように、韻書編集に漢字の現実音や新韻書の体系を考慮しようとした試みはあったが、文字生活では依然として礼部韻が押韻の準拠であった。編者未詳の『三韻通攷』では、九八〇〇字余りが礼部韻の一〇六韻（平水韻）に従って分類されたうえ、平・上・去声は三段に整理され、入声は巻末に別置された。これは鎌倉末の虎関師錬の『聚分韻略』の異本に見られる三重韻構成と類似する。一七四七年（英祖二十三）、朴性源《パク・ソンウォン》は『三韻通攷』にハングルで音を付して『華東正音通釈韻考』を新たに編む。しかし、正祖は一七八九年、『奎章全韻』を編纂する李徳懋《イ・ドンム》らに、四声を四段組で配置するように命じた。

三　韓国における「文」の多層性

(1)　科挙制度と「文」

七世紀から十世紀、つまり古代から高麗前期までの「文」の中心的文体は駢儷文であった。高麗の光宗《クァンジョン》が初めて実施した科挙で詩・賦・頌・時務策を三場に分けて試験して以来、「文」の中心的文体は詩と古文に代わった。李朝では科挙に小科・文科・武科・雑科が設置され、小科の生員試では四書疑一篇と五経義一篇（のち、『春秋』が除外される）が、進士科では賦一篇と古詩・銘・箴の中の一篇が科目とされた。文科の重場では賦が科目とされる。

高麗では、試帖詩は平聲韻を十韻まで一韻到底（途中で換韻せず同じ韻を踏むこと）する十韻詩（百字科）、試体賦は賦題から平声韻と仄声韻を八字内に選んで押韻する律体賦であった。一方、李朝の試帖詩と試体賦は形式が何度も変わっている。十八世紀以降の試帖詩即ち科体詩（科詩・功令詩・東詩）は、古詩文の句の題目から一字を選ぶもので、鋪頭（科詩の第三聯）でその字を用い、その字の属する韻を全編に到底した。また、各句の平仄は中国詩歌のものと異なっている。二句一聯の三聯で一段をなし、概ね十八聯六段で構築された。科賦は一句六言三十句で成るものの、押韻はしない。科表と科箋では句末の平仄を交差させていた。

朝鮮朝廷は、科挙の勉強の参考とすべき手本を中央と地方で刊刻・配布した。南宋の林絅と黄履翁（別集を編纂）が編んだ『新箋决科古今源流至論』、元の歐陽起鳴の『歐陽論範』、劉仁初の『新刊類編歴擧三場文選対策』、その一部である『御試策』、元の『策学提綱』と『丹墀独対』、魏斉賢・葉棻共編の『聖宋名賢五百家播芳大全文粋』等々がその代表的な例である。また、文科（大科）を準備するか、初仕した（初めて官職に就いた）知識人らは奏議体散文を練習するため、『陸宣公奏議』を精読した。文科壮元（状元）の製術集は印刷されるか、私家編輯された。正祖は一七九五年に抄啓文臣親試答案と成均館儒生答案である表・賦・排律を集めた『正始文程』を刊行させている。

（2）公的領域の「文」

高麗中葉以後、国家は知的論争・事実記録・儀式修辞・内面表現の諸々の様式を当代の問題に照らし合わせた。知識人らには特に、対（対策）・上書・箚子（札子）・封事等の様式が重視される。外交文書や国王詞命を草案する藝文館と弘文館の職は、司諫院と司憲府の憲職とともに清要職として尊重された。十六世紀末、日本に攻め込まれて明軍との協力が必要であった時期には、各級の外交文書の比重がさらに高まっている。戦争の終了後には士族の発議によって戦勝碑（大捷碑）や義士碑等が各地に立てられた。

朝鮮朝の国王らは儀式と宴会において詩文の粉飾機能を重視した。世宗は在位十七年（一四三五）六月八日、慶会楼で通鑑訓義纂輯官らのための宴会を開き、四十七名に五言七言詩を詠ませ、承旨の権採にその応製詩軸の序文を書かせた。在位十八年（一四三六）二月には甲寅字本の『思政殿訓義資治通鑑』を文臣らに頒賜する際、安止に命じて「資治通鑑訓義序」を書かせている。また、在位三十年（一四四八）十二月五日に内仏堂が築成されると慶讃会を開き、金守温《キム・スオン》にその全行程を「舎利霊應記」として記述させた。文宗《ムンジョン》は即位した翌年（一四五一）の九月二十八日（癸亥）、黄海道《ファンヘド》と開城《ケソン》及び京畿《キョンギ》の各県で行われる厲祭（疫病救済の祭祀）で祭官が朗読する祭文を親撰したが、その文は責己疏の特徴を有していた。以後の国王らは臣下らに応製と賡載を要求し、官撰の書物に序跋を親製するか、命撰した。十八世紀末の『羣書標記』は正祖の親撰と命撰の書物についての正祖自らの解題集である。

朝鮮朝の朝臣らは、使節として中国や日本に赴いたのち、復命してから報告書を提出したが、同行した書記や従事官、時には軍官も私的に記録物をまとめた。朝鮮時代前期には一四八八年に崔溥《チェ・ブ》の『漂海録』、一五三三年に蘇巡《ソ・スン》の『葆真堂燕行日記』等があった。一六三六年の丙子胡乱の後、瀋陽での屈辱を味わった官僚らは路程に沿って自作の漢詩を整理し『瀋陽録』を編纂したが、これ以降、清への使行に参加した知識人らは主に散文で『燕行録』を著した。一方、十二回に亘る通信使行に参与した知識人らは日本の情勢と人文自然地理の事実を主に散文で記録するとともに、少なからぬ筆談と書札を遺した。洪啓禧《ホン・ゲヒ》（一七〇三～一七七二）は通信使行の日記を収集し『海行摠載』二十八冊を編纂している。

朝鮮時代後期には私的領域の「文」が拡大したものの、公的領域の「文」も依然として重視された。たとえば、正祖は一七九〇年（正祖十四）より一七九五年にかけて生父、思悼《サド》世子の墓を顕隆園へ移すとともに、駐蹕した行宮ごとに上梁文を文臣に作成させている。また、朝鮮時代後期には民衆の乱が頻発したが、乱を静めた後、朝廷と官衙は告由文や祭文を宗廟と盟壇で読み上げさせ、地方儒林は紀蹟碑と壇碑を建てた。

高麗中葉以降、「文」の中心的文体は文言文の漢詩と古文であった。しかし、外交事務に用いる表箋には騈儷文を応用し、国内政治の場でも表箋や奏書においてしばしば騈儷文を用いた。鄭麟趾《チョン・インジ》は一四四六年（世宗二十八）に『訓民正音解例』の序文を騈儷文で綴り、一四四七年（世宗二十九）には『龍飛御天歌』の進奉の箋も騈儷文で作っている。徐居正《ソ・ゴジョン》は一四七六年（成宗七）に『高麗史節要』を奉る際の騈儷文の進箋を、李荇《イ・ヘン》は一五三〇年（中宗二十五）に『新増東国輿地勝覧』を奉る際の騈儷文の進箋を作った。

高麗中葉以後、建物の落成宴で頌祝の意を寄託する上梁文（上樑文）と、亡者の追悼式で掲示或いは朗読される挽章と祭文は公的・私的空間いずれにおいても重視された。上梁文は「騈儷文＋六偉頌＋騈儷文（或いは古文）」の形式で、祭文はおおむね斉行韻文か散行韻文の形式である。

朝鮮朝廷は喬木世家（代々重臣を出す家門）に恩恵を与え人才を包摂しようとする公的企画によって人物録を編纂した。一六一三年（光海君五）には倭賊撃退関係の表彰事例集が編まれ、翌年には撰集庁が設立、柳根《ユ・グン》らにより一六一五年（光海君七）に『東国新続三綱行実図』十七巻が完成した。以後、朝鮮朝廷は朱熹の『宋名臣言行録』と明の宣徳帝勅撰の『歴代臣鑑』をモデルに、多種の人物録を編輯する。『宋名臣言行録』には人物に関する多様な記録が原文のまま抄録された。『歴代臣鑑』には、王朝別に臣下の行為が「善可為法（善は法とするにふさわしいものだ）」と「悪可為戒（悪は戒めとするにふさわしいものだ）」の二つに分けて提示されている。

（3）私的領域の「文」

高麗中葉以降、知識人らは生活の情感と思惟の内容とを表現・陳述する文学行為によって高い価値を求め始めた。武臣政権を終熄させた儒学者―文臣らは政治的関係・学脈・姻戚関係を結び、各種の宴会において和韻・分韻聯章（多くの人が韻字を分けて作った篇章で構成する詩）・共同題讃（詩画に多くの者が記した、絵を褒め称える内容の詩）に戯れ、仲間意識を確認した。一三四三年、李斉賢《イ・ジェヒョン》（一二八七～一三六七）等二十八人は、辛裔《シン・イェ》（?～一三五五）が元に渡るのを分韻聯章して餞送し、李斉賢が「送辛員外北上序」を作成した。朝鮮時代になって安平大君李瑢《イ・ヨン》（一四一八～一四五三）は一四四七年（世宗二十九）に安堅《アン・ギョン》に命じて「夢遊桃源図」を製作させ、自ら記をつくり、三年後の一四五〇年（世宗三十二）正月に申叔舟《シン・スクチュ》ら二十人の文士と僧卍雨《マヌ》に讃詩・賦・序を書かせた。

高麗では、家格の維持・学脈の確認・公的待遇の要請等のために人物の行蹟を記録し評価する慣習が定着し、家伝の整理や女性の立伝が行われている。この時代には僧侶の塔碑が地上に聳え、官僚や婦人の誌は墓に埋められた。寿蔵を用意して墓誌（死者の生前の事跡を記録して墓の中に埋めてある石刻）を自撰する風俗も高麗中葉に形成される。高麗末の一三八八年（禑王十四）、李穡《イ・セク》（一三二八～一三九六）が「李子春《イ・ジャチェン》神道碑」の碑文を撰して以来、士大夫の家門では神道碑を建てるようになった。また、国王も墓道文字（神道碑・墓碣・墓誌といった、墓に使われる文字の総称）を作成した。英祖《ヨンジョ》の「有明朝鮮国思悼世子墓誌」は青瓷板石に刻まれている。更に、朝鮮時代に入ると自伝が発達する。一七七三年閏三月には八十歳の英祖自撰の「御製自醒翁自叙」の印刷が王命でなされ、士大夫家では女性の徳行を後孫に伝える内儀が作られるようになった。

高麗末〜朝鮮朝の知識人らは、国土の地理的な利と歴史的な美を玩賞する旅行の記録も多く遺している。道学者気質の知識人らは山水遊覧を求道行為と見なした。旅行記録が勝景図とともに木板で刊行された例は無いけれども、散文の金剛山遊覧記が簇出し、読み物として成立した。

李朝時代には人才プールを確保しようとする国家の企画に呼応した知識人らにより、様々な人物録が編まれた。また、党論の向背を追跡した史書が著され、記聞録が集成される。と同時に、野談集が士大夫と民間知識人によってまとめられた。柳夢寅《ユ・モンイン》（一五五九〜一六二三）の『於于野談』は朝鮮時代後期に多く現れた筆記野談類の嚆矢である。

十七世紀以後、文人―知識人の学脈が発達し、十八世紀から十九世紀までに多くの詩社がおもに都城と畿湖に簇出した。中には、技術職中人・庶孽・女流文人らの開いた詩社と小会もある。その集いでの創作が軸となって契会図や雅集図が作られ、代表者がそれに序文を付けた。絵画の鑑賞もときに行われ、詩意図・文意図・歴史人物画・記録画・山水画・鳥蟲図・美人図・風俗図・行楽図などに題賛が付されている。

（4）少数者の「文」

十八世紀末〜十九世紀初の朴趾源《パク・チウォン》（一七三七〜一八〇五）・金鑢《キム・リョ》（一七六六〜一八二二）・李鈺《イ・オク》（一七六〇〜一八一五）・金箕書《キム・ギソ》（一七六六〜一八二二）等、両班の進歩的知識人らはそれぞれ庶民を立伝することで両班階級の不道徳さを訴えた。李朝後期には民衆の口碑伝承が多く詩文に定着・反映した。野談の集成は十九世紀半ばの『青邱野談』に至って頂点を迎える。洪愼猷《ホン・シニュ》の「達文歌」が歌った山台芸人の達文は朴趾源の「広文子伝」の主人公でもある。民衆らの疑似―政治的発言とも言える謠も漢文文献に言及されることが更に増した。たとえば、一八六五年（高宗二）興宣大院君《フンソンテウォングン》は景福宮重建の費用を賄うため当百銭を発行したが、前王の哲宗の時、すでに景福宮工事を予見した謠が民衆の間に流行っていたという。

朝鮮時代後期には士大夫階級が分化して残班（没落両班）や廃族（罪人とされた両班の子孫）の文人や、庶孽・郷品・閭巷人・女流文人らが台頭した。庶孽・閭巷人・女流文人は独自に「文」を成すこともあれば、士大夫階級と連帯して「文」を嗜むこともあった。残班・廃族・郷品（地方官衙所属の官吏）の文人は人の子弟を教えつつ科詩文を代作して稼ぎ、放浪をしながら賦詩を通じて自尊心を守った。庶孽の文人、申維翰《シン・ユハン》（一六八一～一七五二）は、一七一八年（粛宗四十四）の通信使行に製述官として参加し『海遊録』を、成大中《ソン・デジュン》は一七六三年（英祖三十九）に書記官の役を終えたのち『槎上記』と『日本録』を著した。子の成海應《ソン・ヘウン》は博学の志向を『研経斎全集』に盛りこんでいる。柳得恭《ユ・ドゥッコン》は朝鮮の歳時風俗を調査し『京都雑志』を編纂した。一八四四年には趙熙龍《チョ・ヒリョン》が閭巷人三十九人の逸話をまとめて『壺山外史』を、一八六二年には劉在建《ユ・ジェゴン》が三〇八人の逸話をあつめ『里郷見聞録』を、編集する。李《イ・》慶民《ギョンミン》は平民の逸話や怪談を『熙朝軼事』（一八六六年刊行）に収めた。一九二二年には張之淵《チャン・ジョン》が『逸士遺事』を国漢文混用で執筆している。

残班の一人の柳僖《ユ・ヒ》（一七七三〜一八三七）は詩文に長け、一〇〇冊を超す『文通』を著す。柳僖は一八一九年の「戯補本艸二條」で、一般の立言は佐使薬・君主薬・臣薬・行経薬・単方薬等に活用できるが、自分の立言は自らを苦しめ身を滅ぼす魔性の薬であるため止められないと嘆く。一八一二年には「盗俠敍」を作成し、個人の恨みを国家権力が解決できないため義俠の出現が期待された事例を挙げた。

朝鮮時代中期の許筠《ホ・ギュン》は、中国で女流詩集が行われることを目睹し、姉の許蘭雪軒《ホ・ナンソロン》（一五六三〜一六一八）の詩集を出版した。一六六八年（顕宗九）十二月には扶安《ブアン》の衙前らが資金援助して同地の妓生であった梅窓《メチャン》（桂生のこと。一五七三〜一六一〇）の詩集を刊行する。以来、単独で刊行された士大夫家の女性と妓女の詩集は、多少ながら事例が見られる。たとえば、原州《ウォンジュ》の両班の庶女、金錦園《キム・グムオン》は一八三〇年（純祖三十）、十四歳のときに男装して義林池《ウィリムチ》・丹陽四郡《タニャン》・内金剛《ネクムガン》・海金剛《ヘクムガン》・雪嶽山《ソラクサン》を遊覧した。そして、三十四才になった一八五〇年（哲宗元）にその記録を『湖東西洛記』の題名で纏めている。

四　韓国の書写体に現れた「文」の多層性

(1)「文」とハングル

十五世紀の朝鮮では、国家が表音文字のハングルを創ったものの、漢文知識階級の抵抗により普及が芳しくなかった。そこで王室は、僧団の手を借りて仏教文献を整理し諺解（漢文からハングルへの翻訳〕を行った。

一五九二年の壬辰倭乱〔文禄・慶長の役〕の後、知識人が作ったと考えられるハングル小説が出現し始めた。『洪吉童《ホン・ギルトン》伝』がその嚆矢である。写本でのみ伝わり、十九世紀に木版本が出ているが、京板本（漢城《ハンソン》つまり現在のソウルで刊行された版本）が二十四張、完板本（全州《チョンジュ》で刊行された版本）がわずか三十六張である。この頃にようやく多くのハングル小説が木版本で流布されるようになった。

一七〇九年（粛宗三十五）、司訳院提調の金昌集《キム・チャンジプ》は丘濬（一四二〇～一四九五）の『五倫全備記』のハングル翻訳本『五倫全備諺解』を成し、一七二一年に劉克愼《ユ・グクシン》がこれを木版本で刊行した。その頃、『詳説古文真宝大全』を抜粋翻訳した『古文真宝』、金錫冑《キム・ソクチュ》の『古文百選』の諺解、明の余進の『十九史略通攷』第一巻の諺解が出される。中国小説と戯曲の一部も諺解された。いずれも訳者不詳で、すべて写本のまま出回った。また、ハングル長編小説も幾つか出ている。その代表、『玉楼夢』は、南《ナム・》永魯《ヨンノ》（一八一〇～一八五八）が一八四〇年頃に出したものである。

朝鮮時代後期には、漢文書札や一部の文集・行状・墓道文字を諺解した筆写本が流通したため、宮中や士大夫家の女性らが手軽に読めるようになった。たとえば、崔奎瑞《チェ・ギュソ》（一六五〇～一七三五）は一七三四年（粛宗十）「亡室貞敬夫人李氏行録」を漢文で作成したが、彼の曾孫女（のち尹師国《ユン・サグク》の妻）が十一才であった一七三六年にハングルで訳し「曾祖妣李夫人行録」の題を付けている。また、国王・王妃・大妃・王女（公主や翁主）・駙馬（王の婿）・士大夫・処士、そして宮中女性・士大夫の妻・処士の妻は、生活上の必要に応じて諺簡〔ハングル書簡（手紙）〕を書いた。大妃は国王に政治的な干渉をする際に諺簡を差し出した。ただ、その書式は漢文書札からの借用が多い。士大夫の妻が日記・随筆や亡夫への追悼文をハングルで書いたものがあるものの、限られた範囲でしか目にすることができなかった。庶民が官庁に訴える文書をハングルで作成したものもあるけれども、これは稀な例である。

(2)「文」と吏読式漢文

近代以前の韓国の人は、特殊な環境のなかで生活世界の語彙・語気・表現を反映し、口語語法を参照して、正格とは異なる構造の漢文を使いこなした。この文体を吏文体という。高麗前期の石碑文には吏読を活用した例が多い。高麗中葉には元の法令を受け継ぎ、その吏文体をも受容した。高麗末から朝鮮初までは、中国の吏文を模倣した文体を中国との外交文書に応用した。朝鮮朝廷は地方官の報告文書と司法文書に吏読式漢文を用いるよう定めた。たとえば、義禁府の委官が刑事事件の被疑者や重罪人を推鞫して得られた供述と国王の裁可を根拠に下した判決の文書を集めた『推案及鞫案』は、その文書がすべて吏読式漢文で作成されている。従って、中央機構の下意上達の文書や平行文書と、地方官衙の下意上達文書や移牒文書(公文書や通牒を他の部署へ送ること)は、書式・書写体が異なる。中央の上達下達文書と法律・司法文書も書式・書写体が違っていた。

下級機関と地方官衙で吏読式漢文の文書を扱った階層は、文書の書式・書写体を応用して架空の事件を作り、告訴あるいは判決する内容の文書を戯れに作った。これは、残班や郷品の文士が科文(文科科挙で見られる文体)の形式を用いて些細な知識をもとに、歴史人物の架空の逸話や場面を俳体の科文で書いたことと合い通じる。科文俳体の作家としては「一群の金笠《キム・リプ》（金サッカッとも。戯作詩と風刺詩を多数残した朝鮮時代末期の放浪詩人にして科文の作家としてもよく知られる人物。二十世紀に入ると雑誌『開闢』を通して全国で遺文が収集され、詩集が発刊された。ただ、この金サッカッなる人物が単一個人でなく複数の人物であることをいう）」が挙げられる。ただ、朝鮮時代後期に俳体の文書と科文が流行ったため、創造性と想像性に富む小説がさほど発達しえなかったとも言えよう。

つまり、近代以前のいわゆる漢字文化圏は等質のものではなかった。朝鮮時代の吏読式漢文と日本の和漢文は疏通不可能であったのである。

参考文献

沈慶昊『李朝의 漢文学과 詩経論』（一志社、一九九九年）（韓国語）
沈慶昊『韓国漢文基礎学史』全三巻（太学社、二〇一二年十月）（韓国語）
沈慶昊「朝鮮的科挙詩與韻書」（沈慶昊ほか十二名『中朝三千年詩歌交流考論』南開大学出版社、二〇一六年十二月、二一六―二四二頁）（中国語）
沈慶昊「明清文学與学問在朝鮮的接受」（『中正漢学研究』（韓国漢学）、台湾：中正大学中国文学系、二〇一六年十二月、九七―一二六頁）（中国語）

◆第二章…戦争と「文」

近世東アジアの戦争と文学

孫　衛国
（張　宇博訳）

戦争と文学はつねに分離できない。戦争が終わると、必ず多数の文学・史学作品が現れる。戦争の記録もあれば、戦争と人間性への反省もある。歴史上、東アジアでは何度も戦争が起きたが、大半は自国で起こったものだった。近世の東アジアにおける最も重要な国際戦争は万暦の朝鮮戦役（訳注：文禄・慶長の役）である。

二十世紀以前に、中国、日本、韓国の三国に影響を与えた東アジアの戦争は四回ある。唐、百済と日本の白村江の戦い、忽必烈《フビライ》の日本遠征、万暦の朝鮮戦役、甲午中日戦争（訳注：日清戦争）である。この数回の東アジアの大戦の影響はいずれもたいへん大きい。白村江の戦い（六六三年、白江口の戦い）は、唐朝の東アジアにおける覇者としての地位を固めた。日本と新羅はこれ以後積極的に唐朝に学んで、唐に大量の使臣を派遣して朝貢することになり、東アジアに中国を中心とした天下秩序が形成された。忽必烈の二度にわたる日本遠征の失敗は、日本民族の自信を大いに強めることになった。万暦の朝鮮戦役で、豊臣秀吉が朝鮮に出兵すると、明は二十三万人の大軍を派遣した。朝鮮での七年間におよぶ戦いを経て、最終的に日本軍は朝鮮半島から駆逐され、朝鮮の藩邦は「再建」された。しかし、明王朝は根幹を揺るがす打撃を受け、建州女真の興隆を見ることになって、半世紀も経たないうちに、清が明に取って代わり、中国は再び王朝の交代を迎えた。日本でも徳川家康が豊臣家に取って代わる戦争が起き、徳川幕府の時代を迎えた。これによって日本は近世に入ることになる。さらに、三〇〇年後の甲午中日戦争では、清朝が日本に敗れて、朝鮮の宗主国の地位の放棄を迫られ、東アジアの秩序は大きく変化した。

毎回の国際戦争の後、東アジアの各国に数多くの史学・文学作品が現れている。中国と朝鮮では大量の正史、野史、小説、史料筆記などが流伝し、日本では軍記物語という独特な史学・文学作品が残された。これらの作品の戦争についての記載は真偽相半ばしており、それをどのように峻別するかは注意を要する問題である。本稿では万暦の朝鮮戦役を例に、近世の東アジアにおける戦争と文学について、簡単に述べる。

一　この戦争の呼称に関する中日韓の認識

万暦の朝鮮戦役という東アジアの戦争の作品史料は漢籍が主である。三国のこの戦争に対する呼称も、各国の歴史によって異なっている。

中国では、「万暦朝鮮之役」、「万暦朝鮮戦争」、「明代抗倭援朝戦争（訳注：明代反倭寇朝鮮支援戦争）」などの呼称がある。はじめ明朝はこれを「朝鮮之役」と呼び、この戦争と「寧夏之役」（一五九二年二月から七月、寧夏哱拜《ボーバイ》の乱を鎮圧）、「播州之役」（一五九八〜一六六〇年、明朝が貴州の土司であった楊応龍の叛乱を平定）を合わせて「万暦三大征」と総称した。東アジア全体に影響を与えた戦争と、二つの国内の叛乱の鎮圧を同列に論じたのである。このことから、明代の人々のこの戦争の重要性に対する認識が不十分だったことが分かる。それが中国学術界のこの戦争に対する基本的な認識を決定づけた。一九五〇年代に抗美援朝戦争（訳注：朝鮮戦争）があったため、「明代抗倭援朝戦争」と呼ぶようになったのである。

朝鮮では、一五九二年の日本の侵入を「壬辰倭乱」、第二回目の侵入（一五九七年）を「丁酉再乱」と呼んだ。一五九二年の干支が壬辰、一五九七年の干支が丁酉であったため、それを戦争の呼称としたのである。韓国の歴史にはさらに「丁卯胡乱」（一六二七年）、「丙子胡乱」（一六三六年）がある。清朝が朝鮮を征服した二度の戦争である。歴史上、朝鮮国王は年号をつけず、すべて中国皇帝の年号で表記し、同時に干支も用いていたため、この二つの戦争も干支に基づいて名付けたのである。

日本では元号で呼ばれ、一回目の戦争（一五九二年）を「文禄（元年）の役」、二回目の戦争（一五九七年）を「慶長（二年）の役」、あるいは合わせて「文禄・慶長の役」と称し、「朝鮮征伐」、「征韓の役」とも称した。「文禄・慶長の役」は日本の戦国時代の最も有名な戦争の一つであり、唯一の国際戦争でもある。

三国で用いられた名称には大きな違いがある。第一に、名称そのものを見ると、三国は自国の歴史から戦争を位置づけ、自国の歴史の特色を有している。第二に、日本の「朝鮮征伐」という呼称は、明らかに日本が侵略者であるという特徴を示している。一方、明の抗倭援朝戦争という呼称は、受動的な対応であったことを示している。韓国は干支で表示しており、能動的か受動的か不分明だが、国土が征服される運命を示している。第三に、名称からしてそうだが、三国が自国の歴史に限定して研究すれば、自ずと多くの限界が生じる。したがって、東アジアという視野から、全方位的にこの戦争を研究し、自国の歴史のみから始める局限性を回避する必要がある。また、この戦争に関する史学・文学作品を理解するうえでも、東アジアという全体的な視野が必要である。

この戦争は、中国の史学・文学領域において注目される重要な対象にはなっていない。明清時代に主にこの戦争を描いた文学作品はほとんどない。わずかに『万暦三大征』『両朝平壌録』『経略復国要編』などこの戦争に関連する少数の史書が刊行されているのみで、それも有名ではない。朝鮮王朝は事情が異なる。朝鮮では伝統的に叙事文学が手薄であったが、この戦争の後、軍譚小説が現れる。代表例は『壬辰録』である。主に中国の『三国演義』の影響によるものである。戦争の期間『三国演義』が人気を博し、同時に『三国演義』を模した新たな小説スタイルが生まれた。それが軍譚小説である。当時朝鮮の多くの史学・文学作品が『壬辰録』という書名を用いた。したがってこの書物には非常に多くの異なる版本があり、中国語版も朝鮮語版もある。これは朝鮮史上最初の壬辰戦争をテーマにして創作された朝鮮語の小説である。中国の講史小説に当たり、韓国文学史上きわめて重要な地位を占めている。『壬辰録』の内容は、遭難の段、反撃の段、降伏の段の三つに分かれている。主に李舜臣、郭再祐、西山大師など重要な将軍、義兵、僧兵などの物語を描き、機知と勇敢さ、英雄的な戦闘、卓越した功績を讃えている。作者は不明で、出現してから相当の期間写本の形で伝わった。版本の内容の詳しさもまちまちで、それぞれ異同がある。(1) この戦争については、日本でも多くの史学・文学作品が世に問われている。例えば、『朝鮮軍記大全』『豊太閤征韓密録』『朝鮮征伐期』『豊臣秀吉譜』『征韓偉略』『正実朝鮮征討始末』などがそうで、いずれも注目に値する。中日韓三国の史学・文学の著述からこの戦争の描写を比較することは、興味深いテーマである。

二　東亜の漢籍文史資料における比較検証の重要性

万暦朝鮮之役は朝鮮半島に起こった戦争で、関与したのは中国の明朝、朝鮮王朝、日本の豊臣秀吉政権である。戦争についての記録も三国それぞれの文史専門家による記録や記載がある。それぞれが異なる立場にあるため、戦争についての記録や叙述も千差万別である。アメリカの漢学者余国藩は「西方の歴史著作が往々にして文学叙述のスタイルを用いているとすれば、中国の文学作品は往々にして史学著作のスタイルを用いて、歴史の模倣という意図を鮮明にしている」(2) と述べている。歴史の真実を反映しているかどうかが、文学作品が歴史を模倣する上で問題となる。同じ事件、同じ人物、同じ戦闘でも、三国に大きくかけ離れた叙述があるため、それらを比較検証し、本当の状況を求めることが必要である。以下、平壌大捷（平壌城の戦い）と碧蹄館の役（碧蹄館の戦い）を例に簡単に説明する。

(1)　平壌大捷及び中日韓史料の弁別

明朝の兵士にとって、最初の重要な戦役は平壌大捷であった。万暦二十年(一五九二)十二月二十五日、明軍の提督李如松は三方面の軍隊を率い、鴨緑江を渡って、朝鮮の戦場に赴いた。翌年の正月、三方面の軍隊は平壌を包囲攻撃して、数日のうちに陥落させ、平壌大捷と呼ばれる輝かしい戦績を収めた。本来なら間違いなく、大量の記録を残すに値する大勝利であった。しかし平壌を回復したその日から、論争が絶えなかった。戦争があったのは万暦二十一年(一五九三)正月であるが、翌年の九月になってようやく明は勝利を宣言し、褒賞を行った。一年半の遅れである。遠く離れていたことを考えても、二、三ヵ月の遅れで済んだはずであるが、これほどかかって褒賞を行ったのは、いろいろ子細があったことを物語っている。それは褒賞の後も収まらなかった。明朝の抗倭援朝戦争における多くの問題が、朝廷内の党派闘争と密接な関係があったことを示している。党派闘争が激しかったため、明朝の戦事や人物に関する評価は、朝鮮王朝の認識とは正反対になっており、おかげでこれ以降の明朝の史料は混乱し、真偽相半ばすることになってしまった。平壌大捷はその嚆矢となった事件なのである。

明朝の史料は真偽相半ばだが、日本の史料は故意に薄弱化し、否定までしている。日本の頼襄之(訳注：頼山陽)は『日本外史』で、平壌の包囲戦は李如松軍内の事情であり、後に撤兵したのも、日本の援軍が来なかったからだと述べている。以後、日本の学術研究はこれを基調として行われてきた。青木正児は平壌大捷に信を置かず、こう述べている。「『明史』にいう如松の大勝の内実は、いい加滅な戦勝報告のようだ…恐らくすべてまったくの誤伝である」。[(3)] 今日の重要な日本の明代史研究者も、長年の研究を経ても、この問題に関する根本的な見直しを行っておらず、日本の研究者の共通認識になっているようである。

唯一朝鮮の史料と文学作品は、それら利害得失と関わりながら、関係者がすべて第三者で、どちらかと言えば客観的な記載が可能だったことから、李如松に関する歴史問題の真相を探索する最重要の根拠となっている。朝鮮王朝時代の人々は、すでに壬辰戦争に関する中国と朝鮮の歴史書の記述が大きく異なることを意識していた。そのため、次のように述べている。「壬辰倭変時の勝敗の事実は、明史及び我東の伝ふる所を考せども、多《あま》た合はざるもの有り。年代の至らざること甚だ邈《とほ》く、文献征す可からざるに非ざれども、尚かくの如し。況んや邃敻之事（訳注：遠く離れていること）の、人の異説し、書の異記するものをや。遂ひに邪正の倒換し、名実の乖謬するを致す。甚だ嘆くべき也」。[(4)]

『朝鮮宣祖実録』の記載によれば、万暦二十一年（一五九三）正月六日、李如松と一部の将士は平壌城外に到着し、平壌城を包囲した。七日、明軍三方面の軍が同時に進攻すると、日本軍は城門を開いて対抗し、双方に戦果があった。三日目、つまり八日、李如松は三軍を四つの方面に分けて進攻することを命じ、自ら一〇〇騎あまりを率いて指揮を執った。明軍が攻撃した当初、日本軍は「乱りに鉛丸、湯水大石を用ひ、滾下して之を拒み」、明軍は攻撃を阻まれて退却した。李如松は直ちに一人の退却者を斬首し、諸軍の前で声高に「先に城に登りし者に、銀五千両を賞す！」と叫んだため、士気が一気に高まった。南兵の働きは特に秀でており「呉惟忠は丸に中《たま》り胸を傷《あた》むるも、戦を策し益々力《つと》む。駱尚志含球門城より、長戟を持ち麻牌を負ひ、身を聳やかして堞を攀《よ》づれば、賊巨石を投じ、其の足を撞傷するも、尚志冒して直上す。諸軍鼓噪して之に随へば、賊敢て抵当せず。浙兵先に登りて、賊幟を抜き、天兵旗麾を立つ」。李如松と左協都指揮の張世爵は七星門を攻略し、城中に突入した。「諸軍勝ちに乗じて前を争ひ、騎歩雲集す」。小西行長は練光亭に潜み、他の日本軍も頑強に抵抗して、長らく降伏しなかった。午後三、四時ごろに、大部分の明軍は軍営に戻って食事をし、残った兵は日本軍をいくつかの拠点に封じ込めた。そして、捕虜にしたばかりの浙江人張大膳を小西行長に遣わし、投降するよう伝えた。小西行長は撤兵を願い出、李如松はそれを承諾した。夜半、行長は残った兵士を率いて平壌から逃げ出した。(5) 九日、李如松は全部隊を率いて入城するとともに、勝利に乗じて開城などの地を取り戻した。この戦争で、李如松の指揮する明軍が絶対的な勝利を収めたことが分かる。

(2)　碧蹄館の役及び中日韓史料の弁別

万暦二十一年（一五九三）二月二十七日、李如松は配下数千人を率いて、碧蹄館で日本軍と遭遇し、その大軍に包囲された。二時間を超える激戦の後、楊元の援軍が到着して、李如松はようやく何重もの包囲からら脱出した。これがいわゆる碧蹄館の役である。大きな戦役ではないが、朝鮮戦争の大勢に影響を与えた。中日韓の史書での記述も大きく異なっており、述べ方は一律ではない。

日本側の史料『日本外戦史』、『朝鮮征伐記』、『朝鮮軍記』、『日韓古跡』などはみな、明軍一万人以上が斬首されたと述べている。また、日本軍は臨津江まで追撃し、明軍は先を争って江を渡ったが、数えきれないほどの溺死者が出て、屍体が川の流れを塞いだという。『日本外史』は次のように言う。「如松火器を以て平壌を襲ふ。一戦して志を得、謂ふ、和兵復た畏るに足らずと。乃ち軽進す。銃礮を具へず、短兵を以て接戦す。我が軍は兵鋭にして刃利《するど》く、縦横に揮撃すれば、人馬皆倒る。敢て其の鋒に当たるもの莫《な》し。我が兵の呼声天を動かし、遂ひに明軍を大破す。斬首すること一万、殆んど如松を獲へんとす。北に追ひて臨津に至る、明兵江に擠《おしあ》ひ、江水之《これ》が為に流れず(6)」。明軍は大敗、一万人が斬首され、李如松は危うく捕まえられそうになったというのである。こうしてそれ以降の日本での言説が定まることになった。『明史』神宗本紀に「壬午、李如松王京に進攻し、碧蹄館において倭に遇う、敗績す(7)」とある。清朝編纂の『明史』の基本的な論調も大敗である。死傷者数は記述されていないが、日本の述べ方とよく似ている。しかし、この戦に参加した者の記録や朝鮮の史料をつぶさに考察すると、まったく異なる述べ方があることに気づく。『朝鮮宣祖実録』には碧蹄館の役について十分詳細な記載があり(8)、その経過や関連する問題をはっきり理解することができる。

第一に、この戦役は、李如松にとっては、準備していない、まったくの遭遇戦だったということである。まず、李如松は親兵を率いて地形や道路の踏査に向かい、査大受と祖承訓に三〇〇〇騎を率いて先行させた。査大受は迎曙驛で日本軍の先鋒隊と遭遇し、これを撃破して、六〇〇人を殺害した。そして敵を見くびって盲進し、思いがけず日本の大軍に遭ってしまい、碧蹄館に退却するほかなくなった。李如松はその知らせを聞き、事態が差し迫っていることから、精鋭の一〇〇〇騎あまりを率いて救援に向かった。少数の騎兵で大量の日本軍と渡り合ったが、包囲されてしまったのである。予想外のことで、まったく準備ができていなかったといってよい。

第二に、これは少数対多数の戦闘だったということである。明軍はわずか数千の騎兵、日本軍は数万人に上った。しかも、明の最精鋭の南兵、浙兵の火炮手は参戦していなかった。明兵は器械や甲冑さえなく、矢で敵を射るか、素手で戦うほかなかった。多勢に無勢で、差が大きすぎた。

第三に、明軍と日本軍の死傷者数はほぼ同じだということである。敵との戦力差が大きいにもかかわらず、日本軍が絶対的な優位を占めた訳ではなかった。李徳馨が朝鮮国王に碧蹄館の役について報告した際、「賊と死傷は相当にして、幾《ほとん》ど五、六百に至る」[9]と述べている。また、李如松との間に矛盾はあるが、経略の宋応昌もこう記録している。「碧蹄之戦は、我が軍も亦た損傷有りと雖も、然れども事は倉卒に在り、如松将領を率ゐて奮勇血戦し、寡を以て衆を撃ち、倭酋を射死せしめ、倭衆を砍殺す、彼実に敗退す」[10]。李如梅は倭中の金甲大将一名を射殺し、さらに「楊元兵を提げて策応し、陣中に殺入して、倭奴を殺死すること頗る衆《おほ》し。群倭哭いて遁げれば入城す、其の胆甚だ寒し」とある。また、南兵の将官銭世禎も『征東実紀』でこう述べている。「是の日、両軍互ひに損傷有り、亦た首一百六十を得《う》、奇有り」[11]。日本の史書や『明史』の記述と異なっていることが分かる。政界の好敵手であったことを考えれば、宋応昌と銭世禎の述べ方は、日本の史料や『明史』の「敗績」といった大まかな記述より信頼できる。

第四に、この戦役は明と日本の平和交渉の進展を加速させた。これ以降明軍は、攻を主とし交渉を従とする策略を変更し、全面的な封貢、交渉の段階に入った。最初、李如松は交渉に反対していたが、万暦二十年（一五九二）十二月八日に、遼東に到着した。朝鮮は判書の李山を派遣して謁見し、できるだけ速い進軍を促した。なぜなら、当時すでに沈惟敬が日本と和約して、大同江を境に、南は日本に属せしめ、北は朝鮮に属せしめることが伝えられ、朝鮮の君や臣は非常に憂慮していたからである。しかも、日本人が漢城で先代国王の墓を掘ったことを知り、朝鮮国王は怒っていた。碧蹄館で敗れたことで、李如松の進軍する自信は揺らいだ。『朝鮮宣祖実録』はこう述べている。「碧蹄の戦不利なるに自り、（李如松）持重して戦はず、亦た和議の間之故に由る也」[12]。先に述べたように、最初から明の朝廷は、和議と戦争の両方を準備していた。碧蹄館の役の挫折の後、李如松の戦意も挫かれ、和議賛成に転じた。一夜にして和議と戦争の位置が替わってしまったのである。

このことから、万暦朝鮮の役の戦闘や人物について、中日韓三国の記述に違いがあることが分かる。たとえ作品史料であっても、著者の立場や意図があり、自国の側に立って、できるだけ自国の軍隊の成果を誇張し、相手の戦績を貶そうとする結果、正反対の記述が現れる。したがって、関連の文史資料に対して、わたしたちは基本的な認識の原則を持つべきである。

史料と文学作品をみると、いくつかの特徴がある。

第一に、漢籍の史料が主であること。どの国でも、漢籍の作品史料が最も重要な資料であり、日本語や韓国語の史料はそれを補塡するものである。数量面からは、韓国と日本所蔵の当時の漢文史料は中国よりはるかに多い。中国の現存史料は先天的に不足している。重要なものは『明実録』のみであるが、『明実録』のこの戦争の記述は断片的で、きわめて部分的なものである。まして史料本体に多くの問題がある。戦争に参加した将領が編集した資料も残っているが、韓国と日本の同類の史料には遥かに及ばない。したがって、この戦争の研究は、三国の史料を全面的に用いなければ、深い研究はできない。

第二に、明清の交替の後、清朝は王朝の交替にともなって自分の正統性を創出するため、基本的にこの戦争に対して抑圧的、否定的な態度を取り、関連人物の評価も大いに貶めた。官修の『明史』でも、この戦争に参加した多くの将領の伝を設けず、伝がある者も個々の家系や他の理由によるもので、この戦争の基本的な位置づけは、否定、抹殺だった。そのため、中国の史料におけるこの戦争についての記述は、研究の価値があるものになっている。朝鮮王朝では、戦争の後、特に明朝が滅亡した後、この戦争は繰り返し記述され、研究される事件となった。『朝鮮宣祖実録』および関連の史書には、多くの詳しい論述があり、明清史料の不足と欠落を大幅に補足することが可能である。また日本では、政権の転変があったが、当時の文書と個人資料は基本的に保存されており、この時期の歴史に大きな根拠と支援をもたらしている。当然ながら、日本の資料を整理していく余地は今も多く残されている。

第三に、客観的な真実追求の姿勢を持ち、狭隘な地域民族主義の立場を排除して、東アジア全体の視野から、三国の当時の史料を総合するとともに、三国の研究の優れた点を採用しなければ、この戦争に対する比較的客観的な認識と評価は可能にならない。

三　この戦争の東アジアへの影響と研究の意義

この戦争に関する研究について言えば、東アジアという視野、すなわち可能な限り狭隘な地域民族主義を超える立場を取り、全体的な観点に立って、歴史を見、作品を読み、問題を研究しなければならない。そのおもな表象や意義は以下のような点にある。

第一に、文史史料の面では、可能な限り中日韓三国の資料を収集して、比較検証を行う必要がある。一部にこだわって、他に触れないことは許されない。そうでなければ、歴史の真実に辿り着くことは難しい。

古代の中国では、周辺国に関する史料は粗略で、深い解釈も求められなかった。この戦争に関する記述についても、参加した明朝の将領、彼らが率いた部隊はいずれも明軍の主力であったが、事件は朝鮮半島で起こっている。明朝の朝鮮半島出兵は、本来、近世東アジアの非常に重要な事件であるが、明、清両王朝にとってはそれほど重要でなかったようである。明は単に万暦の三征の一つとみなしたため、『明実録』などの史書の記述はすこぶる簡略である。同時に、実録の編纂者は往々にして党派的な立場を取り、黒白を転倒したり、事実を歪曲したりした。明朝の実録の「不実」という問題については、多くの明代史研究者が批判し、朝鮮之役の記載はきわめて偏りがあり、誤りが多いと述べている。『実録』が編纂された後は、その他の史料は完全な保存が難しく、後世の者は全面的な資料を得ることができず、歴史の相貌が歪曲されてきたのである。

一方、この戦争は、朝鮮王朝にとってはまったく様相の異なるものであった、そのため、記述は非常に詳細である。彼らはこの戦争を壬辰倭乱、丁酉再乱と呼んでいる。朝鮮王朝の存亡に関わる重大な事件であり、もとより十分に重視されてきた。また、朝鮮王朝は明の藩国であり、明朝との往来は朝廷の最重要事項で、もともと明との関係が重視されてきた。しかも、丁酉戦争は朝鮮半島すなわち王朝の国土で起こっているため、明朝の将領の一挙一動が詳細に記録されている。明朝の将領の戦功は、朝鮮半島が光復し、王朝がいち早く安定を得られるかどうかに直接関わっていた。そのため、『朝鮮実録』の楊鎬に関する記載は十分詳しく、その行動、言葉のみならず、着衣まで詳細に載録されている。したがって、『朝鮮宣祖実録』及び関連文集の関連する史実の記載は細緻で、体系的で、詳細であるだけでなく、より客観的で正確である。

第二に、朝鮮戦場での出来事は、明朝の国内政局と結びついており、日本の政局の変化とも密接に関係していた。したがって、全面的にかつ深く戦場の出来事の真相を把握するには、国内の政界の変化との関連づけが欠かせない。例えば、平壌大捷では、李如松には明らかに大きな戦功があったが、何度も弾劾や誣告に遭っている。その根本的な原因は朝廷内の党争の結果であった。和議と主戦、南方人と北方人、文人と武将、南兵と北兵。各種の矛盾と闘争が交錯し、複雑に絡み合っており、子細にその内奥を把握しなければ、歴史の真相を明らかにすることはできない。それはこの戦争の研究に不可欠な原則である。李如松の悲劇は、その後明朝のほとんどすべての将領に起きたことである。朝鮮国王でさえ無関係ではなく、幾度も誣告されている。

第三に、周辺各国の資料の関連性及び史料の筆者の動機を重視すべきである。明代抗倭援朝戦争にとっては、朝鮮の史料がとりわけ重要である。各資料の筆者はそれぞれ動機を持っている。戦争の直接の被害者として、明の史料が李如松を批判しているのとは異なり、李如松を擁護し、彼のために嘆願し称揚する言葉が至る所に見られる。そのことはこの資料が信頼できることを物語っている。中国と朝鮮の史料を校勘する際、記載に相違があれば朝鮮側の資料が正しい、と言っているわけではない。朝鮮に関する史実は、多くの場合、朝鮮側の記載の方が詳細で、より真実に近いということである。中国の王朝の内政に関する史実はその限りではなく、朝鮮側の資料は伝聞が多い。明清両王朝において、朝鮮は恒常的に使臣を北京へ派遣した。その度に使臣たちは国王に書簡を呈し、道中の見聞を知らせ、帰国後も国王に報告した。そうした報告や書簡には、当然ながら多くの真実の状況がある一方、伝聞も少なくないし、まったくの想像の産物さえある。したがって、明清側の史料によって校勘し、誤りを除いて真相に帰着することが必要である。こうしてみると、「周辺から中国を見る」とともに、「中国から周辺を見る」視角があり、いずれの視角も絶対的なものではなく、限界を有していることが分かる。具体的な状況にもとづいて具体的に分析すること。そして多重な史料と多重な視角を用いて、可能な限り歴史の真実に近づき、歴史の真相に戻ること。それが重要である。

注

（1）韋旭昇『抗倭演義（壬辰録）研究』（韋旭昇『韋旭昇文集』第二巻、北京：中央編訳出版社、二〇〇〇年）を参照。

（2）楽黛雲『歴史・文学・文学史：中美第二届比較文学双辺討論会側記』（『文学評論』一九八八年第三期）を参照。

（3）李光涛「朝鮮壬辰倭乱中之平壌戦役与南海戦役：兼論「中国戯曲小説中的豊臣秀吉」」（『中央研究院歴史語言研究所集刊』第二十輯、上冊、一九四八年）二七六頁から転引。

（4）尹淇『名子集文稿』冊十『論壬辰事』（漢城：韓国民族文化推進会編刊『影印標点韓国文集叢刊』第二五六冊、一九九八年）四一四頁。

（5）『朝鮮宣祖実録』巻三四、宣祖二十六年正月丙寅（韓国国史編撰委員会編刊、一九六〇〜一九六五年）第二十一冊第六〇一頁。

（6）頼山陽『日本外史』巻十一（東京弘道館、一九三六年）。

（7）張廷玉『明史』巻二十「神宗本紀」（北京：中華書局、一九七四年）二七五頁。

（8）『朝鮮宣祖実録』巻三十五、宣祖二十六年二月庚寅、第二十一冊第六二四頁。

（9）『朝鮮宣祖実録』巻三十五、宣祖二十六年二月甲辰、第二十一冊第六三八頁。

（10）宋応昌『経略複国要編』巻七、『壬辰之役史料匯輯』（北京：全国図書館文献縮微複製センター、一九九〇年）。

（11）銭世禎『征東実紀』鈔本。

（12）『朝鮮宣祖実録』巻二十七、宣祖二十六年九月壬子、第二十五冊第六四三頁。

◆第三章…学問と「文」…①日本

和文の文章論と和文集

田中康二

はじめに

近世の日本において公式文書は言うまでもなく、非公式の文書や記録類もまた漢文で記されるのが一般であった。それゆえ、記される内容に応じて文体を使い分けることも普通に行われていた。漢文体の修得は事務処理をつかさどる者の必修課題であり、自在に文章を書き分けることのできる者は能吏と呼ばれた。そのために書記官は漢文体を修得することを目指して日々精進を続けたのである。

そもそも近世期には漢文を記すための階梯が存在した。それは古代中国の古典を読み解き、その思想内容を身に付け、当世の処世術に反映させるという学問であり、漢学や儒学と称する。儒学とは孔子の言行録『論語』を聖典とし、仁と礼を徳目として、修身斉家治国平天下《しゅうしんさいかちこくへいてんか》に至る学問体系である。儒学は宋代の朱熹《しゅき》等によって体系化され、理気一元論を唱える朱子学や、明代の王陽明《おうようめい》によって提唱され、知行合一を目指す陽明学等に分化する。それらは日本にも伝来し、儒学の正統派としてマジョリティを構成した。しばらくして儒学は、近世日本において独自の発展を遂げ、『論語』第一主義を唱えた伊藤仁斎《いとうじんさい》による古義学、古代中国の「先王の道」の復元を目論んだ荻生徂徠《おぎゅうそらい》による古文辞学（蘐園学《けんえんがく》）等を生み出した。そのように派閥は分かれても、儒学には共通する知識基盤（リテラシー）があった。それは漢詩文の読解力と、漢詩を詠み、漢文を綴るという最終目標である。そのように漢詩・漢文のリテラシーは、漢学・儒学という学問的裏付けによって担保された。徳川幕府は統治システムとして儒学を採用した。近世において、漢文は言わば公的なリテラシーだったのである。

それに対して、和文はあくまでも私的なものであり、物語や随筆といった読み物の文体に過ぎなかった。だから和文における作文規範のようなものは存在しなかった。ところが、国学の成立とともに、大和言葉で文章を綴る作法について探究が始まった。国学者は漢文が日本に入る前の状態を復元し、純然たる和文で意思を伝達する手法を探索した。つまり、日本古典文の研究と擬古文創作の理論構築及びその実践が試みられたのである。

本章では、和文が国学者によって研究対象とされ、整理分類される過程と、和文が国学者によって執筆出版され、流布享受される経緯をたどることによって、学問（国学）と「文」（和文）との関係を素描することを目的とする。

一　文章論の始発――賀茂真淵

日本古典文の研究は、国学の成立とともに語彙・文法・仮名遣い等の諸領域において深められ、科学的にして客観的な文献実証主義の方法が適用された。むろん、それまでも特に和歌研究の領域で個別に進められてきたけれども、それらは非合理的な内容を牽強付会し、しかもそれを墨守する、「古今伝受」に象徴される閉鎖的なものであった。それに対して、国学は文献資料に即した実証研究の方法と、研究成果の共有といった近代的な学問環境とを準備したのである。それらの知見は賀茂真淵や本居宣長に代表される国学者によって生み出され、多くの場合出版されて広く知られることになった。

一方、文章というマクロな観点からの研究も同時進行で進められた。その先鞭を付けたのは賀茂真《かもの ま》淵《ぶち》である。真淵は『文意考《ぶんいこう》』（宝暦十二年（一七六二）成）の冒頭で次のように記している。(1)

いとも〳〵かみつ代の人、こゝろにしぬばぬおもひあれば、言《こと》にいでゝうたへり。こをうたといへり。また目に見みゝに聞《きく》事の、もだすべからぬわざある時は、言《こと》をつらねていふ。こをたゝへ言《ごと》といへり。これを後の世に、ふみとなむいふなる。しかあれば、うたは内《うち》よりおこり、たゝへ言《ごと》は外《ほか》より来《きた》るものなり。かれ世の中の人、ことにつけて、此ふたつをいひつゝ、わがおもひをやり、人のこゝろをもなぐさめ、天地《あめつち》の神わざをたゝへ、君臣《きみおみ》のおほまつろへ事をものりませれば、万《よろづ》にたらはぬ事なむあらざりき。

古代における「文」の発生について簡潔に述べている。すなわち、心に隠せぬ思いを「うたふ」のが歌であり、心の内から起こるものである。それに対して、見聞く物に触れて黙止できないことについて言葉を連ねて「となふ」のが文であり、外側からもたらされるものである、という。ここでは歌と対比して文の特徴と機能について明確に述べている。つまり、真淵は和歌と和文が相補的関係性を有する言語表現であるという認識を持っていたということである。和歌を論じた歌論は数多く存在したが、和文を論じたものがほとんどなかったことに対して、真淵は違和感を持っていた。和歌と和文を同等に扱う必要があると考えたのである。

そのことは、たとえば『新学《にいまなび》』（明和二年（一九六五）成）の中で、万葉集とともに古今集を学ぶことを勧めた後で、次のように述べていることからも明らかであろう。

かく意得たる後には、後撰・拾遺の歌集・古今六帖・古きものがたりぶみらをも見よ。かくて立かへり、古事記・日本紀をよみ、続日本紀の宣命・延喜式の祝詞の巻などをよく見ば、歌のみかは、おのづから古きさまの文をもつゞらるべき也。

万葉集や古今集を修得したあとは、それに続く歌集や物語を学ぶことを勧め、その後には記紀や宣命・祝詞に遡って学修せよというのである。そうすれば、和歌ばかりでなく、和文を綴ることもできるようになるというのが真淵の考えであった。真淵は常に歌と文とをともに学び、歌と文とをともに作ることを奨励した。

そのことは、後で「古への歌を学びて、古へ風の歌をよみ、次に古への文を学びて古へ風の文をつらね」と記していることからもわかる。真淵にとって、古歌を学ぶことが古風歌を詠むことの階梯であるように、古文を学ぶことによって「古へ風の文」（擬古文）を綴ることができるようになるというわけである。みずから「ますらをぶり」（万葉風）の歌を詠み、擬古文を綴ることが国学者の兼修項目であると真淵は考えた。和文に限定すれば、真淵は古文を読むことと擬古文を書くことが学問の両輪であると見做したのである。ここに真淵の文章論の要諦がある。ちなみに、古歌古文を規範として詠歌作文するという発想について、先行する古文辞学派（荻生徂徠）が実践した手法からの影響関係を指摘する説もある。[2]

なお、真淵が和文を書く時に規範とした古文は、さきの引用にもあったように、原則として記紀をはじめとする上代文献であることをここで確認しておくことにしたい。『文意』の中で、真淵が「古への文のあや」（和文体）として提示しているのは、をたけび・にぎび・あらび・まつり等であり、それらはすべて上代文献を典拠とするものであった。

二　文章論の進展——村田春海と伴蒿蹊

真淵の文章論は門弟筋に受け継がれる。その代表は、村田春海《むらたはるみ》と加藤千蔭《かとうちかげ》を両巨頭とする江戸派である。江戸派とは真淵没後二十年を経て、寛政元年（一七八九）に結成されたグループで、万葉集注釈（『万葉集《まんようしゅう》略解《りゃくげ》』）と真淵家集（『賀茂翁家集《かもおうかしゅう》』）を編纂する傍ら、和歌を詠み和文を作る会を数多く設

けた。その実態は次節で少し触れるが、和文作成にあたって春海は、次のような文章論を持っていた。(3)

近き頃の人の和文をつくるをみるに、みだりに人の耳とほき古言をつゞりて、人をおどろかさんとする人多し。もと文のつたなきもたくみなるも、さとびたるもみやびたるも、詞の古きあたらしきによるにはあらず。そは詞の用ざま、其趣を得たると趣を得ざると、其人の心のさとり、あきらかなるとくらきとに有。事のいひざまいやしからず、心よくとほりて、とゝのほり正しきをよき文也とはいふになん。

春海は近年の和文が単に古語を並べることに終始する風調に異を唱えて、独特の文章論を展開する。(4)ここには擬古文作文の極意とでも言うべき文章観がある。古文に擬えて作る「擬古文」は、古文に用いられた語彙や文法を用いて作る文であるから、字義通りに解釈すれば、使用できる用語や表現は限られている。したがって、作文できるものは質量ともに限定される。だが、擬古文が擬えるのが古語そのものではなく、古人による「詞の用ざま」や「心のさとり」であるならば、表現できる内容は無限に広がりを持つ。かつて存在した古語に縛られることがないからだ。ここに表明された見解は、真淵の打ち立てた文章論を踏襲しながらも、より広い視野と長期展望を有する文章論と言ってよかろう。つまり、春海は真淵の文章論を批判的に継承したのである。

真淵の遺志を継いで、江戸派が活動していた頃、京都ではこれとほぼ無関係に文章活動を展開していた者がいた。伴蒿蹊《ばんこうけい》である。蒿蹊は当時、平安和歌四天王の一人と目される地下《じげ》歌人であったが、とりわけ和文に関して高い見識を有していた。蒿蹊といえば、近世人の伝記を集成した『近世畸人伝《きんせいきじんでん》』が最もよく知られているが、その本領は和文にあった。中でも『国文世々《くにつふみよよ》の跡《あと》』(安永三年(一七七四)刊)と『訳文童喩《うつしぶみわらわのさとし》』(寛政六年(一七九四)刊)の二書は秀逸で、文章論と文章史をまとめた前者と作文作法を説いた後者は近世における和文文章学の最高峰と称して間違いなかろう。ここでは前者を取り上げたい。『国文世々の跡』の冒頭に置かれた「題言十条」は、荻生徂徠『訳文筌蹄《やくぶんせんてい》』巻首「題言十則」に基づいて書かれたものとされている。つまり、蒿蹊は和文の文章論を構築するにあたって漢文和訳の理論を適用したということである。ここに展開される文章論は、問答形式のために論点が鮮明になるという利点がある反面、雑多な論点が整理されないままに提示されるという短所もある。

その中で和文を書く上で規範とする時代についての議論を見ておこう。『国文世々の跡』において相当の分量を割いて論じているのは、文章史およびその用例である。蒿蹊はそれを古体(上代)・中古体(平安朝)・近体(中近世)の三つに整理分類し、それぞれに該当する例文を引いて解説を加えている。この三体のうち、初心者が修得すべきものとして次のように述べている(「題言十条」[5])。

文にとりて辞のわいだめやすく、手尓乎葉《てにをは》のあつかひ心得やすかるをいはゞ、中津世《なかつよ》のさまなるべし。此筋《すぢ》をよく心得たらんうへは、古き辞《ことば》をまなびては古きさまをものせんも難《かた》きにあらず。

まいて後世《のちのよ》の体《すがた》は唯竹《たゞたけ》をさくが勢《いきほ》ひなるべし。

和文の修得のためには中古体を真っ先に会得するべきであることを主張している。蒿蹊がどの程度真淵の論を意識していたかは明らかではないが、古体一辺倒の真淵文章論に関して、初学者への啓蒙という観点から修正を加えたものと評することもできよう。

三　和文の会の開催と和文集の刊行

近世後期のはじめ頃、江戸と京都で和文執筆に関する活動が時を同じくして始まった。江戸では、村田春海と加藤千蔭が歌会と併行して和文の会を催した。ここに江戸派が催した和文の会の題を列挙することにしよう。①うめを見る詞、②山里に花を見る言葉、③雨の言葉、④川づらなる家に郭公を聞く言葉、⑤山水にかたかける絵を見る言葉、⑥蓮を見る辞、⑦初雁を聞く詞、⑧月花の哀をことわる言葉、⑨月の宴の歌の序、⑩月をめづる言葉、⑪紅葉を見ることば、⑫秋を惜む言葉、⑬雪を見る言葉である。(6)一覧してわかるように、花鳥風月を題材としたものである。ここにあげたもの以外にも多くの会が行われ、そこで多くの和文が綴られたと推定される。

そのようにして書かれた和文は、やがて私家集の中に組み込まれ、和歌とともに並ぶことになる。たとえば、加藤千蔭『うけらが花』巻七「文詞」（享和二年（一八〇二）刊）には、千蔭が和文の会でしたためたと思しき文章が入集している。さきに掲げた文題のうち、④⑤⑥⑦⑨⑬がそれに該当する。巻七にはそれらの他にも和文の会で書いたと推定される文章が収録されているので、実際にはさらに多くの会が開催されたことであろう。そういった場で作られた和文が家集に収録され、刊行されたわけである。ただし、巻七「文詞」には、和文の会で作られた文章以外の文も収載されている。たとえば、「賀茂翁家集の序」である。それは文化三年（一八〇六）に刊行された『賀茂翁家集』に付されることになる千蔭序である。そのような雑多な和文が「文詞」の部立のもとに雑然と入集しているのである。

それに対して、村田春海『琴後集《ことじりしゅう》』は思い切った編集方針を取り入れている。『琴後集』は全十五巻で構成されるが、巻一から九までが「歌集の部」で文化十年に、巻十から十五までが「文集の部」で文化十一年にそれぞれ刊行された。刊行自体は春海没後にかかるが、編集方針および出版形態は春海の意向を反映したものと推定される。文集の部の内訳は、巻十「記」が二十一文、巻十一「序」が十八文、巻十二「跋」が十二文、巻十三「書牘」が二十三文、巻十四「雑文」が三文、巻十五「墓碑祭文」が三文といった構成になっている。これは葛西因是《かさいいんぜ》が序で指摘しているように、唐宋八家の別集（家集）の構成に倣ったものである。(7) 春海は真淵直系の国学者ではあるが、漢詩や漢文に対する素養もあり、漢学や儒学も学んだ和漢兼修の国学者だった。それゆえ、和文集を編集する際に漢詩文集の編集方針を取り入れることに抵抗がなかったのであろう。その結果、『琴後集』文集の部はきわめて整然とした構成となった。なお、さきの文題のうち、①②⑤⑦⑪⑬は巻十「記」に、④⑧は巻十四

「雑文」に収録されている。

さて、同じ頃京都では伴蒿蹊が盛んに「ふみの会」を開催していた。寛政年間から享和年間にかけて蒿蹊が門人を集めて文章指導をしていた会を「廬文会」（『閑田耕筆《かんでんこうひつ》』）と称する。その経緯は『閑田《かんでん》文草《ぶんそう》』（享和三年（一八〇三）刊）の伴資規《ばんすけのり》序が次のように述べている。

さきに国文世々《クニツフミヨヨ》のあと、訳文童《ウツシブミワラハ》の喩《サトシ》なンどいふものを著《アラハ》して、吾門《ワガカド》に遊《アソ》ぶ人をいざなふより、十とせあまりのこなた、年々にいくそたびふみの会《ツドヒ》といふことを催《モヨフ》して、あらかじめもそのむしろにても、文つくらしむるほどに、よくもあしくも此わたりにのみ、ふみといふものゝ数つもれりける。

蒿蹊は『国文世々の跡』をはじめとする文章論、文章作法書などの出版物を通じて門人を指導していたが、実際に「ふみの会」を開催して対面による文章指導を始めたというのである。その成果の一部は『閑田文草』巻之五「門人等文集」に収められている。六十九人の門人の和文が一人一文ずつ収録されている。中には遠方に在住の門弟のものも所収されており、必ずしもすべてが文会の成果というわけでもないようである。いずれにせよ、蒿蹊の指導の下に和文作文の活動が活発に行われたことは注目に値する。蒿蹊は独自の文章観のもとに、文章史や文章論という理論的裏付けを持っていたからである。

蒿蹊自身の和文は、『閑田文草』巻之一から四に収録される。そこには蒿蹊の和文が辞・説・解・序・跋・弁等の文体別に整序されているが、それは漢文体に倣った便宜上の分類に過ぎず、実際には内容別に並べたものであった。一説には『古文真宝後集』に見立てた構成であると言われる(8)。なお、江戸派による和文の会と伴蒿蹊の文会が同じく寛政年間に行われた経緯については、賀茂真淵による文章唱導活動の帰結という、きわめて曖昧な理由のほかには見当たらず、江戸と京都における文化の同時代性《シンクロニシティ》という概念で理解しておくことにしたい。また、『琴後集』文集の部と『閑田文草』がともに漢文集の体裁によって分類されたことも、意味のある偶然の一致と考えておきたい。

四　和文集の機能

これまで見たように、和文を綴るという活動は国学の隆盛とともに、近世後期に最盛期を迎えた。それは文章論や作文作法といった理論を伴った実践であった。しかしながら、そのような機運に先んじて、和文集が編集され、刊行されていた。徳川光圀《とくがわみつくに》編『扶桑拾葉集《ふそうしゅうようしゅう》』全三十二巻（元禄六年（一六九三）刊）がそれである。平安朝から近世初期までの和文三百余編を集成した堂々たる和文集であった。光圀は契沖《けいちゅう》を庇護して『万葉代匠記』を執筆させた人物であるから、『扶桑拾葉集』は国学の源流に位置する業績ということもできる。それから一〇〇年以上を経て、続編『扶桑残葉集』が編纂されたが、広く流布することもなく、ましてや刊行されることもなかった。

これとは別に、国学者による和文活動の機運を受けて、和文集は総集が編集され、刊行された。蓮《れん》阿《あ》編『文苑玉露《ぶんえんぎょくろ》』二巻（文化十二年（一八一五）刊）と、これに倣った萩原広道《はぎわらひろみち》編『近世名家遺文集《きんせいめいかいぶんしゅう》覧《らん》』二巻（嘉永三年（一八五〇）刊）が特筆される。前者は本居宣長に始まり賀茂真淵に至る近世人二十四人の和文一〇八編を収録したもので、賀茂季鷹《かものすえたか》の序と蓮阿の跋により構成されている。一方、後者は松永貞徳《まつながていとく》に始まり、琉球人久志親雲上《くしぺーちん》に至る近世人三十八人の和文七十編を収録したもので、最後に広道による批評が付されている。広道は序文で写本の『扶桑残葉集』から和文を選録することを述べ、凡例には『文苑玉露』との重複を避けたことなどを記しているので、それらを雛形として編集されたものと推定される。いずれも近世前期から後期までの和文を派閥や特定の地域に偏ることなく広く収集し、基本的には年次順に並べたもので、バランスの取れた配置になっている(9)。

さて、ここで近世期を通してどのような用途で流通したのかという観点から、和文集の役割や機能を考えてみたい。そもそも、国学の発祥・成立とともに和文集の編纂が始まった。国学者は研究対象として和文を収集し、これを蓄積し、編集してまとめ上げたのである。だが、それは単なる研究対象ではなく、自ら表現するための手本でもあった。要するに、古文を研究することと擬古文を作ることは国学の方法として軌を一にしていた。つまり、学問的裏付けのある文章論とその実践としての作文は、国学という学問を押し進める車の両輪である。換言すれば、和文の文例集は擬古文作文のための文範でもあった。そもそも「文範」という発想は漢文における例文集の発想に由来する。『文章規範』などがその典型であるが、科挙の作文試験を突破するための暗記例文として利用された。和文においては、試験対策というわけではないが、よりよい和文を書くために文範が必要とされるようになった。『文苑玉露』賀茂季鷹序によれば、近年の歌人の記す詞書が見るに堪えず、作文能力の養成が必要不可欠とされたからだという。また、『遺文集覧』で広道は自序で次のように述べている。

あまたの年をへては、よの人のこゝろもしわざもやう〳〵にかはれる所あるに、言のはゝたいたくみだれしかば、かの物語日記やうのものをさながらにほんとして今のよの物事をしるさむことは、いとも〳〵たはやすからぬわざにて、うひまなびのともがらのまどふ事こそおほかりけれ。

初学者が和文作文をするためには、本来は平安朝の日記や物語を手本として作文するのがよいが、時代の隔たりとともに言葉の乱れも影響してそうもいかない。そこで近年記された国学者の擬古文が好都合というわけである。和文集が編纂された事情はこのあたりにあったと考えることができよう。

以上のことから、次のようなことがわかる。すなわち、和文集は決して鑑賞に堪える名文を集成した詞華集《アンソロジー》として編集されたわけではない。間違いのない和文を書くために、その例文として編集され、出版されたのである。近世期における和文集の役割はそのように位置づけることができる。

おわりに

近世期の和文は国学の勃興により学問的裏付けを得て記された。歌会に準じた和文の会において擬古文の作法が鍛錬され、和文集に集成されるようになる。和文集は初学者が和文を記す手本（文範）としての役割を担って出版され、流通した。

和文集は近代になってからも引き続き編集され、主として中等学校における作文教育のために出版された。[10]だが、近代口語体が書記文体として定着するのと歩調を合わせて、和文集は作文用の文範から読解用の教材へと用途を変えていくことになる。そうして、和文集が完全に鑑賞と読解のためのものとなった時、賀茂真淵が提唱した和文唱導運動は歴史的役割を終えたのである。

注

（1）『賀茂真淵全集』第十九巻（続群書類従刊行会、一九八〇年）より引用した。底本は流布本（版本）による。以下同じ。

（2）本居宣長『玉勝間』八の巻「ある人のいへること」によれば、古文辞学国学影響説は当時からあったという。

（3）天理大学附属天理図書館蔵『随筆料』「文つくるに心得あり」。

（4）田中康二『村田春海の研究』（汲古書院、二〇〇〇年）第一部第二章「和文和歌対比論――「初雁を聞く記」の分析」参照。

（5）『伴蒿蹊集』（国書刊行会、一九九三年）より引用した。以下同じ。
（6）田中康二『村田春海の研究』第一部第一章「文集の部総論――江戸派「和文の会」と村田春海」参照。
（7）揖斐高『江戸詩歌論』（汲古書院、一九九八年）第四部第四章「和文体の模索――和漢と雅俗の間で」参照。
（8）『伴蒿蹊集』（国書刊行会、一九九三年）風間誠史「解題」参照。
（9）森田雅也「近世後期和文集の越境――『文苑玉露』から『遺文集覧』へ」（『日本文学』四十五巻一〇号、一九九六年十月）参照。
（10）「和文軌範」や「国文軌範」と称する中等学校用テキストが複数存在することがその裏付けとなる。

◆第三章…学問と「文」…②中国

中国近世の学と道と文

土田健次郎

一　儒者の学

中国思想史において近世を問題にする場合は、どうしても宋代にまで遡る必要が出てくる。宋代に登場した道学の一派である朱子学は、近代に至るまで日本、朝鮮など東アジアの思想世界を席巻したからである。また明、清時代の文人世界の淵源は宋代にある。内藤湖南から宮崎市定らに引き継がれた東洋史のいわゆる「京都学派」は中国近世を宋、元、明、清としたが、少なくとも文化史的には確かに理由のあることなのである（内藤湖南 一九四七、宮崎市定 一九五〇）。

宋代における道学の登場は、中国思想史の一大転機となるものであった。この学派は、「宋学」、「理学」、「程朱学」、「濂洛関閩《れんらくかんびん》の学」という呼称も用いられてきたが、道学形成期においては「道学」と呼ばれていたことから、筆者はこの語を用いる。この道学の祖としては北宋の周敦頤《しゅうとんい》（周濂渓《しゅうれんけい》、一〇一七～一〇七三）を挙げるのが通例であるが、実質的な創設者は二程兄弟（程顥《ていこう》（一〇三二～一〇八五）と程頤《ていい》（一〇三三～一一〇七）であり、程子学派であったのが実態である（土田健次郎 二〇〇二）。この学派は北宋から南宋への過渡期に勢力を蓄え、その中から登場するのが朱熹《しゅき》（朱子、一一三〇～一二〇〇）である。朱熹の思想、いわゆる朱子学は南宋中期以後次第に勢力を増し、以後の中国の思想界の王者に君臨し、朝鮮、日本でも圧倒的な権威を持った。

この道学創設の中心人物の程頤はこのように言う。

古の学ぶ者は一つであったが、今の学ぶ者は三つであり、異端は除外しての話である。一は文章の学、二は訓詁《くんこ》の学、三は儒者の学を言う。道に赴《おもむ》こうと望めば、儒者の学をおいては不可能である。

（『河南程氏遺書』一八、二二条）

これと同様の内容は他にも見えるが（同二二三条）、この語はしばしば文章の学は蘇軾《そしょく》の学、訓詁の学は王安石の学、そして儒者の学は道学と解されてきた（例えば陳善『捫虱《もんしつ》新話』上集巻之三）。しかしこのような言い方は当時程頤のような道学者以外にも多数見られる。王安石はもとより、司馬光、劉攽《りゅうはん》、陳襄《ちんじょう》、曾鞏《そうきょう》など枚挙に暇が無い。彼らはみな文章ないしは訓詁に泥むのを批判しているのであって、程頤の個性的議論ではない。つまりこの語は、科挙に合格するために文章や訓詁にうつつをぬかす風潮の方に批判を向けていると解釈する方が妥当なのである。北宋になり官吏登用試験である科挙が格段に重きを増すようになり、士大夫が学問をする目的の第一は科挙合格となった。その学ぶ内容は経書や注釈の暗記と文章の錬磨である。程頤はそのような学は表面的なものであって、その方面で伝授の師というのは無意味であるという批判を加えている（『河南程氏遺書』二五、六二条）。

本当の師とはいかなる存在かということは、唐の韓愈《かんゆ》（七六八〜八二四）の「師説」が呼び水になり、当時一般的な論題であった。儒者たちにとって前代から連続してきた学問は文章と訓詁の学なのであって、それを批判し本来の儒学に立ち戻ろうとする場合、必然的に絶えていた道を継承するという主張となった。この直接的に師匠からの伝授に頼らず絶えていた道を継ぐいわゆる「絶学継承」という姿勢は、道学の専売特許のように言われているが、実際には同様の主張を行う儒者は道学以外にも当時多数存在した。その中で程頤は、師にあたるものとして理と義を提示している（同上）。要するに人間の心が本来所有する道徳性（理と義）と経書の権威により、師に頼らず道を継承するのである。このような程頤の言う学を体系的に提示したのが道学の中から登場した朱熹であった。

二　朱子学の学問論

道学の中の一派であった朱熹の学派は次第に道学が正統の地位を勝ち得ていき、朱熹が唱えた学問である「朱子学」は、道学の同義語となっていった。この朱熹にとって、学の目的は、他の道学諸儒学と同じく聖人になることであった。その聖人になるための手立ては、「工夫（功夫）」と総称される。この工夫の内容は、「格物」と「居敬《きょけい》」である。

まず「格物」であるが、『大学』に典拠を持つこの語を、朱熹は「物に至る」、要するに事物の理を完全に理解することと解釈した。理の追求は万物万事について行われるが、その中で最も効果的なのは、学問をすること、特に経書の学習であった。その際、朱熹は集団学習と個人的な体得の双習を求めた。

まず集団学習であるが、それは「講学」と呼ばれた。これは教師の一方的講義という意味ではなく、集団で行う研鑽のことである。経書上の典拠としては、『論語』述而第七・第三章、『春秋左氏伝』昭公七年である。また「講習」という語もあり、その典拠は『易経』兌《だ》卦《か》・彖《たん》伝《でん》である。朱熹の時代に「講」の字を用いると集団学習という性格が際立っていた。講学は朱子学のみならず陽明学をはじめとして近世中国では広く行われた。朱熹の書院では学生たちに経書の解釈を提示させ、それにコメントする輪講も行っており（『朱子語類』一一九、七条）、王守仁（王陽明、一四七二～一五二九）は講学における師の役割を媒酌人にたとえたことがある（「寄希淵」三、『王文成公全書』四）。そしてそこで得られる共通理解をもとに今度は個々のメンバーが自分の心に問い体得していくことが求められるのである。朱子学の場合は、共通理解を得るとは客観性の獲得であり、これを所有することで各人の思い込みを取り除ける効果が期待されていた。ただ陽明学の講学は客観的理解以上に心の働きの共有性が講学で確認されていくのであるが、集団で行う意味が認められている点は同じである。

朱熹が重視した経書解釈における客観性の確保はその読書方法論にも現れている。朱熹の場合、修養だけですむわけではなく、経書の着実な読解が求められ、その際に「義理の玩味」、「文字血脈の理解」、「証佐考験」が求められている。そこで整理すると、朱熹は次の三系列を経書解釈に要求していることがわかる。

Ⅰ類　「義理」、「意味」、「文理」、「語義」、「字義」、「意義」、「意思」
Ⅱ類　「血脈」、「語脈」、「意脈」、「文脈」、「文勢」、「語勢」
Ⅲ類　「左験」、「事証」、「証佐」、「証験」

Ⅰ類は語句、概念の理解、Ⅱ類は思想的あるいは文章上の文脈、Ⅲ類は傍証である。この三者が揃って文意の把握が完璧となるという中国では珍しい方法論の提示であるが、これは必ずしも後世に受け継がれたわけではない。ただこのような姿勢を持つ朱子学からは、後の清朝考証学でも高い評価を得た南宋の黄震《こうしん》や王応麟《おうおうりん》なども登場していったのである。

ただ清朝考証学と異なるのは、朱熹が同時に体得の重要性を説くことである。これは朱熹が「体認」、「体察」、「体当」、「体会」、「体貼《たいてん》」、「体究」という「体」がつく熟語を頻用するところに現れている。この「体」には身体というニュアンスが込められていることを朱熹自身が言っているのであって（例えば『朱子語類』九七、四八条）、要するに身を対象に投げ込んで身体的に了解することである。集団学習で客観的理解を得つつ、一人で自己の内面に問いながら体得を目指すという両輪を朱子学では要求するのである。

学問はこの両輪で行われるのであるが、その学問と並んで朱熹は「居敬」という修養方法を説いた。

これは特定の対象に心が発動していない時は心を安静にし、特定の対象から心が触発された時はその対象に意識を集中させるという修養である。このように客観的な学問方法と体得主義をバランスよく共存させるのが朱子学なのであるが、朱熹以後、どちらか一方に肩入れする者も多数生まれていった。考証的学問に通じる道と心の体得に関心を集中させる心学へと傾く道の両面が朱子学には胚胎していたのである。

三　陽明学と考証学

朱子学が元朝で国教化され、その権威は国家公認の安定したものになるが、同時に思想としてのダイナミズムが減退することにもなった。そこで登場してきたのが明の王守仁の陽明学である。王守仁はもともと朱子学者であって、朱子学の持つ心学的要素が肥大化し、朱子学の枠をはみ出していった。なお朱熹のライバルであった陸九淵《りくきゅうえん》（陸象山《しょうざん》、一一三九～一一九三）の系譜を引き継いでいるとし「陸王の学」と連称もされるが、実際には王守仁は陸九淵を読んで目が開かれたのではなく、自分の思想の自覚化の過程で陸九淵との類似性に気づいたのである。

心の実感力に信を置こうとする陽明学では、経書の注釈学を朱子学ほどには重視しなかった。「故に六経は吾が心の記籍《きせき》なり」（「稽山《けいざん》書院尊経閣記」『王文成公全書』七）と言うように、六経（経書）は心の帳簿であるとし、あくまでも心の様相をつかまえる補助手段と経書を見なしたことは有名である。このような考え方はもと陸九淵にあり、陽明後学にも見える。心の実感と経書の内容が齟齬した時はむしろ前者を取るということは、経書の権威の低下を呼び起こした。もともと宋代以後、儒教、仏教、道教は究極的に一致するという三教合一思想の風潮が広がっていくが、そこではいかなる文献であれ自己の心の修養に資するものは有意義であるとされ、その風潮ともあいまって儒者の間でも仏教や道家・道教、更に儒教以外の諸子の文献を受容する者が増えてきた（土田健次郎 一九九六）。ただ陽明学でも『大学』と『易経』は最後まで自己の思想のよりどころとして重視され、各種の注釈が作られていったが。

清朝になると、国家的権威を背景とする朱子学は依然として力を持つ一方で、陽明学は衰えていくが、今度は考証学が盛んになっていく。もともと漢から唐にかけて文献を厳密に考証する訓詁の学があったが、清朝の考証学は、音韻学、文字学、文献学、科学的知識などの「小学」の発展を基礎に考証が精緻化していることが重要である。特に音韻学によって漢字の発音の歴史的変化が認識され、古代の発音が復元されはじめたことは、古代の文献の押韻の実態、また同音の字がもたらす諸現象を明らかにすることになった。また古代の言語や制度を実証的に究明するためには資料を広く渉猟することが必要であることから、儒学以外の古代の諸子や史書の文献研究も盛んになっていく。これには先にも述べた三教合一思想や陽明学の盛行によって経書と経書以外の文献の壁が低くなっていたことも作用している。考証学の成果はしばしば朱子学の経書解釈と背馳し、朱子学の基盤をゆるがすことにもなった。中には明の中期以来の気の思想家の流れを引く戴震《たいしん》（戴東原、一七二四〜一七七七）のように、文献考証のみならず欲望肯定の思想から激しく朱子学を批判する者も登場する。しかし多くの考証学者は文献考証の自立性を尊重し、自己の感情世界の表出は詩文作成などで満たす傾向がある。しばしば明代中期以後の欲望肯定の思想が清朝に至って消えたという議論があるが、考証学者たちは詩文で濃密な感情世界を表出しているのであって、それは人間の感情を思想的言説で言い尽くせるという楽観を持っていず、詩文に委ねようとする姿勢があったとも解せよう。

四　儒者と文人

経学と詩文の両者は士大夫の必須の教養であった。そこで朱熹の詩文に対する態度も見ておく必要がある。朱熹も明の王守仁もかなりの量の詩を賦している。朱熹は文章についても、古代は別とすれば、唐では韓愈、柳宗元、宋では欧陽脩《おうようしゅう》、曾鞏、蘇洵《そじゅん》、蘇軾（蘇東坡《そとうば》）らを評価している。また常に『楚辞』や杜甫《とほ》の詩を愛誦し（『朱子語類』一〇七、五二条）、前者については『楚辞集注《しっちゅう》』を著し、後者については『杜詩考異』を作成する意欲を持っていた（『朱子語類』一四〇、二一条）。ただ注意しなければならないのは朱熹の言説全体から見た場合は、詩文への姿勢が文人とは異なることである。朱熹の蘇軾批判の語に明確に見えるように（『朱子語類』一三九、一〇六条）、あくまでも道を優先させての文への関心であった。

朱熹や王守仁の詩の中には自己の境地や思想を詩に託すものもある。この方向で有名なのは道学草創期の北宋の邵雍《しょうよう》（邵康節、一〇一一～一〇七七）の『伊川撃壌集《いせんげきじょうしゅう》』であり、南宋の厳羽《げんう》の『滄浪詩話《そうろうしわ》』には「詩体」の一つに「邵康節体《しょうこうせつたい》」を挙げる。これには禅宗の偈《げ》の影響もあろう。朱熹の詩の中でこの路線のものとして著名なのは『斎居感興詩《さいきょかんきょうし》』であり、この詩を朱熹は生前刊行したようであり、朱熹没後も多くの朱子学者に取り上げられた。ただ道学ではむしろ「野人程頤、詩を賦《ふ》すこと能《あた》はず」（「禊飲詩序《けいいんしじょ》」『河南程氏文集』八）と嘯く程頤のように三篇しか詩を残さず、それでも平然としている人物の登場したことが目につく。これは文より道が先行するという信念ゆえである。

もともと宋以後の文体は古文が主流となったのであるが、古文運動は載道説《さいどう》で知られている。これは、文はあくまでも道を載《の》せる手段だという考え方であって、唐の韓愈の女婿の李漢は「韓昌黎集《かんしょうれいしゅう》序《じょ》」で「文は以て道を貫く」と述べ、北宋の周敦頤は「文は道を載せる所以《ゆえん》なり」（『通書』文辞第二十八）と言った。なお周敦頤は道学の祖とされるが、実際には北宋初期古文家に属すというのが筆者の見解である（土田健次郎 二〇〇二）。古文運動は、四六駢儷体《べんれいたい》などを書く際に技巧を凝らすそのこと自体を目的化することを否定し、文章をあくまでも道を表現する手段とした。古文運動はそのまま順調に主流になったわけではない。伏流して存続していくのであるが、それが北宋になってまた頭をもたげてくるのが、いわゆる北宋初期古文家である。彼らは在野的存在であったが、慶暦年間頃からその問題意識を引き継いだ改革派士大夫の中央での活動が一気に活性化してくる。道学者たちも古文家の問題意識を継承しながらそれを乗り越えた存在であった。なお朱熹の先駆を韓愈に見るといったことが常識のように語られるが、『韓文考異』を著したとはいえ朱熹ら道学者たちが必ずしも熱心な韓愈信者ではないことは彼らの原資料を見ればすぐに知られることである。

古文家も文章の技巧に無関心であったわけではない。もともと韓愈の文章も定型化こそされていないが、極めて高度に洗練されたものであった。北宋初期古文家の文章には極めてシンプルなものもあるが、次第に文章の練度が評価の対象になっていく。つまり載道説を強く継承する道学などでは文章を二次的に見なす傾向が強くなるが、もう一方では古文の中の名文が評価の対象になっていき、文人はその洗練を競った。

ここで重要なのは近世的文人の成立である。以前からあった「雅」と「俗」の対抗図式が宋代に完成し、そのうちの雅を標榜する近世的文人世界が独自の価値領域として確立していったことが種々の形で指摘されている（吉川幸次郎 一九四二、合山究 一九六七、合山究 一九六九、村上哲見 一九九四）。その嚆矢とされるのが蘇軾（一〇三六～一一〇一）である。ただ蘇軾は単なる詩文の人ではなく、思想家であり、政治家であり、その思想は道学などに対する強烈な対抗馬たりうるものであった。蘇軾の思想の特色は、道学と問題意識を共有したうえで道学と張り合うものではなく、道学の問題意識の持ち方自体を批判するものであった。例えば道学は人間の性や天地の道の解明に力を注ぐが、蘇軾は性や道の不可知論を展開し、それを前提にしたうえで人間の当為を十分思想的に論じたのである。このような蘇軾の立場に対して朱熹は攻撃を行ったが、それはあくまでも朱熹をはじめとする道学の問題意識の場におけるものであり、また道学が常用する範疇や概念を利用するものであった。かかる道学側の批判も、蘇軾の思想家としての印象を薄くさせることにあずかったのである。

一方で朱熹が陸九淵（陸象山）と行った論争の方は、後世まで思想的論争として記憶し続けられた。このいわゆる朱陸論争とは、道学的問題設定の場で徹頭徹尾行われた論争であり、両者の使用する概念も共通していた。なお陸九淵というと朱熹の敵対者としてのみ喧伝されてきたが、実際には時に道学とされ時に非道学とされた存在で、道学の影響のもとに出てきて道学周縁に位置する思想家である。そして朱子学の勢力の伸張とともに、かかる道学的問題領域と使用概念が士大夫の思想表現の中心の位置を占めていくのである。

このような文人の場と儒者の場、更には官僚としての場が平行して完結的に存在したということを抜かしては中国近世の士大夫の営為の理解はおぼつかなくなる。それとともに注意すべきなのは、一人の人間が複数の場にわたって活動することも稀ではなかったことである。田中謙二はもともと朱熹も弟子との思想のつきあいとは別に文学のサークルがあったと言う（田中謙二 一九七三）。また蘇軾らの官僚と文人世界のつきあいの二重性も指摘されている（近藤一成 一九八三）。以後も士大夫の自己主張の場の多様化が種々の文化現象を起こしていったのである。

参考文献
内藤湖南『中国近世史』（弘文堂書房、一九四七年、後に岩波文庫、岩波書店、二〇一五年）
宮崎市定『東洋的近世』（教育タイムス社、一九五〇年、後に『東洋における素朴主義の民族と文明主義の社会』東洋文庫、平凡社、一九八九年）

土田健次郎『道学の形成』（創文社、二〇〇二年）
土田健次郎「三教図への道――中国近世における心の思想」（高崎直道・木村清孝編『東アジア社会と仏教文化――シリーズ・東アジア仏教・第五巻』春秋社、一九九六年）
吉川幸次郎「俗の歴史」（『東方学報（京都）』一二―四、一九四二年）
合山究「宋代文芸における俗の概念――蘇軾・黄庭堅を中心として」（『九州中国学会報』一三、一九六七年）
合山究「雅号の流行と宋代文人意識の成立」（『東方学』三七、一九六九年）
村上哲見『中国文人論』（汲古書院、一九九四年）
田中謙二「朱門弟子師事年攷」（『東方学報（京都）』四四、一九七三年、後に『田中謙二全集・第三巻』汲古書院、二〇〇一年）
近藤一成「知杭州蘇軾の救荒策」（『宋代の社会と文化』汲古書院、一九八三年）

◆第三章…学問と「文」…③韓国

近代以前の韓国における知的活動と「文」

沈 慶昊
（金子祐樹訳）

一　近代以前の韓国における学問の多様性

近代以前における韓国の学問思想は、仏教の繁栄から儒仏の共存を経て儒教独尊の状況となり、教条化する程朱学への反発から陽明学や西学への参照が行われたと概括することができる。

上古より中世の高麗時代までは仏教が主流をなした。仏僧の注疏や音注など、仏教学の特徴を示す資料は国外に散在する。十一世紀の高麗の僧侶らが角筆を用いて仏経につけた釈読口訣の資料も幾つか発見された。

八世紀頃、金大問《キム・デムン》は『高僧伝』を編んだとされるけれども、今に伝わらない。崔致遠《チェ・チウォン》の「唐大薦福寺故寺主翻経大徳法蔵和尚伝」は中国僧の伝である。本国の僧侶の行跡を追記する慣習は高麗に入ってから成立した。一〇七五年（文宗二十九）に赫連挺《ヒョク・ヨンジョン》は『大華厳首座円通両重大師均如伝』を書き、一二一五年（高宗二）に覚訓《カクフン》は勅命に従って『海東高僧伝』を編んだ。翰林侍読学士の林存《イム・ジョン》は仁《イン》宗《ジョン》の命を受け、文宗《ムンジョン》の第四子の義天《ウィチョン》（一〇五五～一一〇一）の功績を称える『南嵩山僊鳳寺海東天台始祖大覚国師碑銘』を作成、その碑が一一三二年（仁宗十）に建てられた。金富軾《キム・ブシク》は一一四五年（仁宗二十三）頃、王命に従い『三国史記』を編纂したが、そのほぼ一四〇年後の一二八五年（忠烈王十一）頃、僧の一然《イルヨン》（一二〇六～一二八九）らが『三国遺事』を編纂、弟子の無極《ムグク》も最少二篇の記をそれに付した。閔漬《ミン・ジ》（一二四八～一三二六）は仏教関係の散文を多数遺している。

高麗中後期の知訥《チヌル》・慧諶《ヘシム》・天因《チョニン》・天頙《チョンチェク》・雲黙《ウンモク》・沖止《チュンジ》・景閑《キョンハン》・普愚《ポウ》・恵勤《ヘグン》といった禅僧は、語録を通じて仏教教理と思想感情を陳述した。天頙、即ち真静《チンジョン》国師は一二四六年（或いは一二四一年）、国子監時節の同門の閔昊《ミン・ホ》に「答芸臺亞監閔昊書」を送り、自己の行歴と造道の過程を述懐して幻夢の現存在を超克しようと願っているが、蒙古の侵略に遭ったので仏法に頼って対処すべきだと述べた。高麗末の了円《ヨウォン》は『妙法蓮華経』の受持・読誦・書写・講解から得られる霊験談を集めて『法華霊験伝』を編纂した。これは天台の『観音義疏』、慧詳の『弘賛伝』、宗暁の『現応録』とともに、真静国師の『海東伝弘録』からも取材されている。

高麗末から朝鮮時代初期までには詩僧らが士大夫官僚らと詩会を共にした。万雨《マヌ》と月窓《ウォルチャン》は仏門に伝わった杜甫詩学習の伝統を、世宗朝の集賢殿学士らの『纂註分類杜詩』編纂と、成宗朝館閣文人らの『杜詩諺解』編輯とに継がせた。

朝鮮時代初期には涵虚堂《ハモダン》己和《キファ》得通《ドゥクトン》（劉氏、一三七六～一四三三）や慧覚尊者信眉《ヘガクジョンジャシンミ》（金守省《キム・スソン》、生没年未詳）といった僧侶が仏教理論を深めつつ、国家や王室の仏事を主催している。金時習《キム・シスプ》（一四三五～一四九三）は「心儒跡佛（心は儒教でありながら仏教の行跡を行うこと）」「心佛跡儒（心は仏教でありながら儒教の行跡を行うこと)」の心跡で思想の実践を呼び掛け、詩文で自由自在の生き方を表現し、『金鰲新話』を以て世界の欠陥状を如実に提示した。

なお、高麗時代には僧侶の塔碑が地上に聳え、官僚や婦人の誌は墓に埋もれていた。そこで世宗は在位三十年(一四四八)十二月五日に内仏堂が築成されると慶讃会を開き、「仰鴻慈之曲」をはじめ親製の新声七曲を演奏させている。

こうした幾つかの事例だけでも、三国時代から高麗・李朝初までは仏教が韓国の文化全般の根底を成していたことが推測できる。しかしながら、韓国仏教の歴史については、その僧団の歴史さえ詳らかでない。安平大君《アンピョンデグン》は一四五〇年七月下旬に揮毫した「再送厳上座帰南序」において、大慧宗杲《デヘジョンゴ》の書状の語句を引用しつつ行住坐臥において自由自在な境地を披露し、自分が秀菴《スアム》大和尚から般若説を学んだと明らかにした。しかし、秀菴大和尚が誰なのか、調べる手係りがない。

高麗末から李朝までの知識人らは儒学を崇尊し、次第に程朱学を正統として確認、自らの学術思想を「程朱学的理念」に照らして純正化しようと努めた。明清の書物と文学作品に接しても、李朝の知識人らは闢異端の観点からそれらを選択的に受容している。李朝後期に当たる十八世紀には袁宏道の文学が持て囃されたが、その影響をうけた知識人さえ、禅と陽明学が袁宏道の思惟と文学の世界を形成した事実についてはそれほど注目していない。一然らの『三国遺事』や金時習の『金鰲新話』は、怪力乱神を語らない儒学の原則に忠実だった儒者知識人の間で話題に上らなくなった。伝奇小説はひそかに読まれ、独自の想像力に富む小説はあまり現れなかった。

一六三六年の後金の第二次侵攻に屈した朝鮮朝廷は、清に対して事大外交の関係を結んだため、公式の文献には清の年号が用いられるようになった。宋時烈《ソン・ショル》は孝宗に対して「北伐」（清朝討伐）の政策を促し、その党派の「老論」は十八世紀の終わりまで北伐の信念を貫いていく。朝鮮朝の人びとは「小中華」の自負心に囚われて長らく清の文化の本質を直視することができないでいた。この時期の朝鮮朝の知識人らは党派を問わず程朱学を尊重している。南人の学者で星湖《ソンホ》学派の主要な学脈を継いだ黄徳吉《ファン・ドッキル》（一七五〇〜一八二七）でさえ、「読書次第図（並説）」において先読・次読・兼看の目録を提示するなかで、程朱学の書物を優先させる一方、陽明学や清初経世学の著作は一つも挙げず、諸子百家の書も退ける。『文章正宗』や『楚辞』等を、文章の学習のために挙げるのみであった。

二 「古典」の範囲

（1） 朝鮮朝廷は「古典」の範囲を規定し、出版書籍を指定してきた。特に世宗朝の集賢殿では『思政殿訓義資治通鑑』『思政殿訓義資治通鑑綱目』『朱文公校韓昌黎集』『纂註分類杜詩』等の纂註（会註）本を編纂、刊行した。鄭麟趾《チョン・インジ》や安平大君らは王命を受けて『龍飛御天歌』を編纂しつつ、睿裁に従い破読（一つの漢字をいくつかの音に読み分けること）の漢字に圏発（漢字の声調を示す円状の記号）を標示している。また、朝廷は漢文の解読に懸吐（漢文理解のために加える韓国語の文法要素）と諺解（漢文からハングルへの翻訳）を活用することにした。成宗朝には『纂註分類杜詩』を底本にして『杜詩諺解』

を編纂する。崔岦《チェ・リプ》（一五三九～一六一二）は韓愈の散文と『史記』及び『漢書』の列伝を選別、懸吐をした。正祖《チョンジョ》は『春秋左氏伝』を再編し、口訣を施している。

（２）朝鮮朝の知識人は現実世界への認識の方法を、経典の註釈を通じて深化させてきた。朝鮮朝の経学は「訓詁之学」から「義理之学」へと展開し、経文に沿う分析を重んじながら経世的・救世的理念を極めようとした。世宗代、明の永楽十三年（一四一五）に勅命で翰林院学士の胡広らによって四書五経の新注が再整理された『四書大全』と『五経大全』が輸入されると、それが朝鮮朝程朱学の課本として追認される。ただし、その誤謬についても注意が払われ、特に『四書通義』（『重訂四書輯釈通義大成』）は併存することとなった。十六世紀後半には宣祖《ソンジョ》が『朱子大全』と『朱子語類』の校勘と経書の諺解を行う。宣祖年間の一五七五年に、柳希春《ユ・ヒチュン》（一五一三～一五七七）は校書館で『朱子大全』を校正して乙亥字で再刊行した。同じく宣祖朝の一五八五年には校正庁が設置され、『小学』と四書三経（論語・孟子・大学・中庸・詩経・書経・周易）の諺解が始まる。その結果、『小学諺解』（一五八七）・『孝経諺解』（一五八九）・『四書諺解』（一五九〇）・『周易諺解』（一六〇六）・『書経諺解』（一六一三）・『詩経諺解』（一六一三）等が続々と作られていく。これに刺戟を受けて学派ごとに文献解析の独自的伝統を求めたため、経書の懸吐と諺解に違いが生じていった。十八世紀末に清の考証学的著述が流入した際、正祖はこれらへの批判的検討を主導している。正祖は清の康熙帝と乾隆帝の勅命で編撰された折中本・彙纂本・義疏本の経書注を参考にしながら独自の朱子学を打ち立てようとして、正祖は多くの朱子書選本を編纂し、朱子書の完結編を編纂しようと企画した。正祖は『朱子選統』の類目を定めているが、その類目は康熙四十五年（一七〇六）に熊賜履と李光地らが勅命を受けて七年に渡って編纂した『御纂朱子全書』の類目とほぼ一致する。

（3）朝鮮朝時代には、邵雍・二程・朱熹の詩への和韻（他人の詩と同じ韻字を用いて詩を作ること）が多く行われた。なかでも、金仁山《キム・インサン》（金履祥《キム・イサン》）の『濂洛風雅批註』と清州開刊本（李楨《イ・ジョン》刊行）『文公朱先生感興詩』は、朝鮮朝の詩学に大きな影響を与えている。朝鮮朝後期の畿湖学派の任聖周《イム・ソンジュ》（一七一一～一七八八）は、一七五〇年（英祖二十六）に『斎居感興詩』に関する国内外の註解を収拾して集覧本を編纂した。清州開刊の『文公朱先生感興詩』は、『感興詩』の原文に朱熹の弟子である蔡模の注を付して単独刊行し、朱熹の数十首の詩と陳普註の「武夷櫂歌」を増録したという特徴を持つ。『感興詩』の蔡模註・劉剡註・任聖周集覧、陳普の『櫂歌詩註』は、朝鮮朝の学者＝文人の朱子詩解釈に多大な影響を与え、道学派の詩学の伝統を成立させる基礎となる。「武夷櫂歌」の陳普註（劉槃刊行）、即ち「櫂歌詩註」は十六世紀に広く流布し、金麟厚《キム・イヌ》と趙翼《チョ・イク》はその影響で武夷九曲を学問入道の次第に傅会して解釈した。朝鮮の各地の景勝で九曲歌が派生されたのも、朱熹の「武夷九曲」に影響を受けた結果である。

しかし、このように朝鮮後期に詩文が既存の枠組みを超えて発展していく現象を好ましく思わなかった正祖は、文体と詩風を醇正する政策を敷く。正祖は、当時の新しい詩風を噍殺之体（声調が急でのびやかでない詩のスタイル）とみなして批判し、杜甫と陸游の律詩、そして朱熹の詩を模範に懸げて治世之音（よく治まっている世の詩）を振興しようとしたのである。

（4）高麗と朝鮮の知識人は、序跋文と論辨文とを通じて世界観・人生観・学問観・美意識を論理的に示した。十七世紀以降、文集の木板刊行が活発となり、個人の学問の源泉や内面の志向を探索した序跋が多く書かれるようになる。宋時烈の「圃隠先生集重刊序」には韓国の道脈を区画して示してある。四書疑・五経義・論辨文は科文の科目で、中国の歴史事実の得失を論じつつ当時の懸案事項に間接的に触れる文体であるが、論辨文は知識人の哲理と政治理念を論じる道具としていち早く別個に扱われた。金時習は無為徒食を非難して労働生活を称え、為政者の農民収奪を批判している。士禍（朝鮮時代における、士に対する弾圧事件）の時期に隠逸を選んだ道学者らは郷村生活で道を実践し、自然の中で生命の源頭を凝視する歓喜を詩文で表現した。李珥《イ・イ》（号は栗谷《ユルゴク》、一五三六～一五八四）が「文策」で内面修養を「文」の根底となすべきと主張したのは、儒者—文人の「文」に対する認識をよく代弁したものといえる。朝鮮後期の論辨文において争点となった論題の例としては次のものが挙げられよう。

(a)皐陶執法疑—八議と関連して執法の衡平性を問う。
(b)呂刑論—『尚書』「呂刑」の贖金を刑法上に実際に適用する倫理的妥当性を問う。
(c)夷狄之君の志節—唐の文宗朝に吐蕃維州の酋長悉怛謀が来附したことをめぐり、朱熹の春秋大一統義理に従うべきか、「夷狄之臣、当為夷狄之君尽節」の説に従うべきか、問う。

(d)鄧伯道棄児論―晋の右僕射鄧攸が石勒に籍没されて泗水を渡るときに盗賊に遭い、子を捨て弟の子の鄧綏を救済したことをめぐって、慈と悌の優先を問う。

（5）　朝鮮時代には、書信を通じて学問と思想の論争が繰り広げられた。経学説と理気論は、長文の書札と別紙が用いられた。一五五八年に李滉《イ・ファン》（号は退渓《トェゲ》、一五〇一～一五七〇）が『朱子書節要』を編纂、一五六一年に弟子の黄俊良《ファン・ジュニャン》がそれを星州で刊行した後、一五六七年には柳仲郢《ユ・ジュンヨン》が定州で刊行した。朱熹の書簡を選別編纂したこの本が広く流布したのは、儒学者―知識人らが書信の、論争道具としての機能を重視したためである。仁祖反正（西人派が一六二三年に光海君《クァンヘグン》を廃位し、仁祖を擁立して即位させた事件）の主役で後金との講和を主導した崔鳴吉《チェ・ミョンギル》（一五八六～一六四七）は政治的信念を強調し、他人の誹謗に対処するため長篇の書翰をうまく利用した。一六三七年（仁祖十五）に朝鮮と後金との摩擦に責任を負い、瀋陽の獄に囚われていた時期には、長男の崔後亮《チェ・フリャン》に陽明学へ精進するよう進める書札を贈る。文章家の申靖夏《シン・ジョンハ》（一六八〇～一七一五）は「道情素語山水、則不可不用歐蘇之簡。論説義理、不可不用考亭之密。／心を表現し山水を語るには欧陽脩と蘇軾の簡素さを用いるほかなく、義理を論ずるには朱子の緻密さを用いるほかない。」と述べ、欧陽脩・蘇軾の手簡と朱熹の書札を評価したものの、袁中郎の短簡については、「是為文之妖、易被浸染。不宜令近眼。」と断じた。この頃、袁宏道の尺牘が流行っていたことが窺える。すでに許筠《ホ・ギュン》（一五六九～一六一八）は尺牘において芸術性を発揮し、『惺所覆瓿藁』の自編の際、「尺牘」を書簡から分立させている。十八世紀には詩社と小集の活動が盛んになったが、尺牘は晤言歓談の機能を持ち、論争機能の書札とは区別された。

（6）朝鮮時代、経筵官は経筵での論難を『経筵日記』に丁寧に記し、書筵官は書筵での講義を「書筵日記」に詳しく書き留めた。一部の知識人らは備忘録として日毎に社会の現状や本人の学術活動、周辺人物との往来を詳しく書き残している。李耔《イ・ジャ》（一四八〇～一五三三）の『陰崖日記』と柳希春（一五一三～一五七七）の『眉巌日記』は、私的日記の様式を確立した。盧守愼《ノ・スシン》（一五一五～一五九〇）の『穌齋日記』は正統教学に懐疑する思索の片鱗を仄めかす。壬辰倭乱（文禄・慶長の役）と丙子胡乱（一六三六年から一六三七年にわたる、清の朝鮮侵攻）の後には、知識人らが危機感と救世の志を盛り込んだ記録や日記を多く遺している。李文楗《イ・ムンゴン》（一四九四～一五六七）は、熱病を患い後遺症の残った息子への期待を捨て、孫の李守封《イ・スボン》の養育に心を砕いた過程を詩文で記して『養児録』即ち『默齋日記』にまとめた。退渓学派の権相一《クォン・サンイル》（一六七九～一七五九）は『清台日記』において、一七〇二年（粛宗二十八）一月一日から一七五九年（英祖三十五）七月一日までの約五十八年の郷村生活とソウルでの官職生活、嶺南士族の生活儀礼、書院活動等を詳細に記録する。また、一部の知識人らとの問学日記も付けてある。兪晩柱《ユ・マンジュ》（一七五五～一七八八）は一七七五年（英祖五十一）から一七八七年（正祖十一）までの十三年間の日々の行蹟や家中の大小事、学習内容・文学批評・製述詩文・往復書札等を丹念に記し、それに『欽英』という題を冠した。これらの日記は朝鮮の知識人らが日ごろ儒学の教えに従って慎独（自分一人のときも身を慎むこと）と内省（自身の内面を省察すること）を心掛けていたことを物語る。そもそも儒者―知識人は、自伝・自述・自叙・自表・自銘・自誌・自挽等などをもって自身の過去を振り返ることが多かった。その際にある典型を想定し、それとの隔たりを嘆く傾向がある。これは日本のいわゆる自照文学と異なる点であろう。一方、仏僧の場合は、落髪と悟道の因縁を時系列で語る自譜を遺している。

三　知的生産方法の連続と不連続

李朝時代のうち、十七世紀末～十九世紀初は求是求真の時代であった。一部の知識人らは経典注釈において古註を寄せ集め、朱熹の注解を批判的に再検討している。政局の運営に関与する開明的な官僚と、経世致用之学を求める学者は『管子』に関心を寄せた。『管子』への関心は王覇併用の考え方の反映であったと言える。いっぽう、江華学派の知識人は真実無偽論（全く偽りなく正しいということ）の延長で『老子』を解釈した。『老子』が無為自然と謙虚柔弱を主唱して道と一体となることを提案した音声に耳を傾けたのである。

（1）仏教――程朱学連続論の観点に基づく程朱学独尊論批判：金萬重の『西浦漫筆』

朝鮮語小説『九雲夢』と『謝氏南征記』の著者、金萬重《キム・マンジュン》（一六三七～一六九二）は老論の政治家で、宋時烈と師弟関係にあるが、『西浦漫筆』には反教条主義的精神が盛りこまれている。金萬重は、学問において「自按其脈（自ら脈をはかる）」する方法を重視し、分派的偏見にとらわれず、仏教の説をも偏見なく受け容れた。金萬重は聖人の像を前提にして経文を解釈する因襲を排撃し、『資治通鑑』の歴史記録の事実を論証する道具として活用した。金萬重は、程朱学が仏教の影響で形成されているので、仏教と儒教の差異はないといい、俗流（俗物の）程朱学の闢異端の偏狭さを批判した。金萬重は程顥の「定性書」（張載の質問に答えて送った書）にあらわれる自己超越の思想は禅家から借りたものだという。また、朱熹の「答羅宗礼書」をひいて、末学の仏教批判を「可笑」と言った。金萬重は「心をもって心を観る」という禅家の説は方便立言で、朱熹の「中庸序」にいう「人心聴命於道心（人心は道心より命を聴く）」の説とつながると論じた。金萬重は儒教と道教、また西洋耶蘇教までがすべて仏教の影響で生まれ、原理的同一性を保っていると論じた。金萬重は東晋末の阿道（実は高句麗僧）が朝鮮に渡来して以来、文字の教育が行われたといい、仏教の啓蒙の文化史的功績を認めている。

(2)　按語を施した雑考の発達：李瀷の『星湖僿説』

近代以前の朝鮮知識人らは、中国の類書・通考・叢書を知識情報源として活用した。また、中国の類書の項目分類を参照しつつ、漢字語彙を整理する作業を様々な方面で行った。一五九九年（宣祖三十二）に権文海《クォン・ムネ》（一五三四～一五九一）が『大東韻府群玉』二十巻二十冊を、一六四四年（仁祖二十二）に金堉《キム・ユク》（一五八〇～一六五八）が『類苑叢宝』四十七巻二十二冊を、一六五四年（孝宗五）に呉命釐《オ・ミョンリ》が『古今説苑』十巻十冊を完成させている。李睟光《イ・スグァン》（一五六三～一六二八）の『芝峰類説』、李瀷《イ・イク》（一六八一

～一七六三）の『星湖僿説』、李圭景《イ・ギュギョン》（一七八八～？）の『五洲衍文長箋散稿』がその代表的な例である。李瀷の『星湖僿説』は転写によってやや広まり、弟子の安鼎福《アン・ジョンボク》は一七六二年十一月に『星湖僿説類選』十二巻を再編した。李瀷は顧炎武の『日知録』の論調を参考にする一方、文献資料だけでなく、奏疏類の文章、民間の生活知識、専門家の見解、伝聞をも積極的に検討して李朝の政治社会と庶民生活のあらゆる局面を解剖した。また、龐迪我（Diego de Pantoja〔ディエゴ・デ・パントーハ〕：1571-1618）の『七克』の主旨が儒教の克己説と同類であるとし、王陽明の知行合一説を知行並進説と理解してそれに賛同する。国家の主導で編纂された掌故類（国家の典故・古事・慣例・典章・制度など）としては『東国文献備考』と『萬機要覧』があり、それらは二十世紀初に『増補文献備考』として集大成された。

（3）闢異端論の根底への問いかけ：朴趾源の『熱河日記』

『熱河日記』の著者、朴趾源《パク・チウォン》（一七三七～一八〇五）は、事物を存在論的に配置せず先験的価値を基準とし、個別に運動する現実自体や経験自体を「本来」とみなした。朴趾源は『熱河日記』の「黄教問答」において、中国人学者と蒙古人学者の言葉を借りて程朱学の教条主義に対して批判をした。そこで、中国人学者の鄒舎是の説が怪癖であるとコメントしながらも、彼の言説を「黄教問答」のなかに盛りこんでいる。鄒舎是は儒学のなかで道学や理学が別門戸を立てたことに対して強い反感を持っていたが、朴趾源もそれに同調し、蒙古人学者の孚斎の闢異端論批判の論理をも紹介した。孚斎の論理は袁宏道が「公安県儒学梁公生祠記」において儒学を顕彰するには韓愈の「衛吾道」ではなく孟子の

「帰斯受」や「反経」が穏当であると言った内容と類似している。朴趾源は学問権力や思想弾圧に対して批判的であって、その対案として「会極」論を打ち出していたので、袁宏道の「反経」論に共感したことであろう。

（4）考証的学風の参照にともなう程朱学の相対化：経学の変貌と限界

十八世紀朝鮮の知識人のうち経学に志を持った者は、清初の浙東学派、毛奇齢（一六二三～一七一三）の経説を大部分批判しつつも一部は受容した。毛奇齢は、経解は実証的研究の指針として傾聴すべきところが多い。朴趾源は、清朝が程朱学を聖学と奉って学術思想を統制するので、毛奇齢の以後の考証学が程朱学と対立して発達したと考えた。丁若鏞《チョン・ヤギョン》（一七六二～一八三六）は「合理」への照会と文献資料の校合を結合する方法を目指したが、その過程で毛奇齢の経説を参考にしつつそれを克服しようとしている。また、顧炎武の『日知録』と李瀷の『星湖僿説』を高く評価しておきながら、義例がないため雑駁であるとも批判する。そして、「雅言覚非序」では「学者何？　学也者、覚也。覚者何？　覚也者、覚其非也。覚其非奈何？　于雅言覚之爾。（学とは何か、学とは覚りである。覚りとは何か、覚りとは過ちを覚ることである。過ちを覚るとは如何なることか、雅言にて覚るのみ。）」と語る。朱熹は『論語集註』において「学＝斅＝覚＝先覚覚後覚」の定義を通じて学を人性啓発に関連させたけれども、丁若鏞は概念（認識道具）の俗説の誤りを覚ることが学であると再定義した。さらに、経学において概念の正しい定義から出発し、経の全体構造と章句組織に注目しながら、現実問題に応用する方案を模索するに至るまで義例を打ち立てるのにも努める。丁若鏞は、『尚書』について偽古文の判別に注力し、結論においては閻若璩（一六三六〜一七〇四）の説に同意する。しかしながら、丁若鏞は経学の究極の目標を歴史の再解釈とその実践的適用に求めたために、偽孔安国伝や蔡沈注のなかの通説を認めつつ名器論と義理論を述べることとなった。この点で、丁若鏞の経学は目標と方法の不一致を露呈したと言えよう。

（5）程朱学末流の「仮学」に対する批判：江華学派の試み

十八世紀末の朝鮮で正統教学の程朱学が政治権力と結託して偏狭な党論になっていく時期に、政局から疏外された江華学派の知識人らは陽明学を参照しつつ、実心実学を主張する。江華学派の鼻祖の鄭斉斗《チョン・ジェドゥ》（一六四九〜一七三六）は真の「為己之学」を志し、心がすなわち天理であるとみなした陽明学に共感した。江華学派は実心の主体意識をもとに民族の歴史・言語・現実を研究する。申綽《シン・ジャク》（一七六〇〜一八二五）は古註のみ集録して「次故」を編んだ。江華学派は「専内実己」を標榜し、当時の老論が大義名分を掲げるのを嫌悪、程朱学末流を仮学と見なして痛烈に批判している。李匡臣《イ・グァンシン》（一七〇〇〜一七四四）は「独知」をもとに誠と偽の分界を見極めようとした。李匡師《イ・グァンサ》（一七〇五〜一七七七）は心を拘束するのは虚仮の行為であると批判し、李匡呂《イ・グァンリョ》（一七二〇〜一七八三）は『老子』に関する五つの論文を著して真実無偽論を述べ、袁宏道の『広壮』のごとく、古典原文の訓詁に陥らず主旨に契合するよう思索を展開した。李匡呂（一七二〇〜一七八三）はその四則において『老子』の主旨に同意し、名と実、真正と虚偽の分別すらない始原の状態を至善とする。李匡師の子、李肯翊《イ・グンイク》（一七三六～一八〇六）は『燃藜室記述』を編纂する。筆誅〔罪状を明記して譴責すること〕を加えず不偏不党の記述に努め、事実が真実を語るようにさせた。李匡呂の甥に当たる李忠翊《イ・チュンイク》（一七四四～一八一六）は仏教と老子にまで思惟範圍を広げ、「仮説」にて大義名分論を党論に用いる老論の学問権力の暴圧性を突いた。こうした仮学批判は十九世紀末～二十世紀初に至って李建芳《イ・ゴンバン》の「原士」正続論に受け継がれていく。

四　現代における知的生産方法の継承問題

以上、朝鮮朝の十七世紀末～十九世紀初において、学術の権力化に抵抗して求是求真を求めた試みが多方面で現れた。しかし、その試みが出版その他の媒体を通じて拡散することはほとんど無かった。李朝後期の出版文化は門中〔家門〕や学脈による文集の整理と板刻に収斂したが、文集は旧体制の理念実践の水準を誇示するため、周到に編纂されていた。近代に入り、日本の侵略によって植民地化が進むにつれ、都会の知識階級は新文物の輸入に奔走し、旧体制の主導的理念は郷村社会に取り残される。一九七〇年代の産業近代化に伴ってその精神的補償のために旧来の伝統が顧みられるようになった際、旧体制の理念に埋没していた旧学術が呼び戻された。その一部は「実学」という実践的公理を浮き彫りにし、学術の新局面を開く。しかしながら、この新しい「伝統学術」が、十七世紀末～十九世紀初の求是求真の試みを真に解釈する方法を獲得しえたのか、筆者にこれに疑問を持っている。

参考文献

沈慶昊『李朝의 漢文学과 詩経論』(一志社、一九九九年)(韓国語)
沈慶昊「朝鮮本の『齋居感興詩』と『武夷櫂歌』について」(興膳教授退官記念中国文学論集編集委員会『(興膳教授退官記念)中国文学論集』汲古書院、二〇〇〇年三月、八五一―八六四頁)
沈慶昊「江華学派の偽学批判と知的摸索」(沈慶昊他六名『陽明学』第一九号、二松学舎大学東アジア学術総合研究所陽明学研究部、二〇〇七年三月、一七―四二頁)
沈慶昊『韓国漢文基礎学史』全三巻(太学社、二〇一二年十月)(韓国語)
沈慶昊「韓国における近世以前の出版文化と中国書籍の刊行方法」(日韓学術共同セミナー「漢字文献の受容と学問の比較研究」慶應義塾大学斯道文庫、二〇一六年六月、三―五頁)。

◆第四章（1）…ことば、翻訳、vernacularization：①日本

日本の近世化における言語発見と俗語訳

レベッカ・クレメンツ

一　近世日本における「言語発見」とはなにか

江戸時代において言語が発見された。もちろん、江戸時代以前の日本列島において言語意識が存在しなかったというわけではない。実際、中国の字典と韻書が早くから伝えられ、それを利用した僧侶や漢学博士による漢文典の音韻・字義研究は奈良時代からあり、平安時代になると宮廷文学、特に『源氏物語』の注釈書と仮名づかい研究が出現することはよく知られている。また、梵字に対する音韻の学問である悉曇学《しったん》も密教と天台の僧侶によって進められた。

ただ、江戸時代には、学者とそうでない人がそれまでには見られなかったほど言語について論述し、言語をさまざまな新しい角度から考えた。雅語、俗語、漢語、さまざまな言語をテーマにする著作が多く書かれ、写本と版本によってそれは以前より幅広く流布した。日本語とヨーロッパ言語の最初の辞書（『日葡辞書《にっぽじしょ》』一六〇三～一六〇四年）が編集され、いくつかの漢和辞典が始めて出版される一方で、日本の学者が初めて日本語の歴史的発展を描写し、その文法を始めて総合的に体系化しようとし

た。近代において「日本文学」の代表としてカノン化され現代語訳されていく『源氏物語』も、実は江戸時代において始めて本格的に俗語訳されたのである。

歴史学者のピーター・バークは、十六・十七世紀のヨーロッパにおける、似たような言語認識の高まりを指摘しており、それをヨーロッパの「言語発見」(discovery of language)と呼んでいる。(1) 近世ヨーロッパの言語発見は近世化におけるコマーシャルな出版業界の発展や、リテラシー率の高まり、そして初期の国家意識という文脈において興った。ヨーロッパと同じように、日本列島の言語発見は近世化の特徴と関わっていた。日本の場合、近世の特徴的な現象が、十七世紀初期から、いわゆる「パクス・トクガワ」(徳川の平和)における経済的・社会的発展とともにみられるようになる。

本章では漢学と国学における江戸時代の新しい言語意識について述べ、「近世化」との関係に触れたい。実は、俗語訳が江戸時代の言語意識の大きな目印、または証拠である。なお、本章で言う「俗語」とは、聖なるテクストの言語である漢文、あるいは日本の古典の文章に使われる言語に対して、江戸時代当時の言葉(話し言葉と書き言葉を含む)を指している。江戸時代においては口語が以前にも増して書きとめられ、書物の中において流布されるようになったことが特徴的であった。平安時代の宮廷仮名文学や中世期の抄物は口語を残しているといえるが、白話小説、俗語訳、或いは新しい言語意識に刺激された学者の雅語と俗語についての論述のおかげで、江戸時代の「文」の世界に口語が以前よりも盛んに輸入されたのである。

二　漢学における俗語訳

近世日本漢学者の言語への関心は――暫くするとそれは俗語訳への関心にもなったが――宋朝の言語思想家の影響から生まれた。陳北渓《ちんほくけい》（一一五九～一二二三）の『性理字義《せいりじぎ》』が十六世紀末に日本へ伝えられ、陸象山《りくしょうざん》（一一三九～一一九二）の語源論もその頃より広く手に入るようになる。語源・字義の詳細な考察から儒学経典の意味を明らかにするという彼らの方法が古学者、伊藤仁斎や山鹿素行、荻生徂徠などの学問に刺激を与えた。そして、古学だけでなく、林羅山と山崎闇斎から、貝原益軒までにも影響は及んだ。

漢文経典の日本語訳をはじめて作成したのは、林羅山である。柳田征司の調査によると、『日本古典籍総合目録』に掲出されている羅山の作品の中、約四十点余の資料が「仮名交り注釈書」である。(2) 羅山がその多くを「諺解《げんかい》」と名づけたのは、ピーター・コーニツキが指摘しているように、朝鮮における漢文典のハングル文字による解釈書である「諺解《オンヘ》」に由来している。(3) 羅山の諺解は、さまざまな訳し方を生かしており、広い意味での「訳」として考えられる注釈部分から、原漢文を日本語の文体に書き換えている部分まで含まれている。その文体は抄物の中にも見られる漢文訓読文体が中心であるが、羅山の諺解の特徴は、ハ・ワ行下二段活用動詞をヤ行形にしているなど、俗文的な性格をもっているのである。『性理字義諺解』（一六三九年成立、一六五九年刊）の序に、羅山がその言語意識と日本語に書き換えた本意を述べている。

字義を識らずんば、聖賢の書を読み難し。其の書を読まずんば、其の言を識り難し。其の言を知らずんば、何を以てか聖賢の心を得んや……余、性理字義を読み、人の求めに応じて常談を借り、方言を暇り、加うるに国字を以て諺解を為す。蓋し、人をして読みて暁り易からしめんと欲す。[4]

つまり、羅山は漢文（字）がよく読めない入門者を指導するために方言（日本語）訳に決めた。そして、そのきっかけが陳北渓の『性理字義』であった。

入門者のために漢文典の原文を俗文的な日本語に訳すという方法は羅山の後、日本の漢学者の中では広く選択されなかったが、ある種の訳は宋朝の言語思想に影響された古学派の学問に生まれた。周知のごとく、伊藤仁斎と荻生徂徠の言語認識と用語の解釈への集中は『性理字義』に由来しており、その系統は仁斎の『語孟字義《ごもうじぎ》』（一六八三年成立）から徂徠の『弁名《べんめい》』（一七一七年成立）へと辿ることができる。[5] 彼らは訳を入門者が読めるためのものとしてではなく、学者のための訓練法として考えた。

伊藤仁斎は、歴史における言語変化に無関心でありがちな従来の日本漢学を批判し、それを解決するための一方法として挙げたのがある種の訳であった。日本の学者が漢文を書く際、「国習」という、日本語の影響によって生じる独特の癖や用法が現れるのを防ぐために、仁斎は漢文からの訳を提供した。仁斎の『古学先生訳文』と、家塾古義堂をついだ伊藤東所《いとうとうしょ》が編集した『訳林《やくりん》』は、仁斎や弟子たちの訳を集めた。それを用いる方法は以下のようである。[6] まずは漢文テキストの訓読による書き下し文を製作して、それをまた漢文に戻し、戻した漢文を元の漢文テキストと比べて国習を探す。書き留めた訓読を「訳文」といい、漢文へと戻されるプロセスを「復文」という。

荻生徂徠の学問は伊藤仁斎の流れを汲むが、仁斎の古義学をさらに一歩進めた。訳の方法として仁斎は漢文を直訳的に書き下していたのに対して、徂徠は『訳文筌蹄《やくぶんせんてい》』（一七一五〜一七九六年刊）において、漢文が全く別な言語であることを自覚し、昔の言葉であるから伝来の訓読法である和訓によって解釈するよりは中国語として読むべきだと主張した。また中国語として読むことのできない人ならば、従来の和訓ではなく、「不即不離」の「新訳[7]」をつけるべきだとした。「不即不離」の「新訳」とは原文から離れない、非常に近い訳である。そしてその目標言語は「今言《きんげん》」、「俚俗《りぞく》」とした。それは、「俚俗者平易而近於人情（俚俗は平易で人情に近い）」からである[8]。つまり、徂徠は漢文の異言語性を意識して俗語訳を勧めた。日本語と中国語が別な言語であるという言語観は画期的であり、訳への注目が徂徠の言語発見には伴っていた。

徂徠が中国語の勉強と漢文の俗語訳を勧めた背景には十八世紀における唐話や白話小説のブームがある。一七一一年に徂徠が唐話を勉強するためのクラブ「訳社」を結成し、長崎唐通事の岡島冠山がそこで唐話を教えていた。しかし、中国語を意識していたのは徂徠のようなエリート学者のみではなく、近世の貿易環境において明朝・清朝の白話小説は十七世紀から長崎を通して多く輸入され、十八世紀のコマーシャルな出版業界において広く受容されていた[9]。最初は船の底荷として運ばれたが、近世の出版業界がリテラシー率の高まりによって範囲を広げるにつれて、和刻本や翻案・翻訳などが出版された。冠山は和刻本『忠義水滸伝』（一七二八年）に訓点を施し、死後には、一七五七年から冠山が関与していたとされる『忠義水滸伝』の和訳『通俗忠義水滸伝』が刊行された。(10) 一七九〇年に『通俗忠義水滸伝』の拾遺が出版され、読本流行の端緒となった。和刻本・和訳だけでなく、岡白駒《おかはっく》による『水滸伝』の語釈が一七二七年頃に編集され（『水滸伝訳解』）、中国語への関心が広がるにつれて一七一六年頃に冠山は日本初の中国語会話入門書『唐話纂要《とうわさんよう》』を著している。

林羅山と伊藤仁斎のような漢学者の言語意識は宋朝の言語思想家、特に陳北渓の『性理字義』に強く影響されたといえるが、その上に、より広く近世日本の読者は明朝・清朝白話小説の輸入と日本の出版業界の発展によって、当時代の中国語への関心を高めた。中国と交流のある少人数の僧侶を例外として、従来日本での中国語意識といえるものは、書き言葉である「文」語の漢文が対象でその内容は聖なる経典であった。しかし、近世日本では白話小説が描く生き生きとした中国の日常生活とそれを描写する俗語に出会い、日本における中国語の言語意識が大きく変化した。(11)

三　宮廷仮名文学の俗語訳

日本古典文学の世界においても言語意識の大きな変化が江戸時代に現れた。その変化は大まかに言えば、国学者の間における言語意識と、コマーシャルな出版業界における言語意識と二つに分けることができるが、共通点もある。まずは出版業界における言語意識を取り上げたい。十七世紀から『伊勢物語』『源氏物語』の本文が刊行されるようになり、宮廷社会以外へと広く流布した。古語が版本化・一般化される一方で、近世の俗語によって書かれた書物、或いはそれを多く含む書物も刊行されるようになった。古語（雅語）と俗語との対照が出版業界のおかげで以前より明確となった。近世読者のために、十七世紀から古典文学の大規模な俗語訳が始めて成立した。これらの俗語訳は、元作品を分かりやすくするためのものであると同時に、コマーシャルな出版業界におけるパロディやもじりなど、古典の話しの筋やテーマを生かすことによって新しい作品を制作するという方法とも関連していた。

最初に俗語訳されたのは『伊勢物語』であった。『伊勢物語ひら言葉』は紀暫計《きのざんけい》の「和述」と絵師の菱川師宣の画をあわせて、一六七八年に刊行された。暫計の跋文によると「和述」とは、「いやしきことのはに述べやわらぐる」ことで、文章を見ると主語・述語などを補遺して、江戸時代の書き言葉によって原文をより明確に書き写すことであった。[12] 十七世紀末までには、多くの文学作品が『伊勢物語』を引用し、またはパロディ化していたので、それを鑑賞するには伊勢の知識が必要となり、元作品の言葉、舞台や絵を江戸時代当時のコンテクストへうつす傾向があった。この傾向は『源氏物語』の江戸受容史にも見られ、『ひら言葉』の次に出た古典文学の俗語訳は、作家の都の錦（宍戸光風、一六七五〜?）が書いた『風流源氏物語』（桐壺巻〜雨夜品定、一七〇三年刊）であった。『風流源氏物語』の宣伝は、江戸時代当時の言語と平安時代の言語との対照を強く意識していた。

片田舎《かたいなか》には指南《しなん》する人まれなる故にたま〳〵彼の巻々を拓《ひらく》といへども猫《ねこ》に小判《こばん》にて、おのづから

泣寝入《なきねいり》になる者少《ものすく》なからず、よつてひそかに是をなげき、いにしへのちんふんかんを、当世の平《へい》直詞《ちょくことば》に仕替《しかえ》……(13)

都の錦は暫計より大胆な訳し方で、話し言葉を使用したり、ある箇所を浮世草子風に翻案したり、原文にないシーンを想像して入れており、それに対してその後の俗語訳者奥村政信は「おもひかけぬさまにとりなしたる」(『若草源氏物語』序文)と批判した。一七〇七年から一七〇九年にかけて政信は「梅翁」という筆名で『風流源氏物語』が対象とした品定の後から花宴巻までの俗語訳を三回に分けて刊行し、最初に出た『若草源氏物語』の序文において次のように自分の目的を述べた。

いまの世のはやりことはにうつし。下がしもの品《しな》くだれる。賤山《しづやま》がつのむすめにいたるまで。いろはのもじをおぼゆれは。これをよむにかたらず。(14)

江戸時代までは『伊勢物語』や『源氏物語』などの宮廷文学は貴族と身分の高い武士の間のみで受容されてきたのに対して、出版業界の発展、リテラシー率の高まりという近世化の中、都の錦の「片田舎」の者や政信の「品くだれる賤山がつのむすめ」が比喩的にさしている身分の高くない人にまで享受された。その際、平安時代の言語と江戸時代の言語との違いと社会的な使用域による違いがあぶりだされ、俗語訳が必要となった。

宮廷仮名文学がはじめて俗語訳されたのは右述のようにコマーシャルな出版業界のためであったが、十八世紀半ばごろから国学者も俗語訳に興味を持つようになった。続いて刊行された俗語訳、多賀半七による『紫文蜑《しぶんあま》の囀《さえずり》』（一七二三年刊）はより学問的な性格が強く、たとえば『群書一覧』（一八〇二年刊）には『源氏物語』本文、注釈書・概要書とが一緒に載せられている。また、『伊勢物語』の次の俗語訳『昔男時世妝《むかしおとこいまようすがた》』（一七三一年刊）も本文を「和解」し、ある箇所は江戸時代の言葉に書き直しながら、従来の注釈書からの説を引用し、また別の箇所においては新たに注釈書的解釈を加えている。これらの作品における俗語訳は本文の文章を理解するためであったが、十八世紀後半において、国学者が日本の古語（「雅語」とも呼んでいたが、）それ自体を研究するために俗語訳を方法として生かすようになった。富士谷成章《ふじたになりあきら》（一七三八〜一七七九）は、皆川淇園《みながわきえん》（一七三四〜一八〇七）の弟であり、淇園が汲む仁斎と徂徠の古学から影響され、『かざし抄』（一七六七年刊）と『あゆい抄』（一七七八年刊）において和歌の古語を江戸時代の口語訳（俗語訳）によって研究しようとした。(15) 成章のアプローチは画期的であり、五井純禎の『源語梯《げんごてい》』（一七八四年刊）をはじめ雅と俗の対訳辞書が十三余り編纂されたが、(16) 雅語を俗語によって研究するという研究法のもっとも有名な例は、『古今和歌集』の和歌を「いまの世の俗語《さとびごと》」に訳した本居宣長の『古今集遠鏡《こきんしゅうとおかがみ》』（一七九三年刊）だといえよう。宣長にとって俗語訳は過去の言葉を明かすための望遠鏡のような精密計器で、序文において

今此遠き代の言の葉の、くれなゐ深き心ばへを、やすくちかく、手染めの色にうつして見するも、

もはらこのめがねのたとひにかなえらむ物をや。(17)

と述べている。成章は古語を研究するために言葉一つ一つに俗語訳を加えたが、『遠鏡』の後をついで文章や歌の全体的な俗語訳によって研究をなした学者は少なからずいた。その中に、一八〇三年から一八一〇年の間にでた『小倉百人一首』の三つの俗語訳と、栗田直政《くりたなおまさ》（一八〇七～一八九一）の『源氏遠鏡』（若紫巻、一八四〇年序）がある。直政は後述の言語学者の鈴木朖《すずきあきら》の弟子で、朖は以前、宣長の弟子でもあった。

このような、宣長らの俗語訳は近世的現象であった。平安時代の仮名文学の近世受容は、秘蔵されてきた写本が刊行され、より広く一般に流布するようになり、秘伝による本文の解釈という伝統も破られたのである。「雅語」を俗語によって訳すことは、このような古典の近世受容を典型的に示している。

四　国語の学問的体系化

最後に、国学における言語学発展のもう一つの重要な特徴を浮き彫りにしたい。つまり、研究対象としての日本国語の総合化と体系化である。江戸時代において、日本の言語学者が初めて日本語の時代的変化を整理し総合的に描写しようとし、文法に対しても、それを体系化しようとする学問が初め

表1　『かざし抄』

称呼	内容
上古	神世より万葉集まで
中古	古今・後撰・拾遺集の時代
中ごろ	三代集以後
近き世	文治・建久以後

表2　『あゆひ抄』

称呼	内容
上《かみ》つ世《よ》	開闢より光仁天皇まで
中昔《むかし》	花山院まで
中頃《ごろ》	後白河院まで
近《（ちか）》　昔《むかし》	四条院まで
乙《をと》つ世《よ》	後花園院まで
今の世	そののち

て現れた。

その代表者は富士谷成章である。前述のように、成章は日本の歌語が歴史的に変遷していることを発見しているが、それに加えて初めて時代的区分を行っている。その区分は、『かざし抄』においては表1に示したように、四つに分けているが、[18] 刊本の『あゆひ抄』では「六運」に分けられている（表2）[19]。成章以前、契沖と賀茂真淵は日本語の歴史的な違いを指摘していたが、なかでも奈良時代と平安時代の日本語を対照して、特に真淵は万葉集時代の歌風を復活することを目的とした。成章は歌語の歴史的変化を全体的に把握し理解しようとし、時代的区分だけでなく、歌語の研究を通して日本語の文法の体系化を模索した。それは、『かざし抄』と『あゆひ抄』両方に見られる、「挿頭《かざし》」（代名詞・副詞・接続詞・感動詞・接頭語）「装《よそひ》」（動詞・形容詞・形容動詞）「脚結《あしゆひ》」（助詞・助動詞・接尾語）の「三つの位」（後に「物の名」を加えて四区分になったが）である。この新しい体系分類は歴史認識と俗語訳とに深くかかわっていた。

おほよそ古《いにしへ》の道を思《おも》ふは。見《み》ぬ世《よ》の人を絵《ゑ》にかゝんとするがごとし。頭《かしら》に挿頭《かざし》あり。身に装《よそひ》あり。下《しも》つ方《かた》に脚結《あしゆひ》あるは。古《いにしへ》も今も同《おな》じけれど。古の挿頭《かざし》は。今の挿頭《かざし》にあらず。装脚結《よそひあしゆひ》も変《か》はりゆければ。この三《み》つをよく知《し》らずして。古を明《あき》らめるとするは。神世の人を描《えが》きて。清御原《きよみはら》の御世の冠《かうぶり》させたらんがごとし。いみじく描《か》きたりとも。何のかひかはあらむ。(20)

表3『国文世々の跡』

称呼	内容
古体	祝詞・宣命・古事記・日本紀（神人の名、神人の語、和訓の註）
中古体	物語類（伊勢・源氏・うつほ・など）・随筆（枕）・日記（土佐）・雅
近体	大中臣輔親家集序～・藤金吾の抄物・姉小路基綱卿・文字のおとがちにつくられたり。俗

表4『雅語訳解』

称呼	内容
古語	万葉集・古事記・日本書紀
雅語	古今集以来の歌や詞書・物語
俗語	今の世の俚言《サトビゴト》

過去の言葉を理解するために成章は江戸時代の俗語訳を選び、『かざし抄』では古い雅語を江戸時代当時の俗語によって説明している。

成章の後、日本語の研究を続けた学者は、伴蒿《ばんこう》蹊《けい》（一七三三～一八〇六）と鈴木朖（一七六四～一八三七）がいる。『国文世々の跡』（一七七四年刊）では、蒿蹊は表3のように日本の書き言葉を「古体」「中古体」「近体」と三つの文体に分けている。(21)「古体」「中古体」の区別は以前の国学者が指摘した平安時代とそれ以前の時代との違いに基づき、「近体」は江戸時代当時の文章で、書き言葉でありながら、話し言葉をより多く含む文章体を指している。そして、一八二一年に、幕末の偉大な文法学者鈴木朖が別の称呼の下で蕳蹊の時代的区分を借用し、「古語」「雅語」と「俗語」と呼んでいる（『雅語訳解』一八二一年刊）（表4）。明治時代に入ってからは国家創設のために「国語」が必要となり、日本語の言語としての特徴、総合的な体系などに関する研究と討論が盛んになったが、実はその前に、成章・蕳蹊・朖らによる一連の近世における国語研究がその基盤をなしていた。江戸時代における国語の時代区分と総合的研究は、ベネディクト・アンダーソンが指摘した近代国家の創設に伴う歴史観や自国語意識をあらかじめ示していた[22]。近世における言語発見は近代の国語意識を可能にしたといえる。

おわりに

本章では、宋朝の言語思想家に影響された漢学者や国学者の言語意識を辿り、各学門的系統における言語発見に重点を置いてきたが、明・清朝の小説による白話趣味やコマーシャルな出版業界における宮廷仮名文学の俗語訳が暗示しているように、日本の近世における言語発見は学者と経典においてのみなされたものではなかった。たとえば、日本の方言に対する認識も高まっていた。近世化の一つの現象に都市化があり、城下町から江戸や京都・大阪の大都会では人口が増え、地方から移動して来た人が方言を話し、言語的なるつぼとなった。式亭三馬の戯作『浮世風呂』（一八〇九〜一八一三年刊）が浴場を舞台にして、そこに集まる人々の訛を滑稽的に描いているのは有名な例である。そうした背景の上に、特に江戸時代後半において方言の研究は以前より著しく盛んになり、数多くの方言辞典が出版された。(23) なお、紙面の制約上、言語学研究を盛んに行ったもう一つの中心勢力である蘭学についてては言及できなかったが、近世における言語発見は勿論蘭学者の間にもあった。鎖国時代といわれてきた江戸時代であるにも関わらず、その時代的特徴の一つとして、外国語そして日本の過去の言語に対する関心も認めるべきである。その関心は近世化と深く関わっており、それ以前に比して、より多様な形の俗語訳を可能にした。

注

（1） Peter Burke. *Languages and Communities in Early Modern Europe* (Cambridge : Cambridge University Press, 2004).

（2） 柳田征司「林羅山の仮名交り注釈書について――抄物との関連から」、簗島裕博士還暦記念会編『簗島裕博士還暦記念国語学論集』（明治書院、一九八六年）三八八―四〇六頁。国文学研究資料館、『日本古典籍総合目録データベース』、http://base1.nijl.ac.jp/~tkoten/。

（3） Peter Kornicki. "Hayashi Razan's Vernacular Translations and Commentaries," in Lawrence Wong (ed.) *Towards a History of Translating: In Celebration of the Fortieth Anniversary of the Research Centre for Translation* (Hong Kong: Chinese University of Hong Kong, 2013), vol. III, 189–212.

（4） 不識字義則難読聖賢之書不読其書則難知其言不知其言則何以得聖賢之心哉……余読性理字義応人之求之而借常談暇方言加以国字為諺解蓋欲使人読之易曉也（『性理字義諺解』万治二年（一六五九）刊、内閣文庫所蔵）。

（5）John Allen Tucker. "Chen Beixi, Lu Xiangshan, and Early Tokugawa（1600–1867）Philosophical Lexicography," in *Philosophy East and West*, 1993.4 : pp. 683–713.
（6）伊藤東所編『訳林』（一七七〇）天理大学本（古30－3）。李長波「江戸時代における漢文教育法の一考察――伊藤仁斎の復文と皆川淇園の射覆文を中心に」（『Dynamis：ことばと文化』二〇〇二年、六号）五四―八二頁を参照。
（7）荻生徂徠口授、聖黙・吉有鄰筆受『訳文筌蹄』（初編）正徳五（一七一五）刊、三丁ウ（早稲田大学図書館所蔵）。
（8）『訳文筌蹄』四丁ウ・五丁オ。
（9）大庭脩『江戸時代における唐船持渡書の研究』（関西大学東西学術研究所、一九六七年）。
（10）中村綾「和刻本『忠義水滸伝』と『通俗忠義水滸伝』――その依拠テキストをめぐって」（『近世文芸』二〇〇七年、八六号）二七―四〇頁。
（11）Emanuel Pastreich. *The Observable Mundane: Vernacular Chinese and the Emergence of a Literary Discourse on Popular Narrative in Edo Japan*（Seoul: Seoul University Press, 2011）.
（12）江戸時代の俗語訳古典文学については、Rebekah Clements. *A Cultural History of Translation in Early Modern Japan*（Cambridge : Cambridge University Press, 2015）に詳しい。
（13）都の錦『元禄曾我物』元禄十五年（一七〇二）刊、第五冊十六丁オ（国会図書館所蔵）。
（14）梅翁『若草源氏物語』宝永四年（一七〇七）刊、第一冊二丁オ（早稲田大学図書館所蔵）。
（15）竹岡正夫「言語観とその源流――皆川淇園の漢学との関係」（『富士谷成章全集』下巻所収、風間書房、一九六二年）。
（16）福島邦道「雅俗対訳辞書の発達」（『実践女子大学文学部紀要』一九六九年、十二号）二〇五―二一八頁。
（17）大野晋編『本居宣長全集』第三巻（筑摩書房、一九六八～一九九三年）五頁。

(18) 竹岡正夫編『富士谷成章全集』上巻（風間書房、一九六一年）三〇頁。
(19)『富士谷成章全集』上巻、五六八頁。
(20)『富士谷成章全集』上巻、二六―二七頁。
(21) 風間誠史編『伴蒿蹊集』（国書刊行会、一九九三年）所収。
(22) 白石隆・白石さや訳『想像の共同体：ナショナリズムの起源と流行』（リブロポート、一九八七年）。
(23) 馬渕和夫・出雲朝子著『国語学史――日本人の言語研究の歴史』（笠間書院、二〇一五年）一三七―一四七頁を参照。

白話の歴史的変遷——時代・文体・語彙

千葉謙悟

一　文言と白話

二十世紀にアメリカで活躍した言語学者趙元任《ちょうげんじん》には『施氏食獅史《ししastrologyしょくしし》』という小品がある。その冒頭を試みに挙げれば以下の通り。

文言：石室詩士施氏嗜獅、誓食十獅

白話：石頭屋子裡有個詩人姓施、偏好獅子、発誓要吃掉十頭獅子

和訳：石造りの家に施という姓の詩人がいた。彼はたいそう獅子を好んでおり、獅子を十頭食べると誓いを立てた。

この文言の面白いところは、現代中国語のローマ字にて文言部分の発音を示すとShī shì shī shì shī shì shì shī, shì shí shí shīとなり、声調を除けばすべてshiという音節のみで構成される点にある。これ

は、文言が口語から大いに乖離していることを示す例であると同時に、文言の多くは耳だけではなく目によって理解するものであることを示す例である。一方、白話の多くは聴覚によるのみでも理解可能である。

文言に比して口語に比較的近い言語が文字資料として残るという現象は、唐宋以降に目立ってくる。この文字化された言語を「白話」と称する。文言は現代から見れば十数世紀の歴史を有し権威とスタイルの面で長期にわたり安定した地位にあった。白話が文言と異なる点についてまとめればおおむね以下のようになろう。

イ．白話では語が時代につれて変化すること。例えばeyeを表す語は「目」から「眼」へ、tostandを表す語は「立」から「站」へのように。

ロ．白話では俗語を用いること。前項の理由から、当該の俗語が現在ではかえって難解な語であることもしばしばある。

ハ．白話では地域的な方言語彙が用いられること。例えば『水滸伝』二十一回「閻婆…便幇在身辺坐了（閻婆は…側近くに座った）」の「幇」は「助ける」「手伝う」の意ではなく「ぴったり寄る」という方言語彙である。

ニ．文言とは異なった構文や文法機能語が用いられる。例えば白話では動詞の前に置く否定の成分が「没」であったり、指示代名詞に「這（これ）」「那（あれ）」を用いたりすること。

ホ．白話では複合語（主に二音節語）が多く用いられること。例えば文言「首」に対して白話では「脖子」を用い、「月」に対して「月亮」を用いる。

ヘ．白話では口語で漢字のない語のため同音字が用いられたり、甚だしくは民間で創造された俗字が用いられたりすること。複数を表す接辞（現代では「們」と書く）は時代と地域により「滿」「毎」「門」などと書かれた。

ト．文言は高い規範性によって安定的な文体を保ち、結果として超地域性・超時代性を持ちうるが、白話は当時の俗語や語法を反映するため地域と時代によって相当異なった様相を呈すること。前記各項の例から了解されるであろう。

しかし、文言と白話は截然と区別できるものではない。書かれるものとしての文言の権威は、程度の差こそあれ中国史を通じて近代まで揺るがぬものであったし、仮に口語を記録する意図があったとしても、書面に相応しい「雅」の成分を賦与される過程において純粋な口語は失われがちであった。従って白話作品といえども、全編が完全な口語体というものは決して多くはなく、多かれ少なかれ文言と白話の混じり合った状態を呈するのが常である。

白話の資料には代表的なものとして以下が考えられる。

a．文学作品。敦煌などの変文、宋元の話本、金元の諸宮調、元の雑劇、明清の白話小説など。

b．何らかの目的で残された記録。禅僧や儒者の語録、外交交渉記録、司法・行政文書。語録とは師の教えをその講義の語気に至るまで忠実に伝えるべく筆録されたもので、問答体であることが多い。一方、外交記録における口語体は交渉過程を忠実に記録して朝廷に指示を仰いだり、交渉後の報告書として残されたりしたものである。宋と金の交渉記録を集成した『三《さん》朝北盟会編《ちょうほくめいかいへん》』が著名。

c．非漢人が漢語を学ぶための教科書。高麗～朝鮮時代の中国語会話教本『老乞大《ろうきつだい》』や琉球王国の中国語通訳たちのための教科書『白姓官話《はくせいかんわ》』、清末の西洋人のための口語テキスト『語言《ごげん》自邇集《じじしゅう》』などが挙げられる。

d．漢訳仏典。仏典の翻訳は後漢から始まり唐代に最盛期を迎えるが、訳者によって白話が取り入れられることがあった。例えば同じ般若経の漢訳に支婁迦讖《しるかせん》『道行《どうぎょう》般若経』と支謙『大明度経』があるが、前者は白話寄り、後者は文言寄りとされる。いま前者と後者で語彙のいくつかを比較すれば「大海」：「海」、「眼目」：「目」、「会当」：「必」、「言」：「曰」のようになる。

二　各時代の白話

（1）宋代

唐代には敦煌変文を代表とする、当時の口語を基礎とする文芸がすでに生まれていたが、宋代には詞、話本《わほん》、平話、諸宮調《しょきゅうちょう》、語録といった資料が白話を記録している。

　このうち詞は韻文の一種であり、楽曲に乗せて歌うための歌詞であった。時代と共に楽曲は失伝したが曲名（詞牌《しはい》という）と格律は残り創作され続けた。唐宋八大家として知られる欧陽修や蘇軾《そしょく》は詩文のみならず詞の大家でもある。話本は語り物芸人の底本、平話は語り物の一種でそれを文字化したものも含み、現在に伝わるものとして『五代史平話《ごだいしへいわ》』などがある。諸宮調は韻文部分である歌と散文部分である語りを繰り返す語り物であり、笛や太鼓の伴奏が付いていた。『西廂記諸宮調《せいしょうきしょきゅうちょう》』や『劉《りゅう》知遠諸宮調《ちえんしょきゅうちょう》』が伝わる（いずれも金代の作）。宋代には都市の発展に伴って語り物や演劇が親しまれた。この時代の白話作品の中では後に『水滸伝』へと発展するエピソードを含んだ『大宋宣和遺事《だいそうせんないじ》』、『西遊記』の原型の一つとなった『大唐三蔵取経詩話《だいとうさんぞうしゅきょうしわ》』などが現代に伝わる。

　語録は禅宗の僧侶や儒学の理学家たちの言動・講義を記録したものである。当然多少の潤色は加えられているが、師のことばを忠実に伝えるべく口語のまま記録されているところに最大の特徴があろう。禅の語録としては『祖堂集《そどうしゅう》』や『景徳伝灯録《けいとくでんとうろく》』、理学家の語録には『朱子語類《しゅしごるい》』が著名である。

（2）元代

　元代には宋代の芝居である雑劇《ざつげき》から発展した元曲が流行した。関漢卿《かんかんけい》『竇娥冤《とうがえん》』および『救風塵《きゅうふうじん》』、馬致遠《ばちえん》『漢宮秋《かんきゅうしゅう》』、王実甫《おうじっぽ》『西廂記《せいしょうき》』などが残っている。元曲は「読む戯曲」としても親しまれ、台詞が文字化されることで白話小説の発達にも貢献した。例えば明代の『金瓶梅』では登場人物の会話だけでストーリーが進行するという、高度な技巧を用いた場面がしばしば見られることから、作者はおそらく戯曲創作に縁のあった人物と推測されている。

元代は元曲のような文芸面だけではなく、公的な場面にも白話が表出した時代でもあった。詔書や公文のような公文書や碑文にも白話とモンゴル語が用いられ、儒教の経典について白話で解説する文書も現れた。例えば皇帝への講義録である呉澄《ごちょう》『経筵講義《けいえんこうぎ》』の文体は以下のようである。「唐太宗是唐家很好底皇帝、為教太子底上頭、自己撰造這一件文書、説着做皇帝底体面（唐の太宗は唐朝のよき皇帝であり、太子を教育するため、自らこの書を著し、皇帝たるものの心構えを説いている）」

元代の白話で特徴的なことは、モンゴル語の文法成分を漢語に直訳したかのような表現がまま見られることであり、それ以前に同様の特徴を見せる文体とあわせ「漢児言語《かんじげんご》」と称される。例えば高麗時代の会話教科書『老乞大』（旧本）には「俺漢兒人上學文書來的上頭、些小漢兒言語省的有（私は漢人のところで勉強したので、いささか漢人のことばがわかるのだ）」といったスキットが見られるが、ここでは理由を示す語がフレーズ末尾に来たり（「的上頭」）、「〜である」を示す成分が文末に来たり（「有」）することが通常の中国語の統語から見れば破格とされる。

（3）明代

明の太祖洪武帝《こうぶてい》はもと安徽《あんき》省の庶民であり、降す詔勅も口語を多く含んでいた。明初には漢児言語のおもかげを残す白話が見られるが、急速に消失して中期以降はほぼ見られなくなった。時代による白話文体の変遷を示す一例といえるだろう。

周知の通り、明代は白話文学の隆盛期である。小説ではいわゆる四大奇書として羅貫中『三国志演義』、施耐庵《したいあん》『水滸伝』、呉承恩『西遊記』、作者未詳『金瓶梅』のような長編小説や、三言二拍《さんげんにはく》と総称される短編小説集が編まれた。白話小説の隆盛が明代文学の特徴の一つであり、長篇を「回」と呼ばれる章に分割する章回小説《しょうかいしょうせつ》の形式が確立するのもこの時期である。ちなみに各回の最後には「且聴下回分解（続きは次回をお聞きください）」という決まり文句が付され、語り物を模倣した形となっている。

また明代は小説の売上げを伸ばすため本文中に有名人の批評を付したテキストがさかんに売り出されたが、李贄《りし》や金聖嘆《きんせいたん》の批評には口語を反映した表現が見いだされる。このことは従来価値を認められてこなかった通俗文学を評価するという、彼らの文芸に対する姿勢と無縁ではない。

明代は小説のみにとどまらず、他のジャンルにも白話が広く見られる。例えば明代において戯曲は伝奇と称されたが、特にその台詞部分に多く白話が用いられた。高明『琵琶記』や湯顕祖《とうけんそ》『牡丹亭』が代表的であろう。さらに民歌集も編まれ、作者の郷里の方言語彙を取り入れた馮夢龍《ふうぼうりょう》『山歌《さんか》』が著名である。白話を用いる民間の語り物である鼓詞《こし》、弾詞《だんし》、宝巻《ほうかん》も明代に発展した。散文においては唐宋に続いて語録が編まれた。例えば王守仁『伝習録』は通俗平易な語で儒学を説き、書中にも当時の口語が反映される。

こうした文体が実際に口頭で運用されていたであろうことは、明末の宣教師たちの資料からうかがうことができる。例えば一五八〇年代に記されたとおぼしい『賓主問答私擬《ひんしゅもんどうしぎ》』には「如今都曉得我們這邊官話不曉得（こちらの官話がわかりますか）」「也曉得幾句（少しはわかります）」などという遣り取りが見られ（典雅な成分がやや多いが）中国本土の白話と同様の文体が記されていることがわかる。

（4）清代

清朝では時代が下るにつれ満洲人は次第に自らの言語を忘れ、学習によって満洲語を身につける必要に迫られた。そのために『清文指要《しんぶんしよう》』のようなテキストが編まれたが、多くは満洲語と白話の対訳形式で書かれていた。

康熙九年（一六七〇）、「聖諭十六条《せいゆじゅうろくじょう》」が出されて庶民の道徳教化が図られたが、雍正二年（一七二四）にはその「広訓」が出されて各条に六〇〇字ほどの解説が与えられた。次いでそれが白話に訳され『講解聖諭広訓《せいゆこうくん》』となった。例えば聖諭の第一条は「敦孝弟以重人倫」であるが、これが「広訓」では「你們在懷抱的時候、餓了呢自己不會吃飯、冷了呢自己不會穿衣服、…古人説的好、養兒方知父母恩（おまえたちが赤子の頃は、腹が減っても自分では食べることができず、寒くても自分で服を着ることができなかった…まさに古の人のいう『子育てしてはじめて両親の恩を知る』という通りである）」となる。

清代には曹雪芹『紅楼夢《こうろうむ》』、呉敬梓《ごけいし》『儒林外史《じゅりんがいし》』、文康『児女英雄伝《じじょえいゆうでん》』、作者未詳『醒世姻縁伝《せいせいいんねんでん》』のような長篇白話小説が発表された。さらに清末には台詞部分に蘇州・上海を含む地域の方言を反映した韓邦慶『海上花列伝《かいじょうかれつでん》』のような小説も現れた。

明代と同様、清代も多くの語り物が残っている。子弟書《していしょ》、鼓詞、快板《かいばん》など名称や形式はさまざまであるが、演目は少なからず『紅楼夢』をはじめとする白話小説から取られている。

清朝末期には首都北京の言語の威信がそれまでリンガフランカとしての地位を保持していた南京官話を上回るようになった。同時に西欧との接触を通じて国民国家の標準語が必要であるという認識に至り、習得に非常に時間のかかる文言を放棄して白話を標準の書面語とする試みが開始される。

現代中国語の書面語は近代の白話文学作品を基礎とするが、その前史として上述のような長い蓄積があったことを忘れてはならない。加えて、近代にあっては西欧の事物と概念を表現するための新しい語彙や、欧文文献を翻訳するための新しい文体が必要であった。

三　近代語彙と文体の創造

十六世紀に中国布教を試みた宣教師たちの中にあって、イエズス会は現地の文化を可能な限り取り入れて布教するという「適応主義」の下、文言と官話（さらに必要に応じて方言）を学習して自らの人格と学識によって中国人文人を感化し、彼らとの交友を通じた改宗を目指した。著名なイタリア人宣教師リッチ（Matteo Ricci 利瑪竇）は数学の才能に加え『論語』全文を暗記して後ろから諳んじてみせ、また口語にも習熟していたという。

ヴァロ（Francisco Varo 万済国）は中国語文法書 *Arte de la lengua mandarina*（一七〇三）において中国語の会話体として三種を挙げた。すなわち高貴で上品なもの、中間のもの、下品で野卑なものであり、宣教師は難しすぎず粗野すぎない中間のモードを習得すべきであるというのである。いまウァロの示す例文「天国に行こうと願うものは徳を積まなければならない。さもなくば天国に行くことはできないだろう」を第二モードと第三モードで記せば「欲升天者可行真善路。若不然豈得到」と「但凡人要升天、該當為善。若不為善、自然不會升天」となる。前者には文言的な「欲」「者」「豈」のような成分が認められるが、「得到」のような口語的成分もあり、両者の折衷的なスタイルであることが示唆される。後者にはそのような成分はほぼ見えず、「要」「該當」「會」のような極めて口語的な語が現れている。

こうした言語状況は百年以上の禁教の時代を経た十九世紀のプロテスタント宣教師にも理解されるところとなった。英国人宣教師モリソン（Robert Morrison 馬礼遜）はプロテスタント宣教師として初めて中国に到り新旧約聖書の中国語全訳を完成させたが、彼は漢訳聖書の文体の理想を『三国志演義』に求めた。古典的教養を身につけた文人だけではなく、より広い層が読んで分かりやすいことを重視したためである。『演義』のような小説は社会階層や性差を超えて広く読まれ、一定の評価を得ていることをモリソンは正確に理解していた。彼の訳した聖書を見れば、固有名詞に傍線を引き、匡郭《きょうかく》上部の眉欄《びらん》に各節の梗概を記すなど、白話小説の体裁を踏襲している部分があることが了解される。彼の考えは後の宣教師たちにもおおむね受け継がれ、モリソン以後の漢訳聖書では「文理（wen-li）」と呼ばれる折衷的な文体が主流を占めた。

テキストを翻訳する過程で、宣教師たちは多くの漢字語を翻訳語として創造した。「十字架」「化学」「電気」「大西洋」などはその一例である。宣教師たちは、彼らが広めるべき宗教こそが西欧文明を産みだしたことを示すため、欧米世界の文物や学術、地理歴史を紹介する漢文文書をも生み出した。従って彼らは宗教だけではなく、いわゆる西学全般について翻訳語を創造し、その文章中に用いることとなった。宗教とは直接的な関わりのない「細胞」「微分」「重心」「熱帯」「病院」といった語も宣教師の創造にかかる翻訳語として挙げることができる。

彼らは文書や書籍だけではなく対訳辞書をも編纂した。辞書は大量に翻訳語を導入することができ、原語との対応を直接的に指示することができ、かつ規範を示すという性格が強い。特に英語と中国語の辞書は漢字文化圏の翻訳語に極めて大きな影響を与えた。モリソンは六分冊の大部な『華英字典』を著してその先陣を切り、ロプシャイト（Wilhelm Lobscheid 羅存徳）『英華字典』、ウィリアムズ（Samuel Wells Williams 威三畏）『漢英韻府』といった辞書が後に続いた。実はこれらは中国よりも日本での翻訳語定着に貢献した面がある。というのは幕末明治の知識人が翻訳語を創造する際や英和辞典を編纂する際に重要な参考文献となったからであった。

西学文献が日本へ流入することにより、翻訳語の多くは中国よりも先に日本で定着した。その過程には熟字訓を記したルビが大きな役割を果たした。例えば通俗科学を紹介するホブソン（Benjamin Hobson 合信）『博物新編』の和刻本である大森秀三訳『博物新編訳解』における「直径《サシワタシ》」「軌道《ミチ》」「機器《シカケ》」などはその一例である。西学書の翻訳語は蘭学・英学の伝統の下で培われた翻訳語と併せて整理され、日本では一八九〇年代までに主要な学科の訳語体系を整備することに成功した。そして

日清戦争を契機として日本は翻訳語創出の中心的な位置を占め、もともと中国で創造された翻訳語であっても、それと意識されることなく日本経由で中国語へ再導入された。そして最終的には日中の枠を超え、漢字文化圏全体に多くの同形語をもたらしたのである。現在Literatureの最も一般的な翻訳語をぶんがく（日本語）、wénxué（中国語）、문학（韓国語）、văn học（ヴェトナム語）ということから分かるように、すべて漢字語「文學」に還元できる音形をもって通用していることはその顕著な一例といえるだろう。

参考文献
金文京等訳注『老乞大　朝鮮中世の中国語会話読本』（平凡社、二〇〇二年）
斎藤希史『漢文脈の近代　清末＝明治の文学圏』（名古屋大学出版会、二〇〇五年）
徐時儀『漢語白話史』（北京大学出版社、二〇一五年）
千葉謙悟『中国語における東西言語文化交流　近代翻訳語の創造と伝播』（三省堂、二〇一〇年）
平田昌司『文化制度和漢語史』（北京大学出版社、二〇一六年）
村田雄二郎・ラマール編『漢字圏の近代』（東京大学出版会、二〇〇〇年）

◆第四章（1）…ことば、翻訳、Vernacularization：③韓国

韓国における翻訳文化の近世化への旅程

権　仁瀚
（金　東建訳）

一　韓国における翻訳文化の出発

韓国における翻訳文化の出発をいつととらえるか。この問いに対する答えは簡単そうで簡単ではない。案外、学者同士の間でも見解の統一がなされていないためである。大抵、朝鮮王朝が建てられてから明朝の『大明律』を吏読《リトウ》を用いて翻訳した『大明律直解』（一三九五）の刊行をその出発点となす意見が主流をなしていたのだが、最近においては高麗王朝の釈読口訣の資料で代替しようとする新たな見解が発表されており[1]、注目を受けている。

（1）　口訣の発達

口訣は経典類の漢文文章の間に、「吐」（助詞・語尾類の文法形態、実辞、語順符合などを表記したもの。「句読」の「読」より由来した表記であると推定）をつけて、該当の漢文がいかに解釈されたのかを伝える借字表記法である。これは、中国から入ってきた経典類の教育・学習と密接な関連性を持つものと認めら

れているが、その淵源は高句麗の「太学」(三七二)、新羅の「国学」(六五一)など古代韓国の三国の高等教育機関の設置にまで遡る可能性がある。ただ、当時の口訣は口伝で伝えられてきたもの(=口授秘訣)と推定されており、口訣の「吐」表記(以下「口訣吐」と略)は新羅の三国統一前後の時期にようやく始まったものと考えられる。

口訣と関連した歴史書の最初の記録は、薛聡《ソル・チョン》(六五五～?)が「新羅語で九経を読み解き、後生を教えたので…(以方言読九経訓導後生…)」〈『三国史記』巻四六・列伝六・薛聡条〉という記事だが、実際にその頃に統一新羅の口訣が存在していたことを伝える資料が最近発掘され、学界の関心を集めている。大谷大学蔵『判比量論《パンビリャンロン》』(元暁述、六七一)と東大寺図書館蔵『大方広仏華厳経』巻第十二～二十がそれであるが、それらには八世紀の三〇～四〇年代に新羅で記入されたものと推定される各種の口訣吐が存在する(後述)。

このように統一新羅時代から始まった韓国の口訣表記は高麗～朝鮮王朝を経ながら発展と変貌を重ねる。これらを簡略に整理すれば左のようになる。

(1) 十一世紀には角筆で点・線の符号を記入した点吐釈読口訣が主流をなしているが、現在までに華厳経七種、瑜伽師地論五種、金光明経一種、法華経一種など十四種の資料が発掘されている。

(2) 十二～十三世紀には細筆で経典の原文左右側に口訣吐を記入した字吐釈読口訣の資料が登

場しているが、現在までに旧訳仁王経《にんのうきょう》一種、瑜伽師地論《ゆがしじろん》一種、華厳経《けごんぎょう》三種、金光明経《こんこうみょうきょう》一種、慈悲道場懺法《じひどうじょうせんぼう》一種などの七種の資料が発掘されている。

(3)　十四世紀には細筆で経典の原文右側に口訣吐を記入した音読口訣が主流をなしていたが、現在までに楞厳経四種、梵網経四種、直指心体要節一種、慈悲道場懺法二種、仏説四十二章経七種など多数の資料が発掘されている。

(4)　朝鮮王朝においては、先立つ十四世紀の音読口訣の伝統が維持されていくなか、訓民正音創製以降には音読口訣がほぼそのままハングル表記で転換されて今日までその命脈を保っている。

右まで考察した口訣資料の中で、翻訳と密接な関連性が認められるのは釈読口訣である。これは日本の訓点と類似した表記体系として、話す通りに、漢文を韓国語へと「読み解く」ことができるようにする点から、韓国における一番古い翻訳物と判断される。

(2)　統一新羅の口訣資料

先に紹介した統一新羅時代の二種の資料の中から、東大寺図書館蔵『大方広仏華厳経』巻十二〜二十にみえる角筆表記をみてみよう。角筆文献研究の世界的権威者である小林芳規博士の調査によれば、[2]この資料には次のように新羅語で書かれた各種の表記が存在することが報告されている。[3]

（1）助辞類：①主格助詞「-이／i（が）」の表記字〔尹〕（＝「伊」の省画）、
②属格助辞「-ㅅ／s（の）」の表記字〔叱〕、
③対格助辞「(ㅎ)＋-을／-(h)+eul（を）」の表記字〔肹〕
※（ㅎ）は名詞の末音から由来。
④造格助辞「-로／ro（で）」の表記字〔巳〕（＝「以」の古字）、
⑤処格・呼格助辞「-아／a（に・や）」の表記字〔ア〕（＝「良」の草書）など

（2）語尾類：①連結語尾「-아／a（て）」の表記字〔ア〕（上同）、
②連結語尾「-며／myeo（て）」表記字〔弥〕、
③疑問法終結語尾「-고／go（か）」の表記字〔古〕、
④感嘆法終結語尾「-ㄴ 뎌／n dyə（-や／ね）」の表記字〔占〕など。

（3）実辞類：①名詞「聚〔毛刀〕（모도／modo（すべて））」の表記、
②動詞「言〔白〕（숣다／sʌrp-da（申し上げる））」の表記、
③動詞「随〔多留〕（ᄯᆞ로다／stʌro-da（従う））」の表記、
④副詞「皆／悉〔多〕（다／da（みな））」の表記、
⑤副詞「普〔那比〕（너비／neobi（普く））」の表記など。

以上、助辞・語尾・実辞類の代表的な例を挙げたが、これらは一一四一行に達する本文において該当の助辞・語尾又は実辞が置かれている場所ではほぼ間違いなく出現している。これは十四世紀以降発達した音読口訣ではあまり見られない懸吐の様相であって、この資料における口訣の性格は釈読口訣である可能性が高い。

　これに関連して、「開示〔弥〕初発〔叱〕菩提心」〈七〇五行〉にみえる口訣字〔弥〕の位置は特に注目される。なんとなれば、もしこの資料における口訣が音読口訣であれば、「開示初発菩提心〔為弥〕（開示初発菩提心하며／hamyə（して））」のように句末の位置に懸吐されるものだろうが、ここでは「初発ㅅ／s（の）菩提心（을／eul（を））開示하며／hamyeo（して）」（初めて出した菩提心を開いてみせて）」と読み解いた該当の語句に直接懸吐されているためである。したがって、この資料では口訣字は漢文を新羅語で読みとくために使われたことが確認できる。また、「以此善根願得〔アラ〕阿耨多羅三藐菩提証大涅槃」（このような善根で阿耨多羅三藐菩提を得て大涅槃を証得することを願って）」〈一〇五〇～一〇五一行〉での連結語尾〔アラ〕での位置も同じである。語順がVO構造なので音読口訣なら「得阿耨多羅三藐菩提」の後に〔アラ〕が懸吐されるだろうが、釈読口訣なので、動詞である「得」字にすぐ懸吐されたものと考えられるためである。(4)

　このように、東大寺華厳経にみえる角筆口訣は漢文を新羅語で「読み解」いた釈読口訣であったと確定でき、したがって、ここから韓国の翻訳文化が始まったといっても過言ではないわけである。

二　韓国翻訳文化の発展

前節にみたように、統一新羅において始まった韓国の翻訳文化は、高麗時代に至って釈読口訣が発達し本格的な発展段階に入ることになる。

（1）高麗王朝時代の釈読口訣と仏経翻訳

高麗王朝時代に入ると、さらに精巧な釈読口訣体系に発展し、仏経翻訳が活発になされる。漢文原文の左右に口訣吐と逆読（＝返読）点をつけ、漢文との語順の不一致を乗り越えながら韓国語として完全に釈読するようになるのである。

先だって紹介したように、十一～十二世紀には角筆の点吐釈読口訣が、十二～十三世紀には墨書の字吐釈読口訣が流行するが、ここでは便宜上後者を中心に仏教翻訳の具体的な様相を説明する。

墨書の字吐釈読口訣の資料としては『大方広仏華厳経疏』巻第十四（十二世紀中葉）、『（合部）金光明経』巻第三（十三世紀中葉）、『旧訳仁王経』巻上（十三世紀後期）、『瑜伽師地論』巻二十（十三世紀後期）など五種が残っている。左のイメージは『旧訳仁王経』十一張二十四行、すなわち姚秦《ようしん》の鳩摩羅什《くまらじゅう》が漢訳した『仏説仁王般若波羅密経』のなかの菩薩教化品の一句節だが、これに基づいて口訣吐に依拠した漢文読法を説明すると次のとおりである。

（1）まず、大字になっている経典の原文の左右に口訣吐が記入されていることが目につく。これをそれぞれ左側吐、右側吐と呼ぶ。また、右側吐の一番下に点（、）がみえるが、これは訳読点（＝返読点）と呼ばれ、漢文との語順不一致を解決する、とても重要な装置である。

（2）これまでの研究によれば、(5) 右側吐のついた漢文要素をまず読み下していって訳読点にあえば、左側吐のついた部分に遡って読むことになる。これによって原文は「唯ハ 佛𠆢 與ヒ 佛𠆢リニシ 斯リ 事乙 知ニㅎヒ丨」と読むことができる。

※口訣字の音価

①ハ（〈只〉）：-ㄱ／~기／-g~gi　②𠆢（〈果〉）：과／gwa　③ヒ（〈叱〉）：-ㅅ／s

④リ（〈是〉）：이／i　⑤ニ（〈示〉）：시／si　⑥シ（〈沙〉）：사／sa

⑦乙（〈乙〉）：을／eul　⑧ㅎ（〈音〉）：-ㅁ／m　⑨丨（〈之〉）：다／da

（3）ここでそれぞれの口訣字を適用すれば、「唯ハ」は「唯」の意味を持ちながら、「-ㄱ／gi」で終わる副詞である「오직／ojik（ただ）」で、「仏𠆢」は「仏과／gwa（と）」で、「与ヒ」は「与」の意味を持ちながら、「-ㅅ／s」で終わる副詞である「다뭇／damʌs（ともに）」と、

「仏ㅅリニシ［乃］」は「仏과이시사／gwaisisa（仏でいらしゃればこそ）」と読むことができる。この部分において口訣字「シ」は右側吐のみならず、重複しているが、ここでは「乃」字の中に記入された。「［斯］リ事乙」部分は「이 일을／i ireul（このことを）」で、「知ニ亣セ丨」は「아ᄅ심ㅅ다／arʌsimsda（お分かりでしょう）」と読むことになる。[6]

（4）以上を総合するとき、口訣懸吐するものは、上の原文を「ただ仏と（ともに）仏でいらしゃればこそ、このことがお分かりでしょう」と解釈したものとみて間違いない。

一時、釈読口訣の価値が疑似翻訳として低評価されたこともあったが、[7] 以上のように高麗王朝時代の釈読口訣の資料は中国語で書かれた漢文テキストを韓国語に移した結果物にほかならず、韓国の翻訳史に堂々と編入できるものであることが再確認できるのである。ただ、このような釈読口訣の伝統は元の支配下にあった十四世紀に入って元代の直解体の影響を受けた音読口訣に席を譲ることとなり、訓民正音が創製されるまで一世紀以上にわたり韓国翻訳史上の空白が生じたことは惜しいことである。

（2）訓民正音創製と諺解文化

周知のとおり、朝鮮王朝は性理学を統治理念として建国した。したがって、朝鮮王朝では、高麗王朝時代に仏経翻訳に利用された釈読口訣を翻訳語として採択することを避けたかったのかもしれない。朝鮮王朝の初期、一時的に吏読《リトウ》を利用して『大明律直解』（一三九五）、『養蚕経験撮要』（一四一五）など実用書翻訳に臨んだのはこのような事情を語るものである可能性もある。しかし、世宗《セジョン》二十五年（一四四三）ついに訓民正音が作られ、同二十八年（一四四六）にはそれが頒布されるや韓国の翻訳文化は新しい局面を迎える。それはまさに訓民正音の創製により自国語の表記手段を持つことで、数千年間持続されてきた口語と文語の不一致を乗り越えられるようになり、真の意味での翻訳文化が展開されるようになったためである。

朝鮮王朝時代の翻訳は諺解《けんかい》という名前で展開する。諺解とは、訓民正音（＝ハングル）を諺（文）と呼んでいた朝鮮王朝時代において、漢文や白話文の原典をハングルで翻訳することを指すが、この用語が初めて登場したのは『正俗諺解』（一五一八）で、十六世紀末に至ってのことであるが[8]、実質的には訓民正音の創製の直後に刊行された『釈譜詳節』（一四四七）から諺解が始まったものと考えて問題なかろう。朝鮮王朝の諺解文化に対する考察は次節において詳しく述べることとする。

三　諺解文化の展開

訓民正音の創製の直後から始まった諺解文化は十九世紀に至るまでステディーに展開された。本節においては、諺解がいかなる過程を経てなされたのか、世紀ごと、分野ごとの諺解文化の流れはいかなるものだったのかなどについて詳細に考察することとする。

（1）諺解の実際過程

まず、諺解の過程については、活字本『楞厳経諺解』（一四六一）巻十の御製跋に次のように記録されている。(9)

①漢文の原文に口訣をつける（世祖《セジョ》が主管）
②口訣が懸吐された文章を確認する（慧覚尊者《ヘカッソンジャ》　信眉《シンミ》が主管）
③口訣が懸吐された文章を声を出して読みながら校閲する（貞嬪韓氏《チョンビンハンシ》などが参与）
④訓民正音で翻訳する（韓継禧《ハン・ゲヒ》・金守温《キム・スオン》が主管）
⑤翻訳された文章を何人かで相考（互いに考証する）する（林楗《イム・ゴン》・尹弼商《ユン・ピルサン》・盧思慎《ノ・サシン》などが参与）
⑥例を定める（永順君《ヨンスングン》　溥《ブ》が主管）
⑦東国正韻音で漢字音をつける（曺変安《チョ・ビョナン》・趙祉《チョ・シ》が主管）
⑧間違った翻訳を直す（信眉・思智《ザジ》・学悦《ハギョル》・学祖《ハクソ》が参与）
⑨王様がご覧になって翻訳を確定する（世祖が主管）
⑩御前で声を出して読み上げる（豆大）

このような仏経の諺解過程は中国における仏経の漢訳過程(10)と比較しても遜色のないほど体系的であったといえる。「口訣の懸吐→懸吐に対する校訂→訓民正音への翻訳→翻訳された文章に対する相考→漢字音附記→翻訳修訂および確定→御前朗読」につながる一連の過程はもちろんであるが、王と王妃、臣下、尚宮《サングン》（訳者注：宮廷女官）などの協同作業によって行われた翻訳作業は韓国においてなされた漢文文化の自国語化（vernacularization）を代表する精髄といっても過言ではないであろう。

（2）諺解の流れ

このように始まった諺解文化は十九世紀に至るまで持続的に展開していくが、世紀ごと・種類ごとにその流れを整理すれば次のとおりである。(11)

（1）十五世紀には仏経類の諺解書が断然トップの座を占めていた（『釋譜詳節』（一四四七）、『楞厳経諺解』（一四六二）、『法華経諺解』（一四六三）、『金剛経諺解』（一四六四）、『円覚経諺解』（一四六五）、『蒙山法語諺解』（一四六七）、『金剛経典三家解』（一四八二）、『五大真言』（一四八五）、『六祖法宝壇経諺解』（一四九六）等）。これは仏教を信奉し、後援した世宗と世祖の役割も否認できないだろうが、民間に根付いてきた仏教を一挙になくすことのできなかった事情とも絡んで、マクロ的な視点からの政治的な判断が働いたものとみられる。また、訳学書（『洪武正韻訳訓』（一四五五）、『伊路波』（一四九二）等）も注目されるが、これは事大交隣（中国と日本・女真との外交政策）を目標とした朝鮮王朝の外交政策と関連性をもつものである。

（2）十六世紀に至ると、仏経類の急激な衰退と儒経類（『続三綱行実図』（一五一四）、『飜訳小学』

（一五一七）、『二倫行実図』（一五一八）、『正俗諺解』（一五一八）、『呂氏郷約』（一五一八）、『小学諺解』（一五八七）、『大学諺解』・『中庸諺解』・『論語諺解』・『孟子諺解』（一五九〇）、『孝経諺解』（一五九〇）等）の急ピッチの成長ということでその特徴を要約できる。これは嶺南《ヨンナム》（＝鳥嶺の南、即ち慶尚南北《キョンサンナムブク》道《ド》を指す）士林が中央政治舞台に進出し、前の時期よりもレベルの高まった性理学理念を現実政治で実践しようとした時代精神とも密接に関連するものであろう。

（3）十七〜十八世紀は壬辰倭乱・丁酉再乱（＝文禄・慶長の役）、丁卯・丙子胡乱（女真族の後金による朝鮮侵略）など凄まじい戦乱を経験し、国家的にも翻訳活動が萎縮した状況だったので、この時期の特徴は①仏経類の持続的な衰退、②儒経類のステディーな成長（『東国新続三綱行実図』（一六一七）、『家礼諺解』（一六三二）、『経書正音』（一七三五）、『御製内訓諺解』（一七三六）、『四書栗谷先生諺解』（一七四九）、『五倫行実図』（一七九七）等）、③訳学書の急激な伸長（『老乞大諺解』（一六七〇）、『朴通事諺解』（一六七六）、『捷解新語』（一六七六）、『訳語類解』（一六九〇）、『清語老乞大』（一七〇四）、『蒙語老乞大』（一七四一）、『蒙語類解』（一七六八）、『八歳児』（一七七七）、『隣語大方』（一七九〇）等）、兵学／道教など新分野の登場（『練兵指南』（一六一二）、『火砲式諺解』（一六三五）、『武芸図譜通志諺解』（一七九〇）／『敬信録諺釈』（一七九六）等）でまとめるられる。ここで目につくのが訳学書の伸張勢である。これは以前の時期の流れを汲み、隣接した国を理解し、彼らと交通するための基盤となる外国語学習書の持続的な刊行状況を反映したものである。

（4）十九世紀に至ると、諺解が急激な萎縮をみせるなか、道教に対する関心の持続（『太上感応

篇図説諺解』（一八八〇）、『関聖帝君明聖経諺解』（一八八七）とキリスト教関連の翻訳書（『예수성교전서（イエス聖教全書）』（一八八七）の登場が目につく程度である。キリスト教経典の翻訳の登場は度重なる迫害（辛酉・己亥邪獄）にもかかわらず、十九世紀末にはキリスト教徒の教勢が三万近く拡張された社会的変化と関連性をもつものとして推定してもよいであろう。

（3）中国古典小説の諺解と意義

先に述べたとおり、十六～十九世紀には明・清代の古典小説の流入と翻訳がどんどん増えていき、諺解文化は新しい局面を迎えるようになる。まず、世紀別の翻訳の様相を簡略に整理すると次のようになる。[12][13]

（1）十六世紀：明代小説の翻訳が始まる時期である。主要作品としては「剪灯新話」（一五〇六）、『三国志演義』（一五六九以前）、『武穆王精忠録』（一五八四以前）などが伝わっている。

（2）十七世紀：明代小説の翻訳が本格化した時期である。主要作品としては『西遊記』、『水滸伝』、『隋唐演義・東漢演義・残唐五代史演義』、『北宋志伝』（一六一八以前）、『封神演義』（一六七五～一七二八以前）などが伝わっている。

（3）十八世紀：明代小説のほかに新たに清代小説の翻訳も行われたことが特徴的な時期である。明代小説としては『娉娉伝《ひょうひょうでん》』（十八世紀初）、『（東周）列国志』・『皇明英烈伝《こうみんえいれつでん》』・『南宋志伝』・

『東遊期』・『後水滸伝』・『禅真逸史《ぜんしんいっし》』・『太原志《たいげんし》』・『型世言《けいせいげん》』・『今古奇観《きんこきかん》』（一七六二以前）、『開《かい》闢《びゃく》演義《えんぎ》・孫龐演義《そんほうえんぎ》・包公演義《ほうこうえんぎ》』（一七六二以前）などが、清代小説では、『醒風流』・『好逑《こうきゅう》伝《でん》』・『平山冷燕《へいざんれいえん》』・『平妖伝《へいようでん》』『玉嬌梨《ぎょくきょうり》』『玉支磯《ぎょくしき》』・『引鳳簫《いんほうしょう》』・『錦香亭記《きんこうていき》』などが伝わっている。

（4）十九世紀：明代小説の翻訳が衰退するなか、清代小説の翻訳が多くを占める時期である。『女仙外史』（一八一二以前）、『鏡花縁』（一八三五〜一八四八以前）、『雪月梅伝』（十九世紀の中後期）、『紅楼夢・紅楼夢補・紅楼復夢・続紅楼夢・補紅楼夢』（十九世紀）などの清代小説が伝わっている。

現在まで明代小説三十余種、清代小説二十七種など、翻訳本を含めて約百余種の中国小説類が知られている。このような翻訳・翻案小説類の流行は言語文化をはじめ多方面にわたる変化を派生させた点で注目に値する。

（1）言語史的側面：白話文との接触を通じて、中国語から直接に借りた語彙はもちろん、以前においては見られなかった漢字語が大量に登場する点である。(14)「호치（ホチ）hochi／伙計（群れ・群・同僚・店員・下僕）、년바오（ニョンバオ）nyeonbao／元宝（蹄の形の銀銭）」などの借用語および「가쇼（ガショウ）gasyo／家小（妻子息）、뎡당（デョンダン）dyeongdang／停当（合当）」

など漢字語を参照。

（2）翻訳史的側面：読者たちの嗜好と愛好により、多様な翻訳形態が出現するのみならず、翻訳担当層の変化も見て取れるという点である。[15] 翻訳の形態の面では、全文翻訳と部分翻訳、直訳と意訳、完訳と縮訳など、需要に沿った分化が現れ、翻訳担当層においても、失意中の両班家の文士、士大夫家門の家柄の婦女子、訳官などへと拡大されていた。

（3）このほか、文学史的に韓国の古小説の発達に直・間接的に影響を及ぼした点、社会文化史的には貰冊店《セチェクジョム》（訳者注：貸本屋）を通じた書籍の流通および営利目的の坊刻本による作品の大量出版によって小説の読者層が拡大された点も注目に値する。

結びにかえて

これまで筆者は「文」の近世化に焦点を合わせて簡単ながら、韓国の翻訳文化史を整理してきたのであるが、本章の内容を要約することで結びとさせていただきたい。

古代の韓国においては、中国から漢字文化を受け入れた後、自国語にあわせて変容させ、吏読・口訣・郷札といった借字表記法を発達させてきたのである。[16] そのなかで、統一新羅以降、仏経翻訳と密接な関連を持ちながら発展していったのがまさに釈読口訣であり、高麗王朝に至って翻訳文化を主導したのである。朝鮮王朝のときは、世宗による訓民正音創製以降、十九世紀末までハングルによる諺解文化が持続的に展開した。その流れをまとめてみると、宗教・文学・訳学・医学関連の書籍が諺解文化の根幹をなしたのだが、十六世紀以降、仏経の類は徐々に凋落の道を歩んだのに対し、儒教経典の類は著しい成長をみせる。十七〜十八世紀に至ると文学類、特に中国古典小説の翻訳物が諺解文化の中心を占めるほどに成長し、言語文化をはじめ多方面にわたる変化を派生させたことが注目される。また、この時期には、訳学書の伸張とともに、兵学・道教関連の翻訳書の登場も目につき、十九世紀にはキリスト教関連の翻訳書まで登場するようになる。全体的には国際秩序および社会変化によって、翻訳文化も変貌を重ねることで韓国の翻訳文化は十九世紀末〜二十世紀初に至って、近代化の直前の段階へまで発展したものであろう。

注

（1）張景俊「釈読口訣의 翻訳史的 意義에 対한 試論」（『翻訳学研究』十二―四、二〇一一年）。

（2）小林芳規『東大寺図書館蔵』（二〇一一―二）大方広仏華厳経〔自巻第十二至巻第二十〕一巻 角筆（新羅語）加点本（二〇〇九年八月〜二〇一四年一月）、原稿本）。

（3）朴富子「東大寺図書館所蔵『大方広仏華厳経』巻第一二〜二〇의角筆을 通해 본 新羅語 文法形態素」（『口訣研究』三十三、二〇一四年）。

（4）南豊鉉「東大寺所蔵 新羅華厳経写経과 그 釈読口訣에 対하여」（『口訣研究』三十、二〇一三年）。

（5）南豊鉉『国語史를 為한 口訣研究』（太学社、一九九九年）。

（6）南星祐・鄭在永「旧訳仁王経 釈読口訣의 表記法과 한글 転写」（『口訣研究』三、一九九八年）。

（7）金政佑「韓国翻訳史의 時代区分」（『翻訳学研究』九―一、二〇〇八年）。

(8)　金武峰『訓民正音、그리고 佛経諺解』（亦楽、二〇一五年）。
(9)　前掲注8金武峰書。
(10)　金文京『漢文と東アジア――訓読の文化圏』（岩波新書一二六二、二〇一〇年）。
(11)　金政佑「朝鮮時代 翻訳의 社会文化的機能」（『翻訳学研究』十一一、二〇〇九年）。
(12)　閔寛東「中国古典小説의 国内流入과 受容에 対한 研究」（『中国語文学』四十九、二〇〇七年）。
(13)　朴在淵「『筆写本　古語大辞典』編纂에 대하여――翻訳古小説을 中心으로」（『韓国辞典学会』十六、二〇一〇年）。
(14)　前掲注13朴在淵論文。
(15)　閔寛東「中国古典小説의 受容과 変容에 対한 考察」（『中国文学研究』三十六、二〇〇八年）。
(16)　権仁瀚『広開土王碑文 新研究』（博文社、二〇一五年）。

◆第四章（2）…文体、韻文／散文：①日本（散文）

近世の散文――和文、漢文

鈴木健一

近世の散文と言うと、小説の文章に焦点が当たりがちだが、近世の「文」としては、和文、漢文、俳文などもある。これらの「文」のうち、ここでは和文と漢文の特質について素描したい。

一　和文

一般に「和文」とは、漢文・漢文訓読文、和漢混淆《こんこう》文、候文などに対して、主にやまとことばで綴られた文章を言う。擬古文とも称される。物語性は薄く、事実に即した内容を短く述べる場合が多い。そして、近世和文は、一つの分野としてより成熟していく点で、近世以前とは異なる。その転換点は、十八世紀中頃の国学意識の確立と連動している。

（1）　近世前期までの和文

これについては後述することにして、それ以前がどうであったかをまず把握しておきたい（近世前期の和文の展開については、山崎一九九二が参考になる〕。そのことを探究するのに最もよい文献は、徳川光《とくがわみつ》圀《くに》が編集した『扶桑拾葉集《ふそうしゅうようしゅう》』（元禄六年〈一六九三〉刊）であろう。同書は、日本で最初の本格的な和文撰集と言える。そこでは、嵯峨《さが》天皇の「古万葉集序」と紀貫之《きのつらゆき》の「古今和歌集仮名序」から始まって、中院通村《なかのいんみちむら》の「宇治興聖禅寺記《うじこうしょうぜんじき》」まで、すなわち中古から近世初期までの代表的な和文が収録されているのである。そのうち、五編以上の文章が採られている作者を時代順に列挙してみよう。

巻九	藤原俊成《ふじわらのしゅんぜい》	九編
巻十	慈円《じえん》	八編
巻十一	藤原定家《ていか》	五編
巻十三	宗良《むねよし》親王	七編
巻十四	二条良基《にじょうよしもと》	十四編
巻二十一	一条兼良《いちじょうかねら》	十五編
巻二十四	三条西実隆《さんじょうにしさねたか》	十編
巻二十五	三条西公条《きんえだ》	五編
巻二十七	藤原惺窩《せいか》	六編
巻二十八	烏丸光広《からすまるみつひろ》	十三篇
巻二十九	木下長嘯子《きのしたちょうしょうし》	三十六編

巻三十　下冷泉為景《しもれいぜいためかげ》　十二編

数量化のみが評価の基準とは言えないが、こうしてみると、南北朝時代の二条良基や、その孫一条兼良が重んぜられており、さらに応仁の乱後、室町後期の三条西実隆・公条父子、そして、烏丸光広・下冷泉為景ら近世初期の歌人へという、いわゆる堂上歌学の担い手たちの系譜に沿って、和文が選ばれていることがわかる。

木下長嘯子が多いのは、作品そのものの評価が当時から高かったこと以外に、長嘯子の高弟山本《やまもと》春正《しゅんしょう》が、『扶桑拾葉集』が編纂された当時、水戸徳川家に仕えていたことが関わっていよう。

また、和文文章史を論じた伴蒿蹊《ばんこうけい》著『国文世々の跡《くにつぶみよよのあと》』〈安永六年〈一七七七〉刊〉は、長嘯子や惺窩以外に、近世前期の和文の作者として下河辺《しもこうべ》長流《ちょうりゅう》・北村季吟《きたむらきぎん》・契沖《けいちゅう》・荷田春満《かだのあずままろ》らの名を挙げている。ただ、全体として和文が一つの分野として活性化していたとは言い難い。

（2）賀茂真淵の和文観

それに対して、和文が洗練され、一つの分野として固まっていくのは、さきほども述べたように十八世紀中頃からと言える〈近世後期における和文史の全体的な位置付けについては、風間一九九八が示唆的な見通しを提示する〉。それは、国学の浸透と深く関わっていた。日本人の純粋な精神を探究するという目的のため、純粋な日本語による文章を創造しようという国学者の理想に基づいて、自覚的に創作がなされることによって、和文はそれ以前に比べて一段階高い水準に達する文章となった。賀茂真淵《かもまぶち》著『新学《にいまなび》』（明和二年〈一七六五〉成立）の中のよく知られる一文を引こう。

まづ古の歌をまねびて古へ風《ぶり》の歌を詠み、次に古の文を学びて古へ風の文をつらね、（中略）かく皇朝の古を尽くして後に神代の事をばうかがひつべし。さてこそ天地にあひて御代を治めませし、古の神皇の道をも知り得べきなれ。

古い文章を自らのものとして体得してこそ、古道を究めることができるのだ。そのように宣言した真淵の門下によって、和文は発展していくことになる。

この流れは、小説における文運東漸《ぶんうんとうぜん》と軌を一にしていよう。

（3）　江戸派の和文

真淵門下における和文の傾向は大きく分けて、二つあったと考えられる。

一つは、雅びさと論理性を統合する形を目指した、江戸派の歌人加藤千蔭《かとうちかげ》や村田春海《むらたはるみ》らの文章である。比較すれば、千蔭は歌の評価がより高く、春海は文が名高い（揖斐一九九八は、春海が目指した和文の特質を「雅正な表現」「趣意の透徹」「修辞の調和」とまとめる）。千蔭と春海の主催によって、寛政（一七八九～一八〇一）から文化（一八〇四～一八一八）にかけて、「和文の会」が開かれ、互いに切磋琢磨していく状況が生じていた（田中二〇〇〇）。

ここでは、春海の和文を引用してみよう。『琴後集《ことじりしゅう》』（文化七年刊）に収められる「のこりの菊をめづる記」の最後の部分である。

わがみかどに此の菊をめづることは、たひらの宮のはじめにおこりてよりこなた、雲居《くもゐ》のはしをのぼりては、天つ星かとうたがひ、山路の露を分けては、千年《ちとせ》ふる思ひをなしけるたぐひ、ふることのためし世々に多かめれど、さるはおのがどちの思ふべき事ならねば、さらにもいはじ、ただ千種《ちぐさ》の花の後にひらきて、過ぎにし秋のなごりをとどめ、かつは世をのがれたる人の操《みさを》になずらふべき花にしあれば、朝にけにあかずあひみむ友となすべきは、此の花にしくものなむあらざりけらしとあれば、人々このことを喜ぼひて、根さへ枯れめや、年ごとにまたかくてこそあひかたらはめとて、とりどりにうそぶき出でたり。

「のこりの菊」とは、残菊、すなわち重陽の節句を過ぎても咲いている菊のことである。平安時代以降、十月五日には宮中で咲き残った菊を賞して酒宴が催された。菊は『古今集』でも取り上げられており、雅びを体現する景物の一つである。引用箇所の前半では、宮中においてそれがいかに愛でられたかが記され、平安貴族ではないわれわれ風雅を愛する仲間もこの花を賞美する気持ちは強いと展開していく。過去と現在、平安貴族と江戸派の人々が対置され、また「雲居のはしをのぼりては」以下が対句になっているなど、論理的に文章を運ぼうとする姿勢が見られる一方、「濡れてほす山路の菊のつゆのまにいつか千年を我は経《へ》にけむ」（秋下・二七三番・素性法師）や「植ゑし植ゑば秋なき時や咲かざらむ花こそ散らめ根さへ枯れめや」（秋下・二六八番・在原業平）などの『古今集』歌を引用して優美に彩っている。こういったところに、雅びさと論理性が共存するありかたを見出すことができるだろう。

（4）本居宣長の文章

もう一つの特徴的なありかたは、機能性に重きを置き、文意を伝えることをより優先した本居宣長《もとおりのりなが》の和文である。ここでは、有名な『うひ山ぶみ』（寛政十年成立）の一節を引く。

詮ずるところ学問は、ただ年月長く倦《う》まずおこたらずして、はげみつとむるぞ肝要にて、学びやうは、いかやうにてもよかるべく、さのみかかはるまじきこと也。いかほど学びかたよくても怠りてつとめざれば、功はなし。又人々の才と不才とによりて、其の功いたく異なれども、才不才は、生まれつきたることなれば、力に及びがたし。されど大抵《たいてい》は、不才なる人といへども、おこたらずつとめだにすれば、それだけの功は有る物也。又晩学の人も、つとめはげめば、思ひの外《ほか》功をなすことあり。又暇《いとま》のなき人も、思ひの外、いとま多き人よりも、功をなすもの也。されば才のともしきや、学ぶ事の晩《おそ》きや、暇のなきやによりて、思ひくづをれて、止《や》むることなかれ。

とてもかくても、つとめだにすれば、出来るものと心得べし。すべて思ひくづをるるは、学問に大いにきらふ事ぞかし。

学問は長く続けて努力することが最も大事だという論点をまず述べて、その後、才能がない、学び始めたのが晩い、暇がない、といった負の要素を挙げた上で、しかしそれも努力次第なのだと、最初の論点を持ち出しては否定し、努力を放棄することが一番よくないことだというふうに、最初の論点を念押ししていく。そのような整然とした（そして、ややくどい）論理構造は宣長の多くの著作に見て取れよう。

（5）近代へ

和文の系譜は明治時代以降にも引き継がれる。

まず近世に制作された和文自体、旧制中学の教科書の教材として、太平洋戦争が終わるまでは用いられた〔田中二〇一四〕。

また、近代文学の文体としても、美文、新国文として、また雅俗折衷体として受け継がれる。美文調の代表作としては、森鷗外《もりおうがい》の『舞姫』など、雅俗折衷体の代表作としては、幸田露伴《こうだろはん》の『五重塔』、樋口一葉《ひぐちいちよう》の『たけくらべ』などが知られる。

明治初期までは、新たに台頭してきた言文一致体や旧来の漢文訓読体とともに、和文体も生き残っていたと言える。

二　漢文

対句が主体で、一句が四字もしくは六字から成る中国由来の漢文体である四六駢儷体《しろくべんれいたい》は、日本でも平安時代に隆盛を極め、室町時代に至っても、五山の僧侶たちによって受け継がれていた。つまり、中世後期まで、日本の漢文体の主流は四六駢儷体だったわけだ。

しかし、近世初期、朱子学における道徳性を信奉した藤原惺窩や林羅山《はやしらざん》によって、四六駢儷体の持つ華麗な技巧性は否定される。この点で、十六世紀と十七世紀には大きな隔たりがある。

（1）　荻生徂徠の漢文観

その後、古文辞学派が大きく勢力を伸ばし、さらに文章観は先鋭化する。荻生徂徠《おぎゅうそらい》（一六六六〜一七二八）が古文辞学《こぶんじがく》を提唱している有名な一文を以下に引こう。『学則』（享保二年〈一七一七〉頃成立）の第二条の冒頭である。

宇猶宙也。宙猶宇也。故以今言眎古言、以古言眎今言、均之朱儺《しゅり》鴂舌《げきぜつ》哉。科斗・貝多何択也。世載言以遷、言載道以遷。道之不明、職是之由。処百世之下、伝百世之上、猶之越裳氏重九訳邪。

〔訓読〕宇はなほ宙のごときなり。宙はなほ宇のごときなり。故に今言《きんげん》を以て古言を視、古言を以て今言を視れば、これを均しくするに朱㒧鴂舌なるかな。科斗・貝多《ばいた》何ぞ択ばんや。世は言を載せて以て遷り、言は道を載せて以て遷る。道の明らかならざるは、職としてこれにこれ由る。百世の下に処《を》りて、百世の上を伝ふるは、なほ越裳《ゑつしやう》氏《し》の九訳を重ぬるがごときか。

〔現代語訳〕空間は時間のようなものだ。時間は空間のようなものだ。そう思って、現在の言語によって古い言語を見、古い言語によって現在の言語を見ると、いずれも意味不明の外国語であろう。中国の古代文字である科斗とインドの古代文字なら、どちらでも同じである。時代とともに言語は移り変わり、言語とともに道も移る。道が明らかにされないのは、主としてこのような理由による。百代の後において百代も以前のことを伝えるのは、周代に南方の越裳氏が朝貢のため九度の通訳を重ねたというようなものだ。

ここでは、古文辞学が唱えたように、古代中国の人々やその思想・文学と一体化することを目指すべく、まずは直接的に古代中国語を学ばねばならないことが、格調高く述べられている。

（2）近世後期の漢文

そのように文章観自体は近世に入っても変化していくわけだが、しかし、もっと大きな視点から見た時に、近世の漢文は、十八世紀末から十九世紀初めを境として大きく転換していくと言えるであろう（大曾根一九七七）。それまでは、最も大雑把に言えば、漢文は古典主義的な様相を帯び、中国の漢文をいかに組み替えて、日本人としてそれを記述するかということに焦点が当てられていた。しかし、この時期以降、日本語の調子を体現する、日本人がよりよく消化した形の漢文体が確立していくのである。

そういったことは、漢学が徐々に大衆化していくにつれて招来されたのであろう。

また、漢文の日本的な成熟は、和文の隆盛よりやや遅れる。その理由は単純ではないだろうが、古文辞学派の影響力が強かったからではないかということが考えられる。

近世後期の漢文の代表的な作者としては、寛政の三博士（古賀《こが》精里《せいり》・尾藤《びとう》二洲《じしゅう》・柴野《しばの》栗山《りつざん》）、斎藤拙堂《さいとうせつどう》（一七九七～一八六五）、安積艮斎《あさかごんさい》（一七九一～一八六一）、佐藤一斎《さとういっさい》（一七七二～一八五九）、そして頼山陽《らいさんよう》（一七八〇～一八三二）らがいる。『拙堂文話』（文政十三年〈一八三〇〉刊）巻一に「本邦の文章、日に隆なり。元禄は元和に勝り、享保は元禄に勝り、天明・寛政は享保に勝る」とあるのは正鵠を得ていよう。

今、試みに十九世紀の漢文を三例下記に掲げる。

1初卜居于芝街。時貧居如洗、舌耕殆不給衣食。増上寺前有腐家。憐徂徠貧而有志、日饋腐査。後、至食禄、月贈米三斗以報之。（先哲叢談）

〔訓読〕初めて芝街《しがい》に卜居《ぼつきょ》す。時に貧居洗ふが如く、舌耕殆ど衣食に給せず。増上寺の前に腐《ふ》家《か》有り。徂徠の貧にして志有るを憐み、日《ひび》腐査を饋《おく》る。後、禄を食むに至りて、月米《つきづき》三斗を贈りて以て之に報ぜり。

2日既晡。敵以一舟載美姫挿扇于竿、植之舳。去陸五十歩、麾而請射。義経曰、「誰命中之者」。衆薦下野人那須宗高。義経召而命之。宗高騎而独出。両軍注視。宗高一発、断扇轂。扇翻而堕。両軍大呼。(日本外史)

〔訓読〕日既に晡《ほ》なり。敵一舟を以て美姫《びき》を載せ扇を竿に挿みて、之を舳《へさき》に植《た》つ。陸を去ること五十歩、麾《さしまね》きて射んことを請ふ。義経曰く、「誰か之に命中する者ぞ」と。衆、下野の人那須宗高を薦む。義経召して之に命ず。宗高騎して独り出づ。両軍注視す。宗高一発して、扇轂《せんこく》を断つ。扇翻りて堕つ。両軍大いに呼ぶ。

3凡生皇国宜知吾所以尊於宇内。蓋皇朝万葉一統、邦国士夫、世襲禄位。人君養民以続祖業、臣民忠君以継父志。君臣一体、忠孝一致、唯吾国為然。(士規七則)

〔訓読〕凡そ皇国に生まれては宜しく吾が宇内《うだい》に尊き所以を知るべし。蓋し皇朝は万葉一統にして、邦国の士夫は世禄位を襲《つ》ぐ。人君は民を養ひて以て祖業を続《つ》ぎ、臣民は君に忠にして以て父の志を継ぐ。君臣一体、忠孝一致なるは、唯だ吾が国のみ然りと為す。

1は、原念斎《はらねんさい》著『先哲叢談《せんてつそうだん》』(文化十三年〈一八一六〉刊)の荻生徂徠に関する逸話である。貧しい時に支援してくれた豆腐屋への感謝の気持ちを徂徠は忘れなかったという美談が、要領よくまとめられている。

2の頼山陽著『日本外史』は、文政九年に成立し、山陽没後の天保七年（一八三六）頃に刊行された。この場面では、那須与一《なすのよいち》（宗高）が扇の的を射た『平家物語』中の逸話を描く。難しい課題を誰がこなすのかというところから始まって、与一が成し遂げるところまで、調子よく文章が進み、読者を飽きさせない。「扇轂を断つ。扇翻りて堕つ。両軍大いに呼ぶ」と畳みかけるように動詞が連続していくことによって、演出効果も高まる。山陽の漢文には、同時代の読本《よみほん》にも通じる大衆性を伴った語り口が見て取れよう。

3は、吉田松陰《よしだしょういん》が安政二年（一八五五）に著した「士規七則」の一節である。万世一系、君臣一体といった、幕末に鼓吹された国粋主義的な要素を論理的にわかりやすく説く。

右の『先哲叢談』『日本外史』「士規七則」以外に、大槻磐渓《おおつきばんけい》の『近古史談』（元治元年〈一八六四〉刊）などが明治時代に入ってからも、多くの読者を獲得していった。

なお、明治時代にも、四大家と称される重野成斎《しげのせいさい》・川田甕江《かわだおうこう》・中村敬宇《なかむらけいう》・三島中洲《みしまちゅうしゅう》をはじめ多くの漢文作者がおり、撰集も刊行されている。

（3）和文・漢文と社会との関わり

文章と社会との関わりについて触れておきたい。和文では、宣長の文章が論理を究極まで突き詰めて、先鋭的な考えを露わにしていったという点では、国学思想が幕末に向けて尊王攘夷思想を盛り上げていったことと相俟って、社会に関わったと言えるが、江戸派の和文となると抒情性が優先され、社会変革に直接与える影響は少なかった。漢文は、その理知性によって、文芸的なものであっても思想がほどよく盛り込まれ、当時漢詩が大衆化しつつあったこととも連動して、社会を変えていく力を持っていたと言えるだろう。

参考文献

大曾根章介「漢文体」(『岩波講座日本語10文体』岩波書店、一九七七年)
山崎芙紗子「和文」(『講座元禄の文学第一巻　元禄文学の流れ』勉誠社、一九九二年)
風間誠史『近世和文の世界——蒿蹊・綾足・秋成』(森話社、一九九八年)
揖斐　高「和文体の模索——和漢と雅俗の間で」(『江戸詩歌論』汲古書院、一九九八年)
田中康二「江戸派の和文」(『村田春海の研究』汲古書院、二〇〇〇年)
田中康二「村田春海『琴後集』擬古文再考——「文集」の部を読み直す」(『江戸文学を選び直す』笠間書院、二〇一四年)

◆第四章（2）…文体、韻文／散文：②日本（韻文）

江戸後期における和歌表現の進展

ユディット・アロカイ

初めに――近代から見た江戸時代の和歌

日本文学史の中では西洋文学の影響を受ける前の十九世紀の文学は下位の位置を占めるとされる。その中でも最も硬直した、静止状態に落ち込んでいるジャンルとして描かれるのは和歌である。近代に入って初めて風景や自我、人情（内面）の直接的な表現が可能になったといわれてきたが（柄谷行人）、詩歌の関連では特に正岡子規の名前と結びついた俳諧・和歌革新が有名である。しかし、近代に入って起きた漠然的な転換の背景には何があったのか。言うまでもないが、十八世紀後半・十九世紀前半を無視した捉え方では明治期に起こった様々な革新運動が画期的な変化に見える。西洋によって日本文学に与えられた影響も否定できないが、明治時代の文学・詩歌の世界に起きた著しい発展・展開・近代化の前提条件として、江戸後期の詩歌を見逃してはいけない。

まとめてみると、近代化の前提として次の変化があげられる。

・中世から近世にかけて貴族が所有権として守り続けてきた和歌は解放され、武家階級を通して庶民文化の中まで広がる。堂上《とうしょう》派《は》と地下派との対立によって貴族の伝統的なエリートの営みとしての和歌と庶民の遊楽としての和歌活動ははっきり分かれているが、数十年の間に地下派の歌人の数が増えたことで、流派の間の競争が激しくなり、堂上と地下との間の壁が江戸後期には崩れかけている。

・詩歌表現と言葉遣いは歴史の変化につれて次第にギャップが生じるが、そこで言語そのものや言語史が江戸時代の文献学的なアプローチによって学問の対象となり、十八世紀の間に歌論・歌学から独立した初期言語学が発展する。その代表である古文辞学も国学も（それぞれ中国語と日本語を目指しているが）古代の言語の復元によって古典の理解が可能になると唱えている。この研究の一つのフォーカスは言語の起源であり、当時のヨーロッパの言語学と同じように誠の人情の表現の起源は叫びや歌であると定義される。

・言葉、特に詩や歌で使われる言葉は人情を偽りなく、直接に表す道具として認識されるようになる。誠、真心、真っすぐ、偽りなくという表現は理想化され、古文辞学や国学の言説は歌の世界にも影響を及ぼすようになる。

一　江戸時代に起きた和歌の普及

中世において連歌、江戸時代において俳諧を生み出した和歌は表現の上で平安時代からの伝統を固く守り、形や詞の上では固定化しているが、江戸時代の文化と文芸の中では大きな役割を持ち、その社会への影響を無視できない。中世まで主に貴族や武家階級の営みであった和歌は元貴族階級であった師匠の手によって広がり、江戸時代初期から町人や庶民の間にも詠まれるようになったことで、都会だけではなく、地方にまで及ぶ影響を持つようになる。江戸時代の和歌世界は堂上派と地下派という二つの流派を生み出す。特に堂上派の場合は古今和歌集時代からの規則を基にした詞、体、内容に関わる厳しい制限がある。中世を通してこの規則を保護して、授受したのは、二条家、冷泉家、御子左家であって、自分の家の伝授の内容を秘伝、口伝、奥義として、お互いの目からも、ほかの階級からも守ってきたが、江戸時代に入ると堂上の神髄をなす「古今伝授」が細川幽斎（一五三四〜一六一〇）や松永貞徳（一五七一〜一六五三）の地下派まで至る師匠活動によって普及する。それにもかかわらず、堂上派は江戸後期までに地下派との接触を避け、御所とその周りの貴族は従来の規則に沿って、題詠を重んじて、歌会・歌合において排他的な活動を続けた。一方、地下派は表現の面では保守的であっても、活発な活動を続けた結果、その影響は早くも地方まで及んで、全国に至るようになる。

このように、江戸時代における詩文の世界は社会階級の上でも、テクストジャンルの上でも、上下関係がはっきりしている。ジャンルの雅俗の対立も、和歌界の堂上と地下の区別も決定的と言っていい。雅の世界に属する和歌は庶民の憧れの対象であって、模倣される傾向が強い。しかし、個々の創作活動を見ると、特に文化人の間では和歌だけではなく、漢詩、連歌、俳諧、狂歌や川柳を読む人が多い。そこで雅と俗の世界が絡み合うことで、特に松尾芭蕉で始まる、俗の領域に入る俳論などがのちに歌論にも影響を及ぼす。

二　人情の発見

近代詩歌の一つの前提として挙げられるのは、人情の発見である。江戸後期に至ると国学や他の地下派歌論だけではなく、儒教的な詩論にも感情や人情が詠歌の基本として挙がってくる。すると、詩歌の主な機能・役割を倫理、道徳、合理の勧めとして認識する儒教や朱子学の理論に対して批判が挙がる。さらに具体的な「載道説」、「勧善懲悪説」、「玩物喪志説」に対しての批判が次第に強まる。この傾向はむしろ中国の詩論の方が早く、南宋時代の詩学者厳羽は『滄浪詩話』のなかで、唐時代の詩論に遡って人情を詩歌の原理として定義した。『滄浪詩話』は江戸期の朱子学者石川丈山（一五八三〜一六七二）、伊藤仁斎（一六二七〜一七〇五）に認識されていることが知られる。そこから十八世紀において国学思想にも影響を与えるようになり、十八世紀末・十九世紀前半の歌論の主流になる。

十八世紀歌学における人情の流行は思想史の上にも類例がある。陽明学やその影響を受けた吉田梅岩（一六八五〜一七四四）の心学においても個人の社会の中での責任、感情や潜在能力が探知されることによって、個々の感情の表現も際立たされる。中村幸彦は、十八世紀末に「ただごと歌」を唱えた小澤蘆庵（一七二三〜一八〇一）に、当時京都で流行っていた梅岩の『都鄙問答』の影響を見出している。[1] 個々の歌人の心から生まれる感情は置かれている環境、場面や知性によるもので、それを他人に伝えるためには偽りや飾りのない、直截な表現が相応しいという強調はこの時代に初めてはっきり主張される。

三　江戸後期の歌論——小澤蘆庵と香川景樹の歌論を中心に

人情の直接的な表現が十八世紀の間で次第に主流になっても、古典派と進歩派と名付けたい二つの流派ではアプローチが全く異なる。

十八世紀初頭に成立した国学は真実を直接表現できる言葉を探る作業に力を尽くしたが、よく知られているように賀茂真淵（一六九七〜一七六九）は『万葉集』研究に集中しながら、中国語の影響を受けていない古代日本語の復元を目指した。真淵の和歌表現に関する理想は『万葉集』に使われる古代日本語だが、古人の言葉で歌を詠めば、偽りのなく、人間の情けの直截な表現が可能になると教えた。

本居宣長（一七三〇〜一八〇一）は契沖（一六四〇〜一七〇一）の著書に触れ、真淵の国学に惹かれて『古事記』研究に取り組むが、和歌の面では全く違う道を選ぶ。歌人は古人になりきって、「心を古風に染めて」歌を詠むべしとする。人情を表すためには整った、文《あや》ある言葉ではないと人間の神髄を表すことはできないと述べている。冷泉家流の和歌を学んだ宣長の意見では詩歌的な表現は和歌の修辞法を尽くした『新古今和歌集』に学ぶことで可能になる。

国学の主流をなす古典主義態度に対して、同時に国学と同じく地下派から発生した進歩的な歌論を見ると全く反対の立場が見えてくる。ここで紹介したい進歩派の二人の代表者、小澤蘆庵と香川景樹（一七六八〜一八四三）は同じく人情を直接表す方法を探しているが、その歌論には近代に入って初めて認定されるような意見を見出すことが出来る。

・社会階級を超えて、誰も感情のある人が、和歌を読む資格がある
・和歌の本質は誠の心情の表現にあると説いて、歌の師承を不要とし、歌人各々の個人的な感情と個人的な言語能力に頼ることを強調する
・言語のなかの、特に詩歌表現における雅と俗との区別に強く反対し、歌詞が不要と判断する
・古の言葉に対しての尊敬を批判して、和歌のなかでは今の世に一般的に使われている俗語を使うべきと唱える

和歌の上層階級による秘伝に対する批判と和歌を心情表現として定義する面で、国学歌論に共通する点もあるが、特に香川景樹の立場が非常にラディカルで、その時代の主流からはるかに離れる。雅俗区分に対する批判と俗語（各々の時代に皆に使われている言葉）の強調で国学とは反対の立場をとって

いる。

小澤蘆庵は「ただごと歌」の説や「わが心に先立つものなし」、「無法無師」（歌には法則も先生の師承も要らない）や「同情の説」文句において知られている。国学歌論と一致しているところは師匠の否定で、同じく江戸時代に広まった添削指導と師承の制度を批判している。同情説は本居宣長の「もののあわれを知る」概念を思わせるが、歌人と聞き手が共感によって一体化し、歌人の心情が直接伝わっていくという理想を説いている。

弟子の少ない蘆庵のスタイルは流派にならなかったが、のちには景樹の歌論において蘆庵が提唱したコンセプトが拡大された。景樹の歌論の中心をなすのは調の説である。没後一八四三年に弟子、内山真弓によって記された『歌学提要』という歌論書の中で次のように説明されている。

歌学提要・総論

阿といひ、耶《や》といふも、歌のほかならず。いまだ文義《あや》なしといへども、聞人の感ずる事、ひとへにその聲のしらべにあり。今こゝに調べといふは、世にまうけてとゝのふる調べにあらず。おのづから出《いで》くる聲、おなじ阿といひ、耶といふも、喜びの聲は、よろこび、悲みのこゑはかなしみと、他《ひと》の耳にも分るゝを、しばらく調べとはいふなり。感應《かんのう》は専らこの音調にありて、理りにあらざることを悟《さとり》て後《のち》、うぐひす蛙の聲も、歌なりといはれたるを自得すべし。[…]

真実よりなれる歌は、やがて天地の調べにして、空吹く風のものにつきて、其の声をなすがごとく、当たる物として其の調べを得ざる事なし。そは物にふれ、事につきて、感動する即ち発する声にして、感と調との間に、髪をいるるの隙《ひま》なく、ひとへの真心《まごころ》より出ればなり。かくおのづからなる調べは、少しも心を用ふべき事なきに、かへりて巧《たく》めるがごとく飾れるがごとく、その奇《き》なること類ふべき物なきに至るは、天地のうちにこの誠より眞精《まぐは》しきものなく、此誠より純美《うるは》しき物なければなり。さる誠實の極《きわ》みより出る音調なれば、力をも入ずして、天地を動し、理をもまたずして、人倫をも感ぜしめ、鬼神《きしん》をも泣しむるものな［り…］(2)

「感と調との間に、髪をいるるの隙なく、ひとへの真心より出る」や「聞人に直接感ぜしむること」という文章は具体的に詠歌の手掛かりにならないが、景樹が強調しているのはリズムより深い意味での調べは皆が共有するものであるということである。景樹の根本的な批判は総論の社会階級についての一言から明らかになる。

世中の人たれか思ふ事なからむ。誰かいふことなからむ。おもふもいふも、しばらくもやむことあらむや。其おもふ極み、そのいふかぎり、盡すべき道をしも及びなしといひ、數ならずしてなど歎くこそ、いとあやしけれ。天地にはらまれ、生たてる青人草、露のがるべき道にあらず。位に居らむ人のみ、なすべき事と思ひあやまてるも、世に少なからず。そはいみじき惑ひなり。そも〱歌よむ事、大和言葉のなしのまゝにして、自然の道の華なる事をしり、かつ學びて得るのみちならねば、いはじとしていはぬ人なく、やめむとすとも、止事を得ざるをしるべし。されば古への布《め》かりの蜑《あま》、木こりの賎《しず》も（海藻をかる女と木こりの賤し男）、よめりしものなり。何ぞ難き事あらむ。(3)

和歌の詠歌は皆のものであり、社会階級を超えて誰でも和歌・詩歌を作るべきということを強調する。和歌は誠の心情の表現であるとの説は、先ほど引用した調べの定義によっても明らかになったと思うが、次にあげる雅と俗の対立についての引用文でも表れてくる。

雅俗

雅俗は音調《しらべ》にありて、詞に在ものならず。さるをひたすら俗言をうとみ、古言をのみ雅なりとおもふは云にたらず。その雅言といふも、古の俗言なるをや。何ぞ古を求めて今を棄ん。歌は只この性情を述るの外なし。己が居る所の實地を踏ずして誠實を失ひ、心をのみ高遠にはせ、詞に華美を飾るをもて雅也と思ふは、痛き誤也。(4)

歌論関係では雅俗の対立は歌に相応しい詞やテーマの問題として確立するが、雅言は古言としてしか考えられていない。古言は前提条件になっていて、和歌の流派はそれぞれ万葉集（真淵、江戸派）、古今和歌集（堂上派や地下派）、新古今和歌集（本居宣長）の詞を理想としている。同時代の言葉を理想化する流派は一切ないが、景樹の歌論には挙がってくる。

歌詞

歌詞といふもの更に有ものに非ず。只其《その》御代〻〻の、言葉をもて、誠實の思ひを述るのみ。[…]又今の世歌詞とて、もてあつかふ、すべて古の常言ならずや。さるを後世《のちのよ》歌よむには、別に詞づかひ有ものとおもへるはいたき謬《あやまり》也。[…]。今の世の詞もて耳やすくよみなすこそ専一《せんいつ》なるべけれ。然るを古文になづめる輩は、ひたすら是にもとりて、今の大御代《おほみよ》に疎《うと》き古言を尊《とほと》み、専ら古にかへさんとして、藤原・平城《なら》の風俗《てぶり》などといかめしく云罵《いひののし》れども、味《うま》くも解《とき》えぬ遠《とほ》つ御代の、古言をもてつゞけなすが故に、駃舌聞《からさへずりきこゆ》らん心地《ここち》して今だに分らざる事多し。まして後《のち》の世をや。(5)

今の世の言葉を理想としている点が景樹歌論の一番画期的なところではないかと思う。景樹の和歌には古今風の影響が否定できないが、『随処師説』という歌論書で古今集を手本にすることを拒絶《きょぜつ》して、実物に振り向けて平語で歌を詠むべし、古歌や古文を捨てて自分の文章を書くべしとしている。

古への俗言は、今の世の古言なり。今の俗言は、後の世の古言なり。古言は學ぶべくして、云べきものにあらず。俗言はいふべくして、學ぶべきものに非ず。然るに近きころ萬葉様《ぶり》といふことおこりて、世の人の聞えぬ詞をつかひいだせるは、かたくななる業《わざ》なりかし。萬葉の歌も、宣命・祝辭のことばも、其世の人は、少もさはりなく聞知《ききしり》しものなるは、その世の俗言なればなり。今のうたも千年の後は然ならむ。專ら古を尊み、今を賎《いや》しめて、あがれる世にさかのぼらむとすれども、清濁《せいだく》定らず、日日にながれ行《ゆく》言の葉の源《みなもと》、いかでか汲《くみ》しる事を得む。さるを古調をかすめ、古言をとりて、いにしへに返りたりと思へるは、かたはらいたき事ならずや。【省略】かの古へにかへさむとするは、流るゝ水をせくが如し。せきてとまる物かは。果《はて》はあらぬ方に流れさすらへて、いよ〳〵濁《にご》り、ます〳〵流て、澄《す》む瀬《せ》なく成ぬべし。古言をのみ雅なりとし、常言を俗と賎《いや》しめて、執《と》らざるは、臭體《しゅうたい》也とておのれを厭《いと》ふに似たり。厭《いと》へども身を捨《すつ》る事をえず。賎《いや》しめても俗をまぬがれがたし。俗中に處《しょ》してこそ歌はあなれ。(6)

真淵の古代主義、復古主義に対して、景樹が提唱した現在主義にはある種の必然性があったような気がする。江戸後期の語学の中で言語の通時性（言語の史的変化）が認識されるようになって、初めて現代語・同時代の言葉が評価されるようになる。

四　和歌の実態と理想のギャップ

景樹が明治時代に入ってから、進歩的な歌論者としてではなく、和歌の保守派の代表者として尊敬されるようになったのは、彼の極端な歌論書ではなく、実際詠んでいた和歌や弟子の古今調によるものである。景樹の弟子は京都の歌壇の間の影響が強くなるにつれ、古今調にひかれて、和歌指導の上では、完全に古今派になってしまい、桂園派は明治時代になって御所歌壇の主な流派となった。近代に入ると景樹の進歩的な歌論は無視されて、古今和歌集注釈が主に受容された。桂園派が御所歌壇を圧倒的に支配する流派として十九世紀末に正岡子規によって強く批判されてきたことは有名である。子規は『歌詠みにあたふる書』のなかで、紀貫之、景樹やその流派をくだらない歌人としている。中村幸彦は子規が景樹の歌論を明らかに読んでいないと判断するが、(7)子規が提唱した定立と景樹の進歩的な歌論を比べると、実際に随分劣っている。子規が万葉調を唱えて、自分が生きた十九世紀末期に流行する古今調に対して源実朝や真淵の歌風を尊重し、雅と俗という区分も使用している点では、保守的で、古来の言説を続けている点に気が付く。

おわりに

江戸時代には表現において硬直したように見える和歌の世界にも動きがあり、しかし、実に詠まれた歌よりも、和歌についての議論が様々に新しい傾向を見せてきた。近世と近代の和歌史をはっきり区別した、その連続性を無視した捉え方では、近代に起きた様々な詩歌革新運動は革命に見えるが、その前提条件が江戸時代にはすでに成立していたのではないかを確認する必要がある。江戸後期の和歌で気になるのは、和歌の詠歌と歌論言説の間の大きなギャップである。古今調や万葉調を詠み続ける歌人が主流である。特に、進歩派の歌人が実際に詠んだ歌と唱えた歌論はかなり離れているが、その背景には、江戸時代の社会構造、人間の自由を阻む制度がある。それが近代に入って根本的に変わることで、明治時代からは西洋の影響も入れながら詩歌の世界が変容していったのであろう。

注

（1）中村幸彦「小沢蘆庵歌論の新検討」二七四頁。
（2）『日本古典文学大系』第九十四巻（近世文学論集）「歌学提要」一三九頁。
（3）『日本古典文学大系』第九十四巻（近世文学論集）「歌学提要」一四〇頁。
（4）『日本古典文学大系』第九十四巻（近世文学論集）「歌学提要」一四七頁。
（5）『日本古典文学大系』第九十四巻（近世文学論集）「歌学提要」一六三―一六四頁。
（6）『随処師説』。
（7）中村幸彦「景樹と子規」三二一頁。

参考文献

大谷俊太「堂上の和歌と歌論」（久保田淳他『岩波講座日本文学史』第八巻、岩波書店、一九九六年）二〇五―二二八頁
大谷雅夫「近世前期の学問――契沖、仁斎」（久保田淳他『岩波講座日本文学史』第八巻、岩波書店、一九九六年）一四九―一七六頁
柄谷行人『日本文学の起源』（講談社、一九八〇年）

鈴木健一『江戸詩歌史の構想』(岩波書店、二〇〇四年)
中村幸彦「景樹と子規」(『中村幸彦著述集』第一巻、中央公論社、一九八二年)三二〇―三三八頁
中村幸彦「小沢蘆庵歌論の新検討」(『中村幸彦著述集』第一巻、中央公論社、一九八二年)二六六―二八四頁
盛田帝子『近世雅文壇の研究――光格天皇と賀茂季鷹を中心に』(汲古書院、二〇一三年)

◆第四章（2）…文体、韻文／散文…③中国

中国における文体の混用と変遷

金　文京

はじめに——中国の詩と文

中国における文字の使用は、紀元前十三世紀、殷の甲骨文にまで遡り、字形、字体の変遷を経ながらも、現在に至るまで同一の漢字が、むろん歴史的に大きな変化はあるものの、同一の中国語という言語を表記するために用いられている。世界の諸文字の中で、これほど長期間、同じ文字が同じ言語表記のために使用された例はほかにない。

この漢字を用いて古来さまざまな文体が創出されたが、それらは時代的に継起しただけではなく、後になればなるほど新旧の異なる文体が共用された。そのため中国語の文体はきわめて複雑な様相を呈している。そのひとつの要因は、中国語が語形変化をもたず、主として語順によって意味を表す孤立語であり、かつその肝心の語順が一定でないことに求められるであろう。

この中国語の文体の性格を、今日一般の韻文と散文という概念によって分析するのは適当でない。韻文、散文は、英語のverseとproseの訳語として定着したものだが、中国の散文には実は押韻するも

のがあるからである。古く『文心雕龍』「総術篇」では、「韻無き者は筆、韻有る者は文」とある。空海『文鏡秘府論』に引く『文筆式』では、有韻の「文」の例として「詩《し》・賦《ふ》・銘《めい》・頌《じゅ》・箴《しん》・讃《さん》・弔《ちょう》・誄《るい》」等を挙げるが、うち「賦」以下は、今日の基準からすれば、散文に属する。中国語の「散文」は本来、対句（偶句）による駢文《べんぶん》に対し、散句を主とする古文などを言ったもので、現在のいわゆる散文のことではない。

したがってここでは、韻文、散文の代わりに、詩歌と文という用語を使うことにしたい。詩歌は発生当初にはメロディーにのせて歌われたもの（後に音楽が変化すると朗誦もしくは読誦されるようになる）、文は当初から朗誦、読誦されたものである。詩歌には古い順に、詩経体、古詩、近（今）体詩、そして詞、曲という長短句が、文には散句を主とする古文、対句（偶句）による駢文、有韻を含む辞賦、それに近世以降の白話文などがあり、またいわゆる古文には、古典的文言文のほか、吏文、書簡文、仏教漢文なども含めることができよう。このほか声調言語である中国語独特の平仄《ひょうそく》律適用の有無によって、駢文や辞賦はさらに細分することができる。またこのようなさまざまな文体を混用することも可能であり、総じて中国語の文体はきわめて可塑性に富むと言えるであろう。

一　唐・五代民間文学における文体の混用——変文

どのような文体を用いるかは、むろん時代環境によって制約されるほか、それぞれの用途、書く人の意匠により使いわけられるが、ここでは複数の文体が一つの文章、作品の中で共用される例を検討してみたい。

その代表的な例としては、墓誌名や碑文において、叙事的な部分は古文体、描写的な部分は駢文体、あるいは稀に辞賦体（『文選』に収める「頭陀寺碑文」など）、最後の銘、讃は韻文が用いられる場合であろう。しかし文体の共用がもっとも自在かつ効果的に用いられているのは、古典文学ではなく、むしろ民間の通俗文学においてである。そのもっとも早い例として唐・五代の敦煌変文があげられる。以下に「大《だい》目《もく》乾《けん》連《れん》冥《めい》間《かん》救《きゅう》母《ぼ》変《へん》文《ぶん》」（S二六一四、『敦煌変文集』第六篇）を例として説明しよう。

「大目乾連冥間救母変文」（○は平声、●は仄声、◎は韻字）

①目連行前、至一地獄、相去一百多歩、被火気吸着、而欲仰倒。

②其阿鼻地獄：

且鉄城高俊、莽蕩連雲。剣戟森林、刀槍重畳。

剣樹千尋、以（似）芳撥針刺相揩。刀山万仞、横連讒（巉）嵒乱倒。

猛大（犬）掣浚、似雲吼跳踉満天。剣輪簇簇、似星明灰塵模（驀）地。

鉄蛇吐火、四面張鱗。銅狗吸煙、三辺振吠。

蒺蔾（藜）空中乱下、穿其男子之胸。錐鑽天上旁飛、剜刺女人之背。

鉄杷踔眼、赤血西流。銅叉剉腰、白膏東引。

③於是刀山入炉炭。髑髏砕、骨肉爛。筋皮折、手胆断。
砕肉迸濺於四門之外、凝血滂沛於獄壚之畔。
声号叫天，岌岌汗汗。□□雷地、隠隠岸岸
向上雲煙，散散漫漫。向下鉄鏘，撩撩乱乱。
箭毛鬼嘍嘍竄竄、銅嘴鳥吒吒叫叫喚。
獄卒万余人、総是牛頭馬面。饒君鉄石為心、亦得亡魂胆戦処：

④目連執錫向前聴。為念阿鼻意転盈。
一切獄中皆有息、此個阿鼻不見停。（以下省略。「鼻」は去声だが、ここでは平声。）

まず①は、目連が母を尋ねて地獄に至る叙述で、散体で書かれている。ついで②は阿鼻地獄の描写で、一部例外はあるが、基本的に句末および句中の平仄をそろえた駢文である。駢文によって地獄の情景が活写された後、今度は押韻の賦である③に文体が変わり、さらに地獄の恐ろしさが強調され、そのクライマックスで、「～処」（～するところは）によって、七言の長篇詩に入り、目連の地獄での行動が描かれる。このように漸層的に緊張を盛り上げて行く手法は、実際の上演時には特に効果的であったろう。上演に際しては、①はふつうの口調で語り、②と③は朗誦され、④は歌われたと考えられる。従来、敦煌変文をはじめとするいわゆる説唱文学は、韻散交替方式と考えられていたが、実際には、このように複合的文体が用いられているのである。

なお詩では、句中の平仄は守られているが、句を超えての平仄、いわゆる粘法《ねんぽう》は守られておらず、失粘となっている。今体詩の粘法の平仄排列は、駢文と同じ原理であるが、作者は駢文ではこれを守り、七言詩では守っていないことになる。

二　近世以降の文体の変化

中国史の時代区分では、宋代以降を近世とするのが一般的であるが、この近世宋代以後には、都市経済の発展、識字層の拡大などによる社会の多様化と、口頭言語の変化により、文体にも大きな変化が起り、それ以前にはなかった多くの文体が生まれ、さらに多様化した。以下、詩歌と文にわけて説明する。

(1)　詩歌の新たな形式(1)――宋詞

唐代以前の詩は、基本的に一句の字数が、四字、五字、七字と固定していた。これを四言（「言」はここでは字の意味）詩、五言詩、七言詩という。このように一句の字数が固定していたのは、これらを歌う音楽のメロディーが単純で、基本的に同じメロディーの繰り返しであったためであると考えられる。しかし時代とともに音楽がより複雑になると、従来の字数が固定した句（これを斉言句という）では対応できなくなり、唐代中期以降、三言、五言、七言を混ぜた長短句が流行るようになる。ただしこの長句は、まだ長句と短句の混用の仕方に一定の決まりがあるわけではなかった。

しかし唐代にはシルクロードを通じて西方の音楽（胡楽）が大量に中国に伝わり、流行するが、胡楽は従来の中国の音楽にくらべてメロディーがはるかに複雑で、そのメロディーに合わせて、一句の字数の長短を、さらに複雑に変化させ、かつ声調の規則も従来の詩より厳しい新たな詩形が生まれた。これを唐代では曲子詞《きょくしし》、北宋では長短句（唐代の長短句とは異なる）、南宋以降は詞といった。

詞の句形は、各楽曲のメロディーによって、毎句の字数の長短が決まっている。たとえば「烏夜啼」という名前のメロディー（これを詞牌という）は、前半と後半に分かれ（前闋、後闋という）、前闋は「六（平声韻）・三（平声韻）・六・三（平声韻）」、後闋は「三（仄声韻）・三（仄声韻）・三（平声韻）・六・三（平声韻）」となる。詞の名手として知られる五代南唐の後主、李煜の「烏夜啼」を次に掲げる。（○は平声韻、●は仄声韻）

無言独上西楼○　月如鈎○　寂寞梧桐深院、鎖清秋○」
剪不断●　理還乱●　是離愁○　別是一般滋味、在心頭○

（無言にして独り西楼に上る。月は鈎《かぎ》の如し。寂寞たる梧桐の深院、清秋を鎖《とざ》す。」剪《き》りても断たれず、理《おさ》めても還《ま》た乱るるは、是れ離愁。別に一般の滋味、心頭に在り。）

詞を作るには、詞牌の句式に合わせて、字数、平仄、押韻を排列せねばならないので、作詞とは言わず、塡詞《てんし》（詞を塡《は》める）と言う。詞は当初、民間の遊里などでの流行歌謡であったが、徐々に文人の間にも広がり、ついに宋代を代表する文学形式となった。

（2）詩歌の新たな形式（2）――元曲

詞は南宋時期に、その形式がより精緻なものとなり、文人の高級文学として発展した反面、しだいに活力を失っていった。一方、同じ時期、女真人が支配した北方の金朝では、多年にわたる北方異民族の統治とその移住などの影響により、それ以前の声調の四声のうち入声《にっしょう》が消滅するなど口頭言語に大きな変化が起り、また歌謡の音楽もさらに変化したため、詞は曲へと変化し、金についでモンゴル人が中国全体を支配した元朝では、詞にかわって曲が歌謡の主流となる。

曲は詞と同じ長短句ながら、平仄を通じて押韻し、また一句の決まった字数のほかに、襯字《しんじ》という補助的な文字を自由に付加できる点に特徴がある。また元代の曲は、単に歌われるだけではなく、この時代に新たに勃興した中国史上はじめての本格的な演劇である雑劇の歌詞としても使用された。次に元代雑劇の代表的作者の一人である白仁甫《はくじんほ》の『梧桐雨《ごどうう》』雑劇の「楔子《せっし》」（短い補助的な幕）からの例をあげる。お気に入りの安禄山を、玄宗が宰相に任命したところ、臣下みなに反対され、別の官職を用意するという場面である。

【仙呂・端正好】則為你不曾建甚奇功、便教你做元輔。滿朝中教指斥鑾輿。眼見的平章政事難停住。寡人待定奪些別官祿。

（ただおまえはかつて何らの奇功をも建てていないのに、おまえを元輔〈宰相〉にしたので、朝廷中が鑾輿〈皇帝〉を指斥〈非難〉する。あきらかに平章政事〈宰相〉の職はとどめ難い。寡人《わたし》が別の官位に定奪〈任命〉してやろう。）

「端正好」は詞牌に相当する曲のメロディーの名称（曲牌という）で、「仙呂」は「端正好」が属する宮調（調子）である。「端正好」の句式は、「三、三（韻）七乙（韻）七（韻）五（韻）」（「七乙」は三・四からなる七字句）で、前記の大字部分に相当する。その押韻字を見ると、「輔」（上声）・「輿」（平声）・「住」（去声）・「禄」（入声から去声に変化）と、消滅した入声をも含めて四声通じて押韻している。現代の標準語では「fǔ・yú・zhù・lù」となるが、元代もほぼ同じ発音であった。従来の詩歌の押韻が、平声と仄声（上声・去声・入声）を厳密に区別していたのは、両者の間に聴覚的に大きな違いがあったからだが、元代には平仄の間に顕著な区別がなくなったため、平仄通じての押韻が可能になったのである。これは現代語と同じで、現代の歌謡曲の押韻も声調にはこだわらない。

次に、小字の部分は、意味を補うための襯字（「襯」は裏打ちの意味）で、主に口語からなり、句式で指定された本字の字数に制約されず、比較的自由に付加される。意味を補うといっても、たとえば第一句の本字「建奇功」（奇功を建てる）は、襯字を含めた意味（奇功を建てていない）と反対になるので、襯字の役割は重要である。当時、襯字部分がどのように歌われたのかは、すでにその音楽が失われたため明らかでないが、第一句のように、本字より長い襯字が付加されるのであれば、実質上、句の字数に制限がないことになり、ある意味では定型詩から自由詩に近づいたとも言えるであろう。そもそも一句の字数を何字と指定するのは、歌う時に、たとえば一拍に一字と、一字（一音節）を歌う長さが一定していることが前提となる。そうでなければ字数を指定する意味がない。現代の歌謡曲では、一拍内で複数の文字を歌うので、歌詞の字数に制約がないが（そのため聞いても意味がわかりづらくなっている）、元代の曲は、ある程度それに近い状況であったと考えられる。つまり元代の北方言語は、それだけ現代語に近くなっていたということである。

三　白話文の誕生

白話とは話し言葉のことである。書記言語としての中国の文言文は、その発生当初から口語とは大きな差異があったと言われる。特定の口語と密着した書記言語は、中国のように広大な国土に多くの異なる方言が話される国での共通書記言語とはなりえない。文言文は、口語の空間的、時間的変移と距離を置いた人工的文体であったからこそ、中国全土において古代から現代に至るまで通用してきたのである。「言之無文、行而不遠」（言の文なきは、行きて遠からず。『左伝』襄公二十五年）とは、それを言ったものであろう。

このことは、中国語が話せる人間でも、文言文の習得には相応の学習が必要であったことを意味しよう。中国語がまったく話せない朝鮮半島、ベトナム、日本の知識人が、学習によって文言文（漢文）が書けたのは、このことを裏面から物語るものである。したがって文言文学習に多くの時間を割くことのできた上層の士人はともかく、識字層の底辺の人々にとって、文言文の習得は難しいものであったろう。そのため彼らを主たる対象とする仏教漢文や敦煌の民間文学では、口語語彙や口語的表現が多用されていた。また口語をできるだけそのまま記録しようとする試みも、禅の語録などによってなされてきた。

しかし一方で、口語とまったく乖離した書記言語というものはありえない。宋代以前においては、文言文と口語は乖離しつつも、適度な緊張感系を維持していたと思える。ところが元代以降の北方では、口語のさらなる変化が進んだ結果、それまでの両者の緊張関係が崩れ、両者の距離はさらに遠いものになった。それに加えて同時期の識字層の増大は、文言文を十分に習得できない人の数をさらに増やしたであろう。彼らには、より口語に接近した新たな文体が必要であった。そこに白話文誕生の必然性があったのである。

元初の学者、許衡《きょこう》（一二〇九～一二八一）の『大学直解《だいがくちょくかい》』（『魯齋遺書』巻四、四庫全書本）は、儒教の経典『大学』を当時の白話に訳したものである。たとえば、「子曰、聴訟吾猶人也、必也使無訟乎」（子曰く、訟を聴くは吾れなお人のごときなり、必ずや訟をして無からしめんか）を、許衡は次のように、やや意味を補いつつ訳している。

若論判断詞訟、使曲直分明、我与人也一般相似。必是能使那百姓毎自然無有詞訟、不待判断、方纔是好。

（もし訴訟に判決をくだし、是非曲直を明らかにすることなら、私は人と同じようである。必ずあの人民たちが自ずと訴訟をしないようにし、判決を待たないようにできてこそ、はじめて好いのである。）

このように経書の文言文を口語に訳したものは、宋代以前にはなかった。文言文と口語が適度な緊張関係にあり、かつ識字層がさほど多くない時代には、このような翻訳はおそらく不要であったろう。しかし明代以降、白話文の需要は、特にそれが見込まれた通俗小説の分野で、当時の商業出版の隆盛と相まって爆発的に増えた。『三国志演義』や『水滸伝』など白話小説の誕生である。

ただし同じ白話小説といっても、『三国志演義』のように比較的平易な文言文と白話を混用したものから、ほぼ白話だけで書かれた『水滸伝』まで、その文体は一様ではない。そしてもっとも白話的に見える『水滸伝』の文章でさえも、話された口語をそのまま写したものではなく、あくまでも口語に接近した一種の書記言語であった。表意文字である漢字は、そもそも口語をそのまま表記するには不向きであり、またすでに述べたように特定の口語に密着した書記言語は、普遍性をもたないからである。口語としての方言が表記できるのは、広東語と上海語ぐらいであるが、それらを他地方の人々が理解するのは現在でも難しい。

結び——文体の競演、競宴とその終焉

『水滸伝』などの白話小説は、説話人（講釈師）が語るという体裁の章回小説スタイルで書かれている。そこでは中心となるストーリーの進行には白話文が用いられているが、随処に五言、七言の絶句や律詩、詞、押韻の賦、平仄を整えた駢文が挿入されており、あたかも各種文体の競演、競宴の様相を呈している。新たな文体が増え、構成が変わったとはいえ、それは敦煌変文における諸文体の共用の延長線上に位置づけられるであろう。このことは、単に物語を聞く時だけでなく、それを書物として読む場合にも、多様な文体による表現が期待され、それが多くの読者によって享受され、支持されたことを示している。

ところが『水滸伝』の代表的なテキストである明末万暦三十八年（一六一〇）に杭州の容与堂が刊行した『李卓吾批評忠義水滸傳』では、いわゆる李卓吾《りたくご》の批評（偽託とされる）がこれらの詩賦や駢文について、「腐」（陳腐）、「可刪」（刪るべし）、「要他何用」（何の役にたつ。二十五回）、「反把血脈梗断了、可悪可悪」（かえってストーリーの血脈を絶ってしまった、憎むべし。三十六回）といった否定的な評語をつけている点が目立つ。それは、明末には小説の中の詩賦や駢文がもはや鑑賞されず、むしろストーリーの進展を中断する邪魔者と意識されるようになったことを示唆していよう。そして次の清代になると、このような白話文以外の〝夾雑物〟は、基本的に小説から姿を消してしまう。人々は多様な文体への寄り道よりも、白話文のみによるストーリーの紆余曲折ある一本道に興味をもつようになったのであ

る。作者もまた多様な文体の創作ではなく、白話という単一の文体内での技巧によって、自らの才能を示すことになる。

それはある意味で、二十世紀初頭の文学革命による白話文提唱のさきがけをなすものであったろう。文学革命は、白話文という散文を提唱し、典故、対句を否定することにより、結果的には狭義の古文だけでなく、古典詩や賦や駢文など、すべての文言文を葬り去ったからである。そして現代では、その白話文の延長上にある書面語という、これまた口語とは一定の距離のある文体がもっぱら用いられるようになった。詩歌でさえも、押韻はかろうじて残ったものの、すでに句の字数を指定する定型詩ではなく、またかつては韻文の重要な要素であった平仄も意味を失って、かぎりなく散文に近づいた。冒頭で中国の文体を散文と韻文に分けるのは適当でないと述べたが、それは過去の文学史を視野に入れての話であり、もし時代を現代に局限すれば、散文と韻文という区分けに問題はない。それはもとより世界文学の近代化における散文の優位という共通の傾向に合致するものであろうが、中国のように古くから多様な文体を生み出してきた国では、とりわけ大きな意味をもつであろう。近代の終焉がしきりに言われる現代、そのことの意味が改めて問われる時がいずれ来るかもしれない。

◆第四章（2）…文体、韻文／散文：④韓国

「文」の近世化過程と朝鮮風の開眼——〝その時の其処〟から〝今の此処〟へ

鄭　珉
（倉橋葉子訳）

一　近世以前の朝鮮の文体の流れ

中世が終わるにつれ思考が変わり、世界を理解する有り様も確実に違ってきた。文学はこのような変化を最も真っ先に映し出す。本章では、十八世紀の朝鮮文学に起きた変化の大きな流れを、「朝鮮風に」を媒介概念として整理してみようと思う。

それは漢文学や国文文学（ハングルによる文学）、詩歌や散文など色々な方面で同時多発的になしとげられた。先ず漢文学の流れを見てみよう。朝鮮の文風は、時代ごとに傾向が異なることが感知されるが、全般的には古代中国を理想的な基準とする擬古的な色合いが濃厚であった。高麗後期以來、十六世紀までの三〇〇年間の漢詩は蘇東坡一辺倒の宋詩風が盛んであり、文章もまた、古文を模範とする強固な枠に嵌まっていた。十五世紀から十六世紀にかけては形式的な美感に執着する宋代江西詩風の影響力がさらに増し、詩人は格律の形式にとらわれ、なかなか自分自身の声を出しにくかった。以後、十六世紀末に至り、明代の李攀龍、王世貞によって主導された〝文必秦漢、詩必盛唐〟（文は必ず

秦漢、詩は必ず盛唐）の主張が力を得るにともない、詩風は急速に宋詩風から学唐の風潮へ急激に変化した。楽府《がふ》詩風の浪漫的な傾向として代表される、この時期の唐詩風が、絵画的に見せることを通してそれ以前の形式に縛られていた詩心を解き放ち、熱狂的に受け入れられていく。しかしながら、これはまもなく擬古風の、まったりとした文の自己複製に陥り、現実の情感をなおざりにし、観念的浪漫を追究する詩風は個性を失って、どれも似通った文を量産しただけであった。

散文は、性理学の影響力が拡大するにつれ、性理学者が経典を解釈するとか弟子たちに教えを施す時に用いた口語文に近い註疏語録体が中心的な流れとなり、文芸美の追究を怠った。そのような中で十六世紀以後からは文道合一に基づいた貫道論《クアンドロン》の文章を追究する傾向へと変化したのである。部分的に秦漢古文を追究する擬古文派と、唐宋古文を志向する唐宋古文派の分派や対立が見られるが、少なくとも文章においては、内容以上に表現の重要性を自覚するようになった。

二　尚友千古から天涯知己へ

一方、壬辰倭乱〈文禄慶長の役〉や丙子胡乱〈十七世紀半ばの清による侵攻〉が相次いで起き、その衝撃のうちに中世は終焉を告げた。必ずそうでなければと信じきっていた価値観はある瞬間に瓦解し、信頼を失った。十七世紀後半以後、文人たちは中国古代文学の成就を盲目的に複製することに対して全く興味を失っていく。近世化の進展にともなう物的土台の変化は、意識の変化を同時に要求した。自分は誰なのか？　ここはどこなのか？　この地で文学をするということはどのような意味があるのか？　これらは自意識の肥大化を呼びさまし、文学の新しい突破口を求め始めるようになった。質問の経路が変わり始めたのである。

十八世紀の朝鮮知識人の自意識は、社会システムとの葛藤のなかで、さらに肥大化される。〝その時の其処〟の道を追求してきた価値観は、〝今の此処〟の真を追究する方向に舵を切った。それまでは所謂、古典と命名される昔の中国の典範とその中に込められた道徳的理想及び倫理的価値を追従していたとすれば、変化した現実は観念性から抜け出て、目の前の真実を盛り込むところに文学の真正な使命があると考えた。毎年二、三回以上中国に旅立った燕行使《ヨネンサ》や、時折断続的に行なわれた日本通信使を通じて益々活発になった東アジア知識人の文化的接触は文人らの意識を急速に変貌させる。

井戸の中の蛙のように、窮屈に縛られていた意識の角質が度重なる海外との接触を通じて剝がれると、ある瞬間に〝古〟に向かっていた盲目的な志向は、〝今〟に方向を変え、中国ではないところの朝鮮を語り始め、抽象的な観念や道徳に代わって直ちに目の前の真実に目を向けるようになった。李《イ》徳懋《ドンム》（一七四一〜一七九三）は「わたしは今の人間なのだから、やはり今のものを好む（我是今人亦嗜今）」と宣言し、この言葉を聞いた朴趾源《パク・チウォン》（一七三七〜一八〇五）は、朝鮮人であれば当然、朝鮮風の詩をつくるべきだと賛同した。丁若鏞《チョン・ヤギョン》（一七六二〜一八三六）は、これに対して「わたしは朝鮮人なので、愉しんで朝鮮の詩を作ろう（我是朝鮮人、甘作朝鮮詩）」という言葉でそれに応えた。彼らは朝鮮的価値の重要性に対して初めて目を啓き始めたのであった。

洪吉周《ホン・ギルジュ》（一七八六～一八四二）は、司馬遷が明の時代に生まれたのであれば『史記』を書く代わりに『三國志演義』や『水滸志』を書いたはずであり、今の朝鮮に生まれたのであれば『香娘伝《ヒャンランジョン》』を書いたであろうと述べた。これは当時、発表された散文の作品に対する評価のさなかに出た言葉であり、文学の様式とは時代にともなう思考の変化を含んだものが極めて自然であって、また最も重要な問題であることを指摘した内容である。思考の変化が形式の変化に繋がって続くのは極めて自然だ。しかし、このような考えに到達するまでには本当に多くの時間を要したのである。

学者たちは何かの催眠にかかったように口さえ開けば堯舜の道を語り、程朱の学問を追従した。文人たちは李白や杜甫の詩と韓愈や欧陽脩の文章だけを盲目的に追随した。ひいては、自身の詩一首を唐詩の中で広く知られていない作品九首の中にそっと挟み込んで、眼目のある人が区別して選び出せなければ良い詩だとする式の鑑別方式が試みられたりもした。そうした中で十八世紀に入り、このような傾向に深刻な亀裂が入る。不条理な現実の前で、万古不変の道を志向した無限なる信頼は打ち砕かれた。

それ以前までは尚友千古の思惟が支配していたとすれば、この時からは天涯知己の「並世意識」が芽生えていく。尚友千古は、千古の昔の友を朋友だちとして心の交感を分かち合うという意味である。時間軸を遡って成し遂げられる、双方向ではない一方的な交感である。天涯知己は、今の同時代を共に生きているけれども、空間の障壁に遮られた朋友をいう。しかし、彼らの交感は相当な困難があったにもかかわらず、対面ではない書面や文学作品の交換を通して双方向の疎通が可能であった。特にこうした双方向の疎通の背景には新しく芽吹いた並世意識が確立していた。並世意識は、ともに同時代を生きているという一種の連帯感に基づく。

一七六四年の朝鮮通信使行における木村蒹葭堂《けんかどう》（一七三六～一八〇二）グループと成大中《ソン・デジュン》（一七三二～一八〇九）のグループ間での活発な接触と、これに刺戟を受け、一七六五年に洪大容《ホン・デヨン》（一七三一～一七八三）が北京に行って出会った陸飛、潘庭筠、厳誠ら中国の士人との数十年に及ぶ持続的な交遊は、このような並世意識に火をともしたのであった。人々はもはやそれ以上、古代中国の文人を友として崇尚する尚友千古の一方的な関係を清算し、たとえ顔をつき合わせて会うことは出来なくても、国境を越えて時間を共有する同時代的な交遊の端緒を開いていく。いわゆる漢文を媒介にした文芸共和国の時代が開かれたのである。

書籍流通の速度が次第に早くなり、朝鮮と中国、朝鮮と日本の知識人間では筆談や書信の往来を通じての私的な交流が益々活発になっていった。現在、韓国と日本、そして中国にはこのような交遊や筆談の一次資料が途方もないほど数多く残っている。国家的な公式の疎通チャンネルに局限されていたそれ以前の接触が、今や知識人一個人の情緒的交感を越え、学問的な疎通と討論の領域に一気にぱっと開かれた。彼らは一度出会って別れた後、決して再び会うことはなかったが、書信往来を通じて互いに思いを持ち続けたのであり、彼らの接触は彼ら周辺に布陣する同僚の集団間の交遊へと拡大していった。こうした接触の過程で何よりも相手を見る視線に顕著な変化が生じていった。彼らがどこの国に属するのかを離れて文化を媒介に共感し合い、相互間において理解の幅を拡大していく姿は実に印象的である。それまで日本について、戦争に対する被害意識から来る敵愾心や文化的蔑視感にとらわれていた朝鮮知識人は彼らが直接目撃した日本の高い文化水準に危機意識すら感じたのである。『和漢三才図絵』のような日本の百科全書が朝鮮に入ってきて紹介されるなどの接触を通して、その文化的衝撃は相当なものであった。以後、十八世紀の知識人の間には日本を知ろうとする熱風が吹きあがり、元重擧《ウォン・ジュンゴ》（一七一九～一七九〇）の『和国志』や成大中の『日本録』など様々な著述が現れるまでになった。

三　目が開いたチャンニム〈盲者を尊敬した呼び名〉

朴趾源が語る「再盲児 説話」は意味深長である。幼い頃に目が見えなくなり二十年間、盲者として暮らしていた青年が道を歩いていて突然目が開いた。急に目が開いた彼は到底自分の家を探すことができず、道に立ったまま泣いていた。彼に賢者が授けた処方は、〝元通りにお前の目を閉じよ（還閉汝眼）〟という話しである。盲者は喜び、再び目を閉じて杖をついたまま自分の家を探すことが出来た。

一度開いた目は再び閉じることはありえない。問題は自宅で目を開けることなく道の途中で目を開けたところに生じた。だから目を開いた瞬間に、彼は目が再び見えなくなってしまったのである。朴趾源の考えでは道ゆく途中で〝目が開いた盲者（再盲児）〟は、当時の朝鮮知識人を暗喩している。押し寄せてきた情報により、いざ目が開いたけれども、実際、自我の主体を打ち立てられなければ、開眼はむしろ家を探すことを出来なくさせる悲劇を招来するだけとなる。元通りに目を閉じよという言葉は、本来の場に戻れという意味である。拡張された世界、混沌にみちた情報の前では、先ず主体の確立よりも差し迫った課題は無かった。

十八世紀以後、朝鮮の詩文がこの朝鮮風の発見に熱狂し、歓呼した理由がまさにここにある。他人の餅が大きく見えても、手に馴染み、目に馴染んだ我が物に及ばない。中国をどんなに同じように模倣しても亜流であるだけで、自分ではない。「今の此処」の真実に目を転じ、自分の主体を打ち立てようとする精神が朝鮮風を追求することとなった。朴趾源が〝似通ったものはニセ物だ（求似者非眞也）〟と、力を込めて語った理由がここにある。高踏的で観念に留まっていた言葉が目前の現実を詩に歌い、朝鮮の方言が詩的な言語の中に果敢に入り込み、軽快で個性的な輝きを放って市井のまじめで飾らない生き方を礼賛した。匹夫匹婦の日常が文学的な素材の源泉となり、道徳的訓戒は諷刺と諧謔にとって代わった。

漢文学だけでなく、小説の方面でもこのような流れはそのまま続いた。朝鮮初期の金時習《キム・シスプ》の『金《きん》《ク》鼇新話《ごうしんわ》《モシンファ》』は日本で刊行されたほど幅広い読者層を獲得したけれども、実際は明の瞿佑の『剪燈新話』の影響を大きく抜け出ることはなかった。十七世紀に入り、『周生伝』『英英伝』のような男女間の浪漫的な愛を描き出した愛情 伝奇小説が一時盛行した。これらの作品の背景には、壬辰倭乱などのある程度の現実を背景としたが実際の作家の意識と作品の構図は『金鼇新話』のそれとさほど異なっていない。

以後の小説は十八世紀に入ると、通俗的な傾向を見せ始める。その声調は二つの方向に分かれ、現実の群像を登場させるとか、徹底的に通俗化のパタンを通じて浪漫化する両極化をもたらした。パンソリ芸術の発達により韓国の代表的な古典となった『春香伝』や『沈清伝』『興夫伝』のような作品は通俗性と浪漫性を絶妙に結合させて大衆の熱狂を奮い起こした。現実の群像が醸し出す各種の話しに対する関心も大いに高まった。『青邱野談《チョングヤダム》』や『渓西野談《ケソヤダム》』『東野彙輯《トンヤフィジプ》』のような野談集の編纂が活発になり、その規模も後期になるほど一五〇冊、二〇〇冊に達する巨帙に拡張されたのである。

詩歌文学においてもこうした流れが続いた。伝統的な韻律を固守してきた時調は、言うべきことが多くなった時代の表情を盛り込み、中間部分が限りなく拡張された辞説時調の新しい形式を見せはじめた。内容も露骨的な性的表現や辱説（罵詈雑言）、あてこすりの態度及び反復や羅列を通じて意味を無力化させる冷笑的な態度が著しくなる。ハングルの詩歌のもう一つ別の軸を支えていた歌辞文学も紀行歌辞や流配歌辞、宗教歌辞等で長編化する傾向を見せ、下層民の人生を諷刺的な声に載せて唄った「老処女歌」「愚夫歌」「庸婦歌」のような庶民の歌辞も活発に創作された。

このような変化は朱子の王国であった以前の朝鮮の雰囲気では決して受け入れることができない事柄であった。しかし、当時の作家たちはこうした変化をむしろ誇りに思い、体制の強い警告を無視したまま、志を共にする文人集団内部の同志的な結束と連帯意識を拡張させていった。朝鮮国王である正祖《チョンジョ》はこのような状況に大いなる危機意識を抱いた。彼は「文体反正」を通して、こうした動きに国家的な検閲の機制を作動させた。文体反正というのは間違った方向に流れていく文学の傾向を望ましい方向に向けるために国家が文体を統制しようとする政策であった。このように、危険な声をそのまま放置した場合、体制に深刻な亀裂がもたらされうることを予断したうえでの措置であった。彼はまた、女性たちが小説にだけ気をとられて家事のことを顧みないとして小説の流通を禁止させる措置をとることもした。もちろんこのような統制は何の効力も発揮できなかった。世の中はすでに変わっていたのである。

十八世紀の朝鮮の文学は、熱い溶鉱炉のような気運にあふれていた。文学はこれ以上、道徳と制度の枠の中に束縛されることを拒否した。作家たちは慣習的で常套化された形式と主題に従属されることを拒否した。道徳と倫理を論じていた場に人生の生々しい真実が込められていく。漢文学では現在の此処の真情に土台を置いた朝鮮風の追求が強まり、視線を外に向け、中国や日本の文人との疎通を夢見る並世意識も拡張していった。野談文学のはっきりとした伸長もこの時期の文学史において注目すべき現象である。国文文学においては小説の大衆化、通俗化傾向が明白なものになり、詩歌でも辱説や卑俗語が憚るところなく登場する辞説時調と、言うべきことが多くなった時代の表情を盛り込んだ長編歌辞及び庶民歌辞が発達したのである。

参考文献

安大會『朝鮮後期 小品文의 實體』(太學社、一九九七年)

安大會『18世紀 韓國漢詩史 研究』（昭明出版、一九九九年）
李慧淳『朝鮮通信使의 文學』（梨花女大出版部、一九九六年）
鄭珉『18世紀 朝鮮知識人의 發見』（휴머니스트、二〇〇七年）
鄭珉『18世紀 韓中 知識人의 文藝共和國』（文学동네、二〇一四年）
鄭珉『비슷한 것은 가짜다—燕巖 朴趾源의 藝術論과 散文美學』（太學社、二〇〇〇年）
趙東一『韓国文學通史』三（知識産業社、一九八四年）
曹喜雄『説話學綱要』（새문社、一九八九年）

コラム１　紀行文：①日本

近世の紀行文と『奥の細道』の近世性

佐藤勝明

近世の紀行文と一口に言っても実に多種多様。それでも、膨大な数の作品から公約数的な性格を抽出すれば、記録性・実用性ということになろう。たとえば貝原益軒《かいばらえきけん》著『東路記《あずまじのき》』（貞享二年八月奥）の冒頭部を見ても、「河崎、河崎の川に、昔大橋有。橋の北を六郷と云。南は河崎也。…池上の法花寺、長栄山本門寺と云。大寺なり」（引用は貝原家蔵写本に基づく新大系98の翻刻による）という具合に、体験に基づく正確な情報伝達の姿勢で一貫することが知られ、ここに近世紀行文の一つの典型を認めることができる。

一方、有名度ということになれば、松尾芭蕉の『奥の細道』（以下、『細道』と略記）を挙げるのが順当ながら、これが右の公約数的な特徴を備えないことも、よく知られる通り。この点について、新大系98の「解説」（板坂耀子執筆分）は、「近世紀行の流れの中ではむしろ異色作であり、近世紀行全体の基本として代表的な作品としては益軒の著作の方がふさわしい」と述べる。では、『細道』は、近世に生まれた非近世的（擬古典的）紀行文ということになるのか。

周知の通り、現行の版本『笈の小文』（宝永六年一月奥）には、芭蕉の「紀行文論」とも言うべき文章があり、その論点はほぼ次の三つ。すなわち、紀貫之・鴨長明・阿仏尼らすぐれた先人の作を超える難しさは承知している、その日の天気や見聞を並べるだけでは駄目で、斬新な表現力が必要なのに自分にはそれが乏しいことも自覚している、それでもこれが風雅に通じると信じて自分は書いている、の三点である。先行作を凌駕せんと、事実の羅列とは別種の作品を模索していたのであるから、芭蕉の紀行文が近世一般のそれと異質なのも当然である。

芭蕉が意識する先行作の内、最も影響を受けたとおぼしき著者未詳（当時は長明の著作と考えられていた）の『東関紀行《とうかんきこう》』を見れば、この旅人は、訪問地にまつわる故事・古歌等を常に意識し、〝古《いにしえ》〟の痕跡を探って古人とつながる意志を強くもっていたと知られ、連想された和歌等（当地のものとは限らない）の表現を用いることも多い。また、〝古〟からの変化を思い知る箇所もあり、たとえば八橋のくだりでは、『伊勢物語』の記述を想起しつつ、その杜若が今はないことに気づき、「あたりを見れども、かの草とおぼしき物はなくて、いねのみぞおほく見ゆる」（引用は群書類従本に基づく岩波文庫の翻刻による）と記すことになる。こうした諸点はそのまま『細道』にも当てはまるものであり、たしかに『細道』は中世的紀行文の影響下にある作品と言える。

もっとも、益軒の紀行文にも故事・古歌等への言及は多く、これは日本の紀行文の基本的なありかたなのかもしれない。それでも、たとえば益軒著『己巳紀行《きしきこう》』の和歌浦で万葉歌を思い出す場面を見ても、益軒の関心はもっぱら歌意の考証にあり、〈古人とつながる意識〉とは無縁であったと知られる。もう一点、『細道』と読み比べて気づくのは、益軒のものには人物の描写や会話の記録がほとんどないことである。その点、『東関紀行』では、「ある者のいふをきけば、…」「うちつれたる旅人のかたるをきけば、…」といった箇所がいくつかあり、宇津の山を越えたあたりでは庵住の道心者に発心の由来を尋ね、その答えを書きとどめてもいる。

一方の『細道』では、登場する人物が格段に多くなり、その会話を採録したという体裁の箇所も少なくない。そのいくつかを列挙してみよう（引用は西村本に基づく〔佐藤二〇一四〕の翻刻による）。

A・人にとへば、「是より遥右に見ゆる山際の里をみのわ・笠島と云。道祖神の社、かた見の薄、今にあり」と教ゆ。（「笠島」）
B・あるじの云、是より出羽の国に大山を隔て、道さだかならざれば、道しるべの人を頼て越べきよしを申。（「山刀伐峠」）
C・爰に古き誹諧の種こぼれて、忘れぬ花のむかしをしたひ、蘆角一声の心をやはらげ、此道にさぐりあしゝて、新古ふた道にふみまよふといへども、みちしるべする人しなければと、わりなき一巻残しぬ。（「大石田」）

Aは、「問へば、…と教ゆ」という明確な直接話法の形態をとっており、現行のほとんどの翻刻がそうであるように、…の部分には「　」を付けて問題がない。Bも、「主の云く」を受け、「是より」以下の発言部分に「　」を付したいところながら、その末尾が「越べし」などの言い切りではなく、「越べき由を申す」とその発言を書き手の立場から提示する形であり、間接話法的な形態と言ってよいだろう。Cは、最上川の舟下りをするために日和を待つ間、土地の人から俳諧の指導を求められる場面で、「爰に…」と読み出した段階では、これはその地に古くから俳諧が行われた事実を述べる地の文なのだと理解できる。ところが、新古二道に迷いながらも指導者がいないので（困っている）という部分に及び、これは土地の人の発言を「と（訴えられて歌仙を巻き）」が受けているだと察知されることになる。どこまでが地の文でどこから発話なのかが判然としない、外国語文法における自由間接話法の一種と言えるかもしれない。『細道』にはA・B・Cが混在し、この点で、Aだけの『東関紀行』と相違する。『細道』の話法は多様なのである。

右のCに関連して、想起されるのは、西鶴の浮世草子でもしばしばこれと同様の叙述が見られることである。紙幅の都合で挙例は省略するも、中嶋隆「西鶴「会話文体」の遠近法」（『中島二〇〇三』）はこの点について、「話者が、作者西鶴と作中人物との重層的性格をもっているのである」とし、「西鶴の文体が「はなし」の内在する文体、…聞き手がたえず意識された文体である」ことを指摘する。そうであるならば、『細道』もこれに類した、「はなし」を内包するような文体をもつ作品と言えるのではないか。

周知の通り、『去来抄』には芭蕉が西鶴に言及した唯一の発言が録され、これまでは、「西鶴が浅ましく下れる姿あり」という西鶴評価ばかりが問題にされがちであった。しかし、本当に問題にすべきは、芭蕉が西鶴の文章と自分の文章を同じ範疇（「俳諧の文章」）のものと見ていたことであろう。私見の一端は〈佐藤二〇一二〉に述べたけれど、それに加えて、右のような話法という点での類似をも視野に入れ、比較・検討する必要がある。『細道』は、たしかに益軒に代表される近世紀行文の枠からは漏れ、むしろ中世的紀行文の系譜につながるものながら、そこに〈西鶴〉という視点を導入することで、一般的なそれとは別の近世性が浮かび上がることになるはず。と、ここではその見通しだけを示し、余は後考を期したいと思う。

参考文献

研究資料日本古典文学9『日記・紀行文学』（明治書院、一九八四年）

新日本古典文学大系98『東路記　己巳紀行　西遊記』（岩波書店、一九九一年）

板坂耀子『江戸の旅と文学』（ぺりかん社、一九九三年）

尾形仂『おくのほそ道評釈』（角川書店、二〇〇一年）

佐藤勝明『松尾芭蕉と奥の細道』（吉川弘文館、二〇一四年）

佐藤勝明「「俳諧の文章」とは何か」（『日本文学』七一二、二〇一二年十月）

中嶋隆『西鶴と元禄文芸』（若草書房、二〇〇三年）

余弦・門倉正美「日本語の「話法」考」（『横浜国立大学留学生センター紀要』七、二〇〇〇年三月）

坂部恵『かたり　物語の文法』（ちくま学芸文庫、二〇〇八年）

コラム1　紀行文：②中国

「永州八記」から『徐霞客遊記《じょかかくゆうき》』まで

内山精也

中国の「近世」は通常、北宋から清末の九世紀半を指す。この間に書かれた紀行文はおそらく夥しい数に上るであろう。中国の紀行文はふつう「遊記」と称されるが、強半が近在の名勝地への小旅行を記録した短編であり、唐・柳宗元（七七三〜八一九）のいわゆる「永州八記」以来、名のある文人ならば、ほとんどが遊記を残している。短編の遊記は、「永州八記」に代表されるように文学性に富むものが少なくないが、長編のものは、おおむね抒情よりも叙事が優先され、精確な記録を旨とする禁欲的叙述スタイルによって貫かれている場合が多い。そのせいか、書物としての遊記は、『四庫全書』では、「史部」地理類（「遊記之属」）に分類されている。

旅という非日常空間に身を置くことで湧き起こる感興に基づき、異文化の諸相を切り取って構成するのが遊記である。日頃、都市に暮らす遊記の著者にとって、人里遠く離れた山水は十分に非日常空間であったし、長旅の末に訪れる僻遠の地は異国にも等しい異文化空間であった。しかし、その落差が最も大きいはずの国外について記した遊記は、中国の近世においてはほぼ見当たらず、清末以降の近現代を待たなければならない。また、使用される文体も、近世を象徴する文体「白話」ではなく、ほぼすべてが「文言《ぶんげん》」であった。白話は、ディテールを細やかに描写できるという点において、文言よりも遥かに遊記に適した文体であるように感じられるが、戯曲や小説等、娯楽性の高い虚構文学の通俗的文体として発展普及したために、記録の真実性を重んじる遊記の文体としては相応しくないと忌避されたのかもしれない。白話体の遊記が主流になるのも、近代に入ってからである。

さて、長編の遊記は、短編に比べ数がかなり少なく、近世前期（宋元）でいえば、さしずめ陸游《りくゆう》（一一二五〜一二一〇）の『入蜀記《にゅうしょくき》』六巻（乾道六年〔一一七〇〕成書）と范成大《はんせいだい》（一一二六〜一一九三）の『呉船録』二巻（淳熙四年〔一一七七〕）の二つがその希有な例である。奇しくもこの両著は、ともに中国最長の大河長江の船旅を記したものである点で共通し、著者が時代を代表する大詩人である点も共通する。しかも、彼らは完全に同一世代であり、親交もあった。両著成立の中間に一時期、同僚として四川の成都で生活した共通体験もある。旅の空間もほぼ重なるが、片や遡航で赴任の旅（『入蜀記』）、片や順流で帰郷の旅（『呉船録』）、という大きな相違もあり、両者の目のつけ所も異なるため、結局のところ両著は甲乙つけがたい長江旅日記の双璧と見なされている。

とはいえ、范・陸両者の旅の契機はそもそも官命によるものであり、費用はすべてお上もちの「宦遊」であった。では、民間の私人による紀行文ははたして存在するのであろうか。周知の通り、法顕や玄奘等、仏僧による西域やインドへの旅の記録は系統的に存在する。しかし、宗教的使命《ミッション》によるのではない長旅の記録となると、さらに下って近世後期（明清）に至っても、そう多くは見られない。ところが十七世紀、明代の末期に、民間人による空前絶後の旅の記録が一つ生まれた。徐《じょ》弘祖《こうそ》（一五八七〜一六四一、字振之、号霞客、南直隷江陰〔江蘇省〕の人）の『徐霞客遊記《じょかかくゆうき》』がそれである。総字数は六十万字余、『入蜀記』が四万字足らず、『呉船録』はそのおよそ半数であるから、字数だけみても、ただならぬ旅行記であることが知られる。しかし、われわれ日本人は、この遊記の存在を、ほとんど誰も知らない。そこで以下、この遊記の概容をかいつまんで紹介することとする。

徐弘祖は、――中国有数の大穀倉地帯、長江デルタの真ん中に位置する――江陰県の南端、無錫に隣接する小村[1]の、書香の家に生を享けた。若くして仕官の道を断念し、学者を志したが、父親の死後、一念発起し、遠遊の旅に出る。二十二歳（万暦三十六年（一六〇八））の、太湖洞庭西山への旅を皮切りに、以後、死去の一年前、五十五歳（崇禎十三（一六四〇））までの三十数年間、その過半を旅の空の下で過ごした。しかも、すべてが自前の資金による旅である。その足跡は、現代中国の行政区分でいうと、北は河北、山西、山東、河南、陝西、東は江蘇、浙江、安徽、福建、西は湖北、湖南、江西、南は広東、広西、雲南、貴州の、あわせて十六省に及ぶ。早期の旅の記録はすでに失われたが、筆者手持ちの朱恵栄整理本（中華書局、二〇〇九年一月）には、①天台山（二篇、浙江天台）を筆頭に、②雁宕《がんとう》山（二、雁蕩山、浙江楽清）、③白岳山（斉雲山、安徽休寧）、④黄山（二、安徽黄山）、⑤武彝《ぶい》山（福建武夷山）、⑥廬山（江西九江）、⑦九鯉湖（福建仙遊）、⑧嵩《すう》山（中岳、河南登封）、⑨太華山（西岳華山、陝西華陰）、⑩太和山（武当山、湖北均県）、⑪閩《びん》遊（二、福建）、⑫五台山（二、山西忻州）、⑬恒《こう》山（北岳、山西渾源）、⑭浙遊（浙江）、⑮江右遊（江西）、⑯楚遊（湖南）、⑰粤西《えつせい》（四、広西）、⑱黔《けん》遊（二、貴州）、⑲滇《てん》遊（十三、雲南）等十九種の日記が収められている。

このうち、①天台山から⑬恒山までは、名にし負う道仏の聖山を中心に名勝探訪を記録したもので、どれも比較的短編の遊記である。前掲朱恵栄整理本では計六五三頁中、五八頁を占めるに過ぎない。一方、⑭浙遊から⑲滇遊までは計五九五頁に上り、およそ十倍の分量に膨れあがる。なお、この六種は、連続する一回の旅を記したものであり、徐弘祖最後（五十一～五十五歳）の、そしてもっとも長期にわたる旅であった。とくに末尾の「滇遊日記」は十三篇からなり、字数にして二十五万字、全体の四割近くにもなる。この部分は叙述の密度がとりわけ細やかで、細大漏らさず記録しようとする姿勢がもっともよく滲み出ている。

この遊記の功績として、従来、二つのことが指摘されている。まずは、『尚書』「禹貢」の「岷山導江」という記述以来、長江の水源は岷《びん》山であり、主源流は岷江と見なされてきたが、実地踏査を踏まえて、金沙江こそがもっとも主要な源流であることを証明した点である（朱恵栄整理本付録「溯江紀源」参照）。第二に、雲南、貴州、広西等、西南の異民族地域の風土・風俗を初めて詳細かつ全面的に記録した点である。とくに、この地域に広く分布する石灰岩独有の地形を系統的に調査したり、洞窟の奥深くに入って地下水や伏流水のありかを探査したり、鍾乳洞が形成されるメカニズムを分析したりした段は、前近代における、もっとも価値ある地質学的記録であり分析である、と見なされている。そして、この種の記録は、「滇遊日記」を中心とする最後の三種のなかに集中して現れる。おそらく、三十年に及ぶ遊歴の蓄積によって、何に着目し、どのように叙述するか、という遊記のツボが自然と身につき、独自色を自在に出せるようになったことが、晩年の遊記をより精彩あるものに変えたのであろう。しかし、日記は崇禎十二年（一六三九）の九月十四日を最後に、残りを欠く。翌年、雲南の騰越《とうえつ》（騰衝）に至った時に、病を得て帰郷を余儀なくされ、帰郷後、彼は一年たたぬうちに不帰の客となった。

中国近世に壮大な旅行記はない、と思っている日本の読書子には、まずはこの遊記を手にとってめくってもらいたい。そして、この名ガイドとともに、中国西南への冒険の旅や聖地巡礼の旅に出てもらいたい。すでに三世紀半の時が過ぎてはいるが、旅の臨場感は少しも失われてはいない。言語の障害さえクリアーできれば、おそらく近現代の旅日記を繙いているかの錯覚を覚えることであろう。

注

（1）毛沢東が大絶賛して以来、徐弘祖は不世出の大旅行家として俄然注目を集めるようになり、今や出身の村も「霞客鎮」と改名され、彼の故居（仰聖園）、墳墓のほか、彼の旅が始まった場所「勝水橋」、博物館、記念公園等々の彼を記念するモニュメントが築かれて、徐霞客一色に染まっている。また、語文（日本の国語に相当）教科書にも、彼の遊記が古典教材として採られているので、大陸ではもっとも著名な遊記の一つとなっている。

コラム1　紀行文：③韓国

日常を超え、広い世の中へ

金　龍泰
（朴　利鎮訳）

かつて司馬遷は「太史公自序」で自らの若き時代に各地を旅したことを誇らしげに述べている。その後、東アジアにおける文芸の伝統において、「旅行」は「文」の水準を高める手段として広く認められ、朝鮮時代においても紀行文はかなり人気がある「文」の一様式であった。朝鮮前期には社会的な条件が整わず、旅行が一般化されていなかったが、朝鮮後期になると国内旅行が一般化され、紀行文の創作はおびただしくなる。漢文様式においては、例えば短編の場合は「游記」、長編の場合は「雑録」の様式が多く用いられた。ハングル様式の場合は主に「歌辞」が活用された。

紀行の場所を国内と国外に分けてみると、国内の旅先として最も多く赴く場所は金剛山《クンガンサン》であった。国内他の名山と大河に関する紀行文も少なからず書かれたが、その数は金剛山に関する紀行文の足下にも及ばない。朝鮮時代には自由に国外へ旅することができなかったため、国外旅行は専ら外交使節の特権であった。だが、「漂流」事件のように、風に吹かれ潮に流されて思わず東アジアの各地を旅してから戻ってくる場合も時々あった。中国に派遣された外交使節の書き残した記録などを「燕行録」といい、日本に派遣された外交使節の記録を「通信使行録」と称するが、それらの文献は膨大である。さらに漂流の経験を記録した「漂海録」類も、今日活発に発見されつつある。以下に国外旅行の経験を記した代表的な四つの紀行文を紹介しよう。

「燕行録」の一つとして、当時にも非常に評判が高かったし、現代にまで韓国人の間で愛されている紀行文は、朴趾源《パク・チウォン》（一七三七〜一八〇五）が書いた『熱河日記《ヨライルギ》』である。朴趾源は「実学派」と分類される思想家かつ文人で、一七八〇年に清の乾隆帝の古希祝いのために進賀使節団の一員になり、乾隆帝の避暑していた山荘がある「熱河」に向かって旅に出た。その際、朴趾源は中国の多様な面貌を鋭く観察し、天下大勢の行方に関して深く苦悶した。ところが、このような真剣で多少とも重苦しそうな内容を、彼は頗る軽妙な筆致で著すことでその天才ぶりを発揮した。小説的な手法を用いて叙事性を高めたり、また白話をそのままに駆使し臨場感を活かしたりしながら自分の思想を堂々と展開したのである。このようなことから『熱河日記』は韓国古典の中でも白眉として称えられている。

朝鮮通信使は一四一三年から一八一一年まで二十回に及んで派遣された。この際に創作されたいくつかの紀行文のうち、漢文雑録の形式の申維翰《シン・ユハン》（一六八一〜一七五二）『海遊録《ヘユロク》』（一七一九年、使行）とハングル歌辞の形式の金仁謙《キム・インギム》（一七〇七〜一七七二）『日東壮遊歌《イルドンザンユガ》』（一七六三年、使行）を紹介しよう。申維翰は当代の朝鮮で文章の上手さで名高かった人物で、日本の人々と巧みに漢詩を取り交わす役目として使節団に参加していた。『海遊録』は「使行録」で一般的に使われる「日記」形式を用いた。金仁謙はそれほど名の知られた文人ではなかったが、名門（安東金氏）の遠類ということで使節団に参加できた。とりわけハングル歌辞形式を用いて『日東壮遊歌』を創ったのは漢文が読めない身内の女性たちのためであったと思われる。

申維翰と金仁謙はともに身分上の制約があって使節団の重役を務めなかった。その分、却って比較的自由に日本の人々と詩文を取り交わし、交際できた。ただ両人とも本来は日本を好ましく思わなかった。日本が壬辰倭乱（文禄の役）を起こしたことで敵愾心を抱いていたし、朝鮮を「華」にし、日本を「夷」と位置づける華夷思想による偏見も持っていた。しかし『海遊録』や『日東壮遊歌』には意外と日本に関して友好的な目線で書かれた箇所が多々あることに驚く。とりわけ日本の発達した都市と商業、出版文化、美しい自然と雄大な建物に関しては清々しく称えている。むろん『海遊録』や『日東壮遊歌』には日本に対する批判的な言及も多く含まれており、旅行を通して敵愾心や偏見がすべて解消されたわけでもない。だが、敵愾心や偏見がいかに硬くとも多くの日本人と交流を重ねる内に自ずから芽生える理解や友情を遮ることはできなかった。『日東壮遊歌』には「鶏の声、犬の声と鳥の声、牛馬の声、我が国と一般である。赤ん坊の声、笑い声、天地から鳴るので微塵も違わない」という箇所がある。ここには日本人も朝鮮人と等しく「同じ人間である」という認識が見られる。

漂流によって書き記された紀行文のなかで、最も代表的なものは崔溥《チェ・ブ》（一三七〇～一四五二）の『漂海録《ピョヘロク》』が取り上げられる。『漂海録』は崔溥が一四八八年に濟州《チェジュ》から漂流し、中国の浙江省臨海県にたどり着いた以後、陸路に沿って朝鮮に護送されるまでの見聞を記録したものである。とりわけ、この作品は日本で『唐土行程記』、『通俗漂海録』というタイトルで商業出版された。そのうえ、現在、中国の学界で重要な歴史記録として認められていることでも注目に値する。当時、崔溥は漢文筆談で様々な中国人と話し合ったが、そのうち盧夫容という中国人とのおもしろいエピソードを紹介しよう。盧夫容は、崔溥が漢文を上手に駆使しながらも中国語ができないことを不思議に思って、その理由を尋ねた。それに崔溥はこう答える。「千里を離れていると、風俗がことなり、百里を離れていると習俗がことなるもの。貴方は私の言葉を怪異に思い、私は貴方の言葉が怪異に思われる。これは習俗が互いにことなることでしょう。しかしながら、天が与えた性品を等しく得たので、私の性品もまた堯舜・孔子・顔子の如し、何ぞ言葉がことなることを嫌疑するものか。」この崔溥の答えには、当時の東アジアが「儒学と漢文」という普遍性や、「各々の民族の言語と文化」という多様性（特殊性）を、どのように調和させていたかを豊かに説明してくれる。

以上紹介してきたように、紀行文は朝鮮の読者たちに海の彼方にある広い世界に対する知識や情報を提供したのみならず、新鮮な興趣も与える立派な「文」として機能したと言えよう。

コラム2　劇場、芸能と「文」「声」：①日本

近世の劇場文化の「文」

児玉竜一

近世日本の劇場文化を代表するジャンルは、歌舞伎と人形浄瑠璃文楽である。だが、日本の演劇・芸能史の趨勢として、新時代のジャンルは、前代のそれを滅ぼすことなく重層的な歴史を形成してゆくので、歌舞伎と人形浄瑠璃が隆盛を極めてゆく近世期にも、中世を代表する能と狂言は存続し続けてゆく。歌舞伎と人形浄瑠璃はいずれも屋外の劇場での上演が常であったが、十八世紀以降に全蓋式の劇場を開発してゆく。大名屋敷などの仮設舞台での上演もあり、寺社境内などでの仮設（と称する）劇場での上演も盛んであった。能舞台が、客席ともども屋根に覆われる「能楽堂」形式を獲得するのは明治になる。

能・狂言と、歌舞伎・人形浄瑠璃を分ける境目は、幾通りにも見出すことができる。支持層という点からいえば、能・狂言は、足利将軍家と観世流の関係に明らかなように、早くから権門へ接近している。歌舞伎と人形浄瑠璃も、かたや歌謡と踊りと風流の精神の中から劇形態を整えた芝居、かたや外来楽器（三味線）を得た語り物と人形戯が結びついた人形芝居で、実は互いにその性格は大いに異なっている。しかし、町人層や庶民階級の支持を得て隆盛に向かうのが十七世紀以降であるという点では、同時代演劇として共通しており、この間に能・狂言はいち早く徳川幕府の庇護を得て、武家の式楽としての地位を得ている。それより早く、豊臣秀吉も能好きで知られ、自身の事跡を「明智打」などの新作能に作らせている（この

あたりの呼吸は、近代の実録任侠浪曲と変わらない）。

こうした同時代を劇のなかに導入する当代性という点は、能以上に歌舞伎、文楽の独擅場であり、神君家康に関わる事跡の脚色とともに、幕府はことに神経を尖らせた。歌舞伎・人形浄瑠璃はそうした幕府の注視をかいくぐる方法をしたたかに編み出し、たとえば赤穂事件を『太平記』や「小栗判官物」の世界に仮託したり、大坂の陣を描くに際して、鎌倉の北条時政と近江坂本の源頼家が争った、などというまことしやかな偽史を構えた。『太平記』に仮託された赤穂事件では、高師直が吉良上野介（高家である）に、塩冶判官が浅野内匠頭（赤穂は塩で知られる）に擬せられる。こうした複眼的な歴史に数百年来慣らされた結果、おそらく幕末明治期の庶民にとって「高師直」といえば、『太平記』史上の人物である以前に「忠臣蔵」の敵役であるというイメージの方が、より強固に定着したと考えられる。

「文」との関わりでいえば、木版印刷技術というものと、歌舞伎・人形浄瑠璃は初めから関わりを持っているが、能・狂言は後天的に出会ったことになる。特権的な階級による庇護という形でなく、「興行」という不特定多数の庶民階層からの支持によってジャンルを維持するシステムを開発した歌舞伎・人形浄瑠璃は、大衆化に傾くところが大きく、それは印刷技術による大量告知と密接な関わりを有している。番付を初めとする劇場周辺の印刷物は膨大な数に上り、次年度の一座の顔ぶれを告知する「顔見世番付」、今日のポスターにあたる「辻番付」、劇場内で販売される「役割番付」「絵本番付」などは、些細な役者間の事情によって改版・異版を積み重ねる。そうした事情は、近代以降の映画ポスターや日本独自の映画パンフレット文化に引き継がれてゆく。

不特定多数への告知という劇場印刷物の働きは、劇作者の名乗りといった機能をも促すことになる。「作者近松門左衛門」という文字が人形浄瑠璃の番付に、あるいは正本の中に現れた時、前例のない事態に、世人は大いにこれを非難したが、それを擁護する形で「芝居事でくちはつべき覚悟」

（『野良立役舞台大鑑』〈貞享四年＝一六八七〉）も伝えられた。近松没後、十八世紀中盤からは歌舞伎・人形浄瑠璃ともに複数作家による合作制が取られるようになったが、合作分担の詳細は観客の側に明かされることがない（歌舞伎の書き下ろしに近い台本では裏表紙に作者分担が記される例もある）。上演を重ねてレパートリーとして定着するにつれて、初演の作者名は番付面から消えてゆくのが通例で、その意味では、共有財産となるに従って、作者性は溶解してゆくと考えられる。

印刷技術と劇文学との関わりという点では、ジャンルごとの性格の相違が明瞭になる。能は早くから謡本を刊行することで、テキストを開示していった。浄瑠璃も同じく、古浄瑠璃の段階から太夫直伝の正本を刊行することに熱心であり、義太夫節の時代を迎えてもその傾向は変わることがない。稽古のためのテキストの刊行は、能の家元や浄瑠璃太夫の特権ともなり、稽古本としての受容が主と想像されるが、武家式楽である能は武家社会の共有言語として流通し、浄瑠璃本は読まれるものとしても日本全国に行き渡った。

対して歌舞伎の戯曲は、劇文学として捉えられる以前に、現場で用いられる上演台本としての性格が極めて強く、演者の固有名と強固に結びついたテキストとして存在した（端的に例示すれば、歌舞伎の戯曲において、登場人物は役名ではなく役者名で記される）。歌舞伎という演劇形態自体は、三都（江戸・大坂・京都）のみならず、地芝居（農民による素人芝居）や旅芝居などを含めて、全国に広まっていた。しかし、歌舞伎の戯曲は近世期を通じて公刊されることがなく、読者の欲求を満たすものとしてそれに代わる出版物が、江戸のせりふ正本や正本写合巻、大坂の絵入根本という形などで見られる。しかし、それらにおいても演者の固有名との結びつきを手放そうとはせず、例えば絵入根本では「見立」、つまり空想上の理想配役に基づく指定がなされ、似顔が添えられている。

ちなみにいえば狂言も、テキスト公刊は明治を待たなければならない。こと戯曲に関する限り、テキストを固定させる能や浄瑠璃は刊本文化に属し、テキストに即興性や流動性を保持する狂言や歌舞伎は写本文化に属する。音曲として稽古事の対象となっていた能や浄瑠璃の詞章は、初演者の固有名から切り離された、色の付いていない、いわば透明なテキストとして流布していたのに対して、歌舞伎のテキストは、固有の演者と切り離すことのできない、演者の声を伴うものとして享受されていたと考えられるだろう。謡や浄瑠璃の物真似は少ないが、歌舞伎の声色は猖獗を極めるように、この間の事情は音声文化にもそのまま移し替えられ、近代以降は声色レコードの流布によって広まってゆく。

ただし、刊本文化に属する浄瑠璃といえども、上演の現場で用いる床本は写本であり、伝承や相伝に関わる現場においては、写すということ、またその一回性を重んじていることも、付け加えておかなくてはならない。

こうした劇場文化をめぐる文事は、数多くの種類の書物を生んでいる。それらには年代記や芸論、劇場慣習を踏まえた滑稽本など多彩な切り口があるが、中でも特異なジャンルは役者評判記である。元禄期の『役者口三味線』によっておおよその様式を確立して以降、幕末に至るまで一五〇年近くの長きにわたって、観客側からの反応をとりまとめた書物が定期刊行された事例は、世界演劇史に類をみない。それが架空座談会による多声的な批評の体裁を取るところがきわめてユニークで、その形式は見立評判記（または名物評判記）という形のパロディを多く生み出したのみならず、明治期の演劇雑誌における合評会を定着させ、ひいては文学雑誌における合評会、さらには座談会という形式の誕生を促してゆくことになる。

コラム2　劇場、芸能と「文」「声」：②中国

中国「戯曲」の音楽と物語

岡崎由美

一　歌劇と歌語り

中国の伝統演劇は、中国語で「戯曲」と呼ばれてきた。日本語の「戯曲」が演劇の脚本や脚本形式の文学作品を指すのとは異なり、中国語の「戯曲」は、「戯（演技、パフォーマンス）」と「曲（音楽、歌唱）」から成ることを意味する。つまり、中国伝統演劇は歌劇であった。語り物芸能もまた「説唱」といい、「説（語り）」と「唱（歌唱）」から成る。日本同様、中国においてもまた、物語を演じる芸能には歌唱が不可欠であったといえる。従って脚本は韻文（歌詞）と散文（せりふ・語り）が入り混じった形式となる。

近世中国――宋・元・明・清は、正に演劇と語り物芸能が民間で大いに発展した時代である。宋代の諸宮調《しょきゅうちょう》や戯文《ぎぶん》、金の院本、元の雑劇、明の伝奇（特に昆曲）など時代を画す芸能の隆盛を経て、清代に至ると、地方色豊かな芸能が全国各地に雨後の筍の如く台頭して現在に至る。

とにかく中国は広い。東西南北、地理も風土も様々で、様々な民族が居住し、中国各地の方言は意志疎通が困難なほど異なる。音楽も同様である。各地でそれぞれに特徴的な曲調や歌唱の方式、伴奏楽器の構成が作られてきた。歌舞伎のように大都市で隆盛した演劇が地方へ波及するのとは異なり、中国の伝統芸能はそれぞれの土地の個性を保ちつつ、相互に影響し、変革を繰り返す地方文化の集合体なのである。

また、演劇と語り物芸能は物語文学の発展にも

大いに寄与している。『三国志演義』や『水滸伝』など少なからぬ近世小説が、宋〜元代の演劇と語り物芸能の流行を基にして形成されたが、それだけではない。小説には見られず、演劇や語り物でのみ伝えられてきた物語は、さらに数多く存在する。非識字層に対しては物語を広く流布させる強力なメディアであり、全国的に知られた物語だけでなく、ある土地の習俗、信仰や歴史を地元共有の物語として伝承していく機能も果たしていた。

二　曲（声）と詞（文）

中国の伝統演劇は歌劇であるが、オペラと異なるのは、劇作品としてのアイデンティティの拠り所である。オペラは何よりもまず、その作品独自の楽曲が創作されなければ、作品が成り立たない。またその楽曲は、歌唱を含まない器楽曲としても音楽鑑賞に供される。音楽作品であることがアイデンティティの第一義であって、この点で、創作のオリジナリティやオーソリティは、おおむね作曲家に帰すであろう。一方、中国では、民間伝統音楽の曲調を活用するので、新たな劇作品を創作するたびにその作品独自の楽曲を一から新規に作るわけではない。歌唱抜きの楽曲を音楽鑑賞の対象とすることも、まず想定されていない。カラオケの伴奏だけを聞くようなものである。従って、劇作家は、音楽に造詣が深いのは当然ながら、作り手としての本質は作詞家（詩人）なのである。

曲（声）と詞（文）の結合としての歌曲の作り方には、大別して二系統ある。一つは「曲《きょく》牌《はい》聯《れん》套《とう》体《たい》」である。曲牌とは一定の節回しのモチーフと長短句から成る定型詩を組み合わせた歌曲のセットである。例えるなら、都都逸が七・七・七・五音で歌詞を作るのに似ているが、曲牌ははるかに種類が豊富で、多種多様な節回しごとに、一曲の文字数、句数、押韻や対句の方式、一音節ごとの平仄（声調の高低）の決まりがある。この規則に従って一曲牌の歌詞を作り、さらにこの曲牌を十余り連ねて一楽章を作る。これが一幕に該当するが、曲牌の配列順序にも決まりがあり、また一つの楽章は同一の調に属する曲牌を使用するのが原則である。即ち曲牌聯套体は音楽優先であり、楽曲に合わせて作詞をするのである。この歌曲構成は歌語りの諸宮調に端を発し、雑劇、伝奇において歌劇の形式として定着した。

曲牌聯套体の演劇は、明代中期以降、優美な曲調の昆曲《こんきょく》が隆盛するのと相俟って文人、知識人の愛好者を増やし、音楽理論や作詞の韻律理論が研鑽されるが、一方で、高尚難解になっていくのは否めなかった。

そこで清代初期に庶民の間で、わかりやすさ、親しみやすさから台頭したのが、京劇を代表とするもう一つの歌曲構成方式、「板式変化体《はんしきへんかたい》」である。板式とは拍節のことで、七言もしくは十言の対句から成る詩讃体《しさんたい》を歌詞の基本形式とし、これに合わせて特定の節回しを拍子を変えて変奏していく。歌詞に楽曲を合わせていくので、歌詞の文字数に制限がなく、幾らでも歌詞を連ねることが可能である。板式変化体演劇の隆盛は、中国演劇史における里程標の一つと言ってよく、今なお演じられている多くの地方劇の形成に寄与した。

三　観劇（声）と読曲（文）

近世に演劇や語り物が大発展を遂げることで、官民を問わず、各地に上演舞台が築かれていく。「舞台建築」には音響効果も配慮した壮麗な文化財が少なからず残っているが、歌舞伎の芝居小屋のように特定の芸能に特化した「劇場建築」はなく、上演空間は融通無碍であった。市場地の商業舞台は言うまでもなく、宮廷や貴族富豪の邸宅、祖先を祀る祠堂、寺廟の境内、会館（同業者や同郷者のクラブ）、茶屋料亭にも舞台が設けられ、あるいは舞台がなくても既存の建物のホールや露天の広場を利用して、演劇はどこででも上演された。軍隊の駐屯地にも俳優、芸人が集まり、軍隊の移動と共にいなくなる。宮廷や貴族富豪が召し抱える専属劇団もあったが、民間では基本的に要請に応じて劇団がどこへでも出向いて上演する方式であり、冠婚葬祭、娯楽、社交や接待など、様々な目的で演じられたのである。こうした場所を選ばぬ上演のあり方によって、大掛かりな舞台装置や大道具は用いられず、幕もなく、能舞台に似て三方に開けた何もない空間に、俳優の歌舞と演技が物語の場面を形作っていく。

歌唱は登場人物の人格心情描写のみならず、その場の景物から時間の推移など場面設定を具象的に描き出し、文学的描写性が強い。明代になって、文人層が演劇の創作に盛んに関与するようになると、いっそう文学描写に凝るようになり、必ずしも上演を念頭に置かず、戯曲形式の文学創作にいそしむという傾向も表れた。民間の出版業の隆盛とも相俟って、戯曲作品が続々と刊行されるようになり、過去の名作の校訂、再編集や、曲牌を分類編集した曲譜、戯曲理論書、評論等の出版も盛んになった。戯曲は閲読による文学鑑賞の対象にもなったのである。江戸時代には中国の戯曲作品が日本へも書物としてもたらされ、翻訳や翻案の対象となり、江戸文学にも一定の影響を与えた。これは文字を介しての文学受容である。一方、長崎の唐人屋敷（中国人居留地）では、中国の節句や神廟の祭礼の折に、日本人も招待して京劇や東南部の地方劇、昆曲が上演された。通訳がいても言葉の障壁は高かったが、その音楽は受容され、幕末から明治にかけて流行した清楽《しんがく》（清国から伝来した音楽）の一部となった。日本において中国演劇は、当初「文」と「声」のそれぞれの側面が別々に受容されたといえる。

コラム2　劇場、芸能と「文」「声」：③韓国

韓国の公演空間と「文」・「声」の伝統演戯――パンソリ・仮面劇・人形劇を中心に

宋　美敬
（魯　耀翰訳）

「演劇や音楽・舞踊といった公演や映画の上映のため、舞台や客席などの設備を持つ建物や施設」。今日、広く知られる「劇場」の定義である。中国の場合、こうした劇場の成立を宋代における句欄《こうらん》の出現に認められる。一方、日本では中世に胎動していた能・文楽・歌舞伎などの芸能のための、能舞台・文楽座・歌舞伎座等の専用劇場が存在していた。韓国においては二十世紀初めの協律社に至ってこうした劇場の設立を見る。しかし、もしそうであるならば、これ以前に劇場は存在しなかったのだろうか。そうではない。劇や芸能と劇場の関係、そして劇場空間に対する認識の差があったに過ぎない。韓国の伝統的な劇または芸能は、劇場との絶対的な依存関係にはなく、専門化した劇場への要求もさほど強くなかった。庭・街頭・市場のような野外空間に、仮設舞台や山台《サンデ》（高台型の舞台。歌舞伎の山台《やまだい》とは異なる）のような移動式の舞台を設けたり、宮闕の殿閣や楼台・舎廊《サラン》房《バン》（主人の居室にして客間）など既存の空間を舞台として転用するなど、比較的自由な形態での公演芸術空間の運営が近世まで続いていた。有形と無形、定常的な建築物と流動的な設備の劇場が共存し、既存の日常空間が劇場空間として柔軟に転用された。中国でも句欄劇場や茶園劇場の興行とは別に、亭子や山寺、室内や庭園、定期市や廟会（縁日で開かれる市場）等、場内の空いた一角で演劇を行う（この方法およびこれを行う上演の場を韓国語で판《パン》という）公演方法が保持されてきたところに、劇場形式の

任意性という類似点を見出すことができる。

　近世の韓国でこうした公演空間を背景に「文」・「声」との関連から成立、流行した公演芸術として、パンソリ・仮面劇・人形劇といったものがある。いかなる形態の演劇が出現しようとも、そこには意識的であれ無意識的であれテクストの存在が前提とされる。韓国では、口碑戯曲の採録は近代以後に本格化した。それ以前は説話・楽書・楽府・観劇詩などがこれに代わるものであり、その文脈が散文として整理・定着し叙事文学へと展開することもあった。パンソリの場合、辞説（歌中の語り）に調子をつけた唱本がテキストになり、その一部は読み物化の過程を経て、小説の形態で流通した。後者をパンソリ系小説という。説唱に基づいて形成された中国の話本小説とは、生成背景や形式面で類似した点がある。一方、ソリ（소리：歌や台詞を含めた音声全般）もパンソリ・仮面劇・人形劇といった公演芸術で注目される要素の一つである。挿入歌としてのソリは仮面劇や人形劇などの作品に活力と躍動感を与えるため、パンソリのなかでほぼ全般的に主導的な位置を占める。ソリを行う者はパンソリを称して「音声遊び」、即ち音声の変化を通じてその妙味を楽しむ芸術であるとも言ったのである。

　ここで、上述したジャンルについて順に見てみよう。パンソリは聴衆が集まったパンで、一人のソリックン（소리꾼：歌い手）が鼓手の太鼓のリズムに合わせて唱（歌）・アニリ（아니리：語り）・ノルムセ（너름새：身振り）を織り交ぜながら叙事的な話を展開していく、韓国の伝統公演芸術である。図1は十九世紀前半の名唱、牟興甲《モ・フンガプ》が野外劇場とも言える平壌《ピョンヤン》の大同江《デドンガン》に浮かぶ綾羅島《ヌンラド》の宴会場でソリをする場面である。パンソリは十七世紀の中後半、庶民を基盤に「民俗」芸術として成立したが、以後は両班や中人にまで享有され、全階層に愛される「民族」芸術に成長した。文学史の側面から見ると、パンソリは朝鮮後期の代表的な口碑叙事文学であったのみならず、時調・歌辞・雑歌・仮面劇・民謡・巫歌などと活発な交渉があり、また一部のテキストはパンソリ系小説を派生させ

て朝鮮後期の小説史に新たな流れを形成した。パンソリは十二作品、あるいはそれ以上の多様な作品が存在したものと推定されるものの、辞説と曲調の全てを完全な形で今に伝えるのは「春香歌」「沈清歌」「水宮歌」「赤壁歌」「興甫歌」の五つの作品に過ぎず、「卞《ピョン》ガンスェ（변강쇠）歌」をはじめ他の作品は辞説しか残っていない。一方、パンソリは講唱芸術あるいは口碑演行（実演型）叙事

図1　『平壤圖』（ソウル大学校博物館）

詩としての性格を持つという点で、中国の大鼓・弾詞や日本の浄瑠璃・講談などと似ている。

韓国には、三国（高句麗・新羅・百済）時代に中国および西域から流入した散楽百戯の影響の下、百済の伎楽、新羅の新羅狛、統一新羅の大面・束《ソク》毒《トク》・狻猊《サンイエ》、高麗の儺礼《ナレ》での仮面戯等、様々な仮面演劇が発生していた。その伝統を踏まえて独立的で自己完結的な公演芸術としての本山台ノリ（놀이：巫覡の儀式や人形劇・民俗劇といった演戯の総称）という仮面劇が朝鮮後期に成立しており、その場面は図2を通じて窺うことができる。たき火をした庭の一方に楽士らが座り、「チュイバリ（취발이）」「小巫」「墨僧」「両班その一」「両班その二」などと推定される仮面をつけた演者たちが各々の役に応じた振り付けの舞いをする。現在伝わる、ソウル及び京畿道《キョンギド》の松坡山台《ソンパサンデ》ノリ・楊州別山台《ヤンジュビョルサンデ》ノリ、黄海道《ファンヘド》の鳳山《ボンサン》タルチュム（탈춤：仮面舞踊）・康翎《カンリョン》タルチュム・殷栗《ウンニュル》タルチュム、慶尚南道《キョンサンナムド》の水営野《スヨンヤ》遊《ユ》・東萊《トンネ》野遊・統営五広大《トンヨンオグァンデ》・固城《コソン》五広大・駕山《カサン》五広大・男寺党牌《ナムサダンペ》のドッペギ（덧뵈기：踊りよりは

才談と舞いを主とした風刺的な仮面劇）などが本山台《ボンサンデ》ノリの系統の仮面劇である。これに対し土着的な性格を持つマウルクッノリ（村落全体で行われる巫俗祭天儀礼に由来するノリ）系統の仮面劇としては、河《ハ》回別神《フェビョルシン》クッタルノリ（굿탈놀이）、江陵《カンヌン》官奴仮面劇などがある。これらの仮面劇はそれぞれ無関係なものとして別個に伝承されてきたのではなく、

図2　『パルタルパン』(ハンブルク民族学博物館)

相互に影響を与えながら発展してきた。韓国の仮面劇は、中国や日本の仮面劇とは異なり、天の神・地下の神・山神・鬼神、または皇帝・王のような存在がほとんどおらず、一般人の登場人物が中心となる。内容も、既存の演劇や説唱、鼓詞などからの借用というよりも、現実の問題を諷刺し批判するという特徴を持っている。

　人形を活用した演劇も近世以前から存在していた。神格化された人形を祀って豊饒の祭儀、僻邪の儀式、慰霊祭などを行う祭儀的な人形劇は非常に早い時期から行われ、宮中の山台都監に所属する広大《クァンデ》（광대：仮面劇やパンソリなどを含む職業芸能者の総称）らは中国から伝来した郭禿《クァクトク》（곽독）ノリ、鮑老ノリを宮中世俗劇の形態で公演した。朝鮮後期にとりわけ流行したのは民間娯楽的な人形劇であり、男寺党牌《ナムサダンペ》と呼ばれる男性のみの流浪芸能者集団によって成立し今に伝わるコクトゥカクシノルム（꼭두각시놀음）が代表的である。十九世紀に描かれた「隈壘戯」（図3）は、複数の人形が青布の帳の上に上半身を現した場面を絵にしたもので

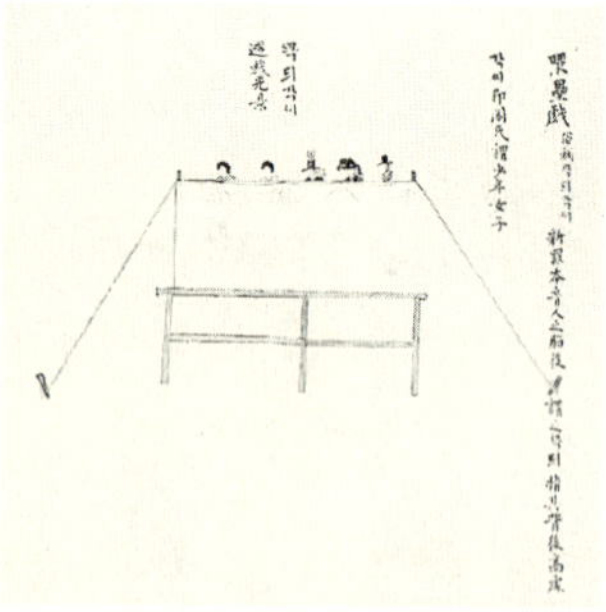

図3　『隈壘戲』（ソウル大学校博物館）

あるが、舞台構造が現在のコクトゥカクシノルムのそれと類似する。一方、コクトゥカクシノルムの人形は大雑把で古めかしい面貌をしており、日本の人形浄瑠璃、即ち文楽の精巧で洗練された人形と対比される。洪同知《ホンドンチ》人形の場合、佐渡島の野呂間の木之助や、福岡県の八幡古表神社と大分県の古要神社の相撲人形と似ている。一方、瑞山《ソサン》の朴僉知《パクチョムジ》ノリと長淵《チャンヨン》のコクトゥカクシ劇は、それぞれの地域出身の広大牌《グァンデペ》（牌は集団を意味する）がコクトゥカクシノルムの影響を受けて再創造した人形劇であり、上半身だけを持つ畸形の人形と正常な姿の人間がともに登場して劇を演出するバルタル（발탈：片足に仮面をつけて演じる伝統劇）がこれに含まれることもある。

参考文献

판소리學會『판소리의　世界』（文學과知性社、二〇〇〇年）
田耕旭『韓國의　傳統演戲』（學古齋、二〇〇四年）
田耕旭外三十七名『韓國傳統演戲辭典』（民俗苑、二〇一四年）

コラム3　印刷文化・写本文化：①日本

写本を目指した版本――「光悦謡本」をめぐって

佐々木孝浩

製作年代が明確な世界最古の印刷物と言われる、宝亀元年（七七〇）の「百万塔陀羅尼《ひゃくまんとうだらに》」以来、日日本には漢字の出版物の長い歴史が存している。平仮名文の出版が本格的に行なわれるようになるのは、活字印刷が本格化する江戸極初期からのことであった。

日本印刷史を語る際に必ず取り上げられるのが、慶長十三年（一六〇八）に刊行された所謂「嵯峨本《さがぼん》伊勢物語《いせものがたり》」である。その美しさや豪華さもさることながら、平仮名書き文学作品として最初の出版物であった上に、図ではなく挿絵が入った冊子版本の初例であったことなどと、日本印刷史上の幾つもの画期的な要素を有する存在なのである。

京都の豪商にして、学識も高く能筆でもあった角倉素庵《すみのくらそあん》によって、主として木製活字を用いて刊行された、豪華な出版物である「嵯峨本」の中で、「伊勢物語」に勝るとも劣らない存在であるのが、「光悦謡本《こうえつうたいぼん》」である。

「光悦謡本」も「嵯峨本伊勢物語」と同じく木製活字本であるが、両者には大きな違いが存している。「伊勢物語」が通常の版本の様に袋綴であるのに対し、「謡本」は綴葉装《てつようそう》（列帖装《れつじょうそう》）であるのである。袋綴は紙の表面だけを利用する簡易な装訂であるが、綴葉装は紙の両面を使用するやや複雑な装訂である。手書きをする際にはそれ程の差はないものの、印刷の場合には綴葉装はかなり手間が掛かるものなのである。

素庵は綴葉装版本の製作に意欲的に取り組ん

だようで、「光悦謡本」の他にも、『方丈記』や『百人一首』に『二十四孝』、また謡本と縁の深い「久世舞」の三十曲本と三十六曲本を確認することができる。嵯峨本以外に目を転じても、『二十四孝』と同じ整版のものとして「光悦謡本」の影響を受けたらしい謡本「元和卯月本《げんなうづきぼん》」や『曲舞集《くせまいしゅう》』の他に、浄土宗や真言宗関係の仏書が確認できる程度である。京都大学図書館に所蔵される、文明十年（一四七八）刊の『声明集』のような極めて特殊な先行例もあるものの、嵯峨本の綴葉装版本はやはり特異な存在なのである。

「光悦謡本」は基本的に百番百帖を一纏まりとし、装飾の異なるものが複数種製作されているので、現存数も多く、現在でも一帖程度の端本を市場で見かけることは珍しくない。『方丈記』のみは七本とやや目立つものの、他は皆一、二本しか確認できない稀少なものであり、「光悦謡本」は量的にも嵯峨本の綴葉装本を代表する存在であると言えるのである。

「光悦謡本」を無心に眺めると写本のように見える。それは袋綴のものを含めた平仮名の古活字本、特に初期の慶長頃のものに共通する性格であるが、謡本特有の本文の傍らの節付の存在は、その印象をより強くするのである（図1）。それに加えて、様々な色を付けた胡粉《ごふん》を厚く塗った具引紙《ぐびきがみ》や、それに版木の模様を雲母《きら》で刷りだした「唐紙《からかみ》」などの高級紙を用いていることや、版本には珍しい綴葉装であることなどが、より一層写本的な雰囲気を醸し出しているのである。

「光悦謡本」を初めとする嵯峨本の綴葉装作品は、「久世舞」を除いて袋綴本の存在も確認されている。このことは、これらの作品が絶対に綴葉装でなければならない訳ではないことを示しているよう。表紙と料紙を比較すると、明らかに綴葉装本の方が高級なものを使用しており、特別な本を製作をしようとしていたことが窺われるのである。

「光悦謡本」が目指していたものを教えてくれそうなのが、国立能楽堂と大和文華館に蔵される、色替わりの唐紙を用いた綴葉装の謡曲写本である。前者は慶長十年（一六〇五）観世身愛《かんぜただちか》の奥書のある

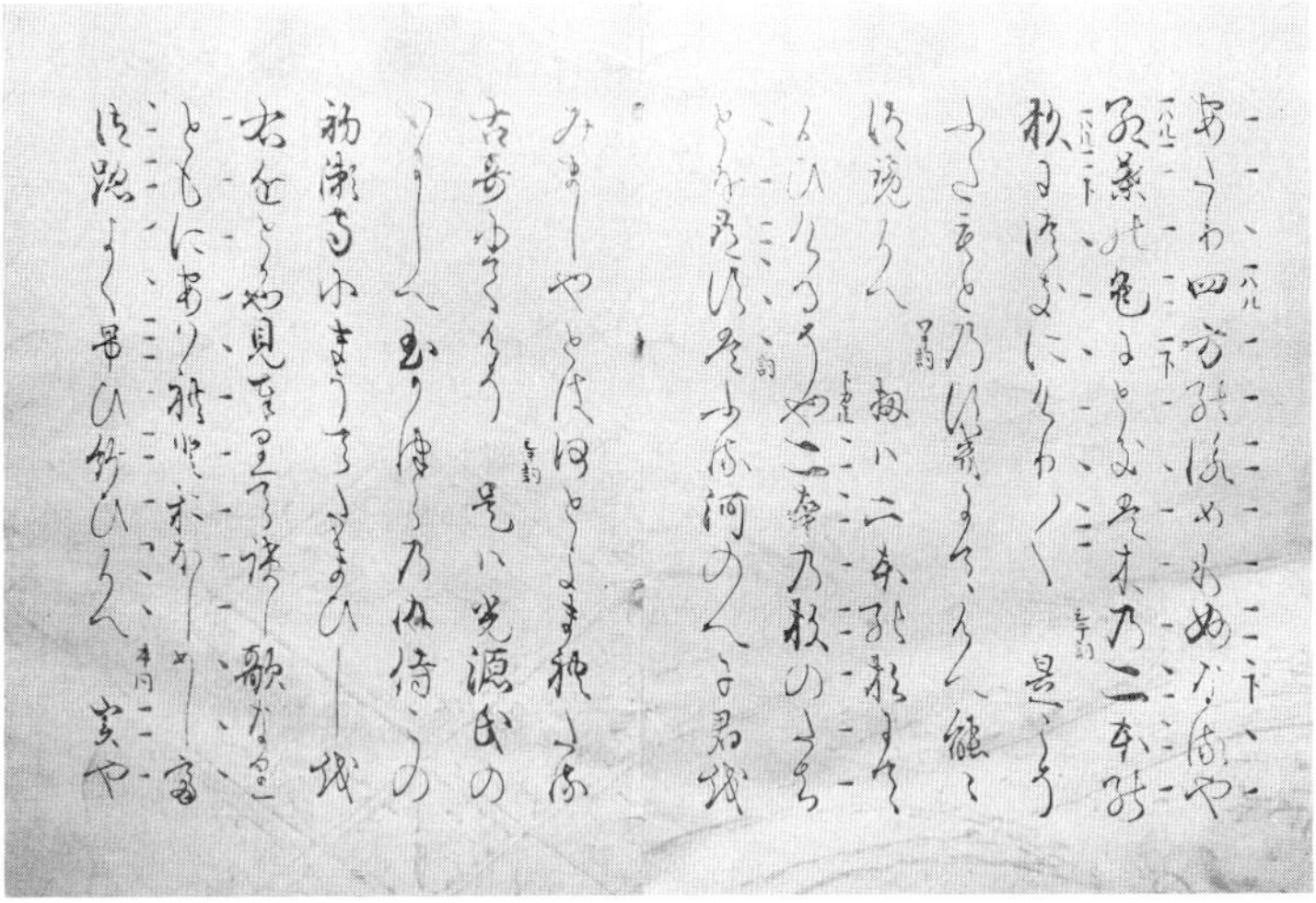

図1　光悦謡本・特装本『玉鬘』（慶應義塾大学附属研究所斯道文庫蔵）

「大原御幸《おはらごこう》」で、後者は同十一年の身愛奥書のある「藍染川《あいそめがわ》」他六帖である。本文は素庵筆との見解もあり、「光悦謡本」との造本面に留まらない高い共通性を有しているのである。

　素庵はこのような豪華写本と見紛うような版本を作りたかったのではないだろうか。具体的な事情は不明ながら、「光悦謡本」にはその謡本の権威を保証するものである能の家元の奥書は存していない。ところが、先にも触れた「元和卯月本」は百番百帖すべてに、元和六年（一六二〇）の身愛改め暮閑《ぼかん》の奥書が筆跡もそのままに模刻されているのである。整版であるだけに写本に似せやすく、暮閑自筆奥書のある写本と並べても区別が付けづらい程である。「元和卯月本」は素庵が直接関与したものではないが、「光悦謡本」がなしえなかった理想を、実現した存在と位置づけることができるのではないだろうか。

　文禄慶長の役により日本にもたらされた、朝鮮半島で発達した活字印刷の技術が、日本の活字印刷の開始に大きな影響を与えたことは疑いない。

漢字と片仮名の活字は朝鮮式のままで問題ないのであるが、楷書の存在しない平仮名を活字化するには、続け書きする数文字を一つの活字にする工夫が必要であった。この「連続活字」は、朝鮮式と時期をほぼ同じくして、キリスト教宣教師によって日本に伝えられた、西洋式の活版印刷術による「キリシタン版」にも認められるものである。「国字本《こくじぼん》」と呼ばれる、袋綴の日本文字の活字本中のそれらは、嵯峨本に先立つものであり、その影響を認める意見は根強いのである。

綴葉装を用いない中国および朝鮮半島には、綴葉装の版本は当然存在しない。国字本には綴葉装本はないものの、キリシタン版のアルファベット活字のローマ字体は、造本も西洋の出版物そのままに仕立てられている。それらは糸のかけ方は綴葉装とはかなり異なっているものの、両面印刷であることに加えて、紙のまとめ方なども共通しているのである。

西洋の印刷術が写本の覆製を目指したものであることは、良く知られていることである。素庵が綴葉装の版本の製作を思い付いた際に、そのような西洋の出版物の意識や技法などを意識していた可能性はないのだろうか。極めて日本的な存在に思える「光悦謡本」は、当時の複雑な活字印刷界の状況を考慮する時、俄に西洋的な色彩を帯び始めるのである。

幾つかの証拠も提示されていれるものの、嵯峨本にキリシタン版が影響を与えたことが完全に立証されたわけではない。しかしながら、この謎の中心に、「光悦謡本」が位置していることは確かなのである。

参考文献

森洋久氏編『角倉一族とその時代』（思文閣出版、二〇一五年）

佐々木孝浩「キリシタン版国字本の造本について——平仮名古活字本との比較を通して」（『斯道文庫論集』五一、二〇一七年）

コラム3　印刷文化・写本文化：②中国

中国の一例

陳　正宏
（陸　賽君訳）

八世紀前後に東アジアで印刷術が興隆すると、まず中国の漢字書写系統、特に写本文化に対するある種の大きなインパクトが生じた。それ以前は、地位の高い経典は石に刻まれる権利を有していたが、それ以外の一般の作者の作品は、主に口から口へと伝えられて転写され、その数も質も作者がコントロールできることではなかった。しかし、五代（九〇七〜九六〇）以降、ことに宋代（九六〇〜一二七九）以降、印刷品――中国の場合は主に木版印刷品を指す――によって徐々にテキストの定本という考え方が現れるようになった。しかも後になればなるほど、作者とくに有名な作家は、写本から版本にいたるプロセス（「付梓」）を自分の作品の定本を流布する重要な手段と見なすようになった。こうした方法が成立したことは、今日に至るまで中国近世文学研究者が中国古籍の版本を研究の最も重要な基礎にしてきたことからも分かる。

だが、もし歴史の現場に戻れるとしたら、写本と版本の関係は「初稿」と「定本」という単純なものとは大きく異なっているはずだ。上海博物館に所蔵されている社交的な作品、詩画合璧巻子『詞林雅集図』をその一例として挙げることができる。

考証によると、この巻子は明の弘治十八年（一五〇五）正月に複数の文人が北京で会合したときの記念品である。まもなく浙江省に赴任する一人の同僚のために、諷詠し、宴を設けて壮行したものだ。引首部分の人物群像を除けば、巻子の画の主要部分に描かれているのは、李夢陽、何景明、王陽明などの参加者が手書きした二十作の詩歌で、詩題はすべて浙江の名所である。(1)宴会の参加者に、正徳元年（一五〇六）奸臣劉瑾が権力者になった後、迫害されて各地に散らばった文臣もいたことを考えると、この巻子は李・何ら文人集団の北京における活動の最後の文字資料だといってよいだろう。(2)

巻子のなかで、諸家の詩の首位に挙げられるのは李夢陽の「銭唐」である。

原文：銭唐八月潮水来、万弩射潮潮不回。使君臨江看潮戯、越人行潮似行地。捷我鼓、旌我旗、君不楽兮君何為？投爾旗、輟爾鼓、射者何人爾停弩。濤雷殷殷蛟龍怒、中有烈魂元姓伍。

読み下し：銭唐八月潮水来たる。万弩潮を射るも潮回《もど》らず。(3)使君江に臨んで潮の戯れるを観る。越人潮を行くこと地を行くに似たり。我が鼓を捷《はや》め、我が旗を旌《はた》めかす。君楽しまざるや、君何為《す》れぞ。爾《なんじ》の旗を投げ、爾《なんじ》の鼓を輟《や》めん。射者何人なれば爾《なんじ》弩を停めん。濤雷殷殷として蛟龍怒る。中に烈魂有り元の姓は伍なり。(4)

八位になったのは、文学史において李夢陽と並んで「李何」と称される何景明の手書きの詩作で、題は「剡溪」である。

原文：溪之水兮幽幽、誰与子兮同舟。舟行暮入山陰道、月蒙蒙兮雪皓皓。千載重尋戴逵宅、溪堂無人夜帰早。乗興而来興尽休、君不見、王子猶。

読み下し：溪の水は幽幽たり。誰か子と与《とも》に舟を同じくせん。舟行きて暮に入る山陰道。月は蒙蒙として雪は皓皓たり。千載重ねて戴逵が宅を尋ぬ。溪堂に人無く夜だちして早に帰る。興に乗じて来たり興尽きて休《や》む。君見ずや、王子猷を。(5)

二つの作品は独立しており内容面での繋がりも薄いが、同じ社交活動の記念巻子に表装されていることから、現実の関連や表現の意図は明らかである。

約二十年後の嘉靖三年（一五二四）、何景明の別集『何氏集』が野竹斎の刊刻で世に出された。上述の「剡溪」はこの刻本の第六巻に収められている。両者を比べると、刻本に収録されているものは詩題に一字を加えて「剡溪歌」とされている以外、作品の本文はそのままである。刻本のテキストが直接写本から書き写されたことは明らかである。しかし巻子本の中の前後関係の照応が失われているため、作品が書かれた背景ははっきりしなくなっている。

明くる嘉靖四年（一五二五）、李夢陽の作品は初めて『李氏弘徳集』としてまとめられ、出版された。先に引用した「銭唐」はこの刻本の第八巻に収められているが、その様相はかなり異なっている。詩題が「射潮引」に変えられただけでなく、テキストも同じではない——

原文：銭唐八月潮水来、蛟龍奮怒濤為雷。天旋地坼不可止、此中雲有鴟夷子。何不張爾弓、挟爾矢、射殺鴟夷潮可止。君不見潮水年々八月来、万努射潮終不回。(6)

読み下し：銭唐八月潮水来たる。蛟龍奮怒して濤《なみ》雷を為す。天旋り地坼けて止む可からず。此の中の雲に鴟夷子有り。何ぞ爾《なんじ》が弓を張り、爾《なんじ》が矢を挟み、鴟夷を射殺して潮を止む可からざらん。君見ずや潮水年年八月に来たるを。万努潮を射れども終ひに回《もど》らず。

それだけではない。刻本『李氏弘徳集』では、この「射潮引」は故意に「詠史」と題された純粋な擬古楽府の組詩に入れられている。前後の古風な作品に囲まれて、写本の「銭唐」が本来持っていた濃厚な現実感や豊かな社交性といった特質は、当然のことながらきれいに消えている。

李夢陽の詩の大幅な修正にしても、何景明の詩が一字一句直されなかったことにしても、異なる二組のテキストを比べると、中国近世文学作品の写本から刻本にいたる著しい変化を見ることができる。つまり、こういうことだ。特定の写本における手稿形態の作品は、多くの場合即興で作られた社交的なテキストであって、他の関係のある手書きされた作品と並べられ、具体的に指し示すものや特定の意味を持っている。しかし、巻子の中から取り出され、個人の別集に編入されると、それはある程度独立した「文」学作品になり、特定の文体（例えば古楽府）レベルで読者に受け入れられ、鑑賞されるほかない。極端に言うと、このような独立した「文」学作品は、印刷によって獲得された伝播効果が大きいほど、原初状態の、当時の実際の創作の境地から遠ざかる。

指摘しておきたいのは、近世中国文学における、このような、写本から刻本に至る、段階的に形成された定本現象は、多くの場合ただ一つの手稿が起点ではなく、作品の印刷出版が終点でもない、ということだ。完璧さの追求や、やむを得ない政治事情などのために、作家たちは往々にして印刷出版前に何度も修正を行い、時には各修正段階の手稿を残す。(7) また同じ別集を重版し、あるいは新たに別集を編纂するとき、すでに「定本」として公開された作品を再修正する。(8) さらには、作家が世を去った後、その親族友人、門下生あるいは愛好者が全集を編纂して刊刻するとき、各種の特殊な理由によって、作品に彼らが合理的だと判断した修正を加える。すでに定本になったはずの作品が、こうして後の刻本において複数の新しい定本を持つことになる。これら写本や刻本の形であらわれた同一作者の同一作品の初稿、定本あるいは定本の定本が、現実には同一である作品の異なるテキストバージョンを形成している。作品の「文」はこうして一種の立体的で多面的な状態を呈することになる。これは中国近世文学史に普遍的に存在し、かつ疎かにされやすい独特な現象であり、今後学術界の真剣な探究に値することである。

注

(1)　この巻子の影印本は『中国古代書画図目』第二冊（コード「濾1—0444」文物出版社、一九九五年）所収。ただ、この影印本には引首の徐霖による題辞がない。この巻子についての考証は拙論「美術世界中的文学文献」を参照。復旦大学中文系編『卿雲集続編』（上海古籍出版社、二〇〇五年）所収。

(2)　この結論は、筆者が野村鮎子教授の招きで二〇〇九年三月五日に奈良女子大学文学部で講演した際、会場におられた松村昂教授にご指摘いただいた。紹介すると同時に、松村教授に感謝申し上げる。

(3)　（訳者注）「射潮」は弓や弩を持って潮を射て退かせることを指す。唐末から杭州に伝わる民間伝説に基く。

(4)　（訳者注）伍は春秋時代呉の伍子胥。伍子胥は何度も夫差を諫めたことで自害を命じられ、屍を馬の革袋（鴟夷）に包んで銭塘江に投げ込まれたが、銭塘江の神となり、毎年白い馬に乗って潮と共に帰ってきたという伝説がある。

(5)　（訳者注）「剡渓訪戴」に基づく。王子猷（王徽之）が雪の夜に船を乗って剡渓にいる友人の戴逵を訪ね、真夜中に出発して朝に着いた。だが、興が尽きたという理由で戴逵に会わずに帰ったという。

(6)　「努」は、別の李夢陽の詩集、明刻『崆峒集』によれば、「弩」の誤字とされている。

(7)　二〇一五年十二月に復旦大学で開催された「文本形態与文学闡釈撰」国際学術研討会議で、筆者は「実物版本、文本版本与古籍的整理——以陳三立早年詩集稿本『詩録』的整理為例」を発表し、この問題について議論した。

(8)　拙論「従単刻到全集：被粉飾的才子文本——「双柳軒詩文集」、「袁枚全集」校読札記」を参照。拙著『東亜漢籍版本学初探』（中西書局、二〇一四年）所収。

コラム3　印刷文化・写本文化：③韓国

「活字の国」の写本

宋　好彬

一　活字の国

韓国は「活字の国」とよく言われる。二〇一六年夏から秋にかけて韓国国立中央博物館が活字に関わる所蔵品を集めて催した特別展の名称も「活字の国、朝鮮（Joseon：The Movable Type Dynasty）」であった。言うまでもなく、韓国は世界最初に金属活字を発明した国である。また、現在残されている金属活字の量は世界最多と言われ、質的にも世界最高のレベルに達している。これは、虚偽でも誇張でもナショナリズムでもない。近世韓国の文献文化の優秀さは、金属活字及びそれによって作られた多様な書籍として表出される。そして、刊本を含め金属活字による文化の発達と隆盛は「近世化」の一つの特徴だと、事実、そう言える。しかし、これは「史実」と言って良いのであろうか。

近世韓国を生きていた人々は、当代を「活字の時代」と認識していたのか。もしもその時代の人々が、「韓国文献文化の歴史的特徴を一言で言ってください」と問われたら「活字の国」と間違いなく答えたのか。近現代にいわゆる韓国学を構築する過程で、文献文化の流れを写本から刊本へ、木版または木活字から金属活字へという風に単線的・発展的な過程で捉え、「文学」により「文」の概念がそのようになってしまったことと同様に、活字を中心にした刊本の概念をもって韓国の文献文化を「上書き」したのではないだろうか。果たして刊本・活字中心の視点から、韓国の文献文化と「文」の概念を充分に述べることができるであろうか。

書籍の刊行において木版が圧倒的な主流であったのは、韓国の前近代を一貫する。近世韓国、即ち朝鮮王朝の中央政府で金属活字によって作られた官版本は、地方官衙では木版本で覆刻、普及された。特に朝鮮王朝後期、地方では坊刻本と木活字本の出版が盛んになった。一方、「版本の時代」といわれる近世にも、写本は活発に生産され、流通した。近世の写本は、その製作の動機、あるいは刊本との関係によって、刊行を目的にした、即ち版刻のための浄稿本としての写本と、刊行を目指さなかった写本とに大別できるであろう。その中で、刊行のために作成されたが、完成には至らずそのまま残された写本が、近世韓国の出版文化の一面をよく見せてくれると考えられる。

二　写本の位置

特に、中国と日本に比べ商業出版が発達しなかった近世韓国は、刊本・活字中心の研究方法では、知の総体としての「文」の実相を把握し難い。知をカタチにした代表的なモノである叢書類の場合、その現状把握にはより注意が必要である。叢書本というと、ふつう版本を意味するように、十八世紀前後には中国と日本では様々な叢書が刊刻されたのであるが、韓国の叢書類はだいたいが写本の形で現存している。即ち、近世東アジアの文献文化において、韓国の写本が持つ価値と意味は、同時代の中国と日本のそれと如何に異なったのかを考えなければならないのである。

その代表的な例が『華東唱《ファドンチャン》酬集《スジプ》』である。韓国の澗松《ガンソン》美術館、日本の東洋文庫、天理図書館、アメリカのハーバード・イェンチン図書館などに散在しているこの編著は、朝鮮王朝末期の訳官であった金秉善《キム・ビョンソン》（一八三〇～一八九一）が、古朝鮮から当代（朝鮮王朝末期）までの韓中両国の文人が互いに記録し交換した漢詩文などを集めた膨大な写本で、総集類ながら叢書的な性格を強く持っている。この本は金秉善の死後、未完・未定稿の状態で、京城帝国大学教授・藤塚鄰《ふじつかちかし》の手に渡った。藤塚鄰は『華東唱酬集』の存在について終に沈黙を守ったものの、自身の研究にその本を十分活用したのである。

金秉善は広範囲な関連文献を聚合して『華東唱酬集』を生みだしたが刊行には至らず、藤塚鄰は散逸するところであったこの膨大で複雑な未定稿を入手し活用することで、『華東唱酬集』を蘇らせた。韓中交流関連における最大の集成で、韓国漢文文献史の最後の一面を飾った本がこの写本である。のみならず、「近代的」学問の方法による前近代韓中交流についての最初の研究の一つがこの写本をもとにしていたのは、韓国漢文文献文化での写本、とりわけ未定稿の位置を象徴的に代弁していると言える。

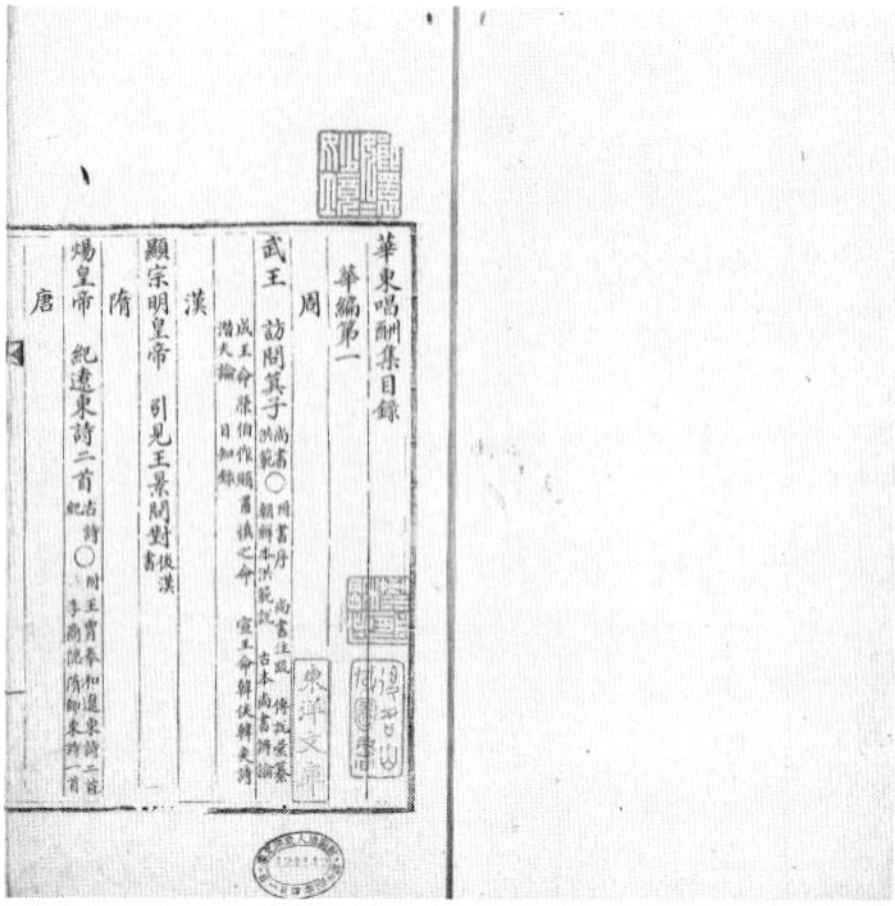
華東唱酬集目録
華編第一
周
武王　訪問箕子
漢
顯宗明皇帝　引見王景問對
隋
煬皇帝　紀遼東詩二首
唐

図1　『華東唱酬集』1-1冊 新目録 巻頭
（日本東洋文庫所蔵）

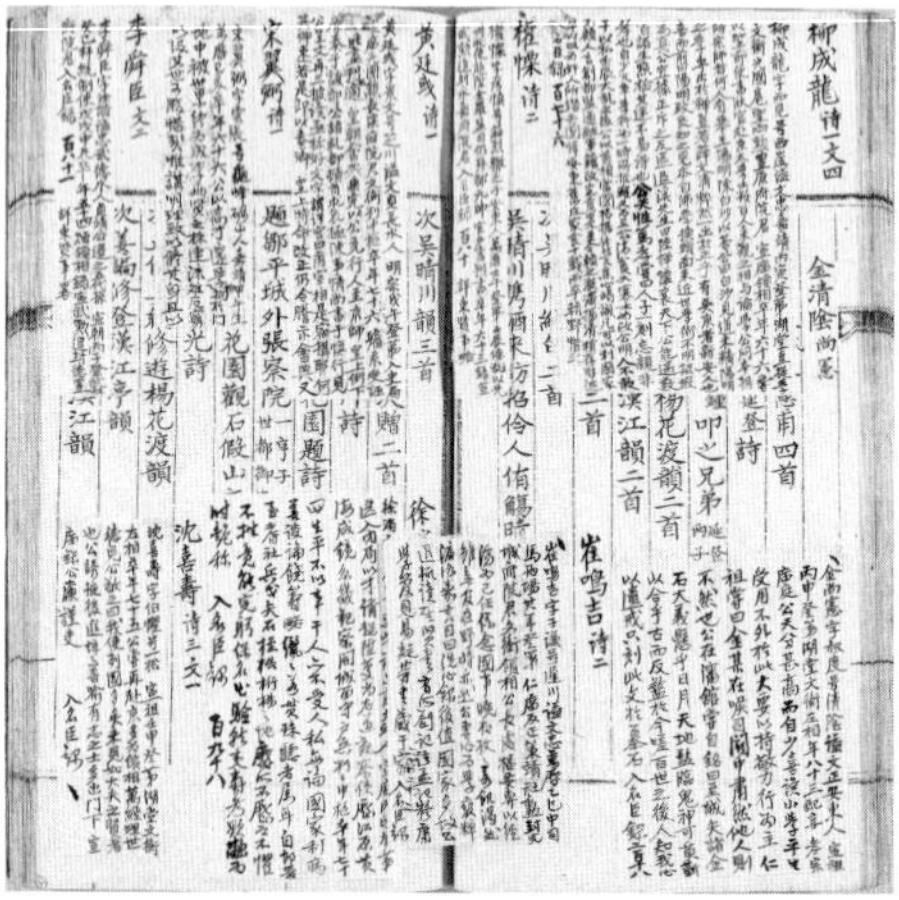
柳成龍詩一文四
黄廷彧詩一

図2　『華東唱酬集』2-1冊　旧目録（日本東洋文庫所蔵）
多くの付箋に収録人物の小伝が書いてある。

三　転写本の意味

なお、写本と言っても、その中で特に転写本は研究者の視野から外れている場合が多い。『華東唱酬集』も形態書誌学・本文書誌学の観点から見ると、一つの大きな「転写本のセット」とも言える。転写本は、原本に比べ書誌学的・文献学的な価値が低く、善本に比定される可能性も高くないのは言うまでもない。『華東唱酬集』も文献学的な本文批判の対象として、原型の再構あるいは原文の復元の過程、そのどこかに位置する文献として扱われるはずであろう。ただ、原本が伝わっていなかったり、まだ見つけられていなかったりする場合、転写本は暫定的ながらも唯一本に準じ、原本に最も近い姿を留めていると認められる。しかしながら、原本が現存したとしても、転写本には、それ自体を含めた諸本、そして原本自体の流伝に関する情報が残されている。

つまり、『華東唱酬集』の転写そのものが、原本の流伝の空白を埋め、諸本の間を繋ぐ証拠や記録となる。そして、現存あるいは発見されていない原本とその流れを推定することができる。例えば、『華東唱酬集』には、訳官であった李尚迪《イ・サンジョク》（一八〇四～一八六五）と清国の文人達が取り交わした絵の題辞を集めた「海隣図《かいりんず》巻十種《かんじっしゅ》」が写されている。この転写は、今までよく知られていなかった「海天《かいてん》思遠図《しえんず》」など、絵と題辞についての多くの新たな情報を発信している。とりわけ、配流中であった金正喜《キム・ジョンヒ》（一七八六～一八五六）が、零落した自身に依然として義理を立てている弟子の李尚迪のため描いて送った、あの名高い「歳寒図《さいかんず》」の成立と伝承についての重要な情報が「偶然」含まれている。これは「歳寒図」の原本を所蔵し、「歳寒図題辞」を始め「海隣図巻十種」に多くの朱墨を施した藤塚鄰にも気づかれなかったのである。

近年、韓国の漢文学研究は外縁が広がる一方、「文学」に限らず文献学的な方法と文化史的な視野を兼ねた研究が盛んに行われている。ただ、このような研究でも依然として、完成した写本（定稿本）または刊本（整版本）の出版と流通を主としているとみられる。しかし、写本、その中でも未定本と転写本を視野に入れてこそ、近世韓国の文献文化の姿を捉えることができると考えられる。何より、近世韓国の漢文文献は、写本と刊本いずれも作家自身ではなく後人の手によって編集・抄略されたものが多く、刊行と流通に関わる記録と情報が十分ではないからである。

第二部

【近代化】——東アジアの「文」から「文学」への道

序章

Wiebke DENECKE　河野貴美子

一　近代化——東アジアの変貌

第二部は、「【近代化】——東アジアの「文」から「文学」への道」と題する。ここでは、「文」の概念の解体と「文学（literature）」の概念の台頭という、前近代以来の「文」のパラダイムの転換と変化を軸に、東アジアの「文」の世界の「近代化」を捉え、考えていく。

十九世紀以降、東アジアはかつて経験したことのない世界の勢力と圧力に遭遇し、大きく変貌する。いうまでもなくそれは、ヨーロッパから押しよせた植民地主義の潮流である。東アジアを数千年にわたり領導してきた中国は、アヘン戦争（一八四〇～一八四二年）、太平天国の挙兵と滅亡（一八五一～一八六四年）、アロー戦争（第二次アヘン戦争、一八五六～一八六〇年）という未曾有の大事件を経て、不平等条約の締結を余儀なくされ、その体制は瓦解した。一方、

「大日本帝国」を称して「近代国家」建設への歩みを急速に進めた日本は、日清戦争（一八九四～一八九五年）そして日露戦争（一九〇四～一九〇五年）に勝利し、韓国併合（一九一〇年）、日中戦争（一九三七～一九四五年）、太平洋戦争（一九四一～一九四五年）へと突き進んでいく。東アジアにおいて長きにわたり維持されていた「中華朝貢体制」の崩壊と、にわかに東アジア最強の近代国家として飛躍的に上昇した日本の力によって、東アジアのパワーバランスは劇的に逆転することになった。

東アジアにおける世界観は、根本的な変更を強いられた。漢字漢文文化を共有し、一つの「天下」として存在してきた東アジアは、西洋に対する「東洋」として新たに認識されるものとなった（津田左右吉『支那思想と日本』（一九三八年）等を参照）。そして日本も、中国も、韓国も、西欧からの強大な圧力を否応なく受け――中国と韓国においてはそれに加えて帝国日本の侵略が重なり――それぞれがアイデンティティーの危機に陥った。それではその中で「文」は、いかに機能し、いかなる役割を果たしたのか。

東アジアの知の基盤、知の体系としてあった「文」は、「近代化」の荒波の中で、その意義が見失われていった。西洋に対抗し、新たな国民国家、民族国家を樹立することを目指した東アジア各国は、「近代化」のための枠組み、あるいは仕組みとして、西洋のモデルを取り入れざるを得なかった。西洋を超越するための方法は、西洋に学ぶしかないという状況であったわけである。そしてそうした思考、判断を支える知の体系もまた、西洋の多大な影響のもと、再構築されていくこととなった。それこそがまさに、東アジアにおける「文」から「文学」への大きな転換にほかならない。

なお、本書第一部では近世東アジアの特徴を示すものとして、低調なモビリティということをあげた。しかしながら、それとは対照的に、近代の東アジアにおいては、人びとや情報がきわめて活発に展開する。それは、インフラストラクチャーの整備によるのみならず、日本の植民地政策も大きく起因している。とりわけ注目しておきたいのは、近代の歴史に名を残す多くの中国、韓国の知識人が日本へ留学していることである。例えば中国の魯迅や周作人、韓国の尹東柱《ユン・ドンジュ》、鄭芝溶《チョン・ジヨン》など、枚挙に遑がない。また東アジアを越えて、欧米への留学、視察、欧米からの渡航、派遣など、各国各地域間の多様な移動や情報の伝達は、従来にはなかった社会のシステムを作り上げていく。

以下、第二部における主要な論点について、あらかじめ見渡しておくこととしたい。

二　国語・国文と近代的な「文学史」の登場

近代国家を建設するための、知と頭脳をいかに養成するか。それを実現すべく、日本は西洋をモデルとする新しい教育制度の構築を進め、やがて中国、韓国も科挙を廃し、新たな教育機関を立ち上げた。

国民国家の建設を目指す教育機関では、学問の根幹を支える国家のことば、すなわち国語・国文が創出されなければならなかった。そしてそれを教育するテキストとして、一八九〇年に三上参次・高津鍬三郎によって編纂されたのが『日本文学史』上・下巻（金港堂）であった。

これは、東アジアで書かれた初めての「文学史」としての画期を開くものであった。それは、従来の「文」の体系から離れ、ヒエラルキーを崩し、西洋の「文学」や「文学史」の概念を参照しつつ、演劇や物語といったポピュラー文学を「文学」として前面に打ち立てる一方、漢詩文については、それが「国語」ではなく「民族精神」を表すものではないため排除する、という方針をとる。また、漢文学のみならず、日本の伝統の和歌でさえも、物語に座を譲り、平安時代の章の中で最後尾の位置に甘んじさせられている。

こうした「国文学史」に対しては、批判もあった。興味深いのは、自身も『日本文学史（*Geschichte der japanischen Litteratur*）』（一九〇六年）を執筆したドイツの日本学者カール・フローレンツ（Karl Florenz）が、漢詩文を無視する三上・高津の『日本文学史』に対して厳しい異論を唱えていることである。また日本では、例えばフランスのフランソワ・ギゾー（François Guizot）の『ヨーロッパ文明史（*History of Civilization in Europe*）』（一八二八年）やイギリスのヘンリー・バックル（Henry Buckle）の『イギリス文明史（*History of Civilization in England*）』（一八五七〜一八六一年）の影響を受けた田口卯吉の『日本開化小史』や、風俗史、思想史、美術史など全般に取り組んだ藤岡作太郎など、より広い「文」の概念を構築してみせようとする「文明史」執筆の試みもみられたが、以後「文学史」は専ら狭義の「文学」概念によるものが今に至るまで続く。

そして、近代中国、韓国の「文学史」もまた、全て日本のものをモデルとして作られていくことには、改めて注意したい。東アジアにおいて「国文学」の名のもとに綴られたのは、実はいずれも近代西洋をモデルに改編された「文学史」であったわけである。ただし、中国については日本人による「中国文学史」が先行して執筆される（古城貞吉『支那文学史』（一八九七年）等）のとは対照的に、日本人による「韓国文学史」はなく、韓国の最初の文学史は安廓《アン・ファク》による『朝鮮文学史』（一九二二年）であった。これは日本において中国文化が一貫して参考（レファレンス）されるものであったのに対して、隣国である韓国の文化、文学については冷淡あるいは無関心であったことを象徴的に反映していよう。そしてこのことは、本書が中国のみならず韓国の状況をもとりあげ、東アジアの「文学」を捉えることを試みようとする問題意識にもつながることである。

三　新しいメディアと言語改革

近代の「文学」形成において不可欠であったのは、新しい教育制度とともに、新しいメディアの存在であった。

新聞や雑誌はいずれも西洋から東アジアにもたらされた新しいメディアであった。この新しいメディアは、広く個々人に情報を伝達しうるのみではなく、個々人を情報によって集団化、共同体化していく作用をも有していた。したがって、それはまた、「国民」の形成にも重要な役割を果たしたのである。

しかしながら、メディアを社会の中に位置づけるためには、そこで用いられる「言語」が多くの人びとに共通して理解されるものである必要がある。言文一致、白話文、国漢文やハングル文など、一般大衆を読者とするために、言語表記、文体の試行錯誤が、日本、中国、韓国、それぞれにおいて行われたのである。新聞、雑誌というメディアは、新しい知識を人びとに伝える役割を果たしたと同時に、新しい文体、新しい「国語」表記法を作り出しつつ、国家の力となる国民を養成することに寄与したともいえるのである。

四　小説の役割

西洋モデルの「文学」が東アジアに与えた影響の中で、最も重要な役割を果たしたものは小説であろう。東アジアの近代の「文学」を考察するこの第二部において、小説がかくも頻出するのはなぜか。

それは、かつて梁啓超も喝破したごとく、西洋において「小説は文学の最上乗」であり、社会・政治の維新や革命を推進するためには欠くべからざるツールであったからである。また小説は、思想や感情、生活を自由に描き、民族の精神や民族性を表すことが可能なツールでもある。

小説は、新聞や雑誌という近代メディアを相性の良いパートナーとして、広く大衆の心をとらえるものとなったのである。そして小説の言語もまた、多数の読者を獲得するために、「国語」を実験するものとなった。

ここで韓国の例をあげてみたい。

韓国で書かれた最初の新小説は、一九〇六年に発表された李人稙《イ・インジク》（一八六二〜一九一六）の『血の涙』である。言文一致への問題意識のもと、はじめハングルで書かれた当該作品は、新聞に連載されるにあたり漢字を併記する表記に改められた。また、韓国の近代文学初期を代表する李光洙《イ・グァンス》は、さまざまな文体による執筆を試みているが、ハングル小説『無情』によって、知識人と大衆読者双方から絶大な支持を得ることとなった。そして象徴的であるのは、李人稙にせよ、李光洙にせよ、いずれも日本への留学経験があることである。モビリティの時代に、近代メディアに乗って、新しい言語を模索しながら、東アジアの小説はさまざまな社会階層の読者へと作用していくものとなったのである。

五　戦争と「文学」

冒頭にも述べたように、近代東アジアについては、戦争を抜いて考察することはできない。西洋との戦い。そして帝国日本と中国、韓国、台湾の戦い。戦争と植民地主義は、さまざまな題材となって「文学」を生み出し、あるいはまた、「文学」が宣伝、プロパガンダとなって対立や戦いの精神をいっそう醸成する場合もあった。また戦争と植民地主義は、文学の空間をも作り出すものとなった。二十世紀前半の中国においては、国民党統治地区、共産党根拠地区、日本軍占領地区に分裂し、満州に移った朝鮮人の文学も出現した。

戦争は、個々の民衆を巻き込み、いかなる人びとをも「平等」に当事者にしてしまう。本書では、近代東アジアの戦争と「文学」との関係を、複数の視点から改めて捉え直していく。

六　近代「文学」のパラダイム

西洋の経済力や技術力は、東アジアにとって、それ以前の長い歴史が形成、継承してきた知の体系や世界観を一変させる大衝突のごときインパクトをもたらした。西洋のヘゲモニーは、東アジアに深い劣等感と苦痛を与えるとともに、東アジア各国がそれまで思い至らなかった自意識を呼び起こし、西洋を超克しなければならないという希望や使命感をもたらすこととなった。東アジアの「近代化」は、それを原動力として推し進められたといってよかろう。

そして、「近代化」を思考するための、知の基盤、知の体系もまた、西洋の枠組みや仕組みを拠り所として、新しく構築されることとなった。その結果として、ことばや「文」の「近代化」がはかられ、「文学」へのパラダイムチェンジが起こることとなった。

近代以前、東アジアにおいては、漢字漢文が共通の知として存在した。それは、近代以後も消滅したわけではなく、例えば二十世紀初めの日本の新聞メディアには漢詩欄が設けられてもいた。しかしながら、国民国家形成の命題のもと、「国語」ならぬ「漢文」を用いることを否定する判断がはたらいたことは、「文」の伝統を崩壊させる結果となった。また韓国においても「同文」への抵抗感から「漢文」との距離が置かれるようになった。そしてさらには中国においても、「近代化」の目標を達成するために、伝統への価値観がゆらぎ、「文」の基盤が継承されなくなった。

二〇〇〇年の長きにわたり、東アジアに共有され、共用されてきた漢文による知の体系、知の基盤は放棄され、今やすでにそれを取り戻すことはきわめて困難な状況にある。しかし、重要なのは、むやみに過去の知に回帰することではなかろう。より重要なのは、西洋の枠組みを用いながら「近代化」をはかり、国家建設を目論んだ日本、中国、韓国が、それぞれに「小西洋」を超えて、何を目指し、何を達成してきたのかを、冷静に自覚し、捉えていくことではないか。そう考えるとき、問題として浮かび上がってくるのは、かつては「文」を共有していた東アジアにおいて、今なお、知や文化について対話することを可能にする新たな共用語がない、という事態であろう。かつて東アジアに共有されていた「漢字」という書記言語は、東アジアに「普遍」のものではなくなっている。一方、「国際化」の名のもとに大いに推進されている「英語」も、それによって東アジアの人びとの対話が可能というレヴェルには至っていない。東アジアの「文」の世界は、未来にいかなる遺産を残しうるのか、その答えはまだ出ていない。

◆第一章…国家、社会と「文学」…①日本

移動の時代の日本文学――交通革命と空間、情報の再編

日比嘉高

一 「交通革命」と知の流通

本章では、近代日本における「文／文学」の展開と変容のようすをたどる。切り口とするのは「交通革命」による日本の空間的な再編と、「文／文学」の流通である。明治から大正、昭和へという近代日本の歩みは、植民地・移民地への侵出を含む、地理上の拡張と人々の生活圏の越境的拡大と切り離せない。内地・外地における近代化の進行が、人々の知の形を変え、想像力に変化をもたらし、植民地帝国としての近代日本の「文／文学」を形作った。

このプロセスを追うために、本章では鉄道や船舶という近代的な運輸交通の社会基盤《インフラストラクチャ》、郵便制度と書物の流通網、書生社会と雑誌メディアの広がりを概観しながら、内地・外地をまたぐ「文／文学」の展開を記述する。

二　鉄道輸送と近代運輸システムの登場

本節では、近代日本の「交通革命」のうち、鉄道網に関わる部分を駆け足でたどる。横糸として、北陸地方をその出自とし、後に全国的な新聞・書籍雑誌取次会社にまで生長した北隆館の足跡を参照しよう。

北陸地方は関東、関西の大都市から距離がある上、中部山岳地帯によって太平洋側の諸都市から隔てられているために、情報の伝達に時間のかかる土地柄だった。一八九一年、福井、石川、富山の主立った新聞雑誌書籍取次業者たちが、東京の新聞の普及と雑誌書籍の取り扱いを目的として共同仕入れのための出張所を設けることになった。後に戦前の日本を代表する四大取次の一角北隆館に生長する、北国組出張所の出発である。

北隆館の革新的な商売と成長を可能にしたのは、鉄道というテクノロジーであり、鉄路の延伸と連動しながら再編されていった陸送運輸業である。明治期の鉄道は「兵商二途」すなわち軍事的機能と経済的機能という二つを鉄道の基本的な輸送機能として並列させるという方針のもとに発展した。新橋─神戸の全通が一八八九年、上野〜青森が一八九一年と、一八九〇年代には早くも長距離鉄道輸送と、補助的道路輸送という近代的な陸運体系が形成された。

鉄道は植民地とも接続する。たとえば朝鮮半島の場合、一九一〇年の日韓併合以前から、すでに京城（ソウル）と仁川をつなぐ京仁鉄道が一九〇〇年に開業、日露戦争の最中、京城─釜山間の京釜鉄道の完成も急がれ一九〇五年に開業する（釜山草梁まで）。同年には下関―釜山を結ぶ関釜連絡船が就航し、京釜鉄道と東海道線、山陽線、九州鉄道線との連帯運輸が始まる。一九〇八年には釜山駅から中国国境の新義州駅までの直通列車の運行が始まり、一九一一年には鴨緑江にかかった橋梁が完成。これによって朝鮮半島と中国東北部とが直接鉄路で結ばれた。これは内地から発した旅客や貨物が、途中、関釜連絡船をはさんで、鉄道によって中国東北部へ、さらにはシベリア鉄道に乗り換えるならヨーロッパまで到達できる時代が来たことを意味した。

鉄道は国民国家としての近代日本を形成していく基盤的構造であったと同時に、その最初期から国際的なネットワークへの接続をその機能の一部に組み込んでいた。鉄道は国内の運輸を担ったが、同時に港湾から輸出入される物資・人・情報の輸送も行った。北陸館が利用した北陸線も、いち早く一八七九年に敦賀―長浜が開通している。満鉄も、満洲国内の線路網の一元化を推進しただけでなく、中国沿岸の海運との接続とシベリア鉄道線との連続性を意識し、グローバルな人と物の流通網の中に自身を組み込もうとしていた。

三　航路の拡大と自動車輸送

幕末に開港が決まってすぐ、米国やイギリスの国際航路が日本をそのルートに加えはじめる。蒸気船と通信手段の技術革新による「交通革命」が、極東の地政学を急激に変容させていく。経済的・軍事的観点から海上輸送の重要さを認識していた明治政府は、巨額の補助金と行政措置によって、三菱会社（のち日本郵船）と大阪商船を強力に援助し、沿岸および近海の権益を防衛する。

日本近辺の航路に目を向けると、日本船の朝鮮航路への本格的な進出は、日露戦争後、半島で植民地化が進行する時期であった。日韓航路は大阪商船が独占的な地位を持ち、大阪―仁川線、大阪―北韓線などを増強して支配を強めた。一八九六年には大宅七平によるウラジオストック航路、一九〇五年には大阪商船による大連航路も開設されており、ロシア極東と中国東北部との便船も行き交うようになっていた。台湾は各地域がそれぞれ独立的に中国との対岸貿易を行っていたが、日本政府はこれを遮断し、日本船による航路のネットワークに組み込みつつ、同時に台湾縦貫鉄道（一九〇八年全通）によって島内の陸運の再編も図った。一八九六年に台湾向けの船は、大阪商船の神戸―基隆線がはじめとなり、日本郵船もすぐに同じ航路を開設した。

次の輸送革命は、自動車の登場によって起こった。書籍取次で最初にトラック輸送を導入したのは北隆館で、一九一四年のことであった。不景気によって採算が合わずいったんは休止するが、一九一九年ごろから急激に所有台数を伸ばしていく。他の取次会社も同様であった。

四　知と情報の循環系――郵便と出版流通

先に引用した北隆館の社史は競争相手として郵便逓送に言及していたが、大規模書店が身近にない地方の読者たちや、遠隔地の顧客をもつ出版社や小売書店にとっては、書籍雑誌の郵送は命綱だった。日本の郵便制度は、前島密らによる欧米の郵便制度の調査にもとづいて急速に近代化が図られ、一八七一年三月に東京―大阪間で新式郵便の試行が行われたあと、翌一八七二年七月には曲がりなりにも全国的な郵便網が稼働を始める。

郵便制度もまた、国内の情報基盤であると同時に国際的なネットワークへの接続をあらかじめその仕組みの中に備えていた。日本だけでなく、イギリスやフランス、アメリカなどが国際航路に莫大な政府補助金を出してきた背景には、情報競争の観点からする郵船便の重要さがあった。国際航路は政府の外交文書や企業の信書、取引相場の情報などをいち早くやりとりするための情報伝達システムの基盤そのものだったのである。

郵便制度よりもさらに「文/文学」の産出の現場に近い社会的システムが、新聞書籍雑誌の流通制度である。江戸期の出版の業態においては、本を作る出版業者が、そのまま本を売る小売業者を兼ね、取次業者の役割をも果たしていた。明治期に入り、これらが次第に分業するようになる。

明治末には、東京堂、北隆館、東海道、上田屋書店、良明堂、至誠堂という六大取次と呼ばれる大取次が地位を固め、いくつかの大取次が廃業や統合をしながらも、雑誌取次業を寡占することによって圧倒的な力を持つようになっていく。書籍雑誌の定価売り、各種関連組合の整備および全国組織の誕生など、さまざまな出版業界の体制整備は、これらの大取次と大手出版社との連携によって押し進められていった。

書籍や雑誌の流通は、「文／文学」を必要な読者・作者の元へ届ける情報の回路である。国境を越えた書物の流通網が、植民地帝国日本の知と情報の循環系となっていたことを、書店という存在から見てみよう。

たとえば洋書の輸入業者、丸善。海外とりわけ西欧から日本への「文／文学」に関わる新情報の流入は、丸善の存在を抜きにしては語れない。田山花袋は「十九世紀の欧洲大陸の澎湃とした思潮は、丸善の二階を透して、この極東の一孤島にも絶えず微かに波打ちつゝあるのであつた」と振り返った（『東京の三十年』博文館、一九一七年六月）。

同じような知の源泉としての書店は、帝国の各地に生まれ出ていた。台北なら新高堂書店、台中なら棚辺書店、京城なら大阪屋号書店京城支店、日韓書房、釜山なら博文堂、満洲には大阪屋号書店の支店群、樺太には近江堂、サンフランシスコの五車堂、サンパウロの遠藤書店など、大手書店が豊かな品揃えを誇り、内地からの新刊書を頻々と取り次いでいた。外地専門の取次、大阪屋号書店の活躍もあり、東京堂などの元取次、九州や関西系の取次会社も外地へ進出していた。新刊書・新刊雑誌だけではない。古書の流れもあり、ゾッキ本（見切り品などの新古本）の流れもあった。知の水流は、帝国の諸都市を駆け巡っていた。

戦前における書籍流通の最後の大きな組織的転換点は、戦時体制の中で実現したいわゆる戦時下の「出版新体制」である。これにより、洋紙販売―出版―取次―小売という業界四者のそれぞれにおいて国家による統制的組織へと急激に改組が行われていった。

五　移動の中の文学と、帝国の「文」のヒエラルキー

近代日本における「文」の創造活動は、「書生」「学生」という新しい階層とその階層の出身者によって主に担われるようになる。近代的な教育制度の整備によって層として登場した新しい知識人たちは、明治二十年代にはっきりとその姿を現した。一八八七年、中等学校程度以上の学力レベルの青年は、東京だけで六万人、地方もあわせると十万人に達していた。

日本の文学史を振り返ってみれば、著名な作家・批評家のほとんどが高等教育を受けており、例外は松本清張、吉村昭、池波正太郎など数えるほどしかいないことがわかる。高等教育がそのまま文学を生み出すわけではないが、高等教育が近代における「文」「文学」を産出する相当に有力な苗床として機能してきたことは明白である。近代文学の出発の一つが、坪内逍遙の『一読三歎当世書生気質』であったことは偶然ではない。そして近代の教育思想と制度のもっていたジェンダー的に不均衡なあり方が、「文」「文学」を生み出す仕組みにもまた濃い影を投げ続けたことも忘れてはならない。

書生・学生たちの知的欲求に応え、また彼らが産出した「文」を流通させる場ともなったのが、雑誌という近代の新メディアだった。「書生社会」が誕生した明治二十年代以降、各種学校の校友会雑誌や、『国民之友』など商業出版社の論説雑誌や『太陽』などの総合雑誌、『文学界』『明星』などの文学雑誌、『文庫』や『新声』といった投書雑誌、『小学世界』『中学世界』などの学生向け雑誌が続々と刊行され、規模こそ異なるものの地方においてもローカルな雑誌の出版活動が広がっていく。

高等教育との関連でいえば、『帝国文学』や『早稲田文学』『三田文学』など高等教育機関と深い関係を有した文芸誌も文壇の潮流を作り、新しい作家たちの揺籃となった。

重要なのは、こうした雑誌は単に刊行当該地のみで読まれていたのではないということである。たとえば明治中期以降に活発になった投書雑誌、投書欄の特徴として、投書家の住所を記載する習慣があった。この情報をもとにして、青年たちは互いに手紙や雑誌をやり取りし、同好のネットワークを拡げていったのである。もちろん、こうした人のつながりを支えたのは、前節までで整理したような輸送や郵便、書物取次などの社会基盤の整備であったことは言うまでもない。

明治二十年代以降、春陽堂の『新小説』や博文館の『文芸倶楽部』など、有力な商業的文芸雑誌も創刊され、著名な文学者が文壇的エリートとして認知されていくが、こうしたエリート文士たちの存在の背後には、文学趣味をもち活発な同人活動や記事投稿を行う学生＝アマチュア文士たちの存在があった。そうした地方の文学青年たちの悲喜は、田山花袋の『田舎教師』などの作品の中に刻まれている。花袋は博文館の投稿雑誌『文章世界』を長く編集し、青年たちの文と熱に向き合い続けた作家だった。なお、付言すれば明治期のエリート文士たちは金銭的側面においては職業的自立を果たせておらず、島崎藤村のような例外的な場合を除き、ほとんどが新聞社や出版社、雑誌社に雇用される形で生計を立てていた。文士たち——といっても主に小説家だったが——が筆による経済的自立を果たすのは、大正期に入って読者人口の拡大とともに出版産業の利潤が増大し、文士たちの原稿料が上昇して以降のことである。

六　帝国の「文／文学」のヒエラルキー

空間のスケールをさらに拡げて、植民地帝国としての日本にまで範囲を拡げると、「書生社会」は海を越えて広がっていたことが見えてくる。明治期の渡米熱の結果として、十九世紀末から北米の太平洋岸の諸都市、シアトル、サンフランシスコ、バンクーバーなどの日本人街に書生のコミュニティが形成された。日本語新聞や雑誌が創刊され、文学的な活動も活発に行われていた。翁久允《おきなきゅういん》など移民地で活躍する文学者が現れ、若き永井荷風が『あめりか物語』を書いたりもしている。

北米やハワイ、あるいは南米など移民地の書生たちは、その多くが日本で中等高等教育を受けた後、渡航した。一方、台湾、朝鮮半島、満洲、樺太にあった植民地都市には、中等高等教育機関が置かれ、在外日本人や現地民族を対象とした公的教育が行われた。内地で教育を受けた後に移動したものもいたが、これらの植民地においては書生・学生はその土地で生まれ出る環境が整えられていた。

大都市には高等教育機関や出版産業、図書館、書店などが集中し、教師、学生、文学者、ジャーナリストなど知識人・言論人が集住する。この意味で、文学は大都市との密接な関係の中で生まれ出る環境的必然性をもつ。帝都東京を先頭としながら、植民地都市を含む各地方の大都市圏――札幌や仙台、名古屋、京阪神、広島、福岡、台北、京城、大連、新京、上海などがそれぞれの歴史を背負いながら都市文化を花開かせ、文芸活動が生まれ出た。とりわけそれは、一九二〇～三〇年代のモダニズム時代に顕著である。川端康成の『浅草紅団』、横光利一の『上海』、あるいは江戸川乱歩らの探偵小説など、都市を主役とするかのような小説も生み出された。モダニズム詩の展開において先駆的な役割を果たした安西冬衛らの詩誌『亞』は大連で生まれた。複数の大都市で展開した文化の広がりと多様性こそが、近代日本の文学的な厚みをなしている。

一方同時に、中央文壇と地方文壇の間、そして中央文壇と植民地文壇の間には明確なヒエラルキーがあったことも忘れてはならない。菊池寛の中篇「無名作家の日記」は、菊池自身の挫折体験をフィクション化しながら、一高から東京帝大へ進み、漱石の知己を得て、中央文壇へと乗り出していく友人柳井（芥川龍之介がモデル）への激しい嫉妬を、京都帝国大学と関西の文学サークルの中で不本意な生活を送る作家志望の「俺」の日記の形で描き出す。

一九三〇年代になると、日本型の学校教育と、しばしばそれに続く内地留学によって、高度な日本語運用能力を身につけた台湾人——いわゆる〈日本語世代〉——の文学グループの活動が活発になる。この中から楊逵《ようき》のように内地の文芸雑誌（『文学評論』一九三四年）で文学賞に入選する作家も現れる。朝鮮からも同様に内地の懸賞を受賞する作家が現れた。張赫宙《ちょうかくちゅう》が一九三二年『改造』懸賞創作二等に選ばれたのである。

こうした植民地出身の日本語作家たちの登場は、帝国日本の支配の深化であり、中央文壇の価値観やヒエラルキーへの植民地作家の従属という面があるのは確かである。ただし、一方でこれらの作家と作品は一様ではなく、内地文壇の受け取り方もさまざまである。反植民地主義的な細部を作品内に織り込んで国際的なプロレタリア思想の展開に呼応していたり、日本語創作を介して「世界」への通路をさぐる志向をもっていたりもする。もちろん、それぞれの文壇において、現地語の文学世界——植民地当局の禁圧のさなかにあったが——との連続性もあったことはいうまでもない。

七　移動と出会いの中の「文／文学」——転移・示差・接触領域

「交通革命」による空間的再編と知と情報の循環系に着目して考えると、「文／文学」の創造の場にどのような特徴が見出せるか、そしてそれが「文／文学」の想像力にいかなる特質を与えるのかを示してみたい。〈転移〉[1]、〈示差〉、〈接触領域〉という三つのキーワードを用いてみよう。

本国の制度・文化と、植民地の制度・文化とは単なるコピーの関係ではない。法制度にしても技術にしても統治や経営のシステムにしても、さまざまな制度・文化が本国と植民地の間を〈転移〉し、適用され、ローカライズされていく。「文学」もまたそうした文化の一つである。

一方〈示差〉とは、「差異化と均等化との弁証法的な緊張関係」であり、これによって資本主義は空間を編成していく（ソジャ　二〇〇三）。資本主義だけではない。文学の思潮もまた、均質化と差異化の弁証法の中で展開する。プロレタリア思想にしても、私小説的創作法にしても、文芸思潮の流行は一面で均質化を進行させるが、同時に資本主義の論理と創作の独自性の競い合いの中で、差異化が起こる。受容する地域文化がもつ土台のあり方に応じて地域や言語独特の展開もしていく。

また近代日本における知と情報の循環系の拡大は、広域化した帝国内外の人の移動が作り出すさまざまな〈接触空間〉(Pratt 1992)の経験と交差しながら、多民族・多言語による「文／文学」の空間を創出した。留学生の経験、多民族社会の格差と差別、外地生まれの日本民族作家のアイデンティティのゆらぎ、「通訳」「翻訳者」という媒介者の二重性、従軍・移住・観光・引揚げなど、移動と接触がもたらす興味深く、そしてしばしば苛烈な経験が、近代の「文／文学」の世界に実りと傷跡を残していく。

第二次世界大戦後への見通しを述べるならば、近代以後＝植民地以後としての現代文学は、こうした移動と接触の記憶の忘却のプロセスであり、また忘却への抵抗の試みだと言える。従軍や被災、疎開などの戦争の記憶や、在日コリアンなどのマイノリティの経験を描く作品を読めば、現代の読者も、過ぎ去らない近代の軋みの音を聞き取ることだろう。

注

(1) 山室信一(二〇〇六)に示唆を受けた。ただし、制度・文化が移動しながら変容していく面をより強調するため、〈転移〉を用いる。

主要参考文献
和泉司『日本統治期台湾と帝国の〈文壇〉──〈文学懸賞〉がつくる〈日本語文学〉』(ひつじ書房、二〇一二年)
キンモンス、E・H『立身出世の社会史──サムライからサラリーマンへ』(玉川大学出版部、一九九五年)

小風秀雄『帝国主義下の日本海運――国際競争と対外自立』（山川出版社、一九九五年）
ソジャ、エドワード・W『ポストモダン地理学――批判的社会理論における空間の位相』（青土社、二〇〇三年）
朝鮮総督府鉄道局編『朝鮮鉄道史』（朝鮮総督府鉄道局、一九二九年）
長尾宗典『〈憧憬〉の明治精神史――高山樗牛・姉崎嘲風の時代』（ぺりかん社、二〇一六年）
中野目徹『政教社の研究』（思文閣、一九九三年）
西澤泰彦『図説満鉄――「満洲」の巨人』（増補新装版、河出書房新社、二〇一五年）
原田勝正「鉄道の開通と地域社会」『講座・日本技術の社会史8　交通・運輸』（日本評論社、一九八五年）
日比嘉高『ジャパニーズ・アメリカ――移民文学・出版文化・収容所』（新曜社、二〇一四年）
廣岡治哉『近代日本交通史』（法政大学出版局、一九八七年）
Mary Louise Pratt. *Imperial Eyes: Travel Writing and Transculturation* (London: Routledge, 1992)
山室信一「出版・検閲の態様とその遷移――日本から満州国へ」（『東洋文化』八六、東京大学東洋文化研究所、二〇〇六年）
山本芳明『文学者はつくられる』（ひつじ書房、二〇〇〇年）

◆第一章…国家、社会と「文学」：②中国

「大いなる時代」の「中国近現代文学」(1)

王　暁明
(楊　駿驍訳)

はじめに

一九二七年の冬に、魯迅は次のように書いた。「中国はいま、大いなる時代に向かう時代にある。しかしこの大いなるというのは、必ずしもそれによって生がもたらされることを意味するわけではない、死がもたらされることもありうる」(2)。

龔《きょう》自珍《じちん》、曾国藩《そうこくはん》の二世代以来、中国人は受動的な「近代化」の道を一五〇年間歩んでいる。いくつかの指標——例えば都市化と宇宙探索技術——から見れば、今日の中国はかなり「近代的」であるが、いくつかのより重要な側面——社会制度、「人の心」、生態環境、世界のほかの地域との関係——の状況は、中国が真の意味で「近代性」の難題（アポリア）を解決していないことをはっきり物語っている(3)。ちょうど道なき土地を苦しみながら探索する人のように、中国は、最大の希望でもあり、最大の危険でもある峠にさしかかっているようだ。社会内部のさまざまな根の深い衝突、それらが体現している世界全体の「近代化」の矛盾は(4)、いずれも激化しはじめている。私たちは今まさに魯迅の言う「大いなる時代に向かう時代」の先端に立っている、というよりすでに「大いなる時代」に片足を踏み入れているのだ。

中国の「近現代文学」は、このような「大いなる時代に向かう時代」の中で誕生した。それゆえ世界的な意味を持つ特徴を備えている。(5)

一　「西洋化」と、その「超越」と

十九世紀の中国は人口四億人に達していた。その文化システムはほぼ五〇〇〇年間続き、絶えまなく異質な要素を吸収しつづけてきたが、外力によって分散されることはなかった。また、その中心的な階級――文人階級――は政治・経済・文化における主導力を一手に握り、自分たちは天下一だと信じて疑わなかった。そのような社会であったため、歴史によって「近代化を余儀なくされる」環境に入れられると、中心的な階級は自然に次のような二重の衝動に駆られることになった。

一つは「西洋」のモデルを用いること。(6)中国を「近代国家」に改造することで、新たな世界的競争の中で優位に立とうというのである。一五〇年来、この衝動から無数の思想的・社会的活動が生まれた。中でもよく見られたのは、「西洋」を模範とし、さらに中国を参照することで、中国の現実に対するさまざまな不満をすべて中国の「西洋化」に転化しようという情熱である。そのような思想活動や政治・経済・学術形式については、日本の読者は詳しいはずなので、これ以上紹介しない。

もう一つは「西洋」を超越し、真に理想的な国家と世界を創り上げようとすること。この衝動には注意すべき点が二つある。一つはその「理想」の基づいているものが、「西洋」ではなく中国本土から来ていることである。[7]もう一つは、その「理想」の覆う範囲が、中国だけでなく全世界だということである。十九世紀末、すでにこの衝動は、西洋と東洋を超えて最後は人類の――さらには人類を超えた――大同に至る一連の夢を育んでいた。二十世紀最初の二十年間の国内外の変動と危機が[8]、この衝動をより激しく刺激した。そして、中国その他の非西洋の文化や社会の伝統を再解釈することによって、同時代の――中国と世界――の弊害を救おうとするさまざまな思想と学術的な努力へと発展させた。同じく二十世紀初期に、「左翼」と総称することができる、近代西洋式の社会構造を断固否定し、人類の普遍的な解放を求める一連の思想と理論活動が、別の側面からこの衝動を体現していた。一九三〇年代以降、日に日に厳しさを増す国内の衝突と外国の侵略はこれ以外の衝動の表出を抑圧し、左翼思想はこの衝動を受け継ぐ主要な形式となった。

天地が転覆した時代だった。どんな現実離れした考えにも実現する可能性があった。少なくとも一九四〇年代まで、中国の知識人の多くが経国済民の「功を立てる」情熱[9]を保持していた。多くの者が思想家であると同時に、政治家であり、社会的な影響力を持つ行動者だった。したがって、先に述べた「西洋化」の衝動と同様に、「超越」の衝動も数多くの持続的な社会実践を生み出したが、紙幅の関係でここでは多くは触れない。

二十世紀を通じて、この「西洋化」の衝動と「超越」の衝動との関係は一貫して複雑だった。どんなに西洋が気に入らない人でも、「西洋化」しなければ「強国」になるのが難しいという非情な現実や、最後に西洋を超えたければ、逆にできるだけ早く「西洋化」しなければならないということは分かっていた。晩清から一九七〇年代半ばまで、さまざまなバージョンの「強国」計画——一九七四年に再提起された「四つの近代化」も含めて——はおおむね西洋を「超越」するという角度から「西洋化」を肯定し、取り入れるという考え方を踏襲していた。一方では、早くも二十世紀初等には、梁啓《りょうけい》超《ちょう》の『新中国未来記』を初めとする「理想小説」が、「超越」の衝動が持つ「天下に君臨する」という古典的心情を目に見える形で提示していた。一九六六年に天安門広場で百万もの「紅衛兵」たちが「世界人民の救世主」毛沢東を歓呼したシーンは、かつての庶民が「天子」に平伏する姿を連想させずにはいない。このような、装束は替わっても精神は変わらないことへの疑いと反感が、絶えず人を西洋の崇拝へと向かわせ、「超越」の衝動を打ち消してきた。

一九一八年、陳独秀と胡適の、伝統を攻撃し西洋化を唱導する声が鳴り響いていたとき、李大釗《りたいしょう》は東洋と西洋がそれぞれ反省し和解して、「第三の新文明」を創造することを呼びかけ、五四運動の時代の新思想内部に多様な旋律があることを明らかにした。(10)一九五七年には、張君勱《ちょうくんれい》が「新儒家思想」によって「正統でない共産主義」に対抗したが、同時に、西洋帝国主義の中国に対する政治的な侵略と文化的な破壊が、中国における「共産主義」の勝利を促したと指摘した。(11)こうして彼は「新儒家」を唱導し、中国と西洋の文化の平等と「友好協力」の促進を図った。これは「超越」の衝動の、左翼思想以外の継承だったかもしれない。しかし、当時の国内の「アメリカ帝国主義を葬り去れ」という国民的な興奮と比べれば、中国大陸の外におけるこうした「超越」の衝動を想像し実践する空間が、急速に縮小していたことは火を見るよりも明らかだ。五十年前の康有為たちの新たな世界を創り出そうとする野心は日に日に減衰し、「種の保存」「儒教の保存」の焦り、さらには「保存」さえも叶わないという悲観だけがどんどん膨らんでいったのである。

一五〇年にわたる「西洋化」と「西洋の超越」をめぐる思想の相互の激動の歴史は、到底、上に述べたいくつかの例で言い表せるものではない。私が乱暴にもこのように概述したのは、次のことを述べたいからである。この二つの衝動が共存し併走したことが、中国人に貴重な歴史的可能性、広く深い、それゆえ比較的豊かな近代意識を形作る可能性をもたらしたということである。重要なのはそれらの複雑な相互作用によって、中国人の近代意識——近代思想だけでなく——の大枠と深度が決まり、いくつかの重要な特徴が形成されたことである。例えば、ただ「中国」から「世界」を見るのではなく、最初から「世界」的角度から「中国」を見る視点。現在の世界秩序の中で優位な立場を獲得しようとするだけでなく、秩序そのものを改革しようとする理想と情熱。絶えず現実的な功利意識を打破し、さらには人間世界のカテゴリーを超えて、より広い世界に思いを馳せるような抱負と夢……。これらの相互作用の躍動と拡大、あるいは減衰と萎縮がかなりの程度、中国の近代意識のあり方を決定づけてきた。時には広く豊かな、そして時には——現在のように——無残で狭隘な情況を。

二　文学における「西洋化」と「超越」

ある意味で、中国の近現代文学は上述のような二重の衝動の産物である。一五〇年間、文学は常にこの二つの衝動のもっとも重要な表現者であった。文学はこれらの衝動に生き生きとした物語やイメージを与え、読者の感情的共鳴を引き起こすことを通じて、最大限に広くこれらの衝動を喚起し伝達した。さらに重要なのは、こうした「形を与える」過程において、文学が衝動の内実を大きく拡張し、それを具体化しただけでなく、その具体性によって豊かなものにしたことである。そのため、多くの場合、文学はこれらの衝動のもっとも重要な推進者でもあった。人々が衝動をさまざまな実践に移し、それによって異なる角度から単純化、抽象化し、さらにはレッテルもどきの概念や制度に硬化するようになったとき、文学は常に精神と心理の領域でそれに逆らい、衝動の内部と周辺に多くの新しい抽象化も硬化もし難い内容を生み出した。

一つの例を挙げよう。今日に至るまで、多くの読者は「阿Q」を見ると、「精神勝利法」や「国民精神の改造」などの言葉を習慣的に思い浮かべてきた。また、魯迅が仙台で勉学していた時の「幻燈事件」を語る際には、「無関心」や「民族のコンプレックス」といった判断を頭に浮かべてきた。こうした連想が一般的になったのは、もちろん学校教育や文学的解釈などの原因がある。しかし、それらすべての基礎に、魯迅が創り出した二つのイメージの文学的意味や、それらが啓蒙意識――二十世紀のほとんどの時期において、啓蒙は「西洋化」の衝動の産物だと見なされてきた――を表現し伝達するときの詩的な適応力がある。この一〇〇年あまりの間、文学は絶えずこのような人物、物語、イメージを創り出してきた――「鳳凰涅槃《ほうおうねはん》」「高家大院《こうけだいいん》」「子夜《しや》」「陳白露《ちんはくろ》」「劉世吾《りゅうせいご》、梁生宝《りょうせいほう》」「傷痕」「喬《きょう》工場長の就任」「李向南《りこうなん》」「丙崽《へいさい》」(12)……その多くがすぐに忘れ去られたとしても、人口に膾炙していた時期に、それらは二重の衝動――とりわけ「西洋化」の衝動――の表現と促進に大きな役割を果たしてきた。

それだけではない。文学はさらにさまざまな形で、より深く中国人の精神的土壌の開拓に関わってきた。中国人はもう皇帝にひざまづくことはないし、夷狄を見下すこともあり得ない。「国民」に、「個人」に、そして革命という大いなる機械の「歯車とねじ」になることが求められた。「文化大革命」終結後は再び「自己」を取り戻す必要があった。また一方では、「朝廷」が人びとの安心して帰属できるものではなくなり、「国家」「民族」「人類」「共産主義」「近代化」「アメリカ人の生活」などが入れ替わり立ち替わり登場して、人心を収攬した。中国人の頭がそうして繰り返しフォーマットされる過程で、文学は一貫して積極的な役割を演じてきた。一人称のナラティブが「個人」の確立に果たした役割。「郷土文学」が近代の知識領域における農村イメージの形成に果たした役割。楊朔ふうの抒情的な書き方が「新中国」の若者の感情構造に果たした役割。王朔ふうの「チンピラ」口調が「ポスト革命」時代の利益至上主義の急速な増長に果たした役割……ある角度から見れば、人の意識の「根底」のこうした変化が、先に述べた二重の衝動の消長を決定してきた。そしてこれらの変化に深く切り込む中国近現代文学の、二つの衝動に対する影響もより深遠なものになった。

　このような文学的形象をさらに挙げるべきだろう。孔乙己《こういつき》、魏連殳《ぎれんしゅ》、雨巷《うこう》、辺城《へんじょう》、魚釣《ぎょちょう》、棋王《きおう》、「人生は琴の弦のように」の盲目の旅芸人、「小さな村人」、白嘉軒《はくかけん》(13)……それらは人の心にそれぞれ異なる感情を引き起こし、独特で強烈な興味と雰囲気に引き入れる。その感動はさまざまだが、一点だけ共通していることがある。それらはすべて「全面的な西洋化」といった主張に人を向かわせない、ということだ。それらはむしろ「西洋を超越する」衝動に対する文学の参与を現していて、それを力強く表現するだけでなく、一連の感動的なイメージによって、中国人の心にさまざまな非「西洋化」の感情や志向を育んでいる。それらは、人をある種の集団的な衝動に導くだけでなく、こう語りかけてくる。「超越」を意図しているかどうかは重要ではない、人生にはもっと大切なことがある、と……。

　そこが文学の面白いところだ。時代の中心問題に立ち向かい、二重の衝動の渦中に陥ることは免れないにしても、同時に別のところ——日常生活の経験、作家の個性と天賦の才能、過去から残され、また新たに生まれた非主流の文化など——から別の養分を得、絶えず渦の外へと突破する。そして、それらの衝動と関連していながら、その中にとどまらず、往々にしてそれと相容れない、もしくは明らかに対立する経験と想像をもたらす。

　もう一つ例を挙げよう。中国の近現代文学が遭遇した最大の問題の一つが、党国式の集権制である。この制度には大きな柔軟性があり、一党独裁でもよいし、政治・経済の寡頭連合独裁でもよい。反資本主義でもよいし、資本主義と結託してもよい。そのような、多様に変化するが本質は変わらない集権制が、絶えず文学と二重の衝動の関係を強化してきた。政府の統制を憎むがゆえに、西洋的な

「個人」に近づき、「自由」な市場に身を投じる。資本主義の圧迫に耐えられないがために、急進的な「革命」に転じ、「人民」の解放を夢見る……集権制がもたらした最大の社会的成果は、人の心の普遍的な「病態」であり、これもまた文学が扱うべき重要な対象である。どの作家もそれに感染することが避けられない場合は特にそうだ。したがって、中国近現代文学の重要な特徴はほとんどすべて、この制度との関係の中で形成された。

三　衝突の功罪――これからの中国文学

言っておかなければならないのは、それらの特徴には負の側面があるが、単に負の側面という言葉で括ることはできないということだ。先に述べた二重の衝動を中心に発展した中国人の近代意識は、総体的には、変化や新しさや成功を求めてきた。しかし一五〇年来、中国人は幾度となく方向を見失いながら、苦心のすえ山頂に登りつめたが、目の前にあったのは断崖絶壁……そんな絶望的な境遇にいたのである。成功を希求しながら、いつも失敗に終わる。それが現代中国人の基本的な精神的情況を形作っている。

時に文学はそうした情況など意に介さない、というより情況がよく見えていないようにみえる。だから、熱烈な煽動や賛美をしたりもする。(14) しかし全体としては、現代中国人の精神活動のほかの形式と比べると、文学はそのような情況下での深刻な経験を最も鋭く表現してきた。したがって、次のような特徴を形作っている。

一つは、中国の特色を備えたさまざまな「ネガティブ」な情緒の表現である。絶望、虚妄、感傷、自愛、冷笑、孤独……そうした「ネガティブ」さは情緒の内容だけでなく、その表現形式にも現れている。強固でありながら、どれも顔を半分隠すようにして、すべてを見せようとしないのである。[15]

もう一つは、どうしても断ち切れない、現実への介入と救世の情熱である。[16] それは作家を、社会の現実から創作の素材を集めるよう駆り立てるだけでなく、それに相応しい新たな芸術形式の創造、さらには文学とは何かということの再定義まで促す。[17]

さらにもう一つは、社会や時代の圧力に正面から立ち向かう以外の方向で、人生の意味と詩意を確認する道の開拓である。これはもちろん厳しい現実に迫られた結果だと言ってよいが、そうすることによってのみ、程度の異なるさまざまな方法で、相反する要素が入り混じった精神情況に対する深い理解を促すことになる。例えば「軽さ」と「重さ」、「些末さ」と「巨大さ」、「豪放さ」と「人知れぬ苦悩」、「冷淡さ」と「関心」など……。[18]

これらの特徴は断続的に今日に至るまでの中国近現代文学の歴史を貫いてきた。中国が「大いなる時代」から抜け出すまで、それらは存在しつづけるのだろうか。

もう一つ言っておかなければならないのは、一五〇〇年来、二重の衝動ともつれあいながら歩んできた中国の近現代文学は、中国人の理解や想像にのみ属するものではないということだ。これは決して中国の近現代文学が偉大だということではない。逆に、多くの場合、それが表現しているのはひどいものである。しかし、わたしたちが身を置く、人間感情の「西洋化」[19]がますます深刻化している世界では、自己表現の可能性も努力も見失われがちである。だからこそ、わたしは中国の近現代文学が感情の「西洋化」に抵抗してきた一面を貴重だと思う。

一九九〇年代初め以来、中国大陸の文学世界において、「近代とは何を意味するのか」、「中国はどこへ向かうべきか」といった問題を追求する志向や想像は低下と萎縮の一途を辿っている。その結果、憤慨して「中国の近代文学は終わった」と断言する者さえ現れている。確かに、今日の中国人はおしなべて、もう世界や人類、さらには中国にさえ関心を持っていない。関心があるのは「わたし」と「わたしの家族」のみで、「わたし」の関心も日に日に狭隘になっている。自分の生きる意味ではなく、収入や住宅や物質消費だけが気になるのだ。魯迅のいう「大いなる時代」に対する緊張感が消え失せてしまい、いまや「小さき時代」に身を置いているのだと、日に日に人々は認めるようになっているように見える。[20]

しかし、中国人はそうした「小時代」の考えでは安心できない。一五〇〇年前に形成された「近代性」の難題は消えたわけではない。それは「歴史の終わり」、"post-work society"……と名前を変えて、絶えずわたしたちに衝撃を与え、その度に重さを増している。そうした角度からみれば、中国大陸の文学は、今のところ「小時代」式の作品に埋め尽くされていても、最後には「大いなる時代」に立ち向かう「近代」精神を発揮するのではないだろうか。

注

（1）この「近代文学」という概念における「近代」という言葉は、次のような認識で使用されている。世界各地の人類社会は、資本主義が主導して推し進めた西洋式の「近代化」の道を、けっして自発的に歩んだわけではない。したがって、主に西洋の経験に基づいて形成された「近代」ならびにそれから派生する概念（例えば「近代化」や「近代性」）によって十八世紀以来の世界各地の社会変化を叙述することは、ほんらい妥当ではない。しかしこの三〇〇年、コロニアリズムや帝国主義といった方法を借りて、もとは西洋で形成された「近代」や「資本主義」の社会モデルとそのポテンシャルは、確実に世界を席巻し、今日われわれが身を置く、いわゆる「グローバル化」の局面をもたらした。その意味では、非ヨーロッパ地域の受動的な「グローバル化」の形成や社会変化を、「近代」といった概念で概括することは、その共通点を浮かび上がらせることになり、有用でもある。しかし、われわれがより理解しなければならないのは、このように概括された社会変化が、実は各地域の自然や、歴史、文化、社会の条件の差異によって、しばしば大きな——ときには根本的な——違いを持っていることである。

（2）魯迅「『塵影』題辞」（『而已集』、北京、人民文学出版社、一九五八年版）一〇七頁。

（3）中国人にとって、「近代化」とは中国が自らを変えて近代の世界に順応することを意味している。しかし、中国はどのように変わるべきなのか？　イギリスやアメリカのようにか？　そうでないなら、それはどのようなものか？　それが本論でいう「近代性」のアポリアである。

（4）次のように矛盾を概括してもよいだろう。人類社会はすでにこれ以外に「近代化」の道はないという趨勢になっているが、地球上の自然・社会システムは、こうした加速しつづけて止まることのない「近代化」をますます受け入れ難くなっている。

（5）ここで言う「世界的な意味」とは、単に優れた作品を提供することだけでなく、人に深い思索を迫る問題や深刻な教訓を体現していることも指している。

(6)「西洋モデル」を代表しているのは主にアメリカとヨーロッパである。しかし、一九五〇～六〇年代の中国では、ソヴィエトロシアが西洋の代表となっていた。

(7)ここで言う「中国自身」の精神的・思想的資源は主に二つある。一つは、十九世紀半ば以降中国人が伝統文化に対して行った再解釈である。もう一つは、この時期に新たに創出された「革命の文化」である。もちろん、「再解釈」であれ「新創出」であれ、西洋(ソヴィエトロシアを含む)の影響が重要な条件になっている。

(8)中でも重要なのは、第一次世界大戦の惨状と民国初年以降の国内の政治状況の混乱である。

(9)中国文人(読書人)のこうした情熱は、主に古代に始まる、文人が政治、文化、経済の中心的な集団となる社会制度が育んできたものである。十九世紀半ば以降、中国の社会状況が大きく変化し始め、文人もそれに伴って「近代的知識分子」へと転化したが、一九四〇年代まで文人＝知識分子はまだ文化以外の社会領域にも大きな影響力を持っており、ある程度「功を立てる」情熱を抱くことができた。

(10)李大釗『東西文明根本之異点』(『言治』季刊第三冊、北京、一九一八年七月一日)。

(11)張君勱『「新儒家思想史」前言』(黄克剣・呉小龍編『張君勱集』、北京、群言出版社、一九九三年十二月版)九三頁。

(12)ここに挙げた「人物、物語、イメージ」は次の作品に依っている。郭沫若の詩集『女神』(一九二一年)、巴金の長編小説『家』(一九三一年)、茅盾の長編小説『子夜』(一九三三年)、曹禺の戯曲『日出』(一九三六年)、王蒙の短編小説『組織部に来た青年』(一九五六年)、柳青の長編小説『創業史』(一九五九年)、盧新華の短編小説、「傷痕」(一九七八年)、蔣子龍の中篇小説「喬工場長の就任」(一九七九年)、柯雲路の長編小説『新星』(一九八四年)、韓少功の中編小説「爸爸爸」(一九八五年)。

(13)これらの「文学的形象」は次の作品に依っている。魯迅の短編小説「孔乙己」(一九一九年)および「孤独者」（一九二六年）、戴忘舒の詩集「我が夢」（一九二九年）、沈従文の中編小説「辺城」（一九三四年）、高暁声の短篇小説『魚釣』（一九八一年）、阿城の中篇小説「棋王」（一九八四年）、史鉄生の短篇小説「人生は琴の弦のように」（一九八五年）、張煒の長編小説『九月の寓言』（一九九三年）、陳忠実の長編小説『白鹿原』（一九九三年）。

（14）一九五〇年代以降大量に現れたいわゆる「社会主義リアリズム」の作品は、そのもっとも突出した現れである。

（15）魯迅の数多くの小説や散文は、その典型的な例である。

（16）説明しておかなければならないのは、こうした「救世の情熱」が一九五〇〜六〇年代の「社会主義リアリズム」文学が表現した革命の情熱とは異なるということである。救世の情熱は往々にして、社会に進歩への楽観的な判断ではなく、いわゆる魯迅の「絶望的な闘争」のような意識から生まれる。社会の暗黒がきわめて濃厚で、打ち破るのが難しくても、全力で闘い、決して諦めない。そうした意識は、十九世紀末から二十世紀初めの中国の近代知識人／革命者に普遍的にみられた精神的基調であるのみならず、一九七〇年代末の北島や食指の詩の中にも、鮮明に現れている。

（17）第一世代の近代中国作家における「近代文学」の基本的な定義は（文学研究会の「人生のために」から、魯迅が自認していた「軍令にしたがう」に至るまで）、その突出した例である。また、一九八〇年代中国の「文学史の書き換え」の思潮や、それとほぼ同時に起こった韓少功式の「ルーツ探求文学」もその明らかな例である。

（18）沈従文や張愛玲の多くの小説や散文、顧城の詩や史鉄生の散文などはみなその類いである。

（19）ここで言う人間感情の「西洋化」は、近代西洋のモデルが世界各地の人びとの日常生活を改造しており、――同時に教育などの方法で西洋の近代思想や理念を伝播し、各地の人びとが知らず知らずのうちにそうした思想や理念で自分の感じたことを理解するようにしており――それを基礎として、水面下で感情の同一化が進んでいることを指す。それは決して「自由」や「民主」などの外来の理念を拒絶することを意味しない。さらに言えば、当然ながら、不平等に対する不満や解放への欲求は、各地の人びとが共有する長い伝統であって、近代西洋にのみ帰せられるものではない。

(20) 郭敬明が二〇〇八〜二〇一二年に発表した長編小説シリーズは、「小時代」を総タイトルにしている。作者はその後同名のシリーズ映画作品四本を監督し、二〇一二〜二〇一五年に上映された。また、同じくこのシリーズを改編した同名の三十二回の連続テレビドラマが作られ、二〇一三年に放映された。こうした文字ならびに映像作品の広範な伝播とともに、「小時代」は今に至るまでホットな流行語となっている。

◆第一章…国家、社会と「文学」：③韓国

近代韓国における「文」と「文学」、その競合と移行の軌跡

黄　鎬徳
（金　景彩訳）

現代式の橋梁を渡るたびに、私は突然懐古主義者になる
これがいかに罪多き橋かも知らず
植民地の昆虫たちが二十四時間中
自分の橋かのように行き来する
（金洙暎《キム・スヨン》『現代式橋梁』一九六四年）

一　二つの帝国のあいだの韓国「文／学」——同文の分岐、「同済」と侵略の狭間

近代韓国における「文」のゆくえと「文学」の展開を同時に解明することは容易ではない。「文」と「文学」の関係は、けっしてより良きものへの進歩、あるいはより悪しきものへの退行のみではなかったからである。漢字共有体（Sinographic Cosmopolis）とその根幹をなす「文」観念の歴史とは、近代韓国の最初の文学史家であった安廓《アン・ファク》（号は自山）も辛辣に批判したように、「漢族の儒教が半島に横

行することになるのみ（であり）……漢字を専用することに心酔し、外文化崇拝が極まり……中国の模倣にのみ汲々す」る嘆かわしいものではなく、かといって「漢字文化圏」（亀井孝）のような価値中立的な表現を通じて想像されうる平和な過去でもなかった。いわゆる「新文学史の方法」において「文」、あるいは漢文は、「近代精神の先駆である実事求是の学問」（林和《イム・ファ》）として、「伝統と遺産」の性格を有すると同時に、金台俊《キム・テジュン》が『朝鮮漢文学史』の序文で書いた通り、封建貴族の文学としての新文学を開始させるために「決算報告書」として清算すべき過去の残影でもあった。

忘れてはならないのは、東アジアが共有していた「文」の伝統と「同文」意識が、個別の民族文学が分岐した「文学」の時代においてもしばらく、志士的情緒と伝統的教養の次元において依然として生き残り、困惑の対象でありながらも豊かな遺産として近代文学の展開に少なからぬ影響力を発揮していたという事実である。たとえば「文」は、亡命した朝鮮の政治家や文人にとって朝鮮と中国をつなぐ「同文」意識の根拠である一方で、新しいアジアを「ともに済《わた》る」同済（同舟共濟、同濟）の手段でもあった。申圭植《シン・ギュシク》が中国の志士たちとともに上海で組織した新亜同済社の事例や、孫文と彼の革命同士だった陳其美、宋教仁らの中国志士と朝鮮の知識人のあいだで行われた「文」の交流（林《イム・》熒澤《ヒョンテク》、二〇一四）を、韓国文学の忘れ去られた可能性のひとつとして再評価することは可能であろう。申采浩《シン・チェホ》と梁啓超、また趙素昂《チョ・ソアン》と潘佩珠《ファン・ボイチャウ》（Phan Bội Châu）の交流が物語っているように、近代東アジアの「文」―漢文は、亡命した朝鮮の志士たちが中国およびベトナムの政客、文客と連帯する手段であった一方で、明治政客の詩会、植民地の近代的新聞・雑誌などにみられる「吟風弄月の傾向」（イ・

ヒモク他、二〇〇九）の近代漢詩を帯びた文人意識のような、「アナクロニックな士大夫」たちの階級的高揚感の拠り所でもあった。韓国における「文」の伝統は、「近代漢文学」（キム・ジンギュン、二〇一五）という形で、文集、新聞、雑誌などを通じて二十世紀前半まで生き残り、「文」観念に含まれていた士人（士大夫）意識は、士族出身の抵抗詩人だった李陸史《イ・ユクサ》や、士人意識を文学と経世の根拠としていた李泰俊《イ・テジュン》の例からもわかるように、韓国の社会主義文学と民族文学の起源において長らくその痕跡を残した。植民地期に対する反省と新国家建設の方向性を明瞭に議題化した李泰俊《イ・テジュン》の『解放前後』（一九四六）が、郷校の士人を批判的な認識をもった人物の一典型として描いたことを思い浮かべてもいいかもしれない。

要するに、国民国家と資本が近代「文学」の性格を規定したとするならば、そのとき「文」は単にその二つの要素によって放逐されたのではなかった。むしろ「文」は、二つの要素に対する抵抗、拮抗の拠点であり、場合によっては復辟的情緒の拠り所でもあったのである。「文学」と貨幣に象徴される資本主義、国民国家、商品経済、民主主義への移行が取り返しのつかない流れであったとしても、そのような「文学」の展望はつねに、「文」と倹約に象徴され、均田制を基盤とする小農社会観、郷村自治、自給自足論、小民論といった反資本的、反帝国的な伝統的理想からの激しい抵抗に直面せざるをえなかったのである。連続的に起こった韓国近代史の大転換、東学農民運動と甲午改革は、それぞれ「文」の理想と「文学」の展望が投射された排中律的事件として理解することができる。エクリチュールの次元におけるハングル化の流れとは別に、「文」の伝統と民衆性というかけ離れた二つの領域に投影された「反植民」の志向が、文学の展望と市民意識に支えられる「反封建」志向の一面性を批判する根拠として言及され、またそれが「民族文学の定立」における一つの軸として評価されてきたのもそのためである（白楽晴、一九七八）。

だとすれば、近代韓国の「文学」は進歩的に「発展」したと言えるだろうか。「文学」のメディアとしての拡張性と様式的普遍性から考えれば、近代式外交に用いられる国家の言葉（国家語）から人民の国民語へと移行中であった「国文」イデオロギーとその実践は、それ自体歴史的発展として評価しうる。〈日朝修好条規〉（一八七六）における「国文」関連条項（「日本用其國文。自今十年間。別具譯漢文一本。朝鮮用眞文。」）から始まった国家語体制は、まさに天下秩序から世界体制への移行を示すものであった。「眞文」を捨て、それぞれの「國文」を用いる近代式外交によって始まった「国文」の発明、再評価は、全国民が同じ文字を使うという国民語に対する自覚につながり、「国文」は「公文式」関連の法律を通じて合法性をもった書記体制となった。一八九四～九五年の甲午改革後、高宗《コジョン》は勅令第一号により「法律、勅令はすべて国文を基とし、それに漢文の翻訳をつけるか、国漢文を混用する」とする「公文式制」を頒布した。これにより国家と言語の関係が新たに規定され、法制度における「文」の体制は終焉した。民族「文学」の展開が不可逆的な流れになったのである（黄鎬德、二〇〇五）。さらに、「同文同種」あるいは「同文同語」意識は、朝貢秩序の帝国主義への変形、侵略主義への変質を媒介としながら汚染されていった。日中韓の連帯を可能にする中心的な価値であった「文字同、政教同、情誼相陸」（金弘集「大清欽使筆談」一八八〇）の思考は「朝鮮は即ち中国の属国であり……格別に章程を遵守し、互いに往来することを以て和合に努め、属国が大国の文字をともに使う友誼〔同文之宜〕を示せ」（朝清商民水陸貿易章程、一八八二）という不平等条約のレトリックに変質し、かなとハングルさえ変えれば漢字ですべての意味が通じる同文同語の国として日本との親善を深めるべきであるという主張（例えば、井上角五郎の場合）は、日韓併合論の根拠となった。眞文＝漢文といった「文」意識は中国の介入を、漢字と「雅俗混合」の文学構想は日本の政治的・文化的支配を呼出すようになったのである。

二　公共的文学と利益社会――社会の発見と社会主義への移行・脱却

かつて朝鮮末の開港論争に際して崔益鉉《チェ・イクヒョン》は、世界もしくは国民国家体制への編入を意味していた日本との通商に反対する内容の名だたる上疏文を残した。無限な工産品〔生於手而無窮者〕と有限な農産品〔産於地而有限者〕の交換が必然的に民生を破綻させることになるという内容の批判であった（崔益鉉、一九七七）。民生、郷村社会の未来や資本主義の性格に対する驚くべき洞察にもかかわらず、崔益鉉の立論は近代的メディアとしての「文学」、新聞に支えられることになる人民の平等と自由とはさほど関係のないものであった。「文」とそれが表象する価値秩序には、国家と百姓、超国家的知識人同士の連帯意識はあったものの、社会と人民、さらに民主主義に対する認識は存在しないか、存在したとしても微々たるものであった。マーシャル・マクルーハンが論じたように「メディアはメッセージ」

であるとすれば、「文」というメディアは近代国民国家と資本制生産様式とは相容れない様式だったのではないだろうか。

衛正斥邪運動と義兵抗争のような断続的な運動はあったものの、「文」から「文学」へ、漢文から国文へ、天下から国家へ、郷党から社会への移行は迅速に進行した。『独立新聞』(一八九六~一八九九)をはじめとするハングルメディアの登場とそれと競合することになる『皇城新聞』(一八九八~一九一〇)、『大韓毎日申報』(一九〇四~一九一〇)などの国漢文体新聞の創刊は、「文学」時代の本格的な始まりを告げた。とりわけ『大韓毎日申報』は〈社會燈〉というコーナーを常設し、いわゆる「社會燈歌詞」と称されていた開化歌詞、愛国歌詞、啓蒙歌詞を数多く掲載することで近代詩歌の時代を開いた。また、互いに競合関係にあった様々な新聞メディアは、記事の現場性とそれを通じて得られる共通経験の効果を増幅させるために「物語体」を採択し、近代的な短形物語を出現させた(キム・ヨンミンほか、二〇〇三)。近代小説への道が開かれたのである。一九〇五年には「郷客談話」「盲人とあしなえの問答」など、「論説的な物語」が『大韓毎日申報』に掲載され、新聞連載小説の時代が始まった。新聞と文学の結合により、国家と国民を結びつけていく公共圏の存在がより際立つようになったのである。たとえば、国土を眺めながら若者に向けて唱えられた以下のような文章の形式は、国家―文学―社会の典型的な結合方式を表している。「青年よ青年よ/國家興亡を擔任する/全國內の青年よ/國敗しては身隨亡する諸君よみよ/此病客の云う事と雖も少有補焉泛然聽過勿棄し再三研究せよ」(憂國生「勸少年」『大韓毎日申報』一九〇九年二月十四日)。

大韓帝国末期の知識人は、例えば申采浩は梁啓超の「小説革命論」に共鳴し、『伊太利建國三傑傳』（梁啓超『意大利建國三傑傳』）を翻訳する一方で、『乙支文徳』（一九〇八）、『李舜臣傳』（一九〇八）、『崔都統傳』（一九〇九～一九一〇）のような歴史伝記小説を通じて国難を克服させてくれる「三傑」を待ち望んだ。重要なのは、ここで詩や小説がいかなる価値と結びついていたかということである。文学＝Literatureの訳語的関係を明らかにした記念碑的文学論、李光洙《イ・グァンス》の「文学とは何か」（一九一六）における「情の分子論」や、三・一運動を前後して開始された文芸同人誌運動のスローガンであった「真善美」（金東仁《キム・トンイン》）合一の美術＝芸術論の場合とは違って、最初に「文学」の到来は国家と體育との関係においても想像されたということが重要である。韓国で近代啓蒙期と称される時期を支配した国家―社会―文学の関係性は、「詩道と国家の関係」が論じられたことや「東國詩界革命」が主張され、近代詩が「東國の尚武的精神の發揮」として理解されていたこと（申采浩「徳、智、體、三育の體育が最急」『大韓毎日申報』一九〇八年）からわかるように、「文化と武力」の結合―均衡論により近かった。この時期に「文学」とは、情緒と感性の分割に関するものであるというよりは、精神を激発させ、直接的な行為に至らせる言語行為（speech act）にいっそう類似した形式に思われたようである。もしかしたら、ここには伝統的な「文」概念に内在した正名、正音の道文一体の観念が一部影響していたかもしれない。国文には独立と自主に向けての実践的な力量が潜在的に備わっているという信頼、すなわち、植民地期を通して韓国文学は、朝鮮語＝朝鮮文学＝朝鮮国家（仮想）の三段論法を梃子に、解放への約束、あるいは永久主権の形式として想像されたという主張（金允植、二〇〇五）を想起させておく所以である。

しかし、主に日本で生産、翻訳された多くの近代的概念語と新文物への魅惑に支配されていた近代韓国の物語が、たびたび植民地主義と帝国主義に抱合（incorporation）されたのも事実であろう。韓国新小説の嚆矢である李人稙《イ・インジク》の『血の涙』（一九〇六）や近代小説の始まりとされる李光洙の『無情』（一九一七）の事例を、留学、外来熱、恋愛といった文明化の要素に、従来民族、階級、友愛などが占めていた政治的正当性の場を譲る過程の物語として読み解くことも可能だ。妓生、女学生など、身分が問題とされない交友関係を提示したという、階級的・ジェンダー的側面の進展を認めつつも、韓国の新小説と近代小説に刻まれた植民地的物語としての制約を忘れてはならない。近代的個人の描写は文明と文化の発展を記録する物語によって遂行された。また、文明の発展とは個人の成長と類比関係にあるというフィルダウス・アジム（Firdous Azim, 1993）の指摘を想起すれば、小説に象徴される近代文学そのものが植民地主義の播種と普及に寄与した様式だったのかもしれない。李亨植《イ・ヒョンシク》（『無情』の登場人物）が体現する文明化・啓蒙への意志と軽々しい身振りが、あれほど疑わしい一方で偉大にさえみえるのは、小説が果たした文明化チャンネルとしての役割と植民化チャンネルとしての役割のあいだの攪乱のせいだったのかもしれないのである。

国民的・民族的な企てが困難になっていくなか、韓国の文学を救ったのは「社会」の発見であった。一九一〇年の日韓併合は、文学を通じて国家への想像を表現することを極めて困難にした。国家批判が不可能なところにおいて文学に唯一可能だったのは、資本とそれを原理としながら機能する「社会」を表象することであった。ここでいう「社会」は、ニクラス・ルーマンの定義にしたがって一種のコミュニケーションの体系として理解できよう。「社会」とは、印刷術やマスメディアといったいわゆる「拡散メディア」と、貨幣や政治権力といった「成功メディア」の両者によって自己生産を反復する体系である。兪吉濬《ユ・ギルジュン》の『勞動夜學讀本』（一九〇八）は、言語と貨幣によって動く資本と労働の世界を定式化し、「社会」概念を最初に提起した著作である。大韓帝国末期から言説の表層を掌握しはじめた教育と殖産の理念は、日韓併合により、国内的再生産が欠如した帝国—植民地関係の下で不均等な発展、および言語的侵食を招いた。成功メディアである貨幣と公的権力が帝国によって掌握され、印刷とメディアの植民本国の文化への従属が加速化すると、文学に残された道は民族語、あるいは市井の日常的な言語に頼り、利益と欲望、資本が支配する「社会」を描くことのみであった。

言語の侵食は公的機関と出版によって行われた。思想および知識、また文学は、それぞれ日本語と朝鮮語での二重出版の構造を形成した（韓基亨、二〇一五）。韓国文学史はこの後の時代を、リアリズムが中心となった民族文学の時代と記しており、そこには朝鮮プロレタリア文学家同盟（KAPF、一九二五〜一九三五）の主導性を確認することができる。夜学や組合運動に代表される地域内闘争と亡命を描いた趙明熙《チョ・ミョンヒ》の『洛東江』（一九二七）や、小作争議を導く革命的で反省的な「労働知識人」を描いた李箕永《イ・ギヨン》の『故郷』（一九三三）は、この時期の社会主義文学を代表する成果である。「国家」に抗する「社会」こそ、植民地文学の真の競合と移行の軌跡であったかもしれない。

一九三二年以降の十五年戦争の中で帝国日本は、「生命線」内のすべての統治域に一つの言語、一つのイデオロギーを強要した。いわゆる新体制下の「国民文学」が社会を媒介としない全体国家の技芸（techne）へと再び転換する瞬間であった。崔載瑞《チェ・ジェソ》は『国民文学』創刊号の巻頭言「国民文学の要件」（一九四二）のうちで、国民文学を「高度国防体制」において「自らの天職を悟らせ、積極的に国策の遂行に邁進」させるものとして定義した。高度国防体制というメカニズムの下で文学が一種の「国事」に再配置される瞬間であった。とはいえ、その「まつる文学」は一種の技芸、職分に近かったがゆえに、革命と真理の潜在力を内在したメディアではもはやなかった。北京のある空の下では、再び東亜の「同文」が叫ばれていたが（周作人「漢文學的前途」『文藝』一九四三年七月）、ここにてエクリチュールとしての「文」も、「文」の理念も真の終焉を告げたようである。

参考文献

林熒澤『韓国學의 東아시아的 地平』（創批、二〇一四年）
李熙穆『植民地期漢詩資料集』（成均館大學校大東文化研究院、二〇〇九年）
金鎭均『모던漢文學』（學資苑、二〇一五年）
崔益鉉、民族文化推進委編『國訳勉菴集1』（솔、一九七七年）
白楽晴「民族文學의 概念定立을 위해」（『民族文學과 世界文學』創作과批評社、一九七八年）
黃鎬德『近代네이션과 그 表象들』（소명出版、二〇〇五年）
金英敏ほか『近代啓蒙期短形物語文學資料全集』（下・上）（소명出版、二〇〇三年）
金允植「近代에 왜 執着했느뇨, 하면？・」（『한겨레新聞』二〇〇五年十二月三十日）

Firdous Azim. *The Colonial Rise of the Novel* (London: Routledge, 1993)
Niklas Luhmann、張春翼訳『社会의 社会1』(새물결、二〇一二年)
金현주『社会의 發見——植民地期「社会」에 關한 理論과 想像, 그리고 実践(1910～1925)』(소명出版、二〇一三年)
黃鎬德「資本과 言語, 兪吉濬의『勞動夜學讀本』의 労働 概念과 文體의 테크놀로지」(『概念과 疏通』第十四巻、翰林科學院、二〇一四年)
韓基亨「『二重出版市場』과 植民地検閲」(『民族文學史研究』第五十七巻、民族文學史學会、二〇一五年)

◆第二章…戦争と「文学」…①日本

尹伊桑《ユン・イサン》と戦争――「音楽言語」と日本との交響《コラボレーション》

中山弘明

一　なぜ尹伊桑《ユン・イサン》か

尹伊桑《ユン・イサン》（一九一七～一九九五）という作曲家をご存じだろうか。生前の世界的評価に比べると、近年その優れた作品の演奏機会が減っていることは残念というべきだろう。韓国でも尹の音楽は解禁されて久しいが、ここにはやはり北朝鮮をめぐる複雑な政治問題が影を落としていると考えられる。彼ほど恐らく、日中戦時下、そしてその後の朝鮮戦争と冷戦期に翻弄されながら、多くの作品を残した人物も少ないだろう。四つのオペラ、五曲の交響曲、そして八作の協奏曲と膨大な器楽曲を書き、教育者としても多彩な人材を輩出した。後述するように、そこには多くの日本人作曲家がおり、また思想的にも日本文化に影響を残した。その作品は、西洋音楽に発しながらもその多声音楽的、対位法的伝統を放棄し、東アジアの民族的伝統と「音楽言語」に立脚したものである。しかも七〇年代から八〇年代の実験性をともなった世界的な作曲技法の影響もむろんある。さらに彼は二十世紀のアジアと西洋の様々な政治状況、そして戦争と植民地支配の問題を反映して、多くの社会的メッセージを残している。ここでは、そうした彼の伝統との葛藤を紹介しつつ、それが含む西洋とアジアの交響、さらには戦争の中での芸術を考えたい。二十世紀という世界戦争の時代において、「文学」を狭いジャンルの中だけで捉えるのはもはや許されない。「戦争と文学」というテーマにしても、アジアを視野に入れて近年大きく変化した。従来、それは近代的な国民国家の成立の過程での日清・日露の戦争があり、平和な大正期を跨いで日中戦争における日本のアジア進出、そして太平洋戦争での敗戦を大きな区切り目として朝鮮戦争やベトナム戦争へと俯瞰する、言わば分割的な図式が常識とされ、そうした「年譜」に文学作品を配置する認識がとられた。例えば、日清での国木田独歩の「愛弟通信」（一八九四年）に、日露における鷗外の『うた日記』（一九〇七年）を併置させ、さらには桜井忠温の『肉弾』（一九〇六年）の参戦意識や愛国観を抽出するといった構図がある。同じような問題は、昭和の内閣情報部の「ペン部隊」として戦地に赴いた作家の意識に、植民地における農民文学を関わらせる問題として作家の倫理観を問うたり、戦後は一変してこうした戦争を記録した大岡昇平「俘虜記」（一九四八〜一九五一年）の認識やアメリカ占領下の米兵との暴力を描いた大江健三郎の作品が採り上げられてきた。近年集英社から刊行された『戦争×文学』（二〇一一〜二〇一三年）のシリーズにしても、日清戦争から占領期やベトナム戦争まで視野に収め、様々な作品を網羅してはいる。しかしそこには古代の芸能から戦中、占領期、そして朝鮮戦争から冷戦へと終わりなき非連続な時間として東アジアを見る、尹のような視点は決定的に欠けているのではないか。

本章では、さらにこの戦争のテーマに、「音楽と文学」の越境を加えたいのである。尹の音楽には、

「一本の線」（主要音）の延長としての「書（カリグラフィー）」の作法があることも指摘されている。また「音楽言語」として、若き日の様々な伝統芸能との接触もある。「音楽言語」とは耳慣れない言葉かもしれぬがそうではない。原初的レベルで音楽をとらえる時、それは言語と接近することは民族学や音楽学の常識である。[1] 歌の中の掛け声や囃子言葉、祝詞や憑依の際の唱え声などを想起してもよい。芸能としての歌い物や語り物もある。また音・言葉を発することは、他者と関わる重要な社会的行為である。尹の存在はまさにこうした意味でアジアの「文学」の問題なのだ。

　まずその生涯を簡潔に素描することが肝要だ。彼は一九一七年、日本統治時代の朝鮮の港町、慶尚南道統営で生を受けている。その後、若くして京城に出て軍楽隊のヴァイオリニストから和声学の初歩を学習した。一九三五年に初めて来日し、大阪の音楽学院で音楽理論を学び帰国。さらに一九三九年、再渡航し、東京芸術大学で池内友次郎《いけのうちともじろう》について、本格的な作曲理論を習得する。池内は当時主流だったドイツ寄りの音楽に抗し、フランスに留学。近代作曲技法を身につけ、多くの日本人作曲家を育てた。そこには後に尹からも大きな影響を受ける林光《はやしひかる》（一九三一～二〇一二）や黛敏郎《まゆずみとしろう》（一九二九～一九九七）の存在もある。時、まさに日中戦時下。帰国した尹は皇民化政策の時代にあって、抵抗運動にも参加し二ヶ月に渡り投獄されている。当時を回顧した対談『傷ついた龍　一作曲家の人生と作品についての対話』（未来社、一九八一年二月）の中で尹は、仕事として「日本語を教え」なければならない中で、密かに「子供たちの民族意識を強めるように努め、子供たちと朝鮮語で話」していたと言う。戦後はパリ、ベルリンにその拠点を移す。一九五七年、ベルリン芸術大学に入学し、十二音技法を学んでいる。しかし激動の時代にあって、朝鮮戦争や南北分断の悲劇と彼が無縁であり得たはずはない。一九六七年における秘密警察による拉致とソウルへの強制連行（東ベルリン事件）、北のスパイに擬され苛酷な拷問を受けている。国際的な抗議活動の中で、一九六九年に彼は釈放。その後はドイツで市民権を得、終生帰国の機会を与えられぬまま、祖国の民主化と統一の悲願を抱きつつ一九九五年にベルリンで死去している。まさに二十世紀の戦争の時代に翻弄された芸術家である。尹にとって戦争は終生終わることはなかったのである。

二　アジアの音と言葉

尹は、その生涯で常に音楽的な「母語」を模索し続けた。父は彼が音楽を職業とすることに強く反対していたようだが、朝鮮の伝統文化にも精通していた。尹は先の対談で幼少期について述べている。

父はしばしば夜に、私を魚釣りのために海上に連れて行きました。その時、私たちは黙って舟の中に坐って、魚のはねる音や、ほかの魚夫たちの歌声に耳を傾けました。その歌声は、舟から舟へと歌い継がれていきました。いわゆる「南道唱《ナムドチヤン》」とよばれる沈鬱な歌で、水面がその響きを遠くまで伝えました。海は共鳴板のようで、空は星に満ちていました。

（一九頁）

ここにあるのは、「祭祀」の神秘的な空気である。こうした幼少期の体験は「文学史」としても極めて重要だ。例えば「歌舞を演じた旅回りの一座」との思い出について、それは「宮廷の古い伝統に由来するもの」であり、「朝鮮王朝の終わりまでは、歌手や音楽家たちは宮廷で待遇を受けた人たち」だったと語る。またある祭りの日には「妓生が来ていて、彼女たちは独唱したり、合唱したり、また伝統的な古い楽器を、ホグン（胡弓）と呼ばれる蒙古の弦楽器や、コムンゴ（玄鶴琴）という撥弦楽器を演奏した」と言う。さらに「猿まわし」についての思い出もある。しばしばそうした祭りには、「中国人が猿をつれてやって来て」音楽に合わせて踊らせたという。尹は、こうした伝統が「日本に渡って『能』の音楽、つまり高度に芸術的な水準の音楽の前身」となったとも述べる。言うまでもなく「猿楽」である。彼の言葉では「猿踊りや中国風の皿まわし」と日常的に接して育ったということなのである。あるいは「女呪術師たち」の歌う、「叙景歌、呪文、祈り」の記憶もある。重要なことは、これらのものは日本統治時代に厳しく禁じられていたわけであり、すべては「静かな、強靭な政治的抵抗の歌」でもあったという点だ。いわば「母語」としての朝鮮語や民族文化の根を断ち切られ、彼の言葉で言えば、常に「日本語で考える」ことを余儀なくされていた時代だったわけだ。こうした生来身についた強い民族意識の中で、彼は日本留学中から在日朝鮮人の学生による地下グループに参加し、ここでも投獄・拷問の憂き目をみている。彼は、日本降伏の日、街頭を「朝鮮万歳《マンセー》」の歓声を上げながら走り続けたと対談で述べてもいる。

その後の尹は、ベルリンに移って、ボリス・ブラッハー（一九〇三〜一九七五）に本格的なウィーン楽派の作曲理論を学んだ。そのブラッハー自身、中国東北部の営口で生まれ、ハルピンで高等教育を受けた作曲家であった。尹は「私はブラッハーと人間的にも接触を深めたいと切実に願っていました。彼はアジアに、中国に育ったので、私のことを理解することができました」と言う。戦後ヨーロッパの最新の音楽理論は、こうしたハイブリッドな感性の中から醸成されたのだ。尹はその後、一九五八年、ダルムシュタットの現代音楽祭でシュトックハウゼン、ブーレーズ、ケージらの知遇を得、時代の「実験」に魅惑されていったわけだが、彼の資質はそうした中にあって、常に朝鮮の音と言葉のイメージを、西洋現代の作曲技法で音楽化することを求めた。尹は言う。

私の音楽はわが韓国の故郷の大地からまったく自然に成長したもので、私が西洋の現代的な作曲技法を使っているにしても、それはわが伝統から離れたり、それを捨てたりするものでも、人工的なものでもなく、ただそれをとり入れたものにすぎないのです。

（前掲書、七六頁）

それは彼が作曲した曲名からも明らかだ。バイオリンとピアノのための「ガサ（歌詞）」（一九六三）、フルートとピアノのための「ガラク（歌楽）」（一九六三）、オーケストラのための「レアク（礼楽）」（一九六六）などの曲である。それらは韓国や中国の古い宮廷音楽、宗教儀式の寺院音楽にヒントを得、あるいは道教や「書（カリグラフィー）」を根拠にしている。例えば「ヨーロッパの楽器を古代東アジアの楽器に近づけ」、それを具体的には「ヴィヴラートと、さまざまな種類のグリッサンド」といった技法として実現したのである。「書」についても尹は述べる——「巻絵に書いた東アジアの書道の幅広い筆の勢い」、「墨を含んだ筆で書かれた文字の勢い」を、「音楽語法」において一音を長く引き延ばす形式として、「毛筆の枝線の運びが集まって一つの全体をなすように、一つ一つの音響が集まって交響的全体をつくる」形として転用したという。それはまさにアジアの「文」の様態を起点としたものなのだ。それについて後述する日本の現代作曲家細川俊夫《ほそかわとしお》（一九五五〜）は、「尹先生の音楽は、さながら書のようでもあります」とし、「肉体と書の線は一体」であり、そこで「書かれた文字が音楽へ変貌する」（『細川俊夫　音楽を語る』アルテスパブリッシング、二〇一六年十二月、八九頁）とも指摘している。これは日本との交響で言えば、同時代、仏教を「音楽言語」の根にした黛敏郎の存在も指摘出来る。彼はジャズや電子音楽などの西洋音楽に影響されつつ、一方で声明や寺の梵鐘の響きを音楽化した「涅槃交響曲」（一九五八）を書いた。また世界的にも著名な武満徹《たけみつとおる》（一九三〇〜一九九六）も落とせない。彼は独学で作曲を学び、若い時代は集団「実験工房」で多様な芸術家とコラボした。西洋の前衛的な作曲手法を明確化していたわけだが、六〇年代から伝統的な日本音楽との接触を模索し、琵琶・尺八・箏などと西洋楽器との交響を打ち出した。言うまでもなくそれを世界に知らしめたのが、オーケストラと尺八・琵琶による「ノヴェンバー・ステップス」（一九六七）である。彼らが取り組んでいた問題は、けして音楽という狭いジャンルに限定出来ない。まさに東西交歓の中での、広い意味での文化の質をこそ問わねばならないだろう。最後に、尹の戦争や政治との関わりをめぐるその社会的メッセージを、日本との交響の中に探ろう。

三　文学史の書き換えへ向けて

「個」と「合奏」の全体との多彩な関係が象徴する物語性を意識して作曲すること。この関係は、個人的なテーマでも民族的なテーマでも、あるいは特定の時代をテーマにしたとしても、「社会内存在」である人間にとっては普遍性を帯びているものにちがいない。

（石田一志「尹伊桑の遺したもの」『音楽芸術』一九九六年一月）

石田一志がここで指摘するのは、尹が多く残した協奏曲に関わる言及だが、その音楽の独自性は『社会内的存在』としての人間」の追求に向けられたところだと述べる。それは彼が生きた、日中戦時下と冷戦の時代における文化のありようを示している。朴正熙《パク・チョンヒ》の暗殺、短い「ソウルの春」の兆しから全斗煥《チョン・ドゥファン》による軍事クーデター、そして光州事件。彼がベルリンと南北朝鮮に引き裂かれる形で、拉致・拷問という苛酷な体験をへ、その中で作曲という行為を起ち上げていった事実が、それを物語っているだろう。光州における市民決起と戒厳令に強く反応して書かれた代表作、交響詩「光州よ、永遠に」（一九八一）によってもそれは明らかだ。それは世界的にも大きな反響を呼んだ。尹はその後、こうした冷戦イデオロギーに翻弄されながら帰国さえも許されぬまま死去するが、ここに二十世紀における芸術家の苛烈な現実が浮き彫りにされている。音楽と言語の社会性を考える時、新たな「文学史」にはこうした視点が不可欠なことが理解されよう。

最後に日本における尹伊桑の、「社会内的存在」としての波紋に言及したい。彼の持つ社会性は、高橋悠治《たかはしゆうじ》（一九三八～）や林光といった作曲家を強く動かし、音楽行為を常に政治的次元の中で考察し、クラシック音楽の垣根を越えて、文化を大衆の中に開く認識へと変容していった。高橋ははじめコンピュータ音楽や即興演奏に関心を向けていたが、一九七八年にはタイの抵抗歌を演奏する「水牛楽団」を結成。尹とも常に接点を持ちながらピアノ曲「光州」（一九八〇）も作曲している。林も代表作、合唱のための「原爆小景」（一九五八）にはじまり、多くの労働運動にも関わった作曲家である。最後に、長くベルリンで尹の指導を受け、それを原点に世界に進み出た細川俊夫に触れよう。彼は七年の時間を尹の膝下、まさに「父と子」のような関係を持ったという。

> 特に六七年の韓国の秘密警察による捏造されたスパイ容疑で、強制送還され投獄され、拷問され、死刑の判決を受けた事件以降の先生の音楽は、人間の限界状況からの叫びがあった。ただ日々を誠実に生きていた人が、最も愛する祖国から裏切られ、辱めを受けた経験は、先生の心の奥底まで深い傷を負わした。それ以降の先生の創作には、常にあの事件の心の傷があり、創作することは、その魂の傷からの克服の戦いであったようである。
>
> （『魂のランドスケープ』岩波書店、一九九七年十月、一五四頁）

細川は、尹の「根底には、深い悲しみの歌があった」と述べる。それは極限的な政治状況下の芸術家として、「創作することは、その魂の傷からの克服の戦い」でもあったわけだ。細川の留学当時はまた、「ベルリンの壁」の中で生きることであった。細川の音楽は非西洋的認識のもとに根源的な「音楽の力」、自然と無意識と身体を融合させたものとして、現在、ヨーロッパで高く評価されている。西洋で遭遇した尹という「東洋」の存在によって、彼は後に雅楽や笙を積極的に自己の世界に取り込んでもいく。彼は「ぼくの母は日本の楽器である琴を弾き、ぼくの家は日本の伝統的な雰囲気の濃い家庭であった」とも述べ、そこに自身の起点を据えるのである。

西洋の音楽形式の中にその東洋的要素を取り入れようという態度とは、全く違った新しい音楽への道。ユン・イサンがヨーロッパで六〇年代後半に独自の道を発見したのと並行するように、武満徹はそのほとんど同時代に、東洋人の歩むべき道を孤独に歩いていた。（前掲書、一七一頁）

彼が意図する世界は、単なる東西の安易な融合とは異なる。本章が検証してきたことも、そうした問題ではない。より根源的な、西洋と出会った「東洋人の歩むべき道を孤独に歩いていた」のが尹伊桑であり武満徹であったと細川は述べているのだ。これは彼の言葉によれば「東洋も西洋も越えた音の始源」に向き合うことになるだろう。細川自身、自己の音楽への影響として、西田幾多郎から中村雄二郎、井筒俊彦、市川浩の身体観、自然観を指摘している。一方注意したいのは、大江健三郎の影響にも言及していることである（前掲書、一〇九頁）。文学を常に「社会」と連接させた作品を書いてきた大江を考える時、ここに細川の一つの「社会」への意識を見ることも可能だろう。つまり彼がその出自である広島に強く拘ってきた事実がある。細川は先の『細川俊夫 音楽を語る』の中で述べている。

恐怖の象徴としてのヒロシマの意義を初めて自覚したのは、ドイツで勉強していた時期のことでした。その後私は、両親と被爆した時のことを話し、いろいろと細かな出来事についても知りました。

（二一一頁）

ベルリンの政治状況の中で、彼は自身の出自である「ヒロシマの意義を初めて自覚した」と言う。彼は帰国して「両親に、当時のことを事細かに尋ねたのでした。母は付け加えて、『地獄を見た』とも語っていました」と対談で述べている。そうした問題に直面した作品が、初期の代表作「ヒロシマ・レクイエム」（一九八九／九二 改作『ヒロシマ・声なき声』）である。細川は付け加える。「被爆後にまた緑を取り戻していた山々も、被爆から五十年後には、新しい住宅地を造成し、経済を発展させるために平らに削られていました。このように自然を破壊していく人間の営みが、《ヒロシマ・レクイエム》を改訂し、三つの楽章を付け加えようという考えを促したのです」。こうした人間の破壊行為の中に、新たな「自然の循環」を発見するのが、細川の音楽の独自性である。ここには、尹の遠いエコーを感じさせるものがあるといえるだろう。

本章では二十世紀の戦争と文化の接点を、尹伊桑という作曲家の歩みとその日本への影響の中に辿って来た。「文学」というものを狭いジャンルの中で考察していては、こうした問題はけして見えてこないだろう。東アジアを起点に「文学史」を新しく再考する時、尹の存在は忘れてはならない重要性を持つのだ。

注

（1）金東珠『尹伊桑の音楽語法　韓国の伝統音楽を基層として』（東海大学出版会、二〇〇四年九月）の中には、「尹伊桑の独創的な音楽観および音楽技法の土台を成すのは道教思想と韓国の伝統音楽である」との指摘のもと、「音楽語法」の立場から、尹とアジアの伝統の問題への具体的なアプローチがある。

参考文献

尹伊桑『傷ついた龍　一作曲家の人生と作品についての対話』（L・リンザーとの対談、伊藤成彦訳、未来社、一九八一年）
金東珠『尹伊桑の音楽語法　韓国の伝統音楽を基層として』（東海大学出版会、二〇〇四年）
細川俊夫『魂のランドスケープ』（岩波書店、一九九七年）
細川俊夫『細川俊夫　音楽を語る　静寂と音響、影と光』（W・シュパーラーとの対談、柿木伸之訳、アルテスパブリッシング、二〇一六年）

◆第二章…戦争と「文学」…②中国

現代の中国文学と戦争

陳　思和
（陸　賽君訳）

一　二種類の異なる戦争

中国にとって、二十世紀の前半は戦争の連続であった。二種類の異なる戦争が中国人の政治・文化に関わる生活に深く影響していた。一つは十九世紀後半に始まり、ますます激しくなった国家間の戦争である。そこにはアヘン貿易によって引き起こされたアヘン戦争（一八四〇）、その後に起こった清仏戦争（一八八三〜一八八五）、日清戦争（一八九四）、庚子年（一九〇〇）の八カ国連合軍による侵略（義和団事件）などが含まれる。中でも最も重大なのは甲午年の日清戦争である。それは中国の領土の分割と被植民化（台湾と澎湖諸島）をもたらし、ここから被植民と半植民という二重社会形態が始まることになった。そして、「公車上書」[(1)]「戊戌変法」などの事件によって新型知識人階層（伝統的な士大夫階層と異なる）の誕生が促され、啓蒙と救国の「二重奏」が始まった。二十世紀に入ると、中国国内で清朝打倒の辛亥革命が起こり、民国政府が成立した。そこから、もう一つの戦争、すなわち国内戦争が「革命」という名の下で繰り返し勃発し、一九四九年の共産党の大陸政権の樹立まで続いた。その後の軍事的対立は海峡両岸に限られ、それ以降大規模な戦争は起きなかった。

二　第一次世界大戦の中国文学に対する影響

一つ目の国家間の戦争は、二十世紀前半おもに世界大戦という形で現れた。二度の世界大戦はいずれも中国人の文化心理や精神生活に深い影響を与えたが、もたらされた結果は異なっていた。第一次世界大戦（一九一四～一九一八）はヨーロッパで起こったが、その期間、中国の政治生活にも、それに応じて新しい現象が起こった。段祺瑞らの軍人集団が袁世凱の帝政を打破し、欧米の多党議会制度を模して、資本主義民主制度による立国を試みたのである。朝野の度重なる論争を経て政府は「ドイツとの断交」という外交的立場（一九一七）を宣言し、英仏諸国の同盟に加わることを決定した。また、政府は十五万におよぶ華人労働者をヨーロッパに派遣して戦争に投入し、「小国に外交なし」という国運を変えようとした。これは一八四〇年（アヘン戦争）以来中国政府が初めて対等な心理で参加した国際事業だった。こうした心理はパリ講和会議ではっきり表明され、世界を震撼させた「五四運動」を引き起こした。日本政府は一九一四年すでに「ドイツとの断交」を公表していたが、これは当時「第二革命」の失敗によって日本に亡命していた多くの革命志士に重要な影響を与えた。同年八月、李根源、李烈鈞らは東京で「欧事研究会」を結成し、「ドイツとの断交」を主張した。陳独秀もそこに名を連ねていた。翌年、陳独秀は上海へ戻って『新青年』を創刊する。最初の二巻には欧州の戦争の分析や報道が大量に掲載されていた。『大隈内閣の改造』『バルカン半島の風雲』『ドイツと隣接する中立国の態度』『ペルシア湾における英仏勢力排除の風波』『英仏閣僚が軍事協議』などがそうだ。このような世界的視野と世界最先端の立場によって、『新青年』は急速に国内知識人の注目を集めた。その後、中国政府による「ドイツとの断交」や「社会的公正が強権に勝利する」という民心の趨勢、戦勝国としての中国の姿勢や夢は、『新青年』を、有名人の集う、影響力の強い理論刊行物へと押し上げた。この刊行物で提唱され、推進された新文化運動や文学革命運動は、第一次世界大戦が中国知識人にもたらした自信が浸透した証である。

三　日中戦争の中国文学に対する影響

第二次世界大戦の中国知識人に対する影響はより直接で深刻だった。それは主にアジアを戦場とした日中戦争に現れている。日中両国の外交的衝突（背景は軍事的な恫喝だった）は日清戦争以来、陰に日向にずっと続いた。「柳条湖事件」（一九三一）に至ってはじめて軍事衝突の幕が切って落とされ、「盧溝橋事件」（一九三七）以降、戦争は全面化して、第二次世界大戦の一部となった。この戦争は中国知識人の運命とその精神世界の表現（文学芸術）に重大な影響をもたらした。背景には中国農民階層の政治的地位の急速な上昇と農民（「工農兵」と表された）を中心とする政党思想の確立があった。

マクロな視点から言うと、この戦争（一九三一～一九四五）は中国文学の流れにおける一つの道標（メルクマール）になった。まず、戦争によって文学的な地図が変化した。戦前の中国の政治構造はばらばらだったが、領土は一体（台湾と澎湖諸島を除き）で、文化形態も一体性があった。一九三一年以降、東北地区は陥落し、満州国文学と東北亡命文学が生まれた。前者は一八九五年以降の台湾文学と同様、植民地文学の性質を持っていた。そして一九三七年以降、中国の全領土は戦争によって三つの版図が相互に影響する形に分裂した。すなわち国民党が統治する地区（国統区）、共産党が支配する地区（抗日民主根拠地）、および日本軍の占領下にある被占領区である。性質の異なる三つの政治的版図は一九四九年まで絶え間なく変化した。国統区は次のような道を辿った。南京（内陸のほぼ全域）―重慶（大後方）―南京（全国の大部分）―台北（台湾地区）。共産党が支配した地域は次のような道を辿った。延安（辺区政府）―解放区（不断に拡大）―北京（大陸）。日本占領地区が辿った道は次のとおりである。台湾―東北（満州国）―華北華東などの被占領区―失敗。この政治的な性質の異なる三つの地理的版図はそれぞれ国統区、抗日民主根拠地および被占領区の三つの性質の異なる文化形態を形成した。文学現象にも同じことが言える。

次に、戦争は中国近代化の過程において知識人の指導地位と下層民衆との関係を変えた。戦争によって、中国で人口の最も多い農民階級は抗戦の重要な力として政治と軍事の舞台に押し上げられ、同時に、戦争を通じて自己解放運動が促進された。農民の文化的要求は民族革命の解放運動に取り込まれ、急速に新たな戦争の文化規範に昇格した。その戦争の文化規範は知識人の啓蒙的文化規範に取って代わった。戦争の文化規範の解釈者として、毛沢東は戦時中、一連の著作を通して、哲学

（『矛盾論』『実践論』）、政治（「新民主主義論」）、軍事（「中国革命戦争の戦略問題」「持久戦論」）、文化芸術（「延安の文芸座談会における講話」）などの領域で、戦争の実践の中で培い、自らの名を冠した思想を全面的に展開した。戦争における主要な勢力の政治文化的要求を把握し、この時代の精神的要求をうまく表現していたため、毛沢東思想は形成されるや、いち早く彼らに擁護され支持された。毛沢東思想を中心に構築された戦争の文化規範は建国後の平和な時代まで続いた。階級闘争を要とする政策から、社会主義段階の二つの路線闘争、幾度もの政治運動、「文化大革命」に至るまで、すべて文化規範の、平和な時代における戦争の延長と見なすことができる。

　戦時中、五四新文学の伝統は依然として重要な役割を果たしていた。特に胡風が編集した雑誌『七月』は人の主体性、文化的啓蒙性、戦闘の現場性を旗印に、国統区の多くの青年詩人、作家、文学愛好者を団結させたが、辺区や遊撃戦区の青年文学愛好者にとってもきわめて魅力のある雑誌だった。しかし戦後、戦争の文化規範と知識人の啓蒙的文化規範の間に激しい衝突が生じた。権力の介入によって、知識人の啓蒙的文化規範は崩壊し、胡風を代表とする新文学勢力は粛清された（一九五五）。それから一九六六年まで、中国大陸では複数の政治運動が続けて起こり、左翼知識人グループに致命的なダメージを与えた。丁玲《ていれい》、馮雪峰《ふうせっぽう》、艾青《がいせい》、蕭軍《しょうぐん》から、田漢《でんかん》、夏衍《かえん》、周揚《しゅうよう》に至るまで、戦時中に活躍した有名な作家・理論家はみな批判され迫害された。「文化大革命」の期間、戦争の文化規範は中国で極限の形態に達した（文学におけるその代表は江青が育んだ「様板戯」である）。しかし、「文化大革命」の終結とともに戦争の文化規範はいち早く棄てられ、一九七八年以降、中国は社会主義の「新時期」

に入った。

四　当代文学の創作における戦争文化心理

新文学の伝統には戦争のテーマが欠けていた。一九三一年の「柳条湖事件」以降、東北亡命作家が抗日の戦争をテーマとする作品を書き始めた。一九三七年、戦争が全面化すると、戦争のテーマは普及し、直接戦争を表現した代表作として、丘東平（一九一〇～一九四一）、阿壠《あろう》（一九〇七～一九六七）などの作家の戦地ルポルタージュ、記録文学および短編小説が生まれた。当時阿壠の長編小説「南京」は公表されなかったが、潜在創作という角度から見ると、この時期の最も重要な代表作だと言える。抗戦中さらに多くの作家が戦争中に起きた物語を書いた（戦地ロマン小説、スパイ小説、大後方の物語、被占領地区の物語など）。芸術としての質は不揃いだが、戦争時代の各地区の人々の生活風景や愛国の情熱を反映していた。戦後、戦争テーマは多くなっていた。抗日戦争（一九三一～一九四五）や内戦（一九四六～一九四九）を描く作品はこの時代の流行小説となった。ゲリラ戦プラス伝統的な武俠伝奇は、二十世紀五、六十年代の中国大陸で最も人気のある小説ジャンルだった。似通った創作の軌跡は国統区（台湾地区を含む）でも同様にみられる。

抗戦勃発から、一九四九年に生まれた海峡両岸の政権対立、そして「文化大革命」の終焉まで、この四十年は中国の近代文化にとって特別な時期であった。戦争の要素が深く人々の意識構造に根付き、人々の思考形態や思考方法に影響したのである。それに伴って、この時期の文学はさまざまな戦争の痕跡を残しており、戦後の文学研究の重要な対象の一つになっている。戦争の文化規範の下で形成された戦争の文化心理が、ある種の民族的美意識に転化したとき、文学創作にも強制的な規制が働くことになった。

その第一の現れは、「**文学創作には明確的な党派立場と政治功利性があり、文学の宣伝機能とリアリティーは衝突する**」という原則である。戦争は文学に過度に明確な目的を規定し、文学の功利主義が大手を振って認められた。抗戦時期にすべてに勝る任務は戦勝することであった。こうした共有認識に基づく文学の第一の機能は政治的プロパガンダである。思想の深度、芸術の技巧、美的機能などの要素はすべてプロパガンダという客観的な基準に従わなければならなかった。また、文学創作において回避できない人間性、リアリティーなどの要素は抑圧されて否定され、戦争の描写になければならない残酷で暴力的な事象もすべて批判され糾弾された。特に一九四九年以降、党派（共産党・国民党）政権の対立によって、戦争の歴史は真実に沿った完全な表現ができなくなった。抗戦という肯定的な戦場テーマはすべて遮断され、厳粛で重要な戦争テーマは通俗文学という形で描かれることになった。

二つ目の現れは、「**戦争についての二項対立的な思考習慣が濫用され、文学創作にさまざまな付和雷同のパターン化が現れた**」ことである。中国哲学には陰陽学説と兵家の弁証法があり、きわめて豊富な内容を有している。古代陰陽学説は二極の弁証転換だけでなく、五行相生五行相克の循環説がそれを補っている。「二つに分かれる」ことは、「二つ」が終点ではなく、「二つ」から無限に分かれていくことを意味する。兵家は、両軍が対峙するとき、さまざまな要素を総合し千変万化の内容を産み出す。しかし、軍事の弁証法は実践で活用されるとき、常に執行者の二項対立的思考習慣に妨げられる。生きるか死ぬか、戦うか降伏するか、前へ進むか敗退するか、勝つか負けるか、手柄を立てるか罰を受けるか、英雄になるか捕虜になるか……。こうした戦場での単純な選択によって育まれた二極対立の思考は、作家たちの創作構想に深く影響し、文学芸術システムの中ではっきりと分化し、まったく相反する言語体系を形作った。

例えば、一つを甲の体系とすれば、そこには労働者階級、貧農下層中農、人民解放軍、党による指導のイメージ、英雄イメージ、進歩的、革命性、公正無私、恐れを知らぬ英雄、九死に一生を得る、性欲がない、私心がない、精神的な危機を感じない……などが含まれる。

それと対立するもう一つの乙の体系は、地主資本家、裏切り者とスパイ、侵略者、動揺性、破壊性、邪悪、腹黒さ、愚かさ、利己的、死を恐れて延命を図る、かけひきと陰謀、最終的な失敗……などである。

すべての芸術構想はこの二つの言語体系のルールを遵守しなければならず、混ざり合うことは許されなかった。「文革」時期の文学創作になると、進歩的人物の死や、恋愛、まっとうな感情は描くことが許されなかった。反面的な人物が普通の人間の感情を持つことも、さらには綺麗な顔立ちであることも許されなかった。ただ、こうした現象はある種の具体的な条文で規定されたものではなかった。

ある特定の時期の文化的薫陶と教育を通して、作家・評論家・読者の三者が共同でこしらえた思考習慣であった。戦争の二項対立的思考習慣は対立するさまざまな事象を二極化して誇張し、文学創作における付和雷同のパターン化が生じたのである。

二十世紀中国文化の発展を見れば、次の二つの段階を経たことは明らかである。前の段階は、二十世紀初頭の東西文化の衝突、第一次世界大戦で戦勝国になったこと、辛亥革命の政治変革に始まる啓蒙文化である。それは「五四」新文化運動という形で現れた。後の段階は抗日戦争を起点とし、共産党の全国政権樹立を道標とする戦時文化である。この時期の戦争の文化規範は継続して発展し、「文革」時期に頂点に達した。二つの文化形態はともに文学創作に深刻な烙印を残している。「文革」が終結してから四十年近い発展の過程で、戦争を超克し、戦争の影から抜け出そうという新しい文化要素がしだいに現れつつある。

注

（1）日清戦争後の馬関条約に反対して、康有為、梁啓超らが光緒帝に上書した事件。

◆第二章…戦争と「文学」…③韓国

記憶と解析としての文学——戦争体験と韓国近代文学

韓 壽永
（田島哲夫訳）

一 韓国近代文学と近代の戦争

韓国近代文学の起点という問題は依然として論争中にあるが、おおよその起点は十九世紀末から二十世紀初までのある時点にあると見るのが通説である。その場合、韓国近代文学は、もはや一世紀をゆうに越える歴史的蓄積を成しとげたといえよう。言い換えれば、韓国近代文学史の半世紀にあたる時期をだいたい一九五〇～六〇年代だとした場合、韓国近代文学の百余年にいたる歴史の半分は、ほとんど戦争と共に展開されてきたといっても過言ではないほど、数々の戦争が絶え間なく起きた。

十九世紀末から二十世紀半ばにかけて、朝鮮半島で起きたり、あるいは韓国社会と韓国人の暮らしに決定的な影響を与えた戦争を挙げれば、まず、一八九四年の日清戦争をはじめとして日露戦争（一九〇四）、第一次世界大戦（一九一四）、それから満州事変（一九三一）、日中戦争（一九三七）および太平洋戦争（一九四一）、韓国が植民地から独立した後は、朝鮮戦争（一九五〇）、ベトナム戦争（一九六四）等が考えられる。これらの戦争は、ただ韓国のみならず、東アジアひいては世界史全般にわたり、大きな影響を及ぼした歴史的大事件であった。これらの戦争が断続的に続く間、韓国は朝鮮、大韓帝国時代を経た後、結局日本の植民地に転落しただけではなく、朝鮮戦争を前後して民族が分断されて以来、今も南北が鋭く対立する分断体制から抜け出られないでいる。

あらゆる戦争がそうであるように、戦争は単に軍人と戦場のみに限らず、その事態に関わる全ての人々の人生に多大な影響を及ぼす。特に、古代や中世における戦争とは違い、総力戦（total war）の形を帯びた近代の戦争は、軍人のみならず銃後の一般国民の日常的な暮らしさえも、全て戦時体制という形で強制的に規律されるという特徴を持っている。そのため、いったん戦争が起きると物資と人力の動員のみならず、人々の精神世界すらも、戦争動員のイデオロギーによって支配されることになる。そうした意味で、文学は公的な歴史記録や戦史が触れることのできない、内密かつ主観的な領域にまで入り込み、戦争が国家や社会のような巨大な組織や集団に及ぼした影響だけでなく、一個人の人生と日常、そして精神と感情にいかなる変化をもたらしたかを描き出せるという点で、特別な地位を持っている。それゆえ、文学はしばしば歴史記録としての「戦史」や、国家が公認した公的記憶としての「歴史」と衝突したり、相反する「戦争の記録」になることもある。それが「文学」の持つ、そして「文学」のみが持つことのできる「記録」であり、「記憶」としての固有な特徴といえよう。

二　日清戦争と日露戦争、そして甲午農民戦争と義兵戦争

日清戦争と日露戦争は、日本が朝鮮への支配権を確保するために行った二度にわたる国際的な戦争である。この二度の戦争に勝利することにより、日本は、清国およびロシアから朝鮮への排他的な独占的支配権を獲得しただけではなく、戦後の交渉を通じ、さまざまな利権を得ることにより、東アジア最強の近代国家へと飛躍することになった。

日本がこの二度の戦争の勝者になることで、国際的地位を強固に構築する間、朝鮮は次第に植民地という奈落に一歩ずつ足を踏み入れていった。特に、この二度の戦争はどちらも朝鮮半島の諸地域で戦闘が行われることにより、戦闘地域はもとより、部隊が駐屯していた地域の住民であった韓国人たちの被害と苦痛は、言葉では言い表せないほど大きかった。

しかし、日清戦争や日露戦争を直接描いた当時の韓国文学の作品はそれほど多くない。それが文学作品にいかに反映されたかをあえて言うなら、当時の文人及び知識人たちは、戦争を直接取り上げるよりは、戦争がもたらした朝鮮の危機を人々に知らせ、その危機を克服するための方策として、朝鮮の歴史における英雄たちに関する伝記を書いたり、愛国の志士たちの伝記を翻訳・翻案する作業、あるいは植民地に転落した他の国の歴史、または独立を維持するために奮闘した外国の事例を紹介する作業を実践していった。

その意味で、日清戦争の勃発から十三年後、日露戦争が終結してから一年後に出た李人稙《イ・インジク》の『血の

涙』（一九〇七）の持つ意味は格別なものがある。『血の涙』の冒頭は、日清戦争の激しい戦闘の嵐が過ぎ去った平壌《ピョンヤン》市内の惨酷な場面の描写から始まる。立ち込めた砲煙と倒れている数多くの兵士と民間人の死体の山を描く最初の場面は、韓国の古小説においては見られなかった強烈な印象を与える。作者は、朝鮮の支配権をめぐる清国と日本の戦いで、哀れな朝鮮の人々が被害を受けたのは、主権のない国家の民だからであり、それは、無能で腐敗した朝鮮の封建勢力のせいであると批判する。しかし、この小説は戦争で両親を失った幼い少女玉蓮《オンニョン》を主人公にし、彼女の運命が朝鮮の没落とは軌跡を異にしていることを示している。この小説の背景となっている日清戦争と日露戦争は、主人公玉蓮の不幸の原因であるとともに、彼女の人生が新たな希望に向かって急転するきっかけとなる。『血の涙』は、中世封建国家である朝鮮の運命と個人の運命との落差を描くことにより、近代文明への作家の信念を表している。李人稙は、日本への留学と都新聞社で働いた経験を通じ、近代文明と近代国家への熱望を持っていた。が、しかし反封建意識の強かったわりには、民族問題や帝国主義・植民地主義に関しては深い考察の跡は見られない。

帝国主義への警戒と批判が提起されるのは、甲午農民戦争と義兵戦争においてである。前者は日清戦争の原因となった朝鮮の農民たちの反封建・反外勢（日本と清国を斥ける）を掲げた抵抗であり、後者は外国勢力に抵抗する多様な階層と身分の人たちが連合した武装闘争であった。その当時、戦争に参加した朝鮮人たちの思惟と経験は、主に民謡や民譚といった様々な形で表出された。これらの戦争が歴史小説の形式を借り、大きなスケールで文学的に照明を当てることは、一九七〇～八〇年代になってようやく可能となった。例えば、越北（北朝鮮へ渡った）作家である朴泰遠《パク・テウォン》による『甲午農民戦争』や、韓国の作家である宋基淑《ソン・キスク》の『緑豆将軍《ノクトゥチャングン》』(1)のような長編小説がその好例である。

三　第一次世界大戦から太平洋戦争まで

第一次世界大戦が韓国文学に直接的な影響を与えたとは若干言いにくい。しかし、その戦争が終わった後、新たに国際社会の原則として浮上した「民族自決主義」が、三・一運動という大規模な民族運動の導火線となったこと、さらに三・一運動以降、韓国近代文学が本格的に発展し始めたことを考えると、影響関係にあったことは明らかであろう。第一次世界大戦そのものを描いたものではないが、廉想渉《ヨム・サンソプ》の「万歳前」は、当時「欧州大戦」と呼ばれた第一次世界大戦と民族自決主義が、主人公の性格の変化に影響を与えていることを描いた小説である。小説は、三・一運動が起る直前の一九一八年の冬から翌年の二月までの時間を描いている。主人公は東京に留学中の富裕な家の坊っちゃんで、彼は国際情勢や民族問題にさしたる興味を持たず、当面の最大の関心事は、カフェーの女給である「静子」の愛を得ることである。なんの愛情もなしに早婚した彼は、妻が危篤だという電報を受け、一時帰国の途に就く。彼の帰国の道程は、新たに民族の現実と自分の置かれた境遇を自覚させられる意外な様々な経験に満ちている。小説の最後で、彼は東京の「静子」に鄭重で礼儀正しい別れの手紙を送ることにより、分別の無かった自らの行動を反省し、民族と社会に対し無関心であった過去の「自分」とも決別する。

満州事変（一九三一）の場合、戦争としての影響よりは、その後の満州国建国（一九三二）が韓国文学にどのような影響を与えたかについて触れたほうがよいだろう。満州国建国は、韓国文学の新しい潮流を形づくった。それは、当時の農民文学において「満州」へ移住する農民の話が著しく増えたことであり、その流れはいわゆる「在満朝鮮人文学」という一つの範疇をつくり出すことにつながっていく。

今日、東北三省と呼ばれる満州地域に朝鮮人が移住し始めたのは、十九世紀後半からであるが、満州国建国を前後して満州へ移住する朝鮮人の数は急激に増えることになる。そうした事態を招いた決定的な理由は、日本の朝鮮農村政策が農村経済を急激に解体し、多くの小作農を量産、これらの小作農たちの経済生活が日増しに悪化し、これ以上朝鮮の農村で生活を続けることが困難となったからである。「満州」はそうした状況の下、朝鮮の農民たちが選んだ新たな突破口となった。満州国建国以前の作品ではあるものの、崔曙海《チェ・ソヘ》の短編小説「脱出記」（一九二四）や「故国」（一九二五）から「紅焔」（一九二七）に至る一連の作品は、満州へと移住した朝鮮農民の厳しい生活を、非常に激情的な語調で告発した小説である。李泰俊《イ・テジュン》の「農軍」と安壽吉《アン・スギル》の「稲」は、満州国建国を前後した時期の朝鮮の農民と中国の農民、それに日本の警察と中国の官憲との利害関係が複雑に絡んだ「満州」という空間の政治的、経済的状況を優れた筆致で描いた作品である。

日中戦争から太平洋戦争に至るまでの期間、韓国文学は政治的に極めて困難な状況に陥ることになる。まずもって、これらの戦争を直接描いた文学作品の数が多くない上に、戦争をテーマにしたり、素材とした作品でも、日本政府が公に標榜した戦争の理念に同調する場合を除いては、作品発表は不可能な状況であった。

批評家白鐵《ペク・チョル》の書いた唯一の小説「展望」は、日中戦争の理念をテーマにした小説であるが、彼は小説の中で日中戦争が封建の最後の砦である中国を解体する戦争であるとし、それがアジア全体を「近代」の新たな秩序へと全一化する偉大な契機となると解釈している。朴泰遠の「亜細亜の黎明」は、いわゆる汪精衛の「南京政府」設立前後を取り上げた一種の政治小説である。国民党ナンバー2であった汪精衛は、国民党を飛び出して南京に新しい政府を樹立し、蒋介石に対しては抗日戦争の中止と、日本の東アジア政策への協力を求める「和平運動」を展開したことにより、中国では代表的な漢奸（中華民族の裏切り者）政治家として評価されている人物である。「展望」と「亜細亜の黎明」によって確認できるように、この頃、文学において戦争を取り上げることは、戦時の国策に協力するという形でなければ不可能であった。当時、日本はもとより、朝鮮でも話題になった火野葦平の『麦と兵隊』のように直接、中国戦線に参戦した経験を小説化した場合は殆んどなく、朝鮮の文人たちの大半は戦時下の国策に呼応し、全国啓蒙演説に動員されたり、戦争を称え、朝鮮人学生たちに学徒兵志願を督励する演説とエッセイを書かなければならなかった。一九四一年、太平洋戦争が勃発した後、文人や知識人に対する日本の圧迫はさらに苛酷になり、絶筆したり、奥深い山里に隠遁する形の「抵抗」を試みた少数の文人を除いては、大多数の作家と知識人は戦時動員の波に飲み込まれていった。

ところで、こうした戦時下の国策への協調や動員イデオロギーに同調する文人、及び知識人の行動の因果関係は、単に日本当局の圧力や強制のみに結びつけられる問題ではないと考えられる。また同時に、それは民族主義的な名分や倫理の問題のみに帰結できる単純な問題でもない。一九三七～一九四五年の間、日中戦争や太平洋戦争とを媒介とした様々な思想が噴出していた。亜細亜主義、大東亜共栄論、東亜新秩序論、東亜協同体論、新体制論等、西欧と近代を他者化する新たな思想の模索が日本で提起されており、こうしたあらゆる思想の試みを、動員イデオロギーとして戦争に服務したり、天皇制ファシズムを正当化する理論の侍女の役割しかできなかった、と一蹴するには当時朝鮮の文人と知識人たちが繰り広げた思想の苦闘は、まさに真摯で厳しく重いものであった。別の脈絡からみると、朝鮮の作家と知識人たちは、いわゆる「開化」以降、盲目的に追求してきた西欧及び近代を初めて対象化し、他者化し得たのである。それ故、日中戦争や太平洋戦争と韓国文学との相関関係を論じる際には、単に戦時下の国策への協力か否かを区別するよりは、思想史の脈絡から接近することにより、より立体的かつ多層的な解釈の地平を確保することが必要であろう。

四　朝鮮戦争と戦後文学

二十世紀の戦争と韓国文学との関係を考える上で最も注目すべきは、やはり朝鮮戦争と韓国文学との関係である。また、この問題において最も興味深いのは、いわゆる「戦後世代」たちによって描かれた朝鮮戦争だと言えよう。韓国文学において「戦後世代」とは、おおかた朝鮮戦争直後に文人としての生活を始めた世代を指す。彼らは青年時代に戦争を直接経験した世代であり、どのグループや世代よりも朝鮮戦争の外延と内包をしっかりと捉えることができた。ところで、興味深いのは、彼らの作品に描かれる朝鮮戦争には、彼らが幼少年期に経験した日中戦争や太平洋戦争の経験と感慨が二重に投影されているという事実である。戦後世代の人々は、その多くが一九二〇～三〇年代初に生まれたため、植民地時代に日本の官制教育システムを通じて成長した。戦後世代の作家の中には、張龍《チャン・ヨン》鶴《ハク》、韓雲史《ハンウンサ》、李炳注《イ・ビョンジュ》のように、実際に学徒兵として中国戦線や太平洋戦線に参加した作家もいるが、戦線ではなくても、一九三七年以降、恒常的に続いた戦時体制の経験に慣れ親しんだ世代といえる。したがって、彼らが朝鮮戦争をそれ以前の戦争への記憶や経験に投射するのは、どうかすると自然な現象なのかも知れない。こうした特徴をきちんと捉えるためには、朝鮮戦争の文学的反映を「貫戦史(viewpoint of trans-war)」の視点から接近する必要があるだろう。特に戦後世代のなかで、朝鮮戦争を取り上げた代表的な作家である鮮于輝《ソンウ・フィ》や河瑾燦《ハ・クンチャン》の小説を分析するに際し、こうした「貫戦史」的視点は極めて有効であろう。

鮮于輝の出世作であり代表作でもある「火花」は、朝鮮戦争を解釈するための「先行記憶」として日中戦争を配置している。作家が日中戦争の記憶と朝鮮戦争をオーバーラップさせている理由は、これらの戦争を貫く「集団／個人」の構造を喚起するためである。小説には「天皇」と「皇国」の旗幟の下、個人の犠牲と献身が要求された日中戦争、「人民」と「階級」の名で個人の自由を抑圧する

「中国共産党」、それから「階級解放」と「民族解放」を掲げ、同族間の殺傷を要求する北朝鮮の戦争論理が全て同一の系を構成している。作家は、朝鮮戦争が「(個人の)自由」を守るための戦争であったことを喚起する目的で、先行記憶を長く再構成している。鮮于輝の戦争への記憶は、日中戦争や太平洋戦争の体験を、戦争体験ではない植民地経験に還元し、「韓国人」を、「戦争」に介入させられたものではなく、植民支配の被害者の位置に単一化する、戦後韓国社会の「記憶の共有」の軌跡から抜け出している。彼は日中戦争を、被植民の犠牲や受難としてではなく、「国家」という集団主体の呼び出しに対応する「個人主体」の問題として設定しているからである。こうした構造化の原理ゆえに、日中戦争と朝鮮戦争は、個人の自由を抑圧したり、保存・維持したりする主題と結びつき、「同質化」する。まずもって、こうした戦争の記憶のし方は、植民地と戦後を完全に断絶したものとして「記憶」するために努める、戦後韓国社会の「記憶の共有」のし方について、一定の抵抗の境界地点を形づくることになる。

河瑾燦は戦後世代の作家の中でも、朝鮮戦争と日帝末期の戦争との「連続性」に対し最も敏感な問題意識をもつ作家であった。彼の出世作である「受難二代」は、「貫戦史的」観点から展望するとき、断然、そうした問題意識が際立ってあらわれている戦後小説の圧巻といえよう。「受難二代」は、戦時動員体制において動員の主体である「国家」対、動員の対象である「国民」、すなわち「国家／国民」の構造により、日帝末期の戦争と朝鮮戦争を結びつけている。「受難二代」は戦争に動員された挙げ句、不具の身になって帰郷することになる父子二人についての物語である。父「マンド」は太平洋戦争期に徴用され、太平洋のある島で飛行場建設工事の労役に動員される。トンネルの発破作業のためにダイナマイトの芯に火をつけトンネルの外へ避難する瞬間、連合軍の無差別的空襲が始まり、マンドは考えるいとまもなく道路の窪みの中へ逃げ込む。その瞬間、発破作業のために火をつけておいたダイナマイトが爆発し、その事故でマンドは片腕を失うことになる。

河瑾燦が「記憶」を通して再現する朝鮮戦争は、いかなる大仰な名分を掲げても、結局戦争という「国家」が「国民」を呼び出し、生み出す動員体制としての国家暴力、それ以上でも以下でもない。そして、こうした観点から、朝鮮戦争と日帝末期の戦争の同質性と連続性とを喚起することにより、戦後韓国社会の「戦争の記憶」を批判的に問題としているのである。第二次世界大戦の終結後、新生独立国として登場した「大韓民国」は、「国民づくり」という緊要な国家的課題に遭遇する。逆説的ではあるが、朝鮮戦争が生み出した、戦後の最もきわめて良くない結果は、南北に各々できた分断国家体制にとって、「戦争」が何よりも確実な「国民づくり」の機制として働いたということである。戦争は南北両体制の住民に、国家体制に編入されなければ（すなわち、国民にならなければ）、それは、すなわち「死」を意味するということを生々しい現実として示している。したがって、「戦争」は「内的同意」という、複雑かつ長い説得の過程と手続きなしに、極めて速く簡単なし方で、体制の安定を図り、構成員たちの「非自発的忠誠」を確保できる手段となった。こうした河瑾燦の問題意識は、戦後の韓国社会が「朝鮮戦争」を日帝末期に韓国人たちが経験した戦争とは完全に断絶したものとして認識することにより、日帝末期の戦争は、植民状態において、それこそ「非自発的」であり、

「強制的」に動員された「悪い戦争」であり、それとは異なり、「朝鮮戦争」は「反共」と「自由守護」のための「正当な戦争」として理解する、その「記憶」の歪曲に対する対抗から始められている。

注

（1）緑豆将軍は、甲午農民戦争当時、農民軍の最高指導者の一人だった全琫準《チョン・ボンジュン》（一八五五〜一八九五）の愛称。

参考文献

東国大學校 韓国文学研究所編『戦争의 記憶、歴史와 文学』上／下（월인、二〇〇五年）
金東椿『戦争과 社會：우리에게 韓国戦争은 무엇이었나？』（돌베개、二〇〇六年（改訂版））
韓壽永『戦後文学을 다시 읽는다：二重言語・貫戦史・植民化된 主体의 観点에서 본 戦後世代 및 戦後文学의 再解釈』（소명출판、二〇一五年）
金在勇『協力과 抵抗：日帝末 社会와 文学』（소명출판、二〇〇四年）
韓壽永『親日文学의 再認識：一九三七—四五年間의 韓国 近代小説과 植民主義』（소명출판、二〇〇五年）

◆第三章…学問と「文学」…①日本(「文学」史からみる)

明治期の「文学」史

陣野英則

はじめに

明治の時代、literatureの訳として「文学」という語が用いられたのは周知の通りだが、「文学」が今日のように言語藝術のことを意味する語として定着するまでには長い時間を要した。それまでの間、後述するように「文学」は学問全般もしくは人文学を意味することが少なくなかったが、さらに他の用いられ方もしばらくつづいている。

ここでは明治期の「文学」史を検討するにあたり、まず当時の「文学」概念のあり方を概観する。次に、これと密接に関わる大学の「文学部」における学科編成などに注目した上で、明治二十年代以降に濫造される「文学」史を瞥見する。さらに、刊行当時から高評価を得た藤岡作太郎の「文学」史が有する意義について考える。従来はあまり留意されてこなかったが、「文」のゆたかなひろがりと藤岡の「文学」史との関わりについてとらえてみたい。

一 「文学」概念の揺れの中で

ラテン語のlitteraに由来するliteratureという語も、元々は多義的もしくは多層的であって、ひろくは書き言葉による著述全般を意味していたが、おおよそ十九世紀を通じて、近代的な言語藝術を指示するようになっていた。一方の「文学」という漢語は古代中国以来の長い歴史を有するが、日本の江戸時代後期においては、儒学と漢詩文、すなわち「文章」の学というような限定的な意味を表していた。その「文学」が英語literatureの訳語に充てられることにより、その語義は変化してゆく。ただし、その変化は相当に複雑である。

明治初期の洋学者たちの用法をみると、概ね学術一般と言語藝術とをあわせて「文学」と呼んだようであった（鈴木貞美による）。しかし、たとえば福地源一郎（一八四一～一九〇六）は、『東京日日新聞』を刊行する日報社の主筆として最初に執筆した社説（明治七年〈一八七四〉十二月二日）で、「文」の「学」びとしての「文学」、すなわち文章を書くための学問という意味での「文学」に言及している。言文一致などの文章改良が試みられた時代にあって、福地は終生、「文学」を文章について学ばれるべきものとみていた（山田俊治による）。

一方、今日の「日本文学史」にある程度近い性格をもつ著述も早々と上梓されている。明治十年（一八七七）から明治十五年にかけて六冊本として刊行された田口卯吉（一八五五～一九〇五）の『日本開化小史』、その「巻之四」に相当する「第七章　日本文学の起源より千八百年代まで」および「第八

章　鎌倉政府創立以後戦国に至る間日本文学の沿革」である。田口のいう「文学」には、「情の文章に現はるゝもの」と、「智の文章に現はるゝもの」との二つがふくまれる。これらのうち前者を「記事体」と呼び、「歴史、小説の類之に属す」としているのに対し、後者のことは「論文」と呼び、「学文、論説之に属す」としている。つまり、狭義の言語藝術のみならず、それと歴史とをあわせて「情」の文学としつつ、さらに朱子学などの学問をふくむ「智」の文学までが、田口の「文学」史の射程内に入っている。

右にとりあげた例はごく一部に過ぎないが、明治時代を通じて、「文学」という語は学術全般、あるいはもう少し絞って人文学を意味する場合が多かったようだ。和田繁二郎によると、江戸時代後期の用い方をうけつぐ儒教的学問を意味した「文学」は、明治十年代後半から二十年代に後退するものの、西欧的な「文学」としては、「小説・詩歌よりも人文学的評論を意味する傾向と、修辞学を意味する傾向とが強ま」り、さらに「人文学的述作」という意味での「文学」の使用は、明治三十年代末あたりまでつづいたという。

二　東京大学（帝国大学）の文学部における学科編成と古典講習科

右のように、明治二十年代以降も、「文学」は狭義の言語藝術を意味する概念として定着してはいなかった。よって、今日にいう「国文学」「日本文学」といった概念（もしくは領域）も未だ定まってはいない。ただし、明治時代前期の大学における学部・学科編成のあり方は、「文学」概念の変遷、ならびに後述する「文学」史の問題にも大いに関わるだろう。

明治三年（一八七〇）の「大学規則」発布以降、めまぐるしく新設と編成替えとがくりかえされたのち、明治十年（一八七七）に東京大学が創立された（のち明治十九年に帝国大学、三十年に東京帝国大学と改称）。以下、『東京大学百年史——部局史一』によって確認してみると、最初に設置された法・理・医・文の四学部うち、文学部は「史学、哲学及政治学科」と「和漢文学科」の二学科体制でスタートする。前者が西洋を扱うのに対して、後者では「和漢」の思想も政治学も歴史学もふくまれたが、教科の中には「和文学」「漢文学」などの科目もみられる。この後、和漢文学科は明治十八年（一八八五）に「和文学科」と「漢文学科」に分かれ、さらにその四年後、「和文学科」は「国文学科」と名を変える（なお、文学部は明治十九年の「帝国大学令」により文科大学に改組されている）。

右のような学科の変動がつづく一方で、明治十五年（一八八二）には、和漢の古典籍を扱う「古典講習科」が文学部附属の機関として設置され、まず甲部（国書課）が、次いで翌年には乙部（漢書課）が生徒募集を行った。その背景には、それまでの行き過ぎた欧化主義への反動という面があっただろう。具体的な点を藤田大誠の研究によっておさえてみると、まず明治十二年（一八七九）には儒教的倫理と皇国思想に基づく「教学聖旨」が国民教化の方針として示されたが、和漢文学科の学生数はあまりに僅少で、この分野の学者・教育者の養成が急務と判断されたことから、古典講習科が設置されたという。その教育の中心を担ったのは国学者の小中村清矩《きよのり》（一八二二～一八九五）である。所属する生徒は正規学生の扱いではなかったが、和漢文学科とは対照的に多くの生徒を擁し、のちに萩野由之・関根正直・落合直文（以上第一回入学者）、佐々木信綱・黒川真道（以上第二回入学者）などの著名な国文学者たちが輩出する。だが、生徒募集はわずか二回で中止、明治二十一年（一八八八）に二回目の卒業生を出して、この講習科は廃止された。かくも短命の機関ではあったが、後継者養成という点では一定の役割を果たしたことになろう。

なお、明治二十年（一八八七）、東京帝国大学文科大学には史学科とともに英文学科と独逸文学科が新設され、その三年後には仏蘭西文学科も設けられる。こうして近代日本の学問の府に西欧文学の学科が並び立ったことから、この時期に近代的「文学」が成立するとみるむきもあるが（磯田光一）、鈴木貞美は、「西欧近代的な「文学」観念」の安定が「帝国大学の関係者（中国研究者を除く）やその周辺」における事態にすぎないこと、実際は「ほぼ明治期をとおして、「文学」の用法はかなり多重的」であったことなどを例証している。

三　「文学」史濫造の時代にあって

明治二十三年（一八九〇）は、『日本文学全書』、『日本歌学全書』（ともに博文館）、『校正補註　国文全書』（国文館）などの叢書が刊行され始めた年であり、初の本格的な「文学」史として知られる三上参次・高津鍬三郎『日本文学史』上・下巻（金港堂）の刊行年でもある。同書は、作品と人物の羅列が中心だが、全体でほぼ一千頁に及ぼうという大冊である。また同年には、芳賀矢一・立花銑三郎編『国文学読本』(冨山房)も刊行される。これは、各時代の重要な文学作品の抄出が中心だが、やや長めの「緒論」が文学史概説の性格をもつ。加えて、上田萬年編『国文学』(双双館)も同年の刊行であった。なお、名まえのあがった三上、高津、芳賀、立花、上田の五名はいずれも元治・慶応年間(一八六四〜一八六七)の生まれであって、当時二十代半ばの若者たちが、新時代の「文学」史を編み出したわけである。

この年以降、かなりの数の「国文学史」あるいは「日本文学史」を標榜する書籍が出版される。それらの内実を探るべく、東京専門学校が早稲田大学へと改称して間もない明治三十年代後半以降に同大学で「文学史」を講じていた永井一孝《かずとし》(一八六八〜一九五八)の講義録『国文学史』(早稲田大学出版部)に注目してみる。同書「緒論」の「第二章　国文学史に関する著作」では、当時次々と刊行された「文学史」を逐一紹介し、寸評を加えている。この章は適宜増補がなされたようで、国立国会図書館デジタルコレクションで確認可能な明治四十三年度版の同章をみると、明治四十一年までに刊行された計三十二点がとりあげられている。明治時代の後半は、明らかに「文学」史が濫造された時代であったのだ。

なにゆえ「文学」史がかくも濫造されたのか。それは、先にも言及した「教学聖旨」における国民教化の方針に連動した事態といえるだろう。また、国民の文化的アイデンティティとしての古典籍が重視されるようになった明治十年代以降の風潮を受け、自国の精神文化をいっそう理解し、またそれらを誇りに思うための一助として「文学」史が求められたことにもよるようだ。それは、永井のとりあげた書籍の大半が教科書であることからも裏付けられる。つまり、当時の大学・高等学校・中学などでは「文学」史の講述が必須でもあった。

永井は、明治四十三年度版の講義録で、特に八点の書籍を推奨している。それらの中には、先にふれた三上・高津の『日本文学史』、あるいは芳賀矢一『国文学史十講』（冨山房、一八九九年）などに加えて、藤岡作太郎（一八七〇～一九一〇）の『国文学全史　平安朝篇』（東京開成館、一九〇五年）と『国文学史講話』（東京開成館、一九〇八年）の二点もふくまれる。

永井の批評はかなり率直であり、推奨している書籍の大半についてもさまざまな欠点・難点を指摘しているのだが、藤岡は著書が二点も選ばれている上、批判される点がきわめて少ないことからも、破格の評価を得ていたといえよう。このように刊行直後からつよい支持を受けた藤岡の「文学」史は、このあとの「文学」史、ひいては国文学・日本文学研究に対しても相当な影響力を有したようであり、我々としては後世の「文学」史観、「文学」研究に先駆けた一面をとらえる必要があろう。ただしその一方で、藤岡の「文学」史の構え方においては、近世までの「文」のゆたかさを引き継ぐ可能性さえあったのではないかとも考えられる。以下においては、これらの両面をとらえてみたい。

四　藤岡作太郎の「文学」史における「女性」尊重

藤岡の『国文学全史　平安朝篇』は、国文学者を軽侮していた与謝野晶子（一八七八〜一九四二）までもが絶賛している。刊行と同年の明治三十八年（一九〇五）、『明星』十一月号に掲載された「出版月評」で、彼女は「今の世の和文家国文家と云はるゝ学者達を厭ひぬ」と述べたのち、藤岡の新著について、「第一に尊きは、著者がおのれ生れ給ひし国の世々の思想と趣味とに至り深くおはすること」などと高く評価する（関礼子が詳しく論じている）。このような与謝野晶子の共鳴は、おそらく鈴木登美による次のような指摘と大きく関わるだろう。

……深い共感を込めて平安朝の文学・生活を称揚する藤岡の文学史記述を支えているのは、「情趣」「愛」（そして、対等な恋愛の相手としての女性への憧憬）、「自然」「美」――藤岡の著作のキーワードとなっている――といった概念への限りない信奉である。

『国文学全史　平安朝篇』は、「江戸時代は男子的なり、平安朝は女子的なり」（総論　第一章　上古と近世）という叙述が端的に示すように、日本の「文学」と女性とのつよい結びつき、もしくは女性の中心性を明確にうちだした点で画期的であった。またこのことは、近代の「国文学」において漢詩文の価値が貶められる一方で、かつては劣位にあった仮名の文学が主流とみなされるようになることとも、もちろん照応しているだろう。

五　「文」を引き受ける可能性を有した藤岡の「文学」史

右のような藤岡の「文学」史の影響力は相当につよいだろうが、一方で藤岡の「文学」史におけるもう一つの可能性までも探ってみたい。というのも、彼がひろく「文明史」を志向する知識と教養とを備え、実際に風俗史、絵画史などの著作をものし、さらには思想史へのアプローチさえ示していた点が看過しがたいからである。藤岡には「文学」史の人というイメージが定着しているかもしれないが、彼が文明史・文化史に通じていたことをも想起すべきであろう。ここでは、生前未発表の講演の覚書とみられる、「我国の文芸に現はれたる国民思想の変遷」の一節に注意してみよう。

近来文学史の著あり、また学校にこれを講ずるものあれども、多くは文学者の伝記、著書の解題を、時代を追うて陳列し（しかも広く、時代に列ねて）たるものに過ぎず、思想の変遷を論説して文明史の一部たるを得べきもの少し。而して文明史の一部としてとくこと、これ却つて中学の文学史の教科に必要なるべし。

ここでは二つの重要なポイントが看取されよう。第一には、当時の大多数であった「陳列」タイプの「文学」史に対する痛烈な批判である。日本の「文学」史の黎明期にあって、「陳列」タイプから脱するのは容易なことではなかったはずだが、藤岡は既に明治三十六年（一九〇三）に刊行された『近代絵画史』（金港堂）において、作品名と作者伝の羅列に終始することなく、「作品に表はれたる思想と手法との変遷を学ぶ」ことを「本領」とする姿勢を明確にうちだしていた（同書、「緒言」の第二項）。

第二のポイントは、藤岡が「文学史」を「文明史の一部」とみている点であり、その構えの大きさに留意すべきである。たとえば久松潜一は、そうした藤岡の姿勢を次のように説く。

藤岡博士は同じく国学史に深い関心を向けられたけれどもこれを国文学研究史として国文学の方法をこれから導き出そうとするよりは国学史を近世文化史の一方面として扱はうとされた。風俗史や絵画史を扱ふと近い心構を以て国学史を扱つて居られる。

このように、旧来の国学にも、新時代の国文学という研究分野にも到底おさまりきれない柄の大きさこそが、藤岡の大きな特長というべきではないか。

残念ながら病弱で、また短命でもあったために、完全なかたちで遺された藤岡の「文学」史は、永井の挙げた二点のみである。ほかに、講義録のかたちで各時代の「文学」史がまとめられてはいる。しかし、そもそも藤岡の姿勢においては、狭義の「文学」概念が安定して用いられつつあった明治末葉にありながら、かつての「文」の多様な世界にも通暁していた点こそが留意される。研究の学際化が求められる現代にあって、藤岡の「文学」史をふくむ文明史・文化史の構想には、今なお少なからぬヒントがふくまれているのではないか。

参考文献

磯田光一『鹿鳴館の系譜――近代日本文芸史誌』（文藝春秋、一九八三年）
陣野英則「明治期の「文学」研究とアカデミズム――国文学を中心に」（甚野尚志・河野貴美子・陣野英則編『近代人文学はいかに形成されたか――学知・翻訳・蔵書』勉誠出版、二〇一九年）
鈴木貞美『日本の「文学」概念』（作品社、一九九八年）
鈴木登美「ジャンル・ジェンダー・文学史記述――「女流日記文学」の構築を中心に」（ハルオ・シラネ・鈴木登美編『創造された古典――カノン形成・国民国家・日本文学』新曜社、一九九九年）
関礼子『一葉以後の女性表現　文体・メディア・ジェンダー』（翰林書房、二〇〇三年）
田口卯吉『日本開化小史』〈改造文庫　第一部　第二十二篇〉（改造社、一九二九年）
千葉真也「国文学史の誕生」（『近代化と学問』相愛大学総合研究センター、二〇一六年）
東京大学百年史編集委員会編『東京大学百年史――部局史一』（東京大学出版会、一九八六年）
永井一孝講述『国文学史　早稲田大学四十三年度文学科講義録』（早稲田大学出版部、一九一〇年ごろ？）
久松潜一「藤岡東圃の学問」（『文学』一一―三、一九四三年）
藤岡作太郎『国文学全史　平安朝篇』（東京開成館、一九〇五年）↓のち東洋文庫などに所収
藤岡作太郎「我国の文芸に現はれたる国民思想の変遷」（『明治文学全集44　落合直文 上田万年 芳賀矢一 藤岡作太郎集』筑摩書房、一九六八年）

藤田大誠『明治国学の研究』（弘文堂、二〇〇八年）
前田雅之「「国文学」の明治二十三年——国学・国文学・井上毅」（前田雅之・青山英正・上原麻有子編『幕末明治　移行期の思想と文化』勉誠出版、二〇一六年）
山田俊治「福地源一郎の「文」学」（河野貴美子・Wiebke DENECKE編『アジア遊学162　日本における「文」と「ブンガク《bungaku》」』勉誠出版、二〇一三年）
和田繁二郎「明治初期における「文学」の概念」（『近代文学創成期の研究——リアリズムの生成』桜楓社、一九七三年）

◆第三章…学問と「文学」…②日本（全集、雑誌からみる）

ジャーナリズムとアカデミズム

宗像和重

はじめに

本章の課題は、学問と「文学」のかかわりを検討することにあるが、ここでは近代の「雑誌」「全集」という媒体を考察の対象としたい。ただ近代文学の創作・研究においては、雑誌や全集は商業出版の領分であり、研究者は雑誌の寄稿者として登用されたり、全集の編者・解説者等として起用されることが一般的で、主体的にかかわる例はむしろ少ない。一方、古典の研究・普及においては、学問（大学）を基盤とした全集や雑誌が「国文学」の復興に大きく寄与したことを概観する。

一　「雑誌」からみる

日本の近代文学、というより近代化そのものが、活版印刷の普及による知識や情報の飛躍的な拡大と、教育の普及による識字層の増大を基本的な要因としていることは、あらためていうまでもない。

近代の文学は、新聞・雑誌などの新しい活字メディアと不可分の関係で成立してきたので、その意味では、近代文学は文字通り「活字的世界」[1]の所産にほかならないといえるだろう。

このうち、文学と雑誌との関わりを検討する手がかりとしては、明治期の『国民之友』に目を向けたい。徳富《とくとみ》蘇峰《そほう》が創刊した民友社の総合雑誌で、一八八七年（明治二十）二月から九八年（明治三十一）八月まで、全三七二冊を刊行した。『国民之友』の誌名は、蘇峰が愛読していたアメリカの雑誌「ネーション」（"The Nation"）に由来するとされ、創刊号（一八八七年二月十五日発行）以来の表紙には、「国民之友」の題号と"THE NATION'S FRIEND"の文字とともに、「政治社会経済及文学之評論」と掲げられている。同じく見返しに掲げられた創刊の宣言にあたる「国民之友」には、「今ヤ吾人ハ実ニ我邦将来ノ安危興廃ノ因リテ決スル十時街頭ニ立ツモノナリト云ハサル可ラス是レ吾人カ此ノ雑誌ヲ発行シテ我カ同胞兄弟ノ注意ヲ惹起セント欲スル所以ナリ吾人カ目的トスル所ハ人民全体ノ幸福ト利益トニ在ルヲ疑フ勿レ」という創刊の目的の後に、「国民之友ハ主トシテ我邦政治、社会、経済及文学上ノ現像ヲ評論シ併セテ泰西諸国ノ現像ニ及ホスモノナリ」と記されている。

この表紙および見返しに、政治、社会、経済と並んで、いずれも「及文学」として併記されている「文学」への言及が、しかし単なる付け足し的なものにとどまらなかったことは、創刊号の社説にあたる「国民之友」欄に掲載された記事「嗟呼《ああ》国民之友生れたり」によっても、うかがうことができる。無署名ながら蘇峰の執筆にかかるこの記事は、『国民之友』の創刊が、「看よ〳〵眼を開て我か新日本を看よ、蓋し現今の所謂《いわゆ》る新日本なるものは、実に不完全の新日本なり、其の分子箇々隔離、撞着するの新日本なり、既に凝結せんと欲して又た旧来の流動体に溶解せんと欲するの新日本なり」という時代の動向への強い危惧に発していることを、高い調子で訴え、「故に概して論すれは、我か知識世界は懐疑の世界なりと云はさる可らす、今日は是れ儒教暴秦の圧制を顛覆して、懐疑陳呉の乱世に入りたるものなりと云はさる可らす」と思想界の現状を把握している。そして、自著『自由、道徳、及儒教主義』（一八八四年）の一節「天地一変、乾坤一洗、極メテ究屈ナル世界ヨリ、極メテ快活ナル世界ニ出テタルヲ以テ、其極人心放逸ニ失シ、文弱ニ流レ、謹厳ノ美徳ヲ失ヒ、何ノ信スル所モナク、何ノ守ル所モナク、何ノ畏ル丶所モナク、何ノ尊フ所モナク、（中略）命令ノ道徳既ニ去テ、自信ノ道徳未タ到ラス、旧信既ニ失フテ、新信未タ得サルノ社会ナリ」を引きつつ、次のように述べている点が注目される。

然らは即ち怪む勿れ、我か文学の腐敗したるを怪む勿れ、意《おも》ふに我邦の弁士、作者等に於ては織巧喜ふ可きの言を吐き、浮華愛す可きの筆を玩する人尠からすと雖も、至誠惻怛、鬼神を泣かしめ、人民を感せしむるものそれ幾人かある、人を感せしめ、人を動すは力なり、所謂《いわゆ》る力なるものは只た積誠を以て用ふ可きなり、而して積誠なるものは、只た心識の凝結したるものにあらすして何そや、果して然らは文学の腐敗は真に宗教道徳の腐敗したる反射と云はさる可らす、

これに続いて、「眼を転して政治社会の形勢を観察せよ」と、「国会開設の準備」や「内地雑居後の

始末」に筆が及んでいるのだが、むしろ蘇峰にとっては、そうした「政治社会の形勢」以上に、「宗教道徳の腐敗」の直接的な反射としての「文学の腐敗」こそが大きな関心事であったように思われる。ここに「繊巧喜ふ可きの言を吐き、浮華愛す可きの筆を玩する人尠からす」というのが、具体的に何をさしているかは詳らかでないが、のちに巌本善治《いわもとよしはる》が「文学極衰」（『女学雑誌』一八八九年十二月十四日）を唱えて当代の「人情小説」を弾劾し、いわゆる文学極衰論争を招くことになる端緒とも見ることができる。「文学極衰！　この言葉を吾々は島田三郎氏、福沢諭吉翁及び其他一二の人から聞きました。今日の文学は世の好尚のために書く文学と云つて島田氏は嘆かれ、今の文学者に一機軸を出すものが無いとて福沢翁は呟かれ、其他の人は今日の文学を拝金主義の下に立つものと評されました」とは、山田美妙「文学極衰？」（『以良都女』一八九〇年一月、無署名）の語るところでもあった。

こうした観点から、『国民之友』は早くから「文学」を対象としており、第二号（一八八七年三月十五日発行）の「雑録」欄では、東海散士《とうかいさんし》『佳人之奇遇』、末松謙澄《すえまつけんちょう》『哲学一班』『支那古文学歴史』『青萍詩存』、久松狷堂『月雪花』、同じく第四号（同年五月十四日発行）では末広鉄腸『花間鶯《かかんおう》』、第七号（同年八月十五日発行）では依田百川『侠美人《きょうびじん》』とともに、「新刊小説」として二葉亭四迷『浮雲』、須藤南《すどうなん》翠《すい》『新粧之佳人《しんそうのかじん》』、高橋基一『後世浮世態』を評している。このうち『浮雲』については、「所謂浮世噺の小説」としたうえで、「其の趣向脚色は敢て新奇と云ふ程にはあらねど、文躰は恰も一種の機軸を小説世界に輸入したるものゝ如く、句調、語格斬新にして面白し、併し摸写叙記の精細なる其の弊や少しく油濃きか如し、然れとも又た往々妙に世情を穿ち得たる処なきにあらす、一読に値ある著述なり、」と評価しているが、坪内逍遥が「小説の主脳は人情なり、世態風俗これに次ぐ」(『小説神髄』)と提唱していた、その「人情」の精細な描写にもまして、「世態」(ここでは「世情」という語が使われている)を穿っている点に見るべきものがあると評価しているところに、この『国民之友』と「文学」との関わり方の一端が、かいま見えるのではないだろうか。

また、この第七号からは、文芸欄に相当する「藻塩草」欄を設け、「今ま日本現時の文章世界に於て最も大いなる欠陥は何処に在りやと問はゝ余は先つ其の陳言を去る能はさるに在りと答ふへし」と、当今の文章の欠陥について語った森田思軒《もりたしけん》「文章世界の陳言」を掲載、その前書きに「左の一文は森田文蔵君の稿なり爾後此の欄内には時々同君及ひ諸名家の随筆を掲くることある可し」と注記されている。これ以後、思軒は同欄に、小説の人称について述べた「小説の自叙躰記述躰」(第八号、一八八七年九月十五日発行)、翻訳の巧拙をとりあげた「翻訳の心得」(第十号、同年十月二十一日発行)などを随時掲載、また第十号(同年十月二十一日発行)からは、中江兆民が「随感随筆」(第十一号からは「随感随録」)を連載している。

ところで、『国民之友』は第十一号(一八八七年十一月四日発行)から「投書」欄を設けているが、翌第十二号(同年十一月十八日発行)の「投書規則」に、「文学上ノ随筆、詩賦、歌曲、批評等ノ投書ハ之ヲ藻塩草、批評欄内ニ採録スルコトアルベシ」とある如く、小説を対象としていない。「藻塩草」欄においても、森田思軒訳のジュールヴエルーヌ「大東号航海日記」(第十四号から連載)を除けば、創作の掲載は、第二十五号(一八八八年七月六日発行)・二十七号(同年八月二日発行)の二葉亭四迷訳、ツルゲーネフ「あひゞき」まで待たなければならない。さらに小説の掲載は、第三十七号（一八八九年一月一日発行）の附録として「藻塩草」に掲載され、渡辺省亭《わたなべせいてい》の挿絵が「裸蝴蝶《らこちょう》」として物議をかもした山田美妙「蝴蝶」、同じく坪内逍遥「細君」が最初である（同号には、森田思軒訳のヴィクトル・ユーゴー「探偵ユーベル」も掲載）。

そして、『国民之友』が小説の掲載を解禁したこの時期の前後から、小説を中心とした文芸雑誌が相次いで創刊されていることを、偶然ととらえることはできない。もとより、そのいち早い存在として、筆写回覧本から出発した尾崎紅葉、山田美妙ら硯友社の『我楽多文庫』（一八八五年五月～八九年二月）があったが、その硯友社から袂を分かった山田美妙が編集の任にあたり、「最古の営業文芸雑誌」（『日本近代文学大事典』第六巻、山田有策氏による「都の花」の項）と評される『都の花』が金港堂から創刊されたのが、一八八八年（明治二十一）十月。また春陽堂から『新小説』が創刊されたのが、一八八九年（明治二十二）一月のことである。『都の花』の創刊号に掲げられた香亭迂人《こうていうじん》「都の花発行のゆえよし」には、開化の先導が文章であり、その精粋が小説であることが揚言されたのち、次のように記されている。

故に今世の作者は往時の作者と異なりて、作り物とはいへ誠の事と分毫の差《ちが》ひなきまで真に迫らせ、且又其主意も古の勧善懲悪とのみいふにも止らざれば、読む人の益を得ること固より古き小説の比には非ざれど、是迄の出板の仕方にては、価も自然低からず、購ふ人の便も宜しからねば、今度此書を発行し、雑誌の方法に倣ひて、心安く求め得られん事を謀り、且其作意の異なるもの五つ六つづゝ取り合はせ、次を追ひ編を続いで、諸賢の高覧に供へんとす。

ここに「雑誌の方法に倣ひて」とあるように、「作意の異なるもの五つ六つづゝ取り合はせ、次を追ひ編を続いで」掲載される文芸雑誌のスタイルが、確立したということができるだろう。『国民之友』が、再び小説の掲載に踏み切ることになるのは、森鷗外「舞姫」、尾崎紅葉「拈華《ねんげ》微笑《みしょう》」、須藤南翠「新編破魔弓」、および山田美妙の詩「酔沈香」を掲げて大きな反響を呼んだ第六十四号（一八九〇年一月三日発行）のことである。

二　「全集」からみる

改造社の『現代日本文学全集』（一九二六年十一月～）を先蹤として、昭和初年代に「円本」形式の文学全集が氾濫したことはよく知られているが、その時期に雑誌『現代』（一九三一年二月）附録として世に出た唐沢武三郎編『現代新語辞典』には、「全集」という項目が立てられており、そこには次のような語釈が掲げられている。

大正から昭和へかけては、全集時代である。全集は、一人の作物全部をまとめたものと、同じ種類や系統によつてまとめたものと二つある。「佐々木邦全集」が前の方で、「講談全集」が後の方、どつちも、その作家の全面なり、系統の全部なりを、一かためにして見られるので、都合がよい。大正十五年に、改造社の「現代日本文学全集」が出てから、それから前にあるものまでを取交ぜて、昭和五年末には、約百二十内外の全集があると書店で報告されてゐる。元来個人全集は作家の死後にその一代の作品を纏めて出したものだが、菊池寛氏が生前に之を出してから、その後続々之に倣つて個人全集が生前著者の手によつて発表されてゐる。

これが「個人全集」という用語の初出かどうか定かではないが、この時期に数多く出版される新語辞典の類にも、しばしば「全集」の項目が立てられている。「一人の作者の作品を全部纏めて発行する本のこと」(長岡規矩雄著『新時代用語辞典』磯部甲陽堂、一九三〇年七月)、「一人の作者の作品、或は同種の著述をまとめて、一冊或は何冊に分けて発行する書物のことを云ふ」(児島徳弼編『モダン新用語辞典』教文社、一九三二年十一月)、「個人の作物を全部まとめたもの。又は同種類又は同一系統の書物を集めたものをいふ」(伊藤晃二編『常用モダン語辞典』好文閣、一九三三年三月)などがそれである。前述の「円本」の氾濫を契機として、「全集」という出版形態が社会的に認知されてきたことによるものだが、もちろん「全集」自体はそれ以前から刊行されている。

ここで、「全集」という名称に目をむけてみると、江之本直二郎編『遺臣名家維新全集』(田中宋栄堂、一八七七年)、阪谷芳郎編『朗盧全集』(阪谷芳郎、一八九三年)、また正岡子規が編んだ写本『発句類題全集』(一八八九・九〇年頃)などの早い例はあるものの、注目すべきは、博文館から「帝国文庫」第二十三・二十四編として刊行された『校訂　西鶴全集』上下(一八九四年五月)であろう。校訂者として名前を連ねる尾崎紅葉・渡辺(大橋)乙羽の二人による識語には、この全集を指して「偉人の一代記」という言葉も見えるが、ごく大雑把にいえば、明治における戯作小説の地位の向上と市民権の獲得とが、浮世草子の作者井原西鶴を「偉人」として遇し、その「偉人の一代記」を偲ぶよすがとして「全集」が編まれることになるのである。

そして、この『校訂　西鶴全集』以後、博文館は同じ「帝国文庫」のシリーズにおいて、さまざまな「全集」を相次いで刊行することになる。当初の対象は近世の小説類で、『校訂　気質全集』(第三十編、一八九五年二月)、『校訂　珍本全集』上中下(第三十一〜三十三編、同年四月〜七月)、『校訂　赤穂復讐全集』(第三十五編、一八九五年九月)、そして『校訂　続気質全集』(第四十編、一八九六年五月)などがそうである。これら「帝国文庫」の一連の書物によって、「全集」という名称が普及したといっても過言ではない。もちろん、これらは厳密にいえば「選集」でしかないが、『気質全集』が「原書十五種七十三巻」を謳い、『珍本全集』が「原書四十種百七十七巻」を謳うなど、何よりも重んじられたのはそのボリュームで、同じテーマの類書を独占的に占有すること、ないし占有したことを宣言することにこそ「全集」の意義があった。

突飛なことをいうようだが、「東アジア」という視点とのかかわりで、これら「帝国文庫」における「全集」類が、日本の資本主義が帝国主義段階に移行する、日清戦争後の時期に刊行されていることは、偶然だろうか。むしろ、「全集」が本質的に近代的な性格を帯びている所以がここにあり、それは文字通り、出版社による帝国主義的な版図拡大政策の所産にほかならないのではないだろうか。坪谷善四郎編『博文館五十年史』(博文館、一九三七年六月)には、「此の「帝国文庫」は軍書、稗史、人情本、黄表紙、洒落本等に至るまで、殆ど網羅したる大出版だ」とあるが、ここで博文館が行っているのは、帝国の版図拡大をなぞるように、積極的な植民地政策によって次々と新しい領土を獲得し、そこに専制的支配を確立することであった。「全集」という発想そのものが、近世の遺稿集と似て非なるものであり、膨張主義的な性格を帯びていたことは否定できない。荒蕪の原野に鍬を入れ、開墾した証とでもいうように、「帝国文庫」のシリーズの書名には、「校訂」という角書が冠せられることにもなるのである。

そして当然のことながら、帝国主義的欲望は、さらなる版図の拡大を志向せずにはいられない。近世の小説類に手を染めた近代の文学出版が、勃興しつつある明治の文学に触手を伸ばすことになる所以であって、ここに、『一葉全集』(博文館、一八九七年一月)、『柳北全集』(文館『文芸倶楽部』第三巻第九編臨時増刊、同年七月)、『透谷全集』(博文館、一九〇二年十月)、『紅葉全集』全六巻(博文館、一九〇四年一月〜十二月)、齋藤信策編『樗牛全集』全五巻(博文館、同年一月〜一九〇六年四月)など、近代文学のいわゆる個人全集が続々と出版されることになる。これらはいずれも博文館の出版だが、続く『思軒全集』巻一(一九〇七年五月)が堺屋石割書店から刊行され、さらに川上眉山《かわかみびざん》をめぐっては、『眉山全集』上中下三巻(一九〇九年七月〜十月)が春陽堂から、同じく『眉山全集』全四巻(同年七月〜九月)が博文館から同時に刊行されるなど、限られた領土と資源をめぐる争奪と割拠が繰り広げられていく。それがいうところの「近代文学」の隆盛にほかならない。

三　「全集」と「全書」

ただ、本章は「学問と「文学」」を対象としているが、これまで概観してきたように、近代日本においては、雑誌においても全集においても、その担い手になっているのはジャーナリズムであってアカデミズムではない。もとより一概に比較することはできないが、フランツ・カフカの全集をめぐる次のような記述(2)からも、彼我の事情の一端はうかがえるであろう。カフカの遺稿を占有した友人マックス・ブロートによる『カフカ全集』への批判に続く個所である。

カフカの遺稿がブロートの元を離れ、公的機関（オクスフォード大学及びドイツ文学研究資料館）に移管されて以降、ようやく正しいテクスト作り、研究者たちの手による学術版のカフカ全集の編集プロジェクトが始まりました。その成果として、１９８０年代より刊行が続いている第２のカフカ全集、批判版カフカ全集は、出版開始から30年（編集開始からは40年）以上たった現在12巻に及び、あとおそらく1巻で完結というところまで至っています。

こうした意味における「学術版」ないし「批判版」全集は、日本にはないといってよい。近代の個人全集の指標となってきた『漱石全集』は、没後まもなく友人や門下生による漱石全集刊行会によって刊行され、その実務を担った岩波書店によって、幾次もの刊行を経て今日にいたっている。宮沢賢治に造詣の深い詩人の入沢康夫、天沢退二郎らが編纂した『校本宮澤賢治全集』全十四巻（一九七三年〜七七年）、その入沢康夫、天沢退二郎に加えて、宮沢賢治研究者の栗原敦、奥田弘、杉浦静らが編纂した『新校本宮澤賢治全集』全十六巻別巻一（一九九五年〜二〇〇九年）は、草稿類の綿密きわまる調査と校訂によって、「学術版」にもっとも近い個人全集の一つだが、刊行はいずれも筑摩書房である。

誤解のないように付言すれば、私はだから日本の「全集」が信頼するに足りない、といったことを主張しようとしているのではない。近代日本の最初の個人全集といってもよい『一葉全集』が、一八九六年（明治二十九）十一月に一葉が亡くなってわずか二カ月という翌九七年（明治三十）一月に、友人でもあった大橋乙羽の博文館から刊行されたことが物語るように、故人への敬意と販売の思惑が不可分に結びついた、民間書肆の営利事業として刊行されてきたのが近代日本の「全集」であることを確認したいだけである。ただ、そのなかにあって、事実上は最初の日本文学全集といってよいかもしれない二つの「全書」の存在、——すなわち『日本文学全書』二十四冊（一八九〇年〜九二年）、『日本歌学全書』十二冊（一八九〇年〜九一年）[3]について、学問（大学）と「文学」という観点から言及しなければならない。前掲した『博文館五十年史』の「明治二十三年」の項に、次のような記述がある。

斯る多数の出版の中で、殊に世に絶大の影響を与へたものは三月十五日に第一編を出したる「日本文学全書」だ。此れは大学古典科出身の落合直文、小中村義象《こなかむらよしかた》、萩野《はぎの》由之《よしゆき》三氏の共編で、当時欧米の新思想鼓吹に急にして、全く等閑に附せられたる我が国文学上の古典の名著を編次し、簡潔なる註解を施し、（中略）「日本文学全書」が出るや、之に倣ふて他にも俄かに国文学書の翻刻を企てた者多く、之に依つて日本古文学復興の機運を作つたのである。

引用文中の「中略」の個所には、第一編（「竹取物語」「土佐日記」「紫式部日記」「方丈記」「徒然草」）、第二編（「枕の草紙」「十六夜日記」）以下の各編の構成が示され、またこの項目に続いて、「「日本文学全書」の盛況に伴うて、更に佐佐木弘綱、同信綱父子註解の「日本歌学全書」を発行した」と、『日本歌学全書』の出版の概要が記述されている。注目すべきは、『日本文学全書』の三人の編者が「大学古典科出身」とされていることで、当時、「史学、哲学及政治学科」「和漢文学科」の二学科から成っていた東京大学文学部に附属古典講習科が設置されたのは一八八二年（明治十五）のことであり、彼らはその出身者であった。『東京帝国大学五十年史』（一九三二年十一月）は、古典講習科の熱心な推進者であった加藤弘之綜理の「欧米日新の学術は奨励を待たずして之を修むる者日に多く、我が国固有の学問の研究に従事する者年に凋落し、新進の徒其の後を継がんとするもの甚だ少し。是れ和漢の学問の研究が、特に奨励保護を要する所以なりとす」という抱負を掲げ、さらにその意義を、「古典講習科は一時的事業たるに止まりしも、其の卒業生中には和漢両学の耆宿漸く凋落するの際に於て、斯学の命脈を維持し学界に重きを為せる者少からざりしことは、該科設置の目的を十分に達したるものと謂ふべし」と記している。『日本文学全書』の企てが、こうした古典講習科の成果そのものであり、またその設置にいたる時代の要請と一体不可分であることを、最終巻にあたる第二十四編（一八九二年三月）の「日本文学全書跋」において、落合直文が次のように記している。

われ〳〵不肖をかへりみず、国文学の不振を歎き、夙にこれを興隆せむを以て志とせり。国文学の不振の原因種々あるなかに、そのおもなるものは、また〳〵教授の方法そのよろしきを得ざると、国文に関したる書籍のすくなきとによれりしなり。さては、この学のため、一方に於ては、教授の方法を研究し、また一方に於ては、書籍の出版をはからざるべからず。とは明治十八九年ころにあたりて、われ〳〵のいたける考にてありしなり。この文学全書は、その一事業にして、こを出版せしは、実に明治二十三年の春にてありしなり。今日までに、年をかぞふれば三年にまたがり、月をかぞふれば廿五ケ月、日をかぞふれば七百六十余日なり。この間、一日もやすむことなく、毎月一回必ず一冊を出版し来れり。

この跋文が、さらに「文学全書一たび出て、これを購ふもの、常に万にくたらず。それと同時に、国文学のありさま、日に月に興隆するにいたれり。国文学の今日あるをいたしゝは、この出版にもとづけるものとはいはずといへども、またその間にありて、大に力ありしは、われ〳〵の自信するところなり」と自負するように、この全書は歓迎されて「国文学」の復興に大きく寄与することになったが、その契機をなしたのが、古典講習科の設置という大学の学科編成であり、そうした大学教育の所産として、いわゆる国文学ジャーナリズムの登場を招来したことも、注意されていい。飯島誠を編集兼発行人として水穂会《みずほかい》（のち日本文学発行所、国文学会）から雑誌『日本文学』が創刊されたのは一八八八年（明治二十一）八月のことであり、目次の執筆者の多くに「文学博士」「文科大学教授」「文学士」などの肩書が付されていることからも、この雑誌そのものが大学教育に負っていることは明らかだが、その創刊号の「日本文学発行の趣旨」には、次のような一節がある。

吾儂が今日日本文学を彼の高閣より卸して之を講明せんとするは、上件論じ来れるが如く我ケ国民をして、国柄を詳にし以て愛国の思想を発達せしめ、自主自重の気風を養成し、国力を充実せしめんとするにあり。（中略）本邦人の深く其脳髄に印して終身磨滅せしむべからざるものを撰び、歴史法令言語風俗美術等の部門に就き、論説考証講義筆記質疑答弁等を記載し、其他、本誌の目的を裨補すべきものあらば、内外の雑話漫筆をも登録して、漸次此の文学の一班を示すさんとすると同時に、之が改良発達を計らんとするなり。

もとより、その対象と姿勢を異にするとはいえ、「歴史法令言語風俗美術等の部門に就き、論説考証講義筆記質疑答弁等を記載し」という『日本文学』が、同時代において「主トシテ我邦政治、社会、経済及文学上ノ現象ヲ評論シ」と謳う『国民之友』と、その功利性と同時代の風潮への危惧、および改良発達への志向において相通じる側面があることも否定できない。落合直文らも主要な著者であり、第二十一号（一八九〇年五月）から『国文学』と改題することになるこの雑誌と『日本文学全書』との関わり、さらに『日本文学全書』の余勢を駆って刊行されることになる佐佐木弘綱・信綱編著『日本歌学全書』については、近代日本における「古典」の創出と古典研究の出発点として詳しく検討する必要があることはいうまでもないが、残念ながら私にはその力が及ばない。ここではただ、近代における学問と「文学」というとき、いわゆる近代文学の創作における雑誌や全集のありかたと、古典文学の研究におけるそれとの、明治期における若干の事例を提示したに止まる。

注

（1）前田愛「近代文学と活字的世界」（前田愛著作集第二巻『近代読者の成立』所収、筑摩書房、一九八九年五月）。

（2）明星聖子「テクストとは何か――カフカの遺稿」（明星聖子・納富信留編『テクストとは何か――編集文献学入門』所収、慶應義塾大学出版会、二〇一五年十月）。原文は横組み。

（3）のち佐佐木信綱編による『続日本歌学全書』十二冊（博文館、一八九七年～一九〇三年）が刊行された。

参考文献

日本文学研究資料刊行会編『日本文学研究の方法　近代編』（有精堂出版、一九八四年）
日本近代文学館編『日本近代文学大事典』全六巻（株式会社講談社、一九七七年〜七八年）
矢口進也著『漱石全集物語』（青英舎、一九八五年）
日本古典文学大辞典編集委員会編『日本古典文学大辞典』全六巻（岩波書店、一九八三年〜八五年）

附記　本稿の二、「全集」をめぐる記述には、拙稿「『一葉全集』という書物」「全集の本文」（『投書家時代の森鷗外――草創期活字メディアを舞台に』所収、岩波書店、二〇〇四年七月）と一部重複する点があることをお断りいたします。

◆第三章…学問と「文学」…③中国

中国における「文」と「文学」

川合康三

一　「文学」の原義

今日使われる意味での「文学」の語は、周知のとおり明治の初年、literatureの訳語として登場したものであった。厳密に言えば、明治八年（一八七五）、『文部省報告』第二一号の「開成学校課程表」のなかで用いられたのが初出であるという（鈴木修次「「文学」の訳語の誕生と日・中文学」『中国文学の比較文学的研究』汲古書院、一九八六、所収）。西欧近代の概念を日本に移入する際、たとえば「哲学」のように漢字を新たに組み合わせる場合と、中国にすでにある語を意味をずらして用いる場合があるが、「文学」は後者の一例である。ではもともと「文学」はどんな意味であったのか。

中国で「文学」といえば、すぐ想起されるのは、いわゆる「孔門の四科」の一つとしての「文学」である。「徳行は顔淵・閔子騫《びんしけん》・冉伯牛《ぜんはくぎゅう》・仲弓、言語は宰我・子貢、政事は冉有《ぜんゆう》・季路、文学は子游・子夏」（『論語』先進篇）。この条には四科の名称とそれぞれにおいてすぐれた弟子の名が列挙されている。個人の人格をあらわす「徳行」、外交の場における言辞をいう「言語」、政治とほぼ同義の

「政事」、そして学問というのに近い「文学」。「徳行」と「文学」は個人の内部に蔵されるものであるのに対して、「言語」と「政事」は他者と関わる場での営みであるという対照性を四科は含んでいるが、それよりも四者の序列に注目したい。「文学」を一字につづめた「文」が「行いて余力あれば、則ち以て文を学ぶ」（『論語』学而篇）と言われるように、儒家にとっては徳の修得がまず何より先に求められたのであり、「文学」は四科のなかでも最後に置かれている。

「文学」の原義は学問というに近いと記したけれども、学問といっても今で言えば人文学に限定されるし、研究というのではなく、古典を内在化した素養のようなものと言うべきだ。それが中国の伝統的な学問のありかたであった。『漢書』芸文志は、劉向《りゅうきょう》の「別録」、さらにそれを引き継いだ劉向の子の劉歆《りゅうきん》の「七略」に基づいた図書整理目録であるが、総序である「輯略」を除いた六略は「六芸略」・「諸子略」・「詩賦略」・「兵書略」・「術数略」・「方技略」と並べられる。その筆頭の「六芸」は顔師古の注がいうように「六経」のことであるから、のちに中国の書物の分類として定着した経・史・子・集という四部分類のうちの「経部」に相当する。「諸子略」は「子部」、「詩賦略」は「集部」。つまり四部分類のうちの「史部」以外の三部はすでにかたちを整えていた。のこる「兵書略」・「術数略」・「方技略」はのちには「子部」のなかに含められるが、上の三つとは性質が異なり、学術の「術」に当たる。「兵書略」は兵法の書、「術数略」は天文・暦譜・五行・蓍亀・雑占・形法の六種、「方技略」は医経・経方・房中・神仙の四種。下の三つはまとめれば、科学以前の自然科学および応用の技術と言うに近い。

「文学」は『漢書』芸文志の「七略」のうちの「六芸」「諸子」「詩賦」を包括するものであった。今日言う所の文学に相当する「詩賦」はここでも経書や諸子より下位に列しているが、「文学」のなかの一部に含まれてはいる。「文学」は狭義の文学より広く、人文学の全体を覆うのである。

二　過去における文学

「文学」の語が人文学の総体を意味するものであるならば、今日の「文学」に相当する概念はなかったのだろうか。それを直接あらわす語はなかったにしても、それに当たる概念はなかったわけではない。先に記した『漢書』芸文志の「七略」の一つである「詩賦略」、それはまさしく文学そのものではないだろうか。「詩賦略」には漢代の文学ジャンルの中心を成す「賦」が四種、「歌詩」が一種、合わせて五種にまとめられている。全体を「詩賦略」と名付けるものの、実際の文学形式としては「賦」と「歌」であり、「歌」を広い意味の「詩」に含めたものである。「詩賦略」として部立てするところに、今日の文学に当たる概念はすでにあったと見てよいのではないだろうか。

狭義の文学の範囲を定めようとした記述は、梁・昭明太子の『文選』序に見ることができる。『文選』のなかに何を収めるか、言い換えれば何を文学として捉えるかに言葉が費やされている。そこでは経部、史部、子部(序では経・子・史の順)を除外したのこりの言説を文学とする。ただしこれは消去法によって文学を浮かび上がらせようとしたものであって、文学とは何かと正面から定義したものではないし、また文学についても「篇什」「篇翰」「篇章」といった、文学作品そのものをあらわす語でいうのみであって、文学の概念を直接に意味する語はまだ見られない。『文選』は史部のなかでも「史論」は例外として採録の対象とするが、その理由として言う「事は沈思に出で、義は翰藻に帰す」――深い思索を含み、表現への配慮を怠らない言説――これがかろうじて『文選』序に見られる文学の定義である。隔靴掻痒の感をぬぐえないにしても、『文選』序が「何を言うか」という内容のみならず、「いかに言うか」という言語表現のありかたそのものを文学の本質として挙げていることは重要である。

西欧においても古くは文学の範囲は広く、歴史・哲学を含んでいたと言われるのに対して、『文選』序では歴史・哲学は除外されているものの、今言うところの文学よりもずっと広い範囲を掩っている。政治の場で発せられる命令書や個人の間でやりとりされる書翰など、実用的な文書も文学に含まれたのである。そうしたものも文彩を伴う言語表現であったからだ。とはいえ、文学を三十七のジャンルに分けた『文選』六十巻のうち、賦と詩の二つのジャンルだけで三十一巻、つまり半数を超えることは、詩賦がやはり文学の中心を占めたことを示している。

三　「文学史」の登場

文学史という概念は、十九世紀の西欧で近代歴史学が確立したのを受けて、文化の各分野の通史が書かれることから始まったと言われる。近代国家の成立に呼応して、国別の文学史が書かれるようになったのである。日本では一八九〇年代の前半から日本文学史が生まれた。その最初の著作である三上参次・高津鍬太郎『日本文学史』上下二巻（一八九〇）の「緒言」では、西欧に文学史というものがあるのを知ったことが日本文学史を企てた契機になったことが記されている。中国文学史が生まれたのは明らかに日本文学史に刺激されたものだ。児島献吉郎『支那文学史』（一八九一～九二）、古城貞吉『支那文学史　完』（一八九七）、藤田豊八『支那文学史稿　先秦文学』（一八九七）、笹川種郎『支那文学史』（一八九八）、高瀬武次郎『支那文学史』（一八九九～一九〇五?）、中根淑『支那文学史要　全』（一九〇〇）、久保天随『支那文学史』（一九〇三）などなど、主として一八九〇年代後半から雨後の筍のように一斉に輩出することが、日本文学史の登場を受けて中国の文学史が生まれたことを示している。

如上の文学史より先立つものに、末松謙澄『支那古文学略史』（一八八二）があるが、そこで言う「文学」はまだ伝統的な意味で用いているので、実際には学術史というように近い。また「古」と題するとおり、「春秋ノ末ヨリ戦国ノ末マテ」、すなわち先秦に限定されている。これがロンドンにおいて在英日本人に向けた講演の記録であるのは、当時のイギリスが西洋古典学研究の中心地であったことに触発され、東洋における古典を語ろうとしたものだろう。

各国文学史が西欧近代の産物であるならば、当然ながら彼の地においても中国文学史は企てられている。その早い例がケンブリッジ大学教授のHerbert A. Giles の *A History of Chinese Literature*（一九〇一）であった。Giles の文学史を論評した鄭振鐸「評 Giles 的中国文学史」（一九三四）が、園芸の手引き書の類まで取り上げている粗漏を批判するのは、当時の英国の中国学がまだ未成熟であったためであろうが、しかし文言による小説として欠くことのできない『聊斎志異』をGilesが挙げたことに対して、鄭振鐸が当を得ないというのは、彼がなお小説に対する伝統的な見方を引きずっていたことを示している。日本の中国文学史ではそもそも文学史が西欧近代を学んで作られたために、西欧近代においては文学の重要なジャンルであった小説・戯曲も文学史に記述すべき対象であると、当初から考えられていた。古城貞吉の『支那文学史』に白話小説、戯曲は含まれていないが、その記述は必要であると承知はしたうえで割愛したと述べている。笹川種郎『支那小説戯曲小史』（一八九七）をはじめとして、小説・戯曲も文学の範囲に収めるのは当時の日本における中国文学史の通例であった。一方、中国における早い時期の文学史である林伝甲『中国文学史』（一九一〇）は笹川の文学史に倣ったものであるにもかかわらず、小説や戯曲などの俗文学を取り上げるのは見識が低いとして排除している。中国で小説・戯曲を正統的な文学の埒外に置く考えは根強く続き、魯迅『中国小説史略』（一九二三、二四）に至って小説の文学史が始まり、胡適の『白話文学史』（一九二八）では白話による作品こそ文学の中心に据えられるべきだと主張するに至る。

中国における初期の中国文学史は、日本で刊行されたそれの翻訳から始まった。笹川種郎『歴朝文学史』（上海中西書局、一九〇三）、古城貞吉『中国五千年文学史』（開智公司、一九一三）などである。日本でいち早く中国文学史が書かれたことは、西欧における各国文学史が日本文学史を促し、日本文学史が中国文学史を促したこと、つまりは西欧で文学史なるものが登場したことを中国よりも早く受容したこと、そしてまた日本には江戸漢学の深い蓄積があったことによるのだろう。

四　文学史以前の文学史

文学史なるものが西欧近代に至って生まれたとするならば、近代以前に文学史はなかったのだろうか。『漢書』芸文志の「詩賦略」の序に、『詩経』の詩篇を借りて外交の辞令に用いた時代から、その風習が行われなくなって「賢人失志の賦」が起こり、「離騒憂国」の荀子・屈原の賦が生まれ、諷諭を旨としたそれが華麗な賦に堕したと述べる記述は、時代の推移による賦の変貌を描く点で、すでに文学史的な思考と言えないだろうか。昭明太子『文選』序が文学は質朴なものから文采豊かなものへ多様化していくと述べるのも、文学の時代による変化を語るものと言ってよい。

より文学史的と思われるものは、時間軸にそって名だたる作者や作品を並べた記述である。梁・沈約『宋書』謝霊運伝はその末尾に文学論を載せているが、そこには『詩経』から宋の謝霊運に至る主要な作品・作者を列挙した、文学史といって差し支えない記述がある。梁・劉勰『文心雕龍』の「明詩篇」もまた詩の歴史を綴っている。同じ時期の鍾嶸『詩品』が上中下の三品に分けた詩人それぞれについて、「其の源は〇〇に出ず」と淵源を記すのも、『詩経』国風・小雅・『楚辞』から発する詩の流れを意識したものだ。梁・江淹「雑体詩三十首」は「古詩十九首」から南朝宋・恵休に至る三十のスタイルを模擬したもので、模擬詩による詩史と言うこともできる。その「序」に「淵流を品藻す」

というのは、江淹が詩の流れを見定めようと意図して「雑体詩」をものしたことを示している。『宋書』謝霊運伝の論のように個別の作者を越えた、文学の全体に関する論述は、のちの正史のなかでは文学伝の冒頭に置かれるが、そこにも文学史的記述が含まれる。そのほか、後代の文学論のなかでも詩の通史的記述はめずらしいものではない。

では前近代のそうした文学史的記述と近代歴史学が生み出したと言われる文学史との間には、どのような差異があるのだろうか。大きな相違は歴史観の違いに求められる。近代の文学史は近代という時代に特有の進歩的な史観が根底にある。歴史を近代という頂点に向かって上昇する過程と捉えるのである。人の歴史を進歩と捉え、それと同じように文学も時代に沿って進歩するという考えに基づいて、近代の文学史は記述されている。文学史が近代の産物であるということは、近代の思考のもとにある進歩史観を暗黙の前提としていることである。

一方、中国における基本的な歴史観は尚古思想に基づく下降史観であった。聖賢の世からひたすら下降してきたのが人の世の歴史であると捉える。唐代半ば以降に活発になる復古を唱える文学論も、衰退した文学を理想的な過去へ戻そうとする動きであった。秦の始皇帝の時期の、古を非とし今を是とする考えは特殊な一時期に限られ、またそれとは別に歴史は上昇と下降を繰り返すという循環論的な歴史観もないではないが、基本的には古を尊ぶのが中国の伝統的思考であり、これは近代の進歩的史観とはまっこうから対立する。

上昇にせよ下降にせよ、歴史を線状の連続と捉え、連続する線状に変化を見る点では共通するところがある。しかしわたしたちがとまどいを覚えるのは、それとは別のところにある。中国の文学に関する思考には歴史を変化とみる視点が乏しいことである。中国古典文学の何より顕著な特質は、伝統の一貫性が強く支配しているところにある。時代による変化よりも、文学的因襲が均質のまま一貫して持続する。それが他の文化圏には見られないほど長い時期にわたって続く。時代による変化よりも時代を超える一貫性が強いのである。それこそが中国の伝統文化にほかならない。

たとえば南宋初期の張戒『歳寒堂詩話』（巻上二）に次のような記述が見える。「国朝（宋）詩人を一等と為す。唐人の詩を一等と為す。六朝詩を一等と為す。陶淵（明）・阮（籍）・建安七子・両漢を一等と為す。風騒（『詩経』『楚辞』）を一等と為す。学ぶ者は須《すべから》く次を以て参究すべし」。ここでは時代ごとにグループに分け、グループごとに順次学習していくことを勧めるもので、通時的観念があるかに見えるが、しかし過去の詩を順次に学んでいくべしという提言には、通時的体系の通時性を無化して共時的に共存させせようとする態度がうかがえないでもない。『歳寒堂詩話』のこの記述をおそらくは受けたであろう南宋・厳羽の『滄浪詩話』詩弁篇にも「漢魏の詩」「晋宋の詩」、「南北朝の詩」、「沈（佺期）・宋（之問）・王（勃）・楊（炯）・盧（照鄰）・駱（賓王）・陳拾遺（陳子昂）の詩」（つまりは初唐詩）、「開元・天宝諸家の詩」（盛唐詩）、「李杜二公の詩」「大暦十才子の詩」、「元和の詩」、「晩唐諸家の詩」、「本朝（宋代）蘇（軾）・黄（庭堅）以下諸公の詩」というように時代順に学ぶことを勧める。ここまでは張戒とほとんど同じであるが、「詩体篇」では唐の文学を唐初体、盛唐体、大暦体、元和体、晩唐体の五つに分けている。大暦体と元和体を一緒にすれば、これはのちに行きわたる唐の文学の四変説、初唐、盛唐、中唐、晩唐にそのまま重なり、唐代の時期区分として明言された最も早いものである。ところが注目したいのは、この時期区分を厳羽は時期区分として挙げているのでなく、詩体の区別として挙げていることだ。つまり通時的な体系としてでなく、共時的な、彼らの文学環境にあってはどれも選択可能な詩体、スタイルとして、同等に平面上に並べている。スタイルの違いを通時的な差異としてではなく、同時的に存在する様式の区分として捉えるのである。こうした思考も中国の文学的伝統がいかに均質であり、一貫して持続したものであるかを示している。伝統の均質性のなかにあれば、時間による変化は希薄にならざるをえない。

おわりに

中国における「文学」の語は学問、それも人文学の全体を含むものであり、今言うところの「文学」はその一部に含まれることを見てきた。狭義の文学をあらわす語は「文」「文章」などと言われたが、「文学」と呼ばれることは、日本から「文学」の語が逆輸出されるまではなかった。それを「文」と言えば広義の「文学」も含まれてしまうし、「文章」といえば文学の概念よりも個々の作品を指してしまう。しかしながら狭義の「文学」に相当する概念があったことは確かである。魯迅が魏晋を「文学自覚の時代」と呼んだように、文学の概念は後漢末の建安のころから明確なかたちを取ったのである。

「文学」および狭義の文学の序列が低いと記したのは、徳行に比べての価値付けであって、文化全体のなかで、さらには社会全体のなかで、中国ほど「文学」が尊重され続けた文化圏はほかに例がないことだろう。政治・文化の支配者である士大夫の士大夫たるゆえんは、彼らが文を操る能力をもつからであった。唐代以後、より顕著には宋代以後、科挙という官吏登用試験によってそれは制度化され、社会のなかに組み込まれていっそう強固になった。王朝は武力によって政権を得たとたん、たとえ異民族の王朝であろうと、武から文へと転身を計って、おのれが正統王朝であるあかしとするのが常であった。文の力は軍事力、政治力よりも強く、文の伝統こそが王朝や民族を越えて中国を中国たらしめてきたのである。

二十世紀の初めに至るまで、途方もなく長い期間にわたって一貫して持続してきた文の伝統、それが初めて大きな変容を余儀なくされたのは、西洋近代との接触であった。広義の文学が後退するのに替わって新たに輪郭を際立たせることになった狭義の文学、しかしそれは科学技術の支配する時代のなかにあってはごく小さな役割を占めるに過ぎない。かつての文の伝統のように、人々の文化や社会を支える知的基盤をいまだに見い出し得ないのは、中国に限られたことではない。

参考文献
川合康三編『中国の文学史観』（創文社、二〇〇二年）

◆第三章…学問と文学…④韓国

「学文」から「文学」へ

権 ボドレ
（尹 喜相訳）

一 「文」から「文学」へ、大衆化・民族化・審美化

東アジアの中でも朝鮮は、性理学的官僚制が高度に発達した地域である。「文」という権威の君臨も正しく他の地域より頻繁であった。武班より文班が高く評価されてきた伝統からもそうであり、李《イ》滉《ファン》（号は退溪。一五〇一～一五七〇）以後、士の道徳的・理念的な訓練が一層精緻になり、崇文イデオロギーが高められてきた来歴から見てもその通りである。近代以前の漢字文明圏で「文」とは秩序の原型的で普遍的な可能性、つまり天文、地文、そして人文を貫く原理を指す言葉であった。学んで問う［学問］行為に含まれている文を学ぶ［学文］行為とは、聖賢の文字を通して宇宙と人世の理知を得ることであった。生活の中で文とは大体文章という意味で使われたが、「学問・文」は決して文章または技芸という意に留まらず、聖人—君子になる努力としての知識と実践一般を含んだ。

このように包括的であった前近代の「文」の一部が近代的「文学」として定立していったのが、漢

字文明圏内の様々な地域が共有する来歴である。この過程で強く作用した傾向が大衆化・民族化・審美化である。これら三つの傾向各自の方向や速度には違いがある。韓半島の場合、「文」の周辺部から成された大衆化は「小説」を中心に朝鮮中期から本格的に進行された。虚構的叙事として神異・艶情・挟勇などを興味の源とする「小説」は中国の明清代に発展、韓半島においては『水湖志《スホジ》』、『三国志演義』などの中国小説を通して届き、戦乱期の社会変動をふまえて読者層を素早く確保するようになった。十八世紀になると専門的な小説の談話師である傳奇叟《チョンギス》が登場し、小説の貸し出しを専門とする貰冊家《セチェッカ》も出現、小説を借りるために小間物を売ってしまう婦人たちが現れたといわれるほどである。(1)

十九世紀後半、東アジア地域で民族の境界が強調され始めたときに、「小説」を中心とした大衆性は民族化の踏み台として役立った。これには欧米列強の影響が大きかった。この頃ヨーロッパ諸国は既に十七世紀の半ばヴェストパーレン条約で民族国家体制に進入し、十八世紀末から十九世紀初の間フランス革命やナポレオン戦争をきっかけとして共和主義と民族主義を共に身につけていて、アメリカ大陸でもアメリカの独立を始めに、ハイチ・ベネズエラ・メキシコ・チリなどの国が続々独立して数十年が経ってのことであった。これら諸国は民族国家を前提とした国際秩序に東アジアまで編入させようとし、経済力と軍事力を誇示する一方、その源泉として進化論とともに共和主義と民族主義を伝播した。つまり、これは東アジアの伝統的な朝貢体制(tribunal system)を解体する過程であった。

二　独立と啓蒙のための小説改良

中国中心の朝貢体制に属しているにもかかわらず独自の政治的・経済的・文化的アイデンティティを持っていた朝鮮の場合、「民族化」の刺激はことのほか強かった。このように原型的民族主義（proto-nationalism）が、近代的民族主義へと展開されるにおいては階級・身分・知識を行き渡る歴史的・文化的結束力、そして言語的共通性の確認が必要であった。この過程で大きな役割を果たしたのが新聞と小説である。ベネディクト・アンダーソンが指摘したとおり、新聞と小説は俗語（vernacular）―民族語（national language）を普及する役目を果たすと同時に、民族を単位にした同時性の幻想を生産することで民族国家の形成を成し遂げた。

巨大な民主的改革運動であった甲午農民運動（一八九四）が、目的を達せず失敗に終わった前後、政府主導の改革政策であった甲午改革は独立した近代国家としての朝鮮の再出発を知らせるきっかけであった。奴婢制が撤廃され、科挙制と班常制度が廃止、政府組織や官僚制度が改革される一方、漢文に代わって国漢文が公式語として宣布された。一八九六年創刊された『独立新聞』は民族が言語的・媒体的に覚醒する過程を象徴的に表す存在である。「独立」という単語をもって清からの分離を祝い、家門・村落の共同体的集合性より個人の自立に基いた社会秩序を強調した。また、『独立新聞』は純ハングル表記という言語的な実験を行い、その結果言語と文体と様式の変化を導き出した。様々な改革措置を生活に適用させるにも『独立新聞』を先頭とした民間新聞の影響が大きかった。『独立新聞』が最も急進的であったが、『皇城新聞』、『帝国新聞』、『大韓毎日申報』など、十九世紀末から二十世紀初まで続々と創刊された民間新聞は、国文または国漢文を用いて最新の国内外の出来事を伝えながら、国文詩歌や国漢文伝記・歴史物と小説のための欄を作った。また、科挙制の基盤であった経典知識と文章感覚を「虚文」として攻撃した。

過去の文を批判する過程においては、昔の両班《ヤンバン》層の内部から生まれたいわゆる改新儒学者たちとその周辺部出身中心の新技術層がともに手を組んだ。後者の場合、外国語学校や測量学校などの新式教育を受けたりしたが、彼らは儒学的知を相対化し、中華論的な文明意識を批判しながら、民族的知識や民族的物書きの新しいモデルを見つけ出した。小説はこの過程で浮上した様式である。しかし、既存の小説の形そのままでは民族的情熱を受け入れられなかった。新進知識人たちは「小説」が口語―民族語で書かれた長編であることを高評し、またその情緒的感応力の強度に感心したが、虚誕無拠かつ荒唐無稽な特質には遺憾を表した。啓蒙のためにその民族的・大衆的な特徴が使われるためには、興味本位の性格は完全に再編されるべきだと、彼らは主張した。ちょうどその時期は清末の思想家である梁啓超《りょうけいちょう》の『飲氷室文集《いんぴょうしつぶんしゅう》』が愛読されていた。朝鮮の知識人たちも梁啓超の小説論を見習い、小説を肯定する一方でその民族的・大衆的資質を啓蒙のために専有しようとした。

「小説改良」を目指す努力は大きく二つの方向へと表現される。既成の小説を全く別の叙事と情動に置き換えようとする努力、つまり民族と啓蒙という目的を浮き彫りにしながら民族史の屈曲を叙述するか、民族英雄の生涯を叙事化する方向がその一つである。『乙支文徳伝《ウルジムンドクジョン》』、『李舜臣伝《イスンシンジョン》』、『崔都統《チェドトン》［崔瑩《チェヨン》］伝《ジョン》』など、外敵と対決した民族英雄の伝記を叙述した申采浩《シン・チェホ》の著述が代表的であろう。これらの書物は今では伝記や小説というより歴史叙述に近いようだが、国文や国漢文を選んだ上、史料を根拠としたにもかかわらず想像力や論評の自由を許可したという点から、当時は充分「小説」として分類されることができた。(2)

創作のレパートリーだけでなく翻訳のレパートリーも多く読まれた。フランス革命以降ナポレオン戦争期までのヨーロッパの歴史を扱った『泰西新史』（ロバート・マッケンジー Robert Mackenzie原作、ティモシー・リチャード Timothy Richard中国語訳、學部訳）、ウィリアム・テルの登場前後のスイス独立史を扱った『瑞士建国志』（フリードリヒー・シラー原作、山田郁治日本語訳、鄭哲訳）、ベトナムの植民化の過程を叙述した『越南亡国史』（梁啓超原作、玄采・周時經・李相益訳）などと、イタリア建国英雄を扱った『伊太利建國三傑傳』、ジャンヌ・ダルクの生涯を小説化した『愛國婦人傳』などは特に人気のあった翻訳書である。(3) 創作レパートリーに先立って流行り、より幅広く人気を集めたこれら翻訳物はヨーロッパ↓中国、または日本↓朝鮮という流通経路を定着させるのにも寄与した。

また一方で、歴史上初めて自分の実名を名乗って専門的な小説創作に挑んだ作家たちも同じく「小説改良」の要求に呼応した。李人稙《イ・インジク》や李海朝《イ・ヘジョ》などを代表とするこの作家群は、一九〇〇年代後半からおよそ十年間「新小説」という新しい様式を切り開いたが、その要点は「小説」を当代の朝鮮を背景とした現実的な叙事に変えたということである。彼らは自らを「記者」、つまり新聞記事の担当者と同じ名前で指しながら、「現今人の実跡」を通して「鄙風敗俗を鑑戒[4]」する役目を自任した。「事実」をもって「虚誕」という非難に立ち向かい、「風俗改良」という名分をもって「淫蕩」だという攻撃を封鎖するのが新小説の戦略であった。このように独特な方式で「小説改良」に臨んだ新小説は『血の涙』、『鬼の聲』、『紅桃花《ホンドファ》』、『驅魔劍《グマゴム》』などの話題作を生みながら一九〇〇年代後半の啓蒙的な歴史・伝記叙事と肩を並べる有力な読み物として浮上する。そして一九一〇年の植民化以来、民族主義的な啓蒙叙事が事実上禁止されて以降は一時期新小説が準独占的に文学市場を支配した。近い時期イギリスの煽情小説（sentimental novel）と日本の家庭小説をもとにした翻案物が人気を集め、その影響下に新小説の叙事とスタイルが変化することもあった。

三　文学雑誌の出現、素人創作と実存

一九〇〇年代を通じて「大衆化」と「民族化」という小説の二つの特徴が拡散して以降、小説を中心に「文学」を構成する次の段階で主に機能したのは「審美化」の傾向である。「文学」とは近代的

教育・文化・出版制度に多大な影響を受けた概念であり実践でもあるが、その核には確かに自己目的的芸術行為としての文学創作があるといえる。他の目的がなく、ただそのもの自体のために行われるという自動詞的性格こそ「文学」を近代以前の「文」から区別させるところである。この転換を導いたのは大体一九〇〇年代生まれ前後、新式教育を受け、外国留学を経験した若い世代である。彼らが成年になる頃、つまり一九一〇年代後半になると新小説と翻案小説を読み、文学への趣味を養った若者たちが、それらを高級化・洗練化し自ら文学創作を始める場面を無理なく窺うことができる。大邱《テグ》地方の学生たちが発行した『炬火《グオファ》』、ソウルの培材高普の学生たちの同人誌『詩の倶楽部』、またソウルの徽文高普の学生たちが発刊した『咲く花』などはその代表的事例である。かれらの多くはこれらの中で大半は後に留学、特に日本留学を経験したが、殆どが外国語文学専攻を選択し、帰国してからは文人であると同時に記者や教育者として活躍することになる。

近代的「文学」への純情に纏われたこの若者たちが歌ったのは、主に死と実存、情熱と悲嘆、宇宙と時間などという、慎重かつ抽象的な主題である。彼らは少年時代「滋味」と「涙」をキーワードとした一九〇〇年代〜一〇年代の叙事レパートリーに没頭していた読者であり観客であった。新小説が「滋味」を、翻案家庭小説（及びその演劇化）が「涙」を強調する中、その受容者は前代の小説の読者層とは全く異なる思考と情動を学習した。啓蒙の際で繁盛した「滋味」と「涙」は小説の大衆性を高め、虚構的叙事を人生と重なる真面目な経験として受け入れる受容の慣習を養成した。その上、外国作家たちとの出会いは若い世代の感覚を一層変換させた。バイロンとポー、ヴェルレーヌとボードレール、ツルゲーネフとゴーリキーなど、十九世紀以降の欧米文学と遭遇することで「文学」に対する彼らの夢は一層熟成されたのであった。

若い世代はまた、儒教的―郷村共同体的秩序から離れ、新しい世界へ投げられた不安と期待を詩と短編を通して表現した。「孤独は近づいてくる」とか、「あ、来る来る死の使者が／可憐な命を奪うために」、また「冷たい世界に命のみ暑くて！」などは、一九一〇年代中後半の青年たちの書物によく見られる表現である。現実的・思想的変動を経ていた時代的状況は、「遊学」を通して異邦に放り出された若い学生たちの立場と適切に照応した。それにハングルの書物では珍しい詩と短編という様式は、素人の創作に適い、小規模の創作・受容環境に適合する枠として、「文学」の初期段階を主導していった。

学生同人誌として出発し、一九二〇年前後に『創造』、『新青年』、『白潮』などと、さらに本格的な同人誌の形式へ発展していった右記の媒体は、新しい出版技術環境とも繋がっている。一例として十九世紀末日本で開発された謄写版は、堀井代理店の開設とともに朝鮮にも登場（一九一二）、各級の行政機関と学校を通して急速に普及していった。謄写版は筆写と印刷の間隔を広げることで新しい知識と文化の領土をも開拓したが、これは正式な出版の権限と資本を持っていない若者たちにとって最適の技術であった。前述した学生同人誌『炬火』、『詩の倶楽部』、『咲く花』などは、全て謄写版の回覧誌として発行されている。この経験をもとに印刷所や出版社と提携して正式出版を狙ったのが一九一九年の三・一運動以降続々発刊された同人誌である。

一九一〇年から一九一九年までの朝鮮は抑圧的な植民統治の中、読むことや書くことの自由を奪われた状態におかれていた。その直前である一九〇五〜一〇年が言論・出版において驚くほどの活況期であったので断絶の模様は予想よりも酷かった。新聞と雑誌・学会誌などが全て禁じられ総督府発行の『毎日申報』が事実上唯一な全国誌の役割を果たした。出版社のなかでは崔南善《チェ・ナムソン》の新文館の活動が目立ったが、新文館で刊行できる雑誌は、児童・青少年雑誌に限られた。中学生程度を対象とした『青春』が総合雑誌に最も近かったが学生雑誌の色彩を充分醸しだすことはできなかった。一方では新文明の高波の前で急激に勢力を失った「文」、つまり漢文学的「文」が、植民権力の庇護のもとで馴致・周辺化されながら、さらに更新の能力を喪失するようになった。文藝倶楽部・辛亥吟社・以文會などの漢文学団体が続々出現し、文章能力を競う白日場《ベクイルジャン》が流行り始めたが、これらの現象は既に生命力を失った流れが趣味化・周辺化される過程に過ぎなかった。儒学的教養をもとに近代西欧思想を受け容れたことから、「改新儒学者」とも呼ばれた一九〇〇年代愛国・啓蒙運動の代表的な主体は、一九一〇年以降国内で事実上なくなるようになる。少なくない人が亡命し、残された人たちも沈黙するか変節した。

四　三・一運動と文化民族主義の拡充

この空白を背景に登場した一九一〇年代の青年たちは、文化民族主義（cultural nationalism）という新しい思想へと接近していった。それは既に植民化された、つまり富国強兵式路線を求め難くなった状況での文化的転回であって、第一次世界大戦を前後して進化論と優勝劣敗主義が批判され改造主義と文化主義が勢力を伸ばした状況における対応でもあった。一九一〇年代後半の若者たちの文学的偶像であった李光洙《イ・グアンス》の、「朝鮮にだってロックやルソーが生まれることがないとは限らないし、またベンサムやミルが生まれることがないとは言い難いでしょう」といった発話は、当時の状況をよくあらわす皮肉な言葉である。一九一〇年代中後半、朝鮮の若者たちは一九〇〇年代までの富国強兵路線から素早く離脱し、藝術や文学嗜好へと移動した。亡命した先輩の目に彼らの動向が「逮囚と砲殺の危険のない名誉と安楽を得」(5)る回避の方法として映ったとしても、三・一運動を前後した時期の青年たちは文学と芸術を「後進」的な朝鮮が世界的な普遍と向き合える有力な方法と評価した。最初の文学史とされる安廓《アン・ファク》の『朝鮮文学史』が発刊されたのは一九二二年のことだ。

しかし、三・一運動以前、ハングルで読んで書ける空間がほぼ不在であった状況で、「文学青年」たちの文学熱は彷徨うしかなかった。普成専門《ボソンジョンムン》や延禧専門《ヨンヒジョンムン》のような朝鮮人私学も法科・商科・医科中心であって、文学的熱情の社会的出路は殆どなかった。『毎日申報』と『青春』、日本で留学生たちが発行した『學之光』など、そもそも貧弱なハングルのメディアにおいても文学の割合は比較的低かった。日本語媒体に日本語で文章を書く道を模索した人が少なくなかったのは当然の結果といえるだろう。既に一九〇〇年代末、李光洙は「朝鮮には未だに文芸欄というのがないが、日本の文壇で始めてみようか」と悩んだことがある。なるほど李光洙は明治学院大学の学生雑誌であった『白金學報』に彼の初の小説である「愛か」を日本語で発表、また韓国の自由詩の先駆者であった朱耀翰《ジュ・ヨハン》は日本内の同人誌『曙』の同人として日本語詩を書き、数年後プロレタリア文学の『種蒔く人』に影響を受けた金基鎮《キム・ギジン》もやはり『改造』などといった雑誌で日本語小説を投稿し続けた。ハングルで創作をする場合ですら日本語と日本文学の強い影響下にあることが一般的であった。最初の文学同人誌『創造』を主導した金東仁《キム・ドンイン》が頭の中ではまず日本語で小説を書き、それをハングルに翻訳したことは有名な逸話である。

この境目で「朝鮮文学」の道を決定したのは一九一九年の三・一運動という事件である。媒体においても学制においても職業世界においても朝鮮語で文学する道が塞がっているに近かった植民地の状況は、三・一運動後劇的に変化した。第一次大戦前後米国とソ連が登場し、それを象徴するウィルソン主義・レーニン主義によって植民主義が強く批判される中、朝鮮は三・一運動を通してどの国よりも強烈に世界変動に答え、また変動を先導しようとした。しかし過酷な犠牲があったのに比べ、対価はかすかであった。アイルランドとポーランドとハンガリー、インドとエジプトとリベリアなどの更新または新生を生み出した世界的変動に積極的に参加した結果、朝鮮が経験した変化は結局「文化政治」という新しい植民地政策に他ならない。

文化政治の中核は官僚機構と警察を拡大・整備し植民地統治を一層粗密にすることであった。だが朝鮮人たちがこれによって最小限の文化・社会的自治空間を獲得するようになったのは事実である。三・一運動後、朝鮮語で構成された朝鮮人の空間は飛躍的に拡大された。その空間を象徴するのが三種の朝鮮語全国新聞や多数の雑誌の創刊であり、これら媒体空間の拡張を通して「朝鮮（語）文学」はやっとその制度的基礎を築くことができた。三・一運動前夜に創刊された『創造』が、その後毎号一〇〇〇から一五〇〇部を売り上げ成功を勝ち取り、株式会社への変身まで論議するに至ったのはその象徴的な事件だといえるだろう。その後『白潮』、『廃墟』、『薔薇村』などの文学同人誌が続々出現し、『開闢』、『新生活』などの総合雑誌では文学欄を主に配置することになって、ついに一九二四年文学専門雑誌『朝鮮文壇』が発刊、それに相応しい作家群が拡充され、文体が洗練化し多彩になって「朝鮮文学」はやがて疑うことのできない歴史的実体となる。性理学的教養と科挙制を軸とした「文」が挑戦を受けてから二十年程のことである。

注

（1）林炯澤「漢文短編形成過程에서의 談話師」（『創作と批評』十三巻三号、一九七八年）、金庚美「朝鮮後期小説論研究」（梨花女大博士論文、一九九四年）第二章参照。
（2）『李舜臣伝』、『崔都統［崔瑩］伝』が連載された『大韓国毎日申報』は国漢文版と国文版を同時発行したが、これらの書き物は国漢文版では「偉人遺跡」欄に、国文版では「小説」欄に載せられた。
（3）これら著書までを含んだ近代初期外国伝記・歴史物の翻訳については孫成俊「英雄叙事의 東アジア受容과 重訳의 原本性」（成均館大博士論文、二〇一二年）参照。
（4）李海朝の『花の血』の序文及び李人稙の『鬼の聲』新聞広告から抜粋した文章である。
（5）申采浩「浪客의新年漫筆」（『東亞日報』一九二五年一月二日）。

参考文献

金庚美「朝鮮後期小説論研究」（梨花女大博士論文、一九九四年）
孫成俊「英雄叙事의 東アジア受容과 重訳의 原本性」（成均館大博士論文、二〇一二年）
申采浩「浪客의新年漫筆」（『東亞日報』、一九二五年）
林炯澤「漢文短編形成過程에서의 談話師」（創作과批評社、一九七八年）

◆第四章…ことば、文体…①日本

「しばらく」の文学史――二葉亭四迷を中心に

谷川恵一

物語や小説などといった日本の文学テクストは、十九世紀後半から二十世紀初頭にかけて大きく変動し、その姿と働きを一変させた。西洋のパンクチュエーションにならった句読法が導入されたことによってテクストが短い文の連なりとなり、それをベースとする新たな叙法＝語り方が生み出されていった。「二人は暫時《しばら》く黙つて居た。」（国木田独歩「別天地」上ノ二、『涛声』一九〇七）・「二人は暫《しばら》く詞《ことば》が絶えた。」（森鷗外『青年』十一、一九一三）といった、一定の時間の経過に焦点を絞った短い文による語りは、江戸期の人情本を先駆としてこの変動期の中で出現してきたものである。「時間とは、他に何事が起こらなくても起こるものである」（坪井忠二訳『ファインマン物理学 I』、一九六七）というファインマンの定義を彷彿とさせる時間が露頭するこうした語りは、「外面の時間」と「内部の時間」（国木田独歩「欺かざるの記」明治二十六年二月二十一日、『欺かざるの記』前篇、一九〇八）というふたつの時間を縒り合わせたところに成り立っている。〈四分間〉といった機械時計によって計測された時間よりも、相対的な時間量を示す「しばらく」という副詞が頻繁に顔を出すのはこのためである。

「しばらく」ということばは、それを用いない小説を見つけ出すのが困難であるほどに、近代の小説にあまねく行き渡っている、なにげなく読みすごしてしまうありふれたことばだが、そこには時と生をめぐる私たちの経験が託されている。近代の文学テクストの中での「しばらく」ということばのふるまい方を、二葉亭四迷の試みを中心にたどってみる。

一　「しばらく」の時間量——翻訳される時間

母に連れられて行くいつもの散歩の途中で二人の兄弟がとある家に立ち寄ると、一人の婦人から「おや、お坊つちやま、入らつしやいまし。暫くお見えになりませんから、どうなすつたかと思つてゐましたよ」と声をかけられるくだりが、野上弥生子の「二人の小さいヴァガボンド」（『新しき命』、一九一六）にある。声をかけたのは二人の面倒をみている保母の母親で、一見何のへんてつもないことばに、作者はわざわざ注をつけている。「この『暫く』と云ふ挨拶は、ほんの二三日を意味するに過ぎないのだと知つたら、どんなに屢彼等がその家のお客さんとなつてゐるかゞ想像されるでありませう」。「暫く」ということばが含意する時間の量は、このことがばやりとりされる文脈によって大きく変動し、その文脈を共有している当事者たちにとっては自明と感じられているが、第三者にとっては必ずしもそうではない。「久しく相会せざるさまにいふ語」（金沢庄三郎『辞林』縮刷九版、一九二〇）といった、「暫く」を「久しく」で言い替えた語釈は、時間の長さについては何もいっていないに等しいのであり、事情は、「しばし、暫時」（同）と説かれる同じことばのもうひとつの意味についても変わらない。

「では、今何ですか、病院へ寄つて下すつたのですか？　僕は居なくとも何有《なに》、病室へ通《とほ》つて下すつて管《かま》はないのでしたに。」

「え、暫くお待ち申して居まして……」

「お待ちなすつたのですか？　然《さ》うですか。それは何《ど》うも……僕些《ちよ》つと通《とほり》まで買物に出たものですから。」

（小栗風葉『青春』「春之巻」五、一九〇五）

神経衰弱で大学病院に入院していた大学生を学校帰りに見舞った女は、男が留守にした病室で「暫く」待ってからの帰途、男と出会った。これはその際のやりとりであるが、女と別れて病院に戻った男は、女が「長い事貴方《あなた》を待つて被居《らつしや》いました」と看護婦から告げられ、「那様《そんな》に長く待つて居たのか？」（同、六）と驚くことになる。男の帰りを待った女にとっては「暫く」であっても、看護婦や男にとってはじゅうぶん「長い」時間なのである。

「暫く」は「長く」との対比において規定されている相対的な時間であり、同じ時間量であっても、それを「暫く」というか「長く」というかは、その時間とのかかわり方によって決まる。当人には短く感じられた時間がじつは長かったということがある一方で、逆に、わずかの時間でもそれを経験した当事者にとってはずいぶん長く感じられることがある。

長い事のやうに思へたが五分もたゝなかつたのだらう、みしい〳〵と狭い急な梯子を上つて来る足音で、それが陳子一人だといふ事が分つた。　（有島生馬「或る人へ」、『鏡中影』、一九一九）

それから大分長い時間が過ぎた。長いと云ふのは彼の主観に訴へた気持ちで、実際どのくらゐ過ぎたかは明瞭でなかつた。考へように依つては五六分のやうにも思はれ、二三十分のやうにも思はれる。　（谷崎潤一郎「捨てられる迄」一、『麒麟』三版、一九一八）

当事者の「主観」にとらえられた時間と、時計によって計測される客観的な時間とは必ずしも一致しているわけではなく、「五六分」の「長い時間」と、「二三十分」の「暫く」がいずれもありうる。小説が、この「暫く」ということばと時計によって計られた時間とを関係づけて示すようになったのは、明治の半ばからである。

これから奈何《どん》な事になるだらうかと、ぴつたりと垣に身を寄せて、暫く様子を候《うかゞ》つてゐる。／凡そ二十分余《あまり》も立つてゐたが、巡査は出て来ない。　（尾崎紅葉『隣の女』十一、一八九四）

『旦那さま、誠に恐入りますが、唯今から少時《しばらく》――二三時間御暇《おひま》を戴いて、鳥渡《ちよいと》行つて来たい所があるんで御在ますが……。』　（広津柳浪『自暴自棄』後篇五十九、一九〇六）

何時間経《た》つたか、久《しば》らくすると、部屋の障子がスツと開《あ》いた。　（二葉亭四迷『平凡』五十六、一九〇八）

要吉は眼の当り人間の魂の苦痛を見るやうな気がして、しばらく物が言へなかつた。無言の間に

五分間経つた。（森田草平『煤烟』第四巻七、一九一三）

自分はしばらく其処《そこ》でお重《しげ》に調戯《からか》つてゐた。五六分してから彼女に「近頃兄さんは何《ど》うだい」と左《さ》も偶然らしく問ひ掛けて見た。（夏目漱石『行人』「塵労」十一、一九一四）

我々二人は暫く並んで立つて黙然としてゐた。此数分時間、再び重くろしい麻痺の力が我々の上に加はつて来たやうである。（森鷗外「正体」、『諸国物語』、一九一五）

五分、十分、十五分、暫くの沈黙が続いた。（谷崎精二『離合』五十二、一九一七）

暫くすると（実際は十五分ほどで）産婆が来たらしかつた。（里見弴「夏絵」、『我』、一九一九）

従軍記者は猶暫くいろ〳〵の想像に耽つて居たが、十分ほど経つた後には、かれの頭は馬車の柱に、手はだらりと膝の上に顔を少し斜めにして、早くも熟睡の境に落ちて居た。（田山花袋「死」、『小春傘』、一九二〇）

暫くは他の話などで紛らされてゐたが、一時間経つても二時間経つても、仙子が帰つて来ないので、今まで妻をなだめてゐた英吉でさへ慌てだした。（正宗白鳥『深淵』十三、一九二一）

かうして私は暫くの間、さう五分間ばかり、いや十分間だつたかもわからない。私はぢつと考へつづけた揚句、（佐藤春夫「卓上に在つたもの」、『美人』、一九二四）

作中人物たちの会話が途切れたことを示したり、ことばのやりとりが終った後の沈黙の状態をハイライトするために為永春水の人情本が用いた「暫く」をうけて、ある行為や状態の持続する様相を示すため明治以降の小説はこのことばをしばしば用いるようになるが、分単位の短い時間を計測する機械時計の普及にともない、「暫く」の時間量に相当の幅があることを小説は意識するようになった。先鞭をつけたのは尾崎紅葉で、その『隣の女』は、時間量の多い「多時《しばらく》」(四)・「有間《しばらく》」(七)と、少ない「姑《しばら》く」(五)・「少時《しばらく》」(七)・「暫《しばら》く」(七)・「少焉《しばらく》」(十一)とを使い分けている。『言海』(第三冊、一八九〇)が「しばらく」に「少シノ間《マ》ホド」と「久シク」との両義を認めたのが、「しばらく」にどのような漢語を添えるかによって示されたのである。紅葉の用いた漢語のうち、「少時」と「少焉」はいずれもすでに菊亭香水『惨風悲雨世路日記』(一八八四)に見えているが、「多時」は柴小輔『雑字類篇』(一八七六、再刻)が「ヨホドノアイダ」ということばを対応させていた語であり、「有間」はおそらく紅葉の創意にかかるものである。

『片恋』(一八九六)の二葉亭四迷が紅葉に続いた。新たに訳した「片恋」に、「あいびき」(『国民之友』第三巻二十五号・二十七号、一八八八・七～八)と「めぐりあひ」(『都の花』第一巻第一号～第二巻六号、一八八八・十～一八八九・一)の改訳を加えて刊行された『片恋』は、『二葉亭四迷集』(日本近代文学大系4)の注釈で安井亮平が指摘するように、初訳ではすべて「暫らく」または「暫く」であった「あいびき」と「めぐりあひ」の「しばらく」を改訳の「あひゞき」と「奇遇」ではその大半を「久《しば》らく」に改め、「片恋」では「暫《しば》らく」・「久《しば》らく」の他に「少時《しばらく》」・「多時《しばらく》」・「しばらく」も用いている。「久《しば》らく」は、「たゞ其儘、さしうつむいた儘で、良久《やゝしば》らくの間、起《た》ちも上《あが》らず、身動きもせず黙然として座《すわ》ツてゐた」などと『浮雲』でも使われていた(第三篇第十五回、一八九一)「良久」——「良久《リヤウキウ》　ヤ、シバラク」(巻菱潭『開化字引大全』、一八七五)——に由来すると考えられるが、「しばらく」に「久」字を単独で宛てたのは『片恋』が初めてであると思われ、『浮草』(一九〇八)などの二葉亭の後続する作品にも用いられる他、小杉天外『魔風恋風』(一九〇三〜一九〇四)や森田草平『煤烟』(一九一〇〜一九一三)などからもその用例を拾うことができる。

相対的に大きな時間量をもつ「しばらく」に二葉亭が注意を向けたのは、紅葉の先例によるだけではなく、あらためてツルゲーネフのロシア語原文を読み返したことがきっかけとなったのだろうと思われる。

> で、大きくした眼を物音のした方へ向けたまゝで、暫《しば》らく聞澄《きゝすま》してゐたが、軈《やが》て溜息《ためいき》をして、静《しづか》に此方《こちら》へ向き直つて、前よりは一層低く屈《こゞ》むで、徐々《そろ〳〵》花を択《よ》り出した。(…)かうして久《しば》らく時を移してゐたが、少女《むすめ》はをり〳〵手で面《かほ》を撫廻《なでまは》すばかりで、身動きをもせずに聞耳《きゝみゝ》を立てゝゐる、唯聞耳ばかり立てゝゐる…
>
> (「あひゞき」)

“Свиданіе”(“*Записки Охотника*”, 1876)と二葉亭の訳文とを比べると、ここでの「暫《しば》らく」は“нѣсколько мгновній”に、「久《しば》らく」は“довольно много времени”にそれぞれ対応している。“нѣсколько”は「若干,些少」(『増訂露和字彙』、一九〇三)、“мгновній”は「瞬間」(同)の意だから、“нѣсколько мгновній”は少しの間、ちょっとといった意味であり、“довольно”・“много”・“времени”はそれぞれ「充分;随分,可ナリ;

多く，沢山，少カラズ」・「多く，許多，夥ク，多分ニ」・「時」の意で（同）、“довольно много времени”はずいぶん多くの時間というほどの意味となる。のちに米川正夫は前者を「暫くの間」、後者を「かなり長い時」と訳した（「あひびき」、『ツルゲーネフ全集』第八巻、一九三七）。

二葉亭はツルゲーネフの原文に即して時間量の少ない「しばらく」と多いそれとを使い分けていた。

「宛然《まるで》山羊の這上《はひあが》るやうだ、」と独語《ひとりごと》のやうに云つて老婆《ばアさん》も、暫《しば》らく靴足袋《くつたび》を膝の上に措きました。（「片恋」四）

アーシヤは少時《しばらく》沈吟してゐたが、其内《そのうち》にまた面色《かほつき》が変つて、また嘲けるやうな傍若無人《ひともなげ》な冷笑が顕《あらは》れて来た。（同）

ここでの「暫《しば》らく」と「少時《しばらく》」は、いずれも“на мгновенье”（“Ася”, “*Сочиненія*”, 1880）に対応している。“мгновенье”は「瞬（メバタキ）」（『増訂露和字彙』）で、“на мгновенье”は一瞬のうちにという意である。

宿へ帰つたときには、全《まつ》たく昨日《きのふ》の心持はなく、憒々《むしやくしや》として多時《しばらく》は落着くことが出来なかつた。（「片恋」四）

灌木の生茂《おひしげ》つた傍を通ると、鶯が啼いてゐたから、立止つて久《しば》らく聴惚《きゝほ》れてゐたが、鶯までが吾《ひと》

の恋や果報を歌に謡つてゐるらしく思はれた。　（「片恋」二十）

「多時《しばらく》は落着くことが出来なかつた」に対応するのは“долго не могъ успокоиться”で、“долго”は「長ク，久ク」（『増訂露和字彙』）の意の副詞であり――アレクサンドロフの露英辞典第二版（*Complete Russian-English Dictionary*, 三次半之助発行、一九〇三）にはその語義をよりくわしく「long; a long time. a great while; for a long time」と記している――、「久《しば》らく聴惚《きゝほ》れてゐた」は“долго слушаль”に対応している。

これらの四つの「しばらく」を、のちに熊沢復六は順に「ちよつと」・「ちよつと」・「永いこと」・「いつまでも」と訳し（「アーシャ」、『ツルゲーネフ全集』第五巻、一九三六）、米川正夫は「ちよつと」・「一瞬」・「長いあひだ」・「長いこと」と訳している（『片恋・ファウスト』、一九五二）。

「片恋」の「久《しば》らく」はあと二例ある。すなわち、

良久《やゝしば》らくの間、燭火《あかり》をも点《つ》けずに、鎖切《しめき》つた窓の彼方《むかふ》に立在《たゝず》むでゐる　（「片恋」二）

唯久《たゞしば》らく地方に居た　（「片恋」六）

であるが、いずれも副詞“долго”と対応し、それぞれ「いつまでも」「永らく」（熊沢）・「長いこと」「長く」（米川）と改められている。

これらに対し、二葉亭の「しばらく」が維持されている例も見られる。

私《わたくし》は少時《しばらく》立竦《たちずくみ》に竦《すく》むでゐた　（「片恋」六）
私は暫らくぢつと立つてゐましたが　（熊沢）
やゝ暫く、私はぢつと佇んでゐましたが　（米川）

ここで「少時《しばらく》」に対応するのは"нѣсколько мгновній"であり、"нѣсколько"は「若干，些少」（『増訂露和字彙』）という意だから、そのまま英語に改めるとa few momentというほどの意味となる。

少時《しばらく》して、　（「片恋」十二）
暫らく口をつぐむでゐた後で、　（熊沢）
それから暫く黙つてゐて、　（米川）

の「少時《しばらく》して」は"помолчавъ немного"に対応し、"помолчавъ"は「暫時黙ル」（『増訂露和字彙』）、"немного"は「少ク，纔ニ，些カ」（同）。次の例も"помолчавъ немного"に対応した箇所である。

しばらく沈黙してゐて、　（「片恋」四）

暫らく口をつぐむでゐた後で、　（熊沢）

暫く黙つてゐてから、　（米川）

次の例の原文は“послѣ небольшаго молчанія”。“послѣ”は前置詞で「後ニ，次ニ」の意（『増訂露和字彙』）、“небольшой”は「多カラサル，少キ」という意の形容詞（同）、名詞“молчаніе”は「沈黙，無言」（同）の意だから、少し黙ってからという文意となる。

アーシヤは暫《しば》らく黙然としてゐたが、　（「片恋」九）

アーシャは、暫らく黙つてゐた後で、　（熊沢）

アーシャは暫く黙つてゐた後に　（米川）

時間量の少ないものから多いものまで幅広くカバーしていた二葉亭の「しばらく」は、やがてその多寡に応じて後の訳者たちの手を経る中で「ちよつと」（「一瞬」）、「暫らく」、「永らく」（「長いあひだ」）の三つの極に分裂していったようだ。『浮草』に十例ほどある「久《しば》らく」も米川正夫によってやはり「長く」や「いつまでも」と訳し直されていることも（『ルージン』、一九三九）、このことと軌を一にしている。

内田魯庵が訳した『小説罪と罰』上篇（一八九二）は「しばらく」の表記にすべて「暫」の字を用い

るが、その中に次のような「暫らく」がでてくる。

ラスコーリニコフは息を潜《ひそ》めて暫《しば》らく踟躕《ちちう》した。（第六回）
ラスコーリニコフは暫《しば》らく寝台《ねだい》に倒れて失神《うツとり》してゐた。（第八回）

この二つの「暫《しば》らく」に時間量の差を見出すことはむつかしい。しかし、魯庵が翻訳に使用した英訳（*Crime and Punishment*, translated by Frederick Whishaw, 1886）の該当箇所に当たってみると、

Raskolnikoff was stifling. He stood hesitating a moment:
Raskolnikoff lay on the couch a very long while.

となっていて、"a moment"と"a very long while"という異なる時間量をもついいまわしに行きつく。「しばらく」から「ちよつと」と「永らく」が切り出されてしまった今日のわれわれの語感からすると、魯庵が両者をひとしなみに「暫らく」としたことは、原文の意味の不当な改変または誤訳とみなされやすいが、おそらくそうではなく、「しばらく」ということばから読み取ることのできる時間の長さの範囲——登場人物がためらっていたり、ぼんやりしたりしている状態がどれくらい継続するか——が、今日より広大だったのである。

闇夜にドンと一発怯えたやうな筒音がする。それツと跳起《はねおき》て、皆暗黒《くらやみ》の中へ発砲する、――久《しば》らく、何時間といふ間、寂《しん》として音沙汰のない暗黒《くらやみ》の中へ発砲する。

（二葉亭四迷訳『血笑記』断篇第十六、一九〇八）

二　「しばらく」が刻む小説の時間――二葉亭の試み

時間の経過の中で生起する出来事に寄り添うようにして語るという手法を小説テクストは愛用しているが、小説が用いることばに「しばらく」がかならず含まれるという訳ではなさそうである。野上弥生子の『真知子』（一九三二）には四つの「暫く」と一つの「しばらく」が、川端康成の『雪国』（一九三七）には六つの「しばらく」が確認されるだけである。

真知子はしばらくその場所から離れなかつた。

（『真知子』二）

或る外交官の夫人で、暫くぶりで日本に帰つてゐた彼等の従妹のひとりが、来月の船で夫の任地に帰る筈になつてゐたところ、

（同）

明神坂を下りると、俥は電車路から左に折れ、暫くして今度は右の暗い方へ曲つた。

（『真知子』五）

それに就いては抗弁しないで、暫く間を置いたあとで、米子は云つた。

（同）

歳暮の礼を述べ、余儀ない来客で母が暫く失礼をするからどうか寛つくりして欲しい、と頼んだ。（同）

「なにを勘定してるんだ。」と聞いても、黙つてしばらく指折り数へてゐた。（『雪国』）

日光のなかに立つてゐると、その氷の厚さが嘘のやうに思はれて、島村はしばらく眺め続けた。（同）

駒子はしばらく黙つて、自分の體の温かさを味ふやうな風にぢつと横たはつてゐたが、ふいとなにげなく、（同）

女の心はそんなにまで来てゐるのかと、島村はしばらく黙り込んだ。（同）

島村がしばらくしてぽつりと云つた。（同）

しばらく静かに謡を聞いてゐると、駒子が鏡台の前から振り返つて、につと微笑みながら、（同）

これらの「しばらく」の大半は、それを抹消しても文意に大きな影響を及ぼすとは考えられない、テクストの中のはかない存在である。外交官の夫人が日本に帰国するまでに一定の期間があるのは当然であり、「間を置く」「眺め続ける」「黙る」「聞いてゐる」という「しばらく」がかかる述語そのものに一定の幅をもつ時間量が含意されているから、そうした述語の時間量を副詞として取り出して示す働きを「しばらく」がしているとみなすことができる限りにおいて、「しばらく」を取り除いても叙述が損なわれることはないのである。

これに対し、二葉亭四迷の『其面影』(一九〇七)に全部で二十四例ある「久《しば》らく」は、削除や改変をそれほど容易には許さない。

此《これ》には時子もさすがに怫然《むつ》としたらしく、久《しば》らく其横面《よこがほ》を凝然《ぢつ》と見据ゑてゐたが、(十七)
哲也は不思議に思ひながら、久《しばら》く黙つて其様子を見てゐたが、(六十二)
哲也は手を拱《こまね》いて凝然《ぢつ》と目を瞑《ねむ》つた儘、久《しば》らく考へてゐたが、(十九)
小夜子は之には何とも答へなかつた。久《しば》らく凝然《ぢつ》と考へて、『兄さん!』と小声ながら腸《はらわた》を絞るやうな声で呼懸けて、(三十二)
哲也は首を垂れて久《しばら》く凝《ぢつ》と考えてゐた。(七十七)
二人相擁して久《しばら》く泣いてゐたが、(六十七)
哲也は愉快さうに久《しば》らく高笑《たかわらひ》してゐたが、(四十七)
で、久《しばら》く無言で相対《あひたい》してゐたが、(六十五)
ヒイという泣声がツイ漏れて、久《しば》らくは其処を去り得なかつた。(五十二)
便所へでも行つたのであらうと、久《しば》らく待つて見ても帰つて来ぬので、不思議に思つて、(二十九)

「久《しば》らく」は、ここでもそれがかかっている述語の時間量と相関関係にあるとみなすことができるが、述語の時間量を超えてある状態が継続することを示し、削ってしまうと時間量の目安に変動を生じてしまうため、それを手軽に削除することができない。

『其面影』は、こうした「久《しば》らく」を九例ある「暫《しばら》く」と使い分けながら、物語られる時間の推移に精妙なリズムを与えることを目指したテクストである。

哲也は暫《しばら》く目を睜《みは》つて小夜子の面《かほ》を見てゐたが、　（十一）
其面《かほ》を時子は暫《しばら》く凝《ぢつ》と睨《にら》めてゐたが、　（五十五）
苦々し相《さう》に凝《ぢつ》と視てゐた眼に、　（九）
泪《なみだ》の目に凝《ぢつ》と夫の面《かほ》を視詰め、　（五十六）
暫く凝然《ぢつ》と考へてゐる中《うち》に、稍《やゝ》蘇生《よみがへ》つたやうな面《かほ》になつて、　（十一）
小夜子は凝然《ぢつ》と考へてゐて、是には何とも答へなかつた。　（七）
小夜子はしがみ附いたなり、俯むいて凝《ぢつ》と考へてゐた。　（七十七）
虚空を凝視《みつめ》て久《しば》らく中絶《とぎ》れてゐたが、　（七十七）
暫《しばら》く中絶《とぎ》れたが、稍泣止《なきや》むと、　（二十）
久《しば》らくして佶《きつ》と目を睜《みひら》いて、　（八）
暫《しば》らくして苦々し相《さう》に吻《ぷつ》と唾をすると同時に、　（五）

テクストにおける時の推移を異化しようとする二葉亭の試みは、小説が総ルビで刊行され読まれることを前提としたものであり、やがて『真知子』や『雪国』のようにテクストからルビが除かれることになると、「しばらく」は、ひらがなか、または「暫」という漢字を用いて表記されることになった。「ちょっと」や「永らく」などとの比較においてその時間量が規定される「しばらく」には、時を異化する働きはあらかた失われてしまっている。

『其面影』は比較的早い時期に英訳されているが、二葉亭による「しばらく」ということばの使いわけは、残念ながら訳文では無視されている。たとえば、右にあげた例のうち、第十七章と第十九章の「久《しば》らく」、第十一章の「暫《しばら》く」、第九章の「凝《じっ》と視てゐた」がそれぞれ含まれる箇所は、順に次のように訳されていた (Buhachiro Mitsui, Gregg M Sinclair, "*An Adopted Husband* [*SONO OMOKAGE*]", Alfred A Knopf, New York, 1919.)。

This affront really offended Toki-ko, and she glared at his profile.
Tetsuya folded his arms and closed his eyes meditatively for some time.
Tetsuya stared at her for some time.
Tetsuya glared hatefully at her for some time,

◆第四章…ことば、文体…②中国

文学翻訳と中国現代文学

王　宏志
（段　書暁訳）

はじめに

中国現代文学の発展が翻訳と強い関連を持っていることは疑いがない。ほとんどの現代文学の作家が清末以来の林紓訳の小説及びその他の翻訳文学から文学の知識や養分を吸収しており、中国現代文学は西洋文学の影響を大きく受けることになった。しかし、残念なことに、重要な文学活動としての文学翻訳は、長い間ずっと中国現代文学の研究者から無視されてきた。一九四〇年代以降に出版されたほとんど全ての中国現代文学史において、翻訳と中国現代文学の関係は一言も言及されていない。

一　文学翻訳の誕生

清朝政府によって支持され、あるいは主導された西洋の書籍の翻訳は、おおよそ一八六〇年代の洋務運動から始まった。その理念は「夷の長技を師とし以て夷を制す（西洋の長所を学ぶことによって西洋を制する)」という魏源の言葉に要約できる。二〇〇〇年近くにわたる豊かな文学遺産を持つ中国は、堅牢な軍艦や強力な大砲などの先進兵器しかないと思っていた西洋夷人の文学を、当然ながら一顧だにしていなかった。しかし日清戦争に負け、洋務運動も徹底的な失敗と見なされたことで、一部の有識者は、思想の改革から始めなければ、より根本的な転換をもたらすことができないと認識しはじめた。厳復は『天演論』を訳したが、その目的は「在野の人と夫《か》の後生の英俊をして中西の實情を洞識する者日ごと一日多から令《し》む(中国と西洋の実情を知る庶民や将来性の豊かな若者たちが日に日に多くなるようにする)」[1]ことにあった。しかし、厳復の『天演論』の訳文は典雅にして荘重で、「五四」時代の作家にも大きな影響を与えたけれども、本格的に文学の翻訳を推し進めたのは梁啓超であった。「百日維新」と「戊戌の政変」を経て、朝廷の上層部から政治的な改革を推し進めるという、企図した理想が潰えたことから、梁啓超は改めて大衆に焦点を当て、「新民」説を唱えた。そして文学から着手することを強調し、「小説と群治の関係を論ず(小説と政治の関係について)」という文章において、「小説を文学の最上乗と為す」という驚くべき主張を行った。理由は「小説は不可思議の力を有し人道を支配するが故なり(小説には人間を支配する不思議な力がある)」ことだった。しかし、梁啓超から見れば、中国の小説は「誨盗と誨淫の二端を出でず(犯罪と淫乱の二極端に限られ)」、「吾が中國の群治腐敗之總根源なり(我が国の政治腐敗の根源であった)」。従って、「一國の民を新たにせんと欲せば、先ず一國の小説を新たにせざる可からず(一国の国民を新たにしようとすれば、まずその国の小説を新たにしなければならない)」としても、中国でまだ自らの新小説の創作が成功していない間は、外国を手本とすることが、もっとも早く効果的な方法だった。当時は「翻譯者は前鋒の如し、自著者は後勁の如し（翻訳者は先鋒のようなもの、創作者はしんがりのようなもの）」、「譯本小説を以て開道之驊騮と為さざる能はず（翻訳小説を、道を切り開く駿馬にしなければならない）(2)」という言い方もあった。一八九八年十月、梁啓超は中国から日本に避難する船の上で、日本人作家柴四朗の政治小説『佳人之奇遇』を訳し始め、同年の十二月末に『清議報』創刊号に発表した。同時に発表した『譯印政治小説序（政治小説の翻訳刊行に関する序）』で、ヨーロッパ各国の政治家は「其の身の經歷する所、及び胸中に懷く所、政治の議論を以て、一に之を小説に寄す……往往にして一書出ずる毎に、而して全國之議論之《これ》が為に一變す（自分が経験してきたこと、胸に抱いていること、政治の議論を、全て小説に託す……往々にして本が出されるたびに、全国の議論が一新される）」、したがって、「各國政界の日進するは、則ち政治小説の功を最高と為す（各国の政治的な進歩に、政治小説がもっとも大きな役割を果たしている）」と強調し、政治小説の翻訳を大いに呼びかけていた。それだけでなく、彼自身も政治小説を創作し、一九〇二年に『新小説』に『新中国未来記』を連載して、六十年後の中国はすでに富裕な強国となり、「全球に冠絶す（世界一である）」と仮想した。

政治小説は「小説全體の關鍵（小説全体の鍵）(3)」の一つで、もっとも早く紹介されたが、それらはおおむね「連篇牘を累ね、毫も趣味無し（どれもこれも長たらしく、まったく面白くなくて）」、「以て讀者の望を饜《みた》す無し（読者の期待に応えることができなかった）(4)」。そのため政治ブームが少し冷めた途端、見向きもされなくなった。しかし、全体的には、翻訳小説はますます隆盛を極め、清末民初は文学翻訳の全盛期だったと言ってよかった。統計によれば、一九〇二年から一九一八年までの翻訳小説は全部で四三六二編、(5)驚くべき数である。いわゆる三大小説ジャンルでは、夭折の運命を辿った政治小説を除き、探偵小説と科学小説が非常に流行した。前者ではホームズがもっとも人気があり、科学小説では、ジュール・ヴェルヌ（Jules Verne, 1828-1905）が一八九六年から一九一六年までの間に出版された翻訳小説のうち第三位を占めており、十七作品が翻訳されている。(6)探偵小説と科学小説は豊かな内容や面白い描写で、読者大衆に好まれたが、多くの評論家は依然として梁啓超の小説と政治に関する見方を踏襲し、ほんらい政治的な意味を持っていない小説に「政治的な読み」を行い、そこに民衆の啓蒙や富国強兵・救国といった思想を読み取ろうとした。たとえば、探偵小説は「刑法や訴訟」と結びついた。つまり、西洋の国家では探偵学を通して確実な証拠を見つけて、はじめて犯罪になるが、それは「動《やや》もすれば求むるに刑を以てし、暗くして天日無き者なる（ややもすれば拷問で事件を裁き、正義も道理もない暗黒社会である）」(7)中国とは異なっていた。科学小説はそれ以上に、「小説の能力を假りて、優孟の衣冠を被る（小説の力を借りて、道化師となる）」ことによって、「科學を臚陳すれば、常人之《これ》を厭む（科学について逐一説明すると、一般人はいやがる）」(8)という問題を補い、「中國人の群を導き以て進行せしむる（中国の人々を導いて進歩させる）」ことができた。

二　清末民初の文学翻訳

清末の文学翻訳において、影響力が最も大きかったのは林紓である。この外国語を知らない伝統的な読書人が、外国小説の翻訳を始めたのはまったく偶然だった。（当時、林紓が妻を亡くして悲しみに打ちひしがれていたので、友人の王壽昌が『椿姫』を読み聞かせて慰め、林紓がその物語を記録して本にしたと言われている）。しかし、彼の翻訳処女作である『巴黎茶花女遺事』は非常によく売れ、「支那浪子の腸を斷ち盡す（中国の伊達男たちを残らず感動させた）」。それに力があったのは、林紓の桐城派の文体だった。当時多くの評論家から評価されたのは、「冷紅生（すなわち林紓）の文章」だったのである。[9] 林紓訳の小説が思想性を重視していなかったわけではない。のちの翻訳において、林紓は常に西洋の小説の政治的効能を強調している。最もよく知られているのは、『黒奴籲天録』である。林紓は翻訳の目的が「特に奴の勢の吾が種に逼及せんと為さば、大衆の為に一號せざる能はず（連中の勢力が我が民族に及ぼうとしている以上、民衆のために叫ばなければならない）[10]」と強調し、読者たちに「稗官を以て之を荒唐と視る勿かれ（小説をでたらめだと見なさないように）[11]」と求めていた。ほかにも、『霧中人』という作品で、「須らく知るべし、白人は以て斐洲を併呑すること可なれば、即ち以て中亞を併呑するも可なり（白人がアフリカを併呑できるということは、中央アジアも併呑できるということだ）」、「吾が中國は行劫及び滅種の盗を嚴しく防ぐ也（わが中国は、他国を強奪したり、他の種族を滅ぼしたりする強盗を厳重に警戒しなければならない）[12]」と読者に注意していた。

後期の林紓は、「翻訳の筆がしだいに退歩し、枯渇して、力がなくなり」、訳文は「生気がなく、支離滅裂だ」と一般的に言われている。[13] 五四新文学運動の時期には、白話文に強く反対し、新文学陣営の猛烈な攻撃対象となった。さらに大きかったのは、後の林訳小説に対する評価の多くが否定的だったことだ。最も明確な批判は次の二つである。まず、作品の選択が甘く、翻訳されたのはほとんどが二流の外国文学作家や作品だった。次に、翻訳が原文に忠実でなく、誤訳だらけであった。しかし、いずれも林訳小説だけの問題ではなく、清末の状況全体がそうであった。文学翻訳の最初の段階において、いわゆる外国文学の名作はまだ訳されていなかった。少なくとも一九〇五年以降にようやく「海外小説の翻訳のレベルの向上」[14]を見たのである。また、翻訳の方法については、当時の人々は意訳を好み、後の「直訳」や忠実な翻訳などの概念を持っていなかった。翻訳者はよく、自分が原作をどう改変したか、直接読者に告げた。評論家も往々にして翻訳者の改変がどう原作より勝っているかを称賛した。これら二つの「欠点」には、客観的な原因もあれば、翻訳者の意図的な選択によるものもあった。清末の翻訳界や批評界は、外国文学に対する認識が浅かった。また大部分の訳者は外国語の水準が低く、まったくできない者さえいたので、忠実に翻訳することも、外国の名作を選んで翻訳することもできなかった。しかし、より重要な原因は、当時の訳者が文学の角度から翻訳していたわけではなかったということだ。一部の訳者は外国文学の名をかりて、自分の政治思想を宣伝したい(梁啓超が言うように「専ら區區たる政見を發表せんと欲す(ただ自分の取るに足りない政治的見解を発表したい)」[15])だけで、原作を大幅に改変することもいとわなかった。ほかにも、当時の読者の多くは外国のことをまったく理解しておらず、いくつかの重要な観念にも相違があって（例えば、宗教思想や倫理道徳観など）、訳者は読者たちに合わせるために原作を改変しなければならないことも多々あった。また、先にも触れたように、林訳小説が人気を博した原因はその桐城派の文体にあったが、それは林紓だけのことではない。清末の文学翻訳全体において、いわゆる「訳筆」（翻訳の筆致）は一貫してもっとも重要な要素だった。目標は、典雅、流暢、簡潔であることで、逆に「晦渋難解」や「無味乾燥」、「理解不能」が直訳の代名詞となり、「読解」などが直訳の代名詞となる素地はなかった。そのため、意訳が翻訳の主流になり、「訳述」、「撰述」、「撰訳」、「改訳」（訳注—いずれも、訳者が自身の考えにしたがって、意見を付け加えたり、内容を変更したりすることを意味する）の作品が大量に現れた。

一九〇九年に、「周氏兄弟」（訳註—魯迅と周作人）の『域外小説集』が出版された。それは若い翻訳者たちが清末における翻訳の状況を変えようとした一つの試みと言える。その『序言』で、魯迅は「収録は審慎に至り、迻譯亦た文情を失ふこと弗《な》きを期す（作品の収録は周到かつ慎重にし、翻訳も原文の意味から離れないように心がけた）」と述べている。[16] それはまさに上に述べた清末翻訳における二つの問題に対する言葉であった。翻訳対象の選択については、二人は主に北欧や東欧、またロシアの作品を訳した。当時は確かに珍しかったので、彼らが「異域の文術の新宗、此れ自り始めて華土に入る（異域の文学の新流派は、これによってはじめて中国に入った）[17]」と自負したのも当然だった。翻訳の方法において、二人が採用したのは直訳だった。まさに彼らが「寧ろ時人に拂戻すれども、迻徙は具足すべし矣（今の人々の意志に背いたとしても、原文の意味を伝える）[18]」と誇らしく述べたとおりである。彼らは「詞致は樸訥にして、方《まさ》に近世名人の譯本とするに足らず（言葉遣いや筆致が粗末で、近代の有名作家の翻訳にふさわしくない）」[19]と認めることも厭わなかった。しかし、残念なことに、のちの文学史家が『域外小説集』を褒め、史実を無視してすべての名誉を魯迅に帰しても[20]、当時無名の二人の若者による主張は、主流からかけ離れており、東京と上海でそれぞれ二十冊前後しか売れなかった。『域外小説集』は出版された後、実際には大きな影響どころか何の話題も呼ばなかったのである。

いずれにしても、清末の翻訳文学が、民初から五四運動後の新文学運動に深い影響を及ぼしたことは否定できない。胡適、魯迅、周作人、鄭振鐸、郭沫若、朱自清、謝冰心といった、主要な理論家や作家はみな、若い時に熱心に林訳小説を精読し、影響を受けたと回想している。さらに銭鍾書は、「林紓の翻訳に触れて、はじめて西洋小説がこんなに魅力的だったとわかった」、「私自身は、彼の翻訳を読んで、外国語の学習に対する興味を深めた」[21]と明言している。実は、翻訳文学の中国文学に対する影響は、清末にすでに始まっていた。小説のテーマに関して言えば、先に触れたように、『佳人之奇遇』を翻訳した後、梁啓超は自ら政治小説『新中国未来記』を創作したが、それ自体が外国小説の直接的な影響であった。政治小説のほかに、中国国内でも探偵小説や科学小説の創作が試みられていた。前者は程小青の『霍桑探案』が最も有名である。後者は、民初に徐念慈の『新法螺先生譚』や呉趼人の『新石頭記』があり、三〇年代には老舎の『貓城記（猫の国）』や許地山の『鐵魚的鰓（鉄魚の鰓）』などがあった。そのほか、清末民初には、黒幕小説、哀情小説、社会小説、愛国小説、警世小説、理想小説、教育小説、倫理小説、家庭小説、滑稽小説など、さまざまな名称の小説が大量に現れた。枚挙にいとまがないが、その名称の多くはほんらい翻訳小説につけられたものであった。

ジャンルのほか、小説の形式と技法も影響を受け、変化が生じた。中国の伝統的な文言小説の多くは短編である。一方、長編小説はすべて白話で書かれ、章回体が用いられていた。林紓が古文で外国の長編小説を翻訳したことを、胡適は「古文の運用において、司馬遷以降、これほど大きな成果はなかった」(22)と評価した。そのほか、アヘン戦争以降、西洋から中国に来た宣教師が白話、さらには方言で西洋の作品（文学も含む）を翻訳し、一部の中国の知識人も白話文による翻訳や創作を始めて、民衆の啓蒙への効果を追求した。これらが白話文学の推進に重要な役割を果たしたのは確かである。しかし、中国の小説創作に最も深い影響を与えたのは小説の形式である。新文学の作家たちはほとんどすべてが章回体を捨て、さまざまな創作形式を取り入れた。長編小説については、いわゆる「珠花式」「集錦式」という二つのタイプが現れ、短編小説では「盆景化」「断片化」という二つの方向に分化することになった。(23)また、フラッシュバックや第一人称などのナラティブ形式の変化も、(24)五四運動後の新文学運動の小説に優れた成果をもたらした。

三　五四以降の文学翻訳

五四新文化運動が始まって以降、翻訳活動は清末より一層盛んになった。前の時代と違って、いわゆる近代の文学翻訳者はおしなべて高い語学力を持ち、さらにその多くが長年外国に留学して、外国の言語や文学に深い理解を持っていた。とりわけ強調すべきなのは、この時期の文学翻訳者はほとんど例外なく自分で創作を行い、重要な外国文学作品を翻訳すると同時に、中国の新文学を創造したということである。彼らの翻訳活動と文学創作活動の連携は、翻訳文学と中国現代文学の間に太く緊密な関係があることを物語っている。また、彼らの創作あるいは翻訳は明らかに当時の社会や文化思潮と連動していた。イプセン（Henrik Ibsen, 1828-1906）の『人形の家』（A Doll's House）がその代表例である。一九一八年六月に、『新青年』が「イプセン特集」を出し、胡適・羅家倫共訳の『ノラ』が掲載されて、大きな反響を引き起こした。（同時に陶履恭訳の『民衆の敵』や呉弱男訳の『小さなエヨルフ』も掲載されていた。）その後、さまざまな翻訳が次々に現れ、原作の改編・改作も見られた。多くの現代文学作品、例えば魯迅の名文『娜拉走後怎様（ノラは家を出てからどうなったか）及び小説『傷逝』、胡適の『終身大事』、丁玲の『莎菲女士的日記（ソフィー女史の日記）』などは、中国現代文学におけるいわゆる「娜拉書写」（ノラ式創作）と見なされている。こうした「ノラ・ブーム」あるいは「イプセン・ブーム」は、中国五四新文化運動の思潮と連動していた。中国が一〇〇〇年にわたる伝統的思想の束縛を打ち砕き、人の独立、自由及び解放を追求しようとした時、夫に反抗して家を出たノラは中国の読者たちの「イコン」となったのである。

五四運動後の新文化運動が前の時代と異なるもう一つの点は、大量の文学団体や同人誌が現れたことである。多くの場合、これらの文学団体や同人誌の団体意識や結束力は必ずしも強固ではなかったが、少なくとも近い文学趣味や活動の方向を代表していた。例えば、五四運動の時期に最も大きな影響力を持った文学研究会と創造社という二つの文学団体は、文学理念、活動、創作がそれぞれ異なっていた。「人生のための芸術」が文学研究会のほとんどのメンバーの共有する文学理念だった。そのため、彼らは西洋のリアリズムの文学思想と作品を重点的に翻訳紹介した。中でも北欧、南欧、東欧、ロシアの状況に強い関心を持ち、機関誌『小説月報』で「ロシア文学特集」や「被圧迫民族文学特集」などを組んだ。もちろん、モーパッサン（Guy de Maupassant, 1850-1893）、ゾラ（Emile Zola, 1840-1902）など西欧の代表的な自然主義の作家たちの作品と理論も多く翻訳した。一方、メンバーの大部分が日本留学の経験を持つ創造社は、「芸術のための芸術」を主張し、ヨーロッパのロマン主義の作品の導入に尽力した。ワーズワース（William Wordsworth, 1770-1850）、バイロン（George Byron, 1788-1824）、シェリー（Percy Shelley, 1792-1822）などが彼らの翻訳対象だった。とりわけ郭沫若が訳したゲーテ（Johann Wolfgang von Goethe, 1749-1832）の『少年維特之煩悩（若きウェルテルの悩み）』は大きな反響を引き起こした。文学研究会と創造社のほかにも、多くの団体や文学流派が、外国文学の翻訳と現代中国の新文学の創出に重要な役割を果たした。聞一多、徐志摩、朱湘など新月派詩人の最大の貢献は、西洋の詩体を導入し、中国の現代詩の形式と韻律を唱えたことにある。戴望舒、施蟄存などは雑誌『現代』に、西洋モダニズムの文学作品を翻訳し、中国文学史におけるモダニズムの出現を促した。白話文に反対した学衡派の呉宓、梅光迪、胡先驌たちも、西洋の書籍を積極的に翻訳した。ヴォルテール（Voltaire, 1694-1778）、ラム（Charles Lamb, 1775-1834）、ユーゴー（Victor Hugo, 1802-1885）、さらにはシェイクスピア（William Shakespeare, 1564-1616）の作品が文語で翻訳された。

特に注目すべきなのは、左翼文学の翻訳である。マルクス・レーニン主義の思想やソ連の文学作品の翻訳に、後期の『新青年』と創造社が大きな役割を果たした。郭沫若は早くも一九二四年に河上肇の『社会組織と社会革命に関する若干の考察』を翻訳し、マルクス主義への転向のメルクマールだと自ら認めていた。(25) 馮乃超、李初梨、朱鏡我、彭康など後期創造社のメンバーたちは、日本の留学時期に中国共産党に入党し、帰国後、プロレタリア文学を強く推し進めた。彼らは理論的な文章のほか文学作品も翻訳している。一九三〇年二月に、中国左翼作家連盟が成立すると、一九三〇年には夏衍がゴーリキー（Maxim Gorky, 1868-1936）の長編小説『母』を、一九三一年には魯迅がファジェーエフ（Alexander Fadeyev, 1901-1956）『壊滅』を、曹靖華がセラフィモーウィッチ（Alexander Serafimovich, 1863-1949）の『鉄の流れ』を翻訳した。この三つの作品の出版は、ソ連左翼文学の古典的作品が中国に翻訳された重要な里程標だと考えてよい。左翼文学運動は一九三〇年代に国民党政府から厳しく弾圧され、出版活動は多くの困難に直面したが、ソ連文学及び欧米の左翼作家の重要な作品は翻訳され、中国の左翼文学および政治運動に影響をもたらした。

おわりに

総じて言えば、五四新文学運動から一九四九年の中華人民共和国成立に至る約三十年間、文学翻訳は非常に盛んで、清末や一九四九年後の当代文学の時期をはるかに超えていた。それは単に翻訳の量と質のことだけではない。外国文学作品の翻訳が全方位的に開かれた時代だったことが大きい。さまざまな国のさまざまな文学流派・思想の作品のほとんどを、問題なく翻訳することができたのである。さらに、外国語の教養を身につけた多くの文学作家が、この時期に積極的に翻訳活動に参加したことで、文学の翻訳はより直接的に文学創作の発展に影響を与えることになった。このような本当の意味での百花斉放の状況は、清末に文学翻訳が始まったときにはなかったし、まして一九四九年以降の中国政府が文学創作と翻訳への統制を強める中で現われ得るものではなかった。文学が労働者・農民・兵士にのみ奉仕し、翻訳の対象がソ連、東欧とアジア、アフリカ、ラテンアメリカの第三世界のみに限定された時、その他の国の文学思想や作品の導入は大きく滞り、文学作家の生長の糧も厳しく制限されてしまったのである。

注

（1）　嚴復給張元濟信（厳復の張元済宛て書信）、一九〇一年（月、日缺）、王栻（編）『嚴復集』（北京：中華書局、一九八六年）、第三巻、五二五頁。（厳復全集巻八、福建教育出版社、二〇一四年、一三〇頁、によれば、当該の書簡の執筆は一八九九年三月二十九日から四月五日の間）。

（2）　黃小配「小說風尚之進步以翻譯說部為風氣之先」、陳平原、夏曉虹（編）『20世紀中國小說史理論資料（第一卷）、1897-1916』（北京：北京大學出版社、一九八九年）、三〇〇―三〇一頁。

（3）　定一「補救之方、必自輸入政治小說、偵探小說、科學小說始。蓋中國小說中、全無此三者性質、而此三者、尤為小說全體之關鍵也。」「小說叢話」、同右、八三頁。

（4）梁啟超「『新中國未來記』緒言」、同右、三八頁。
（5）清末小說研究會（編）『清末民初小說目錄』（東京：中國文藝研究會、一九八八年）。
（6）陳平原『20世紀中國小說史（第一卷）、1897-1916』（北京：北京大學出版社、一九八九年）、四三―四四頁。
（7）周桂笙「『歇洛克復生偵探』弁言」、『20世紀中國小說史理論資料（第一卷）、1897-1916』、一一九―一二〇頁。
（8）魯迅「『月界旅行』辨言」、『魯迅全集』第十卷（北京：人民文學出版社、一九八一年）、一五二頁。
（9）邱煒萲「茶花女遺事」、『20世紀中國小說史理論資料（第一卷）、1897-1916』、二九頁。
（10）林紓「『黑奴籲天錄』跋」、同右、二八頁。
（11）林紓「『黑奴籲天錄』例言」、同右、二七頁。
（12）林紓「『霧中人』序」、同右、一六七―一六八頁。
（13）錢鍾書「林紓的翻譯」、羅新璋（編）『翻譯論集』（北京：商務印書館、一九八四年）、七一〇頁。
（14）陳平原『20世紀中國小說史（第一卷）、1897-1916』、三〇頁。
（15）梁啟超「『新中國未來記』緒言」、『20世紀中國小說史理論資料（第一卷）、1897-1916』、三七頁。
（16）魯迅「『域外小説集』序言」、『魯迅全集』、第十卷、一五五頁。
（17）同右。
（18）魯迅「『域外小说集』略例」、同右、一五七頁。
（19）魯迅「『域外小说集』序言」、同右、一五五頁。
（20）『域外小說集』は作品の選択も実際の翻訳も、ほとんどすべて周作人が主導していた。王宏志「「人的文學」之「哀弦篇」：論周作人與『域外小說集』」、『翻譯與近代中國』（上海：復旦大學出版社、二〇一四年、一九四―二三二頁）を参照。
（21）錢鍾書「林紓的翻譯」。

(22) 胡適「五十年來中國之文學」。
(23) 陳平原『20世紀中國小説史(第一卷)、1897-1916』、一二三頁。
(24) 陳平原『中國小説叙事模式的轉變』(上海:上海人民出版社、一九八八年)。
(25) 郭沫若「郭沫若同志答青年問」、『文學知識』一九五九年五月號。

◆第四章…ことば、文体…③韓国

韓国における近代文体の成立

金　栄敏
（金　昭賢訳）

一　国漢文混用体の登場

韓国における近代文学史の出発点は、おおよそ一八九〇年代とされる。その理由は次のとおりである。第一は、国漢文混用体（ハングルと漢文を混ぜ書きすること）およびハングルを使用した文章が普遍化し始めること。第二は、新聞など近代的メディアが本格的に登場すること。第三は、専門的作家集団が出現すること。第四は、現実性を追求した作品が現れることである。これらにおいて、近代文学の出発を知らせる最も象徴的な事象は、知識人が国漢文混用を経てハングルを使用するようになったことである。

一八九〇年代までの韓国の知識人は主に漢字を使った。漢字は、日常生活から文学作品の創作まで最も有用な文字であった。ハングルで書かれた文学作品がなかったわけではないが、きわめて例外的なものであった。ハングルは十五世紀に創製されたが、依然として知識人は漢字を常用していて、ハングルは付随的な役割に留まっていた。知識人がハングルを積極的に使用し始めた時期は、十九世紀末のいわゆる開化期からである。この時期にハングルの使用が普遍化された最大の理由は、国家によるハングル常用の推進にあった。一八九四年以後、公文書にハングル表記を用いることが法制化され、官吏（役人、官僚）採用試験にもハングルによる出題が規定され、一九〇七年には国文研究所が設立された。もう一つの重要な契機は、早くからハングルの重要性に気付いた先覚者たちの積極的な活動である。その代表的な人物が、兪吉濬《ユ・ギルジュン》（一八五六〜一九一四）である。兪吉濬は、朝鮮最初の日本留学生として慶應義塾で修学した後、アメリカにも留学する。兪吉濬が国漢文混用体で執筆した本が『西遊見聞』である。国漢文体は近代以前には用いられなかった文体である。近代以前には、漢文体かハングル体だけで、これら二つを混ぜて書く国漢文混用体は存在していなかった。『西遊見聞』は、日本紀行にアメリカ留学の記録を加えた内容である。この本には、兪吉濬の朝鮮の文明化に対する考えがあらわされており、外国の学問や文化および制度や地理などに関する論議が含まれている。同書は、一八九五年に東京の交詢社で印刷された。兪吉濬は朝鮮にこの本をもたらして、政府の官吏や知識人に配布した。兪吉濬は啓蒙を目的として執筆したのであったが、ターゲットは大衆ではなく朝鮮の知識人であった。この点は、『西遊見聞』の文体の特質を理解するにあたって重要である。兪吉濬は将来朝鮮で使われる文体は、ハングル体であると考えたが、現在自分の本を読む読者は漢文に慣れた知識人である。このような状況のため、兪吉濬の選択した文体は、ハングルと漢字を混用する国漢文混用体であった。当時、国漢文混用体はきわめて稀な文体であった。兪吉濬は、国漢文混用体を用いたことで一時的に誤解や非難を受けることもあったが、結果的に韓国の文化史と文学史に重要な業績を残した先覚者として記録されることとなった。

二　新小説と付属国文体の使用

韓国の文学史において、古代小説と近代小説の間に位置する過渡期的小説を新小説と称する。最初の新小説は、一九〇六年に発表された李人稙《イ・インジク》（一八六二～一九一六）の『血の涙』である。新小説は文体や作品の主題などにおいて、以前の小説すなわち古代小説とは差がある。古代小説と異なる新小説の特徴は、言文一致への認識が芽生え始めたこと、新時代に相応しい題材を用いたこと、人物と事件の誇張が次第になくなって実在性が高まったことなどがあげられる。

『血の涙』は、『萬歳報《マン・セ・ボ》』という新聞に付属国文体で連載された。付属国文体とは、漢字の傍に小さな活字でハングルを併記したものである。これは外形上、日本の振り仮名表記に類似するが、本質は異なる。『血の涙』の付属国文体は、まずハングルを書いてそれに類似する漢字の音や訓を追加する順序をふんだ。李人稙は、『血の涙』をハングル作品として完成した後、新聞に連載する際に漢字を加えたのである。ハングルと漢字の併記にあたって、新聞印刷の便宜を図るため、漢字は相対的に大きい活字、ハングルは小さい活字が用いられた。追加した漢字は、ハングルの音や訓に合わせたものもある。しかし、漢字の読み方は、音読が主流で訓読がほとんど行われていなかったため、ハングルの訓に合わせた漢字を併記した文は読者に甚だ不自然に思われた。

付属国文体は、それほど長くは使用されなかった。付属国文体が登場した最も大きな理由は、近代初期の韓国の文字層が漢文使用層とハングル使用層に分かれていたためである。男性の知識人は漢文使用層に、教育の受けられなかった大多数はハングル使用層として、大まかに分類される。新聞をはじめとする近代メディアに文章を書く作家は、読者を確保するため、まずもって文体を選択する必要があった。付属国文体は、漢字とハングルの両使用層を読者にするため考案された文体として、『萬《マン》歳報《セ・ボ》』の連載小説『血の涙』や『鬼の声』などに用いられたが、その後は使用されなくなる。なお付属国文体は、近代初期に編纂された一部の教科書でも使用され、一九二〇年代までその残滓があったようだ。

三　近代文学とハングル小説の定着

（1）近代文学とは何か

韓国の近代文体と文章を完成した代表的な作家は、李光洙《イ・グァンス》（一八九二〜一九五〇）である。李光洙は、近代文体を開拓しただけではなく、近代以後の「文学」の定義を試みた作家である点にも注目すべきである。一九一六年に発表した「文学とは何か」にあらわした文学の定義と役割などについて次のように整理することができる。これは韓国の近代文学の定義と役割における整理でもある。

第一に、文学の定義とは何か。今日文学という言葉は、西洋のliteratureを翻訳したものである。これは、特定の形式をもって思想と感情を表現したものを指す。第二に、文学の目的は何か。文学の目的は、情を満たすものである。主に情を満たしつつ、智と美の満足も追求するものが文学である。第三に、文学の素材はどこに求めるべきであるか。文学は、平凡無味ではない人事現象を材料として作品化することである。第四に、文学と道徳の関係はどうであろうか。現今の文学は、既存の道徳律と倫理の束縛から脱して、思想と感情と生活を自由に描くべきである。第五に、文学と民族性の関連について考えるべきである。今、わが民族は新文学とともに新しくなった朝鮮人の思想や感情を表現して、後代に伝える第一次の遺産を作り上げるべきであろう。第六に、文学の種類は内容を基準とするものと形式を基準とするものに分けられる。第七に、我らの新文学は、どのような文字で書かれるべきであるか。新文学は、必ず純現代語・日用語すなわち誰もが駆使できる言語で書かれるべきである。

李光洙の「文学とは何か」には、当時の文学の本質をめぐる論議で重視されたすべての論点が言及されている。そしてこれは、以後の韓国近代文学史の展開に少なからぬ影響を及ぼすこととなる。

(2) 李光洙の文体認識

韓国の近代文学史の展開過程において、多くの作家が、漢字とハングルの選択およびその適切な使用方式について苦悩した。李光洙は、論説で文体選択の困難さを具体的にあらわし、作品の中でそれを解決していく過程を提示して見せた。李光洙は言と文が葛藤していた時代に文筆活動を始めた。日本留学を始めた一九〇〇年代半ばは、国内のメディアと作家らが文体に対してかつてないほど頭を悩ませた時期であった。李光洙が日本留学の初期から文体に強い関心を示した理由は、このような国内の状況とも関係がある。

李光洙が実践した最初の文体改造の試みは、構文構造を変化させたことである。純漢文中心の古い文体から脱して、固有名詞や漢文からもたらされた名詞・形容詞などは漢字で書き、その他はすべてハングルで表記することを提案した。漢文に基づいた構文構造から脱却して、ハングル中心に文章を書くことを提案したのである。李光洙は、一九一八年に雑誌『青春』の懸賞小説の審査員として、時文体の重要性に言及する。時文体は、ハングルをもとに漢字をわずかに混ぜて書く文体である。しかし、これだけでは時文体は成立しない。分かち書き（単語と単語、または文節と文節との間を空けて書く書き方）はもちろん、句読点や疑問符および感嘆符や省略符号などの文章符号を正しく駆使した文章が、ひとまず時文体の範疇に入る。李光洙は、各国の文学発展の基本は、言語を効果的に駆使した文章の整備にあると考えた。

構文構造の変化に次いで、李光洙の文体は語尾の変化をみせる。これは主に初期の短編小説の中で、文章叙述の形式に合う多様な語尾を試して、語尾の統一による文章の均等化を図った。また、登場人物に対する名詞と代名詞において、様々な類型の呼称を適用してみるなど多様な叙事方式を開発していったことも注目に値する。時文体を志向して自ら定めた文章規範を作品に試みたのも、初期の短編小説においてである。ところが、近代文体の定着過程で李光洙に残された課題は、結局のところ、ハングルと漢字の選択であった。李光洙は文壇に登場して以来、長らく漢字を使いながら執筆活動を行った。ほとんどの原稿を漢字とハングルを混ぜて書く国漢文混用体で作成したのである。とくに短編小説の場合はなおさらであった。これは近代初期の韓国文壇において、長編より短編が、相対的に知識人の読者を対象とした文学様式であったことに関連する。それにもかかわらず、李光洙は、同時代の作家と比べて、漢字を減らすべきであるという意識を明確に持っていた。これは、李光洙が漢字とハングルの混用の必要性を認めてはいたが、漢字の併記を理想的な文体としたのではなく、苦肉の策による産物であると考えていたからである。

一九一七年李光洙が『毎日申報《メ・イル・シン・ボ》』（朝鮮総督府の機関紙）に連載した『無情』は、韓国の近代文学史における最初のハングル長編小説である。この作品の出現は、韓国の近代文学史の変化を象徴する重要な事件である。『無情』は知識人読者をターゲットにしたので、初稿は国漢文混用体で書かれた。しかし、連載直前、国漢文混用体が新聞連載小説にそぐわないと考えて、ハングルに書き直した原稿を新聞社に再送した。結果的に、文体の変更は少なからぬ成功をおさめることになる。『無情』は、韓国の近代文学史初の大衆と知識人の読者がともに享受した作品である。大衆読者は、ハングルで書かれた『無情』に夢中になり、『無情』の読者対象として本来想定されていた知識人読者もまた『無情』に入れ込んだ。『無情』は、ハングルと国漢文混用に分かれていた読者層が一堂に会した最初の作品である。表記文字により分離されていた読者層を一つに統合した最初の作品になるのである。

李光洙の試みの次の段階は、言文一致口語体のハングル小説を書くことであった。李光洙の小説世界において、一九二三年発表の短編小説『嘉實《カ・シル》』が重要であるのは、徹底的に口語体のハングルで書かれた初の作品であるためである。李光洙はこの作品を〝読む声さえ聴いたら解るように〟書こうとした。これは、言文一致に対する李光洙の認識をあらわす発言である。李光洙がハングル化を通じて究極的に成就しようとしたのは、表記の変化を越えた言文一致口語体のハングル小説を実現することにあった。

韓国の近代文学史における代表作家である李光洙の文体変化は、構文構造、語尾、文字表記、語彙選択の領域で行われた。これらは必ずしも段階を踏んで行われたわけではないが、大きな枠組みから考えると順序は特段問題とはならない。李光洙は、日本留学時に初めて書いた文でハングル体の重要性を強調し、上海から帰国して書いた初の作品で言文一致口語体のハングル小説を実験した。外国生活を始めるとともにハングルの重要性を強調し、外国生活を終え帰ってから新たな文体の実験に成功したことは、示唆に富む。これは、李光洙の言語のアイデンティティーに対する苦慮が、言文一致口語体のハングル小説誕生の契機であったと解釈できるためである。

四　読者中心文体への変化と近代文学史の展開

近代初期の韓国知識人の文体使用は、純漢文↓国漢文混用↓ハングルという段階を経て行われた。しかし、文学史の展開過程において、それは必ずしも順を追って進行したわけではない。近代初期の文学作品の場合は、国漢文混用とハングルがほぼ同時に読書市場を両分して定着していった。これは、新聞と雑誌など近代のメディアにおいても同様であった。女性と一般男性を対象にするメディアはハングルで、知識人男性を想定するそれは漢文もしくは国漢文混用で発行された。もちろん、近代初期のメディアに、ハングル小説が国漢文混用体小説より遅れて登場したことは明らかであるが、その差は特別な意味をもつほど大きいものではない。国漢文混用体およびハングル文体や付属国文体などの多様な表記で書かれた文学作品は、大きな時間差で登場したものではない。それよりは、僅かな時差を置いて、ほぼ同時多発的に出現した後、互いに共存する様相をみせる。文学作品が商品的価値を持つようになってから、国漢文混用体とハングル体の市場がほぼ同時に形成され共存したことが、韓国近代文学史の現実であった。この時期には、国漢文混用小説はもちろん、ハングル小説の作家も伝統的な漢文教育を受けた知識階層である。漢文を使用した知識層が、受容階層の要求に合わせて新たな文体を駆使し始めたことから、韓国の近代文学は新たな道に進むこととなった。漢文をもとに活動した知識層が、国漢文混用体やハングル文体で作品を創作しようとした最大の理由は、啓蒙的意図にあった。啓蒙的意図は、次第に商業的意図と結合して、ハングル作品がより活性化されるようになった。韓国の近代小説史の展開過程において、知識人作家は慣れ親しんだ漢字の使用を次第に減らし、ハングルを駆使するようになり、より多くの読者を確保することができた。作家中心ではなく、読者中心の文体により、韓国の近代小説は急速に成長することができたのである。

◆第五章…新しいメディアの時代と「文学」…①日本

新聞雑誌の登場と文・文学の近代

土屋礼子

一　東アジアにおける新聞雑誌の登場

東アジアでは十九世紀に入ってから、新聞雑誌の発行が始まった。英国をはじめとする西欧諸国に対して開かれた中国沿岸部の港町、寧波、香港、上海などにおいて、英語をはじめとする西欧の言語で、開港場に出入りする西洋人向けの貿易新聞が発行される一方で、キリスト教の宣教師たちが、現地の言葉である中国語で新聞雑誌の発行を始めた。その最初は、一八三三年に広州で発行された中国語の月刊誌『東西洋考毎月統記伝』といわれる。これを刊行したロバート・モリソン（中国名・馬禮遜一七八二〜一八三四）は英国のプロテスタントの宣教師で、初めて聖書を中国語に翻訳し、あわせて英語による中国語辞典や文法書も作成した。これに先立って、彼はマラッカで一八一五年に中国語の月刊誌『察世俗毎月統記伝』を、広東省出身の梁発《りょうはつ》（一七八九〜一八五五）の協力で出版してもいた。

こうした先駆的な試みの後、アジアの開港場で新聞雑誌が本格的に発行されるようになるのは、アヘン戦争後の一八五〇年代からである。一八五三年に香港で『遐邇貫珍』、一八五四年に寧波で『中外新聞』、一八五七年に上海で『六合叢談』がそれぞれ中国語で、主に宣教師たちによって発行された。これらは、ただちに長崎を経由して、日本にも輸入された。幕府はこれらの新聞雑誌のうち、キリスト教関係の記事を削除し、編纂し直して江戸で刊行した。一八五七年に発行された『官板六合叢談』、『官板中外新聞』など、中国語の新聞雑誌を基にしたこれらの官板華字新聞は、漢学の素養のある当時の日本の知識人たちにとって、海外の新事情を知る最初の印刷メディアとなった。

また、オランダの植民地だったジャワで発行された新聞を長崎通事が入手し蕃書調所（一九六二年に洋書調所と改称）がオランダ語から日本語に翻訳して編集した『官板バタビヤ新聞』が一八六二年に創刊された。さらに、長崎・神戸・横浜など日本の開港場でも、一八六一年創刊の *The Nagasaki Shipping List and Advertizer* をはじめとする英語など西欧語による新聞発行が始まった。蘭学や洋学を学んでいた日本の先進的な知識人たちの一部は、これらの新聞雑誌などを入手して、いち早く世界の情勢を摑もうとした。彼らは、新聞雑誌の中に出て来る語彙をどう日本語に訳して理解するかに苦闘し、漢学の知識を駆使して生み出した新しい語を学び広めた。たとえば、「自由」「社会」「憲法」「衛生」「自然」「愛」「芸術」など、西欧文明を受容するのに必要な語彙が日本語表現に入り始めた。

こうした新しい日本語の語彙と表現を、率先して導入し、新しいメディアとしての新聞雑誌を生み出そうとした先駆者が、岸田吟香（一八三三〜一九〇五）である。彼は漢学の知識を積んで藩に仕えた後、脱藩し武士を捨てて浪人となったが、一八六三年（文久三）横浜居留地でジェームス・カーティス・ヘボン博士の下で『和英語林集成』という和英辞書の編纂の助手を務めるようになった。その機縁で米国の通訳として来ていたジョセフ・ヒコと知り合い、翌年一八六四年（元治元）に初の日本語民間紙『海外新聞』を横浜で創刊した。日本生まれで日本語が話せても、日本語の読み書きの不自由なヒコが英語の新聞の内容を話して聞かせるのを吟香が文章にして、海外の事情を伝える記事とした画期的な新聞であったが、一年ほどしか続かなかった。しかし、この新聞発行において、西欧社会で発達した新聞雑誌という定期刊行物の概念、それを可能にした活版印刷技術、ニュースという読み物、そこに取り上げる事象とそれを表現する文体というものを理解し、実践した最初の日本人となった吟香は、日本のジャーナリズムを先導することになる。

一八六六年（慶応二）辞書の印刷のために、ヘボンと上海へ渡り、かな文字の鉛活字の製作にあたった吟香は、この上海滞在中に書いた『呉淞《ウースン》日記』で口語を織り交ぜた平明な日本語文を書き残した。例えばこのような文章である。

「…それから美華書館へいて［行って］みるにだれもいないから早々出て銭裁裳の処へいく。竹を四幅やる。裁裳といつしよに大馬路へいて［行って］張斯桂、張斯柯らと酒をのむ。斯桂、日本のほんをみたいといふから日本へ帰ってから送ってやるやくそくをする。かひのはしらの事を江瑶柱かといふから、そんなむづかしいものじやあねェ、貝柱といふんだと云ってきかせる。…」

（句読点及び［　］は引用者による）

候文か漢文、またはその読下しの文章のみが男性知識人たちに認められる文体だった時代に、漢学の教養ある男性が、「そんなむづかしいものじやあねェ」と、俗語も含めた、話をそのまま書いたような文章をしたためているのは、誰にでも読みやすい文章を書くべきだという、吟香の強力な意思による試みだった。それは身分や門閥による上下など人間には本来無く、みな対等であり、だからこそ文章も皆が読みやすくあるべきだという彼の思想の現れであり、それはまた新聞雑誌という新しいメディアによって開かれるべき、新たな社会の創出に必要な文体の考え方であったのである。吟香はその後、『横浜新報もしほ草』や東京初の日刊紙『東京日日新聞』で編集長になり、難しい漢語やレトリックで飾らず、物事を目の前に見るように、平易でわかりやすく書く、雑報記事の名人として活躍し、新聞記者にとって手本とされるようになった。

二　メディアと文における民主化の試み

日本におけるメディアのあり方を根本から変えたのは、戊辰戦争であった。開港場で始まった新聞雑誌の発行は外国人に対する治外法権に守られたものであり、徳川幕府政権下では時事的報道は認められていなかった。官板の翻訳新聞も海外の知識を啓蒙するために許されていたのであり、事件報道や政治的な言論活動の自由は日本人にはなかった。出版物は株仲間を通じて検閲され統制されていた。その網をかいくぐって、かわら版が地震や火事などを伝えていたが、戊辰戦争によってその統制は吹き飛び、薩長側と佐幕側とがそれぞれ新聞雑誌を発行し、噂や目撃談、要人の手紙などによって戦況を伝え、政治的主張を展開するようになった。政治的パンフレットとも言うべき『中外新聞』『江湖新聞』『遠近新聞』など多数の新聞雑誌が、一八六八年（慶応四）の短い間に刊行された。しかし、薩長軍が江戸を制すると、『太政官日誌』など官軍の機関誌を除いてすべて発行禁止となった。『江湖新聞』の編者だった福地源一郎は、もともと幕府高官だったが、発禁とともに投獄され、新政府による筆禍第一号となった。

けれども、明治新政府は西洋に対抗しうる近代国家を作るためには、新知識の啓蒙が必要であると認識していた。そのため一八六九年（明治二）には新聞紙印行条例を発し、新聞雑誌の発行を認めるだけでなく、役所での新聞買い上げや印刷機材に対する助成など支援を行う方針に転じた。これにより、一八七〇年（明治三）には日本初の日刊紙『横浜毎日新聞』が創刊された。これは洋紙に活版印刷を用い、それまでの木版和本形態の新聞雑誌とは、一線を画すものであった。

だが、啓蒙を指向するメディアにとって問題だったのは、知識人だけではなく一般庶民にも読まれ理解される日本語の文章をどのように書けばよいかということであった。幕末までの教育は身分階層によって分かれていた。武家の男子は藩校や私塾などで学び、漢籍を基礎とする漢文を学習するのが大半であった。また商家の男子は、多くは寺子屋や私塾でかな文字と基礎的な漢字を習得した。これに対し、農民は一部の富農を除いて読み書きを学ぶことは少なく、また女性は貴族や武家、また大きな商家などの富裕層を除けば、殆どは無学であり、手紙も代筆を頼むことが多かった。したがって、商人が多く武家の人口が大きい江戸では幕末には識字率がかなり高くなっていたが、地方の農村では一割にも達していなかった。

このような識字の差異だけではなく、読む日本語表現の内容も異なっていた。すなわち男性知識人たちは漢籍の教養を持ち、天下国家を語り、漢詩を読み書きできることを誇りとした。教養ある女性たちは、源氏物語や和歌をたしなんだ。これに対し、かな文字で書かれ、絵が入った面白おかしい戯作を商人や庶民は娯楽として愛読した。また、文字の読めない民衆は、もっぱら土地の方言のみを話し、芝居や噂話から情報を得ていた。このように分断され、異なった文体を横断して、誰にでも分かりやすい日本語の文章はどうしたら可能なのか。

この課題に対し、幕末から明治維新期には、先進的なメディアの導入とともに、言語改革を試みる人々がいた。たとえば、前島密は幕末に蘭学を学び幕臣として仕え、新政府の下では郵便制度を整え、それを利用した『郵便報知新聞』の創刊（一八七二年・明治五）を支援したが、一方で漢字廃止を主張し、一八七三年（明治六）に『まいにちひらかなしんぶんし』を創刊した。これは全文をひらがなだけで綴った新聞で、同様の『東京仮名書新聞』『四十八《いろは》新聞』とともに、全文かな文字だけで筆記する日本語表記を実践した。しかし、両紙とも短命に終わった。

その原因は主に二つあった。ひとつは、従来の日本語の文章をそのまま、かな文字で表記してもわかりやすくなるわけではない、ということである。つまり知識人層の書く日本語の文章には漢語表現が多く入り込み、特に幕末以降、西洋語の翻訳としての漢語が大量に入り込み、それは漢字を知る者が目で見て意味を憶測できる語が多く、耳から聞いただけでは意味がわからない場合が殆どだったからである。たとえば、「無償」を「むしょう」と書き記しても、必ずしも「タダ」というその語の意味が理解できるわけではないのである。もうひとつは、文章の単位としての文という概念が曖昧であったことである。吟香の日記に見るように、また当時の新聞記事にも文の切れ目を示す記号は暫定的にしか存在しなかった。『まいにちひらかなしんぶん』では、英語のように、語句の間に空白を設けて語句と文の切れ目を示そうとしたが、助詞の扱いが難しかった。結局、句読点が使用され、文の区切りが明確に記される書記法が広まるのは明治二十年代以降である。

もうひとつ、日本語表現にとって重要な変革は、演説の実施である。大勢の人々の前で、政治的議論や科学、経済、芸術等に関する説を展開して、人々を啓蒙し説得するという知的な習慣がなかった日本では、英語では演説はできるが、日本語では無理だと考えられていた。しかし、福沢諭吉を中心に慶應義塾で演説会が一八七三年（明治六）から始められ、知識人が日本語で行う演説を聴きに集まる実践が次第に広まった。それまで話しことばは文章とは別物と考えられ、地方差が大きい方言を話しつつ、書く文章では漢籍と候文でかなり統一的な文体が広く用いられていたのだが、演説の試みは、日本語の話す言葉と書く言葉を直接に結びつける新たな橋を架けようとしたのである。どのような演説だったのかは、残された演説記録としての文章から伺うしかないが、「である」のような口語的表現と新しい漢語を取り入れ、一種の新しい標準的な日本語を創成しつつ模索した。

三　明治初期の新聞における文の近代化／西洋化／民主化

このように幕末の一八六〇年代から一八七五年（明治八）までの間に試みられた日本語の表現の変革は、英語をはじめとする西洋語に比類する表現方法と語彙を拡大するという点で西洋化であり、新しい科学技術や思想哲学を導入するという意味では近代化であり、そして一般民衆にも広く理解され読み書きできる文章を目指すという方向性では民主化であった。しかし、全文をかなで記すような急進的な改革は受け入れられなかった。それは日本語自体の問題でもあったが、漢学の教養を手放せない知識人の問題でもあった。

一八七二年（明治五）東京で日刊紙が次々と創刊された時、そこで採用されたのは、漢文訓読体を基にした漢字かな交じりの文章であった。たとえば、当時の論壇をリードした『東京日日新聞』の主筆・福地源一郎の論説の一部を引用してみよう。

「…報知［＊郵便報知新聞のこと］編集者ハ吾曹ヨリモ詳細ニ御承知ナルベシ徳川氏ノ奥医者ハ二百俵高ナリ而シテ其子モシ召シ出サレテ奥医者ヲ勤ムレバ同シ二百俵ヲ賜フ此際ニ於テ父死去スル時ハ父子同勤に付き家督の儀は別段に願ひ奉らず候ト申立ルナリ若シ家禄ヲ以テ傳子ノ所有物トセバ父ノ跡ヲ相続シテ勤仕スル間ハ四百俵ヲ取リテモ差支ナキ筈ナリ此通リニ実例ヲ照会スレバ慣習故例ノ封建時代ニテ録ヲ世ニスルノ間ニ於テスラ猶モ禄ノ所有物ニ非ザルノ確証アリ況ンヤ

條理ヲ弁明スルノ今日ニ於テヲヤ」（明治八／四／六）

文中で候文になっている箇所だけひらがなが用いられていて、文体の違いが意識されているのがわかる。こうした知識人向けの新聞では、官庁の布告なども同様の文体で発表されていた他、漢詩文の投稿なども掲載されていた。このような文体を支持したのは、主に幕末に漢学の素養を積んだ旧武士階級出身者であった。福地をはじめ、『朝野新聞』の成島柳北、『郵便報知』の栗本鋤雲などに代表されるように、特に旧幕臣をはじめとした知識人たちが数多く新聞雑誌の記者となり、彼らは文人の伝統を引きながら、新しいメディアの担い手となった。しかし、これら新聞雑誌の発行部数は数百から数千部程度で、当時三〇〇〇万人だったと推定される日本の人口のうち、その読者はほんの一握りであった。

そうした状況を変える契機となったのは、台湾出兵と佐賀の乱をはじめとする士族の反乱、そして自由民権運動であった。いずれも一八七四年（明治七）に起きたこれらの出来事によって、新聞雑誌は政治を議論する場として飛躍を遂げるとともに、その議論に知識人だけでなく、より広範な民衆を「国民」として包摂していかねばならないという意識が多くの人々に共有されるようになったのである。

それに応えるように誕生したのが、総振り仮名付きの新聞である。一八七四年（明治七）十一月に創刊した『読売新聞』が嚆矢で、「俗談平話」と称する、以下のような文章を用いた。

「○新《あたら》シ橋内《はしうち》の三條《さんじやう》さまの御門前《ごもんぜん》へ恐《おそ》ろしい事《こと》を書《かい》て張《はツ》て有《ある》と専《もツ》ぱら評判《ひやうばん》を致《いた》しますから早速探《さつそくたん》訪者《ばうしや》を出《だ》しましたが決《けツ》してそんなものは張《は》ッては有《あ》りません皆《みな》さん虚言《ほら》をふくことはよして下《くだ》さい」

（明治八／十一／七）

つまり、「虚言」という難しい漢語に、「ほら」という俗語を振り仮名にあてて、わかり易くし、「よして下さい」といった口語表現を取り入れたこの文体によって、かな文字は読めるけれども漢字は読めない準知識人層を読者に取り入れるのに成功したのである。これによって、『読売新聞』はたちまち一万部を超える発行部数を上げるようになった。

四　新聞における連載小説と文壇の成立

この成功を受けて、さらに挿絵を入れた『東京絵入新聞』（創刊時は『平仮名絵入新聞』）と『仮名読新聞』が相次いで創刊された。これらの新聞は、『読売新聞』同様に総振り仮名の傍訓新聞であり、知識人向けの新聞の半分の大きさで、価格も安く、まとめて小新聞（こしんぶん）と称され、これに対して『東京日日新聞』『郵便報知新聞』『日新真事誌』などの知識人向けの新聞は大新聞（おおしんぶん）と呼ばれるようになった。しかし、『東京絵入新聞』と『仮名読新聞』は、『読売新聞』と質的な差異があった。それは、旧幕府時代からの戯作の要素を新聞に持ち込んだことである。大新聞が政治経済に関わる議論を展開する論説が重要であったのに対し、小新聞は殺人・盗賊・火事・心中など市井の出来事を扱うニュース、すなわち「雑報」が主体であり、ここに仮名垣魯文に代表される戯作者が面白おかしく語る文章と、浮世絵師たちが描く挿絵が導入されたことで、都市庶民の文芸だった絵草紙の伝統が、新聞になじみのない庶民たちの関心を呼び起こし、読者層を広げたのである。

なかでも、実際に起きた事件をその背景などから説き起こし、物語のように語る連載が、「続きもの」と呼ばれて人気となり、一枚買の多かった小新聞読者を継続的な購読へと導いた。最初は「〇〇のはなし」という見出しを付けて、「又、明日」と締めくくり、「昨日の続き」で始まる文章を何回かに分けて継続する形式だったが、『仮名読新聞』で一八七七年（明治十）十二月から仮名垣魯文が執筆した「鳥追ひお松の伝」は、連載十四回に及んで中断された後に、続きを補完し完結した物語にまとめられ、草双紙の合巻『鳥追阿松海上新話』となって出版された。雑報の続きものと戯作とが連結し、いわゆる「婦女童蒙」と言われた非知識人を新聞の読者に引き入れることになった。

やがて「続きもの」には、挿絵が常に添えられるようになり、人情沙汰や西南戦争に取材した現代の物語だけでなく、幕府時代などの過去に話を設定した時代物が登場するようになった。また、フランスなどの西洋の物語を翻訳した連載も見られるようになった。さらに新たに開発された速記を用いた講談速記を連載する『やまと新聞』も一八八六年（明治十九）に創刊された。坪内逍遥の『小説神髄』（明治十八）はこの時期に刊行され、当時の戯作の流れをくむ物語を批判し否定したため、これらの連載は、現在に至るまで文学史でまともに論じられていないが、これらが新しい事象に対する表現に取り組んだことは評価されるべきだろう。また、これに対抗して『読売新聞』が一八八六年（明治十九）から「小説欄」を設けるに至り、日本の新聞における連載小説の枠組みが固められたといえよう。

明治二十年代になると、あらゆる新聞が連載小説を掲載するようになり、新聞にとっては、どの作家の小説を載せるかが売れ行きを左右する死活問題となった。一方、小説家は新聞の連載小説によって安定した収入を得ると同時に、新聞社に雇われて一定の地位を得るようになった。硯友社の中心であった尾崎紅葉も、一八八九年（明治二十二）読売新聞社に入社して、『読売新聞』に連載することで安定した地位と収入を得た。夏目漱石も職業作家となるために、一九〇七年（明治四十）朝日新聞社に入社して『朝日新聞』に連載小説を書くことになった。新聞の連載小説は、日本の近代文学の作家を支える文壇の中心となり、文学の大衆化において、中心的な役割を果たす場を構成した。雑誌の原稿料や単行本の印税、講演料などによって、新聞社に雇用されずとも作家の自立が可能になるのは、大正時代以降である。このように新聞というメディアは、日本における文と文学の近代を養う母体となったのである。

◆第五章…新しいメディアの時代と「文学」…②中国

新メディアの（ための）時代——中国における「文」学の公共圏

バーバラ・ミトラー
（唐仁原エリック訳）

一　東アジアにおけるメディア——中国の事例

印刷技術の導入が全世界に重要な影響を与えてきたということは、疑いようがない。しかし、十九世紀末に、新しい印刷技術によって、より早く、より広範囲に「文」が広がったとき、中国では正確には何が起きたのであろうか。この新しい技術は、中国の文芸文化にどのように作用したのであろうか。技術がもたらす影響、あるいはもたらさない影響は、技術そのものだけで決まるわけではなく、常にその技術を用いる団体がとる具体的な立場によって決まる。さらに、その技術が導入され、需要され、用いられ、そして抵抗される、生態的、経済的、社会的、政治的な条件——こうした条件は、その技術の受容、すなわち、成功するか否かにとって重要である——に基づいても決定されるのである。

中国では、活字を用いた印刷の機械化（中国では古くから発明されていたが、成型する必要のある活字が膨大な量であったために不便であり、軽視されていた）が、漢詩と政治を結びつける傾向のある中国の文芸文化——すでに『詩経』の序文である「大序」において、こうした漢詩と政治の関連性が明らかにされている——に出会った。一見したところ恋の歌にみえる漢詩が、実は政治について詠まれたものであるということもあり得た。したがって、漢詩や文学、音楽、芸術、すなわち「文」を批判的な精神を表す際に用いるということは、古くから中国で認められていた手段だったのである。そのため、十九世紀初頭から半ばにかけて、印刷業者が限られた読者を対象に、高価な紙に限定印刷した少部数の本を提供するのではなく、商品を大量生産するようになったとき、そうした印刷物はいうまでもなく「民衆の心」（民気）の形成に使われたであろう。

したがって、こうしたメディアの機能は、清く正しい、批評的な議論（清議）という言葉で説明されている。作者・ジャーナリストは検閲者の役割（言官）を担い、新聞や雑誌は閉ざされてはならないコミュニケーションの回路（言路）を開くのに役立つとされている。つまり、十九世紀において出版や報道の自由が確立したときに起こったことは、中国的批評の伝統の枠組みの中でとらえられていたのである。新聞がその価値について自己評価を下す記述では、こうした批評の伝統がまだ活力に満ち、損なわれていなかった黄金時代が、その美徳を失った悲惨な現在と比較される。中国では、現在閉ざされてしまったこの道を、かつての黄金時代のごとく、再開すべきであるという議論が繰り返されていた。例えば、一八七三年にスコットランド出身の町人アーネスト・メージャー（Ernest Major 一八四一～一九〇八）が出版していた、上海の新聞『申報』の社説には次のような記述がある。

西洋諸国で初めて新聞が作られたとき、彼らは我が国の先人たちがもっていたこの信念を深く、

かつ直感的に理解していた（初泰西諸國之設新聞紙也蓋亦深明古人此義也）（『申報』1873.8.18）

これらの新聞は、外国人が新メディアを用いることで、長らく中国では失われていた古代中国の伝統を理解していたと主張した。

メディア史研究では、中国における新聞業界成立の経緯を次のように語る。まず、十九世紀初頭のマラッカにおける宣教活動にはじまり、十九世紀後半には啓蒙・商業目的の新聞ができ、さらに、徐々に多様化しつつあったが、同時に検閲もされていた中華人民共和国黎明期のメディア空間が成立した。続いて、こうした閉鎖的なメディア空間は共産主義革命によって強引に「開放」され、一九四九年頃からその後のメディアの均一性がもたらされることになった。さらに、一九八〇年代の「改革開放」政策と、それに連動する商業化の促進によって、メディアは新たに多様化されることとなったのである。この一連の流れでは、至極当然の区分を用いて整理されており、一九四九年以前には宣教目的のメディアが、次に商業目的のメディアが誕生し、その後それ以前のメディアに取って代わる、改革を目指すメディアが誕生するとされている。一般的に、この改革を目指すメディアの発展には梁啓超（一八七三～一九二九）が大きな役割を果たしたとされ、彼は中国初の最も重要な「近代的ジャーナリスト」とみなされている。一九四九年以降は革命を中心としたメディア史が語られ、最終的には党派や中国共産党のメディアが全ての競争相手を排除する時代が訪れることになる。結局のところ、新たなメディア時代が到来しても、一九八〇年代の商業化や現在のデジタル化時代でさえ、ニコライ・ヴォランド（Nicolai Volland）がいう中国の社会主義的「メディア・システム」の特徴や限界に、根本的に異義を唱えてはいないのである。

このような一般的に認められている中国メディア発展の歴史的研究では、多くの制度的・伝記的詳細を検討することばかりに着目し、新聞などのメディア・テクストそのものを考察することはほとんどない。本章では、新聞の歴史を根本的に「文」の歴史として捉えなおすことで、代わりとなる中国メディア像を提供したいと思う。ニュース・メディアをテクストとして読みながら、作者や読者の観点からこれらのメディアを検討することで、別のメディア史が明らかになることを論じる。このようなメディア史は、メディア間の文献的・形式的関連と同時に、逸脱や工夫にも注目することで、徐々に民主化し、大衆化していった読書文化――この文化は十九世紀後半から二十世紀を通じ、さらに二十一世紀にまで発達していった――を理解できるのである。この新メディアは、（八股文では典型的な論述方法である）対句法といった、中国の伝統的修辞技法を使ったり、社説や論評では古典から引用したりもしているが、同時に、ニュースの記事では、民間伝承や怪奇小説、仏教の因果応報譚、推理小説からナラティブの要素も取り入れている。また、すでに中国で成立していたメディアや官報、地方紙からも引用が多く、（日本など）外国のメディアからの引用（それは、文字資料だけでなく、視覚資料からでもあった）や翻訳も掲載されていた。

新聞や雑誌、政府からの公報などの量が増えてゆくにつれて、上海の新聞『申報』に一八七六年三月五日に掲載されたような宣伝も、次第によく見られるようになっていった。この宣伝は、『申報』

を民衆向けの新聞（民報）と位置付け、『申報』が中国において最も古い俗語新聞の一つとして売り出されたと説明している。さらにこの宣伝によると、「民報」は、「教養人」のためではなく（此原非為文人雅士起）、「女性や子供、使用人、職人」（紙為婦孺傭工）のためであった。つまり、『申報』は比較的教養がなく、「高尚な文章をほとんど読んだことがない」（粗渉文理者設也）読者層を想定していたのである。したがって、難しい表現には説明を加え、誰にでも読める新聞であることを目指した。また、当時の多くの中国メディアは、このように文語から広範な人々にも通じる俗語への変換を訴え、それを実現した。この新たな言語に基づいた包括的イデオロギーは、読者を作り直す、緩慢でありながらも革命的な課程の始まりだったのである。

このように、新メディアは、二十世紀の中国で可能であった読者や作者の活動を多様化させたと考えられる。新メディアを支えたのは、新しく創設された出版社と、そこで用いられる最新の印刷技術、さらに上海や天津などの港町――そこは、中国と世界の接続点であり、この新しい「文」の世界を率いる教養人が集まった――から全国へ繋がる流通ネットワークであった。こうしたネットワークは港町を全国、そして、中国語を読めた海外の読者のコミュニティーへと繋げたのである。

二　民衆と（そのための）メディア

十九世紀末の中国メディアは、それぞれの個別の文壇の中で誕生し、またはその文壇を作り上げもし、ほぼ互いに干渉せずに発達していった。十九世紀後半に、中国では、公共圏とはまだ言い難いものの、様々な民主的な言説空間が作られた。それは例えば、茶屋、地方の学校、祠堂や寺院、劇場、集会所、娼館、漢詩会や纏足に反対する組織（不纏足会）、慈善団体、学生連盟であり、そして世紀の変わり目以降は、徐々に、写真や映画サークル、女性学校も加わっていった。このような場で、ニュース・メディアが消費され、また時には作り出されてもいたのである。社会の中心であれ、周囲であれ、中国の文壇は同時にあらゆる場所に存在し得たのであり、印刷メディアによってこれらの（想像の）共同体はさらにその範囲を広げ、一層多様化することになった。

老舎（一八九九～一九六六）は一九五七年の演劇『茶館』で、中国社会における変容の諷諭として、三つの異なる時代を背景に、一軒の茶屋を描いている。十九世紀後半の茶屋には、客に次のような人々がいる。店から店へと渡り歩き、下手な詩を即興で唱える物乞い、三十代の占い師、阿片中毒の男、二十代の宮廷格闘家、売春斡旋業者、北京周辺から来た飢えている百姓、そして地下組織の首領である。その他にも客として、裕福な家の息子、娘を売る百姓の女、昔ながらの密偵、脱走兵、警察官、新聞配達員の少年、兵士、講釈師、小学校の教師、そして師団長が描かれている。ここで老舎が描いている「客層」に、当時の識字率が反映されているとは言い難いだろう。しかし、その客層は、増大してゆく潜在的読者層がますます多様化していることを、確かに表している。もっとも大規模な言語の水準化と、それに連動する全国的な読者数の急増は、一九四九年に――この年、読者数が急激に増え始めるのだが――中華人民共和国が成立した後で本格的に行われたのであるが。

しかし、明らかに十九世紀後半には既に、上流階級の読者以外の読者層に手を差し伸べようとする行為が確認できる。前述した梁啓超は、後に「新文体」と称されることになる文体を考案したと広く認められている。梁啓超は自身について、若い頃は古典文学を手本としていたが、二十世紀（梁啓超が『清議報』や『新民叢報』、『新小説』といった影響力のある新聞や雑誌を出版し始めた頃）までに、わかり易く、表現に富んだ、流暢な文章を書くことを目指し、古典籍からの引用ではなく、口語体や詩句、外国語の表現を用いることにしたと述べている。

実際この「新しい文体」は梁啓超が生きた時代の（そして、それよりも前から）あらゆる印刷メディアで使用されていたが、梁啓超はそれを用いる細かなロジックを提供したのである。梁啓超の著した重要な記事「論小説與群治之關係」（一九〇二年）では、新しい印刷メディアによってもたらされた新しいフィクションの文体を、社会や政治の現状を解決する万能薬として使うべきであることが論じられた。（彼に続く多くの教養人と同じように）梁啓超はフィクションの力を利用しながら、中国を再び「富強」にさせる、新たな考え方や概念を紹介することで、社会を改善することを望んでいた。そうすることにより、中国を「現代化」し、国際的なコミュニティーに再加入させたいと考えていたのである。

梁啓超の周辺では、（『申報』などの「大報」に対比される）娯楽雑誌などのいわゆる「小報」が成立した。これらは、『游戯報』（一八九七～一九〇八）や『小説月報』（一九一〇～一九三二）、『大世界』（一九一七～一九三一）、『衛生報』（一九二七～一九三〇）など多様であり、挿絵や風刺画だけではなく、ニュースや詩、小説のような文字テクスト、すなわち教育的かつ娯楽的な「文」をも提供したのである。

三　メディアと現代化

前述した雑誌とその作者たちはうまく読者を獲得することができたが、批判の対象となったのはそれだけが理由ではなかった。特に少し若い世代の作者は、恋愛小説、つまり中国語でいう「鴛鴦蝴蝶派文學」しか書かなかったこれらの「単なる娯楽を提供する作者」よりも、自分たちの方が優れていると感じ、批判したのである。実際、こうしたライバルは梁啓超らに取って代わろうとし、茅盾《ぼうじゅん》（一八九六～一九八一）が一九二一年に取締役となった『小説月報』と、自らを現代的であり世界主義的であると考えていた団体――「新文化運動」あるいは「五月四日の教養人」――は、それに成功したとも言えよう。両団体は、「新しいフィクション」と「新しい文学」を、「新しい言語」で「新しいメディア」を通して作ることを目指し、それぞれが追求するもののために過去を悪しきものとして描いた。新文化運動の思想家は、新メディアは全世界の発展を描くべきで、それらを学ぶことによって人々を啓発すべきであると考えていた。一九一五年に黄遠庸《こうえんよう》（一八八五～一九一五）が胡適《こてき》（一八九一～一九六二）に宛てて書いた有名な書簡のなかで、黄遠庸は中国のあらゆる問題の解決策として俗語の使用を主張する際に、典型として西洋的なモデルを挙げ、「歴史学者らはヨーロッパの文芸復興《ルネサンス》運動が、中世という時代が内包する様々な問題を覆す根幹にあったとみなしてきたのではないか」と述べている。中国が数世紀前のヨーロッパにみられるような「中世という時代が内包する様々な問題」(1)に陥ってしまい、「現代化」に成功するためには、「文芸復興《ルネサンス》」が唯一の方法であるといった発想は、このようなヨーロッパにおける歴史的発達と時代変遷に基づいたものであった。胡適とその同時代人にとって、中国の新文化運動の指導者らは、「底知れぬ暗闇と未知」(2)に終止符を打ったヨーロッパにおける文芸復興運動《ルネサンス》の立役者と同じ存在であった。したがって、黄遠庸は、中国が必然的に一層明るい未来へ向かって動いていくことになるだろうと考えていた。これらの歴史を動かすと自負していた人々は、光と闇の比喩を使うことで、時代遅れの考え方を持つ敵対者――それは、多くの場合（娯楽雑誌を出版するような）彼らの同時代人であった――と戦う、教養ある啓蒙家を演じることができたのである。

一九一七年のいわゆる文学革命を起こすことに成功した、胡適と陳独秀（一八七九～一九四二）による二つの重要な記事は、新文化運動の主力雑誌であった『新青年』に掲載された。両記事は新文化運動が使用する文体の典型であり、いずれもヨーロッパの文芸復興運動《ルネサンス》を最も重要な基準としている。胡適が書いた「文学改良芻議」は、文語で書かれた中国古典文学の欠点とそれが中国にもたらしたおぞましい影響について強く主張しているが、同記事の八点目、最後の項目「俗語的表現を避けるな」（不避俗字俗語）では、古代中国の「死語」となった書き言葉を復活させる手段として、俗語の使用を提案している。胡適がそのように自説を唱えたのは、ダンテとルーサー――胡適は彼らを俗語を支持する第一人者であると考えていた――を、新文化運動の敬服すべき英雄ととらえていたためである。胡適の記事は、明らかに新文化運動初期の著作によく見られる躊躇いを表しているが、彼の議論はもったいぶっていて、（自らが解釈した）ヨーロッパの文芸復興運動《ルネサンス》を中国の将来のあり得る（そしてあるべき）姿の類例としているように、自尊心に満ちているだけでなく、概して鋭く、（死語や死んだ文化について言及する際には）過激でもあった。

陳独秀の著した「文學革命論」は、前述した胡適の記事と同じように、しかしもっと眼を見張るような方法で、ヨーロッパ文明と「現代化」の進展に対する文芸復興運動《ルネサンス》の全体的意義を強調している。陳独秀は、文芸復興運動《ルネサンス》が政治や社会、宗教、文化など、生活に関連するあらゆる面を変えたとし、中国においても同じような変化が起こることを望んでいた。陳独秀の記事は、当時の状況にふさわしい、気取っていながらも革命の雰囲気を醸し出す文章で始まっている。梁啓超らが考案したばかりの、個人の内面を表す「新文体」を用いて、次のように問うている。

現在の恐ろしく、輝かしいヨーロッパは、どこから現れたのであろうか。私は、革命の遺産からだと主張する。（中略）それゆえ、文芸復興以降、政治的革命が起こり、宗教的革命が起こり、また道徳と倫理における革命も起こった。文芸にも革命が起こらなかったわけではない。革命により、復興せず、進展しない文芸など存在しない。同時代のヨーロッパにおける現代化の歴史は、要するに革命の歴史といえる。したがって、現在の恐ろしく、輝かしいヨーロッパが革命の遺産であると私は言う。」

（陳独秀「文学革命論」XQN 2, no.6（1.2.1917）；本翻訳はDenton, *Modern Chinese Literary Thought*, p.140-145、特にp.140に基づく）

胡適と陳独秀も共に、彼らが中国に求める文芸革命が、ヨーロッパの文芸復興運動《ルネサンス》と同じであると主張している。また、新しい時代、新しい国家、そして必然的にヨーロッパのように輝き恐れられるようになるであろう、新しい中国を主張し、その主張を権威付けてもいるのである。

四　古くて新しい（グローバルな）メディア・スタイル

こうした複雑な文化変容の過程にある懸念は、新文化運動の最も重要な文学作品のいくつかから明らかであり、それらはいずれも新メディアに初めて現れたものであった。例えば、最も早く俗語で書かれた作品の一つとして称賛される魯迅（一八八一～一九三九）の『狂人日記』は、一九一八年に『新青年』に掲載された。また、魯迅の『阿Q正伝』は、一九二一年十二月から一九二二年二月まで、北京の新聞『晨報』の文学特集に分割されて載せられていた。いずれも魯迅が日本にいた頃に出会った作品から影響を受けている。彼は日本滞在中にニコライ・ゴーゴリなどの著作を読み、翻訳し始め、ゴーゴリが著した『狂人日記』（一八三五年）も熟読していた。また、魯迅は宣教師が書いた中国に関する著作も読んでおり、そのなかには、早い段階で和訳され、彼が日本で入手したアーサー・H・スミスの『中国人的性格』*Chinese Characteristics*（一八九〇年）も含まれていた。『狂人日記』の主人公は、周囲の人々を人食いだと妄想し、人々が儒学の古典に人食いの正当性を見出だしていると理解しているが、魯迅はそのように描くことにより、外国で唱えられていた中国文明堕落論をも上回ったのである。それに比べ、『阿Q正伝』は、スミスによる「中国人」の「（道徳的でありながら）人類学的」な叙述が物語化されたものとして容易に読める。

しかし、外国からの影響は、新メディアで出版された新文化運動の教養人が著した作品に限られたものではなく、また、必ずしも前述した作品のように不安をもたらすものでもなかった。例えば、外国からの影響は、同じように一九一〇年代以降盛んになっていった多くの初期の女性向け雑誌のような、商業目的の活動にも広くみられた。そのなかには、『婦女時報』（一九一一～一九一七）や『婦女雑誌』（一九一五～一九三一）、『玲瓏』（一九三一～一九三七）なども含まれている。これら雑誌の形式は、多くの場合日本などの諸外国の出版物と同様であり、表紙のデザインも外国のイメージやスタイルを参考にしていた。さらに、内容の多くも、直接外国の雑誌から取り入れたものであり、外国人女性の写真やそのページに載せられた様々な外国記事の翻訳も含まれていた。それらは例えば、ドイツの化学に関する記事や英国のフィクションから、ジャンヌ・ダルクやクララ・ボウのような文化的象徴となる人々の伝記、そして中国では「他與她」として有名になった、「彼と彼女」“He and She”のような風刺画にまで及んだ。外国の雑誌から直接取り上げた翻訳や外国の英雄、風習、出来事だけではなく、女性の新しい社会的な役割もまた、外国の基準に影響を受けていた。そこでは、外国の弁護士やエンジニア、教師が中国の職業婦人の模範とされ、また、ハリウッドの有名人が中国の映画スターのモデルとされたのである。さらに重要なのは、これら雑誌で使われていた言語が、日本からの外来語や西洋の名前や用語、さらに新しく取り入れられた文法などを取り合わせた、ハイブリッド言語であったことである。

これら雑誌の重要な特徴のひとつに、雑誌が読者の声として機能するだけでなく、読者と直接対話しようとしている点が挙げられる。『玲瓏』は、自らを「女性のための唯一の舌（と声）」であると主張する一方、個人的な問題に関する助言や最善の解決策を雑誌のあらゆるページに記していた（例えば、「解答疑難」1931.10:340号や「如何解決」1931.18:624号など）。また、『玲瓏』には読者からの質問を受ける「信箱」（例えば、1933.91:402号）もあり、『玲瓏』やほかの雑誌の様々なコラムには明らかに助言を与えるという特徴があった。『玲瓏』の「常識」や「兒童」、「美容顧問」に関するコラムはその典型的な例である。

これらのコラムは互いに心を通わす装置として機能しており、直接読者に接触しようとしているのである。この対話形式によって、女性は読書の主体とされ、雑誌の記事はこうした女性読者と意思疎通を図ろうとするのである。『玲瓏』は、読者と「親しい友人」（良友）になろうとし、女性読者の「誠実な協力」（誠意合作）（1933.100:936号）を求めただけではなく、実際のところそう受け入れられてもいたようである。こうした対話を通じて、少し前の通俗的なフィクション雑誌と同じく、『玲瓏』は親密な読者コミュニティーを成立させ、作者と読者、読者と編集者をそれぞれ結びつける公共圏を作り出したのである。実際に、編集部から読者に向けて感謝の言葉がよく書かれ、『玲瓏』が記事や写真を通じて目指したもの、すなわちコミュニティーへの参加が、繰り返し主張されていた。こうした参加は、十年ほど前ならば受け入れ難いものであっただろう。例えば、ジョウン・ジャッジ（Joan Judge）は、誰もが手にできる『婦女時報』に掲載された女性の写真が、決して女性の品位や評価を貶めるものではないと女性読者を説得するために、包天笑（一八七六～一九七三）が苦労していたことを指摘している。娼婦が娯楽目的の雑誌に写真を掲載した最初の女性であり、写真によって美人コンテストも始まりさえしたので、雑誌に写真を掲載することは、品行方正な女性にとって潜在的に危険であったのである。

雑誌は明らかに、個々の読者の生活空間に時代を越えて浸透していっただけではなく、読者と、読者を導く者の実際の、あるいは「想像の共同体」をも生み出した。「共謀した」読者のこのような側面は、一層読者と作者の境界線を曖昧かつ複雑にさせ、女性読者を雑誌を取り巻くコミュニティーに促したのである。

五　大衆と（そのための）メディア

このような傾向は、おそらく一九四九年、そしてさらに、一九八〇年以降に、例えば一九九三年初版の『農家女百事通』のような女性向け雑誌が出版されるようになってから、顕著になってゆく。しかし、*Vogue*や*Elle*などのフランチャイズ雑誌が中国でも入手可能になってからでさえ、明らかに独立系メディアが中国の権威主義体制に根付くことは決してなかった。信憑性の問題が繰り返し主張されているが、ソーシャル・メディアはこの問題を悪化させる一方である。なぜ一九七〇年代末に共産党に関する理論の雑誌を新たに『紅旗』と名づけ、そこから『求是』を作ったのか。一九八九年のデモの際に「信じるな、我々は嘘をつく」と書かれた看板をもったジャーナリストの姿は、今なお誰でも覚えている。中国の大勢の読者は、中国の新聞等を読む際に、「対抗的解読《デコーディング》」作業、すなわち書かれていることではなく、書かれていないことを追う作業を行っていると述べている。確かに、印刷技術の導入が、中国を含めて、全世界に影響を与えてきたことは疑いようがないし、デジタル技術やソーシャル・メディアの発展もまた、読者や作者のコミュニティーの範囲を拡大させる多くの新たな機会を作ってきたことも間違いない。しかし、技術がもたらす影響、あるいは、もたらさない影響は、技術そのものだけで決まるわけではなく、いつでもその技術を用いる団体がとる具体的な立場によって決まる。インターネットに関しては、それを受け入れることが我々を成功と失敗のいずれに導くのか、我々は注視してゆかなくてはならないだろう。

注

（1）この手紙は、Hu Shi. "The Literary Renaissance," in *Symposium on Chinese Culture*, ed. Sophia H. Chen Zen (New York: Paragon Book Reprint Corp., 1969), 129. に引用されている。

（2）Hu, *Chinese Renaissance*, 77.

参考ＵＲＬ

データーベース

http://projects.zo.uni-heidelberg.de/xiaobao/index.php?p=list

女性向け雑誌

http://Womag.uni-hd.de
中国における初期の新聞記事（オンライン版）
http://ECPO.uni-hd.de

参考文献

Changing Media, Changing China, ed. Susan L. Shirk（Oxford: Oxford University Press, 2011）.

John Fitzgerald. "The Origins of the Illiberal Party Newspaper: Print Journalism in China's Nationalist Revolution," in *Republican China* 1996.21/2: pp:1-22.

Denise Gimpel. *Lost Voices of Modernity: A Chinese Popular Fiction Magazine in Context*（Honolulu: Hawaii University Press, 2001）.

Michel Hockx. *Internet Literature in China*（New York: Columbia University Press, 2015）.

Theodore Huters. *Bringing the World Home: Appropriating the West in Late Qing and Early Republican China*（Honolulu: University of Hawai'i Press, 2005）.

Joan Judge. *Republican Lense. Gender, Visuality, and Experience in the Early Chinese Periodical Press*（Berkeley: University of California Press, 2015）.

Jan Kiely. "Third Force Periodicals in China, 1928-1949: Introduction and Annotated Bibliography." In *Republican China* 1995.21/1: pp.129-168.

Siegfried Klaschka. *Die Presse im China der Modernisierungen. Historische Entwicklung, theoretische Vorgaben und exemplarische Inhalte*（Hamburg: Verlay Dr. Kovač 1991）.

Lee, Chin-chuan（ed.）*China's Media. Media's China*（Colorade: Westview Press, 1994）.

Perry Link. *Mandarin Ducks and Butterflies: Popular Fiction in Early Twentieth-Century Chinese Cities*（Berkeley: University of California Press, 1981）.

Media in China: Consumption, Content and Crisis. Ed. by Yin Hong, Stephanie Hemelryk Donald, Michael Keane (London: Routledge, 2014).

David Der-wei Wang (ed.) *A New Literary History of Modern China* (Cambridge: Harvard University Press, 2017).

Daniela Stockmann. *Media Commercialization and Authoritarian Rule in China* (Cambridge: Cambridge University Press, 2013).

Patricia Stranahan. *Molding the Medium. The Chinese Communist Party and the Liberation Daily* (Armonk, N.Y.: H. E. Sharpe, 1990).

Roger Thompson. "New-style Gazettes and Provincial Reports in Post-Boxer China: an Introduction and Assessment," in *Late Imperial China* 8, 2 (Dec, 1987) : pp.80-101.

Sophia Wang. "The Independent Press and Autoritarian Regimes--The Case of the *Dagong Bao* in Modern China," in *Pacific Affairs* 1994.67/2: pp.216-241.

Women and the Periodical Press in China's Long Twentieth Century: A Space of Their Own? Ed. Michel Hockx and Joan Judge (Cambridge: Cambridge University Press, 2018).

Catherine Vance Yeh. "Recasting the Chinese Novel: Ernest Major's Shenbao Publishing House (1872–1890)." in *Transcultural Studies,* 2015.1: pp.171-289.

◆第五章…新しいメディアの時代と「文学」…③韓国

新しいメディアと韓国近代文学の形成

千　政煥
（高　榮蘭訳）

はじめに

韓国における近代文学の時代は、他の東アジアの国々と同じように、東アジアの伝統的な「文」概念に欧米の literature あるいは、日本の「文学」概念が受容されたり、または、その概念が解体・代替される過程で始まった。

ところで、文学の生産・受容をめぐる物質的・文化的な変化も看過すべきではない。すなわち、近代文学が始まる上で、近代的な文学制度の発生、文学を担う階層の交替、新しい受容層の登場のような、社会的な事実の方がより決定的な役割をしたと見るべきである。そして、新しいメディアを媒介に近代文学の時代は始まった。

「文」の概念が欧米的かつ現代的な「文学 literature」へと変わっていく過程は、(1) 近代文学発生の大切な条件である。しかし一方では、このような見方が非唯物論的であり、少しエリート主義的な思考に傾倒する可能性があることに注意しなければならない。欧米の先発資本主義国家を除いた多くの地域と同じように、近代はじめの韓国でも非識字率は極めて高かった。一九一〇～二〇年代において、朝鮮人口の九割程度が非識字状態に置かれていた。一九三〇年代に入ってからも、日本語とハングルが両方とも読める人は少数に過ぎなかった。(2)

また、植民地朝鮮では公教育と文字生活が日本語を媒介に行われていたため、非識字と二重言語(diglossia)という状況は多岐にわたる矛盾を露呈させた。高い非識字率と二重言語という状況は、日帝下の韓国文学と読書、そしてメディアと文化生活全体を特徴付けるうえで欠かせない要素である。もちろん、植民地支配の間、比較的に早いスピードで識字率は上がり、ハングルによる新文学が古い漢文学の文化的なヘゲモニーを駆逐した。とはいえ口述文化の時代から文字文化の時代への移行と、そして民衆の多くがハングル文字文化を享有できるようになる過程と韓国近代文学が成立する過程が一致するとみるべきである。日帝末期に日本語での創作が強制されるまで、韓国の新文学作家たちと「朝鮮の公論場」の知識人たちは、韓国文学に対する強い民族意識を持っていた。

その一方で、根本的であり、波及力の強い文化的な変動が、二十世紀はじめの朝鮮でも起きていた。前近代的な文化は、農村などで民衆の生に対して支配力を持っていたとはいえ、それは欧米と日本から輸入された先端の生活様式と社会的な対話のツールによって敗退する運命におかれていた。「非同時的な近代」とトランスナショナリティが朝鮮社会を掌握していったのである。大衆の一部とエリート的な読者層は、日常のなかで日本の新聞雑誌を読み、ハリウッド映画のような先端の大衆文化を楽しんだ。

新しい活字文化が全面的に普及し、それの改良の積み重ねによって、本格的な大量印刷・複製文化の基盤が形成され、マス・メディアが出現した。それによって、ようやく近代的な文字文化のヘゲモニーの再構築が始まり、文学と読書の社会的制度と意味が構成され、さらに再構成されて行った。その変化は、一八九〇年代に始まり、一九三〇年代に至るまで持続した。

一　近代的な文字文化の成立と印刷メディア

十九世紀末に出現しはじめた近代的な新聞・雑誌と、やはり十九世紀後半以後に展開された印刷資本の成長と活版印刷技術の導入、商業出版の浮上などの一連の変化が、韓国近代文学形成の決定的な力となった。

(1)　新聞

新聞の場合、欧米と東アジアでともに近代印刷メディアの中心となり、公論場と「文芸的な近代」を形成し、「想像の共同体 imagined community」を作りだしたと言われてきた。韓国においても、このような現象が著しくあらわれる。十九世紀末から一九一〇年のはじめの間にあらわれた『独立新聞』(一八九六年創刊)、『帝国新聞』(一八九八年創刊)、『萬歳報』(一九〇六年創刊)、『大韓毎日新報』(一九〇四年創刊)などは、民族意識を高める方向性を持ちながら、新小説・伝記などのような、新しい語

りの形式を実験し、近代文学の形成に大きく貢献した。(3)

一九一〇年の韓日強制併合以後、言論の版図はあきらかに変わった。朝鮮総督府は抑圧的な政策をすすめ、自らの機関紙の役割をしていた『毎日新報』以外の韓国語日刊紙の刊行を許さなかった。それにより、『毎日新報』は単純な意味での「植民統治の機関紙」としてだけではなく、一九一〇年代における近代文学の展開と文学様式の変化の場としての役割を担うことになった。例えば、近代はじめの韓国文学において、もっとも重要な長編小説として位置付けられる李光洙《イ・グァンス》の『無情』は『毎日新報』の人気連載物であった。しかし、日帝統治に対する全民衆的抵抗であった、三・一運動以後にあらわれた『東亜日報』『朝鮮中央日報』『朝鮮日報』などの全国的ハングルメディアが、韓国近代文化史・言論史に新たな局面を切り開いた。基本的には、公論の場を再構成したことにより、「新聞政府」とまで言われながら「朝鮮人コミュニティ」を演出し、政治的な自由のなかった朝鮮における文化的・政治的な中心となった。これらの新聞をとおして、多くの文学が生産され、受容の主体が形成された。また、学芸欄・新春文藝・読者の投稿・連載小説などは「新文学」（すなわち、近代文学）の場・制度・意識を案着させる役割をした。

（2）　雑誌

韓国でも雑誌の発展は、文学の場の成立、文学思潮と文学運動の展開ときわめて緊密な関係を結んでいた。文学雑誌を媒介に、時代の文学を代弁する文学的傾向が形成され、多くの文人がデビューした。また、それらの媒体は、同様な趣向と傾向を志向する文人と読者の出会いの場となった。雑誌は、発刊のための主体形成が比較的容易であり、流通ネットワークと読者の確保も難しくない。新聞とは違い、わずか数名の同人だけで刊行が可能であり、最小限の収入と最小限の読者のフィードバックがあれば、再生産が可能な媒体であるため、特に「同人」を作りやすかったのである。

一九一〇年代、崔南善《チェ・ナムソン》、李光洙、金億《キム・オク》らの近代初期の文人らが活躍した『少年』『青春』『泰西文藝新報』や、一九一九年前後の同人誌『青春』『廃墟』『白鳥』などは、欧米の近代的な文芸思潮の輸入・紹介と「新青年」文学者が登場するための大切な舞台であった。一九二四年に創刊された『朝鮮文壇』は、新文学の大衆化に大きな貢献をした雑誌であり、やはり一九二〇年代に登場した『開壁』『東光』『三千里』『朝鮮之光』のような総合雑誌なども、社会主義と民族主義などの新しい理念を拠り所とする文学活動をする上で大切な媒体となった。

日帝によって、社会参加への回路がほとんど封鎖されていたために、植民地韓国の知識人にとって「文学」と「書くこと」とは、社会的な承認願望を満たし、アイデンティティを形成するために確保できるほとんど唯一の通路であった。植民地時代において、新聞・雑誌記者出身の文人と「主義者」が多く輩出された理由はここにある。もちろん、それら媒体もつねに日常的なレベルで、検閲と弾圧に晒されていた。

（3）　大衆文学と多様な読み物

にもかかわらず、近代的な読書大衆を形成し、新たな読書文化を作りだしたのは、ただ「新文学」の範疇に属する小説や詩、そしてそれらを媒介とする新聞・雑誌だけではなかった。一方では、前時代の坊刻本小説を継承したタクジ本のような、多様な読み物とメディア・テクストが新たに出現し、文壇が生産した文学とは異なる形で、複雑で、大きな規模の近代的な大衆文化の場を形成しだした。(4)

その代表的な様式の一番目は、タクジ本小説と野談などの読み物である。それは、朝鮮後期の読書文化の伝統を継ぐものであると同時に、新しい文化的状況と「下層」読者を拠り所とするサブカルチャー文学であった。英米圏の**dime novel**や、日本の円本に並べてもよいほどの、大衆的なタクジ本小説の場合、そのレパートリーは、単純に「春香伝《チュンヒャンジョン》」「趙雄伝《チョウンジョン》」のような「古小説」に限られたものではなく、現実の問題を大衆的に潤色した物語も含まれていた。一九一〇〜二〇年代にもっとも盛んであったタクジ本小説の恋愛物、推理物までをも含んだ、豊富なレパートリーは、「新文学」に対するパロディであり、キッチュ（kitsch）でもあった。

二番目は、一九一〇年以後に本格化する大衆小説の登場である。それは、新文学と直接的な血族的関係にありながらも、それよりもさらに出版資本主義の再生産の要求に応える形で書かれた、新しい趣向と意識を持つ女性・学生・労働階級向けの読み物であった。このように、大衆的なロマン主義に基づいた文学のなかには、恋愛物・推理物、歴史物、ＳＦなどの「ジャンル小説」が含まれている。これらは、新聞や雑誌の連載から単行本化される場合が多かったのであり、一九一〇〜四〇年代におけるグーテンベルクの銀河系の中心で強力な影響力を持っていた。盧子泳《ノ・ジャヨン》、金來成《キム・ネソン》、方仁根《バン・インクン》、金末鳳《キム・マルボン》などが、この時代の大衆文学を代表する作家である。

三番目は、雑誌媒体である。それぞれ一九二六年と一九二九年に登場した『別乾坤』『三千里』をはじめ、一九三〇年代の『朝光』『新東亞』のような雑誌は、近代的な「趣味」と恋愛、政治、ゴシップなど、大衆の生活世界を基盤とする新しい媒体環境を作り出した。エロ・グロ・ナンセンスのようなコードと近代的な「教養」が、これらの媒体においてごちゃ混ぜになっていたために、通俗小説とSF、探偵物なども大切なコンテンツになっていた。

二　視聴覚メディアとメディアの複合

(1)　新しいメディア・テクノロジーと映画

新聞・雑誌・単行本などを通して、新たに鋳られた近代的な文字文化は、すぐ新たなメディア・テクノロジーを利用した視聴覚文化と競争関係に置かれることになった。ソウルで、一九〇〇年の協律社の設立以来、新しい公演文化が普及し、劇場は一九〇〇年代から一九一〇年代の間に社会的な風紀問題の核心として浮上した。一八九五年のフランスのリュミエール兄弟によるシネマトグラフの発明からわずか十年も経たない一九〇三年に、朝鮮では始めての映画上映が行われ、一九二七年にはJODK（京城放送局）が一般を相手とするラジオ放送を開始した。朝鮮の貧しい民衆が個別的にラジオ受信機を所有することはできなかったが、声のメディアの大切さに気付いた有識者や地方の名士、青年会などがラジオや蓄音機を購買し、集合的なメディアとして使用した。

　SPレコードもやはり大切なメディアとなり、口演された近代文学をはじめ、多様なコンテンツを再媒介した。一九三〇年代はじめ、年に一〇〇万枚以上のレコードが販売され、レコードは植民地検閲を担当していた総督府図書課の重要な行政の対象となった。

　他の近代社会と同じように、朝鮮においても、映画の導入と拡散が持つ社会文化的な意味は大きい。それは、本格的な視覚メディアの導入、そしてそれを媒介とする、スペクタクルとイメージに対する消費として特徴づけられる、視聴覚文化時代への突入を意味するからである。

　そして、一九一九年に、朝鮮の資本で制作された最初の映画である『義理的な仇討』の上演以来、韓国文学と映画の絶えまない相互作用の歴史が始まった。欧米あるいは、他の東アジアの国々と同様に、映画は小説から「コンテンツ」を得ると同時に、小説にも刺激を与え、新しい現象を作りだした。大衆にとって馴染み深い『春香伝』『薔花と紅蓮』をはじめとする、伝統時代の文学作品の映画化がすすめられ、李光洙などの人気作家の小説も映画化された。また、映画の語りの文法に影響を受けた、新しいスタイルの書き方と「映画小説」という大衆文学の様式も生まれた。[5] このように、映画はもっとも衝撃的で、影響力のある現代の芸術ジャンルとして、言語と認知に影響を与えたのである。林和《イム・ファ》、沈薫《シム・フン》、朴泰遠《パク・テウォン》など、近代初期におけるもっとも重要な文学者が映画界と関係を結んだり、映画から影響を受けた。

(2) メディア複合と近代文学

文学・映画・放送・演劇など、互いに異なるメディアを基盤とする芸術がお互いにコンテンツを共有し、また、さらにそれが変容され、再媒介(mediation)される現象であるメディア複合は、近代文学と芸術が存在するための条件の一つである。メディア複合は、ジャンルと技巧の境界を超え、国境も超える形で活発に展開される。

近代のはじめ、韓国でも活発な再媒介あるいはメディア複合作用が起きていた。例えば、十八世紀以来、韓国人にもっとも愛された「春香伝」は、すでにパンソリと小説になっていたのだが、二十世紀に入ってからは、映画や演劇として何回もリメイクされた。無声映画、ラジオ、蓄音機のような新しい媒体が、新しい口述文化に活用されるようになった。伝統芸術であるパンソリだけではなく、新しい大衆芸術の産物である漫談や映画のストーリーのようなものが、レコードに刻まれた。演劇・映画を見たり、ラジオを聞くのと同じような感覚で、単行本と新聞小説を読む基層民衆が出現し、読書が日常化されることは、二十世紀以前には考えられない、未曾有の出来事であった。したがって、坊刻本時代とは比較にならないほど、大きな規模で消費され、他の文化ジャンルとしてリメイクされた「春香伝」をはじめとする古典小説は、大衆の文化的な遅れを示す現象のあらわれとして考えるべきではない。[6]

国際的かつ先端的な技術条件と、伝統的かつ固有な文化内容が結合する現象が、この時期から本格化したのである。すなわち、アメリカのレコードレーベルとして制作された民謡と雑歌、新しい活版技術で印刷された『小学』などの経典と族譜、ラジオで放送されるようになったパンソリ、トーキー映画として制作された「春香伝」などは、当時の文化の新しい特徴を示す象徴である。ハリウッド映画 *The Broken Coin* が、日本と朝鮮で「名金」というタイトルで上映されただけではなく、日本と朝鮮では小説としても刊行され、とりわけ朝鮮ではレコードとしても発売された。(7)

注

(1) 黄鍾淵「文學이라는 譯語：「文學이란 何오」 혹은 韓國 近代文學論의 成立에 관한 考察」(文學史와批評學會『文學史와 批評』第六集、一九九九年)、權보드래『韓國近代小說의 起源』(소명出版、二〇〇〇年) など。

(2) 盧榮澤「日帝時代의 文盲率 推移」(『國史觀論叢』五一、國史編纂委員會、一九九四年、朝鮮總督府『昭和五年　朝鮮國勢調査』全鮮編、第一巻、八二―八三頁)。

(3) 金榮敏『韓國의 近代新聞과 近代小說』一―三 (소명出版、二〇〇六～二〇一四年) などを参照。

(4) 千政煥『近代의 책읽기』(푸른歷史、二〇〇三年)。

(5) 全祐亨『植民地朝鮮의 映画小說』(소명出版、二〇一四年)。

(6) 임형택『文學　미디어論』(소명出版、二〇一四年)。

(7) 具仁謨「近代期 韓國의 大衆서사 嗜好와 享有方式의 한 단면」(『精神文化研究』三六号、韓國学中央研究院、二〇一三年)。

参考文献

黄鍾淵「文學이라는 譯語：「文學이란 何오」혹은 韓國 近代文學論의 成立에 관한 考察」（文學史와 批評學会『文學史와 批評』第六集、一九九九年）
權보드래『韓國近代小說의 起源』（소명出版、二〇〇〇年）
全祐亨『植民地朝鮮의 映画小說』（소명出版、二〇一四年）
千政煥『近代의 책읽기』（푸른歷史、二〇〇三年）
金榮敏『韓國의 近代新聞과 近代小說』一―三（소명出版、二〇〇六～二〇一四年）

コラム４　教育における国語・国文学：①日本

近代文学研究はいかにして高等教育に進出したのか？

石川　巧

東京専門学校（現早稲田大学・明治二十三年九月創設）の教壇に立った坪内逍遥や島村抱月がそうであるように、明治期の高等教育機関（旧制の大学、専門学校、高等学校）における近代文学の講義では、実作者が創作の方法を講じる形式が主だった。文学理論に関しても翻訳能力を有する研究者が海外の文芸思潮を概括するものが多かった。講義に用いられるテキストは明治以降の名文を幅広く所収した読本や美文集であり、文章表現の便覧や文範として使われるだけだった。

大正三年には石山徹郎が「東大卒業論文では現代文学を扱った最初」（『日本近代文学大事典』講談社・昭和五十二年十一月）といわれる「夏目漱石論」を提出し、東京帝国大学で近代文学を専攻することが可能になる。石山はその後、旧制中学校、「万朝報」記者などを経て大正九年に北海道帝国大学予科講師に就任しているため、大正九年は近代文学研究者が初めて帝国大学のポストを獲得した年として記憶されてよい。

大正十二年には、東京帝国大学在学中に大塚保治の薫陶を受け、芸術や美学といった精神文化を包括する「文芸」という概念を提唱した岡崎義恵が東北帝国大学助教授に就任し、山田孝雄、阿部次郎、太田正雄（木下杢太郎）、小宮豊隆、土居光知との交流を経て日本文芸学の理論を体系化していく。関東大震災を経て出版メディアが急速に拡大した大正末期以降は、新感覚派からプロレタリア文学運動まで多様かつ清新な文学表現が登場する。昭和二年には岩波文庫が創刊され、近代文学の名作が手に入りやすくなる。

それと同じ時期、東京帝国大学文学部国文学科の卒業生に近代文学研究を志す一群が現れる。湯地孝、片岡良一、塩田良平、成瀬正勝、福田清人、坂本浩、本多秋五、吉田精一、高田瑞穂などがその面々である。

こうした潮流とともに、近代文学を教える人材を育成するための教科書が編まれるようになる。その嚆矢は芳賀矢一編『国文学歴代選 現代篇』（文会堂、大正九年）と垣内松三編『国文学大系 現代文学』（尚文堂、大正十年）にある。福沢諭吉「学問」、坪内逍遥「小説の種類」にはじまり、小説、詩などの名文を収録した『国文学歴代選 現代篇』は、「緒言」に「明治以後の国文学の変遷を歴史的に知り得る津梁ともなり、散文界韻文界各方面の概観を得るの階梯ともならば編者の望は乃ち足るのである」とある通り、明治以降の文学に特化されている。全編で四九九頁あり値段も「参圓五拾銭」と高額だが、久松潜一をして「近代の国文学を確立したのは芳賀矢一博士である」（藤岡東圃と国文学」、『年々去来』広済堂出版、昭和四十二年）と言わしめるほど影響力をもっていた芳賀矢一の著書であり、「明治以後の国文学の変遷」を歴史的に辿るという汎用性を備えている点において、同書は教材としても大きな価値をもっていたと思われる。

一方の垣内松三編『国文学大系　現代文学』は、「例言」に「編纂趣旨の大要」を記すなど、教科書としての目的意識がより鮮明になっている。芳賀矢一と同じ東京帝国大学文学部国文科に所属し、講師として教壇に立っていた垣内松三は、大正八年のヨーロッパ外遊のあと同校を辞し、翌年から東京高等師範学校講師になっている。本来は古典文学研究者だが、同校に移ってからは国文学集叢書『国語の力』（不老閣書房、大正十一年）を著して国語教育学の基礎を築くとともに、文献学と文芸学の融合という立場から解釈における形式的理解と内容的理解を統一する形象理論を唱え、風土・歴史・生活を結晶させた国民言語文化という概念を用いて旧来の訓詁注釈主義や修身的な教化思想を退けた。

もうひとつの要因として重要なのは、大正十三年から三年間、東京帝国大学で古代、中世、近世の「日本文学評論史」を講義した久松潜一が、最終年度の昭和二年に「最近世篇」（近代）を取りあげ、自らの通史を完成させるとともに、国文学という学問がいまここに生きる私たちとどのような接点をもつのかを探究したことである。文学研究を三つの層に分類し、文学性の探求（第一構造）、歴史・社会・民族・風土といった地盤や周辺との関連研究（第二構造）、文献・伝承などの資料研究（第三構造）を有機的に統合することを提唱した久松潜一の方法と実践は人気を呼び、翌昭和三年〜六年にかけて同じ講義が反復されるとともに、講義の内容が『日本文学評論史』古代・中世篇、近世・最近世篇、総論・歌論篇（至文堂、昭和十一年〜昭和十三年）、『明治文学序説』（藤村作との共著、山海堂出版部、昭和七年）として刊行される。『明治文学序説』の巻末に収録された吉田精一・廣田榮太郎編「明治文学史年表」は、その後、近代文学研究を体系化するための基礎資料として活用される。

久松潜一の講義は、東京帝国大学が近代文学という学問を正式に承認する画期になると同時に、そこから巣立っていく研究者に理論的な支柱を与える出来事にもなった。のちに吉田精一は、「近代文学の研究は、大体この前後から形を成したといい得る。あたかも大正末、昭和初年が、明治大正文学の決算期にあたり、「現代日本文学全集」（改造社）「明治大正文学全集」（春陽堂）「明治文化全集」（日本評論社）などがぞく〳〵出て、研究にも便利になったこと、本間久雄氏主宰の「早稲田文学」に明治文化、明治文学の回顧の特集が相ついだこと、マルクシズムがようやく盛になり、その立場からの「日本資本主義発達史講座」（岩波書店）が大きな反響をよんだこと、などが、この期の近代文学研究熱をあおったといい得る」（「久松先生と近代文学研究」、「国語と国文学」昭和五十一年七月）と述懐している。

近代文学はここに至って漸く国文学という学問の一領域に加わることを許される。昭和七年には片岡良一、湯地孝、塩田良平、舟橋聖一、成瀬正勝、福田清人、神西清らが中心となって明治文学会（名誉会員／東京帝国大学教授・藤村作、久松潜一、橋本進吉、志田義秀、賛助員／宮武外骨、斎藤昌三、柳田泉、会員一二〇名）が設立され、雑誌「国語と国文学」、「月刊日本文学」が創刊される。自然主義、現代文学、現代俳句などの分科会活動、講演会の企画などを通じて近代文学研究のあり方が問われるようになる。

当初、同会の幹事役を務めていた神西清は、会員資格に明治文学の研究者であることを掲げる明治文学会の閉鎖性に反発し、明治文学談話会を組織して雑誌「明治文学研究」を発行する。明治文学談話会には、明治文化研究会の同人である柳田泉、木村毅、斎藤昌三、蛯原八郎、気鋭の評論家・山室静、土方定一が加わり、林房雄、山田清三郎、佐々木孝丸、秋田雨雀なども顔を出した。東京帝国大学出身者を中心とする明治文学会がアカデミズムに固執したのに対して、明治文学談話会は自由で開かれた研究会活動を原則とし、反ファシズムの立場から文化運動を展開した。

二つの研究会は考証上の議論や論争を繰り広げながら切磋琢磨し、近代文学研究における実証主義を確立させる。戦時期の中断はあったものの、一九五一年には吉田精一の発案により近代日本文学会（のち日本近代文学会と改称）が発足し、大学等の高等教育機関で日本近代文学を講じる研究者が集う学術団体としての活動を開始する。また、一九六三年には日本近代文学の普及と資料の保存、調査研究を目的とする近代文学館が開館し研究環境が整備される。高度経済成長期には全国に文学部国文学科が数多く誕生し、研究者の需要も高まる。日本の近代文学研究はこうした蓄積を経て、現在では日本近代文学会会員だけでも一六〇〇名以上の研究者を擁するまでに至っている。

附記　本稿は拙稿「戦前における〈近代文学〉の教科書」（『日本文学』平成二十六年一月）の一、二章をもとに書き直したものである。

コラム4　教育における国語・国文学：②中国

「国文」「国語」から「語文」へ

王　風
（陳　琦訳）

現代中国語における「国語」「国文」という言葉は、実は和製漢語由来である。歴史上の「国語」という言葉は、一般的には北方の遊牧狩猟民族が、中原に進出して統治権を得た後の自民族の言語に対する呼称だった。早くは北魏から近くは金・元まで、漢民族の人に「夷語」「胡語」と呼ばれた自民族の言語を、彼らはいずれも「国語」と称した。一方、元のように文字を新たに作り出した場合、その文字は「国書」と呼ばれた。清の時代には、満民族が自民族の言語・文字を「国語」「国書」、漢民族の言語・文字を「漢語」「漢文」と称したが、こういった区別は自らの政権の合法性を主張する手段だと考えられる。

十九世紀末〜二十世紀初になると、中国の教育体制は極めて激しい変化を遂げた。一三〇〇年間にわたって行われてきた科挙制がもはや継続できず、日本の学制を手本に海外の教育制度が中国に導入され、和製漢語である「国語」「国文学」「国文」などの科目名も翻訳文章において現れ始めた。ただし、当初そういった和製漢語の出現は、中国語の文章においてかなり慎ましく控えられていた。例えば、梁啓超《りょうけいちょう》は日本の師範学校の学科目を紹介した際には、特に「国語」の下に「倭文倭語を謂う」と注釈をつけた[1]。そして、庚子事変以降、各公式文章における「国文」「国語」に関わる箇所は、いずれも「詞章」「官話」「中国文学」「中国文辞」などの言葉に書き換えられた。

宣統年間になると、立憲運動に伴い新たに設立された資政院による中国語のピンイン化に関する各文書に、「国語」という言葉が頻繁に現れたが、それは満民族の言語ではなく漢民族の言語を指していた。清末のピンイン化運動が民国二年（一九一三）まで続くと、読音統一会が「国音文字」を定め、まず音韻レベルで「国語」の統一を遂げた。(2)

一方、当時の「国文」という言葉は、「国語」とは関係がなかった。民国元年、教育部が「近世文」の教授を最初にすると強調していたが、実際の学校教育においては基本的に桐城《とうじょう》派「古文」が支配的であるという清末以来の局面が維持された上で、ある程度の詩賦が加わるだけだった。また、「近世文」といっても大体は当時の「報章文字」（新聞・雑誌文体）で、現在の視点から見ると卑近な文言にすぎない。(3)古典白話の場合、千年もの歴史があるにも関わらず、教授対象としては取り上げられなかった。

一九一六～一九一七年、「国語運動」と「文学革命」がおおよそ同じ時期に展開された。「国語運動」の本部は北洋政府教育部にあり、その目標は小中学校教育に「国語」を全面的に導入するところにあった。一方、「文学革命」の本部は北京大学の『新青年』にあり、文学創作で文言を白話に取り換えることに主眼を置いた。この二つの運動は、最初は互いに関わりがなかったが、その後蔡元培《さいげんばい》を介して連絡をとった。胡適、魯迅、周作人などの作家たちは、短い間でかつてなかった白話作品を数々と発表し、「人の文学」という概念を中心に「新文学」の伝統を立て始めた。一方、黎錦熙《れいきんき》らが推進した「国語運動」も数年後、成功を収めた。一九二〇年一月、教育部が全国に法令を発し、「本年度秋より、言文一致の効果を収めることを期すため、全ての国民学校一・二年は、国文を語体文に改める」と定めた。四月、教育部はまた、一九二二年までに文言で編成される教科書をすべて廃止する令を告示した。(4)

法令は直ちに変化を引き起こした。同年、商務印書館が『新体国語教科書』八冊を刊行し、追って『中等学校用白話文範』四冊を出版した。その時期の中学校教科書では、文言作品以外、白話作品もある程度の紙幅を割いていた。また、それらの白話作品のうち、文学作家が公開して間もない作品が、時間が経つにつれてより多くの割合を占めるようになっていった。

例えば、二〇年代の中学校教科書の白話作品において、梁啓超の作品が最も多く採択されており、胡適、蔡元培、周作人らと同じレベルだった。しかし三〇年代になると、彼の作品はもはやなくなっており、代わりに周作人、胡適、魯迅、朱自《しゅじ》清《せい》、葉紹鈞《ようしょうきん》らの作品が多く登場し、新文学作品が白話「正統」として支配的な地位を得た。また、各作家の文学史上の位置付けや、政治的傾向の変化なども、作品の採択に影響を与えた。「一九二〇年代に採択された魯迅の作品数は周作人、胡適らには及ばなかったが、三〇年代になるとすでに周作人と同数になり、反対に胡適の数は大幅に減少した。四〇年代になると、周作人の作品は教科書からなくなり、胡適の作品は少数の訳作を除けばほとんど見られなくなった。一方、魯迅は一躍して最も頻繁に登場する作家となった」[5]。胡適の作品の減少は、彼の作品がもはや以前のような大きな影響力を持っていないことに関係するが、周作人の作品が突然消えたのは、おそらく日中戦争時の彼の「落水」が原因であろう。魯迅の場合には、彼が採択された作品は『吶喊《とっかん》』など古典的著作とされる前期のものに集中し、「左転」以降の後期作品は多くなかった。

小中学校での「国語」教育の優勢に比べると、民国時代の新文学の大学進出は困難を極める一方だった。早くは一九二二年に、周作人は創立されたばかりの燕京大学に入り、国文系の現代文学組の組長として新文学科目を開設したが、それは当時の学長ジョン・レイトン・スチュアートの一存にすぎなかった[6]。その後の一九二九年、朱自清、楊振聲《ようしんせい》はついに清華大学の中文系で「中国新文学研究」や「新文学習作」などの科目を開設したが、それは当時の学長羅家倫《らかりん》が新文化運動の策士だったことと、楊振聲が清華大学文科系の実権を握っていたことに関係すると考えられる。また、一九三六年に廃名が北京大学で「現代文芸」を開設したことも、当時の文学院院長兼国文系主任である胡適の指示だった。つまり、これらの科目の開設は、いずれも具体的な人事上の要因が絡んでいた。また、三〇年代に他大学で開設されたわずかな新文学科目にせよ、四〇年代に西南聯合大学で沈《しん》従文《じゅうぶん》によって開設された新文学習作を含めた諸科目にせよ、いずれも必須科目ではなかった。(7) 要するに、高等教育体系での古典文学の位置付けに比べると、新文学は非常に周辺的なものだった。

　しかし、こういった状況は一九四九年以降の中国大陸で一転した。公式イデオロギーの影響を受け、新文学は文芸学や民間文学とともに、極めて重要な中心科目となった。ただし、その性質に対する説明には、言うまでもなく事前に制約を設ける必要があった。一九五一年の『「中国新文学史」学習指導要領（初稿）』には、「新文学は『白話文学』『国語文学』『人の文学』『庶民の文学』などではない」、「新文学は新民主主義の文学である」という記述があった。このように、「新文学」は毛沢東の『新民主主義論』の文学的注釈となった。(8) なお、文学史上の諸作家の位置付けについても、「魯郭茅巴老曹」という定められた順序に従わなければならず、それ以外にもまたプロレタリアート（無産階級）、プチブルジョワ（小市民階級）、反革命分子、「漢奸」などの区別があった。無論、各政治運動の進展に伴い、より多くの作家が粛清され、文学史の記述から除外されていったが、文化大革命になると残った作家は魯迅だけになった。

　文革以降になると、逆にそれまでと反対のプロセスが起きた。「魯郭茅巴老曹」という順序はまだ保たれていたが、彼らの作品に対する具体的な評価がすでに以前と異なっていた。郁達夫《いくたつふ》、丁玲《ていれい》、沈従文、胡風《こふう》、周作人、銭鍾書《せんしょうしょ》、張愛玲《ちょうあいれい》などの作家も、次々と文学史の記述へ帰還した。そのうち、おそらく魯迅、周作人、沈従文、張愛玲が最も読まれた対象であっただろう。

　一方、小中学校の教科書での新文学の選別の過程は、上述の状況に類似していたがより厳しいものだった。一九五〇年、「国語」「国文」という二つの概念が取り消され、併せて「語文」と改称された。この科目が語学研修、文学鑑賞、イデオロギーの規範化など、多くの役割を担っていたため、材料となる文章の選別は非常に繁雑かつ慎重な作業だった。採択されたものは、魯迅以外の作品すべてに対して部分削除や内容変更の作業が細かく行われた。また、粛清された作家の作品も、早々と外していかなければならなかった。文化大革命の時期は、「魯迅を読め」という毛沢東の「最高指示」があったため、教科書の中の魯迅は最も重要な存在であり、その作品への解釈も政治上の要求に応えるものとして必要だった。その一方、魯迅の作品が当時唯一流通可能な新文学の読み物だったため、庶民の間で自由に読まれ、人々の自己啓蒙の材料ともなった。

文化大革命以降、多くの新文学作家の作品が教科書の材料として採択されるようになったが、周作人、張愛玲らは「漢奸」と視られたもしくは疑われたため依然として考慮の外に置かれた。その多くの作家の中で最も影響力が大きかったのは、やはり魯迅だった。四〇年代の延安時期から、教科書での魯迅は毛沢東を除けば常に第一位の存在だった。ただし、彼の作品への選別や解釈は、社会情勢とともに絶え間のない変化の中にあった。もしそれを細かく整理することができれば、この半世紀における中国大陸の政治、思想ないし外交、「統一戦線」上の変化が、すべて明らかになるだろう。なお、ここ数十年で、教科書での魯迅の作品の数が減る一方で、硬直化した教育体制が引き起こした反感により魯迅の作品へ敵対する者も続々と増えてきている。その一方、魯迅の作品の採択数の増減が幾度となく国民全体の議論になることも、彼が極めて巨大な存在であることを反映している。

注

（1）梁啓超「論学校四（変法通議三之四）・師範学校」（『時務報』第十五冊、光緒二十二年（一八九六）十一月十五日）。

（2）王風「晩清拼音化運動与白話文運動催発的国語思潮」（『世運推移与文章興替――中国近代文学論集』北京大学出版社、二〇一五年版）。

（3）陳爾杰「「古文」怎様成為「国文」」『中国現代文学研究叢刊』二〇一二年第二期。

（4）王風「国語運動与文学革命之関係」（『世運推移与文章興替――中国近代文学論集』北京大学出版社、二〇一五年版）。

（5）李斌「魯迅作品在民国中学教材中的位置与功能」（『中国現代文学論叢』第一〇巻第二期）。

（6）胡楠「文学教育与知識生産：周作人在燕京大学（1922―1931）」（『現代中文学刊』二〇一四年第一期）。

（7）張傳敏「民国時期的大学新文学課程」（『新文学史料』二〇〇八年第二期）。

（8）王風「為什麼要有近代文学」（『世運推移与文章興替――中国近代文学論集』北京大学出版社、二〇一五年版）。

コラム4　教育における国語・国文学：③韓国

教科書にみる近代の韓国語と韓国文学

崔　賢植
（金　昭賢訳）

　一八九四年の甲午改革（近代国家樹立を目標に朝鮮王朝の近代的革新を宣布した改革運動）は、教育における韓国語文学に重大な結果をもたらした。朝鮮王朝が「ハングル」を国を代表する公式文字として宣布したからである。従来の支配階層において「真文」は「漢文」であったため、あらゆる著作行為はほとんど漢文で行われた。一方、世宗《セジョン》（朝鮮の第四代国王。在位：一四一八〜一四五〇）が創製した訓民正音《フンミンジョンウム》、すなわちハングルは、「諺文《オンムン》」という差別的名称で呼ばれ、宮中の女性や中人層の実用語と文学語で活用される程度であった。「ハングル」を国家語として位置付けることは、それを「母国語」とすることである。これは、口語としての「韓国語」と、文語としての「ハングル」の統合、つまり民族語文上の「言文一致」成立を意味するもので、ここから韓国語文学の近代化が本格的に始まることとなる。

　朝鮮王朝（一三九二〜一八九七）を継ぐ大韓帝国（一八九七〜一九一〇）は、民族語・国家語としての韓国語とハングルの教育を重要課題に設定して、各種学校の設立と教科書編纂に力を注いだ。その結果、日本の『高等小学読本』（一八八八）を底本にしたものであるが、最初の韓国語教科書とされる『国民小学校読本』（一八九五）が発刊された。これは、国家意識を高揚させ近代国民を養成するため、自国民族の歴史や地理、文化や偉人のみならず、世界におけるそれらの解説も行われた。このような教科書の編纂は、自主独立と文明開化を目指す大韓帝国の意志のあらわれであった。

ところが、大韓帝国（植民地となって以後は「朝鮮」に格下げされる）に対する大日本帝国（以下、日帝と略称する）の支配統治、いわゆる植民地が始まった一九一〇年から状況は急変する。日帝は日本語を国語とし、朝鮮語を日常会話や実用文程度に降格させた。植民地教育は、日本語を必修科目に、朝鮮語を随意科目に指定して、日本語と朝鮮語の教育を差別的に実行した。さらに一九三〇年代後半には、内鮮一体と皇国臣民化のもと、朝鮮人を太平洋戦争の総力戦に動員するため、朝鮮総督府の恣意的な朝鮮語抹殺政策が行われた。学校での朝鮮語授業を廃止するとともに、朝鮮語の新聞と雑誌を廃刊し、日常における朝鮮語の常用をも禁止するまでに至った。

日帝の朝鮮語文学に対する教育と統制の本質を把握するためには、朝鮮総督府の発刊した『国語読本』、『朝鮮語読本』、『朝鮮語及漢文読本』、『修身書』に注目すべきである。日帝の朝鮮人教育は、日本と同じく天皇と国家に忠誠である「忠良な臣民」の育成、すなわち内鮮一体と皇国臣民化を目標にした。そのため、上記の教科書の内容は、朝鮮の自然環境や歴史文化、言語文学よりも、万世一系の天皇家の説明と称賛を筆頭に、日本の歴史伝統や文化文明の自慢、帝国膨張のための戦争叙事と戦争英雄の紹介、内鮮一体の正当性などの宣伝と啓蒙に焦点を当てた。植民地朝鮮人の教育は、一等国（日本）の言語・文化・歴史を知ることによって、二等国（朝鮮）の啓蒙と統治、要するに日本の植民地支配に順応する「被植民人」養成を目指すものであったのである。

さて、このような植民地支配に、朝鮮の人々は無気力に順応したのであろうか。勿論そうではない。暴圧的な日帝の武断政治に反発して起きた三・一独立運動（一九一九年三月一日）により文化統治へ支配政策が変換され、それは文化の継承と復興に多大に寄与する結果を残した。具体例として、数種の朝鮮語の新聞と雑誌の発刊、およびそれに伴う朝鮮語文の活発な展開、国土巡礼運動による「朝鮮心」の探求と価値化運動、朝鮮の農民と労働者のための「ヴ・ナロード（Vnarod）運動」などがある。また、日帝の植民地主義的な言語政策と支配に対して、朝鮮の多くの国語学者や文学者は、朝鮮語の継承と保存、研究と近代化、朝鮮語での詩と小説の創作に勤しむことによって、現在の民族語であり、将来の国家語としての朝鮮語の位相と価値を高めようとした。しかし、このような活動は朝鮮総督府の厳しい監視と処罰の対象となって、一九四二年には朝鮮語の探求と発展に力を注いだ「朝鮮語学会」の会員三十三人が検挙投獄され、何人かが獄死した。

一九四五年八月に日帝の敗戦によって訪れた独立とともに、韓国語文学者は、新しい国民国家の建設、すなわち国民生活の安定と民族文化の持続的発展、民主主義体制の建立という基本方向を設定した。社会主義志向の左派は、まず日帝残滓の掃蕩、次に封建主義残滓の清算、さらに国粋主義の排斥に焦点を当てた。右派は、左派の主張に消極的に同調しつつ、階級思想を超越した民族単位のヒューマニズムの追求、民族魂と伝統継承のための民族意識の鼓吹、世界文化に寄与する民族文化の建設を強調した。

一九四〇年代後半の左右派の文化政策、とくに一九四八年の南北分断体制成立以後の右派のそれは、将来の民族文化建設と韓国語文化教育において理念的・方法的な根幹をなした。例えば二〇〇七年「国語科教育課程」の目標である「国語教科は韓国人の生き方に馴染んでいる国語を創造的に駆使する能力と態度を養って、国語を正確かつ効果的に使うようにして、未来志向の民族意識と健全な国民情緒を涵養し、国語の発展と国語文化の暢達に資する」ようにという言葉は、独立当時の右派の文化的理念と方法を余すところなく継承している。これに反して左派の主張は、保守右翼政権の弾圧に長らく苦しめられた。幸い一九七〇年代以後、階級意識に目覚めた労働者や農民、良心的な市民と進歩的な知識人らの連帯と成長に支えられて、左派の影響力は次第に回復・拡張されてきた。

このような事実をふまえ、独立後の韓国における『国語』教科の成立と変遷、理念的・文化的な影響力の推移を探ってみよう。まず、韓国における『国語』教科の範疇と内容である。『国語』は韓国語とハングル、古典文学と現代文学、実用文と芸術文など、「韓国人の言語生活」全般を包括する。これを通じて「韓国的なもの」の本質と役割、その価値と意味を発掘・伝播してきた。中・高校での『国語』を中心に、話す・聞く・読む・書くの各領域を特化した、『話法と読書』・『文法』・『文学』・『作文』に細分化して教育する理由もこれと連関する。

韓国語とハングルは、互いに対立・葛藤した「朝鮮総督府」と「朝鮮語学会」の政策により国語正書法や標準語定立を目指す近代化に突入した。しかし、植民地統治を効率的に進めるために朝鮮語政策を調律・随行した朝鮮総督府の文化権力は、「民族魂」の昂揚と表現に重点をおいた「朝鮮語学会」を緻密に牽制した。そのため、「韓国的なもの」の発明と伝播、伝統の継承と価値化など、その実質的な目標と効果は得難かった。

よって、独立後の〈国語〉における日帝残滓の清算と民族語の定立のため、第一に、中国と日本の漢文脈の相対化およびハングルと漢文の混用を越えるハングル専用、第二に、普遍的かつ具体的な言語としての「韓国語」の定義と確立が唱えられた。ここで言う普遍と具体を併せる「韓国語」とは、韓国を背景にする「国家語」および世界や国土のどこにおいても通用可能な「標準語」としての条件を満たす言語を意味する。これは韓国語の中の日本語の残滓の消去と英語の肥大化の抑制を含む。このようなハングルと標準語中心の「国語」政策は、「ハングル正書法」と「外来語表記法」などいくつかの変化を除いて、現在においても『国語』教育の核心である。

近代以前の韓国文学を通称する〈古典文学〉は、民族文化の起源とアイデンティティの探求、「韓国的なもの」の伝統と優秀さを明かすことに重点をおく。『国語』において、漢文学の影響の強い漢詩と漢文小説の収録が大幅に減少された理由はここにある。一方、下層階級の嗜んだ詩歌と散文が、教育と読書に必要な正典として新しい価値を得た。これらは吏読《イドゥ》や郷札《ヒャンチャル》（漢字の音と訓を用いて韓国固有語を当て字によって書き表した文、また、その表記法）、ハングルなどで書かれたので、極めて重要な民族的価値と意味をもつ。郷歌《ヒャンガ》（新羅の中期から高麗の初期まで民間に広く流行した韓国固有の詩歌）と高麗歌謡、時調《シジョ》と民謡、パンソリ（朝鮮後期、太鼓伴奏による韓国固有の語り物の歌唱）とタルチュム（仮面舞踊劇）、パンソリ系小説と英雄小説などが該当する。

ところで、当代の国民生活の理解と感情表現に密接に関わった〈現代文学〉はどうであったろうか。現代文学は韻文と散文を問わず、独立後の体制変化と理念選択による利益と弊害をもっとも大きく味わった領域であった。

第一に、「日帝残滓の清算」と「反日」というモットーにしたがって親日文人の作品が長い間排除・破棄された。その反面、日帝に対する抵抗心と朝鮮魂の崇高さを称えた作家・作品は、民族精神の啓発と国民意識強化用の読書資料として『国語』の核心部を占めた。

第二に、植民地時代のKAPF（朝鮮プロレタリア芸術同盟）に参画したり、独立後に越北（通称北朝鮮（朝鮮民主主義人民共和国）の政治体制に共鳴して、韓国側から軍事境界線（三十八度線）を越えて北に行くこと）した作家の作品も南北分断とともに、教科書と出版界から全面退出・禁止された。ところが、一九八八年七月の民主化運動による解禁措置以後、植民地の実情を見事に描いた「奪われた作品」は、国民のものとして復権された。さらに、二〇一〇年に『国語』の発行体制が国定から（民間による）検定に転換され、教育と読書の機会がより広がった。

第三に、「政治と理念の発話」禁止は、韓国文学において普遍的な生き方と理想的な自然の礼賛、民族共同体の価値強化、文化的伝統の伝播を核心主題として引き上げた。これらは一九六八年朴《パク》正熙《チョンヒ》政権（クーデターによる軍事政権。一九六三〜一九七九）により公布され、一九九四年まで教科書の初頁に記された「国民教育憲章」の主張と等価関係をなす。民族主体性の確立、伝統と進歩の調和による新文化の創造、個人と国家の一体感による民主福祉国家の建設などがそれである。

しかし、四月革命（一九六〇年四月）を筆頭とする反独裁民衆革命や、光州事件（一九八〇年五月）に代表される軍事政権反対闘争（一九七〇〜八〇年代）は、支配階層の空虚な理想とは異なる人間らしい生き方のための自由と平等の価値を渇望してやまなかったことを立証する。つまり、韓国は「民族中興」と「人類共栄」に資する完美な国家像に依然として達しない状態であって、切実な欲望として「よりよい生き方」を求めざるをえない状況におかれたのである。現在韓国における国家と国民の理想的な発展および統合は、これまでの改善点を認めるにしても、今もなお望まれ、必ず勝ち取るべき目標である。

参考文献
尹汝卓ほか『國語教育100年史』（ソウル大學出版部、二〇〇六年）
姜珍浩ほか『國語教科書와 국가 이데올로기』（글누림、二〇〇七年）
姜珍浩ほか『朝鮮語讀本과 國語文化』（제이앤씨、二〇一一年）
金順槇ほか『植民地朝鮮 만들기』（제이앤씨、二〇一二年）
柳壬夏ほか『近代國語教科書를 읽는다』（景進出版、二〇一五年）

第三部

【現代の「文学」】

――文学の現在と人「文」の将来

序章

Wiebke DENECKE　河野貴美子

一　現代の「文学」

第三部は、【現代の「文学」】――文学の現在と人「文」の将来」と題して、戦後現代の日本および東アジアの「文学」の問題と未来を史学、哲学も含み展望するものである。

十九世紀末からほぼ約半世紀の間、日本はアジアの中心的存在であった。そして一九四五年八月十五日の敗戦は、中国、韓国のみならず全アジアの局面を大きく転換させた。

国際社会の情勢が大きくうねり動いていく中で、文学はいかなるものとしてあったのか。小説を中心とする現代の文学は、政治思想、社会的イデオロギーと、あるいは奥深く絡み合いながら、またあるいはそれらとは距離を置く態度をとりながら、さまざまな言説を作りだし、残してきた。国家、社会、政治の現実、思想から、家庭や個人の生活、心に至るまで、文学はさまざまな対象と関わってきたわけであるが、日本においてはいわゆる国民国家の形成に作用するものとしての文学が消えゆく一方、韓国や中国においては二十世紀後半にも「民族精神」と不可分のものたる役割を文学が担ってきたことは、改めて注意すべきことがらであろう。

二　文学賞の「権威」

文学の機能が「現実」の作用と乖離するものと捉えられがちな現代において、国家や社会における文学の存在感を俄然注目させるものに、文学賞がある。

日本国内では、一九三五年から創設された芥川賞と直木賞があるが、これらがそれぞれ純文学と大衆文学を対象とするものであることは、そうした文学に対する社会の認知や尊崇のバロメーターとして興味深い。

一方、国際的な賞についてみるならば、とりわけ、ノーベル文学賞に対する盲目的な「崇拝」は、東アジアの文学がなお西洋中心主義的な価値に支配されていることを示してはいないか。タゴールがノーベル文学賞を受賞（一九一三年）して以後、とりわけ中国ではノーベル文学賞を求める気運が高く、しかしながら受賞時（二〇〇〇年）フランス国籍を取得していた高行健は中国の受賞としては受け入れられず、「最初」の中国人ノーベル文学賞作家は、莫言（二〇一二年受賞）の出現を待つこととなった。日本はいうまでもなく、川端康成（一九六八年）と大江健三郎（一九九四年）の受賞があったが、川端と大江の東アジアにおける知名度の高さは、東アジアがやはりノーベル文学賞の「権威」下にあることを物語っていよう。

また、近年の興味深い現象として、イギリスで高い評判を伴うものとして知られるブッカー賞に英語に翻訳された作品を対象とする国際賞（Man Booker International Prize）が設けられ（二〇〇五年）、二〇一六年には韓国の女性作家韓江《ハン・ガン》の『菜食主義者』が当該賞を受賞した。ドイツ語での創作が高い評価を得ている多和田葉子など、東アジアの域を超えた文学の多言語化は、現代の一つの大きな特徴をなすものといってよかろう。

三　コンピューター、スマートフォン、ＡＩ

文学を取り巻く現在の状況についていうならば、コンピューターやスマートフォンという新たなメディア環境を無視することは到底できない。これまで長い間、文に携わる人びとにとっては必需品であった筆、ペン、紙は、急激にその役目を奪われている。今や文は、書かれる（打たれる）と同時に全世界を駆け巡る。人類がかつて経験したことのないスピードで、ありとあらゆる文が地球上を飛び交っている。

そしてさらには、ＡＩがある。音声のみならず、ＡＩは文の書き手ともなり、発信することが可能となっている。コンピューターやスマートフォンというメディア、そしてＡＩは、新たなことばや文体をも次々と生み出しているのである。

また、こうした新しいメディアと「文」との関係を考えるとき、興味深いのはデータベースの存在である。現代の最新技術は、新しい「文」を生み出すばかりではなく、過去の「文」の蓄積の方法をも劇的に変えた。コンピューターやインターネットは、過去の「文」に到達するための所要時間をも極端にスピード化し縮めた。そのような状況は、「文」のどのような未来を作りだしていくのだろうか。

四　ポップカルチャーの商品化

現在の東アジアで多くの読者を獲得している文学は、いわゆるケータイ小説やライトノベルなど、エンターテインメントとしての作品であろう。それらは、スピーディに次から次へと現れ、消費されていく。マンガやアニメも同様の、ヒット商品である。こうしたいわゆるポップカルチャーもまた、今や「文」や「文学」のありようを考えるうえで決して軽視することなどはできない、現代社会の大きな現象である。これまでの「文学史」において、我々は幾度にもわたり、俗文学を生み出し、ときにそれを批判しつつも、「文」の体系の中に取り込んできたのである。

また興味深いのは、現在、こうした大衆文化、サブカルチャーこそが、「クール・ジャパン」や「韓流」といった名のもとに、「国家」を代表する文化としての役割を与えられていることである。日本では二〇一〇年に経済産業省に「クール・ジャパン海外戦略室」が創設され、二〇一七年には「クール・ジャパン政策課」と改称して、マンガやアニメを含む日本の生活文化を「コンテンツ」として海外に売り込んでいる。また韓国では、それに先立つ二〇〇一年に政府機関として「韓国コンテンツ振興院」が設立され、韓流文化の海外市場進出を支援、推進している。サブカルチャーは社会の体制とは乖離したもの、あるいは体制に対して批判的なものであるとの通念とは裏腹に、いまやサブカルチャーが国の文化を背負うものとなっている。かつての「文学」にかわり、「文化」が現代ナショナリズムの確立に寄与貢献している構図となっているのである。しかし果たしてこうした「カルチャー」や、それらを支える新しいメディアは、かつての「文」学や「文学」を継承し請け負うものとなるのか否か、いままたパラダイムチェンジが起こりつつあるのか、それを見極めるためにはいましばらく時間が必要であろう。

五　「近代の終焉」ならぬ「未来の始まり」を見据えて

本シリーズの第一冊『「文」の環境――「文学」以前』では、主として古代から中世を、第二冊『「文」と人びと――継承と断絶』では近世までを、そしてこの第三冊では近世から現代までの「文」から「文学」への歩みをたどってきた。

中心的な課題として掲げたのは、かつて東アジアに共有されてきた「文」の概念と知の体系がいかなるものであったのか、そしてそれがいかなる変化、変容の過程を経てきたものかを見返しつつ、現在そして未来の知のありようを見据えていく、ということであった。

本シリーズ第一冊冒頭の序言には、現在「人文学の危機」ということが盛んに叫ばれていることを取り上げ、しかしその「人文学」とは果たして何かということが実は明確ではないこと、そして、近代以降急速に忘れ去られてしまった「文」の概念と知の体系を捉えなおしたうえで、現在の危機をむしろ画期として「文学史」を書き替える時期に来ているのではないかという問題提起を行った。例えば早く二〇〇五年には柄谷行人の『近代文学の終り』（岩波書店）が刊行され、また昨年（二〇一八年）は John Treat の *The Rise and Fall of Modern Japanese Literature* (The University of Chicago Press) が刊行された。「近代文学」が終焉を迎えているとするならば、今後の未来を本書が提示する「文 "letterature"」をキーワードに再構築していくことはできないだろうか。

戦後から現在に至る「文」の状況や知の体系のありようをみると、一つの大きな問題は、かつて総合的な「人文知」としてあった「文」の概念が解体された後、新たに立ち上がった哲・史・文を柱とする「人文学」の枠組みへの批判的反省が十分行われてこなかったことではないか。教育の場における科目や学科編制から、専門的な学会組織、学術機構まで、組織体制や仕組みへの思考は不断に行われてきてはいるものの、人びとと社会の根幹を支える「知」の基盤とその体系は、危機といわれるいまこそ、みすみすそれを無きものにしてしまうのではなく、根本的な改革があってもよいのではなかろうか。

例えば、日本において科学研究費に申請する場合には、「分野」を指定しなければならない。領域横断的なプロジェクトを申請する仕組みももちろん設けられてはいるが、細分化された学問の体系はそこに象徴的なものとして存在する。学問の体系や枠組みは、大学から小学校に至る教育の制度とも不可分であり、容易には改革できない。しかしながら、「人文学の危機」は、やがて専門的な学問世界のみならず、社会全体の「知」のありようを変更、変容させていくはずである。それをいかにコントロールすべきであろうか。

また本書がもう一つ問題意識として掲げたのは、日本の「文」が、東アジアの「文」の世界と並行して歩んできたものであることへの再認識の必要性である。漢字漢文を取り入れたことにより育まれた日本のことばと知は、東アジアのことばや知と切り離しては考えられない。一方、グローバル化が盛んに唱えられている現在、日本では「日本学」、中国では「中国学」をいかに国際化していくかという命題が課されているが、そこには「東アジア学」といった観点がさらに必要ではないか。例えば中国においては、「中国学」が「漢学」、あるいは「国学」と称され、国家主導で推進されている傾向も見受けられる。先ほど触れた「クール・ジャパン」も同様の路線にあるものともいえる。グローバル化の名のもとに、そこにかえってまた一国の文化、文学が強調される現象が起こっている。国ごと、あるいは地域ごとの、文化や学問のアイデンティティーのありようと、東アジアの歴史が育んできた「文化圏」をいかに継承していくのか、容易に回答が見いだせるものではないが、重要なのはこうした問題に対する思考を止めず、繰り返し問い直していくことであろう。

さて、人びとの知の基本であり、根幹にある「文」、「文」学、人「文」は、多面多層的であり、また流動的でもあり、その本質をつかむことはきわめて難しい。とりわけ、近代以降の東アジアにおいては、それを非常に捉えにくいものとしてしまう大変革が生じた。しかしながら、そのことを見極めなくては、茫漠とした世界をさまようばかりである。

本書では、日本、中国、韓国という東アジアの経験と状況を見返すことによって、現在にいたる「文」そして「文学」の姿を総合的に捉えることを目指した。そしてそれは今後未来の人間の知のありようを見据える起点となることを目指すものである。

◆第一章…現代の「文学」：①日本（戦後）

戦後文学史における「文」の展開

鳥羽耕史

一　反復する「三派鼎立」のスタイル

一九二〇年代から八〇年代までの文学を考える時、平野謙『昭和文学史』（筑摩書房、一九六三年）が唱えた三派鼎立論の枠組が有効である。一九三〇年代までの「昭和文学」を検討した平野は、そこにモダニズム文学、プロレタリア文学、私小説中心の既成文壇、という三つの派閥の並び立つのを見出した。欧米の都市文化を基盤とし、都市風俗や人間の内面を、これまでにない手法で描きだしたのがモダニズム文学であり、マルクス主義に基づいた革命を目標としながら、現代の労働者たちの置かれた苦境を通じて社会の矛盾を訴えたのがプロレタリア文学である。これらはともに一九二〇年代の新しい文学として隆盛を極めた。一方、人間を社会と遺伝との関係で描きだすエミール・ゾラやゴンクール兄弟らのフランス自然主義文学の影響を受けながら、作家自身やその周囲の人間たちをありのままに描く私小説は、一九一〇年代以降、日本文学の主流となっていた。一九三〇年代半ばまでに、プロレタリア文学が弾圧されて壊滅し、モダニズム文学も新鮮さを失う中で、既成文壇による〝文芸復興〟が言われるようになった。しかし、一九四〇年代にはほぼ全ての文学者が日本文学報国会に組み込まれ、戦争に協力していくことになったのである。

アメリカを中心とする連合国による占領にはじまった戦後文学は、「言論の自由」を保障する日本国憲法と、内務省検閲に代わって一九四九年まで密かに行われたCCD（民間検閲支隊）による検閲とのはざまで、三派それぞれの新しい方向を模索した。まず、敗戦後にいち早く始動し、志賀直哉ら幅広い文学者を集めた新日本文学会は、プロレタリア文学の復活の様相を呈し、志賀らは早々に離脱した。一九四五年十二月の『新日本文学』創刊準備号における宮本百合子「歌声よ、おこれ」は、「初めはなんとなく弱く、あるいは数も少いその歌声が、やがてもっと多くの、まったく新しい社会各面の人々の心の声々を誘いだし、その各様の発声を錬磨し、諸音正しく思いを披瀝し、新しい日本の豊富にして雄大な人民の合唱としてゆかなければならない」とし、これに続く労働者によるサークル運動を鼓舞するような宣言を行った。そして二〇〇四年まで続いた雑誌『新日本文学』は、戦後におけるプロレタリア文学勢力の牙城となっていった。

これに続いて一九四六年に創刊した『近代文学』は、政治に対する文学の自律を掲げ、モダニズム文学とプロレタリア文学の間の幅広い小説・評論を掲載していった。「草もなく木もなく実りもなく吹きすさぶ雪風が荒涼として吹き過ぎる」というブリューゲルの絵の描写にはじまる野間宏『暗い絵』（真善美社、一九四七年）や、「僕はただ堪えがたい現在に堪えているだけなのである」という椎名麟三「深夜の酒宴」（『展望』一九四七年二月号）などの晦渋な文体が、彼らの中でも第一次戦後派とされた作家たちの一つの特色である。さらに先鋭にモダニズムあるいは前衛的な文学を目指したのは、評論家の花田清輝が主導し一九四七年七月に創刊した『綜合文化』であった。戦後文学のシンボルの一つとして、「アプレ」の流行語も生んだ「アプレゲール叢書」のシリーズからは、先の野間宏の他、島尾敏雄、竹田敏行、馬淵量司らの実験的な諸作が出版された。その叢書で実存哲学の用語を多用する『終りし道の標べに』（真善美社、一九四八年）を出した安部公房は、「目を覚ましました。／朝、目を覚ますということは、いつもあることで、別に変ったことではありません」という平易な文体の「壁　S・カルマ氏の犯罪」（『近代文学』一九五一年二月号）で、名前をなくした「僕」の物語を展開した。この短編を含む『壁』（月曜書房、一九五一年）で芥川賞を受賞した安部は、その後も様々な文体の実験を展開した。『綜合文化』で育てられた安部の出世作が『近代文学』に掲載されたような交流もあって、この二誌の区分は明確なものではなく、ともに戦後のモダニズム文学を担ったと言えるだろう。

一方、明確に私小説の旗を掲げた文芸誌はなくても、『新潮』、『文學界』、『群像』をはじめとする大手出版社の文芸誌には、たいてい私小説作家の小説やエッセイが掲載された。私小説の大家・志賀直哉による戦後の第一声となった「灰色の月」のように、文芸誌ではなく、岩波書店の論壇誌『世界』一九四六年一月号に掲載された小説もある。志賀は、山手線で出会った餓死寸前の少年工の「どうでも、かまわねえや」という独語を記した後、「近くの乗客達も、もう少年工の事には触れなかった。どうする事も出来ないと思うのだろう。私もその一人で、どうする事も出来ない気持だった」とする。志賀は、敗戦後の世相を記録しながらも、プロレタリア文学のようにその変革を呼びかけることはない。むしろ、少年工に倚りかかられた時、反射的に突き返してしまった自分の体の動きをそのままに描くことが、私小説作家としての倫理なのだろう。

旧プロレタリア文学の陣営においては、一九五〇年の日本共産党分裂と呼応するように『人民文学』が創刊され、作家たちが『新日本文学』と分かれて対立するも、党の統一が回復される一九五五年までに合流した、というような混乱もあった。そうした中でも、三派鼎立の構図は、一九六四年の『近代文学』終刊までは保たれた、と見て良いだろう。

二　第三の新人から内向の世代へ

一九五三年から一九五五年頃にかけて、安岡章太郎、庄野潤三、遠藤周作、吉行淳之介ら、相次いで登場した作家たちを、評論家の山本健吉は「第三の新人」と呼んだ。安部公房ら第二次戦後派に続いて登場した新人たち、という意味である。彼らが「第三次戦後派」と呼ばれなかったのは、「戦後」的な価値観、つまりどちらを優位に置くにせよ、マルクス主義の政治との関係で文学を考える価値観から離れていたからだろう。私小説や短編小説を得意とした彼らの作風は、旧来の文壇文学との親和性が高かった。

「「夏休み」がおわった後、僕らにのこされるものは、何もない。すべてが、十二時過ぎたシンデレラの衣裳同様、あとかたもなく消え去ってしまうことは明らかなのだ」と、平易な文章で一夏の恋愛を描く安岡章太郎「ガラスの靴」(『三田文学』一九五一年六月号)や、「青木氏は、一週間前に、会社を辞めさせられたのだ。理由は、――彼が使い込んだ金のためである」と、サラリーマン家庭の危うい日常を描く庄野潤三『プールサイド小景』(みすず書房、一九五五年)などが、内容面でも文体面でも、彼らの特徴をよく示しているだろう。

第三の新人から十年後、一九六五年から一九七四年頃にかけて登場した作家たちも、新日本文学会で活躍した文芸評論家・小田切秀雄によって「内向の世代」と名づけられた。学生運動の高揚から退潮へ向かう世相のなかで、政治的問題から距離を置き、自らの内面に向きあう文学を志向した、古井由吉、後藤明生、日野啓三、黒井千次ら、一九三〇年代生まれの作家たちである。

「それは人の顔でないように飛びこんできて、それでいて人の顔だけがもつ気味の悪さで、彼を立ちすくませた。ところが、顔から来る印象はそれでぱったり途絶えてしまって、彼はその顔を目の前にしながら、いままで人の顔を前にして味わったこともない印象の空白に苦しめられ、徐々に狼狽に捉えられていった」という古井由吉『杳子』(河出書房新社、一九七一年)の文章は、他者としての女性に向きあう「彼」の内面を追求していく。第三の新人までは私小説との類似が語られることもあったが、内向の世代の描く「私」は、私小説の作家自身とイコールで結ばれる類の「私」からは断絶したものとなっていった。

三　マスメディアの発達のなかで

一方、一九五〇年代から六〇年代にかけては、作家たちの活躍の場が増え、様々な出版ブームによって作家たちの経済的豊かさが増していった時代でもあった。そもそも昭和期の作家たちが経済的に豊かになったのは、一九二六年、改造社が明治大正期の名作を集めた『現代日本文学全集』を一冊一円で売り出したのが大成功をおさめ、各社が同様の企画で「円本」の販売合戦を繰り広げたことに端を発する。これによって多額の印税収入を得られるようになった作家たちの中には、正宗白鳥、久米正雄、吉屋信子のように海外旅行をする者もあった。一九二四年十一月には大日本雄弁会講談社（現・講談社）が『キング』という雑誌を発売し、五十万部という圧倒的な発行部数で大衆の読者を獲得していった。また、一九二七年には岩波書店がドイツのレクラム文庫に範をとった岩波文庫を発売、廉価な文庫本を大量に出版する形式が普及していった。このような大量出版・大量消費のシステムが整い、そのコンテンツの供給者としての役割が期待されるなかで、作家の生活は安定し、社会的地位も向上していったのだ。

戦後には、こうした出版ブームの第二派が到来した。伊藤整『女性に関する十二章』（中央公論社、一九五四年）や『文学入門』（光文社、一九五四年）に代表されるペーパーバック評論の新書ブーム、一九五六年の『週刊新潮』創刊をはじめとする週刊誌ブームにより、作家たちの執筆機会は増えた。また、第二次円本ブームとも呼ばれる文学全集の相次ぐ出版は、旧作による多額の印税を作家たちにもたらした。

　また、マスメディアの発達の影響も大きかった。ラジオ放送は一九二五年からはじまっていたが、のちにＮＨＫとなる一局しかなく、作家が関わる機会もそれほど多くはなかった。しかし、一九五一年に民放ラジオ放送がはじまり、一九五三年にＮＨＫと日本テレビによるテレビ放送がはじまると、作家たちの活躍の場は増えていった。作家たちは講演や座談会のような形でラジオやテレビに出演し、今でいうコメンテーターのような役割を担った。また、安部公房や寺山修司をはじめとして、ラジオドラマやテレビドラマのシナリオを積極的に手がける作家たちも増えていった。放送作家やシナリオライターという専門職が確立するまでの間、作家の発表媒体を活字以外の世界へと広げていった。

四　学生運動の内部から外部へ

　一九六〇年の安保闘争、一九六八〜一九七〇年の全共闘・大学紛争を二つの頂点とする学生運動の周辺からも、新しい文学が生まれてきた。一九六〇年の日米安保条約反対闘争では、旧来のプロレタリア文学の「政治」の中心にあった日本共産党や日本社会党といった既成左翼よりも、全学連の学生を中心とする新左翼が主な担い手となった。

　六〇年安保自体をテーマとした作品はほとんど書かれなかったが、機動隊との衝突の中で亡くなった女子学生・樺美智子の遺稿集『人しれず微笑まん』（三一書房、一九六〇年）は広く読まれた。自殺を含め、亡くなった学生たちの手記などの出版は、奥浩平『青春の墓標』（文藝春秋、一九六五年）、高野悦子『二十歳の原点』（新潮社、一九七一年）などが出され、後者はベストセラーになって映画化もされた。

安保以前、一九五五年の日本共産党の路線転換前後の学生運動を描いた柴田翔『されどわれらが日々』（文芸春秋新社、一九六四年）が芥川賞を受けてベストセラーになったのも、学生運動の時代の空気を反映しているだろう。「けれども、ぼくは党から離れることができませんでした。もし党から離れたら、その時のぼくは、自分の持っている一番大事なもの、自分に対し自分を誇ることのできるただ一つのものを、完全に、取り返しようもなく失ってしまうと思えたのです」という「ぼく」の煩悶は、六〇年安保の挫折と重ね読みするようにして受け入れられたのだろう。

しかしこうした空気や、マルクス主義の教養を前提とした文体も、一九七〇年代には変容していった。一九七二年の一大メディアイベントとなったあさま山荘事件の後、連合赤軍内部のリンチ殺人などの実態が明らかになり、学生運動の退潮に拍車がかかったのだ。この時代に学生運動を描いて芥川賞を受けた三田誠広『僕って何』（河出書房新社、一九七七年）は、そうした流れを反映したものだ。機動隊に追われ、「ここでこんなふうに息せき切って逃げまわっている自分とは何ものなのだろう……」と自問する「僕」は、A派からE派までのセクトの動きに巻き込まれながらも客観的に眺めている。

五　消費社会のなかでの文学

さらに、消費社会のなかでの青春小説として、村上春樹『風の歌を聴け』（講談社、一九七九年）や田中康夫『なんとなく、クリスタル』（河出書房新社、一九八一年）などが一九八〇年前後に登場したのは象徴的な出来事だった。ベストセラーとなった『ノルウェイの森』（講談社、一九八七年）で、村上春樹は「五月の末に大学がストに入った。彼らは「大学解体」を叫んでいた。結構、解体するならしてくれよ、と僕は思った」と書いているが、このような学生運動への突き放した眺め方と、第三の新人への親近感に村上の特徴が表れている。『なんとなく、クリスタル』の語り手の女子大生は、豊かな消費生活を謳歌している。

ケーキは、六本木のルコントか、銀座のエルドールで買ってみる。学校の子たちと一緒なら、六本木のエストや乃木坂にできたカプッチョの、大きなアメリカン・タイプのケーキを食べに行くのがいい。淳一と一緒の時は、少し上品に高樹町のルポゼで、パイにトライしてみる。

このように列挙される店名などに注がつけられ、全部で四四二にも及んでいるのもこの小説の大きな特徴である。当時の東京生活のマニュアルのような役割も果たして一〇〇万部のベストセラーとなった。

一方、学生運動で投獄された経験も持ちながら、コミットメントの方向を転換してポップ文学へ向かった高橋源一郎の『さようなら、ギャングたち』（講談社、一九八二年）や、左翼をカタカナで呼び換えて文芸評論家の磯田光一に絶賛された島田雅彦『優しいサヨクのための嬉遊曲』（福武書店、一九八三年）などは、村上や田中とは別の仕方で、「政治の季節」の超克をはかったものだと言えるだろう。「昔々、人々はみんな名前をもっていた。そしてその名前は親によってつけられたものだと言われている」という『さようなら、ギャングたち』の世界では、恋人たちが互いに名づけあう。「わたし」は「かの女」に「中島みゆきソング・ブック」という名前をつけ、「さようなら、ギャングたち」という名前をもらう。バブル経済とも重なった一九八〇年代の文学は、同時代の記号論などとも連動しながら、ロラン・バルトのいう「記号の戯れ」を実演するようなポップ文学を志向していった。そして一九九〇年代、バブル経済の崩壊とともに、文学とその「文」も別の方向へと向かうことになる。

六　文学バブルの終り

振り返ってみれば、多くの作家が高収入であった時期は、一九二〇年代から八〇年代まで、すなわち昭和期に限定されることになるだろう。斎藤緑雨が「按ずるに筆は一本也、箸は二本也。衆寡敵せずと知るべし」（考えてみると筆は一本であり箸は二本である。少数に勝ち目はない、つまり筆では食えないと知るべきだろう）と書いたのは一九〇〇年であるが、一九九〇年代以降、再びそれに近い状況に戻ってきた。等身大の女性作家の転居をめぐる困難を描いた笙野頼子『居場所もなかった』（講談社、一九九三年）などは、そうした状況の一面を伝えるものになっている。「どこにも住むべき根拠がなく、どの地域にも属していない未来のない人、三十代独身のうさんくさい自営業者、しかも借りた部屋で一日中仕事をする」というのがこの小説の「私」の自虐的な自画像である。逆に考えれば、円本・『キング』・岩波文庫に代表される、文学全集と雑誌と文庫本の大量生産・大量消費に支えられた文学バブルは、昭和とともにはじまり、昭和とともに終わった、とも言えるだろう。村上春樹、宮部みゆきら、少数の流行作家以外は、大学教員など、別の仕事との兼業で成り立つケースが多くなってきている。

そうした下部構造の変化以外にも、上部構造、この場合は文学それ自体の変化についても、様々に論じられている。三浦雅士『青春の終焉』（講談社、二〇〇一年）は、近代文学において特権的な位置を与えられた「青春」という語や、その時期を頂点とする人生の物語としての小説が、一九七〇年代には終わりを告げたと述べている。柄谷行人『近代文学の終り』（インスクリプト、二〇〇五年）もまた、ネーション形成の基盤としての近代小説は、世界的にも一九七〇年代から九〇年代にかけて終わり、マイノリティの文学と商品としての文学だけが残っていると論じる。小説がかつて担っていた知的・道徳的な価値は失われた、という見方である。また、水村美苗『日本語が滅びるとき』（筑摩書房、二〇〇八年）は、非欧米世界において例外的な豊かさをもった日本語および日本文学が、グローバル化という名の英語化のなかで危機に直面していると論じる。海外暮らしのなかで、自宅にあった円本によって日本文学の教養を得たという水村が、このような議論を展開するのは皮肉な事態である。

現在の状況を見れば、柄谷が世界商品とした村上春樹の文学のみならず、マンガ、アニメなどのサブカルチャーが日本文化の代表となってきている。「クール・ジャパン」の輸出戦略もあり、こうした文化商品がナショナリズムを背負っている形である。そうした中で、国民文学ではない新しい文学の方向を模索しているのが、例えば次章で論じられる多和田葉子ら、越境者の文学ということになるだろう。このような流れの中で見てみると、多和田葉子『献灯使』(講談社、二〇一四年)の英訳が、二〇一八年の全米図書賞の翻訳文学部門で受賞したのは象徴的なできごとだった。二〇一一年の東日本大震災と原発事故に触発されたディストピアを描く表題作において、日本は鎖国している。「そのように用もないのに走ることを昔の人は「ジョギング」と呼んでいたが、外来語が消えていく中でいつからか「駆け落ち」とよばれるようになってきた。「駆ければ血圧が落ちる」という意味で初めは冗談で使われていた流行言葉がやがて定着したのだ」という外来語排除のありさまを、「lope」と「elope」の駄洒落で訳したマーガレット満谷による見事な訳文は、かつての欧米語から日本語への一方通行とは異なる文学言語の流通状況をも示している。こうした動きに背を向けて、ナショナリズム賛美の「鎖国」に向かうのかどうかが、日本の作家たちに問われているとも言えるだろう。

◆第一章…現代の「文学」：②日本（現代）

現代日本の「文」――その無限の広がり

松永美穂

一　新しい筆記用具としての携帯電話

二十世紀の終わりごろ、「文」を書いたり発信したりする環境には、急速な変化が訪れた。ワードプロセッサ、さらにはパーソナルコンピュータの普及により、文章は手で書くものから、もっぱら機械を使って書くものへと移行した。漢字変換ソフトも次々と改良され、速く快適に文章が書けるようになっただけではなく、文書の保存や推敲が効率的に行えるようになった。通信手段の発達は、文や写真を瞬時に世界中に送ることを可能にし、SNSやブログを通じて、個人が自分の体験や意見を発信することが、もはや当たり前の風景になっている。

現在、東京の地下鉄に乗ると、多くの乗客がスマートフォンの小さな画面を見つめている。読書をしたり、ゲームに興じたり、情報検索や通信を行ったり。ポケットに入る小さな機械一つで、これらのことが移動しながらでもできるようになった。インターネット上に溢れる無数の情報。一四〇字という字数制限付きで投稿できる「ツイッター」の利用者が増え、公共放送のニュース番組でも視聴者の投稿がリアルタイムで反映されるようになった。情報は一瞬で共有され、世界の同時性が強まっている。すばやくコメントを送り合うリアクションの速さが好まれる一方で、政治的指導者がマスメディアを経由せず、自分の方針を一方的に「ツイッター」で表明するケースが議論を呼んでいる。短い字数で気持ちを表現するために、文に交えて使われる数々の顔文字や記号が生まれ、ネットスラングと呼ばれる新しい俗語が登場している。

以前なら紙とペンを使って書いていた文章が、携帯電話さえあればどこでも書ける、送れる、という状況のなかで、文学作品の創作にも手軽に挑戦できるようになった。二十一世紀に入ってからは、携帯電話を使って執筆された「ケータイ小説」がブームになっている。特に二〇〇二年から二〇〇八年にかけて、携帯電話用のウェブサイトで発表されて人気を博した作品が紙媒体でも出版されてベストセラーになるという現象が見られ、文芸書の売り上げランキングのトップを「ケータイ小説」が占める事態になった（二〇〇七年には文芸書の売り上げベスト3がすべてケータイ小説だった）。二〇〇六年には「ケータイ小説」を対象とした「日本ケータイ小説大賞」が生まれ、初回には高額の賞金もついて話題になった。その一方で「ケータイ小説」は文学か、という議論も巻き起こっている。高橋源一郎は「ケータイ小説」においては「『作者と読者のレベル』が同じ」と述べ、「『作者』は『読者』の位置にまで降りてきたのです。いや、『作者』は、最初から『降りる』という意識などなく、『読者』の前にいるのです」（高橋二〇〇九、一六三頁）と書いている。

「ケータイ小説」は小さな画面を見ながら書くため、横書きで改行が多く、文が短くなりがちだと指摘されている。顔文字や記号が文中に採り入れられることも多い。読者として思春期の少女を想定した作品が多く、ストーリーには援助交際や恋愛・妊娠など、同じようなテーマのくりかえしが見られるとされる。

プロの作家である瀬戸内寂聴は「ぱーぷる」という筆名で、八十六歳だった二〇〇八年に「ケータイ小説」を発表した。『あしたの虹』というタイトルのこの作品は出版もされているが、主人公はやはり女子高生だ。瀬戸内は執筆の際、実際に携帯電話を使い、「ケータイ小説」の特徴を随所に取り込んでいる。

「ヒカルが初めての彼ではなかった。
中2の時、それは終わっていた。
同じ演劇部の3年のトオル。
いつでも軽いのり。みんなを笑わせてばかりいた。」

（ぱーぷる二〇〇八、八頁）

その後、スマートフォンの普及により、携帯電話で文を書く機能は飛躍的に進歩し、パソコンとの差別化が難しくなっている。「ケータイ小説」も「スマホ小説」に移行した。大学の授業時に学生がスマートフォンに保存した原稿を見ながら発表したり、作家が朗読会の際、スマートフォンの画面を見て朗読する光景も珍しくなくなっている。こうした状況は世界的に見られ、英語圏のインターネットでも、Writing Novels on Smartphonesというキーワードで検索すればたくさんのサイトが出てくる。校閲や編集を経ずにいきなりウェブ上で作品を発表する、オーサーシップのノンプロ化の動きは今後も続くだろう。文を読み書きする際の電子化、ペーパーレス化も、社会におけるペーパーレス化とともに着実に進行しており、書店や図書館、学校の授業のあり方までも変えようとしている。

二　人工知能が紡ぎ出す文章

文を書く作業がデジタル化されただけではない。文章、ことに文学作品の創作に関して、人工知能による小説執筆の試みが行われている。名古屋大学の佐藤理史教授は『コンピュータが小説を書く日』において、人工知能に「星新一賞」への応募作品を書かせた経緯を記している（佐藤二〇一六、九七〜一二〇頁）。佐藤教授は日本語文章生成器の開発に取り組んでおり、膨大なデータベースをコンピュータにインプットし、プログラミングすることで、「星新一賞」が求める一万字以下の作品を創作することに成功した。なお、二〇一五年の第三回星新一賞への「全2561件の応募作品のうち、コンピュータを利用して作成された作品が11件あった」（佐藤二〇一六、一六九頁、原文横書き）のだそうだ。

この本で紹介されている実際の応募作品のうち、「みかん愛」というペンネームによる『私の仕事は』という作品は、人間が書いたと言われても信じてしまいそうな完成度だ。

「私の仕事は工場のラインに入り、決められたルーチンをこなすこと。

毎朝同じ時間に起き、同じ電車で仕事場に向かい、同じ作業をして、同じ時間に帰るだけの毎日。最近は景気も悪く、出勤しても手持ち無沙汰である。

真新しいことなど何もなく、面白いと思うことも悲しいと思うことも、最近はない。まるでロボットのようだ。いや、いっそロボットになってしまいたいと思う。」（佐藤二〇一六、九〇頁）

応募作品では「私の仕事は〜」で始まるこのパターンの文章が四回くりかえされる。コンピュータアルゴリズムによって発生させた文章だが、そこにストーリーの展開があるように読めてしまう。コンピュータには推敲能力はなく、出てきたものがそのまま完成原稿となる。長い文学作品の創作はプログラミングが複雑になりすぎるため、いまのところ実現の可能性はないらしい。ただし、短い文章の作成には文章生成器を応用できる、と佐藤教授は考えており、以下のような分野を挙げている。

就職の際のエントリーシート。各種メール（アポイントメント、クレーム、御礼など）。毎日の天気概況やマーケット概況。交通情報や渋滞状況。地方自治体における各種手続きの説明（マニュアル）。特許の出願書類の一部（明細書など）（佐藤二〇一六、二〇六〜二〇七頁）。

すでに自動音声による案内、受け付け、電話応対などは実用化されており、パターン化された応答にはコンピュータが使用されている。そこでは内部にインプットされた文のなかからその都度最適と思われる答えが選ばれる。最近ではSiriのように、自然言語処理によって多岐にわたる質問に答えるアプリケーションソフトも現れている。わたしたちはそれと意識しないまま、人工知能が発生させた文章に日々接しているのだ。

木原善彦の『実験する小説たち』には、イタリアで出版されたコンピューターアルゴリズムによる小説が紹介されている（木原二〇一七、二四五頁）。文章の自動生成ではないが、「全10章で、各章は用意された30段落の中から、（他の版と異なるように）選ばれて並べられた20の段落から成る」のだそうだ。コンピュータで段落の順列・組み合わせを変えた小説、というわけだ。「最高109兆通りのバリエーションがあるとのこと」で、英語版の表紙にはシリアル番号が印刷されている。

コンピュータによる絵画制作はすでに一定の成果をあげており、音楽の分野では自動作曲システムも開発されている。コンピュータにおける翻訳や文章生成の能力もさらに向上していくことが予想される。情報処理の速度では、ＡＩは人間を完全に凌駕している。それでは文を書く営みにおいて、人間はどのような（機械にはない）オリジナリティを発揮しているのだろうか。

三　文をめぐる実験――多和田葉子と円城塔

「スマホ小説」に限らず、インターネット上では無数の自称作家が作品を発表している。一方、プロの作家たちに目を転じてみれば、一般の文芸書の世界では、出版社が主催する新人賞に応募し、受賞して作家デビューする（著書が出版される）パターンがあいかわらず多い。いわゆる純文学のほかに歴史小説や大衆小説、ミステリー、ファンタジー、ライトノベル、ヤングアダルトや児童文学など、さまざまなジャンルがあるが、ここでは純文学系のなかでも前衛的な作家の「文」にまつわる実験的な試みに注目したい。

まず、ドイツ在住の多和田葉子（一九六〇年生まれ）の作品を紹介しよう。彼女は一九八七年にドイツで作家デビューし、日本語とドイツ語で創作を続けている。執筆時にさまざまなプログラムを自分に課すことで、特に日本語における新しい文体の創出に挑んできた。たとえば芥川賞を受賞した『犬婿入り』では、句点を打つポイントを可能な限り先延ばしすることで、テンションの高い長文を出現させている。冒頭を引用してみよう。

「昼さがりの光が縦横に並ぶ洗濯物にまっしろく張りついて、公団住宅の風のない七月の息苦しい湿気の中をたったひとり歩いていた年寄りも、道の真ん中でふいに立ち止まり、斜め後ろを振り返ったその姿勢のまま動かなくなり、それに続いて団地の敷地を走り抜けようとしていた煉瓦色の車も力果てたように郵便ポストの隣に止まり、中から人が降りてくるわけでもなく、死にかけた蟬の声か、給食センターの機械の音か、遠くから低いうなりが聞こえてくる他は静まりかえった午後二時。」

（多和田一九九八、七九頁）

これで一文。多和田は当初、小説の最後まで一つの文で書いてしまうことも構想していたらしいが、結果的にこの長さになった。
一九九六年に発表した『文字移植』では、作中に登場する日本人翻訳家の女性が語る地の文には読点がなく、彼女がドイツ語から日本語に訳しているテクストはシンタクスはドイツ語のままで読点だらけ。冒頭の、その翻訳テクストの部分を見てみよう。

「において、約、九割、犠牲者の、ほとんど、いつも、地面に、横たわる者、としての、必死で持ち上げる、頭、見せ者にされて、である、攻撃の武器、あるいは、その先端、喉に刺さったまま、あるいは……」

（多和田一九九九、七頁）

このように、多和田は作品ごとにコンセプトを変え、これまで見たことのないような文章を提示してきた。また、文字の自律性に注目し、視覚的にもさまざまな実験をしてきた。架空の場所に存在する女性だけの学校（学舎）を描く『飛魂』では、人物の名前が漢字二文字で書かれているが、「亀鏡」「梨水」「指姫」など、それらの名前の読み方はさだかではなく、目では読めるが発音できない（ふりがながないため、勝手に発音するしかない）。読者に不安を感じさせるそうした試みは『尼僧とキューピッドの弓』の登場人物名でもくりかえされている。表意記号としての漢字へのこだわりは、『ボルドーの義兄』では、章ごとに一文字ずつタイトルのように掲げられる鏡文字にも現れている。その漢字のなかに隠されている意味や物語が、章の内容とオーバーラップする場合もある。

ほかにも、人称代名詞に注目してみると、斬新な二人称小説（『容疑者の夜行列車』『アメリカ　非道の大陸』）や、一人称の語り手が途中で消えてしまう小説（『変身のためのオピウム』『旅をする裸の眼』）、人間とクマが語り手として途中で入れ替わる小説（『雪の練習生』）、一人称がすべて（　）に入っている小説（『雲を拾う女』）など、多和田のユニークな試みには枚挙にいとまがない。

『変身のためのオピウム』『ボルドーの義兄』は最初にドイツ語で書いた小説を自己翻訳した作品でもある。『旅をする裸の眼』では、ドイツ語と日本語の小説を交互に翻訳しながら書き進める同時翻訳を試みている。さらに、『雪の練習生』は日本語からドイツ語に翻訳され、*Etüden im Schnee* というタイトルで出版されている。

ドイツで出版された *Abenteuer der deutschen Grammatik* という詩集には、異なる文字体系を使ったコンセプトアートのような詩も収められている。たとえば、タイトルもアルファベットと漢字が混在する「Die 逃走　des　月s」（Tawada 2010, 41）。ハイナー・ミュラーやヴァルター・ベンヤミンに影響を受け、ダダイズムやシュールレアリズムなどヨーロッパ文学の伝統を背景に、多和田は無尽蔵とも思えるアイデアを実行に移しつつ、独自の表現を生み出し続けている。

一方、多和田より一回り若い円城塔（一九七二年生まれ）は、「文を書くこと」の意味にこだわった作品をいくつも発表している。『これはペンです』には、不在の「叔父」から送られてくるメッセージや暗号文をひたすら解読しようとする「姪」が登場する。自動論文執筆と自動論文判定のプログラムを実用化したとされる「叔父」は一人の人間ではなく、それ自体が文章生成に関わるプロジェクトであることが匂わされている。「姪」と「叔父」との「文通」は、きわめて知的なゲームであると同時に、「文」の生成と解読可能性についての考察になっている。

文章を作成するソフトを拡張しつつ執筆していく行為を同時中継するかのような小説『プロローグ』は次のように始まっている。

「名前はまだない。

自分を記述している言語もまだわからない。手がかりというものが何もないので、これが文章なのかさえ、本当のところわからないのだ。しかしそれでは何も進まないので、とりあえず文章なのだと仮定してみる。」

（円城二〇一五、三頁）

漱石の作品をパロディー化しながらここで「自分」と発話しているのは、いったい誰なのか。まるで文章そのもの、あるいは筆記に使われているコンピュータそのものが意志を持って、作者である「わたし」と会話するかのようだ。彼ら（作者とコンピュータ）は日本語を記述するためのひらがな、カタカナに加えて漢字を「千字文」や「古事記」などから採り入れながら、「人名生成プログラム」で登場人物の名前を無作為に発生させていく。さらに文字列を数字化したり、勅撰和歌集をデータ化して言葉の分布を調べたり、新人賞に応募した小説を振り分けるためのプログラムを提案したりして、この作品全体が、コンピュータによる創作の前提となり得るさまざまな作業を構想することに費やされている。

「新潮」二〇一七年七月号に掲載された「誤字」は、異なる文字体系そのものが意志を持って人間を攪乱し、誤字を発生させていく話だ。このなかでは、文章につけられたルビも反乱を起こしている。「日中台韓それぞれの分離独立保守派たちは、互いの漢字の置き換えを目論み、相手の文字コードを偽装するような文字コードを開発、各種の製品、サービスへの組み込みあいを開始する。」（一二六頁）この文に、以下のようなルビが振られている。「につちゆうたいかんそれぞれのぶんりどくりつほしゆはたちは、つて、こんにちは。おまえはだれかといわれるとそうですね。まあ、みてのとおりルビですね。いつぱんてきには、ほんぶんのよみをしめしたりわかりやすくかいせつするやくめをつているわけですが、ほんぶんもこんなかんじですからたしようのことはゆるされるのではとおもうのですがどうでしよう。」ルビが自分の役目を離れて自己主張を始める格好だ。円城の作品ではこのように、ユーモア溢れる設定とともに、文字論や日本語論が（どちらかといえば理系の視点で、SF的に）展開される。文章の自動生成プログラムについて考えながら、まさに人間にしかできない思いつきやこだわり、「自我」のあり方についての考察が内容に盛り込まれていく。

円城は二〇一六年来、「新潮」に「文字渦」という連作短編を連載しており、「誤字」もそのうちの一作だ。タイトルどおり、徹底的に文字や書にこだわっており、中国・秦の時代の兵馬俑から出土した竹簡に記された漢字をめぐる連作第一作は、二〇一七年の川端康成賞にも選ばれた。この作品からは、パーソナルコンピュータとインターネットによって、わたしたちが文章や文字の巨大なデータベースを手に入れ、その助けを借りてこれまで見たことのないようなテクストを作り上げていく可能性がうかがえる。

「早稲田文学」二〇一七年初夏号における「第四次産業革命下にフィクションは必要か」という鼎談で、武田将明は「AIが人間の限界を突破しつつある時代に文学(というより知的言説一般)はふたつの異なる方向性にむかうのではないか、という印象を受けています」と述べている(六一頁)。「ひとつはもはや人間の言語の不完全性を越え、ロゴス以上にロゴス的な「真理」を語る特権的な人物(もしくはAI)とその秘教的な言葉が細く、しかし強力に伝承される方向性。もうひとつは、AIも含む多数の知的存在が分業することで、世界の複雑化に対抗できるだけの情報や技術の詰まった作品を産み出す方向性。前者は超人的、エリート主義的な方向性、後者は直接民主制的な方向性と言い換えてもよいでしょう。ただ、どちらに向かうにしても、文学者を含む知識人とアクチュアルな現実との関係は、人間的な制約を常に受けるでしょう。具体的には、限られた時間のなかで、刻々と変化する現実をどう受けとめるのか。短期的に強い力をもつ言葉と、長期的に効力を発する言葉とを使い分け、いわば作家自身もある種の分業をおこないながら、ネット社会の言葉の荒波を乗り越えていく必要があるのかもしれません。」(六一頁)

純粋言語を夢想しながら言葉の跳躍を続ける多和田と、プログラムとデータベースを駆使して前人未踏の試みを小説に持ち込む円城。彼らが武田の言う前者、後者の傾向にぴったり当てはまるわけではないが、斬新なアイデアによって強度のある作品を産み出し続けていることは間違いない。

最後に、日本語文学におけるもう一つの試みとして、河出書房新社から出版中の「日本文学全集」を挙げておきたい。この全集では古典が作家たちによって現代語に翻訳され、アクセスしやすいテクストになっている。また、「日本語のために」と題された第三十巻は、祝詞やアイヌ語、琉球の琉歌、漢詩、さまざまな翻訳文（六通りの「ハムレット」）、政治や宗教関係の文章・翻訳などを収め、日本語の多様性を提示する特筆すべき一冊である。

日本語の文を読み書きする現場には、もはやコンピュータが欠かせない。インターネットによって閲覧できるようになった数多くの日本語文。そこには日々、無数のテクストが加えられていく。文の大海のなかで溺れないように、読み手にも新たな訓練と立脚点が求められている。

参考文献

高橋源一郎『大人にはわからない日本文学史』（岩波書店、二〇〇九年）
佐藤理史『コンピュータが小説を書く日――AI作家に「賞」は取れるか』（日本経済新聞出版社、二〇一六年）
木原善彦『実験する小説たち』（彩流社、二〇一七年）
ぱーぷる（瀬戸内寂聴）『あしたの虹』（毎日新聞社、二〇〇八年）
多和田葉子『犬婿入り』（講談社文庫、一九九八年）
多和田葉子『飛魂』（講談社、一九九八年）

多和田葉子『文字移植』（河出文庫文藝コレクション、一九九九年）
多和田葉子「雲を拾う女」（『ヒナギクのお茶の場合』所収、新潮社、二〇〇〇年）
多和田葉子『変身のためのオピウム』（講談社、二〇〇一年）
多和田葉子『容疑者の夜行列車』（青土社、二〇〇二年）
多和田葉子『旅をする裸の眼』（講談社、二〇〇四年）
多和田葉子『アメリカ——非道の大陸』（青土社、二〇〇六年）
多和田葉子『ボルドーの義兄』（講談社、二〇〇九年）
多和田葉子『尼僧とキューピッドの弓』（講談社、二〇一〇年）
Yoko Tawada. *Abenteuer der deutschen Grammatik* (Tübingen: Konkursbuch Verlag Claudia Gehrke, 2010).
Yoko Tawada. *Etüden im Schnee* (Tübingen: Konkursbuch Verlag Claudia Gehrke, 2014).
円城塔『これはペンです』（新潮社、二〇一一年）
円城塔『プロローグ』（文藝春秋、二〇一五年）
「新潮」二〇一七年六月号（新潮社）
「新潮」二〇一七年七月号（新潮社）
「早稲田文学」二〇一七年初夏号（早稲田文学会）
池澤夏樹編『日本語のために』（日本文学全集第三十巻、河出書房新社、二〇一六年）

追記　円城塔『文字渦』は、二〇一八年夏に単行本として新潮社から出版された。

◆第一章…現代の「文学」…③中国

「文」から見た近現代の「文学」

千野拓政

一　近代文学の誕生

文表現の角度からみたとき、近代以降の文学はどのような特徴を持っているのだろう。「文学」という言葉が最初に文献に登場するのは『論語』先進篇の「文学は子游、子夏」という一文である。それ以来、文学という言葉は今日まで延々と使われてきた。しかし、当初の文学は文章が上手、というほどの意味で、今わたしたちがイメージする文学とは異なる。今日いわれている文学は、近代になって生まれた概念にほかならない。

では、近代以降の文学は、それ以前の文学とどこが異なるのだろうか。

近代以前の物語や詩の特徴は、「語りの場」が存在することにある。物語は語り部が語り、その場にいるみんなでそれを聞くものだった。詩は誰かの後について、もしくはみんなで一緒に歌うものだった。重要なのは、書き記されたテクストにも、その構造が保存されている、ということだ。

物語の原初形態は、昔話である。そのテクストは、「昔々あるところに」などの発端句で始まり、

「めでたし、めでたし」などの結末句で終わる。日本では、中世の語り物から江戸時代の読本まで、それが踏襲されてきた。例えば伊勢物語は「昔おとこありけり」で始まるし、曲亭馬琴の『南総里見八犬伝』は、各回が「却説（かくて）安西三郎大夫景連は」（第三回）などと始まり、「くだくだしければよくも記さず。又後々の巻にていはなん」（第五回）などと終わる。

事情は中国でも変わらない。近世の白話小説は、講談の口調をテクストにそのまま保存している。小説は講談がそうであるように、いくつもの回に分かれている（だから章回小説という）。各回には対句のタイトルが付いており、それぞれ「話説」「却説」（さてお話は）などの発端句で始まって、「且聴下回分解」（次回の説き明かしをお聞きください）などの結末句で終わる。途中に「看官」（読者のみなさん）という呼びかけが入ることもあれば、欄外に誰の発言か分からない「眉批」（注釈）が入ることもある。つまり読者は、こちらから「いいぞ」と声がかかり、あちらから「やめろ」とヤジが飛ぶ、あるいは耳元で誰かが講談師を評判する、そんな講談の現場を追体験するような形で、テクストを読むということだ。

だが、近代以降の小説は違う。これは基本的に独り、密室で、黙読するものだ。こうした読書行為の変化が、読者が作品に求めるものを変えた。その変化を文学者の伊藤整は次のように述べている。

作者は密室で一人でそれを作り演じ、読者は密室で一人でそれを味わう。……その条件において初めて……読む方も、他人の秘密なひとりごとを聞き、他人の隠したがる行為や考えを知るという戦慄を味わうようになった。……それは時としては神に訴える罪ある人間の切ない声であり、また時としては、情慾的な好奇心を満足させる打ち明け話でもある。

（伊藤整『小説の方法』改訂版、新潮社、一九五七年）

近代の読者は、作中人物の内面をのぞき込み、その世界を自分の内面と重ね合わせることを望むようになったのだ。だが、作品の登場人物の心を覗いたとしても、それはあくまで架空の人物のことで、読者自身とは結びつかない。そのことは、近代の文学に次のような叙述の方法を要請することになった。

……現実の個々の人物は、きわめて偶然的な存在であって人間一般というものを荷《にな》うことはできない。だから架空の人物を作り上げることによってその人間一般を荷わせる。しかしある一人の人物にそれを荷わせるということは不可能であるから、何人かの主人公を配置し、その葛藤、組み合わせのなかに人間一般を荷わせる。

（杉山康彦『ことばの藝術』大修館書店、一九七六年）

いわゆる「典型」である。そうした人物は、典型であるがゆえに、読者自身の一部分を代表することが可能である。こうして読者は、文学作品が自分の内面とつながっていると信じ、作品をとおして人間や社会のある種の真実をかいま見ることを期待するようになった。これが近代以降の文学、つまり今わたしたちが「文学」と呼んでいるものの特徴である。

例えば、中国近代文学の嚆矢とされる魯迅のテクストは、読者が自分と作品の世界が繋がっており、そこには人間の真実が描かれている、と感じることを可能にする仕掛けに満ちている（詳細は、千野拓政「文学に近代を感じるとき」（『接続2001』ひつじ書房、二〇〇一年）を参照）。

ただ、一人の作家の作品が最初からこうした近代的な叙述を獲得しているのは、世界的にみても希有なことだ。多くは以前の講談調の物語を脱して、近代的な小説の文体を作り上げるのに、長い時間と多くの作家の努力を必要とした。日本の近代小説の嚆矢と言われている二葉亭四迷の『浮雲』を見るとそれがよく分かる。明治二十年発表の第一編の冒頭は次のようなものだ。

第一回　アアラ怪しの人の挙動《ふるまい》
千早《ちはや》振《ふ》る神無月《かみなづき》ももはや跡《あと》二日の余波《なごり》となッた二十八日の午後三時頃に、神田見附の内より、塗渡《とわた》る蟻、散る蜘蛛の子とうようよぞよぞよ沸出《わきい》でて来るのは、孰れも顋《おとがい》を気にし給《たま》う方々。

……

「フフフン、馬鹿を言給うな」

ト高い男は顔に似気《にげ》なく微笑を含み、さて失敬の挨拶も手軽るく、別れて独り小川町の方へ参る。顔の微笑が一かわ一かわ消え往くにつれ、足取も次第々々に緩《ゆるや》かになって、終には虫の這う様になり、悄然《しょんぼり》と頭《こうべ》をうな垂れて二三町程も参ッた頃、不図《ふと》立止りて四辺《あたり》を回顧《みまわ》し、駭然《がいぜん》として二足三足立戻ッて、トある横町へ曲り込んで、角から三軒目の格子戸作りの二階家へ這入《はい》る。一所に這入ッて見よう。

（『二葉亭四迷全集』第一巻、岩波書店、一九六四年）

一見して明らかなように講談調の口吻が濃厚である。回を分けたタイトル、体言止めの文体。「一所に這入ッて見よう」と叙述者の読者への呼びかけがある点など、講談に基づく中国の白話小説と酷似している。『浮雲』が現在の小説に近い文体を表しはじめるのは、翌明治二十一年に発表された第三編からだ。文学は時間をかけてしだいに講談調の文体を克服し、わたしたちが今日イメージする「文学」を作り上げたのである。

二　近代文学を支えた文体

ただ、注意しておかなければならないのは、そうした近代の「文学」を形成するために、日本や中国では、まず言語表現上の問題を解決する必要があったということだ。言文一致運動や、「文言から白話へ」をスローガンとする文学革命がそれである。そうした変化は西洋には見られない（ラテン語から各国語への変化は一つの言語から別の言語への変化であって、一つの言語内における、書面語から口頭語へという変化とは性質が異なる）。

では、日本と中国で近代の文学を可能にした言語表現の変化とは、どのようなものだったのか。そして、日本と中国では、なぜそのような変化を必要としたのか。

ごく簡単に言えば、それは次の四点にまとめることができる。

(1) 新たな人称代名詞の確立

日本語や中国語の人称代名詞は、インド・ヨーロッパ語族の言語とは異なり、自分の身分や相手との関係性をしめしている。たとえば、英語では人称表現が固定しており、二人称なら相手が父親でも先生でも、“you”と言って何の差し支えもない。しかし、日本語で父親に「あなた」と言えば、それはけんか腰である。また、「わし」といえば老人を、「おれ」といえば若い男を、「うち」といえば関西の女を、話者として想起するだろう。中国語でも〝朕〟といえば皇帝を、〝俺〟といえば農民を、〝阿拉〟といえば上海人を想起するはずだ。そのような人称代名詞を用いて書かれた文章は、容易に語り手が露出する。つまり、講談（＝近代以前の語り物）に近づくのである。したがって、日本や中国の近代文学は、新たに語り手が露出しない透明な人称代名詞を必要とした。日本では「わたし」「あなた」「彼」「彼女」などがそれに当たる。中国で、魯迅が三人称の表記に苦労して、〝伊〟や〝渠〟等の試行錯誤を繰り返し、劉半農の〝她〟の提唱を高く評価したのは、そうしたことによる。

(2) 「いま」「ここ」という臨場感を持つ表現の確立

読者が作品世界とつながる、言い換えれば、読者が作品世界をリアルに感じ、その世界に感情移入するためには、テクストに臨場感が必要になる。しかし、文語文（文言）は基本的に記録であり、時間を表す語彙がなければ、それがいつの時点のことがらなのか判別しがたい。したがって、表現に「いま」「ここ」という臨場感を持たせるためには、口語文（白話文）を用いることが不可欠だった。

中国文学の次のような例が、それを如実に物語っている。小デュマの「椿姫」の翻訳である。現在の口語訳は次のようなものだ。


那是一八四七年三月十二日，我在拉菲特街看到一大幅黄颜色的广告，上面是拍卖家具和珍奇古玩的消息，是在物主去世之后举办的拍卖会。广告没有提及那位逝者的姓名，仅仅说明拍卖会将于十六日中午到下午五时，在昂坦街九号举行。

广告还注明，在十三日和十四日两天，感兴趣者可以去参观那套住房和家具。

我一向喜爱古玩，这次机会我决不会错过，即使不买什么，至少也要去开开眼。

次日，我就前往昂坦街九号。

时间还早，不过那套房间里已经有人参观了，甚至还有几位女士：她们虽然身穿丝绒衣裙，披着开司米披肩，乘坐的豪华大轿车就在门外等候，可是对展现在眼前的豪华陈设，她们看着也不免惊诧，甚至感叹不已。（李玉民译，北京理工大学出版社，百度阅读电子版。傍線部は引用者）

一八四七年三月十二日のこと、わたしはラファイエット街で黄色の大きな広告を見つけた。書かれていたのは、家具や珍しい骨董の競売の知らせだった。持ち主の死去にともなって行われる競売会である。広告に亡くなった人の名前はなく、ただ競売会は十六日正午から午後五時まで、アンタン街九号で行われると説明されていた。広告にはさらに、十三日と十四日の両日、興味のある者はその住居と家具を参観できると注記されていた。以前から骨董好きのわたしが、この機会を逃すはずはなかった。何も買わなくても、見識を広げるだけでいい。

翌日、わたしはアンタン街九号に向かった。時間はまだ早かったが、その部屋にはもう参観者が来ており、女性も何人かいた。彼女たちはベルベットのドレスに、カシミアのショールをまとい、門の外には乗ってきた豪奢な馬車が停まっていた。しかし、居並ぶ豪華な陳列品を目にして、彼女たちも驚きを隠せず、感嘆の声を漏らす者さえいた。

傍線部に注目していただきたい。この部分を読むだけで、それが当日の現場での描写であることはすぐに分かる。これに対し、一八九九年林紓が文語で翻訳した「椿姫」（中国名《茶花女》）は次のようになっている。

余当一千八百四十三年三月十三日，在拉菲德，见黄榜署拍卖日期，为屋主人身故，身后无人，故货其器物。榜中亦不署主人为谁，准以十六日十二点至五点止，在恩谈街第九号屋中拍卖。又预计十三，十四两日，可以先往第九号屋中，省识其当意者。余素好事，意殊不在购物，惟必欲一观之。越明日，与至恩谈街，为时尚早，士女杂沓，车马已纷集其门。众人周阅之下，即美精致咸有骇叹之状。（林纾译《巴黎茶花女遺事》，中国近代文学大系，翻译文学集一。傍線部は引用者）

余、一千八百四十三年三月十三日に当たり、拉菲徳《ラファイエット》にて、黄榜に拍売の日期を署するを見る。屋の主人の身故し、身後に人無きがため、故に其の器物を貨《う》ると。榜中また主人の誰たるかを署せず。准《ゆる》すに十六日十二点《じ》を以てし、五点《じ》に至りて止む、恩談《アンタン》街第九号屋中にて拍売すとのみ。又預《あらかじ》め十三、十四の両日、以て先ず第九号屋中に往き、其の当意者を省識すること可なり。余、素より好事にして、意は殊に物を購うに在らざれども、惟だ必ず之を一観することを欲す。越て明日、与に恩談街に至る。時は尚早なれども、士女雑踏し、車馬已に其の門に紛集す。衆人周閲の下、即ち精致を羨み、咸く駭然するの状あり。

前段の日時を表す言葉がなければ、下線の部分を見ても、それが当日のことなのか、一年前のことか分からない。記録として誕生し発展した文語表現の特徴はそこにある。「いま」「ここ」という臨場感を示すには、口頭語であることが不可欠なのだ。

（3）　内面表現の確立

先に見たように、近代文学の大きな特徴の一つは内面表現の発達にある。しかし、講談調の白話小説はすべての描写が露出した語り手（つまり講釈師）の口を通して語られるので、登場人物の内面に入り込んだ描写が難しい。そこで、講談調を脱した新たな文体の獲得が必要となった。日本の二葉亭四迷の小説『浮雲』の第一編から第三編に至る文体の試行錯誤、翻訳小説『あひびき』の初稿から第二稿に至る翻訳文体の変化や、中国の文学革命における白話の主張は、そうした表現上の模索にほかならない。ここでは『あひびき』の例を見てみよう。明治二十一年の初訳の冒頭は次のようなものだ。

秋九月といふころ、一日自分が去る欅の林の中に座してゐたことが有ッた。今朝から小雨が降りそそぎ、その晴れ間にはおりおり生ま煖かな日かげも射して、まことに気まぐれな空ら合ひ。（初版）

……

秋は九月中旬の事で、一日自分がさる欅林の中に坐ってゐたことが有った。朝から小雨が降って、その晴れ間にはをりをり生暖かな日景も射すといふ気紛れな空合ひである。……（第二版）

（いずれも『二葉亭四迷全集』第一巻、岩波書店、一九六四年）

初版では「今朝から小雨が降りそそぎ」となっている。なぜ「今朝」なのか。明らかに語り手が露出した表現である。また、文末も「気まぐれな空ら合ひ。」と体言止めで、語りの口調が残っている。それが明治二十九年刊の第二版では「朝から小雨が降って」という語り手を感じない表現や、「気まぐれな空合ひである。」という語りの口吻を感じさせない終止形になり、現在の小説の文体に近づいている。日本ではこうして長い時間を掛けて、講談調を脱して内面を描くことを可能にする近代小説の表現が形作られていったのである。

詩歌の内面表現についても述べておかなければならない。近代以前に「文」とともに内面表現を担っていたのは「詩」であった。だから近代中国の文学者は、胡適がそうであったように、白話（口語）で詩を書くことに固執した。語りと歌唱の文体であった白話で内面表現を伴う詩が書けることを示そうとしたのである。

（4）　パンクチュエーションの確立

日本でも中国でも、近代以前のテクストにはパンクチュエーションがない。句読点も、引用符号も、改行も、段落分けもない。パンクチュエーションの登場により、近代の文章や詩歌は、新たな表現を手にすることになった。

例えば、引用符号があれば、読者はその中の言葉が作中人物の生の声だと信じることができる。これは近代以前の文にはなかった効能である。

『史記』の例を見てみよう。「刺客列伝」に次のような有名な箇所がある。秦の始皇帝の暗殺に向かった荊軻の伝の一部である。

荊軻嘗游過楡次。與蓋聶論劍。蓋聶怒而目之。荊軻出。人或言復召荊卿。蓋聶曰。曩者吾與論劍。有不稱者。吾目之。試往。是宜去。不敢留。

荊軻嘗て游《たび》して楡次を過ぎ、蓋聶と劍を論ず。蓋聶怒りてこれを目す。荊軻出ず。人或ひは復た荊軻を召せと言う。蓋聶曰く、曩者《さきごろ》吾與《とも》に劍を論じて、稱《かな》わざる者あり。吾これを目す。試みに往《ゆ》け。是れ宜しく去るべし。敢て留まらざらん。

（新訂中国古典選第十巻『史記春秋戦国篇』朝日新聞社、一九六六年）

かつて中国文学者の田中謙二は、この一段について「〝試往。是宜去。不敢留。〟という三句は、のちのせりふとともに、自負の口吻をみごとに示して特に写実的なことに注意されたい」（同上書）と述べた。しかし、現実の会話で中国人が「試往。是宜去。不敢留。」と文語で言うことはまずない。口頭語で「你去看一看，他肯定不在，不敢留在這兒（見に行ってみなさい。きっともういないはずだ。ここに留まってはいられまい。）」などと言うのがふつうだろう。つまり、写実的なのは語った内容であって、実際の会話を写し取ったという意味ではないということだ。

実際の会話を写し取る表現が生まれるには、パンクチュエーションの引用符号（日本では「 」、中国では〝 〟）の誕生を待たねばならなかった。引用符号は、中の言葉が実際に話された言葉だということを示す約束記号にほかならない。それがあることによって、読者は初めてその中の言葉が、実際に交わされた会話だと信じることができるのだ。それは作品の臨場感を支える重要な要素の一つになった。

パンクチュエーションは、近代詩歌の誕生にも大きな役割を果たしている。近代以前の詩のテクストは改行がない。歌うことが基礎にあった古典詩は、定型すなわち外在律でリズムが固定していたため、行を変えなくてもリズムを示すことができたのだ。しかし、黙読に移行した近代の口語自由詩のリズムは内在律にならざるを得ない。そこで行替え、句読点、一字空けなどの表現を工夫することになった。釈迢空（折口信夫）の短歌はその一例である。

葛の花　踏みしだかれて、色あたらし。この山道を行きし人あり

（『折口信夫全集』第一巻、中公文庫、一九七五年）

この歌を含む歌集『うみやまのあひだ』の後記「この集のするに」で、折口信夫はパンクチュエーションの必要性を次のように強調している。

私の歌を見ていただいて、第一にかはった感じのしようと思ふのは、句読法の上にあるだらう。私の友だちはみな、つまらない努力だ。そんなにして、やっと訣る様な歌なら、技巧が不完全なのだと言ふ。……私が、歌にきれ目を入れる事は、そんな事の為ばかりではない。……一層内在して居る拍子を示すのに、出来るだけ骨を折る事が、なぜ問題にもならないのであらう。……「わかれば、句読はいらない」などと考へてゐるのは、国語表示法は素より、自己表現の為に悲

しまねばならぬ。　　　　　　　　　　　　　　（同右書）

句点、読点、一字開けがそれぞれ何を意味し、どう異なるのかははっきりしない。しかし、こうしたリズムの内在化の試みを通じて、近代の口語自由詩が育まれていったことは分かるだろう。

事情は中国でも同じだ。中国最初の口語自由詩とされる胡適の「朋友」（『新青年』第二巻六号、一九一八年）は次のようなものだ。

兩個黃蝴蝶雙雙飛上天　　キアゲハ二つ空に上り
　不知為什麼一個忽飛還　　なぜか一つが降りてきた
剩下那一個孤單怪可憐　　残った一つが可哀相
　也無心上天天上太孤單　　それでも空に上りはしない

胡適はこの詩に次のような注釈を付けている。〝此詩天憐為韻、還單為韻、故用西詩寫法、高低一格以別之（この詩は天と憐、還と単が韻を踏んでいる。故意に西洋の詩の書き方を用い、一字ずつ高低をつけた）〟。各行を五音ずつの十文字で統一し、韻を踏んで、五言律詩に近いリズムを保持し、従来の漢詩ふうの体裁を整える一方で、行替えをし、西洋の詩の書き方を導入して、新たな詩の形を示そうとしていることが分かる。

以上のような言語表現の変革の試みを通じて、近代以降、文学は、小説でも詩歌でも、読者が作品の世界と通じ、そこから真実のかけらを感じ取る表現を獲得していったのである。

三　近代文学の展開

わたしたちが享受している近代の「文化」や「文学」は、こうして十九世紀から二十世紀にかけて生まれた（西洋では十九世紀前半、日本では十九世紀末、中国では二十世紀初頭）。そして、文化芸術の重要な領域の一つとして広く享受されることになった。それを支えたのは近代を迎えた社会の変化だった。

その一つはベネディクト・アンダーソンのいう「巡礼」である。近代以前、人びとは生まれた場所で育ち、人生を送った。農村で生まれればその村で、都会に生まれればその街の片隅で、生涯を過ごした。だが、近代市民社会が生まれてから、人の一生は旅（＝巡礼）に変わった。小学校に通い、成績がよければ大きな町の中学・高校に上がる。そこでも成績がよければ大都市の大学に行き、卒業後は首都で社会の精鋭として活躍する。その旅には節目ごとに試験などの関門がある。その試験の科目としてどの国や地域でも課されるのが国語だ。考えてみて欲しい。小学校以来、私たちが学んだ国語の教科書に載っていたのは、ほとんどが文学作品だった。国語教育は文学教育でもあるのだ。こうして近代以降の文学は広く享受されるようになり、価値あるものと見なされるようになっていった。

もう一つは、フィリップ・アリエスのいう教育の変化である。アリエスによれば、近代以前の教育は、「真理」すなわち神や聖人の摂理を教える科目と、職業教育の科目、すなわち読み書き算盤からなっていた。真理は、西洋では聖書、東洋では四書五経を学ぶ。職業教育は、大人から、漁師なら魚取りを、百姓なら畑仕事を、大工なら木工を学ぶ。子どもは未完成な大人だと見なされ、親方について大人と同じ一人前の仕事ができるよう時間をかけて仕込まれた。だが、近代になって市民が勃興すると状況が変わった。イギリスでは紳士たちのパブリック・ハウスやコーヒーハウスでの議論が輿論を形成し、社会に大きな影響を持つようになった。フランスでは、富裕な市民が貴族のサロンに参加し、その意見が社会に影響を持つようになった。それに伴って子どもへの教育も変化した。親は子どもが、パブリック・ハウスやサロンの議論に参加できるような紳士になることを望むようになったのだ。そのために必要なのは教養を身につける教育である。そして教養教育の中でどの国や地域でも課されるのが国語である。先に述べたように国語教育は文学教育だった。

こうして、近代に生まれた、読者と作品世界を結びつけ、真実に触れることができると信じられた文学は、文化の周縁から中心へと移動し、重要な文化の一部となった。それは現在まで続いている。

四　文学の現在

だが、二十一世紀を迎えた今、わたしたちは「近代文化」の誕生以来の大きな文化的転換の時期を迎えているのかもしれない。例えば、一九九〇年代以来、文学の周縁化が叫ばれ、その端的な現れとして、若者の活字離れが指摘されてきた。しかもそれは、日本のみならず東アジアの諸都市に共通な現象として語られている。

じつは、若者に読まれている文学作品は決して少なくない。例えば日本では、村上春樹の『1Q84』book1～book3（新潮社、二〇〇九～一〇年）が文庫版を含めて七七〇万部を売っており、今なお村上春樹が好きな二十代の読者は多い。中国でも余華の長編『兄弟』（作家出版社、二〇〇八年）は三十五万部を売っている。純文学に限らず、ライトノベルに範囲を拡げれば、もっと読まれている作家や作品が目白押しである。日本では、谷川流の『涼宮ハルヒの驚愕』（上・下、角川スニーカー文庫、二〇一一年）の売り上げが初版だけで一〇〇万部を越えた。現在九巻まで出ているシリーズ全体では二〇〇〇万部を超える。中国でも、郭敬明の長編ファンタジー『幻城』（春風文芸出版社、二〇〇三年）が二〇〇万部、青春群像を描いた『小時代1.0』（長江文芸出版社、二〇〇八年）『小時代2.0』（同前、二〇〇九年）がそれぞれ一〇〇万部を売っている。マンガまで含めれば、『One Piece』第五十二巻が初版だけで二五〇万部を売ったように、さらに読まれている作品がたくさんある（中国でも郭敬明の『小時代1.5』（上・下）（長江文芸出版社、二〇一〇年）『小時代2.5』（上・下）（同前、二〇一一年）はマンガ版である）。

こうした現象は、若者が決して活字の作品を読まなくなった訳ではないことを物語っている。ただ、彼らの興味は、いわゆる純文学や大衆文学ではなく、新しいジャンルの作品に移っているようなのだ。だとすれば、若者の文学離れ、あるいは文学の周縁化とは何を意味しているのだろうか。そして、それが東アジアの諸都市で共通に見られる現象なら、その背景には何があるのだろうか。

わたしは文学やサブカルチャーをめぐって、いくつかの次元で決定的な変化が起こりつつあると考えている。まず、若者のテクストの読み方がこれまでと異なって来ている。ごく単純化して言えば、これまで文学テクストを読むとき、読者は主にストーリーや作品の思想、文体などを鑑賞してきた。しかし、現在の若い読者の一部は、キャラクターを鑑賞することに重きを置くようになっている。特にアニメ、マンガ、ゲーム、ライトノベル、それに付随するコスプレ、二次創作など同人活動（いわゆるサブカルチャー）の愛好者たちはそうだ。例えば、コスプレは好きな作品の好きなキャラクターに扮装するし、二次創作は原作のキャラクターなどを借用して新たな作品を創作する。これら愛好者が注目しているのは、明らかにストーリーではなく、キャラクターだ。

そうしたテクストの読み方の変化は、読者と文学の関係を変えつつある。具体的に言えば、近代以降、文学作品、なかでも純文学作品を読むとき、読者はそれらをとおして、人間や社会、世界や歴史の真実に触れること、あるいは触れるための手がかりを見つけることを期待してきた。少なくとも、そうしたことを感じさせてくれるのが、優れた文学作品だと思ってきた。魯迅やドストエフスキーを読むときのことを考えればよい。しかし、現在のサブカルチャーを愛好する若者の一部は、そうしたことともに、あるいはそれ以上に、作品を通じて仲間と交流することに喜びを見いだしている。彼らはインターネットを通じたり、サークルを作ったりして、ファンどうしの繋がりを持っている。そして、そうした共同体（コミュニティ）で、作品のキャラクターや設定について熱い議論を交わしている。自分の意見が受ければ即座に大きな反響がある。そうしたコミュニケーションを通じて自分の居場所を見つけ、自己実現をした実感を得ることが大切らしいのだ。

このようなテクストの読み方やコミュニケーションを可能にしているのが、コンピューター、インターネットなどのニューメディアである。上記のような若者の作品の享受や創作、交流にはコンピューターとインターネットが欠かせない。そして、レフ・マノヴィッチ『ニューメディアの言語』（みすず書房、二〇一三年）によれば、ニューメディア上の作品には、それまでの作品と大きく異なる特徴がある。ニューメディアではすべてのコンテンツをモジュール化することができるのだ。これまでの作品では、登場人物のキャラクターは作品と密接に繋がる有機的な総合体だったが、ニューメディア上のキャラクターは、それをいくつものモジュールに分解できる。猫耳、眼鏡、髪型、髪の色、巨乳、ミニスカ……。どのようなモジュールに分けるかは各自の自由だ。モジュール化されるのはキャラクターだけではない。ケータイ小説に「七つの大罪」といわれる要素がある。「売春、レイプ、妊娠、ドラッグ、不治の病、自殺、真実の愛」のことだが、これらの要素を組み合わせると一篇のケータイ小説ができるというのだ。つまり、ストーリーもモジュール化されるわけである。

それらのモジュールはデータベースのようにそれぞれの読者のうちに蓄積され、各自が自由にそこからモジュールを弾き出して新たに組み立てることができる。そうやって自分独自の鑑賞をすることも、それを創作へ転換することも、それを利用して愛好者たちとコミュニケーションを取ることも簡単である。東浩紀のいうデータベース化である（詳しくは『動物化するポストモダン』（講談社新書、二〇〇一年）を参照）。

それだけではない。こうした作品の受容や創作、交流の変化の背景には、若者のある種の孤独感や虚無感、閉塞感、あるいは社会との隔絶感（社会に参画できるという思いの欠如といってもよい）がある。それが彼らの文学観にも影響を与えていると思われる。

キャラクターを重視する読みの社会的背景について、批評家の宇野常寛は次のように述べている。

国内ではゼロ年代に入り、教室やオフィス、あるいは学校など、特定の共同体の中で共有されるその人のイメージを「キャラクター」と呼ぶことが定着した。……この一種の「和製英語」定着の背景には、日常を過ごす場としての小さな共同体（家族、学級、友人関係など）を一種の「物語」のようなものとして解釈し、そこで与えられる（相対的な）位置を「キャラクター」のようなものとして解釈する思考様式が広く浸透し始めたことを示している。

……物語に主役と脇役、善玉と悪玉がいるように、与えられた位置＝キャラクターがそこ（引用者注：小さな共同体）ではすべてを決定する。（宇野常寛『ゼロ年代の想像力』早川書房、二〇〇八年）

社会全体に広がるこうした傾向は、若者の閉塞感と繋がっている。社会学者の古市憲寿はそうした状況について次のように述べている。

まるでムラに住む人のように、「仲間」がいる「小さな世界」で日常を送る若者たち。これこそが、現代に生きる若者たちが幸せな理由の本質である。

……

日常の閉塞感を打ち破ってくれるような魅力的でわかりやすい「出口」がなかなか転がってはいないからだ。

何かをしたい。このままじゃいけない。だけど、どうしたらいいのかわからない。

（古市憲寿『絶望の国の幸福な若者たち』講談社、二〇一一年）

そうした若者の心が、現在の社会での生きづらさと密接に関係していることは明らかだろう。その間の事情を批評家の雨宮処凛《あまみやかりん》は次のように表現している。

00年代の若者たちは、あらかじめ「失わされて」いる。しかし、自分がいつ、具体的に何を失ったのかわからない。気がついたらカードが確実に減っていた、という実感があるだけだ。なんでか知らないけど生きるのが異様に大変、という皮膚感覚。90年代を経て「国際競争」や「グローバル化」という言葉に黙らされているうちに、多くの若者は「使い捨て労働力」に分類されてしまった。……「社会に出た」友人たちが満身創痍となり、次々と心身を壊していくのを目の当たりにしながら、少なくない若者が「労働市場」から撤退していった。

（「漫画が描き出す若者の残酷な『現実』」『小説トリッパー』二〇〇八年 autumun 所収）

近代を迎えた社会の変化の中で近代以降の文学は誕生し、展開した。現在の若者の文学との関わり方の変化が、上記のような社会の変化と連動しているとすれば、それは近代文学が誕生以来の大きな転換期を迎えていることを示唆している。

五　文学はどこへ行くのか？

じつは、サブカルチャーだけでなく、純文学の領域でもこれまでに述べたのと同様の変化が起こっている。村上春樹の受容のされ方が、その一例である。たとえば、北京、上海、香港、台北、シンガポールの五つの都市で村上春樹の小説の受容のされ方についてアンケート調査とインタビュー調査をしたところ、「村上春樹の小説のどこが好きですか」という質問に対して、作中人物の「孤独感」や「虚無感」への共感と、そう思うのは間違いではない、それでよいのだと語りかける「癒し」や「救い」を挙げる者が多数を占めた。

言い換えれば、日本を含め、東アジア諸都市の読者の多くが、村上春樹の小説の孤独感や虚無感に共鳴し、「それでかまわない」と手を差しのべる描写に癒しや救いを感じ、それが村上春樹の作品の魅力だと考えている。その読み方は、作品を通じて人間や社会の真実に触れることを期待してきた、これまでの文学テクストの読み方とは大きく異なっている。共鳴と癒しを求めているという点では、むしろ、キャラクターを中心にライトノベルやアニメ・マンガを鑑賞し、仲間との交流を求めてときにはコスプレや二次創作に手を染める若者たちと近いといってもよい。かれらもまた、閉塞感を感じ、社会における自分の位置を与えられたキャラクターとして演じているのだ。

もう一つ、サブカルチャーの愛好者と共通点がある。村上春樹の愛読者は、互いのコミュニケーションを重要視している。中国ではネットやサークルを通じての交流があり、そうした愛好者は「村民」と呼ばれている。日本でも、ノーベル文学賞の発表が近づくと、毎年愛好者たちが集い、作品に現れる料理や飲み物を肴に交流を深める。こうした現象は、莫言や大江健三郎がノーベル文学賞を受賞したときには、決してなかったことだ。

つまり、こう言ってよければ、読者はすでに変化を始めている。村上春樹はそうした変化に対応できた、数少ない作家の一人なのかもしれない。そして、日本だけでなく、世界中で村上春樹が読まれる理由もそこにあるのかもしれない。

近代の文学は読者が作品からある種の真実感を汲み取る文学として誕生した。それ以前の物語や詩と違い、読者は文学作品をとおして、人間の真実、社会の真実、歴史の真実に触れることを期待するようになった。だから、わたしたちは「文学」を、単なるエンターテインメントではなく、芸術的で高尚なものだと考えている。

だが、現在では、もはやジャンルを超えて文学も漫画もゲームも同じように享受することが、アジアの都市の若者には普通になっている。明らかにこれまでと異なる作品の作られ方、享受のされ方が生まれつつある。こうした状況の出現は、「文学」が、近代文化の誕生以来担ってきた機能を十分に発揮できなくなりつつあることを物語っているのかもしれない。十九世紀から二十世紀にかけて、文化の周縁から中心へと移動した「文学」は、現在の社会の中で、再び静かに周縁へと後退しようとしているのかもしれないのだ。

どんなに「真実」を描こうとしても、それが「物語」(=お話)にしか見えない今、そして、「文学」の周縁化が叫ばれる今、わたしたちは「近代」文化の終焉に立ち会おうとしているのだろうか。だとしたら、「文学」はどこへ行くのだろう。変容の渦中にいるわたしたちに、その全貌はまだ見えない。だが、すでにその予兆や端緒を、錯綜する同時代のアジアの文化状況の中に感じているのではないだろうか。そう思ってみれば、サブカルチャーや若者文化は思いのほか多くのことをわたしたちに語りかけている。

◆第一章…現代の「文学」…④韓国

一九四五年太平洋戦争終結後の韓国文学史

咸 燉均
（朴 愛花訳）

二十世紀全般にわたって形成され、発展してきた韓国の「現代文学」は、当代の社会現実を正確に認識し、そのような経験を効果的に表現し、発見された現実に対応するための熾烈な認識論的・感覚的苦闘の過程であった。すなわち、韓国現代文学は歴史の圧力を完全に反映し、それに応戦してきた知性史的な過程であり、運動と呼べるものである。韓国現代文学史において幻想文学やジャンル文学が他国の文学史に比べ、発展しなかった理由をそのような次元から理解することもできる。たとえ、韓国現代文学史において「純粋文学」という概念で文学の自律性論争が登場する際にさえ、それは歴史的な現実に対する防御規制やイデオロギー的面が強い。

太平洋戦争が日本の敗北で終わり、植民地支配から解放された直後の一九四〇年代後半の韓国において、最も重要な問題は植民地の清算と民族的なアイデンティティーの形成、独立した国民国家の樹立という問題であった。それは単純な植民地清算の問題を越えて、十九世紀当時の朝鮮の課題であった封建体制の解消と現代性の主体的な受容が、植民地体制の登場により歪曲され、留保されてしまった問題ともつながっている。しかし、韓国は太平洋戦争直後、戦勝国であった米国とソ連の占領軍に南北により分割信託統治され、結局朝鮮戦争という内戦が勃発して分断体制が登場した。韓国社会の歴史的、現代的な進展は再び決定的に歪曲された状況を迎える。この歪曲された状況は、韓国社会の主体の自律的な思考能力を深刻に抑圧したという点から、一九五〇年代以降現在に至るまで、韓国現代文学の性格を左右した根本的な知性史的な条件として理解できる。

一　解放直後と朝鮮戦争直後の韓国文学

植民地解放は韓国現代文学が再び始まる新たな分岐点である。韓国文学史において目立ったのは異常な意気込みの中で多くの文学団体が結成されたことである。もっとも注目すべき点は文学同人の結成とはまったく異なる次元の現実政治の性格を帯びた文学団体であるということである。このような解放直後の状況は、文学と社会的現実が極めて緊密に繋がっている韓国現代文学史全体の独特な性格をよく表す一側面であるといえる。

この時期を代表する左派文学者林和《イム・ファ》は当代韓国文学史を日本の帝国主義侵略により近代市民文学がまともに出現しないまま、外来近代文学が移植された文学史として定義し、韓国文学（民族文学）の未来と当為を労働者階級中心の文学を通して規定しようとする。一方、小説家の金東里《キム・ドンリ》は解放直後から一九五〇年代にかけて「民族的な個性」と「ヒューマニズム humanism」を打ち出した「純粋文学」を一貫してつよく主張した。生命現象と人類の日常を越え、人間の共同運命を発見する文学を「生の究竟的な形式」という言葉で表現したこともある。彼のこのような論理は社会的な現実の文学的反映・探求を排除した抽象的な論理であったが、韓国社会の右派単独政府樹立と朝鮮戦争の勃発、反共支配イデオロギーと結びつきながら、一九七〇年代半ばまで韓国文壇に大きな影響を及ぼした。従って、金東里以降、韓国文学史において「ヒューマニズム」が本来の意味とは違って、概して文学においては政治の激しい現実を取り去る用語として使われたという事実は覚えておくべきである。

しかし、一九五〇年代には「民族文学」に関する重要な論理が発表され、文学評論家の崔一秀《チェ・イルス》によって、民族文学の究極的目標を分断克服と統一に規定する進歩的理論が登場したのである。これは、一九七〇年代から一九八〇年代に活発に展開されて以来、民族文学、リアリズム、進歩的文学の論議に重要な話題を投げかけたという点で記憶すべきことである。

一方、一九五〇年代は朝鮮戦争の勃発によって戦後文学の出現が避けられなかった。戦争そのものに対する文学的な省察だけでなく、内戦の性格を反映した離散問題、戦後廃墟の社会問題、イデオロギー的な葛藤に対する探求、ヒューマニズム的な探求が重要なテーマとなった。しかし、この時期韓国文学のアイロニーは社会的な憎悪観が蔓延した戦後社会の雰囲気の中で反共イデオロギーに社会が大きく支配されていた。作家たちの思想さえ抑圧されていて、分断と戦争を歴史的かつ具体的、客観的次元で正面から問題視する文学作品が出現し得なかった。

韓国文学に知性的な深さが増した面もあるが、抽象的で、思弁的な性格を帯びた「実存主義」文学談論の大流行は、激変する歴史の中でイデオロギー的な圧力を避けかねる韓国文学の困窮な状況を表す逆説的な証拠でもある。例えば、戦争を通して人間存在の不合理が大きく覚醒する一方、社会制度に頼らない個人的な選択と決断のみ存在するという意識が韓国文学界に広がりつつ、存在の不合理・不安・虚無を強調したり、戦争の状況での極端な孤独に対する描写、人間の自由意志と責任、行動と参与、ヒューマニズムを強調する創作談論が広く拡散された。が、ここには戦争という歴史の残酷な実在と直面しながらも、それをめぐる政治的状況の具体性を消去する抽象性が問題として指摘される。

一九五〇年代の韓国詩が「モダニズム modernism」文学史の系譜のうえで転機となったという点も特記すべきことである。「モダニズム」という言葉は韓国文学史において、現代性・都市性・実験性・知的な態度と同じ系列で理解された用語である。「モダニズム」は韓国文学史で詩的話者の情緒表出方式の間接性、詩的対象探求において指摘の態度を保つという面から、「抒情詩」と対立する概念と理解できる。また、現実描写と言語表現方式において実験性が目立つという点では、「リアリズム realism」と対立的な観点として理解された。韓国現代文学史の全体からみると、モダニズムは文学的な表現形式から発散される特有の存在感であるにもかかわらず、「抒情詩」と「リアリズム」に比べ、支配的な地位を得られなかった文学の傾向であるといえる。おそらく、モダニズム特有の世界観と表現形式が相対的に不馴れ、難解で読者層の理解を幅広い範囲で得難いことが最も大きい要因であっただろう。

しかし、一九五〇年代「後半期」同人たちによって解放されてから、韓国文学史は伝統の抒情詩やリアリズム系列の文学史とは異なるモダニズム文学史の重要な系譜を持つようになった。彼らは、現代文明に対する知的自意識を日常言語とは異なる馴染みのない言語で表現している。これは一方では、一九三〇年代の韓国モダニズム文学史の系譜と繋がっていて、ある一方では一九六〇年代を代表する詩人金洙暎《キム・スヨン》をつなぐ架け橋の役割をしている。さらに一九九〇年代半ばに花開き、二〇〇〇年代になって初めて文壇主流に位置付けられたモダニズム（実験詩）系列の基になった。しかし、これらの限界は当代自己現実を具体的な探求対象とせず、抽象化した面等にあったが、この限界は以降韓国現代文学史において「モダニズム」文学を「純粋文学」と同一のものと誤認させる先入観を誘発させたものでもある。

それ以来、韓国文学史においてモダニズム文学と「リアリズム」「現実参与」文学が対立したものとみなされている。この葛藤を生じることになったのもこの時点から始まった側面もある。「科学的な詩学」の誕生を目指したこの時期、英米圏のニュー・クリティシズム new criticism 理論がモダニズム詩学の連続線上で受容されたこともモダニズム文学の現実認識の欠如という印象を強化することに大きな役割を果たした。韓国文学史において「モダニズム modernism」と「モダニティー modernity」を区別し、リアリズムとモダニズムの対立の側面を弁証法的に止揚しようとする本格的かつ組織・批評的な試みは一九九〇年代以降になってから行われる。

二　市民革命と産業化・分断体制においての韓国文学

韓国現代文学の現在性の理解において、一九六〇年代は非常に重要な時期である。韓国現代文学の重要な感受性や精神史の土台が、この時期に決定的に行われたと言っても過言ではないのである。この一九六〇年代の政治社会的条件と経験が、韓国現代史の基本土台を築くことと も密接な関連がある。一九六〇年代は四・一九革命により民主主義に対する熱望が爆発的に表出され、市民精神が誕生した反面、五・一六軍事クーデターにより抑圧的な全体主義政治体制が出現した。分断固着化が進み、反共理念が社会の支配イデオロギーとして固定化され、国家主導の急速な産業化と極端な経済成長主義により様々な都市問題と物質中心主義社会の極端な明暗が現れ始めた。一九六〇年代の韓国文学はこのような時代状況に対する知性的な応戦であり、この時期を代表する作家たちは創作行為が自分の時代に対する批判的な対応であることを明確に認識していた。

例えば、詩人金洙暎と申東曄《シン・ドンヨプ》は一九六〇年代を代表する文学精神として、自分の文学を一九六〇年代の時代現実と分離させておらず、特に四・一九革命によって触発された自由と民主主義、市民精神などを自分の文学を通して積極的に表現した。金洙暎において特記すべきことは、民主主義と自由と革命の問題を「小市民意識」についての点検と自己分裂の問題として提示したのである。彼は、鋭い政治的な話題を抽象的スローガンを通して宣言したり提示するよりは、自覚された市民―知識人と日常人―群衆としてのアイデンティティーが共存・分裂するアイロニーを「日常語」で語った。このアイロニー的認識を通して日常語は詩の言語になったが、これは純粋な文学語が別途に存在するという文学に対する長年のイデオロギーを解体していたという点からも非常に意味深いことであった。申東曄は自由と民主主義の問題を民族の現実と民衆的な主題性を通じて受容しようとしたが、特に彼においてこの問題が分断克服と自主独立国家の建設次元に帰結されるということは重要である。金洙暎と申東曄の実践は、文学と社会的現実が緊密に連携して運動した韓国現代文学史の決定的な精神の礎となって、一九七〇年代以降現在に至るまでも韓国文学創作の現場で大きな影響を及ぼしている。

この時期には小説史においても韓国現代文学史の根幹になる重要な作家たちが登場している。崔仁勲《チェ・インフン》は『広場』『灰色人』『西遊記』『クリスマスキャロル』などの小説を通してイデオロギー対立、解放以降の新植民地状況、四・一九市民革命と革命の挫折など、分断社会・全体主義社会を生きている知識人の苦悩を深遠に洞察することで、韓国現代文学史に政治的な形而上学を取り入れている。金承鈺《キム・スンオク》は伝統的な社会とは区別される現代的・都市的な個人の新たな感受性を発見する一方、急激な都市化・産業化が胚胎する人間の疎外と物質万能主義、知識人をはじめとする都市小市民たちの虚偽意識と虚無主義を感覚的に捉えた。

金承鈺の小説が表出した都市的感受性は韓国現代小説を金承鈺以前と以後に大別するほど特別なもので、韓国文学の新たな世代の出現を知らせる信号弾となり、韓国現代史における個人を一九六〇年代以前と以後に分けられる文学的な分岐点となった。李清俊《イ・チョンジュン》の小説は非常に知的な態度で、現代化過程において化石化され、淘汰される伝統的な生活の方式と個人の価値を照明したが、これは復古主義的な態度にもかかわらず、急変する当代の韓国社会の不安意識を示す文学的症候であった。また、小説家李浩哲《イ・ホチョル》、金廷漢《キム・ジョンハン》などが提示した分断の問題、急激な経済開発の過程で始まった都市化・階層・階級問題は、韓国文学を作品創作の実在の次元から当代的な生活に基づいた民衆的なものに拡張することにより、一九七〇年代と一九八〇年代に花開いた民族文学、民衆文学の架け橋であり、指標となった。

三　国家独占資本主義と全体主義体制の民族・民衆文学

カール・マルクス（Karl Marx）によると、「現代（近代）」は機械と賃金と利潤の相互作用によって、資本の蓄積と資本の自律的な運動が可能な資本主義経済体制に規定される。このような経済中心的定義によれば、解放後韓国が構造的に「現代」社会に本格的に進入したとみられる時期は、一九七〇年代であるといえる。重工業中心の経済体制への進入によって機械の再生産が可能となり、工場労働者が急激に増え、労働生産力が飛躍的に増大し、彼らが社会の中心階級として位置づけられる時期だったのである。しかし、経済開発の成果は民衆に均等に分配されず、独占資本家グループが社会の中心になる方向へ社会構造が再編されることになっていた。民衆の暮らしは根幹を失い、階層・階級の問題が社会の構造的な矛盾として固定化されていた。また、この時期は抑圧的な軍部独裁体制が分断社会の矛盾を利用して、冷戦体制を永久化しようとし、民主主義を抹殺する全体主義的な政治を強化することで、民主主義と市民の暮らしは全面的に抑圧された。それにもかかわらず一九七〇～八〇年代の韓国社会には、国家独占資本主義や冷戦全体主義に対抗する強力で持続的な社会抵抗運動が起き、社会科学的認識に基づいて分断体制、国家独占資本主義体制、軍事独裁体制の変革を求める革命的世界観が出現した。この時期の韓国現代文学は、このような社会抵抗運動の一部であり、体制変革運動の理論的な根拠を提供し、社会的な現実と抵抗意志、革命的な世界観を表現する核心的な媒介物であった。一九七〇～八〇年代の韓国文学史において大きな特徴は、「民族文学」と「民衆文学」という批評談論が詩と結び付けられて「詩の時代」を成し遂げたことである。韓国の伝統的な民衆の情緒を含んだパンソリ形式に強力な政治風刺を取り入れた金芝河《キム・ジハ》の『五賊』、農民の生々しい現実を諧謔と興趣と批判意識を込め、易しい言語で展開した申庚林《シン・ギョンリム》の『農舞』はこの時期を代表する作品である。

一九八〇年代には「民衆性」に対する観念が創作主体の次元に移り、民衆の現実を民衆が自ら語るべきであるという創作意識が強く台頭した。朴労解《パク・ノヘ》とベク・ムサンは政治的に迫害され、経済的に搾取される労働者階級をメシア的な階級意識を通じて、詩創作の主体と、文学的・政治的実践家とした。このような創作主体の民衆化は、民衆の現実を詩の対象とした従来の韓国文学と一九八〇年代の文学を大別する最も重要な事件であった。彼自分は労働者ではなかったが、当時の韓国社会を新植民地主義、国家独占資本主義体制と理解し、社会解放の意志を革命の詩で表現した金南柱《キム・ナムジュ》も覚えておくべきである。一方、一九七〇年代から一九八〇年代までには社会抑圧と自由の抹殺、産業化による人間疎外の問題を馴染みのない言葉で表した重要な詩人たちが多く出現した。黄東奎《ファン・ドンギュ》、鄭玄宗《チョン・ヒョンジョン》、呉圭《オ・ギュ》原《ウォン》、黄芝雨《ファン・ジウ》、崔勝子《チェ・スンジャ》などは、リアリズム、民衆詩の系列とは異なる方法で慣習的な視線と常套的言語を破壊しながら、暮らしの疎外と主体の事物化を話題として韓国文学の認識論的・方法論的な地平を大きく広げた。彼らは一九三〇年代、一九五〇年代の韓国詩に登場した「モダニズム」詩の系譜に位置付けられながらも、当時の文学で取り去られ、抽象化されていた鋭い現実認識と主体探索を熾烈に結び付けることで、言葉と事物と世界を深く結びつける新しい文学の時代を切り開いた。こうした試みはそれ以来、現在に至るまで韓国現代詩の創作現場に強力な影響を及ぼし、韓国文学史の現在形となっている。

一方、この時期の小説においてもやはり近代産業社会での労働問題と貧困問題を民衆の階級的な見方として扱った作品が最も目立っている。その中でも、一九七〇年代趙世熙《チョ・セヒ》の『小人が打ち上げた小さいボール』は、産業化時代の労働問題と貧富格差問題を正面から取り上げながらも、これを従来のリアリズム小説の典型的な作法を越えた新たな言葉で扱うことで、解放以降、韓国現代小説の最も特別な成果の一つと評価されている。黄皙映《ファン・ソクヨン》の『客地』も韓国労働文学史、リアリズム文学史上で主な転換点となる。これらの文学的な成果は特に一九八〇年代中・後半の韓国社会変革運動の流れとともに出現した一連の労働者文学の誕生にも強力な影響を及ぼした。

四　脱イデオロギー時代の風景

理念の時代、労働の時代、民衆の時代をすぎたばかりの一九九〇年代の韓国文学は歴史から日常へ、解放の叙事と革命的な世界観から個人の欲望へ、労働の現場から消費社会の中心へ、現実政治への参与から大衆文学的な感受性の世界に戻ってきている。女性作家の多くの出現で家父長制社会で隠蔽され、抑圧された女性の日常と経験についての探索が本格的に行われはじめたのもこの時期である。革命運動が過ぎ去った情熱の時代を幻滅と虚無の目で回顧する後日談文学が流行した直後の韓国文学の風景は、社会的現実からの逃避と文学の商業化であると批判されたこともある。これも従来、わりあいに疎かにされた多様な文学的な現実の発見であるという点から、韓国文学の傲慢な文学史的圧力の下にあるものであると評価できる。

一方、このような文学的な傾向はＩＭＦ体制という国家不渡り危機の状況になり、韓国社会が新自由主義世界化体制に急激に編入された一九九〇年代末になって大きな変化をもたらすことになる。社会の経済構造が根本的で暴力的になっていく中で社会危機を反映する多様な社会的な徴候と主体の状況と感性を韓国文学の作家たちが捉え始めたのである。それにもかかわらず、その反映の方法は二十世紀全般のリアリズム的叙事や伝統抒情詩の規律とは異なる個性で実験されている。韓国文学の現在の姿を成しているこれらの実験と変形を通して、一貫して確認できるのは、韓国現代文学の最も重要な特徴が当代の文学的な現実を発見し、それに対応しようとする激しい応戦の過程であったということである。

参考文献

近代文學一〇〇年研究叢書編纂委員會『略傳으로 읽는 文學史』二（소명出版、二〇〇八年）
近代文學一〇〇年研究叢書編纂委員會『論文으로 읽는 文學史』二・三（소명出版、二〇〇〇年）
金仁煥『記憶의 階段』（民音社、二〇〇一年）
民族文學史研究所『새民族文學史講座』（創批、二〇〇九年）
權寧珉『韓國現代文學史』二（民音史、二〇〇二年）
權寧珉『韓國現代文學批評史』（소명出版、二〇〇〇年）
權寧珉『韓國近代文學批評史』（소명出版、一九九九年）
金允植『韓國現代文學批評史論』（서울大學校出版部、二〇〇〇年）
高亨鎭外『韓國現代詩史』（民音史、二〇〇七年）

◆第二章…近現代の文・史・哲と人文学

戦後現代の課題

新川登亀男

はじめに

現在、いわゆる「人文学」のあり方が様々な観点から問題視されている。「人文学の危機」と喧伝されることもある。しかし、この問題は目先の現象や風潮におどらされることなく、なるべく事態の本質に迫る努力と思惟が求められる。

また、「人文学」と称する場合、その学問・教育領域として哲学・史学・文学（哲・史・文）があげられている。ただ、この「哲・史・文」という順序については現代日本の教育行政下で慣用されるものであり、日本以外の東アジアでは、とくに中国および中国学においては「文・史・哲」の順序をとる場合が多い。ここでの論題が「文・史・哲」となっているのは、東アジアを念頭に置いたものだからである。

さらに、副題には「戦後現代」とある。たしかに将来を見据えた「戦後現代」をいかにとらえるのかは重要な課題となる。しかし、その試みは、少なくとも明治以来の「近代」を踏まえる必要がある。

以上のことに留意しながら、本論に入りたい。しかし、本書の趣旨は、学術論文集の公刊にあるのではなく、基本的ないし本質的な問題の所在と、その回答への見通しを俯瞰し、記述するところにある。よって、以下、この趣旨にそって説明していきたい。

一　現代東アジアの大学と「文・史・哲」概観

日本の課題を問い直すにあたり、はじめに現代東アジアの場合を概観しておきたい。まず、中国でも、現在、「文・史・哲」の編制が北京大学などにみられる。北京大学の場合は、一九九九年に設置された人文学部（日本の学部組織とは異なる）のなかに中国語言文学系、歴史学系、哲学（宗教学）系の三系がある。この組み合わせと区分は、辛亥革命後の一九一二年に北京大学となる以前、つまり一八九八年設立の京師大学堂の時代にさかのぼる。しかし、その時は、中国文学門が中心であり、これに史学堂が加わる。そして、この系譜が北京大学へと継承されるのであるが、哲学系（哲学門）の立ち上げは北京大学になってからである。逆に言えば、北京大学の創設とともに「文・史・哲」がそろうことになる。さらに言えば、「文・史・哲」の順序記載が、歴史的な成り立ちをあらわしており、これが「人文学部」に総括されている。

ついで、韓国の場合、たとえばソウル大学校人文大学、延世大学校文科大学、高麗大学校文科大学などでは、北京大学のように三区分編制が明示されておらず、学科の併記にとどまる。しかし、基本的には「文・史・哲」の意識が潜在しているかのようである。

ソウル大学校や延世大学校の場合は「文・史・哲」の順に学科がならべられており、その意味では、中国の北京大学に近い。ただ、高麗大学校では、「文」「史」「哲」がいささか不規則にならんでいるかのようであるが、「文・哲・史」の順を思わせる。いずれにせよ、高麗大学校の場合は、ソウル・延世両大学校の場合と異なるところがある。

ただし、現在、上記の三大学校の学制が、ともに「人文」ひいては「文科」呼称のもとで「文」「史」「哲」の三区分や組み合わせを潜在させるか、一部残存させていることでは共通している。そして、これに心理学や社会学、諸外国語文学その他が加わる。

ついで、三区分のうちでは「文」を、しかも自国の語文学を筆頭にかかげることでも共通している。この点は、中国の北京大学でも同様である。しかし、韓国の上記三大学校の場合は、学科の並列に終始して、「文」「史」「哲」の学区分と組み合わせが一義的には示されない方法をとっているから、この点では中国の北京大学の例と相違している。

二　近代日本の大学と「哲・史・文」

では、近代日本（植民地をのぞく）の場合はどうか。たとえば、慶応義塾大学では、大学部が開設されて二十年後の一九一〇年（明治四十三）、理財科・法律科とならぶ「文学科」のなかに「文・哲・史」

の三専攻が置かれた。その後、一九二〇年（大正九）、大学令にもとづく文学部設置とともに「文・哲・史」の三学科制が敷かれた。以後、改編を経るが、いわゆる敗戦後の一九四九年（昭和二十四）における新制大学発足後も、基本的には、この「学域」編制（哲・史・文の順にかわる）が継承される。ただし、二〇〇〇年（平成十二）、文学部は「人文社会学科」の一学科となる。これは、行政上の措置でもあり、「哲・史・文」の区分がまったく解体したわけではないが、統合的な再編形態を示している。しかし、学会組織とその発行誌（三田文学・史学・哲学）は堅持されている（『慶応義塾百年史』別巻大学編、一九六二年。『慶応義塾大学文学部創設百二十五年』二〇一五年など）。

また、早稲田大学（東京専門学校）では、一八九一年（明治二十四）、政治経済学科・法律学科・物理学科とならぶ英語学科（文学科）から改称された文学部に「哲・史・文」の三課目制が敷かれ、一八九九年（明治三十二）には「哲・史・文」の三学科制が明確になる。以後、（旧制）大学となり、さらに、いわゆる戦後の新制大学となるのであるが、その間、さまざまな改編を経る。しかし、「哲・史・文」の「学域」編制は基本的に継承された（『早稲田大学文学部百年史』一九九二年など）。

一方、新制大学発足後、文学部は第一（昼間）と第二（夜間）に分かれた。このうち、「哲・史・文」の「学域」編制は第一文学部に顕著であったが、二〇〇二年（平成十四）、慶応義塾大学と相前後して「総合人文学科」の一学科に統合された。その後、二学部制は廃止され、あらたに文学部と文化構想学部が開設される。新文学部には「哲・史・文」の枠組みとコース区分が潜在しているが、「文学科」に統合された。文化構想学部はこれと異なり、論系ごとにあらたな融合と枠組みが目指されている。

さらに、東京大学の場合、その前史は複雑であるが、一八八六年（明治十九）、帝国大学令にもとづき、「国家ノ須要ニ応スル」帝国大学となる。そして、法・医・工・文・理の分科大学制がとられた。ついで、一九〇四年（明治三十七）、東京帝国大学（京都帝国大学設立により、一八九七年〈明治三十〉、帝国大学を東京帝国大学に改称）文科大学は、これまでの九学科並列体制をあらため、「哲・史・文」の三学科制を発足させた（以下、『東京大学百年史』資料一・二、一九八四・一九八五年、同部局史一、一九八六年。中山茂『帝国大学の誕生』中公新書、一九七八年。天野郁夫『大学の誕生』上・下、中公新書、二〇〇九年。吉見俊哉『大学とは何か』岩波新書、二〇一一年など参照）。

ところが、一九一九年（大正八）、分科大学制が学部制に改組されるとともに、文学部における「哲・史・文」の三学科制は廃止され、「国文学・国史学」を筆頭とする十九学科並列型になる。日本「国」を中心にして、これに「支那」（中国）、「東洋」がつづき、「西洋」がそのあとに位置づけられていることに留意するなら、日本「帝国」構想と関係しようか。

その後、いわゆる戦後の新制東京大学においても、この体制は基本的に続いたが、一九六三年（昭和三十八）、第一類（文化学）、第二類（史学）、第三類（語学文学）、第四類（心理学、社会学）に分別され、「哲・史・文」型が改編追補されて復活した。第一類（文化学）は主として哲学系である。さらに、一九九五年（平成七）、第一類（文化学）は思想文化学科、第二類（史学）は歴史文化学科、第三類（語学文学）は言語文化学科、第四類（行動学に改称）は行動文化学科にそれぞれ名称変更された。すべてに「文化学」という語が付されたのである。

ところが、現在、さらにあらたな改編がみられる。すなわち、二〇一六年（平成二十八）、東京大学文学部は四類制度を廃止して、「人文学科」という一学科に統合することにした。ここに、学科編制上は「哲・史・文」型その他が解消し、すべての専修課程が「人文学」のもとで並列型となるのであり、既述した慶応義塾大学文学部や早稲田大学文学部・文化構想学部などの形態に類似することになる。

要するに、いわゆる文科系（とくに大学の文学部）の学問と教育は、「法」や「政」の分野を切り離し、一九〇〇年前後から一世紀以上にわたって、細分化や改編（中断を含む）などを経ながら、基本的には「哲・史・文」の枠組みと区分を整え、あるいは維持してきた。しかし、二十一世紀に入り、「人文学という呼称に表象されるような一学科として「哲・史・文」の枠組みと区分が再統合される傾向へとすすむ（早稲田大学文学部は例外的に「文学科」）。

上述の例は限られたものであるが、大きな潮流の目安にはなろう。しかし、研究組織や体制は「哲・史・文」の枠組みと区分を固持しており、その成果が教育に還元されるのであるから、事態はさまざまな矛盾と限界をかかえている。

三　「哲・史・文」の由来

実は、「哲・史・文」の区分と組み合わせが、なぜ誕生したのかは明らかでない。たとえば、中国的伝統に準拠した図解説明がある（鈴木貞美『「日本文学」の成立』作品社、二〇〇九年）。しかし、それは充分な説得力をもたないであろう。

　さかのぼって、明治初年、西周は『百学連環』総論朱書（乙本頭注）において、漢学を「経学家、歴史家及び文章等の区別」によって理解したところがある。しかし、この区分は「学域」をなしていないと自ら述べている（前掲甲乙両本）。

　また、一八七〇年（明治三）の「大学規則及中小学規則」によると、文科の教授・学習は紀伝学、文章学、性理学（心理学ではなく宋学）に三区分されているが、いまだ「史・文・哲」とはなっていない。だが、明治のはじめ、すでに「哲・史・文」の三区分と組み合わせの萌芽がみられるかのようである。

　さらに、一八八七年（明治二十）の第二回帝国大学卒業式において、初代総長渡辺洪基は、「形而上」の学を担う文科大学では哲学がもっとも重要であり、「形而下」の学を旨とする理学科大学の「理学」とならぶが、さらに哲学はすべての学を統一する位置にあると述べている。しかし、哲学の卒業生はきわめて少なく、理念と現実との乖離が歴然としていた（中野実『近代日本大学制度の成立』吉川弘文館、二〇〇三年参照）。理念としては、ドイツの大学に倣うところがあったのであろうか。

　一方、同時期と思われる森有礼の「学科及び教授法草案」一（清書）では、「国基」に直結する文学と史学の枢要性が特筆されているが、哲学に触れるところはない（同全集一、宣文堂店、一九七二年：昭和四十七）。これは、さきの渡辺と森との立ち位置の違いにも由来すると思われる。しかし、いずれにせよ、哲学、史学、文学の諸価値については評価が分かれており、「哲・史・文」制の未確立さを示唆している。

そこで、東京帝国大学文科大学に「哲・史・文」の三学科制が明確な形で打ち出されたのが、一九〇四年（明治三十七）段階であったことをあらためて想起したい。時に、日清戦争開戦後十年、日露戦争が勃発している。慶応義塾大学や早稲田大学でも、「哲・史・文」の三区分と組み合わせは、一九〇〇年をはさんだ前後に形をなしてきているから、およそ、二十世紀はじめ、ないし十九世紀末に、一応、「哲・史・文」が明確な姿をあらわしてきたことになる。今から、一世紀以上も前のことであるが、一世紀以上しか経っていない。

以下、上記のような現象を生み出す近代知と思惟に近づいていきたい。

四 「科学」の意図

「哲・史・文」の分化と組み合わせが生まれたのは、近代日本の造語である「科学」の概念と深くかかわっている（辻哲夫『日本の科学思想』こぶし文庫、二〇一三年、もと中公新書、一九七三年。鈴木修次『日本漢語と中国』中公新書、一九八一年）。この造語は、後述するように一九四五年（昭和二十）のアジア太平洋戦争の敗戦後、あらたな一般教育理念のもとで出現した三「科学」呼称としても流布したが、現在は、違った意味で用いられることが多い。

明治のはじめ、西周は「知説四」（『明六雑誌』連載）において「いわゆる科学」と述べている。西は、Scienceを「学」と訳し、Science and artを「学術」と訳して、「学」は真理を講究し、「術」はその真理を活用することを意味するという（『百学連環』総論乙本、前掲「知説四」）。そして、彼は、「科学」を「学」ないし「学術」の同類語とした。さらに、このような「科学」には「学域」というものがあり、「洋学」では、みだりにその境界を越えず、区別を旨としているという（前掲『百学連環』）。「一学一術」といったのは、そのことである（「知説三」）。

これと似た発言が、同時期の福沢諭吉にもみられる。それは、一八七一年（明治四）起筆の『学問のすゝめ』初編にみえる「一科一学」である。「一科一学」とは、西のいう「一学一術」と呼応する表現であり、それぞれ「科学」と「学術」になる。言い換えれば、既存の成語であった「科学」や「学術」から「一科一学」や「一学一術」という言い方が生まれたのではなく、その逆なのである。したがって、「科学」を例にとれば、「科の学」が本義となる。

その「一科一学」や「一学一術」は、個別の「科」ごとに「学」があり、個別の「学」ごとに「術」があるという意味である。そこには「学域」の限りない境界性と分化・分散の志向および思惟が見て取れる。また、「科学」とは、今日の慣用例と異なり、「学域」からなる「学問」そのものをさしていた。

また、福沢は、「科学」をさまざまに分類した。たとえば、「実なき学問」とそうでない「学問」。「人間普通実用に近き実学」と、「学術の真面目」になる「真の学問」（前掲初編・九編・十編）。また、「無形の学問」「形なき学問」（心学、神学、理学等）と、「有形の学問」「形ある学問」（天文、地理、窮理、化学等）（同二編）、などである。

無形・有形の区別は、西が言う「此観」としての「心理上ノ学問」と、「彼観」としての「物理上ノ学問」との区分にほぼ対応する（『百学連環』哲学）。加藤弘之の『人権新説』第一章においても、「心理ニ係レル」諸科・学と「物理ニ係レル」学科との区分がみられる（一八八二年〈明治十五〉発刊）。このような区別は、「形而上」と「形而下」の「学問」区分としても流布した（中村正直「西学一斑」、既掲の渡辺洪基発言その他）。

これらの区分は、現在にも通じるところがあり、日本独自のいわゆる文系・理系区分となる。「哲・史・文」は、いわゆる文系に分類され、さらに細分化されたことになる。一方で、「科学」は、いわゆる理系の「学」として分類され限定された。しかし、ここで忘れてならないのは、そもそも「科学」にしろ「学術」にしろ、限りない分化・分類型思惟と、それにともなう多くの「学域」樹立と個別独立性をめざす近代知が基底に存在していたということである。

五「科学」の方法と聖徳太子伝研究

では、その「科学」の方法とは何か。それを誘導したのは、「科学」のなかで理系に分類された、あるいはされていく「学域」の方法であった。

たとえば、加藤弘之の前掲『人権新説』によると、「妄想主義」に彷徨しやすい「心理ニ係レル諸学」(哲学、政学、法学等)も、近年(一八八二年：明治十五段階)では「物理ノ学科ノ裨補ヲ得テ、専ラ実理ノ研究ニ従事」する者も出てきたという。つまり、いわゆる文系の陥りやすい「妄想」から、いわゆる理系における「実理」「実験」の研究への発展や転換が期待されているのである。

このような「妄想」と「実理」「実験」との対比関係は、中村正直の言う「空虚」と「実事考験」「試験考究」との対比関係(前掲「西学一斑」。ベーコンを範例とする)、西周の説く「空理」と「実験(視察)」「試験(経験)」「実際」、そして「演繹」に優先する「帰納」との対比関係(『百学連環』総論「新致知学」、「知説三・四」)に等しい。また、福沢の言う「古来の空談」と「試験の物理論」「有用の実学」「実験の説」との対比関係(一八六六年：慶応二刊の『西洋事情』初編「文学技術」。ベーコンらを範例とする)とも同じである。さらに、福沢は「一科一学も実事を押へ、其事に就き其物に従ひ、近く物事の道理を求て、今日の用を達すべきなり」と説いている。つまり、「実事」「物事」をもとにして、その「道理」を考究し、それを実用にするというのである。

このような対比関係にもとづく「科学」の方法は、「一科一学」「学域」によって異なるものではなく、むしろ逆に、「科学」の諸「学域」すべてに通底するものでなければならないとされた。あるいは、このような対比関係を踏まえた研究方法の施行こそが、「科学」であり「学域」であることを認証するというのである。

これに叶う好例のひとつは、聖徳太子伝研究である。一八九〇年(明治二十三)から東京美術学校(現東京芸術大学)で初の体系的日本美術史を講義した岡倉覚三(天心)は、「事実を集めて演繹する」

と述べ、いわば「国の華」である「不世出の英傑厩戸皇子」を誕生させた。それから程なくして、村上専精は、「空想時代から事実時代」へと移行する「社会の大勢」を踏まえ、「事実時代」に叶う「聖徳皇太子」伝を「理想」をこめて書き始めた。さらに、薗田宗恵も、「歴史上の事実」にもとづく「真正の太子」伝をあらわし、「架空」の「構造」をしりぞけるとした。

これらの到達点は、時あたかも「哲・史・文」が確立する段階の一九〇五年（明治三十八）に、久米邦武があらわした『上宮太子実録』（井冽堂）である。「上宮太子」伝の資料を甲種（確実）、乙種（半確実）、丙種（不確実）に分類し、「妄誕」「空想」「小説」をしりぞけて、「事実」を尊重するとした。つまり、「社会自然」の「理」に叶う「実」のみを選び、「構造」の「華」を捨て、文字通り「実録」を記す「科学的」研究であることを宣言している。

このように、「架空」「妄誕」「空想」をしりぞけ、ひたすら「事実」に徹して歴史を記述するという志向は、歴史学を「学域」として成り立たせる実証主義、もっと言えば資料事実主義を生み出していく。しかし、かの『上宮太子実録』は、「上宮太子」撰と伝えられてきた十七条憲法制定一三〇〇年記念の産物であり、「皇太子」「摂政」規定をもつ帝国憲法の施行や、ロシアとの緊張関係（日露戦争突入）のもとで、つまり現在史との対話を投影しながら記されたものであった。加えて、この『上宮太子実録』は、その後、『聖徳太子実録』と改題され、一部改訂を施しながら時宜に応じて再版されていくことになる（以上、新川登亀男「聖徳太子の『事実』と『空想』」『本』三二―三、講談社、二〇〇七年）。

以上の事例は、「事実」の選別が「科学」を仮称して、いかに主意的で曖昧なものか。「事実」と資料の関係は、かくも単純素朴なものか。また、「妄想」をしりぞけたとする、別の新手の「妄想」があったとすれば、どうなるのか。多くの深刻な問題を突きつけるのである。もとより、二十一世紀の現在、歴史研究ははるかに緻密化している。しかし、それは手続面に偏重しており、歴史そのものにどれほど迫ることができたのかは覚束ない。問題の所在が、わずか一世紀余の間に大きく変わったとは考えられないのである。

六　「文学」の複層性

「文学」の場合はどうか。それは、福沢によって「実のなき文学」と糾弾され、「科学」から疎外されがちであった。そのような通念を熟知したうえで編纂されたのが、一八九〇年（明治二十三）刊行の三上参次・高津鍬三郎『日本文学史』（金港堂）である。すなわち、「科学」（科の学）としての「文学」の危うさをよく承知しており、「科学」認識から疎外されがちな「文学」に対峙していたのである。

そこで、「一科専門の学」、「学問」の「分派」、「一部分のことを精確に攷究する」ことを肯定的に受け止め、そのひとつの「学域」に「文学」を列しようとしていた。それは同時に、「背理的」な「妄想」ではなく、「事実より理想に押し移る」ところの「合理的」な「推理の法」を打ち立てることであった。しかし、「学域」としての「文学」（史）が究極的に目指すところは、テーヌが心理学を学んで「心内の現象、智情意の三者」を知ろうとしたように、日本「国民の心」を窺うことであるという。

ところが、「文学」には、さらに別な含意が交差していた。文字に依拠して「無形の事理を攷究する」ところの「文学」は、同じく文字によっている諸「科学」と並列するのではなく、むしろ、それらの諸「科学」を包摂する位置にあるというのである。これは、狭義の「文学」と広義の「文学」が交差することを宣言しており、文科大学や文学科、そして文学部を称する広義の「文」学と、「哲・史・文」の狭義の「文」学という二重構造を生み出すことにつながっていく。

しかし、「一科一学」の「学域」形成を目指すこと、すべて文字に依拠した諸「科学」を統括すること、また、「国民の心」の解明と記述をめざすことの三者間には齟齬があり、どのように結びつくのかを説明していない。つまるところ、「文学」は何を対象とし、何をどうしようとしているのかが分からないままなのである。

もちろん、それは、かの『日本文学史』の段階のことであり、以後、「文学」の研究はめざましく進展し、「学域」を形成していく。しかし、漢字資料は日本史（もと国史）研究の「学域」が取り込み、仮名資料は日本文学（もと国文学）の「学域」が取り込むというような役割分担意識（無意識）が制度化されたのはなぜか。作品・作家別の専門研究に分化分散する意味は何か。「国語」と「国文学」と「鑑賞」の分化はいかに成立したのか。テクストの復原研究とその編制化はどのように位置づけられるのか。これらの問題は、歴史研究の場合とも相関して、「文学」の「学域」を問い直す手掛かりになりそうである。

七　過程としての「学域」形成と、目標としての「人文」

そこで翻って、「一学一術」をうたい、「いわゆる科学」を喧伝した西周が、その限界や誤認、歪曲を危惧していたことを指摘しておきたい。西は、これらの概念や方法を「洋学」から移植しようとしたのであるが、それぞれの「学域」を越えようとしない「洋学者」が「西洋」のことを知っていると思うのは間違いであるともいう（『百学連環』総論乙本朱書頭注）。つまり、漢学に「学域」がなかったことを批判すると同時に、「学域」をもつ洋学は、それゆえに相互排他的であり、閉鎖的であるとも批判しているのである。

西は、現に「学域」を構築していた西欧の「学問」の良いところと悪いところを冷静に判断していた。言い換えれば、日本に「いわゆる科学」の方法を移入し、「学域」をもつ「学問」「学術」が育つことを期待していたのであるが、同時に、西欧でおきている負の現象が日本でおきないことを願っていたことになる。

そこで、西は、「学術」が盛んになることについて、つぎのように説いている。すなわち、「一学一術のその精微を悉し、蘊奥を極むるをいうにあらず。衆学諸術、あい結構組織して集めてもって大成するものをいうなり」（「知説三」）、と。要するに、ただ一部分化し、専門化し、精緻化するのみが「学術」「学問」の発展ではなく、「一学一術」が相互に結び合い、体系化するところに真の「学術」「学問」の価値があると述べている。「一学一術」とは過程であって、目標ではないのである。いかにも、日本の将来を予言していたかのようであった。

このような警告を発する西は、同時に「いわゆる学術なるもの起りて人文の淵源を深うし、もって人生百般のことを綱紀せざるなし」と述べている。そして、「人文」の盛興は「学術」の賜物であることを度々繰り返して止まない（「知説三」）。

これについては、さきに取り上げた明治初年の「大学規則及中小学規則」が「大学ハ人文ノ淵藪、才徳ノ成就スルトコロ」とうたっていることとも結びつく。この場合の「大学」とは、教科（神教・修身）・法科・理科・医科・文科の五学科をさしており、ここでいう「人文」は、かの五学科すべてに対峙している。

このように、「一学一術」や「一科一学」理念のもとで「学域」の分化と確立を奨励促進しながらも、それを目標ではなく過程としてみる。そして、それぞれの「学域」を「結構組織」し、「大成」させることによってはじめて目標を達成することができる。その目標とは、「人文」の興隆であり、排他的で閉鎖的な「一学一術」や「一科一学」志向では「人文」に寄与し難いというのである。さらに、この過程と目標をはき違えないように修練する場として、職業専門学校とは異なる「（総合）大学」が構想されている。

八　「科学」と「人文」の矛盾

しかし、上記の構想は実現が容易でない。また、その是非が問われる場合もあろう。だが、いずれにせよ、専門分化をめざす「科学」「学術」と、「人文」とはただちに調和するものではなく、異質の概念が向き合うことになり、むしろ乖離するか矛盾せざるを得ないところがある。この難題は、その後、一九四五年（昭和二十）年のいわゆる敗戦を契機として、外から突き付けられることになる。それは、敗戦直後に来日した米国教育使節団の報告書に鮮明である。

すなわち、日本の高等教育は、一般教育（general education）の機会があまりに少ない。専門化があまりに早く、またあまりに狭すぎる。そして、職業的あるいは専門家的傾向があまりに強すぎる。したがって、自由な思考に対するより多くの背景と、職業的訓練を基礎づけることのできるより優れた基盤とを与えるために、より広範な人文的態度が培われなければならない（a broader humanistic attitude should be cultivated）、という（田中征男『戦後改革と大学基準協会の形成』大学基準協会、一九九五年の訳参照）。

これに呼応して、ＧＨＱ（連合国最高司令官総司令部）のＣＩＥ（民間情報教育局）にいたトーマス・Ｈ・マッグレールは、一般教育の科目として定めた自然科学・社会科学・人文科学の三「科学」をそれぞれ説明する。そして、この三「科学」の教育・学習は、自発的な行動や思考、ものの観方ができる「能動的な公民」の育成を目的とする道程であるという（「新制大学と一般教育」大学基準協会『会報』二、一九四七年、山本敏夫訳。海後宗臣・寺崎昌男『大学教育　戦後日本の教育政策』九、東京大学出版会、一九六九年参照)。

また、ラッセル・クーパーも、トーマス・H・マッグレールと同様の発言をしている。すなわち、社会科学の重要性を説きつつも、それは自然科学や人文科学の勉学とも共通するのであり、要は「責任のある市民」の育成をめざす目的が掲げられている(「一般教育と社会科学」大学基準協会『会報』三、一九四八年、山本敏夫訳。前掲『大学教育』参照)。

これらの趣旨を肯定的に受け止めた上原専禄は、大学基準協会の結成と「大学基準」の制定に取り組み、一般教養(教育)科目、つまり人文科学関係、社会科学関係、自然科学関係の三「科学」関係科目の設置に深く関与した。そして、彼は、ただちに「大学教育の人文化」を発表した(『大学論』毎日新聞社、一九四九年、初出一九四八年。のち、寺崎昌男編『戦後の大学論』評論社、一九六九年、『上原専禄著作集』五、評論社、一九九二年に再録)。

ここで上原は、「卑小・低俗・固陋な性格」を旧態依然として保つ日本人を「新しい精神性格の日本人」「真に自由な新日本人」に「創造」しなければならないという。そのためには、かの米国教育使節団の報告書が指摘した日本の高等教育、つまり偏狭な専門分化教育の欠陥を反省することが重要であり、一般教育による「広範な人文的態度の培養」が必要であるとした。それは、「自然と人生と社会とに対する人文的態度」の醸成であり、合わせて、「精神性能の全面的開発」でもあるという。

上記の三「科学」関係科目の設置は、この目的を遂げるためのものである。その目的のためには、「多面的に、しかも均しく諸科学を学習」させるべきであるが、「徒らに多数の学科目を履修」すればよいというものではない。また、「同一類型の知識人を作り上げること」でもなく、上述の「態度」育成を共通の基盤として、「個性の形成」に留意したいと上原は述べている。

しかし、上原は、専門および職業教育を単に否定しているのではない。一般教育が専門および職業教育の「予備的知識」提供になってはならない。むしろ、「擬似一般教育」ではない真の一般教育の成果こそが、これまでの「擬似専門教育」とは異なる真の専門および職業教育を形成していくはずだと期待していたのである。

ところが、日本では、その後、上原らの期待に反して、専門（分化）教育との関係、いわゆる理系と文系の理解の相違、そして一般教育（教養）そのものへの認識不足などの諸問題を克服することができなかった。一九九一年（平成三）の「大学設置基準」によって、当初の一般教育と専門教育との科目区分が廃止され、敗戦後、アメリカの影響を受けて生まれた一般教育体制は、半世紀弱に及んで解体したのである。

この解体は、かの米国教育使節団が報告した日本の高等教育のあり方が、実に堅固なものであったことを逆に物語っている。その堅固さは、「洋学」の現状に倣いながら、きわめて早いスピードで「一科一学」「一学一術」現象を邁進させた近代日本の産物である。そして、西周がかつて危惧した事態が、およそ七十年後に、米国教育使節団によって指摘されたことになる。

おわりに——これからを問う

現在、日本は、アジア太平洋戦争の敗戦（一九四五年）から、さらに七十年以上を経た。しかし、本論題をめぐる課題は、明治以降、あるいは十九世紀以降、大きな変化や節目を迎えながらも、今日まで消えることがない。

第一に、いわゆる文系に分類される「哲・史・文」の分化現象は、ほぼ二十世紀に定立した。しかし、それは、「一科一学」「一学一術」を本義とする造語「科学」および「学術」概念（意図・方法）に忠実にしたがった十九世紀後半の遺産とも言える。つまり、「学域」をもつ「学問」の構築運動である。

第二に、このような「科学」「学術」あるいは「学域」が問題視されたのは、上記の明治はじめと、いわゆる敗戦直後であるが、それは同時に「人文」が強く意識された時でもあった。いずれの時も、「人文」は、「科学」「学術」「学域」とは異なる含意を提示し、「一科一学」「一学一術」の限界や矛盾に対峙する概念であった。人々の生活環境、社会や国家のシステム、思考・常識などが大きく改造される時、もしくは改造が予見される時に立ち現れてきたのであり、その大改造の根底的な目標（人々の総合的なありかた。狭義の精神性とは異なる）としてかかげられたのが「人文」なのである。

したがって、それは、中国の伝統にみられる「天文」と「人文」との対比にもとづくものではない。また、ヨーロッパで誕生した人文主義や「人文学」と直接かかわるものでもない。事実、明治以降の日本に「学域」としての「人文学」は存在していないのである。むしろ「人文」とは、「学域」を対自的に意識することに意味があり、かりに「人文」が「学域」を構成したとすれば、それ自体が無意味化してしまうものとされていた。

第三に、二十一世紀に入った現在、「人文」の呼称を冠して「哲・史・文」や、いわゆる文系が束ねられる現象がみられる。一方で、「人文学の危機」がうたわれることもある。この現象については、教育行政を含めた様々な要因が考えられる。しかし、「人文」用語の浮上は、さきに指摘したように、人々・社会・国家の大改造期ないし大転換期にあらわれる現象であるから、今現在、それに該当する時であることを端無くも告白したことになろう。さらには、世界全体が大改造期・大転換期であることを付け加えるべきかもしれない。

第四に、わたしたちは、これにいかに立ち向かったらよいのか。「人文学の危機」を訴えることも、たしかにひとつの方法であろう。しかし、「人文学」というものは、そもそも近代日本の「学域」には存在しなかった。「人文学の危機」という標語に一種の違和感があるとすれば、それは「人文学」がそもそも存在しないこととも無関係ではあるまい。あくまでバーチャルなのである。

存在するのは、「学」と異なる「人文」という用語である。ところが、この「人文」も、明治はじめと、いわゆる敗戦後では意味するところが等しいわけではない。ただ、上述したように、「科学」としての「学域」のあり方を対自的に、かつ同時に意識せざるを得ない時にあらわれたのが「人文」という用語であることを歴史的に学んでおく必要がある。そして、その「人文」用語の台頭が、今現在、どのような歴史にあるのかを気付かせ、また警鐘を鳴らしていると受け止めるべきであろう。

とすれば、わたしたちのなすべきことは、また、できることは、存在しない「人文学」にこだわるよりも、それぞれの身近な「学域」自体を現実的に問い直してみることである。それは、けっして楽なことではない。自身の存在根拠や秩序を問うことになるからである。

たとえば、現在の「学域」の成り立ちを知ること。単なる「学説」の連鎖を追い求めるのではなく、「学説」の多面的な基底に分け入ってみること。これまで常識とされていた「学域」の意図や方法を見直し、最後に残る基礎は何であるのか。他の「学域」との関連はどこにあるのか、等々。しなければならないことは沢山ある。そして、これらを相互に発信し合い、議論するのは当然であるが、「学域」の現実や問題点ひいては構想について、不特定多数の人々に説明できなければならない。また、その説明責任がある。存外に、「学域」と多くの人々との間には深い溝があり、この溝は政治経済その他にも甚大な影響を及ぼし、それは結局、多くの人々とその生活に跳ね返ってくる。相互の無知ほど怖いものはない。

このような営為は、「学域」を否定することを目的にしているのではない。しかし、その努力が適切なものであれば、これまでの「学域」（意図や方法など）をそのままにしておくことはないであろう。

あとがき

「文」の概念史に注目して新たな「日本「文」学史」を描き出すことを試みた本シリーズは、この第三冊をもって完結する。これまでの多くの「日本文学史」が、作品や作家、ジャンルや表現論を中心に叙述されてきたのとは異なり、本シリーズは社会におけるリテラシーや「文」の機能をはじめ、文学、歴史、哲学、宗教、語学、書誌学、教育学などさまざまな範囲に及ぶ「文」の世界を対象として、「文」の概念史（Begriffsgeschichte）を体系的に浮かび上がらせてみせることを目指した。

この新たなプロジェクトを遂行するために、本シリーズは参加者同士の対話と議論を繰り返し重ねつつ、作り上げてきたものである。その核となったのは、編集のためのワークショップの開催である。シリーズ第三冊の本書もまた、これまでの第一冊、第二冊と同様、執筆者が原稿を持ち寄りディスカッションを行うワークショップを行った。

ワークショップは、二〇一七年七月二十二日、二十三日の二日間にわたり、早稲田大学を会場として開催した。第三冊は、国内外の執筆者合計四十八名による共同執筆になるものであるが、ワークショップには執筆者のうち三十四名（うち海外からの参加者は十四名）が集い、原稿を読み合い、本書のコンセプトや各章、コラムの方向性について、議論を深め、理解の共有に努めた。執筆者同士が意見を述べ合うワークショップを開催し、相互にフィードバックを行いながら本を作っていくこと自体、かなり珍しい試みといえようが、とりわけ今回は海外からの参加者が多く、複数の言語の壁を超えていかに議論を成立させていくかということも、大きな課題であった。しかしこの点は、通訳としてご参加下さった方々のご協力によって、たいへんスムーズにディスカッションを進めることができた。また、二〇一六年にWiebke DENECKEが韓国に訪問学者として滞在したことを機縁として、沈慶昊氏、咸暾均氏にはそれぞれ、韓国の「国文学」を専門とする執筆者をご紹介いただき、さらに魯耀翰氏には献身的なサポートをいただき、編者の構想を予定通り実現できたことをここに特筆しておきたい。そして、東京でのワークショップにご参加下さったすべての方々、とりわけ遠路を厭わず海外からご参加下さった方々へ、この場を借りてお礼を申し上げたい。

ワークショップは、早稲田大学日本古典籍研究所の主催により、スーパーグローバル大学創成支援事業　早稲田大学国際日本学拠点、早稲田大学総合人文科学研究センター　角田柳作記念国際日本学研究所、私立大学戦略的研究基盤形成支援事業「近代日本の人文学と東アジア文化圏——東アジアにおける人文学の危機と再生」（代表・早稲田大学文学学術院李成市教授）、早稲田大学総合研究機構、科学研究費助成事業（学術研究助成基金助成金）基盤研究（C）「東アジアの視野からみる和漢の「文」の学術文化史研究」（二〇一六年度～二〇一九年度、課題番号：16K02376）、早稲田大学二〇一七年度特定課題研究助成費（基礎助成）「日本「文」学史研究——東アジア比較文学史を構想する」（課題番号：2017K-060）

の支援を得て開催された。

なお、ワークショップでの議論を経て、本書の内容をさらに充実させるべく、目次編成の検討を繰り返した結果、新たに執筆を依頼した章やコラムもある。限られた時間でたいへん充実した内容の原稿をご提出くださった各位に深謝申し上げたい。また、本書の刊行に際しては多くの方々に翻訳の面でもご協力を賜った。特に金昭賢氏には、韓国語原稿全体の確認や調整に多大な貢献をいただいた。

またワークショップ開催後には、執筆者のお一人である王暁明氏の紹介で、上海大学中国当代文化研究中心のＷＥＢ雑誌『熱風学術（網刊）』第七期（二〇一七年十二月）に「〝日本〝文〟学史 A New History of Japanese Letterature〟与〝域外漢学〟」（魏樸和（Wiebke DENECKE）・河野貴美子著、孫世偉訳）と題する文章を掲載する機会を与えられた。『日本「文」学史』の試みが、海外にもインパクトをもって受け入れられ波及した成果として、特に記しておきたい。また、本プロジェクトは、国際日本文化研究センターの共同研究「投企する古典性――視覚／大衆／現代」（研究代表者：荒木浩教授）の中でも取りあげられ、内容を紹介する発表機会を与えられた（「『日本文学史』の今後100年――『日本「文」学史』から見通す」、二〇一八年九月二十二日）。

本シリーズは、「文」の概念史と、「文」と「文学」の関係、あるいは「文」から「文学」への移行に焦点をあてて、日本および東アジアの知の体系と文化のありようを説くものである。本シリーズの三冊が、できるかぎり幅広い読者の手元に届き、これからの「文」と「文学」、知や文化の意義を新たに照らし出す契機となり、視座を提供するものとなることを願う。また今後、本シリーズの試みが、やがて東アジアをも越えて、世界の「文」や「文学」との対話へとつながっていくことを期したい。

本シリーズは、編者の趣旨にご賛同下さった数多くの執筆者各位の献身的な協力なくしては実現し得なかったものである。また、幾度にもわたる編集会議に根気強くお付き合い下さり、さまざまな情報や貴重な意見を常に投げかけて下さった勉誠出版の吉田祐輔氏に、衷心より感謝を申し上げたい。

本シリーズのアプローチや問題意識が、次世代の、あるいは百年後の「日本文学史」にも書き入れられるものとして成長し、また新たな体系を作り出すものとしてさらなる展開を遂げていくことを希望しつつ、擱筆することとする。

二〇一九年三月十五日

東京にて

河野貴美子

Wiebke DENECKE

執筆者一覧

編者

河野貴美子（こうの・きみこ）

早稲田大学文学学術院教授。

専門は和漢古文献研究。

主な著書に『日本霊異記と中国の伝承』（勉誠社、一九九六年）、『日本における「文」と「ブンガク《bungaku》」』（Wiebke DENECKE氏との共編、勉誠出版、二〇一三年）、『衝突と融合の東アジア文化史』（王勇氏との共編、勉誠出版、二〇一六年）、『近代人文学はいかに形成されたか　学知・翻訳・蔵書』（甚野尚志氏・陣野英則氏との共編、勉誠出版、二〇一九年）などがある。

Wiebke DENECKE（ヴィーブケ・デーネーケ）

ボストン大学日・中・韓古典文学と比較文学教授。

専門は古代・中世における中国および日本文学と思想、韓国漢文学、漢字文化圏の比較文学。

主な著書に *The Dynamics of Masters Literature. Early Chinese Thought from Confucius to Han Feizi* (Cambridge, Mass.: Harvard University Press, 2010), *Classical World Literatures. Sino-Japanese and Greco-Roman Comparisons* (New York: Oxford University Press, 2013), *The Oxford Handbook of Classical Chinese Literature (1000 BCE - 900 CE)* (Wai-yee Li と Xiaofei Tian との共編, New York: Oxford University Press, 2017). 論文に「句題詩の展開──「漢─詩」から「和─詩」へ」（佐藤道生編『句題詩研究』慶応義塾大学出版会、二〇〇七年）、「「世界文学」の新しいパラダイムの展開と展望」（『文学』第一三巻第四号、二〇一二年）などがある。

新川登亀男（しんかわ・ときお）

早稲田大学名誉教授。

専門は日本古代史。

主な著書に『上宮聖徳太子伝補闕記の研究』（吉

川弘文館、一九八〇年)、『漢字文化の成り立ちと展開』(山川出版社、二〇〇二年)、『聖徳太子の歴史学』(講談社、二〇〇七年)などがある。

陣野英則(じんの・ひでのり)
早稲田大学文学学術院教授。
専門は平安時代文学、物語文学。
主な著書に『源氏物語の話声と表現世界』(勉誠出版、二〇〇四年)、『平安文学の古注釈と受容』第一集〜第三集(共編、武蔵野書院、二〇〇八〜二〇一一年)、『源氏物語論——女房・書かれた言葉・引用』(勉誠出版、二〇一六年)などがある。

執筆者(掲載順)

染谷智幸(そめや・ともゆき)
茨城キリスト教大学教授。
専門は日本近世文学・日韓比較文学。
主な著書に『韓国の古典小説』(共編、ぺりかん社、二〇〇八年)、『男色を描く』(共編、勉誠出版、二〇一七年)、『日本永代蔵 全訳注』(共編、講談社学術文庫、二〇一八年)などがある。

張　伯偉(ちょう・はくい)
南京大学域外漢籍研究所長、教授。
専門は中国古代文学、東亜漢文学。
主な著書に『清代詩話東傳略論稿』(中華書局、二〇〇七年)、『作為方法的漢文化圏』(中華書局、二〇一一年)、『東亜漢文学研究的方法与実践』(中華書局、二〇一七年)などがある。

沈　慶昊(シム・キョンホ)
高麗大学校教授(高麗大学校漢字漢文研究所所長、槿域漢文学会会長)。
専門は漢文散文、経学、漢詩、文献学。
主な著書に『江華學派의 文學과 思想』一—四(韓國精神文化研究院、一九九三〜一九九九年)、『朝鮮時代 漢文學과 詩經論』(一志社、一九九九年)、『金時習 評傳』(돌베개、二〇〇三年)、『韓國韓文基礎學史』一—三(太學士、二〇一二年)、『漢文散文美學』(高麗大學校出版部、二〇一三年)、『安平:夢遊桃源圖와 靈魂의 빛』(알마、二〇一八年)などがある。

孫　衛国（そん・えいこく）

南開大学教授。

専門は明清期の中朝関係史、中国史学史。

主な著書に『王世貞史学研究』（人民文学出版社、二〇〇六年）、『大明旗号与小中華意識：朝鮮王朝尊周思明問題研究、1637-1800』（商務印書館、二〇〇七年）、『従〝尊明〟到〝奉清〟：朝鮮王朝対清意識的嬗変、1627-1910』（台湾大学出版中心、二〇一八年）などがある。

田中康二（たなか・こうじ）

皇學館大学教授。

専門は日本近世文学・国学。

主な著書に『江戸派の研究』（汲古書院、二〇一〇年）、『本居宣長――文学と思想の巨人』（中公新書、二〇一四年）、『本居宣長の国文学』（ぺりかん社、二〇一五年）などがある。

土田健次郎（つちだ・けんじろう）

早稲田大学文学学術院教授。

専門は中国近世思想・日本近世思想。

主な著書に『道学の形成』（創文社、二〇〇二年）、『儒教入門』（東京大学出版会、二〇一一年）、『江戸の朱子学』（筑摩書房、二〇一四年）などがある。

Rebekah CLEMENTS（レベッカ・クレメンツ）

カタロニア高度研究施設兼バルセロナ自治大学研究教授。

専門は東アジアの近世史。

主な著書に *A Cultural History of Translation in Early Modern Japan* (Cambridge: Cambridge University Press, 2015)、論文に「もう一つの注釈書？――江戸時代における『源氏物語』の初期俗語訳の意義」（陣野英則・緑川真知子編『平安文学の古注釈と受容　第三集』武蔵野書院、二〇一一年）、"Speaking in Tongues? Daimyo, Zen Monks, and Spoken Chinese in Japan, 1661-1711." *Journal of Asian Studies* 76.3, 2017) などがある。

千葉謙悟（ちば・けんご）

中央大学教授。

専門は中国語学。

主な著書に『中国語における東西言語文化交流

近代翻訳語の創造と伝播』（三省堂、二〇一〇年）、『ベーシッククラウン中日・日中辞典』（千葉謙悟・熊進監修、三省堂、二〇一九年）、論文に「欧文資料与官話研究――兼論官話観之差異以及南北官話的概念」（『中国語学』二六六号、二〇一九年）などがある

権　仁瀚（クォン・イナン）
成均館大学校教授。
専門は韓国語史、東アジア文字文化史。
主な著書に『朝鮮館訳語の音韻論的研究』（太学社、一九九八年）、『中世韓国漢字音訓集成』（J&C、二〇〇五／二〇〇九年）、『広開土王碑文新研究』（博文社、二〇一五年）などがある。

鈴木健一（すずき・けんいち）
学習院大学教授。
専門は日本近世文学。
主な著書に『古典注釈入門 歴史と技法』（岩波書店、二〇一四年）、『不忍池ものがたり 江戸から東京へ』（岩波書店、二〇一八年）などがある。

Judit ÁROKAY（ユディット・アロカイ）
ハイデルベルク大学教授。
専門は和歌の修辞法、歌論、江戸後期の和歌革新運動。
主な著書に *Die Erneuerung der poetischen Sprache: Poetologische und sprachtheoretische Diskurse der späten Edo-Zeit*「和歌表現の革新・江戸後期における歌論と言語論」(München: iudicium 2010)、*Divided Languages? Diglossia, Translation and the Rise of Modernity.* Edited with Jadranka Gvozdanovic and Darja Miyajima: (Heidelberg: Springer 2014)、論文に「ドイツ語圏における『源氏物語』翻訳と受容」（『世界の中の『源氏物語』――その普遍性と現代性』Kyōto: Rinsen shoten 2010, p.127-146.）などがある。

金　文京（きん・ぶんきょう）
京都大学名誉教授。
専門は中国古典小説・戯曲。
主な著書に『漢文と東アジア――訓読の文化圏』（岩波書店、二〇一〇年）、『李白――漂泊の詩人その夢と現実』（岩波書店、二〇一二年）などがある。

鄭珉（ジョン・ミン）
漢陽大学校教授。
専門は十八世紀韓国漢文学。
主な著書に『茶山先生知識經營法』（김영社、二〇〇七年）、『漢詩美学散策』（Humanist、二〇一〇年）、『새로 쓰는 朝鮮의 茶文化』（김영社、二〇一一年）、『18世紀 韓中知識人의 文藝共和國』（文學동네、二〇一四年）などがある。

佐藤勝明（さとう・かつあき）
和洋女子大学教授。
専門は近世俳諧史。
主な著書に『芭蕉と京都俳壇』（八木書店、二〇〇六年）、『芭蕉全句集』（共著、角川ソフィア文庫、二〇一〇年）、『松尾芭蕉と奥の細道』（吉川弘文館、二〇一四年）などがある。

内山精也（うちやま・せいや）
早稲田大学教育・総合科学学術院教授。
専門は中国古典詩学（宋詩）。
主な著書に『蘇軾詩研究 宋代士大夫詩人の構造』（研文出版、二〇一〇年）、『南宋江湖の詩人たち中国近世文学の夜明け』（編著、「アジア遊学」一八〇、勉誠出版、二〇一五年）、『宋詩惑問 宋詩は「近世」を表象するか？』（研文出版、二〇一八年）などがある。

金 龍泰（キム・ヨンテ）
成均館大学校教授。
専門は十九世紀の漢詩、東アジア漢文学。
主な著書に『동아시아 실학사상가 99인（東アジアの実学思想家99人）』実学博物、二〇一五年）、論文に「능양 박종선의〈금강백론고〉에 대한 일고찰（菱洋朴宗善の〈金剛百論藁〉に関する一考察）」（『大東漢文學』五〇号、大東漢文學会、二〇一七年）、「박규수의 북촌시단 활동（朴珪壽の詩壇活動）」（『東洋漢文学研究』五〇号、東洋漢文学会、二〇一八年）などがある。

児玉竜一（こだま・りゅういち）
早稲田大学文学学術院教授。早稲田大学演劇博物館副館長。
専門は、歌舞伎を中心とする日本の演劇。
編書に『能楽・文楽・歌舞伎』（教育芸術社、二

〇〇二年）、共編著に『最新 歌舞伎大事典』（柏書房、二〇一二年）、図録『よみがえる帝国劇場展』（早稲田大学演劇博物館、二〇〇二年）などがある。

岡崎由美（おかざき・ゆみ）

早稲田大学文学学術院教授。

専門は中国古典小説・戯曲。

主な著書に『漂泊のヒーロー　中国武侠小説への道』（大修館、二〇〇二年）、『武侠映画の快楽』（三修社、二〇〇六年）、『海外内中国戯劇史家自選集』（中国大象出版社、二〇一八年）などがある。

宋　美敬（ソン・ミキョン）

韓国航空大学教授。

専門は韓国古典文学、韓国伝統公演芸術。

主な著書に『春香歌 소리 대목 및 더늠의 傳承樣相과 판소리史的 意味』（高麗大学校博士学位論文、二〇一五年）、論文に「使命型 人物의 形象化 樣相 및 典型性」（『口碑文学研究』三三、韓国口碑文学会、二〇一一年）、「판소리 歷代 名唱을 위한 紀念儀礼의 変遷과 意味」（『우리文学研究』五六、우리文学会、二〇一七年）などがある。

佐々木孝浩（ささき・たかひろ）

慶應義塾大学附属研究所斯道文庫教授、同文庫長。

専門は書誌学・和歌文学。

主な著書に『日本古典書誌学論』（笠間書院、二〇一六年）、論文に「モノとしての「文」――日本の書物の形態と内容の相関関係について」（河野貴美子・Wiebke DENECKE・新川登亀男・陣野英則氏編『日本「文」学史第一冊』勉誠出版、二〇一五年）、「紙と装訂の関係について」（河野貴美子・Wiebke DENECKE・新川登亀男・陣野英則・谷口眞子・宗像和重氏編『日本「文」学史第二冊』勉誠出版、二〇一七年）などがある。

陳　正宏（ちん・せいこう）

復旦大学古籍整理研究所教授。

専門は中国古典文献学、版本目録学、文学文献学、比較文献学。

主な著書に『東亜漢籍版本学初探』（中西書局、二〇一四年）、論文に「和刻本漢籍鑑定識小」

（早稲田大学中国古籍文化研究所編『中国古籍文化研究　稲畑耕一郎教授退休記念論集』東方書店、二〇一八年）、「線装本と東アジア漢籍保護史」（宮内庁書陵部蔵漢籍研究会編『図書寮漢籍叢考』汲古書院、二〇一八年）などがある。

宋　好彬（ソン・ホビン）

啓明大学校師範大学助教授。

専門は漢文学（朝鮮後期漢文散文・文献学）。

主な論文に「耳溪 洪良浩의　天文觀에　나타난 思惟方式의 軌跡」（『語文論集』第六〇号、民族語文学会、二〇〇九年）、「李徳寿『罷釣録』에 対한 書誌文献学的 考察」（『語文研究』第一五七号、韓国語文教育研究会、二〇一三年）、「『華東唱酬集』成冊과 再生의 一面：日本 東洋文庫 所蔵本 所収 海隣図巻十種「海客琴尊第二図題辞」를 通해」（『震檀学報』第一二三号、震檀学会、二〇一五年）などがある。

日比嘉高（ひび・よしたか）

名古屋大学大学院人文学研究科准教授。

専門は日本近現代文学・文化、出版文化、移民文学・文化。

主な著書に『〈自己表象〉の文学史　自分を書く小説の登場』（翰林書房、二〇〇二年）、『ジャパニーズ・アメリカ　移民文学、出版文化、収容所』（新曜社、二〇一四年）、『文学の歴史をどう書き直すのか　二〇世紀日本の小説・空間・メディア』（笠間書院、二〇一六年）などがある。

王　暁明（おう・ぎょうめい）

上海大学文化研究系教授、岭南大学文化研究系兼任教授。

専門は文化研究・中国近現代文学。

主な著書に『无法直面的人生——鲁迅传（修订版）』（上海文艺出版社、二〇〇一年）、『半张脸的神话』（广西师范大学出版社、二〇〇三年）、『20世纪中国文学史论（上、下）（修订版）』（东方出版中心、二〇〇三年）などがある。

黄　鎬德（ファン・ホドク）

成均館大学校教授。

専門は韓国文学、文学批評。

主な著書に『近代네이션과 그 表象들』（소명出

版、二〇〇五年）、『프랑켄 마르크스——韓國現代批評의 星座들』（民音社、二〇〇八年）、『벌레와 帝國——植民地末 文學의 言語・生政治・테크놀로지』（새물결、二〇一一年）などがある。

中山弘明（なかやま・ひろあき）
徳島文理大学教授。
専門は日本近代文学。
主な著書に『戦間期の『夜明け前』——現象としての世界戦争』（新曜社、二〇一二年）、『第一次大戦の〈影〉——世界戦争と日本文学』（双文社出版、二〇一二年）、『溶解する文学研究——島崎藤村と〈学問史〉』（翰林書房、二〇一六年）などがある。

陳　思和（ちん・しわ）
復旦大学教授、同図書館長。
専門は中国近現代文学。
主な著書に『中国新文学整体观』上海文艺出版社、一九八七年、二〇〇〇修订版）、『中国当代文学史教程』（編著、复旦大学出版社、一九九九年）、『21世纪中国文学大系』（二〇〇一年巻）全十巻（編著、春风文艺出版社、二〇〇二年一月）などがある。

韓　壽永（ハン・スヨン）
延世大学校教授。
専門は韓国近代文学。
主な著書に『親日文学의 再認識』（소명출판、二〇〇五年）、『思想과 省察』（소명출판、二〇一一）、『戦後文学을 다시 읽는다（소명출판、二〇一五年）、『政治的人間과 性的人間』（소명출판、二〇一七年）などがある。

宗像和重（むなかた・かずしげ）
早稲田大学文学学術院教授。
専門は日本近代文学。
主な著書に『投書家時代の森鷗外——草創期活字メディアを舞台に』（岩波書店、二〇〇四年）、『日本「文」学史』第二冊（共編、勉誠出版、二〇一七年）などがある。

川合康三（かわい・こうぞう）
京都大学名誉教授。

専門は中国文学。
主な著書に『文選　詩篇』一～五（共訳注、岩波書店、二〇一八～二〇一九年）、論文に「「冥捜」の詩学――杜甫から中唐詩人へ」（『國學院大學大学院紀要――文学研究科』第五十輯、二〇一九年）などがある。

權ボドレ（クォン・ボドレ）
高麗大学校教授。
専門は韓国近現代文化（特に三・一運動の文化史と冷戦期韓国文化史）。
主な著書に『韓國近代小說의 起源』（召命出版、二〇〇〇年）、『戀愛의 時代：1920年代 初盤의 文化와 流行』（現実文化研究、二〇〇三年。日本語版は鄭大成訳、勉誠出版、二〇一三年）、『1960年을 묻다：朴正熙 時代의 文化政治와 知性』（共著、千年의想像、二〇一二年）、『新小說、言語와 政治』（召命出版、二〇一四年）などがある。

谷川恵一（たにかわ・けいいち）
国文学研究資料館教授。
専門は日本近代文学。
主な著書に『言葉のゆくえ――明治二〇年代の文学』（平凡社ライブラリー、二〇一三年）、『歴史の文体 小説のすがた――明治期における言説の再編成』（平凡社、二〇〇八年）などがある。

王　宏志（おう・こうし）
香港中文大学人文学科講座教授、翻訳系主任、翻訳研究中心主任、復旦大学中文系・上海外国語大学高級翻訳学院兼任教授。
専門は翻訳研究・中国近現代文学。
主な著書に『重释〝信达雅〟：二十世纪中国翻译研究』（东方出版中心、一九九九年）、『文学与翻译之间』（南京大学出版社、二〇一一年）、『翻译与近代中国』（复旦大学出版社、二〇一四年）などがある。

金　栄敏（キム・ヨンミン）
延世大学校教授。
専門は韓国近代文学。
主な著書に『韓國現代文學批評史』（召命出版、二〇〇〇年）、『韓國 近代小說의 形成 過程』（召命出版、二〇〇五年）、『文學制度 및 民族語의 形成과 韓國 近代文學（1890～1945）』（召命出版、

二〇一二年）、『韓國의 近代新聞과 近代小説3——萬歲報』（召命出版、二〇一四年）などがある。

土屋礼子（つちや・れいこ）

早稲田大学政治経済学術院教授。

専門はメディア史、歴史社会学。

主な著書に『大衆紙の源流 明治期小新聞の研究』（世界思想社、二〇〇二年）、『日本メディア史年表』（編著、吉川弘文館、二〇一八年）、『近代日本メディア人物誌 ジャーナリスト編』（井川充雄共編著、ミネルヴァ書房、二〇一八年）などがある。

Barbara MTTLER（バーバラ・ミトラー）

ハイデルベルク大学アジア学・比較文化学研究センター創設ディレクター、同比較文化学研究センター共同ディレクター、同中国学研究所教授。

専門は中国の長い近代における音楽や視覚的・歴史的印刷メディアを含む、中華圏の文化生産の研究。

主な著書に、*Dangerous Tunes: The Politics of Chinese Music in Hong Kong, Taiwan and the People's Republic of China since 1949*(Harrassowitz 1997)、*A Newspaper for China? Power, Identity and Change in China's News-Media, 1872-1912*(Harvard University Press, 2004)、*A Continuous Revolution: Making Sense of Cultural Revolution Culture*(Harvard University Press, 2012)、*Chronologics: Why China Did Not Have a Renaissance and Why That Matters-an Interdisciplinary Dialogue* co-authored with Thomas Maissen (De Gruyter 2018) などがある。

千　政煥（チョン・ジョンファン）

成均館大学校教授。

専門は韓国近現代文学と文化史。

主な著書に『近代의 책 읽기 讀者의 誕生과 韓國近代文學』（푸른歷史、二〇〇三年）、『時代의 말 欲望의 문장——123篇 雜誌 創刊사로 읽는 韓國現代文化史』（마음散策、二〇一三年）、『大韓民國讀書史』（共著、西海文集、二〇一八年）などがある。

石川　巧（いしかわ・たくみ）

立教大学教授。

専門は日本近代文学・文化。
主な著書に『高度経済成長期の文学』（ひつじ書房、二〇一二年）、『幻の雑誌が語る戦争』（青土社、二〇一八年）、『幻の戦時下文学』（青土社、二〇一九年）などがある。

王風（おう・ふう）
北京大学教授。
専門は中国文学史、学術史、芸術史。
主な著書に『世運推移與文章興替』（北京大学出版社、二〇一五年）、『琴學存稿——王風古琴論説雜集』重慶出版社、二〇一六年）などがある。

崔　賢植（チェ・ヒョンシク）
仁荷大学校教授。
専門は韓国現代詩。
主な著書に『徐廷柱 詩의 近代와 反近代』（召命出版、二〇〇三年）、『詩는 毎日毎日』（文學과知性社、二〇一一年）、『崔南善・近代詩歌・네이션』（召命出版、二〇一六年）などがある。

鳥羽耕史（とば・こうじ）
早稲田大学文学学術院教授。
専門は日本近代文学、戦後文化運動。
主な著書に『運動体・安部公房』（一葉社、二〇〇七年）、『１９５０年代「記録」の時代』河出書房新社、二〇一〇年）などがある。

松永美穂（まつなが・みほ）
早稲田大学文学学術院教授。
専門はドイツ語圏の現代文学、翻訳論。
主な翻訳に、セース・ノーテボーム『儀式』（創社、二〇一七年）、ベルンハルト・シュリンク『階段を下りる女』（新潮社、二〇一七年）、ウーヴェ・ティム『ぼくの兄の場合』（白水社、二〇一八年）などがある。

千野拓政（せんの・たくまさ）
早稲田大学文学学術院教授・上海大学文化研究系兼職教授・南京大学中文系兼職教授。
専門は中国近現代文学・文化研究。
主な著書に『東アジアのサブカルチャーと若者の心』（編著、勉誠出版、二〇一二年）、『越境する東アジアの文化を問う』（編著、ひつじ書房、二〇一九年）、連載に『东亚现代文化的转折与日本当代青年文化』（『花城』杂志、二〇一六年第一期～第六期）などがある。

咸　燉均（ハム・ドンギュン）
市民行星代表。
専門は韓国現代文学・文学批評。
主な著書に『詩는 아무것도 모른다』（樹流山房、二〇一二年）、『事物의 哲學』（世宗書籍、二〇一五年）、『사랑은 잠들지 못한다』（創批、二〇一六年）などがある。

翻訳者

姜　若冰（きょう・じゃくひょう）
大阪経済法科大学准教授。
専門は中国古典文学、中国女性史。
主な論文に「贈内詩の流れと元稹」（『中国文学報』第五十九冊、一九九九年十月）、「元稹と白居易の夢について」（『東アジア研究』四三号、二〇〇五年十月）などがある。

金子祐樹（かねこ・ゆうき）
南ソウル大学校助教授。
専門は韓国古典文学・思想史（教訓書・礼書・人物伝・身体技法）、日韓翻訳文化論。
主な論文に「雨森芳洲の見た通詞と朝鮮国――『たはれ草』と『交隣提醒』から一考した『全一道人』編纂の動機と意図」（『2018異文化交流国際学術研討会論文集』南栄科技大学、二〇一八年）、「행실도계 교화서의 전개와 충행위의 추이――17세기 초기의 관찬교화서『동국신속삼강행실도』의 분석을 통해〔行実図系教化書の展開と忠行為の推移――17世紀初期の官撰教化書『東国新続三綱行実図』の分析を通して〕」（『民族文化研究』五一、高麗大学校民族文化研究院、二〇〇九年）など、翻訳論文に高東煥「朝鮮時代における都市の位階と都市文化の拡散」（井上徹・仁木宏・松浦恆雄編『東アジアの都市構造と集団性――伝統都市から近代都市へ』〔大阪市立大学文学研究科叢書９〕所収、清文堂、二〇一六年）などがある。

張　宇博（ちょう・うはく）
早稲田大学大学院文学研究科博士後期課程。
専門は中国語圏の映画。
論文に「王家衛の六十年代三部作に見る香港アイデンティティ」（『早稲田大学大学院　文学研究科紀要』第六四輯、二〇一八年）、翻訳に張閎「無益な労働、あるいは労働の神話とその終結」（二〇一二年）（『中国同時代文化研究』第八号、二〇一五年、好文出版）、「民主化大闘争（一九八七年）からキャンドル闘争（二〇一六・一七年）に至る思想状況の変化――革命のディスコースを中心に」（李南周）（『越境する東アジアの文化を問う――新世紀の文化研究』（ひつじ書房、二〇一九年）などがある。

金　東建（キム・ドンゴン）
成均館大学校招聘教授。
専門は近代韓中関係史。
主な論文に「戊戌変法期における清朝の対韓修交決定過程――朝鮮政策をめぐる光緒帝と総理衙門」（『年報　地域文化研究』一一號、東京大学総合文化研究科地域文化研究専攻、二〇〇八年）、「1909年之清韓通漁章程交渉初探――一個罕為人知的保護国外交之例」（胡春恵・呂紹理主編『現代化進程中的中国基層社会：両岸三地歴史学研究生研討会論文選集（2010）』香港：香港珠海書院亜洲研究中心：台北：国立政治大学歴史学系、二〇一一年）などがある。

倉橋葉子（くらはし・ようこ）
新宿ハングル教室主宰。

朴　利鎮（パク・イジン）
成均館大学校東アジア学術院在職。
専門は近現代日本の文化表現論、東アジアの比較文学。
主な著書に『아시아의 망령：귀환자 아베 고보와 전후일본（アジアの亡霊：引揚者の安部公房と戦後日本）』成均館大学校出版部、二〇一五年）、論文に「아나기다 이즈미의 근대문학관（柳田泉の近代文学観）」（『日本文化研究』六六号、東アジア日本学会、二〇一八年）、「GHQ점령초기 문단의 주체론（GHQ占領初期における文壇の主体論）」（『日本学報』一一四号、韓国日本学会、

二〇一八年）などがある。

魯　耀翰（ノ・ヨハン）
高麗大学校国語国文学科博士課程（高麗大漢字漢文研究所研究員、高麗大民族文化研究院海外韓国学資料センター研究員）。
専門は韓国漢文学、文献学。
主な論文に「朝鮮前期 通鑑学의 研鑽에 대하여：世宗代의 通鑑書 刊行을 中心으로」（『語文研究』一七二號、韓国語文教育研究会、二〇一六年）、「白川先生の興研究と『杜律虞註』の興説について」（『立命館白川静記念東洋文字文化研究所紀要』第一〇號、立命館白川静記念東洋文字文化研究所、二〇一七年）、「朝鮮前期『風雅翼選詩』의 刊行과『選詩補註』의 註解方式에 대하여」（『漢文古典研究』三六、韓国漢文古典学会、二〇一八年）などがある。

陸　賽君（りく・さいくん）
早稲田大学大学院修士課程修了。翻訳家。
翻訳に天童荒太『月夜，潜水者（ムーンナイト・ドライバー）』募读、二〇一七年）、賀照田「今日の中国の精神・倫理問題をめぐる思考についての思考」（『越境する東アジアの文化を問う——新世紀の文化研究』ひつじ書房、二〇一九年）、柳田国男『柳田国男集幽冥譚』后浪出版社、近刊予定）などがある。

楊　駿驍（よう・しゅんぎょう）
日本学術振興会特別研究員（DC2）、早稲田大学大学院文学研究科博士後期課程。
専門は中国現代文学・文化。
論文に「救済の技術としての言語——ケン・リュウ試論」（『ヱクリヲ』vol.9、二〇一八年）、「図文集と『写真コミュニケーション』」（『早稲田大学大学院文学研究科紀要』六一号、二〇一五年）、「微電影とは何か？」（『中国文学研究第41期』二〇一五年）などがある。

金　景彩（キム・キョンチェ）
東京大学大学院総合文化研究科博士課程（武蔵大学、在日本韓国YMCA非常勤講師）。
専門は韓国文学・思想史。
主な論文に「韓国における一九五〇年代の言説

空間とキム・ヒョンの批評——「現代」から「近代」へ」(『東洋文化研究』第二〇号、学習院大学東洋文化研究所、二〇一八年)、「批評が構想される場——植民地期、林和の唯物論的文芸理論における歴史と文学」(『言語態』第一八号、言語態研究会、二〇一九年)などがある。

田島哲夫(たじま・てつお)
延世大学校国学研究院専門研究員。
専門は韓国近代文学。
主な著書に『독서국민의 탄생 読書国民の誕生』(송태욱との共訳、푸른역사、二〇一〇年、原書：永嶺重敏『読書国民の誕生』日本エディタースクール出版部、二〇〇四年)、金哲『抵抗と絶望——植民地朝鮮の記憶を問う』(翻訳、大月書店、二〇一五年)、論文に「〈파선밀사〉원본 연구〈破船密使〉原本研究」(『現代文学の研究』四三号、二〇一一年)などがある。

尹　喜相(ユン・ヒサン)
高麗大学校大学院国語国文学科現代文学専攻修士課程生。

段　書暁(だん・しょぎょう)
日本学術振興会特別研究員(DC2)、早稲田大学大学院文学研究科博士後期課程。
専門は中国近現代文学。
論文に「〝列强〟表征(1840-1937)」(复旦大学博士論文、二〇一七年)、翻訳に深井晃子『名画时尚考：从文艺复兴到20世纪』(『ファッションから名画を読む』)(中信出版社、二〇一八年)などがある。

金　昭賢(キム・ソヒョン)
早稲田大学演劇博物館招聘研究員。
専門は日本古典演劇。
主な著書に『歌舞伎と文楽のエンパク玉手箱』(共著、早稲田大学演劇博物館、二〇一八年)、論文に「寛政期の人形浄瑠璃における加藤清正像——『千里竹雪曙』を中心に」(『演劇映像』第五六号、二〇一五年三月)、「『祇園祭礼信仰記』における韓国——是斎像をめぐって」(『演劇映像学　2010』二〇一一年三月)などがある。

唐仁原エリック（トウジンバラ・エリック）
カリフォルニア大学ロサンゼルス校アジア言語・文化研究科 博士後期課程。
専門は近世仏教史及び江戸時代の出版文化。
主な著書・論文に「近世における仏書の出版と仏教の「危機」――仮名草子に見られる廃仏論と仏教思想の衰退」（常田槙子・唐仁原エリック共編『日本文学のネットワーク――重なり合う言説・イメージ・声』日本文学・文化国際研究会、二〇一八年三月）などがある。

高　榮蘭（こう・よんらん）
日本大学教授。
専門は近現代日本語文学。
主な著書に『戦後というイデオロギー 歴史／記憶／文化』（藤原書店、二〇一〇年）、『検閲の帝国 文化統制と再生産』（共編著、新曜社、二〇一四年）などがある。

陳琦（ちん・き）
筑波大学大学院人文社会科学研究科博士後期課程。
専門は対照言語学、認知言語学。
主な論文に「中国語授与型前置詞〝給〟の多機能性」（筑波大学一般・応用言語学研究室編『言語学論叢』オンライン版第一〇号（通巻三六号）、二〇一七年）、「中国語呉方言における〝撥〟の受動機能の由来：上海語と杭州語を中心に」（『日本中国語学会第68回全国大会予稿集』好文出版、近刊）などがある。

朴　愛花（パク・エファ）
高麗大学校博士後期課程修了、誠信女子大学校非常勤講師。
専門は日本文学。
主な著書に、『武士道』（共訳、日本名作叢書十一、圖書出版門、二〇一〇年）、論文に「韓・日・베트남에서 『剪燈新話』의 傳播와 受容」（『日本研究』第十七輯、高麗大學校日本研究센터、二〇一二年）などがある。

編者略歴

河野貴美子（こうの・きみこ）
早稲田大学文学学術院教授。専門は和漢古文献研究。

Wiebke DENECKE（ヴィーブケ・デーネーケ）
ボストン大学教授。奈良・平安和漢比較文学、日・中・韓古典文学、
漢字文化圏の比較文学。

新川登亀男（しんかわ・ときお）
早稲田大学名誉教授。専門は日本古代史。

陣 野 英 則（じんの・ひでのり）
早稲田大学文学学術院教授。専門は平安時代文学、物語文学。

日《に》本《ほん》「文《ぶん》」学《がく》史《し》 第三冊
「文」から「文学」へ――東アジアの文学を見直す
A New History of Japanese “Letterature” Vol. 3
The Path from “Letters” to “Literature”: A Comparative History of East Asian Literatures

令和元年 5 月 30 日　初版発行

編　者　河野貴美子　Wiebke DENECKE
　　　　新川登亀男　陣野英則

発行者　池嶋洋次

発行所　勉誠出版株式会社
〒 101-0051　東京都千代田区神田神保町 3-10-2
TEL：(03)5215-9021（代）　FAX：(03)5215-9025

印　刷
製　本　太平印刷社

装　幀　萩原 睦（志岐デザイン事務所）

ISBN978-4-585-29493-1　C1095

日本「文」学史 第一冊

A New History of Japanese "Letterature" Vol.1

「文」の環境――「文学」以前

日本の知と文化の歴史の総体を、思考や社会形成と常に関わってきた「文」を柱として捉え返し、過去から現在、そして未来への展開を提示する。

河野貴美子・Wiebke DENECKE・新川登亀男・陣野英則 編・本体三八〇〇円（＋税）

日本「文」学史 第二冊

A New History of Japanese "Letterature" Vol.2

「文」と人びと――継承と断絶

「発信者」「メッセージ」「受信者」「メディア」の相関図を基とした四つの観点より「人びと」と「文」との関係を明らかにすることで、新たな日本文学史を描き出す。

河野貴美子・Wiebke DENECKE・新川登亀男・陣野英則・谷口眞子・宗像和重 編・本体三八〇〇円（＋税）

日本における「文」と「ブンガク（bungaku）」

「文」とは何か――。近代以降隠蔽されてしまった伝統的な「文」の概念の文化的意味と意義を再び発掘し、現代に続く「文」の意味と意義を捉え直す論考十八編を収載。

河野貴美子／Wiebke DENECKE 編・本体二五〇〇円（＋税）

日本古代交流史入門

一世紀〜七世紀の古代国家形成の時期から、十一世紀の中世への転換期までを対象に、さまざまな主体の織りなす関係史の視点から当時の人びとの営みを描き出す。

鈴木靖民・金子修一・田中史生・李成市 編
本体三八〇〇円（＋税）

文化装置としての日本漢文学

古代～近代まで日本人と共にあった漢詩・漢文。最新の知見を踏まえた分析や、様々な地域における論考を集め、研究史を概括。政治・学問など他分野の文芸との関係を解明。

滝川幸司・中本大・福島理子・合山林太郎 著
本体四〇〇〇〇円（＋税）

本邦における三国志演義受容の諸相

テクストの受容、絵画資料や日本人の思想・歴史観にも言及し、さまざまな展開を見せた東アジア随一の通俗小説の受容過程と様相を描き出すことを試みた労作。

長尾直茂 著・本体一二〇〇〇円（＋税）

「近世化」論と日本
「東アジア」の捉え方をめぐって

諸学問領域から「日本」そして「近世化」を論究することで、従来の世界史の枠組みや歴史叙述のあり方を捉えなおし、東アジア世界の様態や変容を描き出す画期的論集。

清水光明 編・本体二八〇〇円（＋税）

幕末明治
移行期の思想と文化

「忠臣・皇国のイメージ」「出版文化とメディア」「国家形成と言語・思想」の三つの柱から、移行期における接続と断絶の諸相を明らかにした画期的論集。

前田雅之・青山英正・上原麻有子 編・本体八〇〇〇円（＋税）

近代人文学はいかに形成されたか
学知・翻訳・蔵書

学知編成の系譜、他者との邂逅と翻案・翻訳、蔵書形成と知の体系化という三本の柱から、人文学という創造の営為のあり方を定位する。

甚野尚志・河野貴美子・陣野英則 編・本体八〇〇〇円（＋税）

近代学問の起源と編成

近代学問の歴史的変遷を起源・基底から捉えなおし、「近代」以降という時間の中で形成された学問のフィルター／バイアスを顕在化させ、「知」の環境を明らかにする。

井田太郎・藤巻和宏 編・本体六〇〇〇円（＋税）

日本文学の翻訳と流通
近代世界のネットワークへ

十九世紀後半～二十世紀前半の具体的な受容を通して、日本文学の世界での展開と、世界的な枠組みからの読み直しを目指す。

河野至恩・村井則子 編・本体二八〇〇円（＋税）

世界の図書館から
アジア研究のための図書館・公文書館ガイド

膨大な蔵書や、貴重なコレクションを有する代表的な四十五館を世界各地から精選・紹介。蔵書、閲覧手続き、アクセスや周辺の耳寄り情報なども収録！

U－PARL 編・本体二四〇〇円（＋税）

日本「文」学史

第三冊

「文」から「文学」へ

——東アジアの文学を見直す

河野貴美子／Wiebke DENECKE／新川登亀男／陣野英則◆編

勉誠出版